黃鈞　劉上生
彭丙成　饒東原
葉幼明　注譯

新譯古文辭類纂(五)

三民書局

國家圖書館出版品預行編目資料

新譯古文辭類纂(五)／黃鈞,彭丙成,葉幼明,劉上生,饒東原注譯.——初版二刷.——臺北市：三民，2024
冊；　公分.——(古籍今注新譯叢書)

ISBN 978-957-14-4502-1（平裝）

830　　95004082

古籍今注新譯叢書

新譯古文辭類纂(五)

注譯者｜黃　鈞　彭丙成　葉幼明
劉上生　饒東原

創辦人｜劉振強
發行人｜劉仲傑
出版者｜三民書局股份有限公司(成立於1953年)

三民網路書店
https://www.sanmin.com.tw

地　址｜臺北市復興北路386號　(復北門市)　(02)2500-6600
臺北市重慶南路一段61號(重南門市)　(02)2361-7511

出版日期｜初版一刷 2006年4月
初版二刷 2024年7月
書籍編號｜S032950
ISBN｜978-957-14-4502-1

三民書局

新譯古文辭類纂 目次

第五冊

雜記類

卷五十二 雜記類 一

卷五十三 雜記類 二

卷五十四 雜記類 三

卷五十五 雜記類 四

卷五十六 雜記類 五

卷五十七　雜記類　六

卷五十八　雜記類　七

卷五十九　雜記類　八

箴銘類

卷六十　箴銘類

頌贊類

卷六十一　頌贊類

辭賦類

卷六十二　辭賦類一

卷六十三 辭賦類 二

卷六十四 辭賦類 三

雜記類

文體介紹

雜記，單稱則為「記」。因其所記內容，或事或物，或人或景，無所不可，故複稱為「雜記」。《文心雕龍・書記》：「書記廣大，衣被事體，筆箚雜名，古今多品。」劉勰把所有形諸文字而難以歸併的各類文字全都納入「書記」類。後人則將「書」類劃出，單存「記」類。徐師曾《文體明辨序說》說：「記者，所以備不忘也。」概念仍然甚為模糊。而王應麟《辭學指南》說：「記者，記事之文也。」以記事（實包括記人、記物、記遊）作為「記」體散文的主要特徵，雖然不夠精確（因傳狀、碑誌二類亦為記事），但仍然規定了此類散文的主要性質。

《文體明辨序說》又說：「記之名，始於〈樂記〉、〈學記〉（按：皆《禮記》中篇名）等篇，厥後揚雄作《蜀記》，《文選》不列其類，劉勰不著其說（按：此未確）。後之作者，固以韓退之〈畫記〉，柳子厚遊山諸記為體之正。」姚氏〈序目〉則云：「雜記類者，亦碑文之屬。」如《古文苑》所載後漢樊毅〈修西嶽廟記〉，文末有銘，供廟成刻石之用，乃記體文產生的需要，並開臺閣名勝記一類記體文先河。而同為後漢之馬第伯〈封禪儀記〉，採用移步換形手法，描繪出泰山優美景色，給人以具體真切感受，故清末陳衍《石遺室論文》極力稱道這篇文章為「古今雜記中奇偉之作」，並為後代山水遊記開闢了廣闊的道路。

由於記體文內容駁雜，寫法也不拘一格，有的尚敘述，有的尚議論，有的重抒情，有的主描寫，極為複雜多樣。故完全可以作進一步劃分，以便說明其特點，研討其風格，近人林紓在《春覺齋論文》中說：「然勘災、濬渠、築塘、修祠宇、紀亭臺，當為一類；記瑣細奇駭之事，不能入正傳者，其名為『書某事』，又別為一類；學記則為說理之文，不當歸入廳壁；至游讌觴詠之事，又別為一類。綜名為『記』，而體例實非一。」這是他根據雜記文的實際內容，提出來的種種類別，如在此基礎上稍加歸併，似可分為臺閣記、山水記、雜物記和人事記四大子類。

一、山水記

山水記為記體文之大宗，古今作家、作品甚多。本書所選雜記文七十六篇，山水遊記占二十餘篇之多。山水遊記文學淵源甚遠，可以追溯到《尚書》的〈禹貢〉，但這還僅僅是古代地理方面著作。漢代大賦不少描寫山水林苑，但那還屬於虛構想像之辭，寫的也只是模山範水。人們發現周圍自然山水之美，與對於文學特徵的自覺認識幾乎同步。這就是魏晉南北朝時期的所謂「老莊告退，山水方滋」。人們從哲學思辨時期，轉入對審美享受的追求。不過，此時大量產生的乃是山水詩以及某些敘寫山水勝景的書信，還有一部以學術著作面貌出現的《水經注》，其中包含不少描繪山水美景的片段。但這些均不以「記」為名，且多用駢文寫成。

山水遊記真正形成並趨於成熟是在唐代。元結〈右溪記〉記載道州城郊一條小溪的秀麗景色，被認為是山水遊記的開山之作。清末吳汝綸說：「次山（元結字）放恣山水，實開子厚先聲。」不過，它還不是嚴格意義上的山水遊記，從文體上細加辨別，它應屬於刻石的山水銘文。山水遊記的最後定型和成熟的代表人物應該是柳宗元。此前的山水記，描述山川景物，大多採粗線條稍加勾勒，寫景比較疏略。柳宗元則不然，他能以精細的筆法，把各種山川景物的細微差別及其獨特面貌表現出來。如著名的「永州八記」中，〈始得西山宴遊記〉著重寫山水之「怪特」；〈鈷鉧潭記〉著重寫小溪；〈鈷鉧潭西小丘記〉著重寫石；〈至小丘西小石潭記〉著重寫潭水游魚；〈袁家渴記〉描繪水上風光；〈石渠記〉寫出泉水的細微之處；〈石澗記〉寫澗中石和樹的特色；〈小石城山記〉則描繪天然構成的小石城。總之，每篇重點不一，各具特色，個性迥異。

而且他的山水遊記，一反前人重客觀、輕主觀，見景不見人的傳統寫法，還能通過對客觀山水的描繪，將自己的心情感受，如對投閒置散的不幸遭遇和怨憤不平的感情融貫於其中。在他的筆下，狀物之態與感物之情，人的自然化與自然的人化達到了高度的統一。所以，柳宗元在山水遊記方面所取得的成就，使他成為這一領域中空前絕後的高峰。

宋代以後，山水遊記已成為文學散文中一種重要體裁。宋人大多長於理性思辯，故而往往將議論納入記遊寫景之中，著名的如蘇軾〈石鐘山記〉，王安石〈遊褒禪山記〉，無不如此，都能把寫景和說理巧妙地結合在一起。這種寓理於景、因物明理的寫法，開闢了古代山水遊記發展史上一條嶄新的途徑。

二、臺閣記

臺閣記與山水記內容相近，因為所謂臺閣，大多修築於風景優美的名勝之處（但學舍除外）。對臺閣周圍景色的描寫，往往成為此類文章的主要內容。但這種景物描寫往往是靜態的，多用凸聚、類括諸法，而不是遊記中寫景所習用的動態的移步換形法；而描寫中心則是樓臺亭閣之類人文建築而不是自然山水。故二者雖關係密切，性質仍有所不同。

臺閣記可溯源於漢賦，張衡〈兩京賦〉、左思〈三都賦〉都不乏宮室描寫，劉歆〈甘泉賦〉、王延壽〈魯靈光殿賦〉更是集中描寫宮室。但以古文來寫這類臺閣記，則盛行於唐宋，八大家文集中都有不少此類佳篇。

古人在修建亭臺樓閣時，常撰寫一文以為之「記」，用來敘述建造修葺過程，歷史沿革，周圍景色地貌，進而引出作者傷今悼古的感慨。在寫法上並無定法，一般以敘事為主，故《文體明辨序說》言：「其文以敘事為主，後人不知其體，顧以議論雜之。故陳師道云：『退之作記，記其事耳，今之記乃論也。』然觀〈燕喜亭記〉，已涉議論，而歐蘇以下，議論寖多。」其實，這類文章，或敘修造過程，或寫周遭景物，或直抒懷抱，或發表感慨議論，只要不脫離所記對象，又能融會貫通，不致喧賓奪主，均不宜妄加軒輊。本書所選，除歐陽修〈夫子廟記〉、曾鞏兩篇〈學記〉及柳、王、歸各有一篇「題壁」記，由於題材緣故，均以議論為主之外，其餘二十多篇，仍以記事為主，而議論不過是記事的引申和發揮，並未脫離「記」體文的格式。

明清以後，臺閣記散文成就最高者為歸有光。他常在亭臺記述中嵌入對去世親人不經意細節的描繪，用以喚起往事的回憶，情真語摯，故而具有歷久不衰的感染力。因此，在臺閣記這類文體中，無論是發議論或抒感慨，均不足以影響其成為名篇。

三、雜物記

雜物記包括器物、古玩、書畫諸類，起源於後漢的詠物小賦。以古文敘寫此類物品則始於唐代。此類文章，篇幅短小，或描寫器物形狀，或記述書畫內容，或考察其得失情況，寫法上偏重於記實，敘寫之後，或因物懷人，或借物以發議論、生感慨。總之以體物為工，描寫見長。韓愈〈畫記〉成為此類文章較早，也較為優秀之作。柳宗元〈序棊〉、〈序飲〉記物兼記事；雖名為「序」，但與序跋文之「序」性質不同，姚氏歸入此類，是有道理的。此外，歐陽修〈菱谿石記〉、蘇洵〈木假山記〉、〈張益州畫像記〉、歸有光〈吳山圖記〉，都是古今傳頌的名篇。

四、人事記

人事記則包括記人與記事兩方面，記人者如王安石的〈傷仲永〉，記事者如曾鞏的〈越州趙公救菑記〉。但記人不同於傳狀，它只記述人物的某一特徵或片段，而並不要求總括其一生；目的也只是為了抒發感慨，而非留其名於後世。記事則詳於某一事件的始末，而不關乎其人之生平。儘管此類文章不同於史傳，但其寫法仍脫胎於史傳。

總的說來，古代雜記文內容及寫法都由於所記對象的不同，與作者關係亦有各種情況，故而在布局謀篇、敘次寫法諸方面，自然靈活多變，所以，並不存在固定格式。這樣一來，就免不了常常與其他體類作品產生交叉關係。故孫梅在《四六叢話》中說：「竊原記之為體，似賦而不侈，如論而不斷，擬序則不事揄揚，比碑則初無頌美。」可見，雜記之所以稱雜，不僅僅指其內容之雜，兼指其寫法之雜。雜記，實有似乎文體分類中的「雜著」或「雜文」。《文體明辨序說》云：「以其隨事命名，不落體格，故謂之雜著。然稱名雖雜，其本乎義理，發乎性情，則自有致一之道焉。」這話也完全適合於雜記這種文體。

卷五十二　雜記類　一

鄆州谿堂詩并序

韓退之

【題　解】雜記類所選，大都題目明白標示為「記」，少數不以記為題，其實質仍為「記」。姚鼐在本書〈序目〉中說：「雜記類者，亦碑文之屬。」雖然他也指出「記」與「碑」不同，但把豐富多采的記事之文看成碑文的支屬，還是有所不妥的。只是記中確有一部分，特別如勘災、濬渠、築堤，修建廟宇祠堂諸記，目的往往就在樹碑垂訓，所以寫法也和碑誌差別不大。如本篇雖列入雜記類，其實更多像是一篇碑文。谿堂在唐鄆州（治所在今山東東平）城內，是唐穆宗時任鄆、曹、濮觀察使的馬總所建，用來宴饗士大夫的。馬總字會元，扶風人，憲宗元和十二年曾作為裴度的副手參與平淮西吳元濟，元和十四年李師道平定，朝廷將李師道控制的十二州分為三道，以馬總為鄆、曹、濮等州觀察等使。馬總治理後，鄆州等地歸順朝廷，再沒有參與分裂割據的叛亂。所以韓愈應邀寫了這篇谿堂詩并序，高度讚揚了馬總治鄆的功德，表現了韓愈維護中央集權，反對分裂割據的一貫立場。文章寫在穆宗長慶二年（西元八二二年），時韓愈為兵部侍郎，此乃其晚年的用力之作。本文由牛僧孺書寫刻石立碑於堂內。

憲宗之十四年❶，始定東平❷，三分其地❸，以華州刺史禮部尚書兼御史大夫扶風馬公❹為鄆曹濮❺節度、觀察等使鎮其地。既一年，褒其軍號曰「天平軍」❻。上即位之二年❼，召公入，且將用之，以其人之安公也，復歸之鎮❽。上之三年，公為政於鄆曹濮也適四年矣。治成制定，眾志大固，惡絕於心，仁形於色，溥❾心一力，以供國家之職。於時沂密始分而殘其帥❿，其後幽鎮魏⓫不悅於政，相扇⓬繼變，復歸於舊，徐⓭亦乘勢逐帥自置，同於三方⓮。惟鄆也截然中居，四鄰望之，若防⓯之制水，恃以無恐。

【章　旨】本段敘述馬總鎮守鄆、曹、濮的經過和政績。

【注　釋】❶憲宗之十四年　即元和十四年（西元八一九年）。❷東平　唐貞觀後為鄆州州治，今屬山東。元和十四年，割據東平一帶的平盧節度使李師道被部將劉悟殺死，其所統轄的十二州平定。❸三分其地　當時唐朝廷將十二州分為三道：鄆、曹、濮三州為一道，由馬總鎮守；以淄、青、齊、登、萊五州為一道，由薛平鎮守；以兗、海、沂、密四州為一道，由王遂鎮守。❹馬公　即馬總，字會元，祖籍扶風（今陝西鳳翔一帶）。❺曹濮　曹州，今山東曹縣北。濮州，今山東濮縣東。❻天平軍　據《舊唐書．穆宗紀》，元和十五年七月鄆、曹、濮等州節度賜號天平軍。❼上即位之二年　上指穆宗李恆，元和十五年繼位，故即位之二年即長慶元年，三年則為長慶二年。❽復歸之鎮　據《新唐書．馬總傳》，其時詔盧龍軍節度使劉總徙天平軍而召馬總還朝，將大用之。恰劉總死，穆宗因為鄆人附賴馬總，後詔其還鎮。❾溥　齊；等。❿沂密始分而殘其帥　沂州，今山東臨沂。密州，今山東諸城。元和十四年七月沂海將五弁殺其觀察使王遂，自稱留後。⓫幽鎮魏　幽州，今北京。鎮州，今河北正定。魏州，今河北大名東北。長慶元年，幽州盧龍軍都知兵馬使朱克融囚其節度使張弘靖以反；鎮州成德軍大將王廷湊殺其節度使田弘正而叛；次年魏州魏博節度使田布自殺，兵馬使史憲誠自稱留後。⓬扇　煽動。⓭徐　指徐州。長慶二年，武寧軍（治徐州）節度副使王智興逐其節度使崔群。⓮三方　即指幽、鎮、魏。⓯防　堤。

【語譯】憲宗元和十四年，才開始平定東平一帶的割據力量，將他們統轄的土地分為三鎮，用華州刺史禮部尚書兼御史大夫扶風馬公擔任鄆、曹、濮節度、觀察等使鎮守東平這個地方。一年之後，表彰鄆、曹、濮節度使所領之軍加名號叫「天平軍」。皇上登位的第二年，召馬公入朝，並且打算重用他，由於鄆、曹、濮的人民安心依賴馬公的治理，就仍舊讓他返歸鎮守之地。皇上繼位的第三年，馬公在鄆、曹、濮進行治理也恰好四年了。治理成功，法制確立，廣大民眾的思想非常穩定，邪惡的念頭完全從心裡排除，仁義之心已經從臉色上表現出來，齊心一致努力，來履行好國家規定的職責。在這時沂、密等州劃分不久就殺害了自己的統帥，之後幽、鎮、魏三地對政事不滿，互相煽動接連叛變，仍舊回復到以前割據的情況，徐州軍將也趁機趕走統帥自立，同幽、鎮、魏三地一樣。只有鄆這一鎮，界限分明地安處當中，四方鄰鎮看到他，就像看到有堤壩控制了洪水一樣，覺得有依靠而不用恐慌。

然而皆曰：鄆為虜巢，且六十年❶，將彊卒武，曹、濮於鄆，州大而近，軍所根柢❷，皆驕以易怨。而公承死亡之後，掇拾❸之餘，剝膚椎髓❹，公私掃地赤立❺，新舊不相保持❻，萬目睽睽❼。公於此時能安以治之，其功為大。若幽、鎮、魏、徐之亂，不扇而變❽，此功反小，何也？公之始至，眾未熟化❾，以武則忿以憾❿，以恩則橫而肆。一以為赤子⓫，一以為龍蛇，憊心罷⓬精，磨以歲月⓭，然後致之，難也。及教之行，眾皆戴公為親父母。夫叛父母從仇讎，非人之情，故曰易。

【章　旨】本段辨析馬總治鄆政績的因果難易，從而更深入地論定了馬總的功勞。

【注　釋】❶六十年　由唐代宗永泰元年（西元七六五年）李正己由平盧兵馬使成為本軍節度使，後傳給兒子李納，納又傳給兒子李師古、李師道，直到李師道被殺，共五十五年，說六十年，是舉其成數。❷根柢　草木的根，柢即根。引申為事業、學問的基礎或底子。此言平盧軍以曹、濮為基礎。❸掇拾　採摘、拾取。此處用以喻搜刮、掠奪。❹剝膚椎髓　皮被剝，骨髓被吸乾，意謂身受深重災難。❺掃地赤立　言財力困竭。掃地，已乾乾淨淨再無餘物。赤立，赤條條，什麼也沒有。❻保持　保護扶持。持，一本作「恃」。❼睽睽　張目注視的樣子。❽不扇而變　不受煽惑而叛變。❾熟化　指習慣於馬總的教化。❿憾　怨恨。⓫赤子　嬰兒。此言馬總治鄆恩威並重，視如嬰兒則以恩撫之，視如龍蛇則知其變化叵測而以武威之。⓬罷　通「疲」。⓭磨以歲月　花費很長時間。

【語　譯】可是大家都說：鄆州作為叛亂分子的老窠，已將近六十年，將領強悍，兵卒勇武，曹、濮兩州對於鄆州來說，不僅州大而且挨得很近，是原來平盧軍的基礎，都驕縱而且容易產生怨恨。而馬公接手治理在割據者死亡的動亂之後，搜刮掠奪所殘留的基礎上，民眾幾乎被剝皮吸髓，公私財力掃地以淨，赤條條毫無所有，新官舊將不能互相保護扶持，千萬人眼睜睜地望著馬公。馬公在這種時候能使之穩定並得到治理，馬公的功勞是很大的。至於幽州、鎮州、魏州、徐州動亂的時候，鄆州不受煽惑跟著叛變，這一功勞相對反而算是小的，為什麼呢？馬公開始來的時候，大眾尚未習慣於朝廷的教化，用武力彈壓就會引起憤怒而產生怨恨，用恩惠撫慰就會強橫而放肆。馬公一方面把他們看作嬰兒來呵護，一方面把他們看作龍蛇以武威之，殫精竭慮，勞損精神，花費了很長的時間，然後才達到治理成功，真難啊。等到教化已經推行，民眾都擁戴馬公作為親生父母。背叛父母卻去跟隨仇敵，總不是一般人的常情，所以說不因蠱惑而變亂相對容易。

於是天子以公為尚書右僕射，封扶風縣開國伯以褒嘉之。公亦樂眾之和，知人之悅，而侈❶上之賜也，於是為堂於其居之西北隅，號曰「谿堂」，以饗❷士大夫，通上下之志。既饗，其從事陳曾謂其眾言：「公之畜❸此邦，其勤不亦至乎？此邦之人，纍公之化❹，惟所令之，不亦順乎？上勤下順，遂濟❺登茲，不亦休❻乎？昔者❼人謂斯❽何？今者❾人謂斯何？雖然，斯堂之作，意其有謂❿，而喑⓫無詩歌，是不考引⓬公德而接⓭邦人於道也。」乃使來請。其詩曰：

【章旨】本段敘谿堂的興建和作詩的原由。

【注釋】❶侈　張大；擴大。❷饗　大宴賓客。❸畜　養。❹纍公之化　即「受公之化」的意思。纍，繫。❺濟　成就。❻休　美。❼昔者　指馬總來鄆州之前。❽斯　指鄆地，「人謂斯何」意謂過去人們斥此為叛土，而今卻得到全然不同的聲譽。❾今者　指馬總治鄆之後。❿意其有謂　言「意有所在」。謂，通「為」。⓫喑　啞。無言謂之喑。⓬考引　考核、引述。⓭接　引進。

【語譯】於是天子用馬公作為尚書右僕射，封扶風縣開國伯以褒獎。馬公也為民眾的和順感到快樂，知道人心的喜悅，從而張揚皇上的賞賜，於是在他的居所的西北角建造廳堂，取名叫「谿堂」，用來設宴招待士大夫，勾通上層和下層的想法。宴會舉行了，馬公的部下陳曾對與宴的眾人說道：「馬公對這州土地的養育，他的辛勤不是達到極點了嗎？這片土地上的人民，接受馬公的教化，只要是馬公有命令他們就遵從，不是很順應嗎？上面的人勤謹，下面的人順應，終於成就了登此谿堂的盛事，不是十分美好嗎？過去人們把這個州稱做什麼？今天人們又把這個州稱做什麼？雖然如此，這個堂的建造，還有深意在，然而喑啞沒有詩歌，這就不能考核引述馬公的美德同時引導本州民眾通向道義啊。」於是派人來請我作詩，詩是這樣說的：

帝奠❶九壥❷，有葉❸有年，有荒❹不條❺，河岱❻之間。及我憲考❼，一收正之，視邦選侯❽，以公來尸❾。公來尸之，人始未信。公不飲食，以訓以徇❿：孰飢無食？孰呻孰嘆？孰冤不問，不得分願⓫？孰為邦蟊⓬，節根之螟？羊很⓭狼貪，以口覆城⓮。吹之煦⓯之，摩手拊⓰之；箴⓱之石⓲之，膊⓳而磔⓴之。凡公四封㉑，既富以彊，謂公吾父，孰違公令？可以師征，不寧守邦㉒？公作谿堂，播播㉓流水，淺有蒲蓮，深有蒹葦㉔，公以賓燕，其鼓駭駭㉕。公燕谿堂，賓校㉖醉飽，流有跳魚，岸有集鳥，既歌以舞，其鼓考考。公在谿堂，公御㉗琴瑟。公暨賓贊㉘，稽經諏㉙律，施用不差，人用不屈。谿有蘋苽㉚，有龜有魚，公在中流，右《詩》左《書》。無我斁遺㉛，此邦是庥㉜。

【章旨】詩歌讚頌馬總關心民病、嚴懲凶邪從而穩定鄆州的功績，並描繪了谿堂落成的喜慶氣氛。

【注釋】❶奠　定。❷九壥　九州。壥，同「廛」。百姓所居之地。❸葉　世。❹荒　邊遠；遠方。❺條　理；順。❻河岱　黃河與泰山。鄆州位於黃河、泰山之間。❼憲考　指已故的唐憲宗。❽侯　諸侯，喻指節度使。❾尸　主。❿徇　宣示。⓫分願　猶言本心、本願。⓬蟊　與下文「螟」均為害蟲。蟊吃苗根，螟吃禾心。⓭很　今亦寫作「狠」。拗逆。《史記・項羽本紀》：「宋義下令軍中曰：猛如虎，很如羊，貪如狼者皆斬之。」⓮以口覆城　指桀驁巧辯之徒殘民害國。覆，傾覆。⓯煦　哈氣以溫潤對方，引申為愛撫。⓰拊　撫摸。⓱箴　石針。⓲石　藥石。箴石皆古代治病的東西，此處用如動詞，有規戒、糾正之意。⓳膊　分裂四肢。⓴磔　車裂，一種分裂肢體的酷刑。㉑四封　四境。㉒可以師征二句　意謂鄆人信服馬總，甚至可隨之出師遠征，豈止守衛本邦？言下之意希望馬總為朝廷征討割據者。寧，豈止。㉓播播　水流的樣子。㉔蒹葦　均指蘆葦。未秀穗時稱蒹，已長成為葦。㉕駭駭　與下文「考考」皆像鼓聲。㉖賓校　賓客和將校。㉗御　治，演奏。㉘賓

贊　指幕僚。㉙諏　諮詢。㉚蘋芤　蘋，同「蘋」。生長淺水中。芤，同「菰」。俗稱茭白。㉛斁遺　厭棄。㉜庥　庇蔭。

【語　譯】皇帝大力平定九州，已有幾代歷經多年。有那遠州不肯歸順，在那黃河泰山之間。到了我們先皇憲宗，一舉收復納於正軌，根據州情物色守臣，用公來作鄆州主帥。公來主持鄆州地方，人們開始並不信服，公顧不上喝水吃飯，通過教誨通過宣傳：誰在飢餓沒有食物？誰在呻吟誰在悲嘆？誰家冤屈無人分辨，不能實現自己心願？誰是地方凶狠蟊賊，啃食莊稼節根螟蟲？羊般陰狠狼樣貪心，巧言亂語顛覆州城。公給關愛又給溫潤，溫熱雙手撫摸他們；針灸藥石加以治理，車裂嚴刑給予打擊。馬公守地直達四境，都已富足而且強盛。人們把您當作父親，誰會違背您的命令？人們可以隨您出征，豈止守衛自己州郡？公修建了這座谿堂，堂邊溪水奔流不息，水邊長滿香蒲蓮花，深水處有參差蘆葦。公在這裡宴請嘉賓，宴上傳來冬冬鼓聲。公在谿堂舉行盛會，賓客將校吃飽喝醉。溪水裡面魚兒歡跳，岸邊鳥兒停息鳴叫，人們歌唱而又舞蹈，鼓樂聲音好不熱鬧。馬公坐在谿堂之上，馬公奏起琴瑟之音，馬公又和下屬幕僚，查考經典諮詢律令，施為因此沒有偏差，人們因此不受委屈。谿裡生長蘋草茭白，住著龜鱉游動魚群，公在谿流泛舟一葉，右邊《詩經》左邊《尚書》。望公永不厭棄我們，這個地方永受庇蔭。

【研　析】這篇詩序是韓愈晚年登峰造極之作。序文蒼勁古樸，詞堅義重。三段文章，開頭詳細列出馬總官名、籍貫、職務及出鎮鄆州的時間，顯得極為莊重。接著概括介紹馬總治鄆的過程與成效，文字不長而以沂、密、幽、徐等州的混亂襯托出馬總的功績。第二段扣住「大」「小」「難」「易」四字進行剖析，以馬總治鄆州在四周皆亂的情況下保持穩定為容易，為功小，用迂迴之筆，於易中表彰其難，更深入地揭示了馬總治理鄆州的辛勤勞苦，不尋常的功績。這一段實為論述，但前面冠以「然而皆曰」，以記事的語氣出之，保持了記事體的格局。這是唐代記事文與後來宋代的記事文的不同之處。第三段記谿堂的修建，述作詩的原由，引述從事陳曾的言語，能增加文章的可信度，而作者的評價和論斷自在其中。谿堂詩前人認為一唱三嘆，得〈雅〉〈頌〉遺音。寫馬總初到鄆州安撫與懲辦並舉，用一系列問句，具現馬公考查的情態。後段渲染谿堂建成的歡宴盛況，既寫馬公又寫賓贊；既點事實又寫景物，「公作谿堂」「公燕谿堂」「公在谿堂」「公在中流」，逐層推進，反覆詠嘆，其多用蟲魚草木之名和重章疊句的作風，都是對《詩經》的藝術繼承汲取的明證。

新修滕王閣記

韓退之

【題解】滕王閣為著名樓閣，舊址在江西新建縣西之章江門上，西臨大江。唐顯慶四年（西元六五九年），高祖小兒子滕王元嬰為洪州都督時所建。咸亨二年（西元六七一年）重陽節，時為洪州牧的閻伯嶼在閣上宴請群僚，王勃往交阯探望父親路經南昌從而參與了宴會，即席寫了著名的〈滕王閣序〉。滕王閣自唐以來歷經多次修建。本文題目所說「新修」在唐憲宗元和十五年（西元八二〇年）。這時王仲舒以御史中丞身分任江南西道觀察使，韓愈任袁州刺史，屬江南西道觀察使所管。滕王閣修理完工後，王仲舒命韓愈撰文記其事。韓愈並未到過滕王閣，因而文中並未正面描寫到滕王閣的美景，只是結合自己的身世反覆表達了對滕王閣的嚮往，並就這次修建，歌頌了王仲舒的政績。王仲舒，太原人，唐德宗貞元中步入仕途，以後任過蘇州刺史、中書舍人。韓愈撰有〈太原王公墓誌銘〉，載本書卷四十三，讀者可以參讀。

愈少時則❶聞江南多臨觀之美，而滕王閣獨為第一，有瑰偉絕特之稱。及得三王❷所為序、賦、記等，壯其文辭，益欲往一觀而讀之，以忘吾憂。繫官於朝❸，願莫之遂。十四年，以言事❹斥守揭陽❺，便道❻取疾以至海上，又不得過南昌而觀所謂滕王閣者。其冬，以天子進大號❼，加恩區內❽，移刺袁州❾。袁於南昌為屬邑，私喜幸自語，以為當得躬詣大府⑩，受約束於下執事⑪，及其無事且還，倘得一至其處，竊寄目⑫償所願焉。至州之七月，詔以中書舍人太原王公⑬為御史中丞，觀察江南西道⑭；洪、江、饒、虔、吉、信、撫⑮、袁悉屬治所⑯。八州之人，前所不便及所願欲而不得者，公至之日，皆罷行之。大者驛聞，小者立變，春生秋殺，陽開陰閉⑰，今修於庭戶數日之間，而人自得於湖山千里之外。吾雖欲出意見，論利害，聽命於幕下，而吾州乃無一事可假⑱而行者，又安得捨己所事以勤館人⑲？則滕王閣又無因而至焉矣！

【章　旨】本段述自己對滕王閣嚮往已久而沒有機會登臨，結合讚美王仲舒治江西的政績。

【注　釋】❶則　或作「嘗」，或作「側」。❷三王　指王勃、王緒、王仲舒。王勃有〈滕王閣序〉，王緒有〈滕王閣賦〉，王仲舒早年任職江西時寫有〈修滕王閣記〉，今只王勃之序尚存。❸繫官於朝　即在朝廷掛了職務。繫，掛。❹言事　唐憲宗元和十四年（西元八一九年）正月，韓愈因上〈論佛骨表〉諫阻憲宗迎奉佛骨，被貶為潮州刺史。❺揭陽　唐嶺南道之潮州即漢南海郡之揭陽縣。此以揭陽代潮州，是用古名。❻便道　捷徑。❼天子進大號　元和十四年群臣給唐憲宗上尊號為「元和聖文神武法天應道皇帝」。❽區內　區宇之內，即天下之意。❾袁州　以境內袁山而得名，治所在宜春，今江西宜春是其舊治。❿大府　高級官府，此指江南西道觀察使官署。⓫下執事　低級辦事人員。這是自謙之辭，意思是不敢與觀察使平起平坐，只能按其底下的吏役要求行事。⓬寄目　寓目；觀覽。⓭王公　王仲舒。⓮江南西道　唐行政區劃名。唐開元二十一年（西元七三三年）分境內為十五道，江南為東西二道，江南東道治蘇州，江南西道治洪州（今江西南昌）。安史亂後，江南西道通稱江西，觀察使管領洪、江、信、袁、撫、饒、虔、吉八州，相當今江西境。⓯江饒虔吉信撫　唐江州治潯陽（今江西九江），饒州治鄱陽縣（今江西波陽），虔州治贛縣（今江西贛州），吉州治廬陵（今江西吉安），信州治上饒縣（今江西上饒），撫州治臨川縣（今江西撫州）。⑯治所　地方長官的官署。⑰陽開陰閉　興利塞害之意。陽指美好興盛之事，陰指醜惡腐敗之事。⑱假　借助；利用。⑲館人　指接待官員的賓館人員。

【語譯】我在小時候就聽說江南地方多登臨觀賞的美景，而只有滕王閣數第一位，有著瑰麗奇偉超絕特出的美名。等到讀了「三王」所寫關於滕王閣的序、賦、記等文章，感到那些作品文辭壯美，更加想要往滕王閣一睹它的風采再來讀這些文章，以便忘掉我的憂愁。因為在朝廷掛了職，這個願望沒有能夠實現。元和十四年，因為議論政事被貶職任潮州刺史，走捷徑求快而到海上，又不能夠經過南昌而去觀賞被稱為滕王閣的景點。那年冬天，因為天子新加尊號，普天下加賜恩德，我的官職向內調動為袁州刺史。袁州對南昌而言是個屬縣，我私心歡喜慶幸地對自己說，以為會要親自到上級官府，受底下的辦事者安排指導，待到沒有了事情將要返回時，或許能夠一到滕王閣那兒，希望觀覽觀覽以實現自己的心願。到達袁州的第七個月，詔書下達用中書舍人太原王公作為御史中丞，江南西道觀察使，洪州、江州、饒州、虔州、吉州、信州、撫州、袁州全都隸屬於觀察使官署管轄。八州的人民，以前就感到不便的政令以及內心希望要變更而沒有能實現的事，王公到任的那天，全都罷除不便者推行所欲者。重大問題派人經驛傳報告朝廷，小事情就立即更改。就像春天使萬物生長，秋天使草木凋零一樣，興利除害，政令修定只幾天在官府廳堂之內完成，可人們卻在隔湖隔山的千里之外的地方迅速各自得到好處。我雖然想要提出看法，議論好壞得失，到觀察使幕下來聆聽教命，但我們那州卻沒有一件事可以利用來出差的，又怎麼能夠拋開自己所做的事來麻煩館舍的人員？於是滕王閣又沒有機會見到了！

其歲九月，人吏浹和❶，公與監軍使❷燕❸於此閣，文武賓士皆與在席。酒半，合辭言曰：「此屋不修，且壞。前公為從事❹此邦，適理新之，公所為文，實書在壁；今三十年而公來為邦伯❺，適及期月❻，公又來燕於此，公烏得無情哉？」公應曰：「諾。」於是棟楹❼梁桷❽板檻❾之腐黑撓❿折者，蓋瓦級甎之破缺者，赤白之漫漶⓫不鮮者，治之則已；無侈前人⓬，無廢後觀。

【章　旨】本段記新修滕王閣的經過，亦歸美於王仲舒。

【注　釋】❶浹和　融洽；和諧。❷監軍使　官名。除主帥外另派人監督軍事，省稱監軍。唐玄宗起用宦官擔任此職。❸燕　宴飲。❹從事　指充任刺史的佐吏。❺邦伯　古之州牧，後稱州刺史為邦伯。❻期月　滿月。❼楹　屋柱。❽桷　椽子。❾檻　欄檻。❿撓　彎曲。⓫漫漶　模糊不可辨識。⓬無侈前人　不誇奢鬥靡，追求氣派排場。侈，超過。

【語　譯】這一年的九月，江西官吏人民達到融洽和諧的境地，王公和監軍使在滕王閣宴飲，文武的官吏和賓客士紳都在酒席上。酒喝到一半，大家一致進言道：「這樓閣不加修繕，就將壞掉。從前您在這州作幕僚，恰逢修理翻新這樓，您所寫的修閣記文，還書寫在牆壁上；現今三十年之後您來這裡作州牧，恰好整一月，您又在這裡舉行宴會，您怎麼能夠不動心呢？」王公答應道：「可以重修。」於是棟梁屋柱椽皮板壁欄檻等的腐朽變黑、彎曲變形的，蓋屋的瓦，砌臺階的磚中破爛缺損的，紅白塗料已模糊無法辨別色褪不亮的，修理好就完事；不必超過前人，只求不妨礙後人觀賞。

工既訖功，公以❶眾飲，而以書命愈曰：「子其為我記之！」愈既以未得造❷觀為嘆，竊喜載名其上，詞列三王之次，有榮耀焉；乃不辭而承公命。其江山之好，登望之樂，雖老矣，如獲從公遊，尚能為公賦之。元和十五年十月某日袁州刺史韓愈記。

【章旨】本段述作記的緣由和想法，再次表達渴望一到滕王閣的心願。

【注釋】❶以　與。❷造　到。

【語譯】修建滕王閣的工程已經完畢，王公同眾人來這裡宴飲，並寫書信命令韓愈說：「你替我記述一下這件事吧！」我已經因為沒能到滕王閣觀賞而感嘆，私下歡喜能把名字寫在閣上，言詞排列在三王的後面，是很榮耀的事；於是不加推辭而接受了王公的命令。至於那江山的美好，登臨眺望的樂趣，我雖說已經老了，但如果能有機會跟從王公遊賞，我仍然能替您描述出來。元和十五年十月某日袁州刺史韓愈記述。

【研析】文章的寫法，並不純是形式技巧問題，選擇何種寫法，往往與文章的內容和寫作時的情境有很大關係。以本文而論，第一、滕王閣在洪州，韓愈是在袁州作記，並未遊覽過滕王閣。自己沒有親臨的感性印象，自然不易寫好滕王閣的風光景物。當然憑韓愈的修養和文學才能，借助有關資料，也許能寫出一定的特色。但滕王閣已有王勃的序文傳誦不衰，「落霞與孤鶩齊飛，秋水共長天一色」的名句播在人口，勉強去寫，有很大的風險。韓愈此文的好處，恰恰就在於別開生面，自為創格。通篇不涉及滕王閣內的景象，也不描繪閣外的山光水色，而以心嚮往之卻不能一遊的遺憾作文章主線，借自己的生平感慨掀起波瀾。從少時起筆，寫到做官，遭貶，反覆嘆恨未能一睹滕王閣的盛景。移官袁州，私心暗喜，以為必能一遊而終於未果，波瀾起伏，姿態橫生。末尾以「老矣」二字照應「少時」，以「江山之好，登望之樂」照應「臨觀之美」，文章首尾相顧而感慨不盡。作者以未到為終生之憾，讀者盡可以想像滕王閣的瑰偉絕特。這正如林紓所說：「舍閣外之風光，寫修閣之緣起，力與王勃之序、王緒之賦相避，自是行文得法處。」第二、主持修閣的人是作者的上司。屬員執筆記上司修閣，免不了要說些好話。如果一味歌功頌德，又未免有失品位。韓愈沒有這樣做，全文似乎主要在感喟自己的生平，這是其高明之處。但本文又確為王仲舒說了不少好話。這些話都分散於各處，逐步出現，盡量在敘說未能親到滕王閣一遊時帶出，看似不經意，實則用心良苦。提出「三王」，將王仲舒與王勃並列；說王仲舒「令修於庭戶數日之間，而人自得於湖山千里之外」；寫宴飲，先點人吏洽和，以見政治清明；寫修造，補出「無侈前人」，以見有崇儉之深意。這些分散的話合起來，王仲舒便有了一個廉能長吏的形象。這種分散點染的辦法，就是寫作的情境所決定的。

藍田縣丞廳壁記

韓退之

【題解】壁記是嵌在牆上的碑記，記官職的設立、變革及任命升遷的始末。唐朝廷各種官廳的牆壁及州縣官署多有壁記。本文寫於唐憲宗元和十年（西元八一五年），是韓愈為他的朋友崔立之所作。崔立之字斯立，曾任大理評事，因事被貶，先入巴蜀，再入西城，後為藍田縣（今屬陝西）丞。他和韓愈交誼很深。韓愈在屢試博學宏詞不第時，崔曾寫信安慰和勉勵，韓愈曾寫〈答崔立之書〉（見本書卷二十九）作答。今韓愈詩集中有好幾首詩是贈給崔立之的。長詩〈寄崔二十六立之〉詳細記述了兩人之間的交往和崔立之中進士、博學宏詞科以及做官遭貶的經歷，可以與本文參讀。與詩歌一樣，本文也是代崔立之作不平之鳴，對他屈居縣丞無所作為，甚而為胥吏所輕侮，表示了同情和憤慨。但文章的意義不限於此。文中把吏胥共同欺凌縣丞，縣丞低首下氣的情狀，寫得淋漓盡致，成為專制制度下勢利官場內幕的一幅縮寫。同時認為縣丞沒有具體分管的部門，地位又僅次於縣令，似乎什麼都可以管，事實上卻什麼都不能管，這又有就設官分職提出問題，希望引起當局正視的深刻用意。

丞之職所以貳❶令，於一邑無所不當問。其下主簿、尉❷。主簿、尉乃有分職。丞位高而偪❸，例以嫌❹不可否事。文書行，吏抱成案❺詣丞❻，卷其前，鉗❼

以左手，右手摘❽紙尾，鴈鶩行❾以進，平立，睨❿丞曰：「當署。」丞涉筆⓫占位⓬署，惟謹，目吏，問：「可不可？」吏曰：「得。」則退，不敢略省⓭，漫⓮不知何事。官雖尊，力勢反出主簿、尉下。諺數慢⓯，必曰「丞」，至以相訾謷⓰。丞之設，豈端⓱使然哉！

【章　旨】本段極言縣丞的職務無所作為被人輕視。

【注　釋】❶貳　副。《說文》段注：「周曰貳，漢曰副。」此處作動詞用，佐助之意。❷主簿尉　主簿掌管文書簿冊和監印事項；縣尉負責地方治安督捕盜賊等。唐之藍田為畿縣，設令一人，正六品上；丞一人，正八品上；主簿一人，正九品上；尉二人，正九品下。❸偪　同「逼」。侵迫。一縣之內，縣丞地位僅次於縣令，如果認真管事，很容易侵犯到縣令的職權，所以說「位高而偪」。❹嫌　嫌疑，指與縣令爭權之名。❺成案　已經辦成的案件文書。❻詣丞　指到縣丞處副署。❼鉗　同「拑」。夾持。吏把公文的前部分捲起夾住，連公文的內容也不讓縣丞知道。❽摘　取，這裡是揀取某一點的意思。❾鴈鶩行　像鵝鴨一樣搖搖擺擺歪歪斜斜而行，說明吏對丞毫不在乎。鴈，鵝。鶩，水鴨。行，一說讀ㄏㄤˊ，句意謂吏像鵝鴨排列成行。一說鴈通「雁」。❿睨　斜著眼看。⓫涉筆　舉筆蘸墨。⓬占位　估量應該簽名的位置。丞照例簽在縣令名字之後。⓭省　察看；了解。指過問文書內容。⓮漫　茫然。⓯諺數慢　諺，俗語。數，計算；列舉。慢，散慢；不要緊。⓰訾謷　譏誚嘲罵。⓱端　本來。

【語　譯】縣丞這個職務是用來協助縣令的，對於一縣的事務，沒有不當過問的。縣丞下面是主簿、縣尉。主簿、縣尉卻有分管的職責。縣丞地位高因而迫近縣令，照例因為避免嫌疑而不對縣令決定的事表示贊同或不同意。簽發公文時，吏員抱著已經做成的案卷到縣丞處，把公文的前面部分捲起來，用左手夾持著，右手揀紙尾簽名處按定，像鵝鴨那樣搖搖擺擺走來，平對著縣丞站立，眼睛斜瞟著縣丞說：「應當簽署。」縣丞執筆蘸墨估量可簽名的位置簽上名，特別小心謹慎，望著吏員，問：「可以不可以？」吏員說：「行啦。」轉身退了出去，縣丞不敢稍微查看一下公文的內容，茫然不知道是什麼事情。官位雖然高些，權力威勢反而落在主簿、縣尉的後面。俗話列舉最閒散的冗官，必定說到縣丞，甚至加以譏誚嘲諷。縣丞一職的設置，難道本意就是要使它落到這個模樣嗎？

博陵❶崔斯立，種學績文❷，以蓄其有，泓涵❸演迤❹，日大❺以肆❻。貞元❼初，挾其能，戰藝❽於京師，再進❾再屈千人。元和❿初，以前大理評事言得失黜官⓫，再轉⓬而為丞茲邑。始至，喟曰：「官無卑，顧材不足塞職⓭。」既噤⓮不得施用，又喟曰：「丞哉！丞哉！余不負丞，而丞負余。」則盡枿去牙角⓯，一躡⓰故跡⓱，破崖岸⓲而為之。

【章旨】本段記述崔斯立被貶為藍田縣丞想有所作為而不能。

【注釋】❶博陵　故城在今河北蠡縣南，因漢桓帝在此為其父立博陵而得名。❷種學績文　此用耕種紡織以比喻求學習文。種，種植。績，緝麻；紡織。❸泓涵　喻學問深廣。「泓」為水深且清，涵指包容廣大。❹演迤　延伸流布，指將深廣的學問發為文章。❺大　此指文章內容閎富。❻肆　指文筆恣肆。❼貞元　唐德宗年號，共二十一年（西元七八五—八〇五年）。❽戰藝　以文藝和人競爭，指參加科舉考試。❾再進　指崔斯立於貞元四年應進士試及第，貞元六年再應博學宏詞科考中式。❿元和　唐憲宗年號，共十五年（西元八〇六—八二〇年）。⓫黜官　貶官。⓬再轉　崔立之貶職曾先至巴蜀任職，繼調為西城縣丞，後才轉到藍田縣。⓭塞職　盡到職責。⓮噤　閉口不言。⓯枿去牙角　即去掉鋒芒。枿，同「蘖」。樹木經斫伐後再生之枝條，此處有「斫伐」之意，「牙角」喻稜角、鋒芒。⓰躡　蹈。⓱故跡　老路，原先的作法，即遇事不置可否以避嫌疑。⓲崖岸　喻指為人嚴峻，處事不肯隨和。

【語　譯】博陵人崔斯立，在學術文章的園地耕耘織作，從而積蓄起他擁有的學識才幹，深厚博大，文采斐然，所寫文章一天比一天內容閎富，文筆恣肆。貞元初年，懷抱著他高強的能力，在京城以文藝與人角逐，連應進士和博學宏詞兩次考試，兩次進入都壓倒了上千人。元和初年，在原大理評事任上議論政事的得失而受到降職處分，兩次轉換地方然後來到這個縣作縣丞。到任之初，他感慨地說：「官職無所謂小不小的問題，只怕我的才能不足以充當這個職務。」在閉口不能發表意見，才能得不到施展之後，他又感慨地說：「縣丞啊！縣丞啊！我沒有辜負縣丞的職位，可是縣丞這個職位卻辜負了我。」於是就完全去掉稜角鋒芒，一切按照慣例敷衍了事，改變自己傲岸嚴峻原則分明的作風來履行縣丞之職。

丞廳故有記，壞漏汙不可讀。斯立易桷❶與瓦，墁❷治壁，悉書前任人名氏。庭有老槐四行，南牆鉅❸竹千梃❹，儼立若相持，水㶁㶁❺循除❻鳴。斯立痡❼掃溉，對樹二松，日哦❽其間。有問者，輒對曰：「余方有公事，子姑去。」考功郎中、知制誥❾韓愈記。

【章　旨】本段記崔斯立修治官廳，日以吟哦為公事，表現他對政事的無可奈何和懷才不遇的憤懣。

【注　釋】❶桷　方形的椽子，釘在屋頂上承瓦用。❷墁　塗粉牆壁的工具，即泥工所用抹子。此處為塗抹之意。❸鉅　同「巨」。❹梃　條狀物的計量單位，千梃即千竿。❺㶁㶁　水流聲。❻除　臺階。❼痡　甚極之詞。極力；盡情地。❽哦　吟詩。❾考功郎中知制誥　官名，考功郎中為吏部屬官，掌管文武百官考績事項。知制誥，負責撰擬詔令事項，這原是中書舍人的職務，韓愈元和九年十月為考功郎中，十二月起兼任知制誥。

【語　譯】縣丞的官廳牆上原來刻有壁記，屋壞漏水弄汙了無法閱讀。崔斯立斢換過椽子和屋瓦，塗抹粉刷修整好牆壁，將此前在這裡任縣丞的人的姓名全部寫在牆上。庭院裡有老槐樹四行，南面牆邊有大竹千竿，槐與竹儼然對立相持不下的樣子，流水發出瀌瀌的響聲沿著臺階流淌。崔斯立將庭院盡情地打掃洗滌一番，對峙栽上兩棵松樹，每天就在青松之間吟詩。有人問他，就回答說：「我正在辦理公事，你暫且離開這裡吧。」考功郎中、知制誥韓愈記。

【研　析】本文篇幅短小而內容豐富，既概括記述了當時縣丞任職的一般情況，又具體地寫到崔斯立任職前後不同的感受和態度的變化。既刻劃了當時官場勢利小人趨炎附勢的醜態，又為崔斯立懷抱不得施展發出了不平之鳴。可謂言約而意豐。文章在行文方面，有兩個突出的特色值得注意。第一是摹寫生動傳神。開頭一段把吏胥共同欺凌縣丞，和縣丞低首下氣的情狀，寫得淋漓盡致。「丞涉筆占位署，惟謹，目吏，問：『可不可？』吏曰：『得。』則退，不敢略省，漫不知何事。」描摹縣丞的可憐處境，真是入木三分，如聞其聲，如見其人。一個「得」字，也把縣吏對縣丞那種輕視、滿不在乎的表情充分表現出來。二是語言詼諧風趣。作者有揭露，有鞭笞，有同情，有義憤，而這一切都以詼詭戲謔的筆調出之。崔斯立已經貶成了縣丞，卻不嫌官小，認為官無大小，只怕自己的才能滿足不了官職的要求。然而做了一個時期以後，無所用其智謀，內心的憤懣可想而知，韓愈只是寫他喟曰：「丞哉！丞哉！余不負丞，而丞負余。」純用戲謔的語言，而沉痛之感見於言外。在松竹間閒吟，而告人說「余方有公事，子姑去。」詼詭的話語下含藏著傲睨不恭的氣概。錢基博評此文：「憤激而出以詼詭，感慨而寓之蕭閑。」是對本文寫作特色的正確概括。南宋洪邁《容齋隨筆．四筆》卷五說此文「雄拔超俊，光前絕後」，確不愧為傑作。

燕喜亭記

韓退之

【題　解】燕喜亭也寫作宴喜亭，在連州城內，唐代王仲舒作連州司戶參軍時所建。唐德宗貞元十九年（西元八〇三年)，時任監察御史的韓愈因上〈論天旱人饑狀〉揭露了關中一帶遭災人民生活困苦的情況為權貴所不滿，被貶謫到連州陽山縣作縣令。本文是貞元二十年到連州之後不久所作。韓愈和王仲舒都是遭貶而到連州，王仲舒時貶為連州司戶參軍，他們有著共同的命運。且二人交誼深厚，韓愈曾兩度為其部屬。王公死後，韓愈曾為他作墓誌銘，又作神道碑。在本文中，韓愈寫王仲舒在貶謫生涯中不得不寄情山水，通過給山水亭閣命名讚揚王仲舒堅守節操，蓄養美德，寄託了守己以待時的積極用意。末尾預祝王仲舒不久將離開連州而「羽儀於天朝」，正是曲折地反映了作者自己的心境。

太原王弘中❶在連州❷，與學佛人景常、元慧游。異日，從二人者行於其居之後、邱荒之間，上高而望，得異處焉。斬茅而嘉樹列，發石而清泉激，輦❸糞壤❹，燔❺椔翳❻，卻❼立而視之，出者突然❽成邱，陷者呀❾然成谷，窪者為池而缺者為洞，若有鬼神異物陰❿來相⓫之。自是，弘中與二人者晨往而夕忘歸焉，乃立屋以避風雨寒暑⓬。

【章旨】本段記燕喜亭的修建，交代亭周圍的山水景物。

【注釋】❶王弘中　即王仲舒，弘中是其字。❷連州　因州西南有黃連嶺而得名，今為廣東連州。貞元十九年王仲舒由吏部員外郎貶連州司戶參軍。❸輦　車，此處為拉走之意。❹糞壤　穢土。❺燔　燒掉。❻椔翳　椔為直立的死木，翳為伏倒於地的枯木。❼卻　後退。❽突然　凸出的樣子。❾呀　大、空的樣子。❿陰　暗中。⓫相　助。⓬避風雨寒暑　一本作避風雨禦寒暑。

【語譯】太原王弘中在連州時，同佛門弟子景常、元慧交往。有一天，他跟隨這兩人在自己住處的後面，邁步在那山嶺荒野之間，登上高處騁望，發現了一個特別的去處。砍掉蘆茅雜草，而後美麗的樹木自然成列，掀開石頭便有清冽的山泉噴射，用車拉走穢土，放火燒掉枯木，退後站立然後再看此地，顯露在外凸出的樣子便是山邱，低陷下去廣闊而空蕩便是山谷，低窪地成為池塘，空缺之處自成洞穴，似乎有鬼神怪物在暗中幫助作成。從此，弘中同這兩個人早晨便來到此處，到了晚上還忘記歸家，於是就建起一間亭屋來遮避風雨和寒冷暑熱。

既成，愈請名之，其邱曰「竢德❶之邱」，蔽於古而顯於今，有竢之道也❷；其石谷曰「謙受❸之谷」，瀑曰「振鷺❹之瀑」，谷言德，瀑言容也；其土谷曰「黃金之谷」，瀑曰「秩秩之瀑❺」，谷言容，瀑言德也；洞曰「寒居之洞」，志其入時也；池曰「君子之池」，虛以鍾❻其美，盈以出其惡❼也；泉之源曰「天澤❽之泉」，出高而施❾下也；合而名之以屋，曰「燕喜之亭」，取詩所謂「魯侯燕喜」❿者頌⓫也。

【章旨】本段記給燕喜亭及四周山水命名，借以頌揚建亭者的胸襟和品德。

【注釋】❶竢德　等候有德的人。竢，同「俟」。等待。❷有竢之道也　別本或作「有竢德之道也」，或作「有竢時之道也」。❸謙受　《尚書・大禹謨》：「滿招損，謙受益」。此借其意以言山谷空闊廣大能多多容受的特點。❹振鷺　《詩經・周頌》有〈振鷺〉篇，以鷺之潔白比喻人的容貌修整。振鷺是白鷺奮起群飛的樣子。這裡用來形容潔白飛騰的瀑布。振，奮起。❺秩秩之瀑　是就瀑布有清麗明徹的品格來取名，所以說是「言德」。秩秩，清明。《詩經・大雅》之〈假樂〉篇：「威儀抑抑，德音秩秩」。❻鍾　聚；集。❼出其惡　指汙水外流。給池塘取名君子，是以池塘不滿時不斷吸納新泉，盈滿時汙水外溢，來比喻君子不斷增進美德清除邪惡。❽天澤　上天的恩惠。❾施　布；播撒。❿魯侯燕喜　《詩經・魯頌》之〈閟宮〉篇：「魯侯燕喜，令妻壽母。宜大夫庶士，邦國是有。」意思是魯侯宴飲歡欣，妻子美好，母親高壽，優禮賢士大夫，永遠保有魯國。⓫頌　祝福。此用魯侯燕喜故事祝福建亭人將福澤多多。

【語譯】亭屋建成了，韓愈請求給它取名字，稱那山邱叫做「竢德之邱」，因它在古代被遮蓋而在今天才顯露出來，有等待有德之人的意思；稱那石谷叫做「謙受之谷」，瀑布叫做「振鷺之瀑」，石谷的命名是說明它的品德，瀑布的命名是描繪它的形象；稱那土谷叫做「黃金之谷」，土谷的瀑布叫做「秩秩之瀑」，土谷的命名是形容它的形象，瀑布的命名是說明它的品德；稱那洞穴叫做「寒居之洞」，這樣命名是記載進入時的感覺；池塘叫做「君子之池」，取它未滿時聚集眾美，盈滿時將汙水排掉的意思；稱那泉水的源頭叫做「天澤之泉」，因為它從高處湧出而曲折流向下方啊。總括這裡的景色而給亭子取名字，名叫「燕喜之亭」，這是採用《詩經》所說的「魯侯燕喜」一句的意思來表示祝福。

於是州民之老，聞而相與觀焉，曰：吾州之山水名天下，然而無與「燕喜」者比。經營於其側者相接也，而莫直❶其地。凡天作而地藏之以遺其人乎？弘中自吏部郎貶秩❷而來，次❸其道途所經，自藍田❹入商洛❺，涉淅、湍❻，臨漢水❼，升峴首❽以望方城❾；出荊門❿，下岷江⓫，過洞庭⓬，上湘水⓭，行衡山⓮之下；繇郴踰嶺⓯，蝯狖⓰所家，魚龍所宮，極幽遐瑰詭之觀，宜其於山水飫⓱聞而厭見也。今其意乃若不足，《傳》⓲曰：「知者樂水，仁者樂山。」弘中之德，與其所好，可謂協矣。智以謀之，仁以居之，吾知其去是而羽儀⑲於天朝也不遠矣。遂刻石以記。

【章　旨】借州民之口讚揚王仲舒既仁且智，祝他早日回朝輔政。

【注　釋】❶直　清徐灝《說文解字注箋》：「直，又為相當之義。」❷秩　官吏的職位和品級。❸次　排列；依次列出。❹藍田　縣名，今屬陝西，在西安市東南。❺商洛　今陝西東南商縣、洛南等地即商山和洛水上游地區。❻淅湍　均水名。淅水又名析水，源出河南盧氏縣，至淅川縣入丹江。湍水源出河南內鄉熊耳山，至新野注入漢江支流白河。❼漢水　亦稱漢江，為長江最大支流，源出陝西嶓冢山，流經陝西南部，湖北西北部和中部，至武漢注入長江。❽峴首　山名，在湖北襄陽南。❾方城　山名，在湖北竹山縣東南。與峴首山相距甚遠，亦非王仲舒必經之地，故說「以望方城」。❿荊門　山名，在今湖北宜都西北之長江南岸，與北岸虎牙山相對，上合下開，其狀如門。⓫岷江　在四川中部，又名都江，源出岷山北部，至宜賓匯入長江。此處即以之代指長江。⓬洞庭　湖名，在湖南北部長江南岸，湘資沅澧四水匯流於此，由岳陽城陵磯入長江。⓭湘水　又名湘江，為湖南最大河流，發源於廣西興安海陽山，稱灕湘，入湖南至零陵與瀟水合流稱瀟湘，至衡陽與蒸水合流稱蒸湘，統稱三湘。⓮衡山　即五嶽之一的南嶽，在湖南衡陽北，湘水從山下流過。山有七十二峰，為著名風景勝地。⓯繇郴踰嶺　由郴州越過五嶺。繇，同「由」。「郴」為郴州，在湖南南部，「嶺」指五嶺，在江西、湖南和廣東、廣西之間的山嶺，究竟指哪五嶺其說不一。⓰蝯狖　蝯，猿的本字。狖，長尾猿。⓱猒　與厭見之厭都是飽、足的意思。⓲傳　此指《論語》，引文見《論語・雍也》。知者，聰明的人。韓愈在世時《論語》尚未列為經書，所以仍稱為「傳」。⓳羽儀　羽翼；儀表。指入朝佐政，為國家的光彩。

【語　譯】在這時，州民中那些年長的人，聽說此亭落成就一起來觀賞，他們說：我們連州山水之美天下有名，可是沒有什麼地方能與「燕喜亭」相比。營建修造在亭傍的建築一座接一座，但沒有一處能與這裡相當。大概是上天造好大地將它隱藏下來賜與這個人的吧？弘中從吏部員外郎降級而南來，依次列出他路途上經過的地方，從藍田縣進入商洛山區，渡過淅水、湍水，臨近漢江，登上峴首山，並遠望方城山；從荊門穿過，順長江而下，過洞庭湖，溯湘江而上，行走在南嶽衡山之麓；由郴州越過五嶺，這是猿猴居住，魚龍藏身的地方，歷盡幽深曠遠瑰麗奇詭的風光，他應該對於山光水色是已聽夠了看飽了。現在他的心裡卻似仍然沒有滿足，《論語》上說：「智慧的人喜愛水，仁慈的人喜愛山。」弘中的品德，同他愛好的東西，可說是完全一致了。用智慧來謀劃，懷仁心而居住，我由此而料定他離開這裡回歸朝堂輔佐朝政為國增輝，那只是不遠的事了。於是我將此文刻在石上來記述他建亭的事情。

【研　析】本文起首突兀，「太原王弘中在連州」，為下文回敘貶秩南來的經歷留下多少地步。接著先寫燕喜亭盛景的發現，次寫修治過程，再說修治後的效果，層次清晰而語言排比整齊，簡括而富於表現力。點出泉水和邱、谷、池、洞，為命名先作鋪墊。第二段命名，即承上文所點一一展開，命名賦予燕喜亭周圍景物以豐厚的文化內涵，表面記山水，取神取貌，實則意在使人想見修建燕喜亭者的胸襟品德，但沒有明說。第三段就借州民老者的口把這個意思挑明，文章由記景物轉入讚美王弘中其人。歷敘王弘中貶斥途中所遇山水一段，是本文精彩出味的文字。第一，文章到這裡才注明太原王弘中如何到了連州，與文章開頭的陡起遙相呼應，首尾神回氣合，使人不一覽而盡。第二，這段文字大大擴展了文章的境界，尺幅含千里之勢，用眾多的名山勝水作燕喜亭的賓客。既然飽覽這麼多山水仍不滿足而日夜忘歸寄情於燕喜亭，那麼燕喜亭的美可想而知，弘中對山水的喜愛追求也可想而知，這樣以「仁智」二字歸之才有充足的根據。第三，從長安附近的藍田起，自遠而近，直到嶺外的連州，使連州與都城遙遙相接，一氣相通，人在連州，未嘗不心懷京國，為結尾「去是而羽儀於天朝」的祝頌作了很有力的鋪墊。這真是著一子而滿盤皆活。

河南府同官記

韓退之

【題　解】唐代河南府管轄東都洛陽周邊地區，含鞏縣以西、澠池以東共二十縣。同官即同僚，同在一起做官的人。但不包括韓愈本人，因他尚未成年，居河陽（今河南孟縣）家中，但河陽為河南府轄縣。本文記述了唐德宗初即位的建中（西元七八〇—七八三年）初年同在河南府任職而後來先後成為將相名臣的五個人物，重心是介紹裴均。文章前兩段寫於憲宗元和元年（西元八〇六年），末段則寫於元和六年（西元八一一年）韓愈任河南令的時候。貞元二十一年（西元八〇五年）正月，德宗死，順宗即位。二月，大赦天下。八月改元為永貞元年。韓愈因大赦離開貶所連州陽山縣，至九月調為江陵府法曹參軍。這時江陵的主帥裴均，建中初曾在河南府任參軍，曾向部下說過一些追懷德宗早年政治情況的話。韓愈因而有所感，故執筆為此文。他在江陵不到一年，也調回京城，不久便來到河南任職。在這上司曾任過職的地方，補寫完這篇文章，最原始的動因可能想借以讚頌這位不錯的上級，並傳達自己對功業名聲的嚮往。但文章的意義不止於此，他通過裴均的口，肯定了唐德宗早年求治的願望，傳達了當時文人作家普遍懷念貞觀、開元之治，面對唐王朝江河日下的形勢，渴望重建太平盛世的心聲，主張命材登良，嚴格選用人才；群臣惕慄奉職，不敢違私，在新舊君主變更的時候，作者顯然是有憾於德宗的未能堅持到底而寄深望於新君憲宗。這在當時是頗有現實意義的。

永貞❶元年，愈自陽山❷移江陵❸法曹參軍❹，獲事河東公❺。公嘗與其從事❻言：建中❼初，天子始紀年更元❽，命官司舉貞觀、開元❾之烈❿。群臣惕慄⓫奉職，命材登⓬良，不敢私違。當時自齒朝之士⓭而上，以及下百執事⓮，官闕一人，將補，必取其良。然而河南同時於天下稱多，獨得將相五人。故於府⓯之參軍則得我公，於河南⓰主簿則得故相國范陽盧公⓱，於汜水⓲主簿則得故相國今太子賓客滎陽鄭公⓳，於陸渾⓴主簿則得相國今吏部侍郎天水趙公㉑，於登封㉒主簿則得故吏部尚書東都留守吳郡顧公㉓。
（ㄍㄨˋ ㄌㄧˋ ㄅㄨˋ ㄕㄤˋ ㄕㄨ ㄉㄨㄥ ㄉㄨ ㄌㄧㄡˊ ㄕㄡˇ ㄨˊ ㄐㄩㄣˋ ㄍㄨˋ ㄍㄨㄥ）

【章旨】本段記裴均評述德宗初年精心求治，嚴格選才命官，河南一地同時湧現眾多優秀人才。

【注釋】❶永貞　唐順宗李誦年號，西元八〇五年。亦即唐德宗貞元二十一年，該年八月改元永貞。❷陽山　縣名，唐屬連州，今屬廣東。❸江陵　府名，唐肅宗上元元年（西元七六〇年），升荊州為江陵府，治所在今荊州市。❹法曹參軍　負責司法審理案件的幕僚。❺河東公　指裴均。字君齊，河東（治所在今山西永濟）人。當時是荊南節度使，治所設江陵。❻從事　指州府長官手下的佐吏，各曹參軍等。❼建中　唐德宗李适年號，共四年（西元七八〇至七八三年），即德宗即位最初四年。❽更元　即改元。漢武帝即帝位，以建元為年號。以後新君即位，一般在第二年改用新年號紀年。❾貞觀開元　前者為唐太宗年號，後者為唐玄宗年號。這兩個時期是唐代歷史上有名的「太平盛世」。❿烈　功業。⓫惕慄　戒懼敬畏，兢兢業業。⓬登　升；提拔。⓭齒朝之士　列於朝堂的人物。⓮執事　各部門專職人員，百官。此處與朝士相對則指京城和地方的下級官吏。⓯府　指河南府。⓰河南　指河南縣。⓱盧公　名邁，字子玄，范陽人。以書判拔粹授河南主簿。⓲汜水　隋縣名，後併入滎陽縣，今屬河南。⓳鄭公　名餘慶，字居業。元和元年罷相為太子賓客（負責侍從、調護、規諫太子的大臣）。⓴陸渾　古縣名，唐屬河南府，五代時縣廢，故城在今河南嵩縣東北。㉑趙公　名宗儒，字秉文。㉒登封　縣名，本隋之嵩陽縣，唐初併入陽城縣，武后萬歲登封元年（西元六九六年）改登封縣，今屬河南。中嶽嵩山及著名的少林寺均在縣境。㉓顧公　名少連，字夷仲，蘇州人。

【語譯】永貞元年，我由陽山縣令調為江陵府法曹參軍，有機會侍奉河東公。公曾經對他的部下助手們說：建中初年，德宗皇帝才開始更改年號重新紀年，命各部門官吏列舉、討論貞觀、開元時代的功業。臣子們都戒慎敬畏地遵奉職守，任用、提拔優秀人才，不敢因私情違背政令。那時候從列於朝堂的人物往上數，以及下面的各級官員佐吏，缺了一個官位，將要補充，一定要選擇到那最稱優良的。所以這個時期河南府在全國範圍內被稱為得人最多，一個州府提拔了後來成為將相名臣的賢才有五個人。在河南府的參軍就選中我們河東公，在河南縣主簿崗位上就選中了已故宰相范陽盧公，在汜水縣主簿崗位上，就選中了原宰相現為太子賓客的滎陽鄭公，在陸渾縣主簿崗位上就選中了現在的吏部侍郎天水趙公，在登封縣主簿崗位上就選中了已故吏部尚書東都留守吳郡顧公。

盧公去河南為右補闕❶，其後由尚書左丞❷至宰相；鄭公去汜水為監察御史❸，佐山南軍❹，其後由工部侍郎❺至宰相，罷而又為❻；趙公去陸渾為右拾遺❼，其後由給事中❽為宰相；顧公去登封為監察御史，其後由京兆尹❾至吏部尚書❿東都留守⓫；我公去府為長水尉⓬，其後由膳部郎中⓭為荊南節度行軍司馬⓮，遂為節度使，自工部尚書至吏部尚書。三相國之勞在史冊。顧吏部慎職小心，於時有聲。我公愿潔⓯而沉密⓰，開亮⓱而卓偉；行茂於宗，事修於官，嗣紹⓲家烈，不違其先。作帥荊南，厥聞⓳休顯，武志既揚，文教亦熙⓴；登槐㉑贊元㉒，其慶且至。故好語故事者，以為五公之始迹也同，其後進而偕大也亦同；其稱名臣也又同，官職雖分，而功德有巨細，其有忠勞於國家也同；有若將同其後而先同其初也。有聞而問者，於是焉書。

【章　旨】本段記述五人離河南先後成為將相大臣並簡介他們特別是裴均的官聲政績。

【注　釋】❶右補闕　中書省屬官，職責是侍從諷諫，與屬門下省之左補闕同。❷尚書左丞　尚書省總管省務的官員之一，位在左右僕射之下，負責聯繫吏、戶、禮三部。史載盧邁於貞元九年由尚書左丞升為宰相。❸監察御史　御史臺的官員之一，分工負責糾察百官、巡查郡縣、省視刑獄，整肅朝儀。❹山南軍　指山南節度使。鄭餘慶在建中末年被山南節度使嚴震聘為幕僚。❺工部侍郎　尚書省工部的副長官。❻罷而又為　鄭餘慶於貞元十四年由工部侍郎升為中書侍郎，任宰相，十六年貶為郴州司馬，唐憲宗即位又任為宰相。❼右拾遺　中書省屬官，與屬門下省之左拾遺均掌供奉諷諫。❽給事中　門下省的要職，掌侍奉左右，分管省務。趙宗儒於貞元十二年由給事中任宰相。❾京兆尹　京城長安一帶的地方長官。❿吏部尚書　尚書省吏部的長官。⓫東都留守　東都官署的最高長官。顧少連於貞元十八年為東都留守。⓬長水尉　長水，舊縣名，唐屬河南府，故城在今河南洛寧西南。縣尉是負責一縣治安的官吏。⓭膳部郎中　唐時為禮部的屬官，名義上的職責是掌酒膳之事。⓮行軍司馬　唐代軍中的要職，地位僅次於節度使。⓯愿潔　誠謹廉潔。⓰沉密　穩重細緻。⓱開亮　通達誠信。⓲嗣紹　繼承。裴均的曾祖裴行儉、祖父裴光庭都是名臣，所以說他能繼承先人功業。⓳聞　聲譽。⓴熙　興盛。㉑登槐　指為三公宰輔。槐，三槐，周時朝廷種三棵槐樹，朝見時三公面對三槐而立，故後世以三槐為三公宰相之位。㉒贊元　輔佐君主。元，君主。

【語　譯】盧公離開河南以後做了右補闕，後來由尚書左丞做到宰相；鄭公離開汜水後任監察御史，輔佐山南節度使，以後由工部侍郎升任宰相，曾被罷職又重新為相；趙公離開陸渾做了右拾遺，以後由給事中做宰相；顧公離開登封做了監察御史，以後由京兆尹做到吏部尚書東都留守；我們裴公離開河南府任長水縣尉，以後由膳部郎中做了荊南節度行軍司馬，最終做了節度使，從工部尚書做到吏部尚書。三位宰相的功勞明載在史冊上。顧吏部謹慎任職，小心翼翼，在當時享有聲譽。我們裴公愨謹、廉潔而且穩重細緻，通達誠信而又傑出雄偉；在宗族中流播著美德，能做好本職政務，繼承了家族的功業，沒有違背他的祖先。在荊南身任統帥，他的聲譽美好顯耀，軍事謀略已經施展，文治教化的業績也已興盛；登三公之位，做君王的輔弼，這樣喜慶的日子即將到來。所以愛好講說故典的人，認為五位大人開始發跡相同，他們後來被提拔並一起晉陞也相同；他們被稱為名臣又相同，官職雖然有不同，且功德有大小，但他們滿懷忠誠有功勞於國家卻是完全一樣的；有點像是要讓他們後來相同便使他們初起也相同啊。有人聽說此事而來相問，我於是在這裡寫了出來。

既五年，始立石刻其語河南府參軍舍庭中。於是河東公為左僕射❶宰相，出藩❷大邦，開府❸漢南❹。鄭公以工部尚書留守東都。趙公以吏部尚書鎮江陵。漢南地連七州❺，戎士十萬，其官宰相也。留守之官，居禁省❻中，歲時出旌旗❼，序❽留司文武百官於宮城門外而衙❾之。江陵，故楚都❿也，戎士五萬。三公同時，千里相望，可謂盛矣。河東公名均，姓裴氏。

【章旨】本段交代刻碑時間並補充還在世的三人任職的情況。

【注釋】❶左僕射　唐代尚書省的最高長官本為尚書令，因唐太宗未即位前曾任此職，故此後臣下避不敢居，而以左右僕射代表尚書令作為長官。裴均於憲宗元和三年八月以檢校左僕射同平章事（宰相）銜頭出任襄州長史，充山南東道節度使。❷藩　藩鎮，統領一方的軍政長官，即節度使。❸開府　開建府署，設置官屬。❹漢南　山南東道在漢水以南。❺七州　指襄、鄧、隋、唐、安、房、均七州，今湖北西北部地區。❻禁省　皇宮之中，因門戶有禁，出入須盤查故名，亦稱禁中或省中。❼出旌旗　被任為東都留守的人，皇帝專賜給旗職甲仗。❽序　按次序排班。❾衙　所屬官員參見長官，此謂使之參見。❿故楚都　江陵縣原為春秋時楚國郢都，漢代始置江陵縣。此時為荊南節度使治所。

【語譯】已經寫成五年，才設立石碑刻上前面那些話，安置在河南府參軍官舍庭院之中。在這時河東公作為左僕射宰相，出京充任大州郡的節度使，在漢水之南建立府署、闢置官屬。鄭公用工部尚書的身分出任東都留守。趙公用吏部尚書的身分鎮守江陵。漢南土地七州相連，士兵多至十萬，他的官銜則是宰相。留守這個官職，居住在皇帝禁城之中，每年在一定時節列出旌旗，按次序分班列好留守司的文武百官在宮城門外叫他們行禮參見。江陵，是古代楚國的都城，士兵五萬。三位大人在同一時期，在千里之外遙遙相望，可說是一時的美事啊。河東公名均，姓裴。

【研　析】本文記述五位名臣的事跡官聲，分四層寫出：第一層寫五人初始同任職於河南，以「於」字領起每人一句話，同中有異。這一層語氣上未分輕重，所以把「故於府之參軍則得我公」放在最前，並且以「我公」代指，突出了裴均。第二層敘五人離開河南以後的官職升遷，都用「某公去某地」「其後」如何的方式表達。用這種方式使不同地點不同人物不同官職的內容顯出某種過程的一致性，可謂異中有同。這一層則把裴均放在最後，介紹略詳於其他四人，又使他處於突出地位。第三層以稍帶評述的口氣敘述五人的名聲功業，三位宰相如果要說，內容肯定不少，有可能壓住裴均，所以用「三相國之勞在史冊」一句打發，說了而又沒說，沒說也沒貶低。顧少連也說得極簡，重點仍在裴均，從為人到事業，從本人到祖先，從武志到文教，從現在到將來，給以充分的讚揚和美好的祝頌。第四層時間在五年之後，盧邁、顧少連已死，所以只說尚在的三人情況。一層之內又不一口氣說盡而先說官稱地點，然後再依次述其官高威重盛況，前後都以裴均為先。最後照應開頭交代河東公姓名。全文從河東公開始，以河東公結束，層次脈絡井然，而重點鮮明突出，分四層反覆敘述而開合詳簡語氣句式富於變化，所以不覺得冗長和繁雜。

汴州東西水門記

韓退之

【題　解】汴州即今河南開封，汴河流經其間。東西水門即汴河東端和西端的兩個水閘。本文寫於唐德宗貞元十四年（西元七九八年），這時韓愈三十一歲，正受聘在宣武軍節度使（駐開封）董晉幕下任觀察推官。這篇文章就是為頌揚董晉在汴河上修成東西水門而作的。韓愈貞元八年中進士以後三試博學宏詞，都未能入選，到貞元十二年受董晉的徵辟才步入仕途，所以對董晉有深厚的感情。本文不僅寫了水門的事，還結合敘述了董晉單車赴汴，平定動亂的成績。這些內容在本書傳狀類的董晉行狀中有更詳盡的敘述，讀者可以參看。本文題目亦作〈汴州東西水門記並序〉。

貞元十四年❶正月戊子，隴西公❷命作東西水門，越❸三月辛巳朔，水門成。三日癸未，大合樂，設水嬉❹，會監軍❺，軍司馬❻賓佐僚屬將校熊羆❼之士，肅❽四方之賓客以落❾之。士女和會，闐郭溢郛❿。既卒事，其從事昌黎韓愈請紀成績⓫。其詞曰：

【章旨】本段記水門建成舉行慶祝，交代作記的原因，是為序言。

【注釋】❶貞元十四年　西元七九八年。正月戊子，即正月初九日。❷隴西公　指董晉。晉字混成，漢董仲舒的後代。他的祖先曾自廣川遷徙到隴西（今甘肅東南部一帶），董晉封為隴西郡開國公，故尊稱為隴西公。貞元十二年董晉由東都留守改任宣武軍節度副大使知節度事治汴。❸越　於；到。❹水嬉　水上遊樂，如賽龍舟之類。❺監軍　指宦官俱文珍。❻軍司馬　當時宣武軍軍司馬為陸長源。❼熊羆　兩種猛獸，用來比喻勇士，此處即指士兵。❽肅　招引。❾落　落成，建築物建成舉行的祭禮。❿郛　與郭意近，都是外城，此處泛指城。⓫成績　已有成效的業績。

【語譯】貞元十四年正月戊子這一天，隴西公下令建造東西水門，到了三月辛巳初一，水門建成。初三日癸未，集合各種樂器演奏，安排水上遊戲，會集監軍、軍司馬、幕僚佐吏、部下官員將校和士兵等等，邀請四方的賓客來舉行落成典禮。汴州城的男男女女喜悅地參加盛會，人山人海把城市塞滿了。典禮完成之後，隴西公的手下昌黎人韓愈請求用文章來記載這一已經成就的業績。文章的詞句如下：

維❶汴州河水❷自中注，厥初距河為城❸；其不合者❹，誕❺寘聯鎖❻於河，宵浮晝湛❼，舟不潛通。然其襟抱❽虧疏，風氣❾宣洩，邑居❿弗寧，訛言⓫屢騰；

歷載已來，孰究孰思。皇帝⓬御天下十有八載⓭，此邦之人，遭逢疾威⓮。嚚童⓯嗷嘑⓰，劫眾阻⓱兵。懍懍栗栗⓲，若墜若覆⓳。時維隴西公受命作藩⓴，爰自洛京㉑，單車來臨㉒。遂拯其危，遂去其疵；弗肅㉓弗厲，薰為太和㉔。神應祥福，五穀穰㉕熟。既庶而豐，人力有餘。監軍是咨，司馬是謀；乃作水門，為邦之郛；以固風氣，以閉㉖寇偷。黃流渾渾㉗，飛閣渠渠㉘，因而飾之，匪為觀遊。天子之武，惟隴西公是布㉙；天子之文，惟隴西公是宣。河之沄沄㉚，源於崑崙；天子萬祀㉛，公多受祉㉜。乃伐山石，刻之日月，尚俾來者，知作之所始。

【章旨】正文部分揭示修建水門的意義、背景，從而歌頌了董晉治汴的功績。

【注釋】❶維 發語助詞。❷河水 指汴河之水。在開封的這一段亦稱通濟渠、蒗蕩渠。❸距河為城 指城牆築到河邊。距，到。❹不合者 指水流經過不能修城牆造成的缺口處。❺誕 發語助詞。❻聯鎖 鐵鏈。❼宵浮晝湛 白天將鐵鏈沉入水底以利行船，夜晚則拉起浮在水面防止偷運。湛，通「沉」。沉沒。❽襟抱 以人的胸襟懷抱比喻城牆的完整回合。❾風氣 古代迷信術語，指一個地方的地氣、財氣等，如有虧損，將不利於此地的發展。❿邑居 城中居民。⓫訛言 謠言。⓬皇帝 此指唐德宗李适。⓭十有八載 德宗於代宗大曆十四年（西元七七九年）即位，經建中、興元到貞元十二年（西元七九七年）恰為十八年。載即年，玄宗時曾一度改「年」稱「載」。⓮疾威 暴虐。⓯嚚童 愚頑小子，指李迺。貞元十二年六月宣武軍節度使李萬榮死，朝廷以劉沐為行軍司馬，委以軍政，李萬榮的兒子李迺自己作兵馬使，聚眾抗命。⓰嗷嘑 呼叫。嗷，高呼聲。嘑，通「呼」。⓱阻 恃；依仗。⓲懍懍栗栗 恐懼害怕的樣子，此指汴州百姓。⓳若墜若覆 形容處境危急。⓴藩 藩鎮，節度使，為地方方面長官。㉑洛京 唐東都洛陽。董晉被任為宣武軍節度副大使以前為東都留守，故從東都赴汴州。㉒單車來臨 董晉受命時，李迺已為都虞侯鄧惟恭、監軍俱文珍所拘執，但鄧惟恭自以當為節度使，不派人迎接董晉，汴州人心浮動。董晉不用兵衛，只帶十餘隨從入汴。詳見本書卷三十八〈贈太傅董公行狀〉。㉓肅　峻急。據《資治通鑑》載，董晉治汴「柔仁多可」，「由是軍中得安」。㉔太和　古代指陰陽調和之元氣，此言矛盾緩和，人心順悅。㉕穰　豐收。㉖閈門。此為關閉、杜絕之意。㉗黃流渾渾　河，黃河。渾渾，水奔流貌。唐代黃河未經汴州城，但汴河有渠與黃河相通，所以連帶而及以助水門之壯觀，並烘托董晉之功業。㉘渠渠　《詩經・秦風・權輿》：「夏屋渠渠」，「渠渠」唐孔穎達疏以為高大貌，宋朱熹以為深廣之貌，清王引之謂為盛貌。㉙布　推廣。㉚沄沄　水流浩蕩的樣子。㉛祀　年。㉜祉　福。

【語　譯】汴州城汴河從城中流過，當初築城牆直到河邊；城牆不能合口的地方，就在河中放置鐵鏈。夜晚將鐵鏈浮在水面，白天才將它沉入水中，這樣來往船隻便不能趁黑夜暗自通行。然而城牆環抱虧損留有缺口，風水地氣將流失泄漏，城中居民不得安寧，謠言四起屢屢不停；歷年以來，誰在探究，誰來思忖。皇帝君臨天下一十八春，這裡的人民遭到暴虐欺凌。那愚頑小子高呼大叫，依恃兵力脅持人民。民眾如墜深淵如被倒懸，處境危急恐懼驚心。這時隴西公受命充任藩鎮，從東都輕車簡從奔赴汴城。解救了人民的危難，驅散了民眾的病痛；為政既不峻急也不凶猛，像平和的元氣緩緩蒸薰。神靈回報以祥瑞福祉，萬物欣欣五穀豐登。人口繁衍家道豐盈，人力有餘好辦事情。於是徵詢監軍的意見，又同軍司馬認真討論；修建起這東西水閘，作為汴州的城門；來擋住此間的地氣，來防範盜賊強梁。黃河流水滔滔奔湧，凌雲的樓閣壯麗高聳，是伴隨水門而加以修飾，不是為遊樂而飽眼福。天子的武功啊，靠隴西公來推廣；天子的文德啊，由隴西公來宣揚。黃河浩浩蕩蕩，發源在高大的崑崙；天子萬壽無疆，隴西公將承受多多的福祉貞祥。我於是從山上採來大石，刻上水門修建年歲月日，希望使未來的人，知道作這件好事由誰開始。

【研　析】本文首段為序言，用散體；後段正文，接近於駢體，大的格局上與碑銘文字相近。正文部分，實為三層，首敘汴州歷來未有水門，以至風氣宣洩，邑居弗寧，實際上是揭示修建水門的重大意義。其時值割據之後，城無水門，防衛不嚴，民心不定，不利治理。說「風氣宣洩」，是為了安定人心，不想把真實原因說得過於明白而故意說的。第二層敘董晉在李迺作亂後單車入汴，穩定局勢，達到人和年豐，行有餘力的情況下才慎重謀劃修建水門。全面揭示水門修建的時代政治背景，說明董晉治汴業績輝煌，辦事穩重周全。這樣來記事，文章的立意就極高。第三層描狀水門之壯觀，以頌功立碑作結。全文以四言句為主而又參差變化，莊重渾樸，繼承《詩》《書》「頌」、「誥」的傳統，在語言風格上也接近古代的碑刻。錢基博以為此文「乃似琅琊、會稽諸刻石」，正是道出了韓愈這篇記文的基本特色。

畫記

韓退之

【題解】本文記述作者曾經擁有過的一幅繪畫作品，詳細登記了畫面眾多的人物、馬匹牛羊及其他雜物，描繪了他們不同的情狀、姿態，從中可以間接感受到中國古代繪畫藝術的精湛。文中說貞元甲戌年在京師得畫，明年至河陽將畫贈給原摹繪者趙某，可知文章作於貞元十一年乙亥（西元七九五年），這年韓愈第三次試博學宏詞，仍不入選，回到河陽老家，時年二十八歲。

雜❶古今人物小畫共一卷：騎而立者五人，騎而被甲載兵❷立者十人，一人騎執大旗前立，騎而被甲載兵行且下牽者十人，騎且負者二人，騎執器者二人，騎擁❸田❹犬者一人，騎而牽者二人，騎而驅者三人，執羈靮❺立者二人，騎而下倚馬臂隼❻而立者一人，騎而驅❼涉者二人，徒而驅牧者二人，坐而指使者一人，甲冑❽手弓矢鈇鉞❾植❿者七人，甲冑執幟植者十人，負者七人，偃寢⓫休者二人，甲冑坐睡者一人，方涉者一人，坐而脫足者一人，寒附火⓬者一人，雜執器物役⓭者八人，奉壺矢⓮者一人，舍⓯而具食者十有一人，挹⓰且注⓱者四人，牛牽者二人，驢騾者四人，一人杖而負者，婦人以孺子載而可見者六人，載而上下者三人，孺子戲者九人。凡人之事三十有二，為人大小百二十有三，而莫有同者焉。

【章旨】本段記所畫人物的情狀與數目。

【注釋】❶雜　匯集。❷被甲載兵　被，通「披」。穿著。載，同「戴」。負荷；背著。❸擁　持；牽。❹田　同「畋」。打獵。田犬即獵狗。❺羈靮　羈為馬籠頭，靮是馬韁繩。❻臂隼　手臂上駕著隼。隼，鳥名，即鶚。此指獵鷹。❼驅　趕。❽甲冑　披甲戴冑。冑，頭盔。❾鈇鉞　鈇，同「斧」。鉞，大斧。❿植　立。⓫偃寢　仰臥。⓬附火　向火；烤火。附，近。⓭役　幹事；服役。⓮奉壺矢　奉，同「捧」。壺矢是古代投壺所用的壺和箭。投壺是古代飲宴時常玩的一種遊戲，將矢投進壺中，以投進的枚數多少分勝負，負者罰飲酒。⓯舍　房屋。此作動詞用。⓰挹　舀。⓱注　灌入。

【語譯】匯集了古代和現代各色人物的小畫共一軸長卷：畫中有騎在馬上而直著身子的五個人，騎馬而身穿鎧甲背負兵器直著身子的十個人，一個人騎馬手拿大旗在前面站立，穿鎧甲、背兵器邊行邊由馬上下來牽著馬走的十個人，騎馬並且背負東西的兩個人，騎馬拿著器具的兩個人，騎馬而又抱著獵狗的一個人，騎著馬又另外牽著馬的兩個人，騎在馬上並驅趕著馬的三個人，手拿著馬絡頭韁繩站立的兩個人，從馬上下來倚靠著馬身站立手臂上駕著獵鷹的一個人，騎著馬正在趕馬涉水過河的兩個人，步行而趕馬放牧的兩個人，坐著進行指揮的一個人，披甲戴盔手拿弓箭、斧頭站立的七個人，披甲戴盔手拿旗幟站立著的十個人，身背著東西的七個人，仰臥著休息的兩個人，披甲戴盔坐著睡覺的一個人，正在涉水渡河的一個人，坐著正在脫去鞋襪的一個人，因寒冷而在烤火取暖的一個人，拿著各種物品用具幹活服務的八個人，手捧著投壺用的壺、箭的一個人，在屋子裡面正在備辦食物十一個人，從酒缸裡舀酒把它注進酒壺的四個人，牽牛的兩個人，趕著驢子的四個人，一個人拄著拐杖背東西，婦女同小孩坐在車上可以見到的六個人，坐在車上又在上下車的三個人，小孩子在玩耍的九個人。總共人所做的事有三十二項，大大小小有一百二十三個人，卻沒有雷同的呢。

馬大者九匹。於馬之中，又有上者，下者，行者，牽者，涉者❶，陸者❷，翹❸者，顧者，鳴者，寢者，訛❹者，立者，人立❺者，齕❻者，飲者，溲❼者，陟者，降者，痒磨樹者，噓者，嗅者，喜相戲者，怒相踶齧❽者，秣❾者，騎者，驟者，走者，載服物者，載狐兔者。凡馬之事二十有七，為馬大小八十有三，而莫有同者焉。

【章　旨】本段記所畫馬匹的情狀和數目。

【注　釋】❶涉者　指馬在渡水。❷陸者　朱熹釋為「方出水」，意思是已抵岸邊陸地的馬。一說「陸」為「踛」的假借字，踛，跳躍。❸翹　舉起，指馬舉足欲跳。❹訛　睡醒而動。《詩經・無羊》：「或寢或訛。」毛傳：「訛，動也。」❺人立　馬高舉兩前足，如人站立。《左傳・莊公八年》：「豕人立而啼。」❻齕　吞食。❼溲　便溺。❽踶齧　足踢口咬。踶，同「蹄」。齧，口咬。❾秣　本為馬的飼料，此為吃飼料。

【語　譯】馬畫得大的有九匹。在馬中間，又有正在高處的，正在低處的，行走的，被牽著的，正在渡水的，渡過水已達岸邊陸地的，舉足預備跳躍的，伸長脖子回顧的，鳴叫著的，躺著的，睡醒開始活動的，站著的，像人一樣直立的，正在食草的，飲水的，便溺的，登高的，下坡的，痒而在樹幹上摩擦皮膚的，鼻孔噴著氣的，用鼻聞東西的，高興地互相戲耍的，憤怒地互相踢咬的，正在餵著草料的，被人騎著的，在奔馳的，在慢跑的，背上馱著衣物的，載著獵來的狐狸野兔的。總共馬的情狀有二十七類，畫有大小馬匹八十三匹，卻沒有哪匹是雷同的。

牛大小十一頭。橐駝❶三頭。驢如橐駝之數，而加其一焉。隼一。犬羊狐兔麋❷鹿共三十。旃車❸三兩❹。雜兵器弓矢旌❺旗刀劍矛楯❻弓服矢房❼甲冑之屬，缾❽盂簦笠❾筐筥❿錡釜⓫飲食服用之器，壺矢博弈⓬之具，二百五十有一。皆曲極其妙。

【章旨】本段記人、馬之外各種牲畜和器物的數目。

【注釋】❶橐駝　駱駝。❷麋　牡鹿。一說為鹿的一種，樣子像水牛。❸旃車　插有赤色曲柄旗的車。一說旃通「氈」。氈車即掛氈帳的車。❹兩　同「輛」。❺旌　旗的一種，竿頭以五色羽毛為飾。❻楯　通「盾」。即盾牌。❼弓服矢房　裝弓和裝矢的袋子。服，同「箙」。弓套子。❽缾　同「瓶」。❾簦笠　禦雨用具。簦大而有柄，即現在通行的雨傘。笠，無柄，戴在頭上。❿筐筥　筐為方形竹器，筥為圓形竹器。⓫錡釜　都是炊具，有足叫錡，無足叫釜。⓬博弈　局戲和圍棋。局戲是古代的一種近似下棋的遊戲。

【語譯】畫中，牛或大或小共十一頭。駱駝三匹。毛驢比駱駝的數量，還要增加一頭呢。獵鷹一隻。狗、羊、狐、兔、麋、鹿共有三十隻。插著紅色曲柄旗的車子三輛。各種兵器如弓箭、旗幟、刀劍、矛盾、弓套、箭袋、鎧甲、頭盔之類，瓶子、盂、雨傘、斗笠、方圓竹籃、有腳無腳的鐵鍋等飲食應用的器物，投壺用的壺箭、局戲、圍棋等玩具，總共二百五十一樣。都能曲折精細地顯示其傳神之妙。

貞元甲戌年❶，余在京師，甚無事，同居有獨孤生申叔❷者，始得此畫，而與余彈棊❸，余幸勝而獲焉。意甚惜之，以為非一工人之所能運思，蓋叢集❹眾工人之所長耳，雖百金不願易也。明年出京師，至河陽❺，與二三客論畫品格，因出而觀之。座有趙侍御❻者，君子人也，見之戚然，若有感然，少而進曰：「噫！余之手摸❼也，亡之且二十年矣。余少時常有志乎茲事，得國本❽，絕人事而摸得之，遊閩中❾而喪焉，居閒處獨，時往來余懷也，以其始為之勞而夙好之篤也。今雖遇之，力不能為已，且命工人存其大都❿焉。」余既甚愛之，又感趙君之事，因以贈之，而記其人物之形狀與數，而時觀之，以自釋⓫焉。

【章　旨】本段記得畫及贈人經過以明作記的原因。

【注　釋】❶貞元甲戌年　為貞元十年（西元七九四年），這年韓愈試博學宏詞，不中。❷獨孤生申叔　字子重，二十一歲中進士，兩年後中博學宏詞任校書郎，不久便死去。他是韓愈、柳宗元的朋友，韓集有〈獨孤申叔哀辭〉，柳集有〈亡友祕書省校書郎獨孤君墓碣〉。❸彈棊　古代一種遊戲，玩法今已失傳。宋沈括《夢溪筆談》卷十八載其大概。本書卷五十四柳宗元〈序棋〉亦有所記錄，可參看。❹藂集　聚集。藂，同「叢」。❺河陽　在今河南孟縣，韓愈老家。❻趙侍御　不詳其名字。侍御為官名，即侍御史，掌管糾彈百官和受理冤訟。❼手摸　親手照樣摹畫。摸，同「摹」。❽國本　國手所繪畫本或國庫所藏的畫本。❾閩中　今福建一帶，秦曾設閩中郡。❿大都　大略；大概。⓫自釋　自己寬解。

【語　譯】貞元甲戌年，我在京城，沒有什麼事情，住在一起的有位複姓獨孤名申叔的，剛剛得到這幅畫，而他同我玩彈棋的遊戲，我幸運地獲勝因而得到了這幅畫。內心十分珍惜這幅畫，認為不是一個畫工所能夠設計創作出來的，大概是聚集了許多畫工的專長才能畫成的吧，即使用百金的高價我也不願意交換它。第二年我離開京城，到河陽，同兩三位客人討論繪畫的品格，因而把這幅畫拿出來讓大家看看。在座有位趙侍御，是位誠實有德的君子，見了這畫樣子很難過，似乎心中有許多感觸，過了一會他進前說：「唉！這是我親手臨摹的啊，丟失它將近二十年了。我少年時期曾經有志學習繪畫，得到國手所畫的畫本，於是謝絕一切人事交往而專心臨摹下來，在閩中遊歷時失去了，平時閒空一個人獨居的時候，這幅畫的影子時時在我的心中幌動，使我不能忘懷，因為我最初為它的製作花過勞苦而且素來深愛著它。現在雖然遇到了它，可是我的力量已經不能再摹繪了，我只好叫畫工摹倣留下它的大致樣子吧。」我已經非常珍愛它，但又為趙君的事情所感動，因而將它贈回給趙君，便記錄下畫中人物的形狀和數目，而不時看一看，以此來自我安慰罷了。

【研　析】這篇文章詳細記錄畫中的人和馬的動作情態、其他獸類、車輛、兵器、日常用品等，總計數量達五百以上，幾乎和一本流水帳一樣，可是閱讀的人並不會感到厭倦，這是因為：其一，作者的語言生動傳神而富於變化，能用文章語言的豐富性來傳達畫面的多姿多彩。如記馬有人立者、痒磨樹者，記人有騎而下倚馬臂隼而立者、甲冑坐睡者、坐而脫足者、寒附火者、挹且注者等等，都是用極簡明精練的字句寫人、馬栩栩如生的情狀，用語句傳達了鮮明的畫意，所以能引人入勝。其二是作者並不真記流水帳一樣平均用力，而是主次分明，重點突出。全文三分之一以上篇幅是記人，其次是馬，至於其他牲畜和雜物，則只用一句或一兩字點到，甚至一句之中包括數十種器物。其三是組織得法，層次清楚。全文先記畫面，再說作記的原因。記畫面先「雜古今人物小畫共一卷」一句總領，以下按人、馬、其他雜物次序展開，每段之中又按先情狀後數量、先分述後總括次序行文，前兩段都結以「而莫有同者焉」，第三段以「皆曲極其妙」收束，一篇之中三致意焉，記事中包含了作者對繪畫技藝的高度評價。這樣文章在語句長短錯綜變化之中又體現著一種整齊嚴密的品格。有人認為欣賞此文，既要玩味它的參差變化，更要玩味其精整，對我們應有很好的啟示。姚氏在正文後原注引述了方苞一段話，其中說到相傳歐陽修曾說自己寫不出〈畫記〉這樣的文章，而蘇軾以為這是妄傳，他認為〈畫記〉只是一本流水帳，了無可觀。(見《東坡志林》)我以為歐陽修不管是否說過這樣的話，以此來表示謙退，推重韓文，未嘗不可。大概歐陽修推崇此文，崇尚其「簡」，方苞評論文章崇尚其「潔」，而蘇軾則嚮往於「行雲流水」之文，欣賞趣味各異，故而對同一作品產生了不同的評價。

題李生壁

韓退之

【題　解】李生名叫李平，其生平事跡不詳。本文作於唐德宗貞元十六年（西元八〇〇年），作者在文中有明確的提示，說「是來也，余黜於徐州，將西居於洛陽」。此前一年董晉死後，韓愈到徐州作了張建封的節度推官。從韓愈這時期所寫的〈與李翺書〉、〈閔己賦〉及〈海水〉詩來看，他的心情不暢快。如〈海水〉詩開頭就說：「海水非不廣，鄧林豈無枝，風波一蕩薄，魚鳥不可依。」以海水、鄧林喻張建封，以魚鳥自比，可以證明史書上說他「發言直率，無所畏忌」因此不能見容於張建封也許確有其事。在本篇中，他讚揚李生交友有古人之風，寫他同幾位友人在商邱一帶留連山水名勝，慷慨懷古，字裡行間流露出一種懷才不遇的悲感。

余始得李生於河中❶，今相遇於下邳❷，自始及今，十四年❸矣。始相見，吾與之皆未冠❹，未通人事❺，追思多有可笑者，與生皆然也。今者相遇，皆有妻子，昔時無度量之心❻，寧復可有是？生之為交，何其近古人也！

【章　旨】本段回顧與李平的交情，讚美李平真率的性格。

【注　釋】❶河中　府名。唐置，治所在河東（今山西永濟蒲州鎮）。❷下邳　古縣名，故地在今江蘇睢寧西北。❸十四年　從貞元十六年上推十四年，韓愈曾於貞元二年（西元七八六年）自宣城第一次來到京師（見洪興祖《年譜》），路過河中府見到李平。❹未冠　古人二十歲舉行冠禮以示成人，貞元二年韓愈只十九歲，所以說未冠。❺人事　指人與人交際應酬之事。❻無度量之心　指遇事不計利害不設限制，一派天真爛漫。

【語　譯】我最初遇到李生是在河中府，現在又在下邳縣重逢，從當初到現在，已經十四年了。最初見面，我同他都還不到二十歲，不了解人際交往應酬的事情，回憶起來有許多幼稚可笑的舉動，我與李生都是這樣啊。今天相逢，我們都已有了妻室兒女，過去那種不計利害的爛漫之心，他怎能依然保有這種心態？李生與朋友進行交往，多麼接近古人啊！

是來也，余黜於徐州，將西居於洛陽。汎舟於清泠池❶，泊於文雅臺❷下。西望商邱❸，東望修竹園❹。入微子廟❺，求鄒陽、枚叔、司馬相如❻之故文。久立於廟陛❼間，悲〈那〉❽頌之不作於是者已久。隴西李翺❾、太原王涯❿、上谷侯喜⓫實同與焉。貞元十六年五月十四日，昌黎韓愈書。

【章　旨】本段記見李生後與朋友同遊，從對古代的嚮往中折射出現實中的失意。

【注　釋】❶清泠池　據《元和郡縣志》記載，清泠池在河南商邱縣東二里，相傳漢梁孝王有釣臺在此。❷文雅臺　在商邱縣東南一里多的地方，相傳孔子到宋國，曾在這兒的大樹下與弟子講習禮儀。❸商邱　山名。在商邱縣西南三里。❹修竹園　即梁苑，為漢梁孝王劉武招待賓客的地方，在商邱縣之東。❺微子廟　在商邱縣城內西北隅。微子名啟，商紂王的庶兄，周初受封於宋，宋國都城就在商邱。❻鄒陽枚叔司馬相如　均漢代作家，都曾作梁孝王的賓客。❼陛　臺階。❽那　《詩經·商頌》篇名。描寫商湯的子孫祭祀商湯，極寫祭祀時音樂舞蹈的熱烈和祭品的豐美，體現著一種盛世的氣象。湯的都城亳就在商邱縣東南，故聯想及之。❾李翺　字習之，韓愈的學生，唐代著名古文家。❿王涯　字廣津，與韓愈為貞元八年（西元七九二年）同年進士，官至宰相，後在甘露之變中被殺。⓫侯喜　字叔起，曾任國子監主簿，韓愈有〈祭侯主簿文〉，見本書卷七十四。

【語　譯】這次來下邳時，我剛在徐州罷去官職，將要往西到洛陽去居住。我們划船在清泠池遊賞，將船停靠在文雅臺下。向西眺望商邱山，向東探望修竹園。又走進微子廟，尋求鄒陽、枚叔、司馬相如昔日的文辭。我長久地站立在廟堂臺階之上，悲嘆像〈那〉一樣的頌詩不在這兒響起已經很久了。隴西人李翺、太原人王涯、上谷人侯喜是一同參與遊玩的。貞元十六年五月十四日，昌黎人韓愈題寫。

【研　析】這篇記事散文很短小，寫得精練含蓄，意境深遠，可以說具有某些詩的特質。首段寫同李生重逢，對相見的過程，李生的生活環境與近況，都幾乎略去，只回顧相交始末，從感慨今昔中表達對李生為人的稱美。後段記與李生等在商邱一帶的遊歷，也脫略了生活的過程和細節，集中地寫他眼望山川，思接千載，深情地抒發懷古的幽思。作者對古帝商湯的頌歌，對聖人孔子的遺蹤，對廣泛延攬文士的梁孝王，對才情橫溢的古代作者，對千年之後仍受人祭祀的微子，都在內心深處感到親近和嚮往。這恰好折射出他在現實人生中的挫折和失意，表現了他懷才不遇的痛苦。而這樣表達卻是含而不露的，感到他別有襟抱，卻難以指實。所以曾國藩評價此文：「低徊唱嘆，深遠不盡，無韵之詩也。」（《求闕齋讀書錄》）本篇確似信手拈來，敘友情，追往事，記遊蹤，發感慨，抒捲自如，而韻味盎然，實開宋蘇軾、明袁宏道諸人小品散文的先河。

卷五十三　雜記類　二

游黃溪記

柳子厚

【題解】黃溪為湖南永州境內一條小河，源出寧遠縣北陽明山後龍洞，流經零陵、祁陽與白水匯合而入湘江。其距永州州治七十里的黃神祠一帶，澄潭峻壁，風景尤絕。柳宗元貶謫在永州期間，一共寫了九篇山水遊記，把山水散文創作提高到一個新的水平，為遊記作為一種文體獨立發展奠定了基礎。本文是九篇中寫得最晚的一篇，寫於唐憲宗元和八年（西元八一三年）。這年永州遭旱災，刺史韋宙到黃神祠祈雨，柳宗元陪同前往，寫有〈韋使君黃溪祈雨見召從行至祠下口號〉和〈入黃溪聞猿〉兩詩，和這篇著名的遊記。此時柳宗元貶永州已八個年頭，抑郁激憤之情較前有所緩減。他雖壯心不泯，但對再獲任用似已不抱厚望，認為自己只當在灌園圃藝樹木、遊賞山水中尋求自適。所以本文在其山水諸記中是最為側重記述遊賞山水景致的作品。文中作者的形象是探幽賞奇，欣然自適，言語間並無太多借題發揮之處。

北之晉❶，西適豳❷，東極吳❸，南至楚、越之交❹，其間名❺山水而州者以百數，永❻最善。環永之治❼百里，北至於浯溪❽，西至於湘之源❾，南至於瀧泉❿，東至於黃溪東屯⑪，其間名山水而邨⑫者以百數，黃溪最善。

【章旨】本段通過比較鑑別，極言黃溪山水景物的美好。

【注釋】❶晉　指今山西地。❷豳　古國名，故地在今陝西甘肅邊境，此即代指陝甘。❸吳　今江蘇南部和浙江北部一帶。❹楚越之交　指兩湖兩廣和福建浙江一帶，為古楚國和越國的地區。❺名　著名。❻永　永州。唐永州零陵郡，轄零陵祁陽等四縣，州治在零陵縣（今湖南永州）。❼治　治所，地方長官衙門所在之地。❽浯溪　位於祁陽縣西南五里，距永州城百餘里。源出祁陽松山雙井，由西向東注入湘江。浯溪口一帶，三崖鼎峙，風景如畫。唐代詩人元結大曆中曾居溪畔，名溪為「浯」，並請著名書法家顏真卿大字書寫〈大唐中興頌〉刻於岩壁，因而四海傳名。❾湘之源　湘江發源地。湘江源出廣西興安，此指唐代永州屬縣湘源，今廣西全州。❿瀧泉　是瀟水自青口至瀧泊（今稱雙牌）的一段，全長七十里，距永州城六十里，這一段瀟水湍急洶湧，連山駢峽，虧天蔽日，風光奇異。⑪東屯　黃溪畔的一個村莊。⑫邨　「村」的本字。

【語譯】北方到晉，西方到豳，向東極遠到達吳地，向南到達古楚國和越國連接的一帶地方，這中間作為州郡而以山水著名的數以百計，而以永州的山水為最美。環繞永州州治方圓百里範圍內，北邊到達浯溪，西邊到達湘水發源處，南邊到達瀧泉，東邊到達黃溪東屯村，這中間作為村寨而以山水著名的也數以百計，而以黃溪的山水為最美。

黃溪距州治七十里，由東屯南行六百步，至黃神祠❶。祠之上，兩山牆立，如丹碧之華葉駢植❷，與山升降。其缺者❸為崖峭巖窟。水之中皆小石平布。黃神之上，揭水❹八十步，至初潭，最奇麗，殆❺不可狀。其略若剖大甕❻，側立千尺，溪水積焉，黛蓄膏渟❼。來若白虹❽，沉沉無聲。有魚數百尾，方來會石下。

南去又行百步，至第二潭。石皆巍然⑨臨峻流⑩，若頦頷齗齶⑪。其下大石離列⑫，可坐飲食。有鳥，赤首烏翼，大如鵠⑬，方東嚮立。自是又南數里，地皆一狀⑭，樹益壯，石益瘦，水鳴皆鏘然。又南一里，至大冥⑮之川，山舒水緩，有土田。始黃神為人時，居其地。

【章旨】本段按遊歷的順序記述黃溪的奇山異水。

【注釋】❶黃神祠　州民所修祭祀黃神的祠廟。《永州府志》云：「黃溪東屯之上，兩山對峙，怪石林立，為黃神山。……山上有祠祀黃神。」黃神，《文選．通幽賦》注：「黃帝也。」疑為下文傳說所本。❷駢植　並排生長。❸缺者　指缺少花葉的地方。❹揭水　撩起衣服，涉水而行。❺殆　幾乎。❻甕　陶製盛水器。❼黛蓄膏渟　形容溪水積在潭裡像貯著畫眉化妝的油膏。黛，青黑色顏料，古代女子用以畫眉。膏，油脂，此指積水潤滑如脂。渟，水積而不流。❽白虹　形容溪水自上而下，注入深潭，湍急流瀉的樣子。❾巍然　此指石頭既高且大。❿峻流　從高而下的急流，指黃溪。⓫頦頷齗齶　頦頷均為人的下巴，齗齶為牙根牙齦。⓬離列　散亂排列。⓭鵠　天鵝。⓮一狀　與第二潭地勢一樣。⓯大冥　海一般大。冥，同「溟」。海。

【語譯】黃溪距離永州治所七十里，由東屯往南走六百步，到達黃神祠。黃神祠上頭，兩邊的山像牆壁一樣矗立，像丹砂碧玉般的紅花綠葉並排生長著，隨著山勢而高低起伏。那缺少花葉的地方，就是懸崖峭壁巖石和洞穴。溪水裡面，到處都是平鋪著的小石頭。由黃神祠上行，撩起衣服涉水走八十步，到了第一潭，景色最為奇麗，幾乎無法形容。潭的大致輪廓似是剖開一個盛水大甕，甕的四邊垂直聳立高達千尺，溪水停積甕底，深沉的潭水青黑發亮。水流入潭好像白虹閃亮，但卻深沉地毫無聲響。潭中有幾百條魚正從遠處游來聚集在石壁之下。往南再走一百步，就到了第二潭。潭邊都是高大的石塊，下臨湍急的溪流，參差不齊的形狀有如凸出的下巴和凹進的牙齦一樣。下面又有些大石頭橫七豎八地排列著，可以在石上坐下來吃東西。這時正有一隻大鳥，紅紅的頭，烏黑的翅膀，大小有如天鵝，頭朝東方站立著。從這裡繼續往南幾里，地勢都是一樣，只是樹木更加高大，石頭更加尖削，水的響聲都鏗鏘好聽。再往南走一里，便到了大海一般廣闊的湘江口，兩岸山勢逐漸低平，水流從容，岸邊有農田。當初黃神還是凡人的時候，就居住在這個地方。

傳者❶曰：「黃神王姓，莽❷之世❸也。莽既死❹，神更號❺黃氏，逃來，擇其深峭者潛焉。」始莽嘗曰：「余，黃、虞之後❻也。」故號其女曰「黃皇室主❼」。黃與王聲相邇❽，而又有本，其所以傳焉者益驗❾。神既居是，民咸安焉，以為有道，死乃俎豆❿之，為立祠。後稍徙近乎民。今祠在山陰⓫溪水上。元和八年⓬五月十六日⓭，既歸為記，以啟⓮後之好游者。

【章旨】本段記述有關黃神的傳說，補充山水景物的文化內涵。

【注釋】❶傳者　介紹關於黃神傳說的人。❷莽　王莽，字巨君，漢元帝妻王皇后的侄子，平帝時控制朝政大權，篡漢自立，改國號「新」，世稱「新莽」。❸世　族。❹莽既死　新莽始建於西元九年，亡於西元二十三年。❺更號　改姓氏。❻黃虞之後　黃帝、虞舜的後代。《漢書・王莽傳》謂莽自稱黃、虞後裔，自黃帝後受姓有五，曰姚、嬀、陳、田、王。故黃神避難，更王姓為黃姓，有返本追源之意。❼黃皇室主　王莽的女兒，為漢平帝的皇后，平帝死，王莽攝政，尊其女為皇太后。王莽立新朝，改其女為安定公太后，又改稱為「黃皇室主」，以示與漢斷絕。❽邇　近。❾驗　證實。❿俎豆　都是古代祭祀禮器，此處用作動詞，祭祀之意。⓫山陰　山的北面。⓬元和八年　西元八一三年。⓭五月十六日　《文苑英華》所載本文作「十月五日入六日歸」。參照柳宗元同時所作詩歌，以作十月為佳，詩歌所寫多深秋景物。⓮啟　引導。

【語　譯】講述黃神傳說的人說：「黃神姓王，是王莽的族人。王莽死後，黃神更改姓氏為黃姓，逃到這裡來，選擇那幽深險峭的地方躲在其中。」當初王莽曾說：「我，是黃帝、虞舜的後代。」所以他賜給他的女兒封號叫「黃皇室主」。黃同王語音相近，並且又有根據，這是關於黃神的傳說日益被證實的原因。黃神住在此地以後，百姓們都很安全，認為黃神是有道的人，他死了百姓就祭祀他，替他修建了祠廟。後來稍微搬遷修建在離百姓住地較近的地方。現今祠廟在山北的溪水邊上。元和八年五月十六日，遊歷歸來之後記述，用來引導將來的愛好旅遊的人士。

【研　析】這篇遊記一開頭便出奇筆，以誇張的語氣極力突出黃溪山水之美，聳動視聽，吸引讀者的注意。《史記・西南夷列傳》：「西南夷君長以什數，夜郎最大；其西靡莫之屬以什數，滇最大；自滇以北君長以什數，邛都最大。」本文先從全國範圍分西北東南排比自己遊蹤所至，以永州山水壓倒天下，又從永州四方景色中獨尊黃溪，繼承《史記》的寫法而富於變化，不露痕跡，而黃溪之美在讀者心中引起的印象非常強烈。然後作者把讀者帶到黃溪的東屯村，先到黃神祠欣賞黃溪山水的全貌，然後初潭，二潭，最後到大冥之川黃神曾經居住之地。山水景色也就移步而換形，不斷呈現出自己的卓絕和奇麗。作者藝術老到，得心應手，彩筆所點，觸處生春。寫山曰「牆立」，花葉駢植，而與山升降，鑄詞精煉而見陡峭之勢，豐茂之態。述水則狀初潭如剖甕高聳，見溪水「來若白虹」，想像奇妙，形象生動，水清流急，不言而喻。上第二潭，石怪鳥奇，迥無人跡；轉眼之間又見「山舒水緩」，有土田村落，好像來到了人間仙境桃源。借傳說寫當日的黃神只是一避禍之人，來到這深峭處隱居藏身，沒想到卻在這裡受到土人的禮敬，被尊為神而享受千年祭祀。人生的順逆遭遇，似有難料處。但作者什麼也沒有說，這只好留給讀者去思考了。

永州萬石亭記

柳子厚

【題解】本文題目，《柳河東集》作〈永州崔中丞萬石亭記〉。崔中丞指崔能，唐史有傳。能字子才，累官侍御史、黔中觀察使，元和九年（西元八一四年）遭讒毀被貶為永州刺史。史傳未載崔能為御史中丞的事，只說其弟崔從為御史中丞，奏請代兄赴永。但柳宗元在元和九年八月所作〈湘源二妃廟碑〉明確說「告於州刺史御史中丞清河崔公能」，可證崔能確有中丞頭銜。萬石亭是崔能在永州所建，在永州州治零陵縣城的北面。文安禮《柳先生年譜》定此文為元和十年柳州所作，似不確。本文篇末說「元和十年正月五日記」，柳宗元元和九年冬接到回京召書，十年正月才離開永州，本文應是離永之前所作。文章開頭「崔公來涖永州」也是在永說話的語氣。

御史中丞清河男❶崔公來涖❷永州，閒日，登城北墉❸，臨於荒野藂翳❹之隙，見怪石特出，度其下必有殊勝。步自西門，以求其墟❺。伐竹披奧❻，攲仄❼以入，綿❽谷跨谿，皆大石林立，渙❾若奔雲，錯❿若置棋，怒者虎鬭，企⓫者鳥厲⓬，抉⓭其穴則鼻口相呀⓮，搜其根則蹄股交峙⓯，環行卒⓰愕，疑若搏噬。於是刳闢⓱朽壤，翦焚榛薉⓲，決澮⓳溝，導伏流，散為疎林，洄為清池。寥廓泓渟⓴，若造物者始判清濁㉑，效奇於茲地，非人力也。乃立游亭，以宅㉒厥中。直亭之西，石若掖㉓分，可以眺望。其上青壁斗㉔絕，沉於淵源，莫究其極。自下而望，則合乎攢㉕巒，與山無窮。

【章　旨】本段記述萬石亭的興建，描繪萬石攢聚的奇特景象。

【注　釋】❶清河男　崔能的封爵名。清河，古地名，在今河北清河附近，崔能出清河崔氏，故封清河男。❷蒞　臨；主持；治理。❸墉　城牆。❹藂翳　叢莽隱蔽。藂，叢的異體字。❺墟　此指荒野廢地。❻奧　幽深之處。❼攲仄　側身。❽綿連。❾渙　散布。❿錯　錯落。⓫企　踮起腳。⓬厲　飛舉。⓭抉　戳；穿。⓮呀　張開。⓯交峙　相交峙立。林紓曰：「蹄股交峙者，石勢上重下輕，上頑下峭，立地若牛股馬蹄之交峙。峙，立也。」⓰卒　通「猝」。突然；忽然。⓱剞闢　挖開。⓲榛薉　叢木雜草。木叢生曰榛，草蕪雜為薉。⓳澮　水渠。⓴泓渟　蓄水很深的樣子。泓，水深貌。渟，水聚集不流。㉑造物者始判清濁　《太平御覽》引徐整《三五曆紀》云：天地渾沌如雞子，盤古開闢之，陽清為天，陰濁為地。判，分也。清濁，指輕清重濁兩種氣。㉒宅　居。㉓掖　同「腋」。肩臂交處，引申為臂。㉔斗　通「陡」。陡峭。㉕攢　聚。

【語　譯】御史中丞清河男崔公來永州主政，閒空的時候，登上北門的城牆，面對著野外叢莽隱蔽的空隙，看見其中有怪石突出來，估量那下邊一定有不尋常的景致。步行從西門出城，來尋找那荒廢的地方。砍伐竹叢，開路通到那幽深之處，側身進去，原來是整個連綿的山谷，跨越溪流兩岸，都是巨大的石頭像森林般矗立，四面散布有如烏雲奔湧，錯落有致有如擺成的棋局，有的憤怒的樣子像虎豹在爭鬥，有的踮起腳像禽鳥即將奮飛，撥開它們的孔穴，就像鼻孔和嘴巴一樣張大，搜尋它們的根基，就覺得是牲畜的腿腳交互站立，環繞它們行走會突然感到驚恐，懷疑它們好像會跳起襲擊吃人。於是挖開髒朽的泥土，砍倒焚燒灌木和雜草，開通溝渠，導引出地底的泉水，使之分散為疏朗的樹林，使水流洄轉成清澈的池塘。既寬闊而又深澄，似乎造物者剛分出輕清重濁兩氣，在此地呈獻奇異景觀，不是人力造成的啊。於是在這兒修建一個賞景的亭子，來處在眾石中間。正對亭的西邊，巨石有如人的兩臂一樣張開，可以在亭上遠望。亭的上方，青色石壁陡峭至極，沉入深潭的上流，無法探到它的終點。從下方望去，就和叢簇的峰巒聚合在一起，與山巒一體沒有盡頭。

明日，州邑耋❶老，雜然而至，曰：「吾儕❷生是州，蓺❸是野，眉厖齒鯢❹，未嘗知此。豈天墜地出，設茲神物以彰我公之德歟？」既賀而請名。公曰：「是石之數，不可知也。以其多而命之曰萬石亭。」耋老又言曰：「懿❺夫！公之名亭也，豈專狀物而已哉！公嘗六為二千石❻，既盈其數。然而有道之士，咸恨❼公之嘉績未洽❽於人。敢頌休聲❾，祝公於明神。漢之三公，秩號萬石❿，我公之德，宜受茲錫⓫。漢有禮臣，惟萬石君⓬。我公之化，始於閨門。道合於古，祐之自天⓭，野夫獻詞，公壽萬年。」

【章旨】本段記亭的命名和州民的祝頌，表彰了崔能的功德。

【注釋】❶耋　年老高壽，六十或八十歲以上為耋。❷儕　輩；類。❸蓺　種植。❹眉厖齒鯢　眉毛花白，齒落再生，指人年老高壽。❺懿　善。❻二千石　漢代內至九卿部將，外至郡守尉，俸祿都為二千石，後代因稱郡守和知府為二千石。崔能六為州刺史，蜀、黔、永三州外，其餘不詳。石為容量單位，今讀為ㄉㄢˋ。❼恨　憾。❽洽　廣泛沾潤。❾休聲　美名。❿萬石　漢代制度，三公俸祿號稱萬石，實際每月三百五十斛。⓫錫　賜與。⓬萬石君　指石奮。漢河內溫縣（今屬河南）人，景帝時石奮及其四個兒子都為二千石，景帝稱奮為「萬石君」。⓭祐之自天　《易・大有卦》：「自天祐之，吉無不利。」

【語譯】第二天，州城的老年人，三三兩兩地都來到亭前，說：「我們生長在這個州，在這州的野外種植，長到眉毛花白齒落更生，不曾知道有這麼個地方。難道是天上掉下來地下長出來，安排這樣一項神奇景物來表彰我們崔公的功德嗎？」道賀之後又請求給亭子取名。崔公說：「這些石頭的數量，沒法數清呢。按其數量之多就名為萬石亭。」老人們又說道：「好啊！您給亭取這個名字，哪裡只在乎描狀景物而已呢！您曾經六次做二千石的官，已經超過了萬石之數。可是有道德的人士，都為您美好的政績未能更廣泛地沾溉人民而感到遺憾。我等斗膽頌揚您美好名聲，祝告明察的神靈。漢代的三公，俸祿等級號稱萬石。以我們崔公的大德，應當受到如此賞賜。漢朝有位守禮大臣，那就是石奮萬石君。我們崔公的教化，從自己家庭開始。這符合古代的傳統，將得到上天的保祐。山野百姓獻詞祝頌，祝您永遠健康長壽。」

宗元嘗以牋奏❶隸尚書❷，敢專筆削❸，以附零陵故事。時元和十年❹正月五日記。

【章　旨】本段交代作記的時間。

【注　釋】❶牋奏　臣子呈送皇帝的書信的兩種形式，牋即是表。❷隸尚書　柳宗元貶永前任尚書禮部員外郎。❸筆削　古代沒有紙，在竹簡木札上寫字，遇有錯誤，就用刀削去再用筆寫，後世因稱修改文字叫筆削，這裡指寫文章。❹元和十年　西元八一五年。

【語　譯】宗元曾經憑藉能寫表奏隸屬尚書省，斗膽獨自承擔作記的職責，把這件美事添加進零陵的歷史。這時是元和十年正月五日。

【研　析】本文和韓愈〈燕喜亭記〉內容近似，都是先記亭的修造，再借命名表達對建亭人的祝頌，兩文也都借助地方上的老人的說話以完成讚美之意。但兩文也有明顯不同處：〈燕喜亭記〉對客觀景物的描繪極為簡略，柳宗元這篇則不然，他以精確生動地刻劃眾多大石的形象為其突出的特色和重要的成就。他以一系列貼切的比喻使巨石形態逼真，氣勢飛動。說全體則「渙若奔雲，錯若置棋」，說單個則「怒者虎鬬，企者鳥厲」，說局部則「鼻口相呀」，「蹄股交峙」，最後寫遊人驚愕，疑若搏噬，把萬石奇觀寫得震人心魄。韓愈〈燕喜亭記〉只讓鄉民說很少的話，只說了「天作地藏以遺其人」一個意思，便交由作者來評述，柳宗元此文讚頌之意全由州民說出，作者只作記錄。特別是老人們說到動情處，文章便改而用韻，成為頌詩，不但顯得感情洋溢，而且古色古香，情趣盎然。

始得西山宴遊記

柳子厚

【題　解】題目中的西山在永州州治零陵縣城瀟水西岸，廣義來說是指零陵城西的一帶山嶺，包括許多山頭，宗稷辰《永州府志》說：「西山在城西門外渡瀟水二里許，自朝陽岩起至黃茅嶺北，長亙數里，皆西山也。」本文作者所遊西山，則是其中一個特定的山頭。這個西山，有人說今名糧子嶺，有人說是今之珍珠嶺。糧子嶺在愚溪南岸，比珍珠嶺低矮，上多樹木。珍珠嶺為西山最高峰，在愚溪北岸，山頂圓而光禿，可以俯視四方而無礙，似更切合文中所述西山之怪特。本文是所謂〈永州八記〉的第一篇，以下還有〈鈷鉧潭記〉、〈鈷鉧潭西小丘記〉、〈至小丘西小石潭記〉、〈袁家渴記〉、〈石渠記〉、〈石澗記〉、〈小石城山記〉。前四篇寫於元和四年（西元八〇九年），後四篇寫於元和七年（一說〈小石城山記〉寫於元和四年）。柳宗元在永所寫遊記本為九篇，有人考證，「永州八記」的提法始於清乾隆時期，先是常安在《古文披金》卷十四中說：「西山八記，脈絡相通，若斷若續，合讀之，更見其妙。」以後八記之名便相繼出現，乾隆帝愛新覺羅．弘曆並稱「永州八記」（《唐宋文醇》）。「永州八記」應由「西山八記」漸變而來。人們不全了解永州的地情，以為八篇所記都是西山的景點，視為一體，自然把所記在西山之外，距離較遠的〈游黃溪記〉視為另類。殊不知八記中後四篇所記，就已是西山範圍以外的景物了。

自余為僇人❶，居是州，恆惴慄❷。其隙❸也，則施施❹而行，漫漫❺而遊，日與其徒上高山，入深林，窮迴谿❻，幽泉怪石，無遠不到。到則披❼草而坐，傾壺而醉，醉則更相枕以臥，意有所極❽，夢亦同趣❾。覺而起，起而歸。以為凡是州之山❿有異態者，皆我有也，而未始知西山之怪特。

【章　旨】本段回顧發現西山之前的漫遊之樂，為西山之遊更大的樂趣作鋪墊。

【注　釋】❶僇人　有罪的人，指作者被貶謫。僇，同「戮」。刑辱之意。❷恆惴慄　恆，常。惴慄，恐懼；顫慄。❸隟　閒空時候。❹施施　緩慢行走的樣子。❺漫漫　隨意不受拘束的樣子。❻窮迴谿　窮，盡。迴谿，彎曲的小河。❼披　分；撥開。❽極　至；到。一本「意有所極」前有「臥而夢」三字。❾趣　通「趨」。往。❿山　一本「山」下有「水」字，一本「山」下有「林」字。

【語　譯】自從我淪為有罪之人，居住在這州以來，常常心懷恐懼，顫慄不安。在那些有閒空的日子，就緩步而行，隨意所至地遊玩，每天和同伴及僕人，登上高峻的山峰，深入幽深的樹林，沿著山間曲折的小河一直走到盡頭，幽深的泉水，怪異的石頭，沒有什麼遠的風景是我們所不到的。到了那裡便撥開草叢坐下，坐下便傾倒酒壺痛飲而醉，醉了就互相枕靠著睡，心裡想到哪裡，夢中也就到了哪裡。睡醒了便起來，起身便回去。內心認為這個州所有那些具有奇異姿態的山水，都是我所遊歷過的，卻不曾知道西山的奇怪特殊之處。

今年九月二十八日，因坐法華❶西亭❷，望西山，始指異❸之。遂命僕過湘江❹，緣染溪❺，斫榛莽❻，焚茅茷❼，窮山之高而止。攀援而登，箕踞❽而遨❾，則凡數州之土壤，皆在衽席❿之下。其高下之勢，岈然⓫洼然⓬，若垤⓭若穴，尺寸千里，攢蹙累積⓮，莫得遯⓯隱。縈青繚白⓰，外與天際⓱，四望如一。然後知是山之特出，不與培塿⓲為類。悠悠⓳乎與灝氣⓴俱，而莫得其涯；洋洋㉑乎與造物者㉒游㉓，而不知其所窮。

【章旨】本段記述遊西山的過程及感受到的西山的特出。

【注釋】❶法華　寺名，在零陵縣城內東山上。❷西亭　柳宗元所建，在法華寺西邊，柳宗元稱為西亭，並寫有〈永州法華寺新作西亭記〉。❸指異　指點而稱奇。❹湘江　此實為瀟水，瀟水經過永州城之後才與湘水合流。❺染溪　又稱冉溪，柳宗元在溪邊居住，改名稱愚溪，是瀟水支流，在零陵縣西南。❻榛莽　雜亂叢生的樹木和野草。❼茅茷　茅草之類。茷，草葉眾多的樣子。❽箕踞　席地而坐，兩腿伸直岔開，形似箕斗，在古代是放肆的姿態，此用以表示自由不加拘束。❾遨遊賞，此指用眼睛巡視。❿衽席　古代的睡席。⓫岈然　山谷深邃的樣子。⓬洼然　溪谷低窪的樣子。⓭垤　蟻垤，螞蟻做窩時堆在洞口的小土堆。⓮攢蹙累積　指遠處山水景物聚集、緊縮重疊堆積於眼前，故尺寸之間便可指顧千里。⓯遯　同「遁」。逃避。⓰縈青繚白　形容遠處山青水白互相繚繞在極遠處與天相接，分不清界限。青指山，白指水，縈、繚都是環繞之意。⓱際　合；接。⓲培塿　小土堆。⓳悠悠　久遠的樣子。⓴灝氣　即浩氣，天地間的元氣。㉑洋洋　廣闊的樣子。㉒造物者　創造萬物的神，即天地。㉓游　交往。

【語譯】今年九月二十八日，因為坐在法華寺西亭，望到對面的西山，才經人指點發現它很不平常。於是命令僕人渡過湘江，沿著染溪，砍掉叢生的灌木和雜草，焚燒掉枯乾的茅草，一直達到山的最高處才停止。我們就攀援著登上山去，岔開兩腿坐在地上用目騁望，於是附近幾州的土地都在我的睡席的下方。那高高低低的地勢，有的山谷幽深，有的低窪凹陷，有的像蟻垤，有的像洞穴，看似尺寸之間，便可指顧千里，遠近山水都聚攏、緊縮、重疊、堆積在我眼前，沒有什麼能隱藏它們的姿態。遠處青山白水相互繚繞，與天相接，四方望去，都是如此。經過這樣觀賞之後才知道這個西山的超群出眾，是不屑同周圍那些低矮的小土堆為伍的。它遙遠悠久啊，同天地間的元氣同時存在，而無人知道它的極限；汪洋廣闊，與天地交通往來，而不可能看到它的終結。

引觴❶滿酌，頹然❷就醉，不知日之入。蒼然❸暮色，自遠而至，至無所見，而猶不欲歸。心凝❹形釋❺，與萬化❻冥合❼。然後知吾嚮❽之未始遊，遊於是乎始。故為之文以志❾。是歲元和四年也。

【章　旨】本段記述在西山的宴飲，並點明自己在山水中獲得的全新體驗。

【注　釋】❶引觴　拿起酒杯。觴，古代的酒杯。❷頹然　酒醉要倒的樣子。❸蒼然　黃昏天空暗淡迷茫的樣子。蒼，青黑色。❹凝　凝結，什麼也不想。❺釋　消散。❻萬化　萬物。因物是不斷變化著的，故稱萬化。❼冥合　渾然成為一體。❽嚮　以前。❾志　記。

【語　譯】我拿起酒杯滿滿地斟上酒，飲到歪歪欲倒進入醉鄉，不知道太陽已經下山。黃昏時的迷茫暗淡，從遠處漸漸來到周圍，直到什麼也看不見了，仍然不想回去。我的心似已靜止不動，我的形體似已消散，同萬物融合渾然成為一體。這之後我才知道我從前等於還沒有遊過山水，真正的遊歷從這兒開始。所以我寫成這篇文章記下這次遊山。這年是元和四年。

【研　析】本文所表現的是柳宗元在山水景物中所獲得的一種全新的體驗，是柳宗元遊歷活動的思想小結，所以全文圍繞「始得」二字展開。首段回顧以往的遊歷，自有其樂趣和滿足，多次連用頂針的修辭手法，逼真狀出作者的安閒自在、無拘無束。但末尾「未始知西山之怪特」又使前此之種種盡成西山新遊的鋪墊。第二段「始指異之」由未始而始，寫在西山箕踞而遨感受到的西山之怪特。作者通過俯視西山四周山水的情狀側面烘托以突顯西山。坐在西山，一切全在俯瞰之中，四周山水均無法遁形，而其形體變小，如蟲堆蟻穴，色彩變得朦朧，縈青繚白，四望如一。不正面寫西山，而使人感到西山的偉岸博大。作者俯觀萬物，遠望天外，感到尺寸千里，胸襟開闊，這才真正體會到山水的美妙所在和真正樂趣，那就是「悠悠乎與灝氣俱」，「洋洋乎與造物者游」，也就是恆久不懈的精神和寬廣無限的胸襟，崇高的理想，堅定的信念。這樣柳宗元就不僅領略客觀山水的美質，也在山水中進一步發現和認識了自身的美好情操與價值，堅定了人生信念和社會批判意識。特別是「是山之特出，不與培塿為類」，既寫山，也寫人，借山來烘托出人格的高大，不與凡庸為伍。這種全新的體驗一經得到，他的心裡便感到空前巨大的滿足，他真正陶醉了。文章的後段，他「心凝形釋，與萬化冥合」，四周已黑，還全無歸意。至此他認為從前根本不算遊歷，真正的遊，從這兒開始，並且有意識地拿起筆來寫作山水遊記。仍回到始字作結。柳宗元的山水遊記既能用精確的語言、細膩的描寫展示形神兼備的景物圖畫，又能通過主觀感受的強烈介入和鮮明表現，創造出情景交融的藝術境界。這篇文章充分地體現了柳宗元山水遊記的這一基本特徵。

鈷鉧潭記

柳子厚

【題　解】鈷鉧即鈷鏻，就是熨斗，大約是因為潭形像熨斗，所以給取了這個名字。本文所記的鈷鉧潭究竟在什麼地方？南宋詩人范成大說他到永州，見到過鈷鉧潭，他說：「渡瀟水即至愚溪，溪上愚亭以祠子厚，路旁有鈷鉧潭，鈷鉧，熨斗也，潭狀似之。」（《驂鸞錄》）現永州柳子廟門前西側愚溪水面略寬，水中岩石上刻有鈷鉧潭三個大字，旁刻五言絕句詩一首。字和詩肯定都不是柳宗元所寫，潭水面積也遠沒有柳宗元所寫十畝那麼大，潭的方位與水的流向與柳宗元所記也未全合，所以自明代以來就有人懷疑此並非鈷鉧潭舊址。生活在永州的柳宗元研究者有人認為，鈷鉧潭遺址應是今距愚溪口約四里之順水灣。本文不足二百字，除描寫鈷鉧潭的風光外，字裡行間還可以感受到作者被貶謫棄置的憤激心情，同時通過潭主人為官租私債所逼，不得不賣掉它而躲進深山，間接地反映了當時民生疾苦，可以看出柳宗元雖遭貶斥，對社會問題仍十分關注。

此為〈永州八記〉第二篇。

鈷鉧潭在西山西。其始蓋冉水❶自南奔注，抵山石，屈折東流；其顛委勢峻❷，盪擊益暴❸，齧❹其涯，故旁廣而中深，畢至石乃止。流沫❺成輪，然後徐行。其清而平者且十畝，有樹環焉，有泉懸❻焉。

【章旨】本段交代鈷鉧潭的位置，描寫鈷鉧潭的水勢和風景。

【注釋】❶冉水　即染溪，今又稱愚溪，已見上文。❷顛委勢峻　顛委，顛末；首尾。指上游和下游。勢峻，指上下游落差大，水流峻急。❸暴　猛烈。❹齧　咬，這裡作「侵蝕」解。❺沫　流水較急時形成的泡沫。❻懸　從高處往下流注。

【語譯】鈷鉧潭在西山西邊山腳下。起初大概是冉水從南方奔流下瀉，碰到了山腳的巖石，於是迴旋轉向朝東流去；那上游和下游水勢峻急，洗盪衝擊更是猛烈，侵蝕溪流的邊岸，所以四周廣大而中間很深，全部到露出石頭才停止。水流泡沫形成車輪狀旋渦，然後緩慢地流走。那清澈而又平靜的水面將近十畝，有樹木環繞在周圍，有泉從高處往潭中流注，像懸掛在潭邊一般。

其上有居者，以予之亟❶游也，一旦款門❷來告曰：「不勝官租私券❸之委積❹，既芟❺山而更居❻，願以潭上田貿❼財以緩禍！」予樂而如❽其言。則崇❾其臺，延其檻，行❿其泉於高者墜之潭，有聲潨然⓫。尤與⓬中秋觀月為宜。於以見天之高，氣之迥⑬。孰使予樂居夷⑭而忘故土者，非茲潭也歟？

【章旨】本段記獲得並修治鈷鉧潭的經過，描寫治理後的鈷鉧潭宜人的風味。

【注釋】❶亟　屢次；多次。❷款門　叩門；敲門。❸券　借據；借條。指欠了帳。❹委積　堆積；積壓。❺芟　除草，此指開荒。❻更居　遷居。❼貿　交換。貿財即換錢。❽如　依照。❾崇　加高。❿行　導引；疏通。⓫潨然　小水注入大水的響聲。這裡形容泉水從高岸墜入潭中的聲音。⓬與　於；在。⓭迥　遼遠。⓮夷　古代對東方少數民族的稱呼，此是泛指。永州是少數民族雜居之地，所以柳宗元這麼說。

【語譯】潭邊上有居住在那兒的人，因為我多次在那裡遊覽，有一天來敲門告訴我說：「我受不了官府租稅和私人債務的重壓，已經在山上開荒換地方居住，願意把潭岸上的田換錢來減輕禍難！」我歡喜地按他的話辦了。就把那裡原有的亭臺加高，把那裡原有的欄檻加長，導引泉水從高處墜落到潭中，發出淙琤悅耳的聲音。尤其適合在這裡中秋賞月。在這裡可以望見高高的天空，感受遼遠的秋氣。是什麼使我樂於居住在蠻夷之地而忘記故鄉呢，難道不是這個水潭嗎？

【研析】本文首段交代了鈷鉧潭的位置、形狀、面積以及形成的原因。描寫精確細緻，層次分明，「顛委勢峻，盪擊益暴」八個字再現了一條曲折奔騰的溪流的水勢；「齧其涯」的「齧」字以擬人的手法生動地寫出溪流衝刷山涯形成深潭的過程；「流沫成輪，然後徐行」，刻劃工細，情狀逼真；「有樹環焉，有泉懸焉」，點染了岸邊的景色。作者描寫的順序是從溪水上游，寫到潭的主體，再寫溪流去向，然後簡單勾勒潭的整體面貌，這就給了讀者一個細膩而完整的畫面。第二段事中點景，繼續補充了鈷鉧潭的景物意趣，在畫面上增加了亭臺欄檻，還描寫了悅耳的泉聲。「尤與中秋觀月為宜」，只是一種設想，卻使人想像中秋明月照映十畝清潭的幽趣。兩段文章，前段寫溪流曲折奔流，頗為壯觀，後段寫澄潭映月，境界優美，前後相映，共同構成了潭景的豐富多彩，充分表現了作者刻劃山水的高超技藝。

鈷鉧潭西小丘記

柳子厚

【題　解】本文是〈永州八記〉之第三篇，也寫在元和四年。題中說小丘在鈷鉧潭之西，所以它的遺址取決於鈷鉧潭位置的確定。而且這個小丘在柳宗元購得時就那麼小，可以籠而有之，千百年來滄海桑田，陵谷變遷，現在無論在柳子祠前鈷鉧潭附近，還是較遠的順水灣邊，小丘的面目都已經不可復識了。但柳宗元這篇文章卻具有長久的生命力。他精致地描繪了小丘的奇特風光，展現了永州一帶山水的特點，同時借題發揮，以小丘被棄置在僻遠的永州，得不到人們的賞識，曲折地表現了自己對被貶的不滿和渴望得到重用的心情，並通過「鏟刈穢草，伐去惡木」使「嘉木立，美竹露，奇石顯」的記述，暗示了自己懲惡揚善、改革政治的理想。是柳宗元遊記中借題發揮比較明顯、寓意深遠的優秀篇章。

得西山後八日，尋❶山口西北道二百步，又得鈷鉧潭。潭西二十五步，當湍❷而浚者，為魚梁❸。梁之上有丘焉，生竹樹。其石之突怒❹偃蹇❺，負土而出❻，爭為奇狀者，殆不可數。其嶔然❼相累❽而下者，若牛馬之飲於溪；其衝然❾角列❿而上者，若熊羆⓫之登於山。

【章　旨】本段記述小丘的形狀，側重描寫山石的奇觀。

【注　釋】❶尋　探。❷湍　急流。❸魚梁　用石壘成的攔水堰，中間留有空缺，以便安放竹製的捕魚器具。❹突怒　突起挺立的樣子。❺偃蹇　高聳的樣子。❻負土而出　指石頭頂開泥土冒出地面。❼嶔然　高峻的樣子。❽相累　此指山石相互連綴，遠望有如相堆疊。❾衝然　突起向前的姿態。❿角列　如獸角般並列斜矗。⓫羆　熊的一種，俗稱人熊，長頭高腳，比熊大。

【語譯】在發現西山以後的第八天，探索著從山口西北面的小路走二百步的地方，又找到了鈷鉧潭。潭的西邊二十五步，在急流下面形成一個深潭的地方，是一座石壘的魚梁。魚梁上邊，有一座小丘，生長著竹叢和樹木。那山上從泥土裡衝冒出來，突起聳立，爭相呈現出奇形怪狀的巨石，幾乎多得數不清。那高高隆起相互重疊地朝下傾斜的，像是成群的牛馬來到溪邊飲水；那昂然突起像獸角那樣並列向上的，像是成隊熊羆在奮力登山。

丘之小，不能❶一畝，可以籠而有之❷。問其主，曰：「唐氏之棄地，貨❸而不售❹。」問其價，曰：「止四百❺。」余憐而售❻之。李深源、元克己❼時同游，皆大喜，出自意外。即更❽取器用❾，剷刈❿穢草⓫，伐去惡木⓬，烈火⓭而焚之。嘉木立，美竹露，奇石顯。由其中以望，則山之高，雲之浮，溪之流，鳥獸魚之遨遊⓮，舉熙熙然⓯迴⓰巧獻技，以效⓱茲丘之下。枕席⓲而臥，則清泠⓳之狀與目謀⓴，瀯瀯㉑之聲與耳謀，悠然而虛㉒者與神謀，淵然㉓而靜者與心謀。不匝㉔旬而得異地者二㉕，雖古好事㉖之士，或未能至焉。

【章旨】本段記述購買和整治小丘的經過，以及在小丘上遊賞休息所見所感。

【注釋】❶不能　不足。❷籠而有之　極言其小巧玲瓏，可以用竹籠把它收藏起來。有，此為藏的意思。❸貨　出賣。❹售古代買、賣均可稱售，這裡指賣出。❺四百　唐朝的貨幣單位是「貫」和「文」，一貫相當於一千文，文為最小貨幣單位。這裡可能為四百文。❻售　買。❼李深源元克己　都是柳宗元的朋友。李深源名幼清，曾任太府卿，知睦州，被貶循州，後移永州。元克己曾任侍御史，當時也謫居永州。❽更　輪流。❾器用　用具，指割草伐木的工具。❿刈　割。⓫穢草　雜草。⓬惡木　荊棘之類。⓭烈火　此為縱火之意，烈用為動詞。⓮遨遊　自由自在地飛翔遊走。⓯熙熙然　和樂的樣子。⓰迴運，此處與「獻」意同。⓱效　敬獻。⓲枕席　意為以石為枕，以地作席。⓳清泠　明淨清涼。⓴謀　合；協和；和諧。㉑瀯瀯　泉水輕細的聲音。㉒悠然而虛　悠閒自在且開闊空靈的境界。㉓淵然　深沉靜謐的氣氛。㉔匝　周；滿。㉕異地者二　指鈷鉧潭和小丘兩個風景非常的地方。㉖好事　此指酷愛遊覽山水的人。

【語譯】小丘的面積極小，還不足一畝，簡直可以用籠子裝起來。我問小丘的業主是誰，人們說：「這是姓唐的人家一塊荒廢的地，準備出賣卻賣不出去。」問他賣什麼價，回答說：「只要四百文錢。」我喜愛這小丘便買了下來。李深源、元克己當時同我一起遊玩，都十分高興，感到出乎自己意料。我們當即輪番拿起鋤和刀，剷除雜草，砍掉荊棘，放火把它們燒掉。於是美觀的樹木挺立，秀麗的修竹顯露，奇異的小石突現。從小丘舉目四望，那高聳的群山，飄動的雲彩，奔流的溪水，以及飛翔走動的鳥獸游魚，都歡快地施展出它們奇巧的千姿百態，一齊呈獻到這個小丘的面前。我們把山石作枕，以綠草為席，就地躺臥下來，那清新明淨的景色，眼睛觸到非常舒服，瀯瀯的泉聲耳朵聽了極其快意，那閒適空靈的境界使精神怡悅，深沉靜謐的氣氛使內心和諧。不滿十天工夫，就得到兩處勝景，即使是古代那些酷愛山水的人，也許不會有這樣幸運吧！

噫！以茲丘之勝，致之❶灃、鎬、鄠、杜❷，則貴游之士❸爭買者，日增千金而愈不可得。今棄是州也，農夫漁父過而陋之，價四百，連歲不能售。而我與深源、克己獨喜得之，是其果有遭❹乎？書於石，所以賀茲丘之遭也。

【章　旨】本段借賤價買進小丘而發抒感慨，隱喻自己被棄置埋沒的遭遇。

【注　釋】❶致之　送到；搬到。❷灃鎬鄠杜　都是長安附近貴族居住集中的地方。灃，水名，此借指「酆」，在今陝西戶縣東灃水西岸。鎬，周武王都城，地在今陝西西安西南。鄠，今陝西戶縣。杜，杜陵，在今陝西西安東南。都是唐代豪門貴族居住遊樂之地。❸貴游之士　富貴有閒以山水為樂的人。❹遭　際遇；得到賞識。

【語　譯】唉！憑著這個小丘的勝景，如果把它搬到灃、鎬、鄠、杜那些地方，那麼愛好山水的有錢人士，爭著購買，即使每天增價千金也越發不能得到。現在拋棄在這偏遠的永州，連農夫漁翁從這裡經過，也看不上眼，價低到四百，還多年賣不出去。而我和李深源、元克己偏能高興地買到，這個小丘難道終於交上了好運？我把這篇短文寫在石上，就以此來祝賀小丘的好運吧！

【研　析】本文描寫小丘的勝景，形神兼備，尤其重在傳神。他首先使用精確的詞語刻劃出小丘奇石的情狀，在此基礎上用比喻和擬人的手法，使本來靜止的山石動起來了。「嶔然相累而下」、「衝然角列而上」，本身就已蓄積著一種動勢，再加上「若牛馬之飲於溪」，「若熊羆之登於山」的貼切而生動的比喻，就把這種動態逼真傳神地表現出來。本來是靜止不動的物體，經作者點化，似乎真是牛馬、熊羆在探頭飲水，在舉足登山。這種以動寫靜的手法，不僅使得自然物增加立體感，浮雕似地突現出來，而且是將作者本人的精神情緒融注入山水景物的形象之中。接著作者寫在小丘上眺望和休息，高山、溪流、浮雲、鳥獸，都爭相顯示自己姿態的美好，努力表演自己巧妙的技能，高興地一齊呈現在小丘面前，這是一幕人與大自然的聯歡。作者目之所及是明淨清爽的景色，耳之所聞是潺潺舒緩的泉聲，神之所遇，是空靈開闊的境界，心之所感是深沉幽靜的氛圍，作者的描寫，突出了人與景的內在同一性，人和丘精神上的相通。人感受到了小丘的美好，蘊藏的活力，也從小丘感受到了自我的價值，從小丘的遭遇感受到了自己的處境。因此文章轉而就自己賤價得丘抒發對美景埋沒的感慨，隱以自喻，結尾「賀茲丘之遭」卻又內含人不如丘的比照，語婉意曲地傳達出被謫居棄擲的孤憤。在柳宗元的筆下，狀物之態與感物之情、人的自然化和自然的人化，達到了高度的和諧統一。本文是體現這一特徵極有代表性的篇章。

至小丘西小石潭記

柳子厚

【題　解】《新唐書·柳宗元傳》說他「既竄斥，地又荒癘，因自放山澤間，其堙厄感郁，一寓諸文」。他只能在他貶謫生活所及的山水景物中找到精神的寄託，並不能像有些詩人作者那樣到處尋找名山大川。所以〈永州八記〉所寫的景致，不少在當時是沒有名氣的，例如本文所記的小石潭，連名字也沒有，只是溪流中極短的一段，雖然柳宗元詳細交代了所在的方位，現在也已經找不到了。有人說是下游興建了水電站，築有一壩，水位提高，舊址被淹，也不可信。被描寫的對象已不存在，描寫它的文章卻獲得了永久的生命力，因而被作為山水遊記的經典之作傳頌不衰。

從小丘西行百二十步，隔篁❶竹，聞水聲如鳴佩環❷，心樂之。伐竹取道❸，下見小潭，水尤清洌❹。

【章　旨】本段記小石潭的發現，點明水清的特點。

【注　釋】❶篁　竹林。篁竹即成林的竹子。❷佩環　即玉佩，古人繫在腰帶上的玉製裝飾品，行動時發出響聲。❸取道　開闢道路。❹清洌　清涼。洌，寒冷。一作「冽」，清澈的樣子。

【語　譯】從小丘往西走一百二十步，隔著一片竹林，就聽到泉水的聲音，好像身上的佩玉叮冬作響，心裡很喜歡。砍掉一些竹子闢出一條路，朝下望見一個小潭，水尤其清澈並且帶著絲絲涼意。

全石以為底❶，近岸，卷石底以出❷，為坻❸，為嶼❹，為堪❺，為巖。青樹翠蔓❻，蒙絡搖綴❼，參差披拂❽。

【章旨】本段記述小潭岸邊景色，描寫石潭的「石」。

【注釋】❶全石以為底　即「以全石為底」，是說潭底是整塊的石頭。❷卷石底以出　潭底的石頭向上捲起，露出水面。❸坻　水中高地。❹嶼　島嶼，水中小山。❺堪　不平的巖石。❻翠蔓　翠綠的藤蔓。❼蒙絡搖綴　指樹木藤蔓互相纏繞著覆蓋在小潭上，連綴著在風中擺動。❽參差披拂　長短不齊，隨風在水面拂動。

【語譯】小石潭底是整塊的石頭，靠近岸邊，石底向上翻捲露出水面，成為水中的高地、島嶼，以及凹凸不平的巖石。青蔥的樹木，翠綠的藤蔓，互相糾纏著覆蓋在潭上，連綴著在風中搖曳，長長短短的柔條在水面拂動。

潭中魚可❶百許❷頭，皆若空游無所依。日光下澈❸，影布石上，佁然❹不動，俶爾❺遠逝，往來翕忽❻，似與游者相樂。

【章旨】本段記小石潭中景色，寫魚兒及水清的特點。

【注釋】❶可　大約。❷許　表示約數的量詞。❸澈　透入。❹佁然　愣住的樣子。佁，亦作「怡」。愉快。❺俶爾　忽然。❻翕忽　輕快的樣子。

【語譯】小潭裡面大約有百多頭魚，都好像在空中游動，沒有任何依託。太陽光透射進澄清的潭底，魚兒的影子分映在潭底石上，靜靜的一動不動，忽然一下向遠方游去，這樣輕快地一往一來，好像在同岸邊的遊人共同戲樂。

潭西南而望，斗折❶虵行❷，明滅可見。其岸勢犬牙差互❸，不可知其源。

【章　旨】本段記述小潭的上游，描寫小潭的遠景。

【注　釋】❶斗折　像北斗七星那樣曲折。❷虵行　虵為「蛇」的俗體。斗折、蛇行都是形容溪流的彎曲。❸差互　交錯的樣子。溪流曲折，其岸如同犬牙交錯。

【語　譯】朝潭的西南方向望去，溪流上游像北斗七星一樣曲折，又像蛇行一般蜿蜒。因此遠望時一會兒看見明亮的水，一會兒什麼也看不見。溪的兩岸像犬牙一樣交錯，不能看清它的源頭。

坐潭上，四面竹樹環合，寂寥無人，淒神寒骨❶，悄愴幽邃❷。以其境過清，不可久居❸，乃記之而去。

【章　旨】本段總寫小石潭的氣氛，表達作者遊歷時的感受。

【注　釋】❶淒神寒骨　使人感到精神淒涼，寒氣徹骨。❷悄愴幽邃　寂靜幽深。❸居　此指停留。

【語　譯】坐在潭邊，四面八方都被竹叢和樹木包圍著，空寂冷清，見不到人影，使人感到心神淒涼，寒氣透骨，寂靜悲愴，深邃幽絕。因為這裡的氣氛過於悽清，不宜停留太久，於是記述下此文便離去。

同遊者，吳武陵❶，龔古❷，余弟宗玄❸。隸❹而從者，崔氏二小生❺：曰恕己，曰奉壹。

【章　旨】本段補記同遊人的姓名。

【注　釋】❶吳武陵　唐代信州（今江西上饒）人，元和初中進士，元和三年（西元八〇八年）被貶到永州，與柳宗元建立了深厚的友誼。❷龔古　不詳。❸宗玄　宗元堂弟，或云當為「宗直」之誤。❹隸　跟隨。❺小生　年輕人。

【語　譯】同遊的人，有吳武陵，龔古，我的弟弟宗玄。跟隨同來的還有崔家的兩個少年，叫做恕己、奉壹。

【研　析】本文同〈鈷鉧潭西小丘記〉不同，作者主觀情緒表達比較含蓄，重在景物形象的具體刻劃。文章極短小，全文不過一百九十三字，卻像一幅工筆圖畫，精雕細刻地從如鳴佩環的泉聲引出小潭起筆，逐漸寫到岸邊的奇石和竹樹，透明的潭水和游動的魚群，再到溪流的上游和遠景，最後寫小潭的總體氣氛，作者淒神寒骨的感受，以一個「清」字概括了小潭景物的基本特徵，多少透露出作者在現實壓迫下的心境。描寫魚兒的一段，是這幅圖畫的中心，也是體現本文高度藝術成就的重要所在。這裡並沒有一字一句描寫潭水，卻全是從潭水的「清洌」二字生出。看得見魚的數目，覺得魚像懸在空中，無所依託，看得見陽光射到水底，甚至清晰地看見魚的影子分布在潭底的巖石上。那些魚一下子靜靜地一動不動，一下子忽然又向四方竄開，一往一來安詳自在，似與遊人相樂。寫了光和影，明和暗，寫了靜和動，運用了多種藝術技巧，特別是繼承了中國古代文學和山水畫中虛實相生的傳統而又有所提高和發展。這段描寫處處就魚、水關係落筆，處處只見魚，不見水。不見水而正見水的清洌。他脫胎於酈道元的「淥水平潭，清潔澄深，俯視游魚，類若乘空」（《水經注・洧水》），卻在形、神、影、色的描繪上，都達到了一個新的高度，精工地雕刻了富於立體感的山水形象。劉大櫆說：「摹寫魚之游行澄水中，如化工肖物。」李剛己說：「此八句摹寫物象，尤為窮微盡妙，具此筆力，可以鑄鑱造化，雕刻百態矣。」都高度地肯定了柳宗元山水遊記的藝術水平。

袁家渴記

柳子厚

【題　解】本文為〈永州八記〉第五篇，作於元和七年。袁家渴這個名字是柳宗元取的，今名沙溝灣。由朝陽巖溯瀟水而上，約五里，見水環繞奇石，疊成一個小山，即袁家渴所在。此處江面稍寬，江中偏西處有一腰子形綠洲，名為關刀洲，關刀洲至西岸，是一寬闊的洄水灣。這兒風景很好，《永州府志》說：「袁家渴，水中一山，皆綴細石結成者。清流繞之，澄如練，碧如環。」在這篇文章裡，柳宗元寫明了到袁家渴的路線，他給袁家渴取名的依據，描繪了袁家渴一帶的風光，特別是其江中小山的幽麗奇景。本文寫在前四篇的三年之後，幽憤之情似乎較前略減，但文中所寫景物充滿生機活力，我們仍能感到作者昂揚向上積極進取的精神。

由冉溪西南水行十里，山水之可取者❶五，莫若鈷鉧潭；由溪口而西陸行，可取者八九，莫若西山；由朝陽巖❷東南水行至蕪江❸，可取者三，莫若袁家渴。皆永中幽麗奇處也。

【章　旨】本段由鈷鉧潭、西山等勝景引出袁家渴，交代袁家渴的位置。

【注　釋】❶可取者　值得肯定、值得稱道的。❷朝陽巖　在永州城南瀟水旁邊，有洞名流香洞，石澗從中流出，注入瀟水。那裡的巖石朝向東方，所以唐代元結為其取名朝陽巖。❸蕪江　一名茆江，俗稱茅江，在永州城東四里處注入瀟水。

【語　譯】由冉溪坐船向西南走十里，山水風景值得稱道的有五處，沒有哪處比得上鈷鉧潭；由冉溪口向西走陸路，值得稱道的有八九處，沒有哪處比得上西山；由朝陽巖坐船向東南方向走到蕪江，值得稱道的有三處，沒有哪處比得上袁家渴。這些都是永州範圍內清幽秀麗風景奇特的地方。

楚、越❶之間方言，謂水之支流❷者為「渴」，音若衣褐❸之褐。渴上與南館高嶂❹合，下與百家瀨❺合。其中重洲小溪，澄潭淺渚❻，間廁❼曲折。平者深黑，峻者沸白。舟行若窮，忽又無際。

【章旨】本段交代稱為「渴」的緣故，總寫袁家渴的山水風光。

【注釋】❶楚越　古代的兩個國名，包括今湖南、湖北和安徽、江蘇、浙江等省。❷支流　一本作「反流」，指洄水河灣水流有時與江中心流向相反。❸褐　粗布短襖。❹南館高嶂　袁家渴右側瀟水西岸懸崖陡峭如削，崖上建有廟宇館舍。❺百家瀨　袁家渴下游與之相匯合的水，那裡有一大片沙石灘。水流沙石上叫瀨。❻淺渚　剛露出水面的小洲。❼間廁　錯置；夾雜。

【語譯】古楚國和越國所屬地區之間的地方話，稱水的反向流淌的那種叫「渴」，讀音像衣褐的褐。袁家渴上方與建有南館的陡削高崖相接，下游與百家瀨匯合。在這中間有重疊的洲島，細小的溪流，澄清的水潭，露出水面的洲渚，錯雜曲折。平靜的潭水呈現出深黑色，峻急的溪流沸騰似地翻起雪白的浪花。船在裡面行走仿佛已到盡頭，誰知轉一個方向又是無邊的廣闊。

有小山出水中，山皆美石，石上生青叢❶，冬夏常蔚然❷。其旁多巖洞，其下多白礫❸，其樹多楓、柟❹、石楠❺、楩❻、櫧❼、樟、柚，草則蘭芷❽，又有異卉❾，類合歡❿而蔓生⓫，轇轕⓬水石。每風自四山而下，振動大木，掩苒⓭眾草，紛紅駭綠⓮，蓊勃⓯香氣；衝濤旋瀨，退貯谿谷。搖颺⓰葳蕤⓱，與時推移。其大都如此，余無以窮其狀。

【章旨】本段描寫袁家渴最突出的美景，水中小山的奇麗風光。

【注釋】❶青叢　叢生的常綠草木。❷蔚然　草木茂盛的樣子。❸白礫　白色小石子。❹枏　同「楠」。一種名貴樹木。❺石楠　即石楠，一種常綠樹，初夏時莖頂開淡紅色合瓣花。❻楩　就是黃楩木，可製器物。❼櫧　常綠樹，初夏開花，黃綠色。木質堅硬，可用來建屋或造船。❽蘭芷　兩種香草。蘭指澤蘭，為多年生草本植物，產山邊濕地，葉為披針形，有香氣，秋末開花。芷即白芷，夏天開小白花，成複傘形花序，根可做藥。❾異卉　奇花異草。❿合歡　落葉喬木，羽狀複葉，由許多小葉合成，每到夜晚，小葉合攏，亦稱合昏。⓫蔓生　指植物用能纏繞的莖攀附別的東西而生長。⓬轇轕　雜亂糾纏。⓭掩苒　草被風吹倒伏的樣子。⓮紛紅駭綠　形容紅花紛飛，落葉亂顫。紅為花朵，綠為木葉。駭，被驚動。⓯蓊勃　濃郁。⓰搖颺　搖擺；飄蕩。⓱葳蕤　草木繁茂，枝葉下垂的樣子。

【語譯】有一個小山從水中露出來，山上都是美麗的石頭，石上生長著叢叢常綠的草木，無論夏天還是冬天總是一派繁茂的樣子。山的兩旁有許多巖洞，山下多白色的小石子，山上的樹大多是楓樹、楠木、石楠、黃楩、櫧樹、樟樹和柚木等，草就是香蘭和白芷，還有一種奇異的草，葉子像合歡，但是靠藤蔓攀緣他物而生長，在水中石間雜亂糾纏著。每逢大風從四周山上吹下來，振動那些高大的樹木，野草被吹得紛紛倒伏，紅色的花瓣到處紛飛，綠葉被吹得亂顫，散發出濃郁的香氣；風使江面波濤洶湧，在淺灘上泛起陣陣漣漪，使水流倒退注滿溪谷。搖擺飄蕩，草木茂盛，枝葉垂垂，隨著季節的變化，景物也不斷變化。小山的情況就大概如此，我無法把它的奇妙全部描繪出來。

永之人未嘗遊焉。余得之，不敢專❶也，出而傳於世。其地世主袁氏❷，故以名焉。

【章　旨】本段交代作記的用意，並解釋袁家渴的「袁」字。

【注　釋】❶專　壟斷。❷世主袁氏　一本無「世」字。

【語　譯】永州的人不曾來這裡遊玩。我發現了它，不敢據為己有，獨自享受，記述出來讓它在世上流傳。這地方世代的所有者都姓袁，所以用「袁家」來命名。

【研　析】本文開頭便列出遊歷永州附近山水的三條路線。一方面，八記的後四記與前四記寫作時間不同，走的路線也不一致，有必要在這裡點出；一方面，通過說明遊歷路線，借助其他風景，寫出了袁家渴的方位，它與永州、與西山鈷鉧潭等的位置關係。更重要的是從永州的全境全貌著筆，通過賓主之間的對比、映襯，突出了袁家渴的幽麗奇特。這是古文「借賓定主」之法，借西山鈷鉧潭等使讀者知道袁家渴非尋常可比。「可取者五」等等，也非閒話，他意在說明永州山水奇特之處甚多，而袁家渴等是在眾多美景之中精選出的最美者，這就不能不引起讀者對它的關注和興趣。接著以「上與」「下與」「其中」提示分三個層面介紹袁家渴的環境，渴中勝景的整體面貌。作者用筆簡練，選詞精確。沈德潛說「舟行若窮，忽又無際」八個字「已抵一篇遊記」，真是不假。雖然這只是概括的勾勒輪廓的寫法，卻仍能留給讀者想像餘地，有深長的韻味。對袁家渴的獨特處水中小山的描繪，更是生動活潑，充滿生氣。先分後合，先寫山石，再其旁，其下，其樹，其草，逐一介紹，為「每風自四山而下」蓄勢。然後都在風中結成整體，大風吹拂下，木在動，草在披，紅的花飛，綠的葉顫，香氣在蒸騰，江水生濤，淺灘成浪，一切都在搖曳飄蕩，所有的形體、顏色、氣味、聲響都活躍起來，作成了大自然的美妙的大會演，生氣何等旺盛。柳宗元筆下的山水，既有靜景也有動景，而他總是在靜景中寫出動態。他說袁家渴是「幽麗奇處」，永州人不曾來遊，本是靜極的境界，但他卻在這發現並描繪了自然界的蓬勃生機，使人覺得轟轟烈烈，氣象萬千。結尾說「余無以窮其狀」，更暗示這種生機永無終結，寓意深遠。這樣的景物圖畫應該說是作者積極精神、向上氣概的外化。

石渠記

柳子厚

【題解】石渠是由石頭天然構成的水渠。其方位作者在文章開頭即已寫明。本文為〈永州八記〉的第六篇，寫於元和七年（西元八一二年）。

自渴❶西南行不能百步，得石渠，民橋其上。有泉幽幽然❷，其鳴乍❸大乍細。渠之廣，或咫❹尺，或倍尺，其長可十許步。其流抵大石，伏❺出其下。踰石而往，有石泓❻，菖蒲❼被之，青鮮❽環周。又折西行，旁陷巖石下，北墮❾小潭。潭幅員❿減百尺，清深，多儵魚⓫。又北曲行紆餘⓬，睨⓭若無窮，然卒入於渴。其側皆詭石怪木，奇卉⓮美箭⓯，可列坐而庥⓰焉。風搖其顛⓱，韻⓲動崖谷。視之既靜，其聽始遠。

【章旨】本段描寫石渠及其所屬石泓、小潭的景色。

【注釋】❶渴　緊承前文，指袁家渴。❷幽幽然　微弱的樣子。❸乍　忽然。❹咫　周尺八寸叫咫。❺伏　泉出山下如伏。

❻石泓　石頭深陷的地方，即石洼。❼菖蒲　多年生草本植物，生長水邊，葉形如劍，根莖可作香料。❽青鮮　青苔。鮮，通「蘚」。苔蘚。❾墮　落進。❿幅員　面積。廣狹稱幅，周圍稱員。⓫儵魚　應從別本作「儵魚」，一種小白魚。⓬紆餘　迂回曲折。⓭睨　斜著眼看。⓮卉　草的總稱。⓯箭　一種小竹，江南山上多有，葉闊大，竹高七八尺，質堅勁，可作箭桿、製器物。⓰庥　同「休」。休息。⓱顛　頂；竹尖。⓲韻　聲韻；聲音。

【語　譯】從袁家渴向西南方走不到一百步，發現了石渠，老百姓在渠上架了橋。有泉水發出比較低沉的聲音。那聲音有時大些，有時忽又小了。渠的寬度，有的地方不足一尺，有的地方有兩尺，渠的長度約十幾步。渠水流到一個大石處，就潛流從大石下出來。越過大石往前，有一個石窟，長滿了菖蒲，青苔環繞四周。又轉向朝西流，從旁邊陷進巖石下面，再流出來的時候在北邊落進一個小潭。小潭的面積少於一百方尺，水清而深，裡面有許多小白魚。又向北迂回曲折地蜿蜒向前，瞟過去似乎沒有盡頭，但終於在袁家渴注入了瀟水。石渠的兩岸都是奇形怪狀的石頭和樹木，奇異的草和好看的箭竹，可以並排坐在那裡休息。風吹動箭竹的尖梢，那聲音在山崖山谷中傳響。看來已經靜止無聲了，而那聲音卻開始在遠處回響起來。

予從州牧❶得之。攬去❷翳❸朽，決❹疏土石，既崇❺而焚，既釃❻而盈。惜其未始有傳焉者，故累記❼其所屬❽，遺之其人，書之其陽❾，俾後好事者求之得以易。元和七年正月八日，蠲❿渠至大石。十月十九日，踰石得石泓、小潭。渠之美，於是始窮也。

【章　旨】本段記整理石渠的經過，交代作記的原由。

【注　釋】❶州牧　漢代州刺史又稱州牧，故唐人也借「牧」稱呼州刺史。此指永州刺史，高步瀛以為應指韋彪。❷攬去取去；除去。❸翳　通「殪」。樹木枯死，倒伏於地。❹決　開通水道。❺崇　堆積。❻釃　分流疏導。❼累記　連續記載。❽所屬　屬於他的，此指石泓、小潭等。❾陽　水的北面。❿蠲　清除。

【語　譯】我從州刺史那兒得到石渠，除去枯朽倒地的竹木，掘開水道，疏通泉水，雜草朽木堆積高了，就放火燒掉，已經分導來泉源，石渠便水滿起來。可惜不曾有傳述此景的人，所以一一記下這一帶所有的景致送給那裡的人，書寫在水的北岸，使後來喜歡山水的人要找到此地能夠容易一些。元和七年正月八日，清掃渠道到那塊大石。十月十九日，越過巨石見到了石泓、小潭。石渠的美景，到這裡才看完了。

【研　析】本文緊接上文而來，以見妙境無窮。開頭交代石渠的方位、形狀、寬窄、長短，再以渠中水流行進為線索，繼續描寫了水流前進方向的石泓、小潭。他們和石渠比較各有特色。石渠較窄，渠裡的水因而比較微弱，碰上大石，只能伏出其下，掀不起什麼波濤。石泓低注，因而積水較深，有菖蒲青苔覆蓋和環繞。小潭的特色是清深，所以渠水注入其中，可以看見魚兒活動。描寫渠水之後，再寫兩岸的詭石、奇卉、美箭、怪木。同〈袁家渴記〉一樣，作者再次描寫了「風」，特別是風聲。在他的筆下，風兒搖動著竹樹的梢頭，產生震動崖谷經久不息的回響，給那幅圖畫似的景物再添加詩韻般的音樂之美，更顯出生趣無窮。同樣是寫風，寫法卻有變化：前一篇境域廣大，山風四下，紛紅駭綠；本文主要寫出一種靜遠的意境，特別是結尾，「視之既靜，其聽始遠」，仔細體會，真是韻味悠長。即此看到作者高超的藝術技巧。

石澗記

柳子厚

【題　解】石澗，山間的石溪。本文為〈永州八記〉第七篇，作於元和七年。石澗與石渠是柳宗元在同一天所遊的地方，都在百家瀨到袁家渴之間瀟水岸邊的山村裡。

石渠之事既窮，上由橋西北下土山之陰❶，民又橋焉。其水之大，倍石渠三之。亙石❷為底，達於兩涯。若牀若堂❸，若陳筵席❹，若限閫奧❺。水平布其上，流若織文❻，響若操琴。揭跣❼而往，折竹掃陳葉，排腐木，可羅胡牀❽十八九居之，交絡❾之流，觸激❿之音，皆在牀下；翠羽⓫之木，龍鱗⓬之石，均蔭其上。古之人其有樂於此邪？後之來者有能追余之踐履⓭邪？得意之日⓮，與石渠同。

【章　旨】本段介紹石澗的景色，抒寫遊石澗的樂趣。

【注　釋】❶陰　山的北面。❷亙石　延伸的石頭。一本作「巨石」。❸堂　正屋。一說若牀若堂都是指澗底巨石為四方形，好像床或方正的屋基。❹筵席　古代鋪在地上的坐具，先貼地而鋪設的叫筵，在筵上加鋪的叫席。巨石方形而平坦，所以像筵席。❺若限閫奧　限，隔。閫奧，室內深隱之處，裡屋。❻織文　織錦。❼揭跣　提衣涉水的意思。揭，提起衣服。跣，赤腳。❽胡牀　可以折疊的坐具，由西域傳入，故名，亦稱交椅。❾交絡　交織。水紋交錯，有如織錦。❿觸激　因碰撞而激發。⓫翠羽　翠鳥的羽毛，形容翠綠色樹葉。⓬龍鱗　指石上斑紋。⓭踐履　踩的腳印。⓮得意之日　一本無意字，可從。

【語　譯】遊賞和整治石渠的事情已經完畢，上橋向西北方，再下到土山的北面，老百姓又在這裡架了橋。石澗水大，相當於石渠水的三倍。由崖岸延伸的巨石作底，一直達到兩邊的涯岸。方方正正就像床鋪，像堂屋的基地，像擺設的筵席，像分隔的裡屋。澗水平平鋪在石上，流動的樣子像是織錦的花紋，響聲像彈琴的樂音。我們提起衣赤著腳過去，折來一些竹子作掃帚，掃掉澗裡積了很久的落葉，清除腐朽的木頭，可以擺列十八九張交椅在這裡坐下，那交織成紋的流水，水石相觸迸發的聲音，都在坐椅之下；像翠鳥羽毛般蔥綠的樹木，布滿龍鱗般斑紋的巖石，都在坐椅的上方遮陰。古代的人難道有比這更快樂的嗎？後來的人有能追隨我的遊蹤的嗎？獲得石澗的日期，同獲得石渠的日子相同。

由渴而來者，先石渠，後石澗；由百家瀨上而來者，先石澗，後石渠。澗之可窮者，皆出石城村東南，其間可樂者數焉。其上深山幽林逾❶峭險，道狹不可窮也。

【章　旨】本段承上文進一步交代石澗、石渠、袁家渴、百家瀨的關係，並點染石澗的遠景。

【注　釋】❶逾　通「愈」。更加。

【語　譯】由袁家渴而來的話，先到石渠，後到石澗；如果由百家瀨向上走來，就先到石澗，後到石渠。石澗可以游到的部分，都從石城村東南流出，這中間能令人快樂的有好幾處。它們的上游山林幽深更加陡峭險峻，道路狹窄無法走到盡頭啊。

【研　析】〈袁家渴記〉、〈石渠記〉、〈石澗記〉三篇是同一段時間寫成的，所寫景物是當地的石頭、泉水、竹木、花草，但讀起來我們並不覺得重複。這是因為柳宗元不僅把握了永州水清石奇的總體特徵，更善於捕捉各處風景在共同性之外的獨特個性，而他的行文又是那樣隨機生發，富於變化。石澗的特點是較寬而石底平整，柳宗元不僅一連用幾個比喻，如房屋、筵席來描繪這個特點，引起讀者聯想，而且寫水「平布其上，流若織文，響若操琴」，也是圍繞石澗的特殊性來展開。三篇文章都表現了作者對美好山水的喜愛以及在遊賞山水中獲得的樂趣。〈袁家渴記〉說得含蓄，只說自己不敢「專」，希望寫出來讓更多的人知道；〈石渠記〉除上述「惜其未始有傳」的意思外，還饒有興趣地說這裡「可列坐而庥焉」。在本文中，作者卻比較突出地寫到遊歷的感受，抒發自己的感情，寫了自己揭跣而往，折竹掃陳葉，排腐木，在交織之流、觸激之音、翠羽之木、龍鱗之石的環繞下列坐而休的快樂。寫法各不相同。又如這三篇文章同用「窮」字作為關鍵，〈袁家渴記〉有「舟行若窮，忽又無際」，「余無以窮其狀」，筆落在無窮；〈石渠記〉有「睨若無窮，然卒入於渴」，結尾所以說「於是始窮也」，是無窮而有窮；本文以「石渠之事既窮」緊連上文，卻又進入一無窮的新境界，「澗之可窮者，皆出石城村東南」，而「其上深山幽林逾峭險，道狹不可窮也」，卻又去路悠然，深遠莫測，似有許多內容並未寫出，是可窮而又不可窮。同樣一個意思，妙筆生花，隨機而發，變化莫測，豐富多彩。柳宗元山水遊記之所以享譽古今，決非偶然。

小石城山記

柳子厚

【題解】小石城山在八記所寫景物中位置最北，是芝山的一個小山巒。西山在愚溪以北的最後一個高峰為黃茅嶺，小石城山還在黃茅嶺正北。何以稱為小石城山？原來零陵城西三里多還有一石城山，其石如林，中空外方似城。柳宗元〈石澗記〉中說「澗之可窮者，皆出石城村東南」，指的就是這個石城山。《零陵縣志》：「小石城山在黃茅嶺之北，視石城差小而結構天巧過之。望如列墉，入若幽谷。」此石城山小，所以被稱為小石城山。本文是八記第八篇，何時所作，意見不一。舊注認為後四記都寫在元和七年，有人以為「作於永州而確年無考」，有人以為小石城山距西山不遠，遊歷不應在數年之後，且文章風格與前四記相近，應是元和四年所作。說這篇文章風格接近前四篇，主要是他在細緻刻畫自然景物的基礎上，有較明顯的感慨和議論。作者在文中抒寫了遭受貶謫的悲憤，同時用設疑的曲筆否定創造萬物的上帝，流露了無神論的思想。

自西山道口徑北❶，踰黃茅嶺而下，有二道。其一西出，尋之無所得；其一少❷北而東，不過四十丈，土斷而川分❸，有積石橫當其垠❹。其上，為睥睨梁欐❺之形，其旁，出堡塢❻，有若門焉。窺之正黑❼，投以小石，洞然❽有水聲，其響之激越⑨，良久乃已。環之可上，望甚遠⑩。無土壤而生嘉樹美箭，益奇而堅，其疏數偃仰⑪，類智者所施設也。

【章旨】本段記小石城山的形狀、布局和奇異的景色。

【注釋】❶徑北　一直往北。❷少　稍。❸土斷而川分　黃茅嶺從愚溪北起，再向北延伸二三里，山勢到小石城山突然斷落，即所謂土斷。黃茅嶺西面為懸崖陡壁，有桃江自西南來，沿著懸崖在北面盡頭流入湘江，即所謂川分。❹垠　邊際；盡頭。❺睥睨梁欐　睥睨，通「埤垷」。城上的矮牆，此處即為城牆之意。梁欐，屋的棟梁。❻堡塢　小城堡。❼正黑　濃黑。❽洞然　深遠的意思。❾激越　清脆響亮。❿望甚遠　站在芝山上可以見到瀟水、湘水、桃江三水相會，確為形勝之地。⓫疏數偃仰　疏，稀鬆。數，密集。偃，倒伏。仰，挺拔。

【語譯】我從西山路口徑直往北，越過黃茅嶺下來，有兩條路。其中一條路向西延伸，沿途尋訪勝景，沒有找到什麼；另外一條稍稍偏北便又向東伸展，在不到四十丈遠的地方，便見山土斷截，河流分隔，有堆積在一起的大石橫擋在山路盡頭。它的上面，呈現出矮城牆、屋棟梁一般的形狀；它的旁邊，聳出一座天然的小城堡，有個地方像城門一樣。朝裡面看，黑黑的，把小石子投進去，從深邃之處傳出叮咚的水聲，那聲音很清脆響亮，很久才停止。繞著積石可以上去，望得很遠。這裡沒有土壤，卻生長著好樹和美竹，格外奇特而且堅硬，它們生長得疏密相間，有的倒伏欹斜，有的挺拔向上，好像是聰明人精心設計安排出來的一樣。

噫！吾疑造物者❶之有無久矣。及是，愈以為誠有。又怪其不為之於中州❷，而列是夷狄❸，更❹千百年不得一售❺其伎❻，是固勞而無用。神者儻❼不宜如是，則其果無乎！或曰：「以慰夫賢而辱於此者。」或曰：「其氣❽之靈，不為偉人而獨為是物，故楚之南❾少人而多石。」是二者，余未信之。

【章　旨】本段敘述登小石城山的感慨，抒寫遭受貶謫的憤懣。

【注　釋】❶造物者　指創造萬物的上帝。❷中州　中原，指現在的黃河中下游地區。❸夷狄　古代漢族統治者對中原以外少數民族的帶侮辱性的稱呼。這裡指偏遠山區。❹更　經歷。❺售　賣出，此為表現、顯露的意思。❻伎　同「技」。巧，指小石城山的奇特景致。❼儻　同「倘」。或許。❽氣　指一個地方天地山川的靈氣。❾楚之南　指永州一帶。楚，古代國名，其疆域包括今湖北、湖南一帶。永州偏於楚國南方。

【語　譯】唉！我懷疑創造萬物的上帝究竟有沒有已經很久了。到這裡看到這般奇景，越發以為上帝真是有的。但又奇怪上帝不把小石城山這樣的奇景創造在中原地區，卻偏偏安放在這僻遠的地方，以致經歷千百年也不能有一次向人們展示自己奇妙的機會，這實在是勞而無功的事。神靈或許不應這般蠢，那麼上帝可能真的沒有吧！有人說：「小石城山是上帝用來安慰那些賢良而受屈辱來到此地的人們的。」有人說：「這地方的靈氣不孕育奇偉人才，而只造成這樣的景物，所以楚國的南方人才少而奇石多。」這兩種看法，我是不相信的。

【研　析】〈永州八記〉每篇的起法各不相同。本文寫從西山往北有「二道」，其一無所得，以之陪襯、突出小石城山。但又不明言小石城山，而以「土斷而川分，有積石橫當其垠」，寫出小石城山非凡的形勝。再寫從山下見到的小石城山的形狀，由「其上」、「其旁」到山下豎井的水聲。這裡寫水聲目的不在寫水，而是補充渲染上文「窺之正黑」四字，突出小石城山的奇異。這一層圍繞「城」字作文章，說明之所以用「城」名山的緣故。接著寫在小石城山上見到的風光。小石城山旁可以窺深，上可以望遠。無土壤，突出「石」字，無土壤而能生嘉樹美箭，更見奇異。還有更奇異的，此地竹木生長疏密合宜，千姿百態，似是人的匠心所經營，一切都那麼符合美的原則，分外和諧協調。文章層層推進，愈轉愈奇。「類智者所施設」一語，承上啟下，既高度評價了小石城山景物之美，又觸動關於造物者的聯想，引出後一段精彩議論。後一段先用「吾疑造物者之有無久矣」一句宕開，姿態橫生，使讀者不知他下面將要說有還是說無。下文先疑其有，是用曲筆讚美小石城山。如果沒有造物者，石城怎會生得如此奇美？再疑其無，是借題發揮以抒胸中憤懣。最後兩個「或曰」，借別人之口，澆自己心中塊磊。但卻申明「余未信之」。虛虛實實，正正反反，讓讀者思之，詼諧之趣，正如石門內的水聲，其響激越，良久乃矣。全文處處精心構造，開合跌宕，尺幅千里，筆筆是眼前小景，筆筆含天外奇情。

柳州東亭記

柳子厚

【題解】柳州，唐太宗李世民貞觀八年（西元六三四年）設置，治所在今廣西柳州。東亭在柳州城南，柳宗元在刺史任上所建。柳宗元在永州過了十年貶謫生活，唐憲宗元和十年（西元八一五年）正月被召回京城長安，三月改貶為柳州刺史，六月到達柳州，這時柳宗元四十三歲。柳州雖比永州更為僻遠，但柳宗元成了一州之長，有土有民，有職有權，就可以在一定程度上實踐他改良政治的理想。所以柳宗元在柳州很努力，他解救了一部分因負債淪為奴隸的平民，興辦教育，重視打井、植樹等城市建設。本文寫他將一塊棄地建成亭園，成為人們活動的場所。他在篇末說「書以告後之人，庶勿壞」，顯然把修亭視為他在任的一件大事，希望能夠長期維護保存。這反映了柳宗元比在永州具有了更為積極的心態。

出州南譙門[1]，左行二十六步，有棄地在道南。南值江[2]，西際垂楊傳置[3]，東曰東館。其內草木猥奧[4]，有崖谷，傾亞[5]缺圮[6]。豕[7]得以為囿，蛇[8]得以為藪[9]，人莫能居。

【章　旨】記述建亭前該地荒廢情狀，以見修亭的意義。

【注　釋】❶譙門　建有望樓的城門。❷江　指柳江。❸垂楊傳置　垂楊，地名。傳置，驛站。❹猥奧　雜亂深茂。❺亞　低陷。❻圮　毀壞；坍塌。❼豕　指野豬。❽虵　蛇的俗字。❾藪　水淺草深的沼澤，這裡是聚集之處的意思。

【語　譯】出柳州州城南邊的譙門再向左走二十六步，有一塊廢棄的空地在路的南邊，這塊地的南面就正對著柳江，西端與垂楊地方的驛站接界，東端叫做東館。廢地裡面草樹叢雜，又深又密，有山崖山谷，但是傾斜低陷，缺損坍塌。野豬能以此作為園地，毒蛇以此作為聚居之所，沒有人能在此居住。

至是始命披刜蠲疏❶，樹以竹箭、松、檉❷、桂、檜❸、柏、杉。易❹為堂亭，峭為杠梁❺，下上迴翔❻。前出兩翼❼，馮❽空拒江，江化為湖。眾山橫環，嶛❾闊瀴❿灣。當邑居之劇⓫，而忘乎人間。斯亦奇矣。乃取館⓬之北宇⓭，右闢⓮之以為夕室⓯；取傳置之東宇，左闢之以為朝室⓰；又北闢之以為陰室⓱；作屋於北牖⓲下以為陽室⓳；作斯亭於中，以為中室。朝室以夕居⓴之，夕室以朝居之，中室日中而居之，陰室以違㉑溫風焉，陽室以違淒風㉒焉。若無寒暑也，則朝夕復其號㉓。

【章　旨】本段記東亭的修建過程及其建築結構。

【注　釋】❶披刜蠲疏　建亭前整治土地的動作。披，開闢。刜，刀砍。蠲，除去。疏，疏通。❷檉　木名，即河柳。❸檜　木名，葉似柏，幹似松，可用來造船。❹易　平坦。❺杠梁　橋梁。杠，小橋。一說是獨木橋。❻迴翔　盤旋遊行。翔，遊行。❼兩翼　房屋兩端延伸出的兩處飛檐。❽馮　憑的古字。此「憑空」為臨空之意。❾嶛　高的樣子。❿瀴　水杳遠的樣子。⓫劇　人多煩雜。⓬館　指上文所說東館。⓭宇　此指房屋。⓮闢　開通。⓯夕室　本為側室，以側室陽光斜照故稱。此為夜晚的居住之所。⓰朝室　白天生活的場所。⓱陰室　向北避陽之室，宜於避暑、藏冰之用。⓲北牖　北窗。⓳陽室　向陽溫暖的房間。⓴夕居　朝室而夕居，夕室而朝居，是為了調和寒暑，陰室陰涼宜於夏日居住，陽室溫暖，宜於冬日避寒。㉑違　避。㉒淒風　寒冷的風。㉓復其號　意味朝室仍依其號朝居，夕室亦依其號夕居。

【語　譯】到現在才命令人開闢路徑，砍去荊棘，除掉雜草，疏導水源，種上竹箭及松樹、檉樹、桂樹、檜樹、柏樹、杉樹等嘉木。在平坦之處建堂修亭，在陡峭之處架上大小橋梁，或上、或下，人可以自由迴旋行遊。在房頂兩側伸出兩道飛檐，似乎臨空抵住了江流，使江流成了內湖。眾多的山巒橫亙環繞，高遠空闊，江流曲折，水波浩渺。在這裡正對著城市生活的人多煩雜，卻似乎忘記了是在人間。這也真是奇異了。於是就拿出東館的北房，從右邊開通，作為夕室；又劃出驛站的東房，從左邊開通，作為朝室；又向北開通一間作為陰室；又在它的北窗下建屋作為陽室；將這個亭子建在中央，作為中室。朝室在夜晚居住，夕室在白天居住，中室則在中午才居住，陰室用來避開熱風，陽室用來避開寒風。若氣候並無寒涼暑熱，那麼朝室夕室仍按其名號居住。

既成，作石❶於中室，書以告後之人，庶勿壞。元和十二年❷九月某日❸，柳宗元記。

【章　旨】本段說明作記的深意及寫作的時間。

【注　釋】❶作石　樹碑。❷元和十二年　西元八一七年。❸某日　《文苑英華》作「三日」。

【語　譯】亭屋已經建成了，修一塊碑樹立在中室，寫上這篇記用來告訴後來的人，希望莫讓這些建築毀壞了。

元和十二年九月某日，柳宗元記。

【研　析】本文首段的作用有三：第一，交代東亭的方位；第二，敘述建亭前該地的情況，指出這是一塊「棄地」，以見建亭實在是化腐朽為神奇，除害興利，造福州人，為下文張本；第三，「南值江」、「西際垂楊傳置」、「東曰東館」等，除坐實方位外，同時也為下文建築修造預留地步，下文「憑空拒江」化江為湖的效果，右辟左辟的建造結構，都以此為前提。第二段是全文的重心，寫東亭的修造過程及其效果。先著眼於大局，寫環境，寫遠景，把整理修造的過程和良好效果交錯寫出。平的地方修上亭，峭的地方架上橋，人們才有了流連遊翔之趣；向江中伸出兩側飛檐，才可能在感覺上化江為湖，遠處山水才會交映成境，給東亭帶來悠遠的意趣。後半部主要寫亭中房屋的結構。以東亭為中心而東連東館，西接傳置，分布著朝室、夕室、陰室、陽室等等，各有用途。讀者不要錯以為柳宗元剛做地方長官不久，就為自己營建私房，而且安排如此講究。其實，所謂夕室朝居，朝室夕居，陰室避暑，陽室避寒，都只是寫出作者建造時的用心，從一處房屋的修造寄寓作者濟世安民的政治理想。如果是造來自己居住，那麼，就不可能樹碑於亭，叫後人不要毀壞了。

柳州山水近治可游者記

柳子厚

【題　解】治，治所。唐代柳州治所馬平縣，即今柳州。本文記馬平縣城附近四方的山水勝境。《柳河東集》中本文緊排在〈柳州東亭記〉之後，舊注認為兩篇為先後所作。有人認為寫於元和十四年，即柳宗元在柳州病逝的那一年，不知根據什麼。這篇文章中，柳宗元把州治附近可遊的山水都寫到了，說明他在治理柳州的閒暇時間或遊歷或經過了這些地方，所以寫起來如數家珍。可以斷定此文是在到柳州比較久以後所寫，具體年月無從確定。施子瑜《柳宗元年譜》將其繫於「在柳州所作詩文無確年可考者」之中，是比較穩妥的作法。

古之州治，在潯水❶南山石間。今徙在水北，直平四十里，南北東西皆水匯❷。

【章　旨】本段總寫柳州州治的位置及地理形勝。

【注　釋】❶潯水　即潯江。源於貴州獨山，東流入廣西稱融江，南流至柳城以下稱柳江，至廣西桂平縣東，與鬱江合而東流始稱潯江，此處實指柳江。❷匯　眾水會合。柳江在柳州城附近流向曲折，彎度很大，環繞了城的西、南、東三面，還有鵝江流過。

【語　譯】古代柳州的州治，在潯水以南的石頭山嶺中間。如今遷徙到潯水以北，四十里一馬平川，南北東西四方都是眾水匯聚之地。

北有雙山❶，夾道嶄然❷，曰背石山。有支川，東流入於潯水。潯水因是北而東，盡大壁下。其壁曰龍壁❸，其下多秀石，可硯。

【章　旨】本段記北方的雙山及龍壁。

【注　釋】❶雙山　又名背石山，在今廣西柳州西北，其東之山名桃竹，西之山名雀兒（一說名鵲岡），俗稱夾道雙山。❷嶄然　高峻的樣子。❸龍壁　山名，在今廣西柳州東北，中有石壁峭立，下臨淺灘。

【語　譯】州治北方有雙山，高峻地聳立在道路兩旁，名叫背石山。有一條支流，向東流匯入潯水，潯水因此由向北而折向東流，最後流到大石壁下面，那個石壁名為龍壁，龍壁下面有許多秀美的石頭，可以製作硯池。

南絕水，有山無麓，廣百尋❶，高五丈，下上若一，曰甑山❷。山之南皆大山，多奇。又南且西，曰駕鶴山❸，壯聳環立，古州治負❹焉。有泉在坎❺下，恆盈而不流。南有山，正方而崇，類屏者，曰屏山❻。其西曰四姥山❼，皆獨立不倚。北流❽潯水瀨下。

【章旨】本段記南方甑山及駕鶴山、屏山，西南的四姥山。

【注釋】❶尋　八尺為一尋。❷甑山　在今柳州東南，樣子像甑。甑，炊具，蒸飯所用。❸駕鶴山　在今柳州東南。❹負　背靠著。❺坎　地面低陷之處。❻屏山　在今柳州南面，山形方正似屏，所以得名。❼四姥山　在今柳州西，四個峰頭相對，故名四姥山。❽流　指山的走向、伸延。此句可能上有缺文，有人認為流字當作「枕」。

【語譯】龍壁山南方沒有河水，有一座山，沒有山腳的斜坡地，山寬廣八百尺，高五丈，上下一般大小，名叫甑山。甑山以南都是大山，有很多奇特之處。再南方偏西，名駕鶴山，雄壯高聳環繞峙立，古時的州治就背靠著它。駕鶴山下有泉水在地面低陷處，常常是滿的，卻不溢出。泉的南邊有山，正方形，很高，像屏風，名叫屏山。它的西邊叫四姥山，四峰獨立不互相依靠。山勢向北延伸直到潯水的淺灘下面。

又西曰仙弈之山❶。山之西可上。其上有穴，穴有屏，有室，有宇❷。其宇下有流石❸成形，如肺肝，如茄房❹，或積於下，如人，如禽，如器物，甚眾。東西九十尺，南北少半。東登入小穴，常有四尺❺，則廓然甚大。無竅，正黑❻，燭之，高僅見其宇，皆流石怪狀。由屏南室中入小穴，倍常而上，始黑，已而大明，為上室。由上室而上，有穴，北出。出之，乃臨大野，飛鳥皆視其背❼。其始登者，得石枰❽於上，黑肌而赤脈，十有八道，可弈❾，故以云。其山多檉，多櫧，多篔簹❿之竹，多櫜吾⓫。其鳥多秭歸⓬。

【章旨】本段記更西的仙弈山及其熔洞的奇特景致。

【注釋】❶仙弈之山 仙弈山在今廣西柳州西南偏西，又名仙人山。❷宇 屋檐。❸流石 指古代地殼翻騰，火山爆發時岩漿流出，遇冷凝結而成為各種奇形怪狀的石塊。❹茄房 蓮蓬。茄為荷莖。❺常有四尺 即常又四尺。常，倍尋為常，即一丈六尺。❻正黑 甚暗。❼視其背 意為人已登到飛鳥之上，往下看，故見其背。❽石枰 像棋盤的石塊。❾弈 下棋。❿篔簹 竹名。皮薄，節長而竿高。⓫櫜吾 草名，常綠多年生草本，菊科植物，葉卵狀，開黃花。一說即款冬。⓬秭歸 杜鵑。

【語譯】又向西就叫仙弈山。山的西邊可以上去。山上有洞穴，洞穴中有石屏風，有石室，有石屋檐。那石屋檐下有熔岩流出凝結成各種形狀，有的像肝肺，有的像蓮蓬，有的堆積在下面，像人，像禽鳥，像物件器具，很多。洞穴東西長九十尺，南北比東西窄一半。在洞穴東邊攀登，進到一個小穴，向裡走兩丈左右，就突然變得廣闊，很大。沒有孔隙，十分黑暗，用火光照看，高處只能見到洞穴檐邊，都是奇形怪狀的鐘乳石。由像屏風的石頭南端的石室中進入一個小穴，攀三丈二尺便到了上面，開始時是黑暗的，過了一會便非常明亮，這是上室。再由上室往上，有孔穴，出口在北邊。從裡面出來之後，便已俯臨廣大的原野，往下見飛鳥看到的都是鳥背。最初登上這裡的人，在山上得到過一個石棋盤，黑色的石質上有紅色的紋路，縱橫有十八條線，可以用來對弈，所以說是仙弈之山。仙弈山上多檉樹、櫧樹，多篔簹竹，多櫜吾草。山上的鳥多杜鵑。

石魚之山❶全石，無大草木，山小而高，其形如立魚，在多秭歸❷西。有穴，類仙弈。入其穴東，出其西北。靈泉在東趾下，有麓環之。泉大類轂❸雷鳴，西奔二十尺，有洄❹在石澗，因伏無所見。多綠青之魚，多石鯽❺，多鯈❻，雷山❼兩崖皆東西❽，雷水出焉。蓄崖中曰雷塘，能出雲氣，作雷雨，變見有光。禱用俎❾魚、豆❿彘、修形⓫、糈稌⓬、陰酒⓭，虔則應。在立魚南，其間多美山，無名而深。峨山⓮在野中，無麓。峨水出焉，東流入於潯水。

【章　旨】本段記州治西南偏西的石魚、雷山、峨山等風景。

【注　釋】❶石魚之山　即立魚山，在柳州西南，形狀像豎立的魚，下有巖，巖下有泉水，甘甜清冽。❷多秭歸　此指仙弈山。❸轂　車軸，此處代指車輪。❹洄　漩流。❺石鯽　魚名，重唇雙鱗，形狀似鯽魚。❻鯈　一種小白魚，詳〈石渠記〉注。❼雷山　在柳州西南，在立魚峰之南。有雷塘，四壁高山，巖穴黝黑，直下有潭無底。遇天旱，當地人以牲幣祭祀，說是能興雲致雨。❽兩崖皆東西　姚鼐原注曰：「鼐疑西字當作『面』。」意思是山崖都朝東面。應從。作西不可解。❾俎　陳放犧牲的几案。❿豆　祭器，形似高足盤，木製。⓫修形　修即脩，鍛脯。指加薑、桂等料製作的乾肉。形，姚氏原注引方苞說當作刑。刑通「鉶」，古代盛湯的器皿，此指鉶羹，即放在鉶中五味調和的羹湯。⓬糈稌　糈，祀神用的精米。稌，稻名。⓭陰酒　水酒。⓮峨山　亦名鵝山。在柳州西，山頂有石，形狀如鵝，故稱鵝山。

【語　譯】石魚山完全由石頭構成，山上沒有大的草木，山小但很高，山的形狀就像一條立著的魚，在多秭歸的山的西邊。山上有洞穴，類似仙弈山。進入那洞穴東方，出來時是在山的西北。山有神泉在東邊山腳下，有山麓環繞著泉水。泉特別像車輪轉動那樣發出雷鳴般響聲，向西奔流二十尺，便有漩流，可是在石澗中間，因是暗流，看不見什麼。泉水裡多的是綠青色的魚，多石鯽魚，多鯈魚。雷山兩個山崖都朝向東方，雷水從山中流出。停蓄在山崖中的水叫雷塘，能生出雲霧，產生雷雨，天氣變化時可以見到閃光。祭告時用漆几盛魚，用高足木盤盛豬肉，用特製的乾肉，用鉶羹，用精製稌米，用水酒，如果虔誠，那麼神靈就有回應。在立魚山的南邊，那地方有很多美好的山，沒有名氣而又高深。峨山在曠野中，沒有山腳斜坡。峨水從山中流出，向東流入潯水。

【研析】本文所寫到的許多山水，都比柳宗元在永州的遊記裡寫到的要有名，風景更奇特。可能是柳宗元任刺史以後心情有所變化，也更忙碌，所以只用一篇文章將它們簡明記錄下來。而且全文純是記述，沒有一句議論和感慨。無起無收，無照無應，只是零零碎碎，逐段記去。像韓愈的〈畫記〉，像《山海經》、《水經注》的寫法。但這並不意味作者沒有慘淡經營，精心結構。有以下幾點值得重視：第一，線索分明，方向不亂。文章由柳州州治的西北起筆，寫雙山，繼而寫東北的龍壁，南下寫東南的甑山，南方的駕鶴山、屏山，偏西的四姥山，最後寫西南和西方的仙弈、立魚、雷山、峨山等，差不多依次繞州治一圈。在兩山之間或一山的各景之間，也往往用南北東西等把方位提示明白，所以讀來覺得眉目清晰，全無雜亂之感。第二，夾敘山水，串連過渡。景物中有山有水，作者都能抓住其各自特色表現出來。一般是先寫山，後寫水，而又由山出水，再以水連山。如寫完雙山以後，說「有支川，東流入於潯水」，「潯水因是北而東，盡大壁下」，自然就過渡到寫龍壁，流水起了把兩山串連起來的作用。寫駕鶴山和屏山、雷山和雷塘都是如此。第三，語言簡古而準確形象，全文句子都很短，重在形狀，不著色彩。但如寫仙弈山的洞穴，「其宇下有流石成形，如肺肝，如茄房，或積於下，如人，如禽，如器物，甚眾」；寫從洞中出來，「乃臨大野，飛鳥皆視其背」，不言所在之高而高自見。這些都簡明而不失生動的形象。所以這篇文章可以說是高古而線索分明，零碎而一絲不亂。難怪有人認為它是「天下奇文」(汪份評語)。

卷五十四　雜記類　三

零陵郡復乳穴記

柳子厚

【題　解】乳穴是產生石鐘乳的洞穴。復，恢復，已宣告枯盡的乳穴重新流出鐘乳，復乳穴的含意指此。本文記述以產石鐘乳著名、需要向朝廷進貢鐘乳的連山郡，宣告石鐘乳乾竭已五年，而新刺史崔公來一個月之後，乳穴的工人就報告石鐘乳已經恢復。一些人認為這是祥瑞，乳穴的工人卻道出其中原委，以前「告盡」是由於不滿官吏的「貪戾嗜利」，現在如實報告，是感於新刺史的明潔。作者由此得出結論，真正的祥瑞是良好的政治，而不是那些怪異之事。表達了柳宗元革新政治、以安人為本的思想主張。同時也客觀上反映出了當時乳穴工人的痛苦生活。所謂「刺史崔公」，名簡字子敬，博陵安平（今屬河北）人，是柳宗元的姐夫，由進士官至刑部員外郎，出刺連州。崔簡在連州表現不佳，在他將要離任時連州人將他告了，他被流放到驩州死去。所以有人認為本文是柳宗元為自己的姐夫唱讚歌，不見得可信。也有人認為柳宗元寫出連州人的議論，目的在勉勵崔簡作君子，成為好官。本文所寫事實都是連州連山郡的，而題目標為零陵郡，顯然有錯。應為「連山郡復乳穴記」才相符合。《文苑英華》標題只作「復乳穴記」，《唐文粹》作「乳穴記」，所以「零陵郡」三字可能是刻柳宗元文集時所誤加上去的。本篇作於唐憲宗元和九年（西元八一四年）。

石鍾乳❶，餌❷之最良者也。楚、越❸之山多產焉。於連❹於韶❺者，獨名於世。連之人告盡❻焉者五載矣，以貢❼，則買諸他郡。今刺史崔公至，逾月，穴人來，以乳復告。邦人悅是祥也，雜然謠❽曰：「甿❾之熙熙❿，崔公之來。公化所徹⓫，土石蒙烈⓬。以為不信，起視乳穴。」穴人笑之曰：「是惡知所謂祥邪？嚮吾以刺史之貪戾嗜利，徒⓭吾役而不吾貨⓮也，吾是以病⓯而紿⓰焉。今吾刺史令明而志絜⓱，先賴⓲而後力，欺誣屏息，信順⓳休洽⓴，吾以是誠㉑告焉。且夫乳穴必在深山窮林，冰雪之所儲，豺虎之所廬。由而入者，觸昏霧，扞㉒龍蛇。束火以知其物，縻㉓繩以志其返。其勤若是，出又不得吾直㉔，吾用是安得不以『盡』告？今而乃誠，吾告故也，何祥之為？」

【章旨】本段敘述連州復乳穴及州人、穴人的不同說法。

【注釋】❶石鍾乳　石灰巖洞頂部下垂之簷冰狀物，是地下水中所含碳酸鈣在巖洞中下滴時，因水分蒸發和二氧化碳的逸出，使碳酸鈣沉澱凝聚而成，可供藥用。❷餌　指藥餌，即藥物，調補之品。❸楚越　古代的兩個國名，包括今湖南、湖北和安徽、江蘇、浙江一帶。連、韶古亦屬百越之地。❹連　連州連山郡，治所在桂陽（今廣東連州）。❺韶　韶州，亦稱始興郡，治所在曲江（今廣東韶關西南）。❻告盡　報告鍾乳枯竭不再浸滴。❼貢　向朝廷進貢。柳宗元〈與崔饒州論石鐘乳書〉曾說到石鐘乳的優劣，說「始興為上，次乃廣連」。韶州、連州都規定有進貢的指標。❽謠　歌謠。❾甿　通「氓」。百姓。❿熙熙　歡樂的樣子。⓫徹　達到。⓬烈　功。⓭徒　白白地。⓮貨　錢幣，指穴人應得的報酬。⓯病　不滿；痛恨。⓰紿　欺騙。⓱絜　通「潔」。清潔；廉潔。⓲賴　利；受惠；得好處。⓳信順　誠信不欺，順應民情。⓴休洽　廣博；周遍。㉑誠實情。㉒扞 亦作「捍」。抵禦。㉓縻 繫。㉔直 同「值」。

【語譯】石鐘乳，是一種很好的藥物。楚國、越國之地的山裡大多出產這東西。在連州和韶州所產的，在社會上特別有名。連州人報告石鐘乳採完已經五年了，要拿去進貢，就從別的州郡購進石鐘乳。現在的刺史崔公到連州，過了一個月，乳穴的工人來，把石鐘乳恢復的消息報告給刺史。連州的人認為這是祥瑞而十分喜悅，七嘴八舌地唱起歌謠：「老百姓，真高興，崔公來管連山郡。崔公德化到一切，泥土石頭受功烈。要是以為不真實，起來看看鐘乳穴。」乳穴的工人嘲笑這些人說：「這些人哪裡懂得什麼叫祥瑞呢？從前我們是因為刺史貪婪殘暴，斂財好利，白白的驅使我們做事卻不付給應得的報酬。我們因此不滿而故意騙他。現在我們崔刺史政令明白，而且心志廉潔，先給我們好處然後才要我們出力，欺詐蒙蔽的事消聲匿跡，講究誠信，順應民情，美德光輝廣泛照耀，我們因此才把真實情況報告。並且乳穴一定在深山老林之中，那是冰雪長年積而不化的地方，是豺狼虎豹居住出入的場所。由這樣的地方進入乳穴的人，要衝犯昏暗的毒霧，抵禦龍蛇的襲擊。要綑火把照亮才能看清物體，要繫上繩子來記住返回的路徑。人們勞苦到這種程度，出來又得不到我們應取的價值，我們因此怎麼能夠不拿石鐘乳已經枯竭來報告呢？今天是因為品德美好的刺史有誠意，我們才報告了實際情況，哪有什麼祥瑞呢？」

士❶聞之曰：「謠者之祥也，乃其所謂怪者也，笑者之非祥也，乃其所謂真祥者也。君子之祥也，以政不以怪，誠乎物而信乎道，人樂用命❷，熙熙然以效❸其有。斯其為政也，而獨非祥也歟？」

【章旨】本段借士之口發表評論，以政清人和為真的祥瑞。

【注釋】❶士 相當於君子，指有道德學問的人士。❷用命 服從命令；效命。❸效 奉獻。

【語譯】有道德有學問的人士聽了上面的話說：「唱歌那些人心目中的祥瑞，是那些認為怪異的事；嘲笑他們的穴人所說的不算祥瑞，卻是那真稱得上祥瑞的事情。君子心目中的祥瑞，是把好的政治作為祥瑞，不把怪異之事作為祥瑞。誠信對待人和事，堅守道德原則，人們就會樂於服從他的命令，高高興興地奉獻出他們所有的東西。這樣地推行政事，難道不是祥瑞嗎？」

【研析】本文從石鐘乳的珍貴起筆，首先敘述連州乳穴盡而復有的事實，然後寫出一般民眾和採集石鐘乳的穴人兩方面不同的反應。「邦人悅是祥也」精心設置一個「祥」字作為全文的線索。穴人就笑之曰：「是惡知所謂祥焉？」然後說出復乳穴的真實情況，這即是「非祥」，結以「何祥之為？」緊緊扣住「祥」字。讀到這裡，讀者會覺得穴人最了解情況，有親身體驗，復乳穴是他們製造出來的，他的談話也很有道理，反映了人心人情，覺得受到了啟發。文章到此似乎可以收束，一般的作者也可能再為崔刺史說上幾句，使文章回到一般性的主題上去。但作為一個進步思想家的柳宗元站得更高。文章結尾「士」的談話代表了作者的評價，又提出一個「怪」字作為「祥」的對立面，起陪襯的作用。指謠者之祥為怪而穴人以為「非祥」的，作者看來不但仍是祥，而且是「真祥」。最後得出「君子之祥，以政不以怪」的結論。文章就這樣圍繞「祥」字而展開，愈轉愈深，由一件不大的事轉出一番治國安民的大道理，耐人尋味不盡。由此可說，整體的構思之巧，立意之高是本文的最大好處。而這不但需要作者有高超的寫作技巧，更有賴於作者的思想認識水平。

零陵三亭記

柳子厚

【題解】零陵是唐代永州的治所，三亭在零陵縣東山麓泉水之側，一名讀書林亭，一名湘秀亭，一名俯清亭，是元和年間在零陵任代理縣令的薛存義所建。薛存義，河東人，柳宗元貶謫永州期間，他曾代零陵縣令，離任時柳宗元寫有著名的〈送薛存義序〉，肯定了薛存義的政績，並且提出官吏應是人民的奴僕而不應奴役人民的這樣一種在當時是很先進的思想主張。在本文中，柳宗元借薛存義修建三亭，同樣提出了一個很有見地的看法，他批駁了那種認為觀賞遊樂設施有害於政事的議論，認為觀賞景物，遊覽山川，可以使人頭腦清醒，心胸開闊，思慮通達，對改進地方的治理很有助益。這在今天仍然是很有借鑑意義的。

邑之有觀遊，或者❶以為非政，是大不然。夫氣煩則慮亂，視壅❷則志❸滯。君子必有遊息之物，高明❹之具❺，使之清寧平夷❻，恆若有餘，然後理達而事成。

【章旨】本段批駁修建遊賞設施不是政事的看法，認為觀遊有佐於政。

【注釋】❶或者　有的人。❷壅　障蔽。❸志　意；思想。❹高明　高敞明亮之處。❺具　供設；設施。❻平夷　平和愉快。

【語譯】一個城市有可供觀賞遊樂的地方，有的人認為這不是政事，這種看法非常錯誤。大凡心氣煩悶，那麼思慮就混亂，視野被障蔽，那麼心志就阻滯。所以君子一定要有遊覽休息的場所，高敞明亮的設施，使他們清新寧靜，心情平和愉悅，經常好像精力有富餘，然後才能做到事理通達而且辦事成功。

零陵縣東有山麓，泉出石中，沮洳❶汙塗❷，群畜食焉，牆藩❸以蔽之，為縣者積數十人，莫知發視。河東❹薛存義，以吏能聞荊楚❺間，潭部❻舉之，假湘源令❼。會零陵政厖❽賦擾❾，民訟於牧，推能濟❿弊，來涖⓫茲邑。遁逃復還，愁痛笑歌，逋⑫租匿⑬役，期月⑭辨理。宿蠹⑮藏姧⑯，披露首服⑰。民既卒稅，相與歡歸道塗，迎賀里閭⑱。門不施胥吏⑲之席，耳不聞鼛鼓⑳之召。雞豚糗醑㉑，得及宗族。州牧尚㉒焉，旁邑倣焉。然而未嘗以劇㉓自撓㉔山水鳥魚之樂，澹然㉕自若也。乃發牆藩，驅群畜，決疏沮洳，搜剔㉖山麓，萬石如林，積坳㉗為池。爰有嘉木美卉，垂水藂㉘峰，瓏靈㉙蕭條㉚，清風自生，翠烟自留，不植而遂。魚樂廣閒，鳥慕靜深，別孕㉛巢穴，沉浮嘯萃㉜，不蓄而富。伐木墜江，流於邑門。陶土以埴㉝，亦在署㉞側。人無勞力，工得以利。乃作三亭，陟㉟降晦明，高者冠山巔，下者俯清池。更衣膳饔㊱，列置備具，賓以燕好，旅以館舍。高明游息之道，具於是邑，由薛為首。

【章　旨】本段記薛存義在治理零陵取得政績的基礎上修建三亭。

【注　釋】❶沮洳　低濕。❷汙塗　汙穢。塗也是汙的意思。❸藩　籬笆。❹河東　治所在今山西永濟。柳宗元與薛存義均為河東郡人。❺荊楚　即楚國。楚國最初的疆域約當荊山（今湖北南漳西）一帶，所以也稱荊楚。❻潭部　指湖南觀察使，治所設潭州，故稱潭部。❼假湘源令　假，代理。湘源，縣名，唐時為永州屬縣，今為廣西全州。❽厖　雜。❾擾　亂。❿濟　救；糾正。⓫蒞　臨；到；治理。⓬逋　逃。⓭匿　隱瞞。⓮期月　一整月或一整年。此指整年。⓯宿蠹　喻指一貫作惡的人。⓰姧　同「姦」、「奸」。「藏奸」指隱藏很深的奸人。⓱首服　自首服罪。⓲里閭　泛指鄉里。古代以二十五家為里或閭。⓳胥吏　在官府具體辦事的小吏。⓴鼛鼓　大鼓，官府用來督促和聚集民眾。㉑糗醑　糗，乾糧。醑，美酒。㉒尚　讚賞。㉓劇　煩劇。此指政事多雜。㉔撓　妨礙。㉕澹然　恬靜的樣子。㉖搜剔　搜索清除。㉗坳　低凹的地方。㉘藂　同「叢」。

㉙瓏璁 同「瓏玲」。玉聲，一說空明貌。㉚蕭條 閒逸的樣子。㉛孕 長養。㉜嘯萃 嘯，鳴叫。萃，棲息。㉝埴 細密的黃黏土。㉞署 此指縣衙。㉟陟 升；登。陟降，上下之意。㊱饔 熟食。

【語譯】 零陵縣東鄉有處山腳下，有泉水從石縫中流出，地勢低凹潮濕，泥汙土穢，群群牲畜在這裡吃水，有圍牆籬笆遮蔽著這地方，治理零陵縣的官吏前後加起來有幾十人，沒有人知道進去看看。河東人薛存義，憑藉為官能幹在荊楚一帶地方出名，駐潭州的湖南觀察使推薦他，代理湘源縣的縣令。遇上零陵縣政事雜亂，賦役紛擾，老百姓告到州刺史那裡，推舉能幹官員來糾正弊政，於是薛存義來零陵治理該縣。逃亡的百姓又回來了，憂愁痛苦的人又歡笑唱起了歌聲，拖欠的租稅，隱瞞的勞役，才過一年，全都辨明處理好了。一貫作惡的蠹蟲，深藏不露的奸賊，或被檢舉揭發，或自首服罪。百姓已經交完了租稅，一起歡歡喜喜從道路上回來，鄉里之間互相迎接慶賀。家門之內用不著安放官吏的坐位，耳朵裡聽不到官府催督的鼓聲。雞鴨魚肉，乾糧美酒，能夠與家族親戚同享。刺史讚賞他的治理，鄰縣效法他的作法。然而薛存義不曾因為政務煩劇就妨礙了自己享受山光水色、看鳥觀魚的樂趣，還是照樣恬靜自在地生活。於是他叫人拆開籬笆圍牆，趕走成群牲畜，挖開疏通濕地，搜索著將山麓清除乾淨，數不清的奇石有如森林，低凹處積水變為池塘。於是乎好的樹木，美的花草，有的垂映在水邊，有的叢生在峰頂，到處是空靈明淨、瀟灑閒逸的氣氛，清新的風自然吹拂，如煙的翠色自然長留，不用特意種植花木就能長成。魚兒喜歡這裡池塘的寬闊悠閒，鳥兒愛慕這裡山林的寧靜幽深，各自在巢穴裡孕育生長，或在水裡沉浮戲泳，或在樹上鳴叫棲息，不用特別蓄養，魚鳥日趨豐富。砍伐樹木放落江中，流到城門口。用細密的黏土陶冶磚瓦，也就在府署的旁邊。人們不用過於勞累，工程卻得到好處。就這樣建造了三座亭子，或上或下，有暗有明，有的高高豎立在山頂，有的在下可俯瞰清池。休息換衣之處，飯菜食品之需，都安置齊備，可以用來歡宴朋友，可以用來居住旅人。高敞明亮的遊賞休息的辦法，在這個縣變得完善，由薛存義開始。

在昔裨諶❶謀野而獲❷，宓子❸彈琴而理❹。亂慮滯志，無所容入。則夫觀游者，果為政之具歟？辥之志，其果出於是歟？及其弊也，則以玩替❺政，以荒去理。使繼是者咸有辥之志，則邑民之福，其可既❻乎？余愛其始，而欲久其道，乃撰其事以書於石。辥拜手❼曰：「吾志也。」遂刻之。

【章　旨】本段進一步闡明遊觀與政理的關係，申說作記的深意。

【注　釋】❶裨諶　人名，春秋時鄭國大夫，善於謀略，與子產同時。❷謀野而獲　據《左傳・襄公三十一年》載，裨諶善謀，但只在野外思考才有所得，所以每有大事，子產就和他一起坐車去野外謀劃。❸宓子　宓不齊，字子賤，春秋末魯國人。孔子的學生。❹彈琴而理　宓不齊曾作單父宰，相傳他身不下堂，鳴琴而治。理即治，唐人避高宗李治名諱，行文時遇治則改為理。❺替　廢棄。❻既　盡。❼拜手　一種禮節，跪後兩手相拱至地，俯首至手。

【語　譯】從前裨諶在野外謀劃才能有收穫，宓子賤在堂上彈琴而把單父治理好了。雜亂的念頭，滯塞的思想，沒有地方容許進入。那麼，觀賞遊覽這回事，果真是推行政事的一種手段嗎？而薛存義建亭的目的，果真是出於這種考慮嗎？至於其流弊，那就是因為玩樂而廢棄政事，因荒淫而背離了治理。假如繼續治理這縣的人都有薛存義的志向，那麼，縣民的福氣難道會有盡頭嗎？我喜愛這好的開始，更希望他的辦法長久流傳下去，於是撰述他的事跡來寫在石上。薛存義拱手拜揖說：「這是我的願望啊。」就刻了出來。

【研　析】本文開頭和〈復乳穴記〉不同。那篇文章先敘述事實，然後逐層深入導出結論，使人思索，給人啟發。本文先提出結論，然後逐層敘述事跡，正如王文濡所說：「說出觀游之有佐於政」，就「隱隱喝起三亭不可不作之意」，先立論堅確，修亭的意義自然重大。這麼寫的效果則是高屋建瓴，順理成章。兩種寫法各有千秋。這篇文章後面的兩段，作者思慮全面，行文周密。首先敘該處「沮洳汙塗」，是廢棄無用之地，以見薛存義修亭非殘民害物，而是化腐朽為神奇；再敘辟存義治理零陵的效果，以見是在政通人和的基礎上錦上添花；再寫修亭過程，就江運木，就近陶土，「人無勞力，工得以利」，以見作亭而不煩民，值得稱讚；最後指出，遊觀可以佐政，但其流弊也可能「以玩替政，以荒去理」，這更反映了作者認識的全面。文章認識全面，行文周密，才是無懈可擊的好文章。

館驛使壁記

柳子厚

【題解】館驛，是官府設立的供郵傳和出差官吏食宿的旅舍驛站。據《新唐書・百官志》，駕部掌管傳驛，驛設有驛長，唐朝全國範圍內共有驛站一千六百三十九。這篇文章柳宗元列出了四十七個，主要是京城及其附近地區的。館驛使為官職名，唐代宗大曆十四年（西元七七九年）開始用御史一人主管驛政，名稱就叫館驛使。德宗貞元十九年（西元八〇三年），柳宗元和他的朋友韓泰同為監察御史，韓泰任館驛使，柳宗元寫了這篇文章，用來書刻在館驛使辦公房的牆壁上。本文寫於貞元二十年。文中柳宗元認為館驛的體制，越是靠近京城附近，就越為重要，主張加強對驛站官員的檢查考核，健全出入錢物的管理制度，做到「權其入而用其積」。這些主張同柳宗元的政治革新思想體系是相一致的。

凡萬國之會❶，四夷❷之來，天下之道途畢出於邦畿❸之內。奉❹貢輸賦，修職❺於王都者，入於近關，則皆重足錯轂❻，以聽有司之命。徵❼令賜予，布政於下國者，出於甸服❽，而後按行成列，以就諸侯❾之館。故館驛之制，於千里之內尤重。

【章　旨】本段述館驛的制度對國家的重要性，認為在國都附近更為重要。

【注　釋】❶萬國之會　泛指各州郡守宰朝見君主。國，城邑。此指州郡。會，《詩經・車攻》傳：「時見曰會。」❷四夷　古代統治者對華夏族以外四周各族稱東夷、西戎、南蠻、北狄，統稱四夷，是一種輕蔑稱呼。❸邦畿　京畿，國都所在地及其行政官署所管轄的地區。❹奉　進獻。❺修職　述職。❻重足錯轂　足跡重疊，車轂交錯，形容人多車擠。轂，車輪中心貫軸的圓木，此代車輪。❼徵　徵召；調用。❽甸服　古代王畿外圍，每五百里為一區劃，最近為侯服，其次為甸服、綏服、要服、荒服。甸服為王畿千里之地。❾諸侯　此處實指州郡。

【語　譯】大凡各州郡按時來朝見，四方民族前來拜謁，天下的道路都得經過國都附近地區。進獻貢品，輸納賦稅，到京城來述職的官吏，進了接近京城的關塞，就都是足跡疊足跡、車輪挨車輪地聽候有關部門的命令安排。帶著徵調的命令，獎勵賜與的召書，要到地方州郡去宣布政令的使者，走出了千里王畿，之後才按方向遠近分行分隊，而進入各地方的館驛。所以旅館驛站的體制，在距國都一千里之內的地區顯得特別重要。

自萬年❶至於渭南❷，其驛六，其蔽❸曰華州❹，其關曰潼關❺。自華而北界於櫟陽❻，其驛七，其蔽曰同州❼，其關曰蒲津❽。自灞❾而南至於藍田，其驛六，其蔽曰商州❿，其關曰武關⓫。自長安至於盩厔⓬，其驛十有一，其蔽曰洋州⓭，其關曰華陽⓮。自武功⓯西至於好畤⓰，其驛三，其蔽曰鳳翔府⓱，其關曰隴關⓲。自渭而北至於華原⓳，其驛九，其蔽曰坊州⓴。自咸陽㉑而西至於奉天㉒，其驛六，其蔽曰邠州㉓。由四海之內，總而合之，以至於關；由關之內，束而會之，以至於王都。華人夷人往復而授館㉔者，旁午㉕而至，傳吏奉符㉖而閱㉗其數，縣吏執牘而書其物。告㉘至告去之役，不絕於道；寓望迎勞㉙之禮，無曠㉚於日。而春秋朝陵㉛之邑皆有傳館。其飲飫餼饋㉜，咸出於豐給；繕完築復㉝，必歸於整頓㉞。列其田租，布㉟其貨利，權㊱其入而用其積，於是有出納奇贏㊲之數，句會考校㊳之政。

【章旨】本段述唐代都城地區館驛的設置及其政務的內容。

【注釋】❶萬年　舊縣名，在今陝西西安西北。❷渭南　今屬陝西。❸蔽　本意為屏障，此處用為管轄之意，言六驛均屬華州管轄。❹華州　唐屬關內道，轄四縣，治所在鄭（今陝西華縣北）。❺潼關　古稱桃林塞，東漢建關，因有潼水，故名。當陝西、河南山西三省要衝，歷來兵家必爭之地。❻櫟陽　今陝西臨潼東北。❼同州　屬關內道，轄八縣，治所在馮翊（今陝西大荔）。❽蒲津　即大慶關，在今陝西大荔朝邑鎮東，與山西接界。❾灞　水名，源出陝西藍田南山谷中，北流入渭水。❿商州　屬關內道，轄六縣，治所在上洛（今陝西商縣）。⓫武關　在陝西商南西北。劉邦率兵由此入關破秦，明末李自成由此突圍入湖北。⓬盩厔　縣名。今作「周至」，屬陝西。⓭洋州　屬山南道，轄四縣，治所在興道（今陝西漢中洋縣）。⓮華陽　在陝西洋縣西北，其關久廢。⓯武功　縣名，因境內武功山得名，今屬陝西。⓰好畤　今陝西乾縣東北。⓱鳳翔府　即岐州，唐肅宗至德三載改府，轄九縣，治所在雍（今陝西鳳翔南）。⓲隴關　即大震關，在陝西隴縣西隴山下。⓳華原　今陝西耀縣。⓴坊州　屬關內道，轄縣四，治所在中部（今陝西黃陵東南）。原本誤為「方」州，姚鼐原注：「方州蓋坊州之誤。」㉑咸陽　今陝西咸陽。㉒奉天　今陝西乾縣。㉓邠州　屬關內道，轄四縣，治所在新平（今陝西彬縣）。㉔授館　安排驛館住宿。㉕旁午　縱橫交錯。㉖符　古代朝廷用作憑證的信物。㉗閱　計算。㉘告　上報。㉙寓望迎勞　寓，指寄寓的房舍，安排歇宿。望，迎候的人。迎，迎接。勞，慰問。㉚曠　空缺。㉛朝陵　謁祭帝王陵墓，唐陵多在長安附近。㉜飲飫餼饋　飲飫猶言飲宴。餼饋，贈送食物的意思。㉝繕完築復　指修繕建築使之完好如初。㉞整頓　整齊。㉟布　列。與上「列」字都是開列、統計之意。㊱權　衡量。㊲出納奇贏　計算收入支出和贏利。㊳句會考校　檢查考核。句亦寫作「勾」，勾檢，即檢查。會，總計。

【語　譯】從萬年縣到達渭南縣，其間有館驛六處，其中起統轄作用的是華州，其中的關口是潼關。從華州向北與櫟陽交界，其間有驛站七處，起統轄作用的是同州，其中關口叫蒲津關。從灞水向南到達藍田，其間有驛站六處，起統轄作用的是商州，關口叫武關。從長安到達盩厔，其間有驛站十一處，起統轄作用的是洋州，關口叫華陽關。從武功縣向西到達好時，其間驛站三處，起統轄作用的是鳳翔府，關口叫隴關。自渭水向北到達華原縣，其間驛站九處，起統轄作用的是坊州。從咸陽向西到達奉天，其間有驛站六處，起統轄作用的是邠州。由全國廣大的地方，歸總會合起來，而到達關口；進入關口到關內，歸總會合起來，便到了君王的都城。華人，夷人，到來的，回去的，都要安排驛館，縱橫交錯而來，驛吏捧著符信計算客人的數目，縣吏拿著簡牘登記客人的物品。申報到達和離去的人員，在路上沒有斷絕的時候；因而安排歇宿、守望等候、迎接、慰問的禮節沒有空缺的日子。同時春秋兩季朝拜皇陵所在的縣邑也都設有驛館。所有這些驛館飲宴餽贈客人的食物，都要從優供給；建築維修，必須要做到整齊一致。要登計驛站的田賦租稅，統計其財物貨幣，權衡驛站的收入而使用其積蓄，於是就有了計算收支盈利數量的事務，有了檢查考核的政令。

大曆十四年❶，始命御史為之使❷，俾考其成，以質❸於尚書❹。季月❺之晦❻，必合其簿書，以視其等列，而校其信宿❼，必稱❽其制。有不當者，反之於官。尸❾其事者有勞焉，則復於天子而優升之。勞大者增其官，其次者降其調❿之數，又其次猶異其考績⓫。官有不職，則以告而罪之。故月受俸二萬於太府⓬。史⓭五人，承符者⓮二人，皆有食⓯焉。

【章旨】本段記館驛使的設置及其職責。

【注釋】❶大曆十四年　大曆是唐代宗李豫年號，十四年為西元七七九年。❷使　指館驛使。《新唐書・百官志》曰：「大曆十四年兩京以御史一人知館驛，號館驛使。」❸質　就正，讓其評定。❹尚書　指尚書省。❺季月　每季第三個月。❻晦　每月之最後一天。❼信宿　住一晚為舍，住兩晚為信。這裡用來泛指住宿日期多少。❽稱　符合。❾尸　主持；管理。❿調　徵調。⓫異其考績　考核其政績時判為優異。⓬太府　太府寺，掌管儲藏出納，供應王室用度的官府，長官為太府寺卿。⓭史　掌文書的吏員。⓮承符者　查驗憑證的吏員。⓯食　俸祿。

【語譯】大曆十四年，開始任命監察御史作為館驛使，使之考核館驛官員的成績，來由尚書省給以評定。每季度最後一月的最後一天，一定要核對館驛的簿籍文書，根據它的等級，核實其人員住宿的數量，必須符合有關規定。有不恰當的，將他退回給有關官吏。主持館驛事務的人員有勞績，就上報給天子而獎賞升遷他們。功勞大的提升他的官職，稍差一些的降低徵調該處財物的數量，再次一等的還可讓他的考核得到優異。官吏有不盡職的，就將情況上報而給他加罪。所以館驛使每月從太府寺接受俸祿錢二萬文。他下面掌文書人員五名，查驗憑證人員二人，都由官府供給糧食。

先是假廢官之印而用之，貞元十九年❶，南陽韓泰❷告於上，始鑄使印而正其名。然其嗣當斯職，未嘗有記之者。追而求之，蓋數歲而往則失之矣。今余為之記，遂以韓氏為首。且曰修❸其職，故首之也。

【章旨】本段表彰韓泰的作為，交代作記的用意。

【注釋】❶貞元十九年　貞元，唐德宗李适年號，十九年為西元八〇三年。❷韓泰　字安平，順宗時官戶部郎中、神策行營節度司馬，是王叔文集團成員，後同柳宗元、劉禹錫一起被貶，韓泰為虔州司馬。❸修　辦理；做好。

【語　譯】以前館驛使的官印是借別的廢棄的官印來用的，貞元十九年，南陽韓泰向皇上報告，才鑄館驛使印而使這一官職名稱正式確定。但是那些相繼擔任過該職的人，不曾有人記述他們的事。追溯著訪尋他們，大概幾年以前的就已失傳了。現在我替這個職務作記，就把韓泰作為第一位。並且也是說他做好了館驛使的職責，所以將他列為第一啊。

【研　析】寫作本文的時候，柳宗元才三十一、二歲，他還沒有經歷政治鬥爭的挫折，貶謫生活的洗禮，文章中還缺少永州以後所作的尖銳、深刻和風趣。姚鼐在本文篇末特別加了一段按語，認為柳宗元這時候的文章「往往摹倣《國語》而蹊徑不化，辭頗蹇塞」，而本文是其中頗為明淨雅飭的篇章。本文首先評述館驛的重要性，先說進入京城的，再說從京城出來的，眉目清晰而有說服力。第二段的內容比較龐雜，作者先敘京畿館驛的設置，分七條路線，先東南而後西北，每路標明起止地，驛數及蔽和關名，以簡馭繁，明白準確。這麼多館驛，足見人員來往的頻繁，有加強管理的必要，為館驛使的設置張本，自然過渡到敘驛政的內容，從安排住宿、送往迎來、供給修繕到開支出納、檢查考校等。這又為下文明確館驛使的職權打下了基礎。第三段則敘述館驛使主要職責是考核驛官的成績，分別作出賞罰。最後才敘述韓泰為館驛使正名修職的情況，點名作記的用心。全文層層推進，步步為營，簡潔精準，條理分明。作者當時積極進取，用心世務，主張加強考績，整頓吏治，所以寫這篇記文，非常重視文章的實用性質。

陪永州崔使君遊讌南池序

柳子厚

【題　解】南池是零陵縣東南的一處風景。崔使君為永州刺史崔敏，清河（今屬河北）人，唐憲宗元和三年（西元八〇八年）由歸州（今湖北秭歸）刺史調任永州刺史，元和五年九月死於永州任上。柳宗元為他寫了〈祭崔君敏文〉和〈唐故朝散大夫永州刺史崔公墓誌〉。本文應是元和三年春末陪崔敏在南池遊宴後所作。元和三年春，唐憲宗發布大赦令，凡被貶謫的官吏，皆可量移。所謂量移即移到離京城較近或條件較好的州郡任職。但柳宗元被貶謫時詔書曾有「後遇恩赦，永不量移」的話，因此不在大赦之列。在本文中我們可以看到，柳宗元宴遊的快樂是極短暫的。文章末尾，他想到同遊的一些人都可以因赦而改變處境，而自己卻是「既委廢於世，恆得與是山水為伍」，永無改換之日，面對同遊者的興高采烈，自己反而陷入了更深的悲涼。

零陵城南，環以群山，延以林麓。其崖谷之委會❶，則泓然❷為池，灣然❸為溪。其上多楓柟竹箭，哀鳴之禽；其下多芡芰蒲蕖❹，騰波之魚。韜涵太虛，澹灩里閭❺，誠遊觀之佳麗者已。

【章　旨】本段交代南池的位置環境，介紹南池的美景。

【注　釋】❶委會　水聚積的地方。❷泓然　水深的樣子。❸灣然　水流彎曲的樣子。❹芡芰蒲蕖　芡又名雞頭，一種水生植物，葉大而圓，皺而有刺，花子像拳頭大，形似雞頭，子皮青黑，肉白如菱。芰即菱角。蒲蕖，荷也。❺韜涵太虛二句　形容天空、村落倒映水中。韜涵，包容。澹灩，搖動。

【語　譯】零陵城的南方，群山環抱，山坡樹林向遠方伸延。在那些崖谷的水流聚積的地方，就深深的成為池塘，彎彎曲曲的成為溪流。池塘和溪流岸上生長著許多楓樹，楠樹，叢叢的箭竹，叫聲動人的禽鳥；在水裡面有著許多雞頭、菱角和荷花，以及在水波中跳躍的魚兒。池水包容著天空的倒影，村落里巷也在水光中搖擺動盪，真是遊玩觀賞的美好去處啊。

崔公❶既來，其政寬以肆❷，其風和以廉，既樂其人，又樂其身。於暮之春，徵賢❸合姻❹，登舟於茲水之津。連山倒垂，萬象在下，浮空泛景❺，蕩若無外。橫碧落❻以中貫，陵❼太虛❽而徑度。羽觴❾飛翔，匏竹❿激越，熙然⓫而歌，婆然⓬而舞，持頤⓭而笑，瞪目而倨⓮，不知日之將暮，則於向之物⓯者可謂無負矣。

【章　旨】本段記述在南池泛舟遊玩歡樂的情景。

【注　釋】❶崔公　崔敏。他以御史中丞銜任永州刺史。❷肆　縱恣；放手。❸徵賢　召集賢人。❹合姻　集合親戚友好。❺景　同「影」。❻碧落　天空。❼陵　通「淩」。升；登。❽太虛　也是指天空。❾羽觴　酒杯。製成雀鳥的形狀，左右有兩翼。❿匏竹　泛指樂器。匏，笙竽一類樂器。⓫熙然　快樂的樣子。⓬婆然　婆娑起舞的樣子。⓭持頤　用手支撐著下頷。⓮倨　通「踞」。蹲坐。⓯向之物　指文章上段說到的景物。

【語　譯】崔公來到永州以後，他的政令寬緩而且能放手，他的作風溫和而又廉潔，既能讓永州的人感到快樂，他自身也能快樂。在暮春的時節，他召來賢者，集合了親友，在這條水的渡口登上遊船。山峰連綿倒影垂在水中，萬千氣象盡在船的下面，小船像浮在空中，在光影中划動，飄飄搖搖分不出池裡和池外。從中貫通橫穿寥廓天空，徑直度越仿佛登上九霄雲外。酒杯不停舉起像鳥兒振翼飛翔，絲竹管弦齊奏樂音高昂清亮，人們歡樂地唱起了歌，婆娑地跳起了舞，有的手支下巴微笑，有的睜大眼睛蹲坐，快樂中不知道時間已接近傍晚，那麼這對於前面說到的景物可以說是沒有辜負了。

昔之人知樂之不可常，會之不可必也，當歡而悲者有之。況公之理行❶宜去受厚錫。而席之賢者，率皆在官❷蒙澤，方將脫鱗介❸，生羽翮❹，夫豈趑趄❺湘中為顑頷❻客耶？余既委❼廢於世，恆得與是山水為伍，而悼❽茲會不可再也，故為文志之。

【章　旨】本段由宴遊之樂聯想到自身遭遇而生悲，交代作序的原由。

【注　釋】❶理行　治行，治理政務的成績。為避唐高宗李治名諱故改治為「理」。❷在官　一本作「左官」，即受貶左遷之官。意為正月已有赦令，同席的大多為左降之官，都已蒙恩，可能改變處境。❸鱗介　鱗甲。❹羽翮　羽翼。翮，羽毛莖，代指鳥翼。❺趑趄　且行且退、徘徊不進的樣子。❻顑頷　同「憔悴」。瘦弱枯槁。❼委　棄。❽悼　感傷。

【語　譯】從前的人知道歡樂不能經常，聚會不可能一定會實現，在應當歡樂的時候反而悲傷，這種情況是有的。何況崔公治績突出，應該離開這裡去接受更大的封賞。而同席的許多賢者，大都是左降官員，已蒙受恩澤，正要脫掉拘身的鱗甲，生出飛騰的羽翼，又哪裡還會在湘中之地徘徊不前作一個枯槁瘦弱的遊客呢？我是已經被世上所拋棄了，能夠永遠同這裡的山水作伴，因而便為今天的盛會不能再次舉行而傷感，所以寫這篇文章來記下這次盛會。

【研　析】本文開頭介紹了南池的美景，接著寫在南池遊宴，「既樂其人，又樂其身」，兩「樂」字領起，用近於排比對偶的語言，充分渲染了宴遊之樂，人們陶醉在歡樂中，不知日之將夕。而文章的結尾，卻流露出強烈的悲慨。前面的樂與後面的悲形成鮮明對比。在歡樂氣氛和旁人遇赦蒙恩的映襯下，更顯出作者感傷的分量。王夫之說：「以樂景寫哀，以哀景寫樂，一倍增其哀樂。」（《薑齋詩話》）本文即是如此。但這也不是一個純技術的問題。柳宗元因為參與政治上的變革，遭受挫折，被貶到永州。他的心情，特別是前面幾年，悲憤是基本的，歡樂是暫時的。正如他給友人的信中所說：「時到幽樹好石，暫得一笑，已復不樂。」歡樂之中，他很快就會想到被棄置的命運。在這篇文章裡，這種樂和悲的轉換，更因為其他人可能因大赦而改變處境，來得更加強烈。雖然柳宗元借「昔之人」「當歡而悲」引出話題，但他抒發的決不是一般的「勝地不常，盛筵難再」的感慨，而是從自身遭際中引發的一縷刻骨悲涼，所以也就具有不同於一般的感人效果。

序飲

柳子厚

【題解】序即敘，陳述、敘談的意思。序飲即是敘說飲酒的事。柳宗元在〈鈷鉧潭西小丘記〉寫到用四百文錢買了一個小丘，上多奇石，「其嶔然相累而下者，若牛馬之飲於溪；其衝然角列而上者，若熊羆之登於山」。本文開頭說：「買小丘，一日鋤理，二日洗滌，遂置酒溪石上。」估計兩篇文章寫作的時間應相差不遠。本文寫和友人在小丘飲酒，以投籌於溪水作為酒令，也能盡興極歡，柳宗元認為這種方法既合於山水的樂趣，也不失君子的風度。前人編酒譜，已提到柳宗元〈序飲〉一篇，認為柳宗元所述，是酒令之變。然則柳宗元這篇短文，對中國古代的飲酒文化，也就有所補充了。

買小丘❶，一日鋤理，二日洗滌，遂置酒溪石上。嚮之為記❷所謂牛馬之飲者❸，離❹坐其背。實觴❺而流之，接取以飲。乃置監史❻而令❼曰：當飲者舉籌❽之十寸者三，逆而投之，能不洄❾於洑❿，不止於坻⓫，不沉於底者，過不飲。而洄而止而沉者，飲如籌之數。既或投之，則旋眩滑汩⓬，若舞若躍，速者遲者，去者住者，眾皆據石注視，歡忭⓭以助其勢。突然而逝，乃得無事。於是或一飲，或再飲。客有婁生圖南⑭者，其投之也，一洄一止一沉，獨三飲，眾乃大笑，驩⑮甚。余病痞⑯，不能食酒，至是醉焉。遂損益其令，以窮日夜而不知歸。

【章旨】本段記與友人在小丘飲酒行令的樂趣。

【注釋】❶小丘　即鈷鉧潭西小丘。❷記　指〈鈷鉧潭西小丘記〉。❸牛馬之飲者　指〈小丘記〉中「若牛馬之飲於溪」所描寫的石頭。❹離　分。❺實觴　在觴中注滿酒。觴，古代的酒器。❻監史　監行酒令的人，後世所謂令官。本意有監督以止亂防禍的意思，也有主持遊戲規則、勸酒助興的作用。❼令　指酒令。有多種形式和規則，違者受罰。❽籌　酒籌，以竹木或花草枝作為記飲酒數量的工具。❾洄　水逆流。❿洑　回旋之水。⓫坻　水中的小洲或高地。⓬旋眩滑汩　旋眩，旋轉。滑汩，浮沉。⓭歡忭　歡欣。⓮婁生圖南　柳宗元的朋友，能詩文。柳宗元集中有〈送婁圖南秀才遊淮南序〉等多篇詩文是為婁圖南寫的。⓯驩　通「歡」。⓰痞　一種胸腹中滯悶結為硬塊的病。

【語譯】買下了小丘，第一天用鋤頭整理；第二天沖洗打掃一番，就把酒食擺放在溪邊石頭上。以前為小丘作記所說「若牛馬之飲於溪」的石頭，我們就分散坐在它們的背上。在杯裡倒滿酒而把它放在水面上漂流，從下游接著取來喝酒。於是設立監酒的令官，並宣布酒令說：應當飲酒的人舉起三根十寸的酒籌，朝上游投到水中，能夠不在回旋的溪水中逆轉，不停止在水中高地邊，不沉沒在水底的，就算過去，不用飲酒。如果逆轉或停止或沉沒的話，按逆、止、沉的籌碼數飲多少杯酒。有的酒籌投下去了，就不斷旋轉，或浮或沉，像舞蹈像跳躍，有快的，有慢的，有去的，有停的，眾人都靠在石頭上注視水中，歡欣鼓舞來為它們打氣。突然一下都流去了，才能安靜下來。於是有人飲一杯，有人飲兩杯。客人當中有位婁圖南先生，他所投的呢，一根逆流，一根停住，一根沉沒，一個人喝了三杯，眾人因此就大笑，歡樂到了極點。我有痞病，不能喝酒，到這時就醉了。就減少或增加一些酒令，來過完整天整夜還不知道回去。

吾聞昔之飲酒者，有揖讓酬酢❶百拜以為禮者，有叫號屢舞如沸如羹❷以為極❸者，有裸裎袒裼❹以為達❺者，有資❻絲竹金石❼之樂以為和者，有以促數糺逖❽而為密者。今則舉異是焉。故捨百拜而禮，無叫號而極，不袒裼而達，非金石而和，去糺逖而密。簡而同❾，肆而恭，衎衎❿而從容，相以⓫合山水之樂，成君子之心，宜也。作〈序飲〉，以貽後之人。

【章　旨】本段就飲酒的方式發表意見，交代作序的用意。

【注　釋】❶揖讓酬酢　賓主之間互相禮拜謙讓敬酒。主人酌酒敬賓叫作「獻」，賓客還答叫作「酢」，主人再答敬叫作「酬」。❷如沸如羹　《詩經・大雅・蕩》：「如蜩如螗，如沸如羹。」意思是飲酒時呼號之聲如蟬鳴叫，笑語喧嘩像湯水煮沸。❸極　高。❹裸裎袒裼　指赤身露體。裸裎，露身。袒裼，露臂。❺達　放達。《世說新語》載劉伶縱酒放達，有時脫衣裸體在屋中，並說自己是以天地為屋棟，以房屋作衣褲。❻資　借助。❼絲竹金石　做樂器的材料，泛指各種樂器。❽促數糺逖　促數，謂酒令繁苛細密；糺，同「糾」。糺逖謂糾察嚴格，犯令罰酒。❾同　統一。❿衎衎　和樂的樣子。⓫相以　相與。

【語　譯】我聽說古時候飲酒的人，有作揖打躬互相謙讓敬酒多次跪拜，認為這樣才有禮的；有高呼大叫連連起舞有如開水有如沸湯，認為這是高雅的；有脫衣露體袒胸露臂，認為這是放達的；有借助絲竹金石的音樂，認為這是和諧的；有用苛細的酒令，嚴格的糾察，認為這是周密的，今天卻完全不同於這些。有意拋棄了過多的拜揖卻仍有禮，沒有叫號的聲音卻也高雅，不袒胸露臂仍然放達，不用音樂卻自然和諧，去掉糾察卻很周密。簡單而能統一，隨意而保持恭敬，和樂已極卻從容安詳，互相一起組合成了山水之樂趣，君子的心胸，是恰當的呀。作了這篇〈序飲〉，把它留給後來的人們。

【研　析】本文前一部分敘述描寫，後一部分議論評述，兩部分各有特色。前一部分從飲酒的地點寫起，「嚮之為記所謂牛馬之飲者，離坐其背」，雖屬敘事，但一句點醒，使讀者立即聯想到小丘的美麗風光和柳宗元在小丘休息的心曠神怡的情景，從而更好地感受飲酒的樂趣。接著寫飲酒的方式和規則。寫地點和規則都是為寫投籌喝酒的場面作準備。這其實是一件很小的事情，卻被作者描寫得有聲有色，熱鬧非凡，丟進溪流裡的酒籌呈現出各種各樣的姿態，岸上的人爬在巖石上緊張地注視，吶喊助威。卻又忽然沉靜下來，各人認帳飲酒。寫飲酒有點有面，「或一飲，或再飲」是面，婁圖南連罰三杯是點，這樣點面結合，簡單兩句，就把飲酒的歡樂傳達得生動逼真。然後以本人的扶病堅持，窮日夜不歸作一有力收束。難怪林紓評曰：「前半摹寫物狀，躍躍如生。一籌之微，又能為之窮形盡相而出之，真寫生妙手也。」如果說前半的特色在摹寫生動，則後半評讚的好處是開合有力，即小見大。先突破時空，歷數古人飲酒的各種類型，「今則舉異是焉」一句全部抹倒，然後就上文的詞語變其語氣，順流而下，集中讚美了此日的宴飲。用語堂正莊重，把幾個朋友間的小小樂事，提高到君子之心與山水之樂的關係，從小事上做出大文章。

序棊

柳子厚

【題解】棊，棋的本字。本文中所說的為「彈棋」，起於漢代，兩人對局，本為各六枚棋子，唐代擴展為每人十二枚。玩的方法至宋代已經失傳。今天人們只能從柳宗元這篇文章了解其大致情況。這篇文章作於永州，具體年月不詳。柳宗元作此文，其意主要並不在介紹棋術。文章議論多於記敘，更接近今天所謂雜感或雜文。他以房生為棋子著色為喻，指出當時朝廷用人，也如房生塗棋子一樣，「適近其手而先焉」，並不區別好壞。而一經他們這樣任意的選定，世俗也就「易彼而敬此」，使所謂「貴者」與「賤者」得到相去千萬的待遇。從而對當時和以往執政者往往用人唯親、不辨賢愚的態度提出了尖銳的質疑。

房生直溫❶，與予二弟❷遊，皆好學。予病其確❸也，思所以休息之者。得木局❹，隆❺其中而規❻焉，其下方以直。置棊二十有四，貴者半，賤者半。貴曰上，賤曰下，咸自第一至十二。下者二乃敵❼一，用朱、墨❽以別焉。房於是取二毫❾如其第❿書之。既而抵戲⓫者二人，則視其賤者而賤之，貴者而貴之。其使之擊觸也，必先賤者。不得已而使貴者，則皆慄焉昏焉⓬，亦鮮⓭克⓮以中。其獲也，得朱焉則若有餘，得墨焉則若不足。

【章　旨】本段記棋子分貴賤和下棋者重貴輕賤的情況。

【注　釋】❶房生直溫　房直溫生平不詳。生，是對年輕讀書人的稱呼。❷二弟　指柳宗元的兩個堂弟宗直、宗一。一說指宗直與內弟盧遵。❸確　堅。此指過分專注。❹木局　木製棋盤，彈棋棋盤二尺見方，中間高而圓，像覆蓋的盂，其頂是一個小壺，棋盤四角微微隆起。❺隆　凸起。❻規　圓。❼敵　相當。❽朱墨　朱，紅色。墨，黑色。❾二毫　兩枝毛筆。毫，毛。❿第　次序。如其第，按照其次序。⓫抵戲　對局；兩人對弈。⓬慄焉昏焉　手發抖，頭發昏，形容怕損失貴者而緊張擔心。⓭鮮　少。⓮克　能。

【語　譯】房生直溫，同我的兩個弟弟很要好，都勤奮好學。我擔心他們太過專心，想找一個讓他們休息的辦法。找到了一個木棋盤，中間凸起而呈圓形，下面是方正的。共擺棋子二十四個，一半貴子，一半賤子。貴的叫上等子，賤的叫下等子，兩方都從第一擺到十二。要兩個下等子才抵得一個上等子，用紅色和黑色來區分上下。房生於是找來兩枝毛筆按照棋子擺放的次序分別塗上顏色。接著兩人對局，於是看著賤子就輕視它，看著貴子就重視它。在使棋子撞擊碰觸的時候，一定會先用賤子。不得已的時候才會使用貴子，那就都手發顫頭發昏，也極少能夠擊中。在贏得對方的棋子時，得了紅子，就感到心滿意足，得了黑子，就覺得不痛快。

余諦睨❶之以思，其始，則皆類也，房子❷一書之而輕重若是。適❸近其手而先焉，非能擇其善而朱，否而墨之也。然而上焉而上，下焉而下，貴焉而貴，賤焉而賤，其易❹彼而敬此，遂以遠焉。然則，若世之所以貴賤人者，有異房之貴賤茲棊者歟？無亦近而先之耳，有果能擇其善否者歟？其敬而易者，亦從而動心矣，有敢議其善否者歟？其得於貴者，有不氣揚而志蕩❺者歟？其得於賤者，有不貌慢❻而心肆❼者歟？其所謂貴者，有敢輕而使之擊觸者歟？所謂賤者，有敢避其使之擊觸者歟？彼朱❽而墨❾者，相去千萬且不啻❿，有敢以二敵其一者歟？余墨者徒也，觀其始與末，有似棊者，故敘。

【章　旨】本段由棋子聯想到人的任用與評價，抨擊不辨賢愚，用人唯親。

【注　釋】❶諦睨　細看。諦，仔細。睨，斜看。❷子　對男子的尊稱。❸適　恰好。❹易　輕視。❺志蕩　意志放蕩。❻慢　不振作。❼心肆　心情煩亂。❽朱　此指地位高貴的人。❾墨　此指地位低賤的人。❿不啻　不止；不只。

【語　譯】我細看他們彈棋而思考，開始的時候，那都是同樣的棋子，房生一把它們塗上顏色便貴賤如此分明。恰好在他手邊近處的棋子就先塗，並不是選擇好些的棋子便塗紅色，差些的棋子便塗黑色。然而一經選定為上等就真的成了上等，定為下等就真成了下等，定為貴子就成為貴子，定為賤子就成為低賤者，人們輕視那個而看重這個，於是就相差天遠了。這樣看來，那麼像現今世上把人分為貴賤的情況，與房生使這些棋子變貴變賤有什麼不同嗎？無非也就是挨得近的就先重用罷了，有誰真能選擇好和不好呢？那種對誰尊重對誰輕視的想法，也就跟著這種重不重用而在人們心裡產生了，有誰敢議論他們的好壞呢？那些獲得高貴地位的人，哪有不趾高氣揚而意志放蕩的呢？那些處於卑賤地位的人，哪有不神態萎靡而心情煩亂的呢？那些所謂高貴的人，有誰敢於隨意使喚他們去衝撞呢？所謂低賤的人，又有誰敢於逃避別人的指使去衝撞的呢？那地位高貴的和地位低賤的人，他們之間相差何止千萬，有誰敢用兩個低賤的去頂一個高貴的呢？我是地位低賤一類的人，看到人們遭遇的開始與結局，覺得有同棋子相似之處，所以寫了這篇文章。

【研析】本文較之〈序酒〉，議論的分量更重。作者記彈棋，不記兩人的爭奪和勝負，只在輕重貴賤的心理方面著筆，完全是為下文談人的任用和評價作鋪墊。本文的議論也更慷慨淋漓，一連串的反問句，句句敲擊著當時社會的弊病，吐露著作者對現實政治的不滿。柳宗元在〈封建論〉裡鮮明地反對世襲制，認為世襲制下「上果賢乎？下果不肖乎？則生人之理亂未可知也。」在〈非國語〉中他也提出：「官之命，宜以材耶？抑以姓乎？」足見主張任用賢材，反對用人唯親，是柳宗元一貫的政治思想。在自己遭受貶謫，變成「墨者之徒」以後，對此更有了切身的痛感。所以他會從紅黑兩種棋子的輕重中，一下子聯想到用人這個重大的問題。前人論文講到「養」與「悟」的關係，所謂養是指學問道德的積累和人格人品的養成，這是長時間日積月累的工夫。所謂悟就是頓悟，突然的靈感觸發。正因為柳宗元對用人不別賢否，只看是否親近，長期在心中蘊蓄著強烈反感，所以一旦機緣巧合，就為表達這種不滿找到了理想的藝術形式。這時聯想的火花閃現，一篇內容和形式完美結合的妙文產生了。

來南錄

李習之

【題解】本文作於唐憲宗元和四年（西元八〇九年），記錄作者李翱從長安經洛陽輾轉來到廣州的旅程，所以叫做〈來南錄〉。元和三年朝廷以戶部尚書楊於陵為廣州刺史、嶺南節度使。楊於陵表奏李翱作為幕僚。李翱十月受命，元和四年正月啟程，六月到達廣州，歷時半年。李翱精確地記錄下每月所經的路線，所到的地方，流覽的名勝，間或也簡略地點染所見的景象。作者純粹紀行，不發感慨，不作議論，是比較典型的旅行日記，也是中國古代交通史的珍貴資料。

元和三年十月，翱既受嶺南❶尚書公❷之命。四年正月己丑❸，自旌善第❹以妻子上船於漕❺。乙未❻，去東都。韓退之、石濬川❼假舟❽送予。明日及故洛東❾，弔❿孟東野⓫，遂以東野行。濬川以妻疾，自漕口⓬先歸。黃昏到景雲山⓭居。詰朝⓮，登上方⓯，南望嵩山⓰，題姓名，記別。既食，韓、孟別予西歸⓱。戊戌⓲，予病寒，飲蔥酒以解表。暮宿於鞏⓳。庚子⓴，出洛㉑，下河㉒，止汴梁口㉓，遂泛汴流㉔，通河於淮㉕。辛丑㉖，及河陰㉗。乙巳㉘次汴州。疾又加，召醫察脈，使人入盧乂㉙。

【章旨】本段記元和四年正月離洛陽不久，與韓愈孟郊分手。

【注　釋】❶嶺南　五嶺以南，指今廣東廣西一帶。❷尚書公　指楊於陵，字達夫，弘農（今河南靈寶北）人，以戶部尚書頭銜出任廣州刺史，故稱尚書公。❸正月己丑　元和四年正月十二日，西元八〇九年一月三十一日。❹旌善第　作者在洛陽旌善坊的住宅。旌善坊在定鼎門東第二街第六坊。第，住宅。❺漕　漕渠，唐代對廣濟渠的通稱，自洛陽西宛引穀水貫洛陽城東循陽渠故道，由洛水入黃河的運河。❻乙未　正月十八日。❼石濬川　石洪字濬川，河陽（今河南孟縣）人。❽假舟　租船。❾故洛東　指漢魏洛陽古城東，在今洛陽東洛水北岸。❿弔　慰問。⓫孟東野　詩人孟郊字東野，是韓愈、李翱的好友。這時孟郊幼子病死，所以要去慰問。⓬漕口　漕渠入洛水口。⓭景雲山　在偃師縣（今屬河南），南為景山，西為雲山。⓮詰朝　第二天早晨。⓯上方　指景山頂上。⓰嵩山　在河南登封縣北，五嶽之一的中嶽。⓱西歸　指回洛陽。⓲戊戌　正月二十一日。⓳鞏　今河南鞏縣。⓴庚子　正月二十三日。㉑洛　洛水。㉒河　黃河。㉓汴梁口　唐汴州古屬大梁，故統稱汴梁，今河南開封。汴梁口古稱滎瀆，是汴水上游。㉔汴流　汴水。汴水西通河濟，南達江淮，其故道之一至商丘南東南流經宿縣、靈壁、泗縣入淮。李翱即由此道。㉕淮　淮河。㉖辛丑　正月二十四日。㉗河陰　唐縣名，在今河南滎陽西。㉘乙巳　正月二十八日。㉙盧乂　盧指醫家。古代良醫扁鵲家住在盧（今山東長清），後因指醫家為「盧醫」。「乂」意義不詳。疑指當時良醫。

【語　譯】元和三年十月，我已經接受嶺南尚書公的聘任。元和四年正月十二日，我從旌善坊的住宅出發，帶著妻子兒女在漕渠渡口登船。十八日離開東都，韓退之、石濬川租了船送我。第二天到達老洛陽城東，去慰問了孟東野，於是攜同孟郊一路同行。石濬川因為妻子生病，從漕渠入洛水口先回洛陽了。黃昏時候我們來到景雲山住宿。第二天早晨，登上景山山頂，向南遠望嵩山，在景山題下三人姓名，並寫作記述分別的文章。吃完中飯，韓退之、孟東野同我分手向西返回洛陽。正月二十一日，我受寒生病，喝下蔥酒來發汗驅寒。夜晚在鞏縣歇宿。正月二十三日，出離洛水，下到黃河，停船在汴梁口，於是在汴水泛船前行，要從黃河而通往淮河。正月二十四日，到了河陰。二十八日，歇宿在汴州。我的病又加重了，請醫生把脈看病，並派家人前往盧乂處。

二月丁未朔❶，宿陳留❷。戊申❸，莊人❹自盧乂來，宿雍邱❺。乙酉❻，次宋州❼，疾漸瘳❽。壬子❾，至永城❿。甲寅⓫，至埇口⓬。丙辰⓭，次泗州⓮。見刺史，假舟，轉淮上河⓯，如揚州⓰。庚申⓱，下汴渠⓲，入淮，風帆及盱眙⓳，風逆，天黑色，水波激，順潮入新浦⓴。壬戌㉑，至楚州㉒。丁卯㉓，至揚州。戊辰㉔，上棲靈浮圖㉕。辛未㉖，濟大江㉗，至潤州㉘。

【章　旨】本段記元和四年二月從河南經安徽入江蘇到揚州潤州的行程。

【注　釋】❶二月丁未朔　二月初一。「朔」是農曆每月初一日的專稱。❷陳留　舊縣名，今併入開封。❸戊申　二月初二。❹莊人　作者派遣的下人。❺雍邱　唐縣名，今河南杞縣。❻乙酉　當作「己酉」，二月初三。❼宋州　治所在睢陽，今河南商丘南。❽瘳　病癒。❾壬子　二月初六。❿永城　今屬河南。⓫甲寅　二月初八。⓬埇口　在今安徽宿縣北，唐代漕運要衝。⓭丙辰　二月初十。⓮泗州　治所在今安徽泗縣。⓯淮上河　指古泗水，在淮河以北，與淤黃河疊，故稱淮上河，今已不存。⓰揚州　治所在今江蘇揚州。⓱庚申　二月十四日。⓲汴渠　此即指古泗水。⓳盱眙　今屬江蘇。⓴新浦　未詳。一說屬今徐州銅山縣，一說在今東海縣，按：上句已到盱眙，距兩地都已很遠，兩說都難成立。㉑壬戌　二月十六日。㉒楚州　治所在今江蘇淮安。㉓丁卯　二月二十一日。㉔戊辰　二月二十二日。㉕棲靈浮圖　今法淨寺，在揚州江都縣西北。浮圖，佛塔。㉖辛未　二月二十五日。㉗大江　指長江。㉘潤州　治所在今江蘇鎮江。

【語　譯】二月初一日丁未，住宿在陳留。初二日，家中下人從盧乂處來，這天在雍邱住宿。二月初三日，住宿在宋州，我的病逐漸好轉。二月初六，來到了永城。初八，到達埇口。初十，停留在泗州。拜見州刺史，借船，轉路往淮上河，要往揚州去。二月十四日，從汴渠下來，進入淮河，順風張帆到盱眙。風向反過來了，天空黑沉沉的，河水波濤洶湧，於是順著潮頭進入新浦。二月十六日，到達楚州。二月二十一日，到了揚州。二十二日，上棲靈寺登臨佛塔。二十五日，渡過長江，到了潤州。

戊寅❶，至常州❷。壬午❸，至蘇州❹。癸未❺，如虎邱❻之山息足千人石❼，窺劍池❽，宿望海樓❾，觀走砌石❿。將遊報恩⓫，水涸，舟不通，無馬道，不果遊。乙酉⓬，濟松江⓭。丁亥⓮，官艘隙，水溺舟敗。戊子⓯，至杭州⓰。己丑⓱，如武林⓲之山，臨曲波，觀輪轄⓳，登石橋，宿高亭。晨望平湖⓴，孤山㉑江濤。窮竹道，上新堂，周眺群峰，聽松風召靈山，永吟叫猿，山童學反舌㉒聲。癸巳㉓，駕濤江㉔，逆波至富春㉕。丙申㉖，七里灘㉗至睦州㉘。庚子㉙，上楊盈川㉚亭。辛丑㉛，至衢州㉜，以妻疾止行，居開元佛寺臨江亭㉝。後三月㉞丁未朔，翱在衢州。甲子㉟，女某生。

【章旨】本段記三月和閏三月到蘇杭，遊富春，逗留衢州的經過。

【注釋】❶戊寅　元和四年三月初二。按上下文例此句應作「三月戊寅」。❷常州　治所在今江蘇常州。❸壬午　三月初六日。❹蘇州　治所在今江蘇蘇州。❺癸未　三月初七日。❻虎邱　在蘇州。❼千人石　在虎邱山下，可坐千人，故名。❽劍池　在虎邱山，相傳為秦始皇求吳王寶劍之處。❾望海樓　《蘇州府志》：「虎邱山有望海樓，在劍池上，今無存。」一作「望梅樓」。❿走砌石　虎邱山有石級五十四層即是。⓫報恩　報恩寺，一名北寺，在蘇州支硎山上，三國吳所建。⓬乙酉　三月初九日。⓭松江　即江蘇境內的吳淞江，從太湖流出。⓮丁亥　三月十一日。⓯戊子　三月十二日。⓰杭州　治所在今浙江杭州。⓱己丑　三月十三日。⓲武林　武林山，杭州西靈隱、天竺等山的總稱。⓳輪轄　未詳。一說疑當作「輪椿」，指「樹輪」、「大椿」。「樹輪」指樹枝橫出，「大椿」為千年老樹，總指奇樹。⑳平湖　指杭州西湖。㉑孤山　在西湖中。㉒反舌　鳥名，又名百舌。㉓癸巳　三月十七日。㉔濤江　此即指浙江。㉕富春　今屬浙江。㉖丙申　三月二十日。㉗七里灘　在浙江桐廬嚴陵山西，為富春江中著名險灘，又名七里瀨。㉘睦州　治所在今浙江建德。㉙庚子　三月二十四日。㉚楊盈川　楊炯，「初唐四傑」之一，曾為盈川令，故稱楊盈川。盈川在今浙江衢縣南。㉛辛丑　三月二十五日。㉜衢州　治所在今浙江衢縣。㉝臨江亭　在衢縣東南。㉞後三月　閏三月。㉟甲子　閏三月十八日。

【語譯】三月初二日，到達常州。三月初六日，到達蘇州。初七日，往虎邱山，在千人石上休息，探看劍池，歇宿在望海樓，觀賞走砌石。打算去遊報恩寺，水乾涸了不能通船；又沒有馬走的道路，沒有遊成。三月初九日，渡過松江。三月十一日，官船開了裂縫，水滲透進來，船壞了。十二日，到了杭州。十三日，往武林山，觀賞山間曲折的溪流，看離奇古怪的老樹，登上石板橋，在山上亭子裡留宿。早晨起來展望一平如鏡的西湖，湖中的孤山，浙江的波濤。走完山間竹林中的小路，爬上新建的樓堂，遠眺四周的群山，聽松風似在召喚山靈，聽那永遠不停的猿猴吟嘯，聽山村兒童學百舌鳥的叫聲。三月十七日，駕船在波濤翻滾的浙江，逆流而上到富春。三月二十日，從七里灘到睦州。二十四日，登上楊盈川亭。二十五日，抵達衢州，因為妻子生病停止旅行，住在開元佛寺的臨江亭內。閏三月初一日丁未，我在衢州。閏三月十八日，女兒某某在衢州降生。

四月丙子朔，翱在衢州，與侯高❶宿石橋❷。丙戌❸，去衢州。戊子❹，自常山❺上嶺至玉山❻。庚寅❼，至信州❽。甲午❾，望弋陽山❿，怪峰直聳似華山⓫。丙申⓬，上干越亭⓭。己亥⓮，直渡擔石湖⓯。辛丑⓰，至洪州⓱，遇嶺南使，遊徐孺亭⓲，看荷華。

【章　旨】本段記元和四年四月由浙江轉江西到南昌的行程。

【注　釋】❶侯高　李翺的朋友，終身布衣，後發狂投江自盡。❷石橋　今衢縣西北石梁鎮。❸丙戌　四月初十日。❹戊子　四月十二日。❺常山　在今浙江常山東，又名長山、湖山，是從衢州西出信州必經的嶺路。❻玉山　今屬江西。❼庚寅　四月十四日。❽信州　治所在今江西上饒。❾甲午　四月十八日。❿弋陽山　在江西弋陽縣東。⓫華山　指西嶽華山，在陝西華陰縣。⓬丙申　四月二十日。⓭干越亭　在江西餘干縣東南羊角山，干越一作「於越」。⓮己亥　四月二十三日。⓯擔石湖　江西鄱陽湖相通的小湖名。⓰辛丑　四月二十五日。⓱洪州　治所在今江西南昌。⓲徐孺亭　在南昌南，是為紀念徐穉而修的亭臺。徐穉，字孺子，南昌人，東漢著名隱士。

【語　譯】四月初一日丙子，李翺在衢州，同侯高一起歇宿在石橋鎮。四月初十日，離開衢州。四月十二日，從常山上山走嶺路到玉山縣。四月十四日，到達信州。十八日，遠望弋陽山，只見怪特的高峰直插雲霄，好像華山。二十日，登上干越亭。四月二十三日，徑直渡過擔石湖。四月二十五日，到了洪州，遇到從嶺南到洪州的使者，遊了徐孺亭，觀賞了荷花。

五月壬子❶，至吉州❷。壬戌❸，至虔州❹。己丑❺，與韓泰❻安平渡江，遊靈應山❼居。辛未❽，上大庾嶺❾。明日，至湞昌❿。癸酉⓫，上靈屯西嶺⓬，見韶石⓭。甲戌⓮宿靈鷲山⓯居。

【章　旨】本段記元和四年五月由江西吉安經大庾嶺到今廣東韶關的行程。

【注　釋】❶壬子　五月初七日。❷吉州　治所在今江西吉安。❸壬戌　五月十七日。❹虔州　治所在今江西贛州。❺己丑　應為乙丑，五月二十日。❻韓泰　字安平，永貞元年參與王叔文集團，唐憲宗即位，被貶為虔州司馬。李翺經過時，韓泰正在虔州。❼靈應山　在江西龍南縣北。❽辛未　五月二十六日。❾大庾嶺　「五嶺」之一，又名梅嶺，在今江西大余和廣東南雄交界處，為通向嶺南的要道。⑩湞昌　今廣東南雄。⑪癸酉　五月二十八日。⑫靈屯西嶺　不詳。一說疑為廣東仁化縣西北之黃嶺。⑬韶石　山名，在廣東韶關市曲江縣北。⑭甲戌　五月二十九日。⑮靈鷲山　在廣東曲江縣北。

【語　譯】五月初七日，到達吉州。五月十七日，抵達虔州。五月二十日，同韓泰安平渡過贛江，遊了靈應山，並住下來。五月二十六日，登上大庾嶺，第二天到達湞昌。二十八日，上靈屯西嶺，見到了韶石山。二十九日，歇宿在靈鷲山。

六月乙亥朔，至韶州❶。丙子❷，至始興公室❸。戊寅❹，入東蔭山❺，看大竹筍如嬰兒，過湞陽峽❻。己卯❼，宿清遠❽峽山❾。癸未❿，至廣州。

【章　旨】本段記元和四年六月上旬到今韶關市再到廣州的旅程。

【注　釋】❶韶州　治所在今廣東韶關西南。❷丙子　六月初二日。❸始興公室　指唐玄宗開元年間任宰相的張九齡的墓。張九齡字子壽，韶州曲江（今屬廣東）人，曾封為始興伯。❹戊寅　六月初四日。❺東蔭山　即湞石山，又名英山，在今廣東英德東。❻湞陽峽　在今廣東英德南。❼己卯　六月初五日。❽清遠　唐縣名，今屬廣東。❾峽山　在清遠市東。❿癸未　六月初九日。

【語　譯】六月初一日乙亥，到達韶州，初二日，到始興公墓瞻拜。六月初四日，進入東蔭山，看到好大的竹筍像嬰兒一樣，又過湞陽峽。六月初五，在清遠縣住宿，宿在縣東的峽山。六月初九日，終於到達廣州。

自東京❶至廣州，水道出衢、信，七千六百里。出上元❷、西江❸，七千一百有三十里。自洛川下黃河、汴梁，過淮，至淮陰❹，一千八百有三十里，順流。

自淮陰至邵伯❺，三百有五十里，逆流。自邵伯至江，九十里。自潤州至杭州，八百里，渠有高下，水皆不流。自杭州至常山，六百九十有五里，逆流，多驚灘，以竹索引船，乃可上。自常山至玉山，八十里，陸道，謂之玉山嶺。自玉山至湖❻，七百有一十里，順流，謂之高溪。自湖至洪州，一百有一十八里，逆流。自洪州至大庾嶺，一千有八百里，逆流，謂之章江。自大庾嶺至湞昌，一百有一十里，陸道，謂之大庾嶺。自湞昌至廣州，九百有四十里，順流，謂之湞江。出韶州，謂之韶江。

【章　旨】本段回顧總結全部行程水陸距離和船行順逆。

【注　釋】❶東京　即東都洛陽。❷上元　舊縣名，今已入南京。❸西江　指西江口，在今湖北監利東南。這句說另一條水道，作者沒有經過。❹淮陰　今屬江蘇。❺邵伯　湖名，在江蘇江都縣北。❻湖　指鄱陽湖。

【語　譯】從東京到廣州，走水路經過衢州、信州，共七千六百里。經過上元、西江的話，七千一百三十里。從洛水下黃河、汴梁，過淮河，到淮陰，一千八百三十里，順水行船。從淮陰到邵伯湖，三百五十里，逆水行船。自邵伯湖到長江，九十里。從潤州到杭州，八百里，這段水道運河水位忽高忽低，水流緩慢，似乎不動。從杭州到常山，六百九十五里，逆水行船，多驚險的淺灘，用竹皮紮成大索拉船，才可以上去。從常山到玉山，八十里，是走陸路，叫做玉山嶺路。從玉山到鄱陽湖，七百一十里，順水行船，這一段稱為高溪。從鄱陽湖到洪州，一百一十八里，逆水行船。從洪州到大庾嶺，一千八百里，逆水行船，稱為章江。從大庾嶺到湞昌，一百一十里，陸路，稱為大庾嶺。從湞昌到廣州，九百四十里，順水而行，叫做湞江。離開韶州的時候，叫做韶江。

【研　析】本文以日記的形式，記錄了作者從洛陽入黃河，轉汴河，經淮河，過長江，上富春江，越玉山嶺，渡鄱陽湖，溯漳江而上，翻越大庾嶺，沿湞江，出韶州，到廣州，長達數千里的水陸旅程，經過今河南、安徽、江蘇、浙江、江西、廣東等省，中間因妻子臨產停留近月，共歷時半年。是我國最早的旅行日記，也是最早的日記體散文，在文體的運用上有創造性，對宋以後日記體遊記散文的發展，有開先河的作用。作者文風平易樸實，只作粗線條記載，簡潔而明晰。有時也偶爾寫出所見景物，如寫在杭州「晨望平湖，孤山江濤，窮竹道，上新堂，周眺群峰，聽松風召靈山，永吟叫猿，山童學反舌聲」，到信州「望弋陽山，怪峰直聳似華山」，在韶州「看大竹笋如嬰兒」，或見景而想起北國，或北人見所未見而倍覺新鮮，都為簡單的日記增添幾許情趣，也使文章避免了平直和單調。

卷五十五　雜記類　四

仁宗御飛白記

歐陽永叔

【題解】宋仁宗趙禎，在位共四十一年（西元一〇二三—一〇六三年），在北宋，仁宗算是一位有所作為的君主。而歐陽修也正是在仁宗時期，從中進士、任職館閣一直做到樞密副使、參知政事所謂「位登兩府」。儘管其間數次受貶，但均為時不長。飛白，漢字書法之一，筆畫露白，似枯筆所寫。據作者《歸田錄》所載，仁宗即精於飛白。英宗治平四年（西元一〇六七年）二月，此時神宗已即位，時有御史誣謗，神宗雖未信，但歐陽修力求去，乃除觀文殿大學士、轉刑部尚書知亳州，假道汝陰，得見陸經所寶藏之仁宗飛白御書，頗多感慨，應對方要求，特寫下這篇記。在文中，作者對書法本身水平並未評論，主要歌頌的乃是仁宗的德政，在位時政治清明，皇恩澤及萬物，以及仁宗御書之神聖，稱之為天下至寶，認為將產生榮光燭天的異象。這種一味頌聖的寫法，固然是古代文人的本性，但更重要的也是出於歐陽修為報仁宗知遇之恩所採取的作法。

治平四年夏五月，余將赴亳，假道於汝陰❶，因得閱書於子履❷之室。而雲章❸爛然，輝映日月，為之正冠肅容再拜，而後敢仰視，蓋仁宗皇帝之御飛白也。

曰：「此寶文閣❹之所藏也，胡為於子之室乎？」

【章旨】本段敘述自己得見仁宗御書時間地點和緣由，並提出質詢。

【注釋】❶汝陰　秦漢時縣名，即今安徽阜陽。宋時為潁州。❷子履　原注：「薑塢（即姚範）先生曰：陸經字子履，洛陽人，官集賢修撰。」陸經撰有《寓山集》十二卷，周平園序曰：「公與歐陽文忠公周旋館閣，詩文往復，相與至厚。惜仕不偶，陷於朋黨，屢起屢仆。晚遇裕陵（神宗），方嚮於用，則已老矣。」❸雲章　《詩經・棫樸》：「倬彼雲漢，為章于天。」鄭玄箋：「雲漢之在天，其為文章，譬猶天子為法度于天下。」後因稱天子筆跡為雲章。❹寶文閣　宋殿閣名，原名壽昌閣，仁宗慶曆初改名。原注曰：《宋史・職官志》：「寶文閣在天章（閣）之東西序，群玉蕊珠殿之北。英宗即位，詔以仁宗御書御集，藏之於閣。」

【語譯】治平四年夏天五月，我將要到亳州上任，繞道來到汝陰，因而能閱覽書法於陸子履的家中。看到皇帝的筆跡燦爛光輝，照映日月，我為之端正衣冠，嚴肅面容，跪拜兩次以後才敢抬頭觀看，因為這是仁宗皇帝親筆所寫的飛白字體啊。我問道：「這應該是寶文閣所收藏，為什麼會在你的家中呢？」

子履曰：「曩者天子宴從臣於群玉❶，而賜以飛白，余幸得與賜焉。予窮於世久矣，少不悅於時人，流離竄斥，十有餘年。而得不老死江湖之上者，蓋以遭時清明，天子嚮學，樂育天下之材，而不遺一介❷之賤，使得與群賢並遊於儒學之館。而天下無事，歲時豐登，民物安樂。天子優游清閒，不邇聲色，方與群臣從容於翰墨之娛。而余於斯時竊獲此賜，非惟一介之臣之榮遇，亦朝廷一時之盛事也。子其為我志之。」

【章　旨】本段陸子履解釋獲得御書的緣由，並對仁宗恩寵賜與表達感激之情。

【注　釋】❶群玉　宋宮殿名，在寶文閣南，東曰群玉殿，西曰蕊珠殿。《玉海》卷三十四：「嘉祐七年十二月丙申，幸寶文閣，親為飛白書，群臣搢笏以觀，命學士王珪，各題歲月及所賜臣僚名。又出御製〈觀書詩〉，賜韓琦以下，令屬和以進，遂宴群玉殿。」此句與下句所言之事，即此。❷一介　一人。

【語　譯】陸子履回答說：「從前，皇帝曾經設宴招待群臣在群玉殿上，並賞賜飛白書給大家，我有幸能夠參加並接受賞賜。我在社會上窮困潦倒已經很久了，年輕時人們不喜歡我，斥逐流放，到處奔波，達十幾年。而能夠不老死於江湖之上的緣故，那是因為遇上政治清明的時代，皇帝嚮往學習，樂於培育天下人才，而不拋棄我這樣的一個鄙賤之人，使我能夠和眾位賢臣一起在儒學館閣中遊賞。而天下太平無事，年年五穀豐登，百姓安居樂業。皇帝優游自得，清靜悠閒，不近聲色，正在不慌不忙地同群臣從事於筆墨的娛樂。而我在這個時候僥倖獲得這一賞賜，這不僅是我一個人的光榮遭遇，同時也是朝廷一個時代的盛大事情。希望您替我記下這件事來。」

余曰：「仁宗之德澤涵濡❶於萬物者，四十餘年。雖田夫野老之無知，猶能悲歌思慕於壠畝之間；而況儒臣學士，得望清光❷，蒙恩寵，登金門❸而上玉堂❹者乎！」於是相與泫然流涕而書之。

【章　旨】本段集中歌頌仁宗之盛德澤及萬物，何況儒臣學士，以點出書寫主旨。

【注釋】❶涵濡　滋潤；浸漬。❷清光　此指皇帝顏色。《漢書・鼂錯傳》：「今執事之臣皆天下之選已，然莫能望陛下清光。」❸金門　即金馬門之省稱。漢時，使學士待詔金馬門，備顧問。❹玉堂　漢代殿名。《文選・解嘲》：「歷金門，上玉堂，有日矣。」唐呂延濟注：「金門，天子門也；玉堂，天子殿也。」後亦以金馬玉堂稱翰林院，歐陽修與陸經都曾在館閣任職。

【語譯】我說：「仁宗皇帝的德化和恩惠，滋潤遍及於萬物，長達四十多年。即使是種田的農夫、山野的老人那麼無知無識，仍然能夠在田畝之中悲吟歌頌，以思念皇帝的恩德；何況我們這些儒臣學士，能夠親自看到皇帝光采的容顏，蒙受皇帝恩惠和寵愛，登上天子的門，進入天子的殿堂啊！」於是，我們便互相感激涕零，淚落不止，並寫下這篇文章。

夫石韞玉而珠藏淵❶，其光氣常見於外也。故山輝而白虹❷，水變而五色❸者，至寶之所在也。今賜書之藏於子室也，吾知將有望氣❹者言，榮光❺起而燭天者，必賜書之所在也❻。

【章旨】本段集中歌頌御書之為「至寶」，如玉如珠，必將呈現出種種異采。

【注釋】❶石韞玉而珠藏淵　陸機〈文賦〉：「石韞玉而山輝，水藏珠而川媚。」韞，蘊藏。❷山輝而白虹　《禮記・聘義》：「孔子曰：君子比德如玉焉，氣如白虹，天也。」❸水變而五色　《山海經・西山經》：「峚山之上，丹水出焉，是生玄玉焉。玉膏所出，以灌丹水。丹水五歲，五色乃清，五味乃馨。」❹望氣　古代占卜法之一，望雲氣而預言吉凶。❺榮光　彩色的雲氣，古時以為吉祥之兆。《初學記》卷六：「榮光出河，休氣四塞。」❻必賜書之所在也　《歐陽修文集》文末尚有「觀文殿學士刑部尚書歐陽修謹記」等十四字。

【語譯】巖石蘊藏寶玉，珍珠隱藏於深淵之中，它們的光采之氣常常顯現在外面。所以山上有光輝而出現白虹，池水變化而成五彩之色，那都是由於最寶貴的東西存在的緣故。現在皇帝賜給你御書收藏在你的房間裡，我知道如果有望氣者，會說彩色雲氣上升而照亮天空的地方，一定是皇帝所賜御書之所在啊。

【研　析】這是一篇以「頌聖」為主旨的雜記，因此作者在布局謀篇、章法結構諸方面，並未精心設計。多少有些直錄其事、兼抒其情的色彩。茅坤評曰：「文不用意處，卻有一片雄渾沖淡精神。」此評甚當。錢基博論及歐文時曾說：「歐陽公雜記雍容揄揚，皆有賦意；蘇東坡雜記，抑揚爽朗，皆為論筆。」此論用在本篇，亦甚貼切。「賦者，敷陳其事而直言之也。」（朱熹語）本篇首段交代得見御書緣由，二段敘述獲得御書過程，三段歌頌仁宗在位四十餘年之德澤，末段讚美御書之為至寶，全都切合「敷陳其事而直言」的這一要素。本篇還採用了漢以後辭賦的某些手法，一是主客問答體，一是鋪排手法。如歌頌仁宗，則以田夫野老與儒臣學士相對舉；讚美御書，則連用「石韞玉而珠藏淵」來作比喻。這都來源於賦體的鋪排手法。

襄州穀城縣夫子廟記

歐陽永叔

【題　解】襄州穀城，即今湖北穀城縣。夫子廟，即孔廟，以祭孔夫子。此文作於寶元元年（西元一〇三八年），時狄栗為穀城縣令，「踰年，政大洽，乃修孔子廟，作禮器，與其邑人春秋釋奠而興於學。時余為乾德令，嘗至其縣。」（引自本書卷四十七歐陽修〈大理寺丞狄君墓誌銘〉）本篇除歌頌仁宗時「興禮樂，崇儒術」的功績，讚揚縣令狄栗修廟興學，以貫徹仁宗旨意的這種「師古好學」的措施之外，主要是慨嘆古禮之不行，故在文中著重闡述釋奠、釋菜及祭奠先聖、先師諸禮。唐順之評曰：「此文前後辨釋奠、釋菜為祭之略及其所以立廟之故。後段言古禮之不行為可惜，而狄公能復古禮為可稱也。」但無論古禮也好，立廟也好，這一切對於當代人而言，意義均不大。

釋奠❶、釋菜❷，祭之略者也。古者士之見師，以菜為贄❸，故始入學者，必釋菜以禮其先師❹。其學官四時之祭，乃皆釋奠。釋奠有樂無尸❺，而釋菜無樂，則其又略也，故其禮亡焉。而今釋奠幸存，然亦無樂，又不徧舉於四時，獨春秋行事❻而已。

【章旨】本段闡述釋奠、釋菜之禮，並說明釋菜亡而釋奠存之故。

【注釋】❶釋奠　設饌爵以祭先聖先師。《禮記・文王世子》：「凡學，春，官釋奠于其先師；秋冬亦如之。凡始立學者，必釋奠于先聖先師。」鄭注：「釋奠，設薦饌酌奠而已，無迎尸以下之事。」陳祥道曰：「釋奠有牲幣，有合樂，有獻酬。」❷釋菜　謂以芹藻之屬禮先師。古始入學，行釋菜禮。春秋二祭，皆用釋奠禮。釋菜，不用牲牢幣帛，禮之輕者。❸贄　初見尊長者時所送的禮品。《左傳・莊公二十四年》：「男贄，大者玉帛，小者禽鳥，以章物也；女贄，不過榛、栗、棗、脩，以告虔也。」❹先師　前輩老師。常與「先聖」連稱，本指古代聖賢可以師法的人物。漢以後，獨尊儒術，歷代王朝都廟祀孔子。魏正始以後，規定入學行祭禮，以孔子為先聖，配顏淵為先師。後代雖偶有改變，但基本情況如此。❺尸　古代祭祀時，代死者受祭、象徵死者神靈的人，以臣下或死者晚輩充任。《儀禮・士虞禮》注：「尸，主也。孝子之祭，不見親之形象，心無所繫，立尸而主意焉。」《公羊傳・宣公八年》何休注：「祭必有尸者，節神也。禮：天子以卿為尸，諸侯以大夫為尸，卿大夫以下以孫為尸。」❻春秋行事　後世多於仲春、仲秋之上丁日，祭奠先聖先師。亦稱丁祭。

【語譯】釋奠、釋菜，乃是祭祀儀式中最簡略的。古時候讀書士子謁見老師，用蔬菜一類東西作為見面禮，所以開始進入學校的學生，一定要舉行釋菜的儀式以表示對前輩老師的禮節。而主管學校的官員四季舉行的祭祀，都用釋奠儀式。釋奠有音樂配合，但不需要死者神靈的象徵人，而釋菜連配合的音樂都不要，這是祭祀中更簡略的，所以這種釋菜之禮已經消亡了。而現在釋奠之禮僥倖還保存下來，但是也沒有了音樂來配合，又不是一年四季都舉行，而僅僅在春秋兩季舉辦這個事情罷了。

《記》曰：「釋奠必有合，有國故則否。」❶謂凡有國，各自祭其先聖先師，若唐虞之夔❷、伯夷，周之周公，魯之孔子。其國之無焉者，則必合於鄰國而祭之。然自孔子沒❸，後之學者，莫不宗焉，故天下皆尊以為先聖，而後世無以易。學校廢久矣，學者莫知所師，又取孔子門人之高弟曰顏回者而配焉，以為先師。

【章旨】本段闡明釋奠必須有先聖先師，以及後世以孔子、顏回為先聖先師的緣由。

【注釋】❶記曰三句　語出《禮記・文王世子》。鄭玄注：「國無先聖先師，則所釋奠者，當與鄰國合也。」❷夔　虞舜時樂官名，甚賢。❸沒　同「歿」。

【語譯】《禮記》上說：「舉行釋奠之禮必需與鄰國相符合，有先聖先師的諸侯國則不需要。」這是講凡是有先聖先師的國家各自奠祭它自己的先聖先師，像唐堯、虞舜的夔和伯夷，周朝的周公，魯國的孔子。而沒有先聖先師的國家，就必需跟隨有先聖先師的國家來祭祀。但自從孔子去世，後代的學者，沒有不以孔子為宗主的，所以天下人都把孔子尊之為先聖，而後代一直都沒有改動。而學校被廢止已經很久了，一些求學的不知道誰應該是前輩老師，於是又拿孔子門生中最優秀的名叫顏回的作為配祭，稱他為先師。

隋唐之際，天下州縣皆立學❶，置學官❷生員，而釋奠之禮，遂以著令❸。其後州縣學廢，而釋奠之禮，吏以其著令，故得不廢。學廢矣，無所從祭，則皆廟而祭之。荀卿子曰：「仲尼，聖人之不得勢者也。」❹然使其得勢，則為堯舜矣。

不幸無時而沒，特以學者之故，享弟子春秋之禮。而後之人❺不推所謂釋奠者，徒見官為立祠，而州縣莫不祭之，則以為夫子之尊，由此為盛。甚者乃謂生雖不得位，而沒有所享，以為夫子榮，謂有德之報，雖堯舜莫若。何其謬論者歟！

【章　旨】本段解釋以孔子為先聖，長期享受祭祀的原因，兼駁堯舜不如孔子的謬論。

【注　釋】❶隋唐之際二句　《隋書・儒林傳》：「煬帝即位，復開庠序，國子，郡縣之學盛於開皇之時。」《通典・吉禮》：「大唐武德七年，詔諸州縣及鄉，並令置學。」「貞觀五年，太宗數幸國學，遂增築學舍千二百間……國學之盛，近古未有。」❷學官　指在各級學校中擔任教職的人，如教授、博士司業、助教之類。❸著令　指用法令作出規定。❹荀卿子曰三句　荀卿子即荀況。引文見《荀子・非十二子》：「無置錐之地而王公不能與之爭名；在一大夫之位，則一君不能獨畜，一國不能獨容成名；況乎諸侯莫不願以為臣，是聖人之不得勢者也，仲尼、子弓是也。」❺後之人　後人有疑指斥韓愈者，如邵博《聞見後錄》。韓愈在〈處州孔子廟碑〉（見本書卷四十一）云孔子「自天子至郡邑守長，通得祀而遍天下」，「生人以來未有如孔子者，其賢過於堯舜遠矣」。高步瀛則否認指斥韓愈，曰：「永叔特借此說以申其尊孔之指，非斥韓也。邵氏所言，竟如癡人說夢。」但無論是否斥韓，此數言當有所為而發。

【語　譯】隋代和唐代之間，天下的州、縣都建立學校，配備教學官員，招收學生，因此釋奠這種禮儀便用法令作出具體規定。在此之後，州縣的學校被廢除，而釋奠這種禮儀，官員們因為它被寫在法令之上，所以才能夠不被廢止。學校廢除了，沒有地方舉行祭禮，於是便立廟來祭祀孔子。荀卿說：「孔夫子仲尼，是生活在形勢不利條件下的聖人。」假若形勢有利的話，那麼他就可以成為堯舜。不幸他沒有活到有利的時代就死了，就因為一些學者的緣故，才享受弟子春秋兩季的祭禮。而後代有人並未推究所講的釋奠這種禮儀，僅僅看到各地方官員為孔子立廟，而州縣沒有不祭祀孔子的，便以為孔夫子的被尊崇，由於這個才特別興盛。甚至於認為孔子在世之時沒有職位，而死後卻有所祭享，認為這是孔子的光榮，看作是品德崇高所得到的回報，即使是堯舜也趕不上。這種論點是多麼荒謬啊！

祭之禮以迎尸❶酌鬯❷為盛。釋奠，薦饌直奠❸而已，故曰祭之略者。其事有樂舞授器❹之禮，今又廢，則於其略者又不備焉。然古之所謂吉、凶、鄉射、賓燕之禮❺，民得而見焉者，今皆廢失。而州縣幸有社稷釋奠、風雨雷師之祭❻，民猶得以識先王之禮器焉。其牲酒器幣之數，升降俯仰之節，吏又多不能習。至其臨事，舉❼多不中❽，而色不莊，使民無所瞻仰，見者怠焉。因以為古禮不足復用，可勝嘆哉！

【章　旨】本段論述釋奠及其他各種禮儀，或廢失，或與舊制不符，因而慨嘆古禮之不足復用。

【注　釋】❶迎尸　《儀禮・士虞禮》：「祝迎尸。」《禮記・曾子問》：「孔子曰：祭成喪者必有尸，尸必以孫，孫幼，使人抱之。無孫則取於同姓，可也。」❷酌鬯　酌酒祭神。鬯，以鬱金香合黍釀造的香酒，古時用於祭祀。《尚書・洛誥》孔疏：「王以圭瓚酌鬱鬯之酒以獻尸，尸受祭而灌於地。」❸薦饌直奠　《禮記・文王世子》鄭注：「釋奠者，設薦饌酌奠而已，無迎尸以下之事。」孔疏：「釋奠，直奠置於物，無食飲酬酢之事。釋奠，所以無尸者。」薦，進獻。饌，祭品。❹樂舞授器　《禮記・文王世子》鄭注：「釋奠則舞，舞則授器。」器，指各類舞蹈用具，如戈、盾之類。❺吉凶鄉射賓燕之禮　皆古禮名。吉禮，指婚禮。凶禮，指喪禮。鄉射，古代以射選士，其制有二：一為州守於春秋兩季以禮會民，射於州之學校；一為鄉大士三年大比，獻賢能之士於王，行鄉射之禮。見《儀禮・鄉飲酒》。賓燕，指會見賓客之禮和設宴款待賓客之禮。❻社稷釋奠、風雨雷師之祭　據《通典・開元禮》載：有諸州縣用釋奠之禮以祭社稷。各置一壇以祭之。天寶四載，敕風伯雨師宜同祭，風伯壇置社壇之東，雨師壇置社壇之西。天寶五載，又令每祀雨師，宜與雷師同壇共牲而祭，別置祭器。❼舉　舉止；作法。❽中　符合禮制。

【語　譯】祭祀這種禮儀以迎接代替神靈之人、進獻鬱香之酒最為隆重。而釋奠，僅僅進獻祭品，奠以酒食而已，所以說它是祭祀中最為簡略的。舉辦釋奠之禮本來有音樂、舞蹈，並給舞蹈以器具之禮，而現在又都取消了，這對於本來就非常簡略的又加上不完備了。然而古代所講的那些吉禮、凶禮、鄉射禮和賓燕之禮，是民眾能夠看見的，現在都取消或者失傳了。而州縣僥倖還保存有以釋奠之禮來祭土地神、五穀神、風神、雨神和雷神之禮，使老百姓還能夠通過這些禮儀來認識先王的禮制和祭器。可是在這些祭禮中進獻的牛羊這些牲畜、酒類、祭器、錢幣等的數量，主祭者升階、降階、行禮下拜的禮節，官吏們又大多不能夠熟習。到了面臨祭禮的時候，他們的舉止大多不符合禮制，臉色也不夠莊重嚴肅，使得百姓們沒有什麼可以瞻仰學習的。觀看的人感到沒有興趣，因而認為古代的禮制不值得重新採用，這些能夠慨嘆得完嗎！

大宋之興，於今八十年❶，天下無事，方修禮樂，崇儒術，以文❷太平之功。以謂王爵未足以尊夫子，又加「至聖」之號❸以褒崇之。講正其禮，下於州縣。而吏或不能諭上意，凡有司簿書❹之所不責者，謂之不急。非師古好學者，莫肯盡心焉。

【章　旨】本段頌揚北宋仁宗時尊孔、復修禮樂的措施，惜州縣官吏未能很好實行。

【注　釋】❶八十年　從北宋建立（西元九六〇年）到寫作本文之寶元元年（西元一〇三八年），歷時七十九年。此舉其成數。❷文　文飾。❸加至聖之號　孔子在唐代已追諡為「文宣王」。宋大中祥符元年（西元一〇〇八年），又於「文宣王」上加「至聖」二字。❹簿書　官署文書。《漢書・禮樂志》：「而大臣特以簿書不報期會為故。」顏注：「簿，文簿也，故為大事也。言公卿但以文案簿書報答為事也。」

【語譯】大宋朝建立以來，到今天八十年了，天下太平無事，正在興修禮樂，尊崇儒家之道，用來作為裝點天下太平之盛事。還由於認為僅僅有王爵不足以表達對孔夫子的尊重，又加上「至聖」這一稱號來崇敬褒揚夫子。闡明端正孔子所倡導的禮儀，下達於各州各縣。而官吏們有的卻不能夠領會皇上的意圖，只要是主管部門官署頒發的文書所沒有指責之事，都認為是不急之務。除非是那些尊崇古代喜歡學習的人，都不肯盡心盡力去恢復古禮。

穀城令狄君栗❶，為其邑未踰時，修文宣王廟，易於縣之左。大其正位，為學舍於其旁，藏九經❷書，率其邑之子弟興於學。然後考制度，為俎豆籩篚罇爵簠簋❸凡若干，以與其邑人行事。穀城縣政久廢，狄君居之，期月❹稱治。又能載國典❺，修禮興學，急其有司所不責者，諰諰然❻惟恐不及，可謂有志之士矣。

【章旨】本段表彰狄栗任穀城縣令修孔廟、復古禮，以及興辦學校、期月稱治的德政。

【注釋】❶狄君栗　其生平參見本書卷四十七〈大理寺丞狄君墓誌銘〉。❷九經　宋代以《周易》、《尚書》、《詩經》、《周禮》、《儀禮》、《禮記》、《左傳》、《公羊傳》、《穀梁傳》為九經。❸俎豆籩篚罇爵簠簋　皆祭器名。俎為陳牲之几，豆為盛祭品之高足器皿，罇、爵皆酒器，罇近似於杯，無足。爵有三足。籩、篚、簠、簋，皆竹器。籩常用於盛果脯，篚為圓形，簠外方內圓，簋外圓內方。❹期月　一整年。《論語・子路》：「苟有用我者，期月而已可也，三年有成。」疏：「期月，周月也，謂周一年之十二月也。」❺載國典　遵行國家法典。載，實行；推行。《尚書・皐陶謨》：「載采采。」注：「言其所行某事某事也。」國典，國家的典章制度。《國語・魯語》：「夫祀，國之大節也；而節，政之所成也，故慎制祀以為國典。」

注：「典，法也。」❻諰諰然　恐懼貌。

【語　譯】轂城縣縣令狄栗主持這個縣的工作，沒有超過三個月，就興修文宣王孔子之廟，把地址改換在縣城的左邊。擴大它主要建築的面積，在它兩旁修建學生宿舍，收藏「九經」等典籍，帶領轂城縣的子弟入學就讀。然後考核古代禮儀制度，做成俎、豆、籩、篚、樽、爵、簠、簋總計各多少，以便同縣裡的人舉辦釋奠等禮儀。轂城縣政治很久以來都不好，狄君主持縣政，一年就得到很好的治理。又能夠遵行國家典章制度，修禮儀辦學校，上級主管部門並沒要求按期完成的事他一樣盡快做好，戰戰兢兢唯恐時間來不及，狄君可以稱為有志之士啊！

【研　析】本篇名為廟記，但對夫子廟建築、周圍情況、建築時間和過程，此前沿革等，或無一言涉及，或只稍帶一兩句，點到為止。全文自始至終圍繞的唯一中心乃是恢復古禮，主要又是釋奠之禮。作者認為這乃是狄栗復修夫子廟命意之所在，故文章論證集中，主題突出。作者在寫法上又採用了倒裝之法。按一般思路，總是先敘後論，先寫興辦之事，然後再闡明、發掘其意義所在。本文卻反其道而行，先闡述釋奠、釋菜之禮，再解釋釋奠所祀之先聖先師，然後慨嘆古禮之不存，朝廷雖有意恢復，而各地州縣官吏大都奉行不力，最後才落實在轂城令狄栗身上，讚揚他能修廟興學於舉世不為之時，急於完成這類他人認為不急之務，真不愧為「有志之士」。由遠而近，先虛後實，把重大意義的闡明放在前，具體事實的列舉放在文章的最後。這種寫法的目的乃是為了突出主旨。張伯行評之曰：「觀其用筆，是從〈封禪書〉脫來。」

有美堂記

歐陽永叔

【題　解】本篇作於宋仁宗嘉祐四年（西元一〇五九年）。有美堂，梅摯於嘉祐二年出守杭州時所建。清《一統志》：「浙江杭州府有美堂，在府城內吳山最高處。」本文是應梅摯多次請求為此堂所寫的一篇碑記。歐陽修此時在京城開封任翰林學士，並未見過有美堂，因此，文章不正面描寫有美堂本身建築結構及其周圍景色，僅在開頭點明仁宗皇帝賜詩以寵其行，以說明「有美堂」命名之來由，便一筆宕開，泛寫天下美景不外乎兩類：一類是自然山水之美，一類是都市繁華之美，但二者各有所適，很難在一處兼而有之。而只有金陵、錢塘兼有這兩種美，但金陵由於易代之際，遭受戰亂，只餘斷垣殘壁；惟獨錢塘得天時地利之便，富完安樂，商賈雲集。而有美堂則「盡得錢塘之美」。本篇雖然沒有有關國計民生的深刻思想，但卻體現了作家所追求的美學理想和他的那種既嚮往湖山之勝，又不否定塵世繁華的生活態度。就這一點而言，還是比較難得的。

嘉祐二年，龍圖閣直學士、尚書吏部郎中梅公❶，出守於杭。於其行也，天子寵之以詩，於是始作有美之堂，蓋取賜詩之首章而名之❷，以為杭人之榮。然公之甚愛斯堂也，雖去而不忘。今年❸自金陵遣人走京師，命予誌之，其請至六七而不倦。予乃為之言曰：

【章　旨】本段介紹有美堂修建及命名的緣由和本文寫作的有關情況。

【注　釋】❶梅公　名摯，字公儀，成都新繁（今四川新都）人。原為勾當三班院、知貢舉，請知杭州。後官至右諫議大夫。❷天子寵之以詩三句　原注云：「鼒按：宋仁廟賜梅摯守杭州詩止一首，云『地有吳山美，東南第一州』。歐公云『賜詩首章』者《左傳》以『耆定爾功』為武之卒章，則首句得稱首章。」❸今年　指嘉祐四年，梅摯改知江寧府，府治在金陵（今南京市）。

【語　譯】嘉祐二年，龍圖閣直學士、尚書吏部郎中梅公離開京城，到杭州擔任太守。在他臨行之際，皇上恩寵他，送他一首詩，於是他開始修建了「有美堂」，取皇上賜詩首聯中的「有」、「美」二字命名，用來作為杭州人的榮耀。梅公非常喜愛這座有美堂，雖然離開了杭州卻沒有忘記。今年，他從金陵派人來到京城，要我為有美堂寫一篇記，不厭其煩地請求了六七次。我於是為他寫了如下的話：

夫舉天下之至美與其樂，有不得而兼焉者多矣。故窮山水登臨之美者，必之乎寬閒之野，寂寞之鄉，而後得焉。覽人物之盛麗，夸都邑之雄富者，必據乎四達之衢❶，舟車之會，而後足焉。蓋彼放心❷於物外❸，而此娛意於繁華，二者各有適焉。然其為樂，不得而兼也。

【章旨】本段說明山水自然之美與都市繁華之樂，各有所適而不可得兼。

【注釋】❶四達之衢　指交通樞紐。《說文》：「衢，通道也。」❷放心　放縱心意，意即擺脫名韁利鎖。❸物外　指塵世俗務之外，意指回歸大自然。

【語譯】天下最美與最快樂的事，不能同時兼得的情況是很多的。所以要飽覽登山臨水的美景，一定要到那寬闊閒靜的野外，荒涼寂寞的鄉村，然後才能得到。要觀覽人煙物產的稠密繁華，欣賞都市城邑的雄偉富麗，一定要住在四通八達的要道，車船交會的所在，然後才能滿足。由於前者是在大自然之中放縱其心意，後者是在富麗繁華之中得到歡樂愉悅，兩者各有不同的追求。然而作為一種娛樂，兩者是不能同時而兼得。

今夫所謂羅浮、天台、衡嶽、廬阜、洞庭❶之廣，三峽之險，號為東南奇偉秀絕者，乃皆在乎下州小邑，僻陋之邦。此幽潛之士❷，窮愁放逐之臣之所樂也。

若乃四方之所聚，百貨之所交，物盛人眾，為一都會，而又能兼有山水之美，以資富貴之娛者，惟金陵❸、錢塘❹。

【章旨】本段指出只有金陵、錢塘才兼有山水之美與富貴之娛。

【注釋】❶羅浮天台衡嶽廬阜洞庭　皆我國東南著名名勝。羅浮山在今廣東增城東。天台山在今浙江省東部，主峰華頂峰在天台縣東北。衡嶽即五嶽中南嶽衡山。廬阜即廬山。洞庭指洞庭湖。❷幽潛之士　指隱逸之士。❸金陵　即今南京。五代十國時南唐李氏都金陵。❹錢塘　五代十國時吳越錢氏都錢塘。

【語譯】現在所謂的羅浮山、天台山、衡山、廬山，廣闊的洞庭湖，險峻的三峽，號稱為東南最奇特雄偉秀麗的景色，都位於下州小縣，偏僻窮困的地方。這乃是深居的隱士和困頓愁苦的被放逐的官員所能享受的歡樂。如果要找到那既是四方聚會、百貨交流、物產豐富、人煙稠密的都會，而又兼有山水的美景來供富貴者娛樂的地方，那就只有金陵和錢塘兩處。

然二邦皆僭竊❶於亂世。及聖宋受命，海內為一，金陵以後服見誅❷。今其江山雖在，而頹垣廢址，荒烟野草，過而覽者，莫不為之躊躇而悽愴。獨錢塘，自五代時，知尊中國，效臣順。及其亡也，頓首請命，不煩干戈❸，今其民幸富完安樂。又其俗習工巧，邑屋華麗，蓋十餘萬家。環以湖山，左右映帶。而閩商海賈，風帆浪舶，出入於江濤浩渺、烟雲杳靄之間❹，可謂盛矣。

【章　旨】本段比較金陵、錢塘兩處現在的不同情況。

【注　釋】❶僭竊　冒用帝號，割據一方。❷金陵以後服見誅　宋太祖開寶八年（西元九七五年），宋將曹彬攻入金陵，滅南唐，南唐後主李煜被俘。❸不煩干戈　宋兵滅南唐後，吳越王錢俶即入朝於宋，願為藩國。兩年後，獻所據兩浙十三州之地歸降宋朝。餘詳本書卷四十一蘇軾〈表忠觀碑〉。❹閩商海賈三句　當時閩地（今福建）人民多經營海上貿易，杭州是海上貿易的重要港口。蔡襄《北門記》曰：「杭於兩浙為大州，支郡數十，而通四方海外諸國。」

【語　譯】但是，這兩處地方在混亂的五代時都分別被人僭號割據。等到宋朝建立，全國統一，金陵的南唐因為兵敗之後才歸服因而受到誅滅。現在那裡的江山依舊，但卻到處是斷壁廢墟，煙霧籠罩，野草叢生，從那裡經過的人看到這一切，沒有不為之徘徊悲傷的。只有錢塘的吳越，在五代時就一直遵奉中原的正統，稱臣順服。它滅亡時是主動投降，沒有動過干戈，所以那裡的人民富裕安樂。而且那裡流行製造精巧物品的風俗，房屋華麗，大概有十多萬戶人家。城市的周圍被湖山環繞，兩旁的山水互相映照。而且從福建和海外來的商人，駕著船舶乘風破浪，出入於廣闊無邊、煙霧繚繞的水面上，可以稱得上繁華之極了。

而臨是邦者❶，必皆朝廷公卿大臣，若天子之侍從，又有四方遊士，為之賓客，故喜占形勝，治亭榭❷，相與極游覽之娛。然其於所取，有得於此者，必有遺於彼。獨所謂有美堂者，山水登臨之美，人物邑居之繁，一寓目而盡得之。蓋錢塘兼有天下之美，而斯堂者，又盡得錢塘之美焉，宜乎公之甚愛而難忘也。

【章　旨】本段說明梅公守杭乃天子寵信，錢塘兼天下之美，梅公所建有美堂，又盡得錢塘之美。

【注　釋】❶臨是邦者　指在杭州做地方官的人。臨，治理。❷榭　在臺上蓋的高屋。《國語・楚語》注：「積土曰臺，無室曰榭。」

【語　譯】而且，到這裡來擔任太守的人，一定是朝廷公卿大臣或天子身邊的親信，又有從四方而來的遊學之士作他們的賓客，所以喜歡占據風景優美的地方，修建亭臺樓閣，盡情享受遊覽的快樂。然而他們所選擇的，往往只注意了這一方面就必然遺忘那一方面。只有有美堂這個地方，無論山水的美景，人民、物產、都市的富庶繁華，都可以盡收眼底，一覽無餘。總之，錢塘同時具有天下山水與都市繁榮之美，而有美堂又全部具有錢塘的美景，難怪梅公對它非常喜愛而又久久難忘啊。

梅公，清慎❶，好學君子也。視其所好，可以知其人焉❷。

【章　旨】本段簡述梅公之為人。

【注　釋】❶梅公二句　《宋史・梅摯傳》曰：「摯性淳靜，不為矯厲之行，政迹如其為人。」❷可以知其人焉　《全集》此後尚有「四年八月丁亥廬陵歐陽修記」十二字。

【語　譯】梅公，清廉謹慎，是一位好學的君子。從他的愛好中，可以了解到他的為人。

【研　析】為樓臺作記，而自己從未親臨其地，這是給作者提出的一大難題。解決的辦法，一是憑空想像，盡量從宏觀上加以把握，這是范仲淹在〈岳陽樓記〉所採用的辦法。二是捨近求遠，寬起窄收，這正是本文所運用的手段。兩者的目的一樣，都是避免對樓臺本身及周圍景色作具體的描寫。錢基博說：「〈豐樂亭記〉（見本卷）居今以追昔，而為時間之比較；此文由寬而漸緊，以為空間之比較。」講的正是這個意思。本文首先提出山水之美與都邑之樂，復以東南山水名勝所處之下州小邑，以證明兩者之不可得兼。而可以得兼者僅有金陵、錢塘二州，逐步由寬收緊。進而分析由於易代戰亂之有無，通過比較映襯，復刪除金陵，得兼者獨剩一錢塘，再一次由寬收緊。而錢塘之臨此邦者，雖居得兼之地，卻缺少兼收並蓄的目光，故往往取此遺彼。

最後才畫龍點睛得出獨有美堂「盡得錢塘之美」的結論。由遠及近，到大到小，由寬轉窄，而這一切都通過空間上反覆比較，相互映襯，邊比較，邊收縮，猶如層層剝筍，最後逼出全文主旨，雖止一句，卻有瓜熟蒂落，水到渠成之妙。姚氏原注云：「薑塢先生（姚範）云：文雖宋世格調，然勢隨意變，風韻溢於行間，誦之鏘然。」

峴山亭記

歐陽永叔

【題解】峴山亭，明《一統志》曰：「湖廣襄陽府峴山亭，在府城南峴山上。宋熙寧初史中煇因舊重建，歐陽修記。」本文作於神宗熙寧三年（西元一〇七〇年），歐陽修因不滿王安石變法，請求出知蔡州（今河南汝南），此文係應史中煇之求而作。文章對於峴山亭「左右山川之勝勢，與夫草木雲烟之杳靄」等自然景觀都未多著墨，而以「覽者自得之」一語帶過，以便騰出主要篇幅寫峴山亭的著名與羊祜、杜預的關係。羊祜、杜預在安邊、平吳的事業中，功績蓋世，後人為思念他們而修建了峴山亭。作者在讚揚羊祜、杜預功績的同時，卻又特意寫了羊祜登山自憐、杜預刻石銘功這樣兩件「汲汲於後世之名」的事，不僅細加描述，而且還質詢羊祜何以「不知茲山待己而名著」？杜預何以「不知石有時而磨滅也」？這麼寫似乎有損於二人形象，與前文讚頌之筆不甚協調，實際上這正是作者寫作本文的深刻用心，即希望史中煇要像羊、杜那樣去建功立業，而不要「汲汲於後世之名」。史中煇重修峴山亭，大其後軒，並以自己虛銜光祿卿名其後軒為「光祿堂」，又欲以此記刻石，以期與羊、杜之名並傳於久遠。雖然文中交代，這似為襄人所為，而史中煇「皆不能止」。但這不過是虛晃一槍，明眼人一看便知。所以這乃是借羊、杜以便對史中煇沽名釣譽的作法含蓄委婉地提出批評，這正是本文高妙之處。故姚鼐有評曰：「歐公此文神韻縹緲，如所謂吸風飲露，蟬蛻塵埃者，絕世之文也。」

峴山臨漢上❶，望之隱然，蓋諸山之小者。而其名特著於荊州❷者，豈非以其人哉？其人謂誰？羊祜❸叔子、杜預❹元凱是已。

【章旨】本段首先提出，峴山之所以著名，正由於與羊祜、杜預有關。

【注釋】❶漢上　漢水之上。《元和郡縣志》：「峴山在襄陽縣東南九里，東臨漢水。」❷荊州　晉州名，治所在襄陽。❸羊祜　字叔子，泰山南城人。晉武帝時任都督荊州諸軍事，駐襄陽，與東吳陸抗對峙。後疾篤，乃舉杜預自代。❹杜預　字元凱，京兆杜陵人。羊祜卒，武帝任預為鎮南大將軍都督荊州諸軍事。平吳後，進爵當陽侯。

【語譯】峴山靠近漢水邊，望去隱隱約約，是附近的一些山峰中最小的一座。但是它在荊州卻特別有名，這難道不是由於人的緣故嗎？那人是誰呢？就是羊祜叔子和杜預元凱啊！

方晉與吳以兵爭❶，常倚荊州以為重。而二子相繼於此，遂以平吳，而成晉業，其功烈已蓋於當世矣。至於風流餘韻，藹然❷被於江漢之間者，至今人猶思之。而於思叔子也尤深。蓋元凱以其功，而叔子以其仁❸。二子所為雖不同，然皆足以垂於不朽。

【章旨】本段述羊杜二子平吳之功，及其風流餘韻，皆卒以傳不朽。

【注釋】❶晉與吳以兵爭　晉武帝司馬炎篡魏後，即有滅吳之志，因荊州是與吳接壤的軍事要地，故任命善用兵的羊祜鎮守荊州。後祜死杜預代。武帝太康元年（西元二八〇年），王濬、杜預等領兵伐吳，數月而滅之。❷藹然　和藹可親的樣子。

❸叔子以其仁　仁，指仁愛。《晉書・羊祜傳》：「祜率營兵出鎮南夏，開設庠序，綏懷遠近，甚得江漢之心。與吳人開布大信，降者欲去皆聽之。」「祜出軍行吳境，刈穀為糧，皆計所侵送絹償之。每會眾江沔遊獵，常止晉地，若禽獸先為吳人所傷而為晉兵所得者，皆封還之。於是吳人翕然悅服，稱為羊公，不之名也。」「襄陽百姓於峴山祜平生遊憩之所，建碑立廟，歲時饗祭焉。望其碑者，莫不流涕，杜預因名曰墮淚碑。」

【語譯】當晉與吳用武力對抗爭奪之時，常依靠荊州的重要地位。而羊、杜二位相繼鎮守荊州，並終於平定吳國，從而完成了晉朝一統天下的大業，他們的功勞早已壓倒於當世的了。而他們所遺留下來的風雅情致，以和藹可親的樣子流傳在江漢平原一帶，至今人們還不斷地思念著他們。特別對羊叔子的思念更深。這是因為，杜預所用的是武功，而羊祜所憑藉的是仁愛。這兩人的作為雖然不同，但都能夠永垂不朽。

余頗疑其反自汲汲於後世之名者，何哉？傳言叔子嘗登茲山，慨然語其屬，以謂此山常在，而前世之士，皆已湮滅於無聞，因自顧而悲傷❶。然獨不知茲山待己而名著也。元凱銘功於二石，一置茲山之上，一投漢水之淵❷。是知陵谷有變，而不知石有時而磨滅也。豈皆自喜其名之甚，而過為無窮之慮歟？將自待者厚，而所思者遠歟？

【章旨】本段從另一角度指出羊、杜二子皆「汲汲於後世之名」，因而「過為無窮之慮」，乃是其不夠豁達之處。

【注釋】❶傳言叔子嘗登茲山六句　據《太平御覽》卷四十三載：「羊祜嘗與從事鄒潤甫共登峴山，垂泣曰：『自有宇宙便有此山，由來賢達勝士登此遠望如我與卿者多矣，皆湮沒無聞，不可得知，念此使人悲傷。我百年後，魂魄猶當此山也。』

潤甫對曰：「公德冠四海，道嗣前哲，今聞令望當與此山俱傳。若湛（潤甫名）輩乃當如公語耳。」後以州人思慕，遂立羊公廟並碑於此山。」❷元凱銘功於二石三句　《晉書・杜預傳》：「預好為後世名，常言『高岸為谷，深谷為陵』，刻石為二碑，紀其勳績，一沉萬山之下，一立峴山之上。曰：『焉知此後不為陵谷乎？』」

【語　譯】但我頗有些懷疑他們是那麼急切地追求後世的名聲，不知是什麼原因？傳說羊祜曾經登上這座山，感慨地對他的下屬說，認為這座山常在，但前世來過此山的人士都已經湮沒無聞了，因而顧影自憐，非常悲傷。然而他卻不知道這座山正是因為他自己才出名的呢。杜預把自己的功勳銘刻在兩塊石碑上，一塊立在這座山上，一塊投進漢水的深處。他知道高陵深谷會相互變化，卻不知道石碑也有磨滅的時候。這傳說難道不說明他們都太喜歡個人的名聲，因而對能否傳名後世憂慮得太過分了嗎？還是太看重自己，因此才考慮得那麼久遠呢？

山故有亭，世傳以為叔子之所游止也。故其屢廢而復興者，由後世慕其名而思其人者多也。熙寧元年，余友人史君中煇❶，以光祿卿來守襄陽。明年，因亭之舊，廣而新之。既周以迴廊之壯，又大其後軒，使與亭相稱。君知名當世，所至有聲。襄人安其政，而樂從其游也，因以君之官，名其後軒為「光祿堂」。又欲紀其事於石，以與叔子、元凱之名並傳於久遠，君皆不能止也，乃來以記屬於余。

【章　旨】本段述及峴山亭屢廢屢興及史中煇擴制重修的情況，兼及他以其職名堂和立石記事以傳久遠，故而求記。

【注 釋】❶史君中煇 其生平待考。光祿卿係光祿寺的主管官員，掌朝廷祭祀朝會等事。但此為史中煇虛銜。

【語 譯】山上原來就有亭子，世人傳說是羊祜遊玩休息的地方。亭子之所以屢次毀壞而又屢次興建，這是由於後世仰慕他的名聲和思念他的人很多的緣故。熙寧元年，我的友人史中煇，以光祿卿的官銜來作襄陽知府。第二年，他便根據亭子原來規模加以擴建、更新。四周既修了壯觀的迴廊，又擴大了後軒，使它們與亭子相稱。史君是當代知名人士，所到之處都留有美名。襄陽人對他的政治措施都感到放心，還喜歡跟從他遊覽，因此用他的官銜把後軒命名為「光祿堂」。又要求把建亭這件事記載在石碑上，以便與羊祜、杜預的名字一起長久傳下去，史君對這些作法都不能阻止，便來囑託我寫一篇碑記。

余謂君知慕叔子之風，而襲其遺迹，則其為人與其志之所存者，可知矣。襄人愛君而安樂之如此，則君之為政於襄者，又可知矣。此襄人之所欲書也。若其左右山川之勝勢，與夫草木雲烟之杳靄，出沒於空曠有無之間，而可以備詩人之登高❶，寫〈離騷〉之極目❷者，宜其覽者自得之。至於亭屢廢興，或自有記，或不必求其詳者，皆不復道也❸。

【章 旨】本段肯定史君之治績，鼓勵他仰慕羊祜之志與其遺風，並說明本文不寫周圍景色之故。

【注 釋】❶詩人之登高 《韓詩外傳》七：「孔子遊於景山之上，子路、子貢、顏淵從。孔子曰：『君子登高必賦，小子願者何？』」❷寫離騷之極目 〈離騷〉乃屈原著名詩篇。劉安認為：「離騷者，離憂也。」極目，盡目力所及。王粲〈登樓賦〉：「平原遠而極目兮，蔽荊山之高岑。」屈原寫〈離騷〉應在楚地，王粲登樓即在荊州。❸皆不復道也《全集》本文最後尚有「熙寧三年十月二十有二日六一居士歐陽修記」，共十九字。

【語譯】我認為史君懂得愛慕羊祜的風流氣度，沿襲他的遺跡，那麼史君的為人和志向所在，就可以清楚了。襄陽人愛戴史君而且如此安居樂業，那麼史君在襄陽的政績，也就可以清楚了。這些便是襄陽人所希望要我寫的。至於峴山亭附近山川的優美景象，和那草木雲霧煙靄的縹緲，出沒於廣闊的空間或隱或現的迷人景象，這些都可以供詩人登高作賦，極目遠望以便抒寫內心的感慨形成動人的詩篇，這都應該讓遊覽的人自己去領略。至於亭子的屢次毀壞和興建，有的本來就有記載，有的不必考究它的詳細情況，這些我都用不著再寫了。

【研析】本篇成功之處，關鍵在於主旨的確定和結構的安排這兩方面所體現出作者的匠心。題名曰「亭記」，文章的前半部卻並無一字涉及峴山之亭，寫的都只是峴山。一直到第五段才通過「山故有亭，世傳以為叔子之所游止也」一句，由山過渡到亭，從而使文章分為前後兩個部分：前半寫山，後半寫亭。這兩部分僅憑這一句話承接勾連，但卻轉折無痕，過渡極為自然。而且寫山寫亭，都極少正面描寫。前半直接描寫峴山的只用了「望之隱然」四個字，然後筆鋒一轉，以其「名特著」的原因，引出羊祜、杜預二人。對二人業績、餘韻，特別是汲汲於後世之名的敘述，占了文章相當多的篇幅，而且這全都是有所為而發，從屬於結構上前後關聯的需要，具體目的則是與當時太守史中煇進行對照。業績是史所仰慕的，但不足以相比；遺韻是史所仿傚的，故重修峴山亭；而計較後世之名則是所宜加警戒的，也是作者寫此文的深刻用心。前後兩大部分，不僅有山與亭之別，而且又有著古與今之分。西晉距宋，近九百年，時間上遙相映照，從而抒發作者撫今思昔的慨嘆，這正是歐公之所長。正如劉大櫆所評：「歐公長於感嘆。況在古之名賢興遙集之思，宜其文之風流絕世也。」

遊儵亭記

歐陽永叔

【題解】遊儵亭，歐陽修異母兄歐陽晞官荊州卑位時，在家中造了個小小魚池及涼亭，借《莊子・秋水》中「儵魚出遊從容，是魚之樂也」，命名為「遊儵亭」。這裏顯然有以儵魚自比，自傷渺小，但又自得其樂之意。歐陽晞幼懷壯志，但長期沉抑下僚，志不獲展，無所施為。只好擊壺而歌，解衣而飲，鑿池建亭，以為樂趣。而作者在本文中，認為臨萬里之流，觀其汪洋誕漫，煙波浩渺，固勇者之所為；而他這種不以汪洋為大，不以方丈為局，只要能視富貴而不動，處卑困而仍然保持其浩然之心胸，一樣可以稱為「真勇者」。歐陽晞觀魚賞花、唱歌飲酒，目的是排遣有才之士遭到壓抑的苦悶惆悵。而歐陽修寫作本文的用意，主要還是勸勉他不要因眼前困頓而消磨胸中銳氣，鼓勵他做一個逆境中的勇者。這是本篇積極意義之所在。本篇作於仁宗景祐五年（西元一〇三八年），時歐陽修因得罪權臣而被貶為「通衢不能容車馬」的僻遠山城夷陵（今湖北宜昌）縣令，處境和心情與其兄有相似之處。故本文多少也有些自慰自勉、自尊自勵的用意在內。

禹之所治大水七❶，岷山導江❷，其一也。江出荊州❸，合沅、湘❹，合漢、沔❺，以輸之海。其為汪洋誕漫❻，蛟龍水物之所憑，風濤晦冥之變怪，壯哉！是為勇者之觀也。

【章旨】本章論及流過荊州的長江，汪洋誕漫，是為勇者之觀。

【注釋】❶禹之所治句　禹，即夏禹。據《尚書・禹貢》所載：禹所導水凡九：弱水、黑水、河水、漢水、江水、濟水、淮水、渭水及洛水。此言七，大約以弱水、黑水不在中原之故，故略去。❷岷山導江　語出〈禹貢〉。岷山，在今四川松潘北，又作汶山，岷江從此發源。古人以岷江為長江之正源，故有此說。❸荊州　古州名，宋時為江陵府，即今湖北荊州。❹沅湘　即沅江和湘江，泛指洞庭湖諸水。沅江源出貴州都勻之雲霧山。湘江源出廣西興安之海陽山。❺漢沔　即漢水，為長江最大支流。源出陝西寧強縣嶓冢山，初名漾水，東南流經沔縣為沔水，匯合褒水後始稱漢水，在湖北漢陽入長江。❻誕漫　放縱散漫，不受約束，引申為無邊無際。

【語譯】夏禹所治理的河流，大的共有七條，從岷山源頭疏導長江，就是其中的一條。長江流過荊州，會合沅江、湘江，又會合漢水、沔水，然後流入東海。它那汪洋浩瀚、無邊無際之勢，正是蛟龍魚鱉藏身之處，它能掀起狂風怒濤，頓時天日無光，變幻莫測，奇特非凡，那氣勢是多麼雄壯啊！這乃是勇武之士所觀賞的景色。

吾兄晦叔❶，為人慷慨，喜義勇，而有大志。能讀前史，識其盛衰之跡。聽其言，豁如❷也。困於位卑，無所用以老，然其胸中亦已壯矣。夫壯者之樂，非登崇高之邱，臨萬里之流，不足以為適。今吾兄家荊州，臨大江，捨汪洋誕漫壯哉勇者之所觀；而方規地為池，方不數丈，治亭其上，反以為樂，何哉？蓋其擊壺而歌❸，解衣而飲，陶乎❹不以汪洋為大，不以方丈為局❺，則其心豈不浩然哉！夫視富貴而不動，處卑困而浩然其心者，真勇者也。然則水波之漣漪❻，游魚之上下，其為適也，與夫莊周所謂惠施游於濠梁之樂❼，何以異！烏用蛟龍變怪之為壯哉！故名其亭曰「遊儵亭」。

【章　旨】本段敘寫其兄晦叔之為人、生平、命運、胸襟及修亭鑿池並命名為「遊儵亭」的緣由，並稱之為「真勇者」。

【注　釋】❶晦叔　似應為其異母兄歐陽昞之字。❷豁如　猶豁然，曠達。❸擊壺而歌　指抒發壯懷或不平之情。典出《晉書・王敦傳》：王敦「每酒後輒詠魏武帝〈樂府歌〉曰：『老驥伏櫪，志在千里。烈士暮年，壯心不已。』以如意打唾壺為節，壺邊盡缺。」❹陶乎　快樂；陶醉。❺局　通「侷」。侷促。❻漣漪　水面微波。《詩經・伐檀》：「河水清且漣漪。」❼濠梁之樂　典出《莊子・秋水》：「莊子與惠子遊於濠梁之上，莊子曰：『儵魚出遊從容，是魚之樂也。』惠子曰：『子非魚，安知魚之樂？』莊子曰：『子非我，安知我不知魚之樂？』」此借指別有會心的自得境界。濠，濠水。濠水流至鳳陽城東十五里處，為石梁所阻，故稱濠梁。儵魚，一種銀白色小魚。

【語　譯】我的哥哥晦叔，性情慷慨激昂，愛講道義勇氣，而又胸懷大志。善於閱讀前代史籍，從中了解盛衰興亡的規律。聽他談論，見識是很曠達的。他長期沉抑於卑下的職位，沒有機會施展他的才能，以致老大無所成就，但他的胸懷仍然是很豪壯的。豪壯之士的樂趣，不登上崇高的山邱，面對奔騰萬里的江流，就不會感到心滿意足。如今我哥哥家住荊州，臨近大江，卻不去觀賞那汪洋浩瀚、無邊無際、雄偉壯麗的江流，那正是勇武之士所喜愛的景象；卻正在自己的庭院中規劃土地，開鑿池塘，方圓不過幾丈，在這池邊建造涼亭，反而當作快樂，這是為什麼呢？大概這是當他敲打唾壺歌詠，脫掉衣服痛飲之時，深感快樂之極，此時在他眼目中，汪洋浩瀚的長江也不算大，方圓幾丈的小池也不覺得狹小，這麼看來，他的心胸難道不是豁達廣闊嗎！看到富貴榮華卻並不動心嚮往，身居於卑下的職位照樣能讓自己的心胸豁達開朗，這才是真正的勇武之士。那麼，站在池塘旁邊，看著那水面上微波蕩漾，水中的游魚忽上忽下，這種悠然自得的心情，同莊周在那濠梁之上對惠施所說的儵魚從容自在之樂，又有什麼不同呢！這又何必要觀賞蛟龍出沒，興風作浪，變幻莫測的那種景象才會認為氣魄宏大呢！因此給他的亭子命名為「遊鯈亭」。

景祐五年❶四月二日舟中❷記。

【章　旨】本段點明作文之時間、地點。

【注　釋】❶景祐五年　原有注云：「鼐按：景祐止四年，次年即寶元元年。是年仁宗以十月（按：應為十一月），祀天地於圜丘，故改元也。作文在四月，故尚稱景祐五年爾。」。❷舟中　據《歐陽修年譜》載，他於景祐四年十二月，由夷陵量移乾德縣（今湖北光化）令，次年三月啟程，途經江陵，稍事休息。四月與晦叔相別，返回舟中，因成此文。

【語　譯】景祐五年四月二日，我在船上寫下這篇記。

【研　析】這是一篇頗有特色的雜記，文長僅三百餘字，但卻起伏波折，有如長江之「汪洋誕漫」，多少有點光怪陸離之感。遊鯈池，方不數丈，小池也；池亭之小，可想而知。為此小亭作記，可文章一開頭，卻用禹治大水，岷山導江，蛟龍水物，風濤晦冥，如此雄偉浩瀚極其壯觀之景物以導入全文。所記之物極小，卻首先給人一種廣漠無垠的印象，真所謂置世界於微塵，納須彌於芥子。錢基博評曰：「此記則尊地以尊人，真所謂方寸之木，可使高於岑樓也。是加倍渲染法。」所謂「加倍渲染」，即以大托小，使尺幅之景，有千里之勢。文章正是借助這一手法，使方丈之池，比美於萬里長江之浩瀚；鯈魚從容，不減蛟龍變怪之為壯；觀池水之漣漪，亦如欣賞風濤晦冥一樣足以為適。經過這樣多次的「加倍渲染」，其言外之意，不過是「尊地以尊人」，借池亭之小以比喻其兄之困於卑位，而不易其浩然之心；照樣可以擊壺而歌，解衣而飲，自得其樂，位雖卑而心仍壯，這才是真正勇者之所為。王文濡評之曰：「獅子搏兔，亦以全力為之。關合『鯈』字，不過數句，尤現大方家數。」不以兔為兔，不以小為小，這正是大作家的高明之處。

豐樂亭記

歐陽永叔

【題解】豐樂亭，歐陽修知滁州時所築之亭。清《一統志》曰：「安徽滁州豐樂亭，在州西南瑯琊山幽谷泉上。宋歐陽修建，自為記，蘇軾書刻石。」文作於仁宗慶曆六年（西元一〇四六年），即作者因支持以范仲淹為首的慶曆新政，失敗後被貶官滁州的第二年。關於興建此亭，有傳說言：「歐陽修謫守滁上，明年，得醴泉於醉翁亭東南隅。一日，會僚屬於州廨，有以新茶獻者，公敕吏汲泉未至，而汲者仆，出水，且慮後期，遽酌他泉以進。公已知其非醴泉也，窮問之，乃得他泉於幽谷山下。文忠博學多識而又好奇，既得是泉，乃作亭以臨泉上，名之曰『豐樂』。」（《滁州志》引呂元中記）這個材料應該是可信的。本篇記述了得泉建亭的經過，也描寫了豐山附近及其四時景色，但文章主旨並不限於此，主要在於讚頌宋朝統一中國和休養生息的功德。全文以較多筆墨寫滁州從五代開始，兵禍連結，戰亂紛起。由於宋朝「聖人出而四海一」，才結束了「豪傑並起」的局面；又由於滁州地僻事簡，加上宋王朝「休養生息」的政策的貫徹，才使滁州百姓享受到「豐年之樂」。這乃是「豐樂亭」命名的緣由，也是作者撰寫此文命意之所在。清末姚永概有評曰：「宋代兵革不修，釀成積弱之禍，公蓋預見及此，特言之以諷當世，足見經世之略。而文情抑揚吞吐，絕不輕露，所以為高。」此評求之過深，幾近穿鑿，不可從。

修既治滁之明年，夏，始飲滁水❶而甘。問諸滁人，得於州南百步之近。其上豐山❷，聳然而特立；下則幽谷，窈然❸而深藏；中有清泉，滃然❹而仰出。俯仰左右，顧而樂之。於是疏泉鑿石，闢地以為亭，而與滁人往遊其間。

【章　旨】本段記述作者在滁州得泉、建亭的時間和經過。

【注　釋】❶滁水　即幽谷泉，又名紫薇泉，在今滁州市西南。❷豐山　宋時在州城西南五里，屬瑯琊山之一峰。❸窈然　幽暗深遠的樣子。❹滃然　《說文》：「滃，雲氣起也。」

【語　譯】我已經就任太守治理滁州的第二年，夏天，開始喝上滁州的泉水，覺得很甜美。向滁州人打聽泉水的源頭，原來在州城南面不到百來步的地方。它的上面就是豐山，山勢高聳，挺拔矗立；山下有個深谷，幽暗深邃，隱藏於草木之間；中間有一股清澈的泉水，雲氣迷漫，從地下向上湧出。仰視俯觀上下左右的景色，使人感到很高興。於是疏通泉眼，開鑿亂石，清理出一塊地方建造了一座亭子，跟滁州人一道來這裡遊賞。

滁於五代干戈之際，用武之地也。昔太祖皇帝，嘗以周師破李景兵十五萬於清流山下，生擒其將皇甫暉、姚鳳於滁東門之外，遂以平滁❶。修嘗考其山川，按其圖記，升高以望清流之關❷，欲求暉、鳳就擒之所。而故老❸皆無在者，蓋天下之平久矣。自唐失其政，海內分裂，豪傑並起而爭，所在為敵國者，何可勝數。及宋受天命，聖人❹出而四海一。嚮之憑恃險阻，剗削消磨。百年之間❺，漠然徒見山高而水清，欲問其事，而遺老盡矣。

【章　旨】本段回溯五代時滁州所經歷的割據及戰亂，從而歌頌宋朝統一全國之功德。

【注　釋】❶昔太祖皇帝四句　太祖皇帝指宋太祖趙匡胤，後周時曾任殿前都檢點，執掌兵權，後周世宗顯德三年（西元九五六年），隨世宗從征南唐，周世宗「命太祖皇帝倍道襲清流關，皇甫暉等陳兵於山下，方與前鋒戰。太祖皇帝引兵出山後，暉等大驚，走入滁州，欲斷橋自守。太祖皇帝躍馬麾兵涉水，直抵城下……手劍擊暉中腦，生擒之，並擒姚鳳，遂克滁州。」（《通鑑》後周紀三）李景，即南唐中主李璟，因避後周太祖郭威之高祖諱改。皇甫暉，南唐江州節度使。姚鳳，南唐團練使。❷清流之關　清流關在滁州西北清流山上，是江淮地區重要關隘，宋時曾在此設清流縣。❸故老　前朝遺老，親歷易代巨變者。❹聖人　舊時對本朝皇帝的尊稱，此指趙匡胤。❺百年之間　宋代建國至本文寫作，僅八十七年，此乃約數。

【語譯】滁州在五代戰亂頻繁的時候，是個經常用兵的地方。從前太祖皇帝曾經統領後周的軍隊，在清流山打敗了南唐李璟的十五萬大軍，在滁州城東門外活捉他的大將皇甫暉、姚鳳，從而平定了滁州。我曾經考察滁州的山水形勢，查閱了有關地圖和記載，登上高地來瞭望清流關，希望尋找到皇甫暉、姚鳳被俘獲的地方。可是，經歷戰亂的老人都不在世了，原來天下太平已經很久了啊。自從唐朝朝政混亂，天下四分五裂，豪傑並起，互相爭奪，到處都有彼此敵對的國家，多得數也數不清。等到宋朝承受天命，宋太祖出來，天下才得到統一。過去的那些被割據者所憑藉的險關要隘，都已剷除削平，或者風化磨滅了。近百年來，人們只看見山高水清，想要詢問當年的事情，而那些曾居前代的老人都已經去世了。

今滁介於江、淮之間，舟車商賈四方賓客之所不至。民生不見外事，而安於畎畝❶衣食，以樂生送死❷。而孰知上之功德，休養生息，涵煦❸百年之深也？

【章旨】本段歌頌宋代之休養生息，使百姓安居，得享太平之樂。

【注釋】❶畎畝　田畝。畎，田間水溝。❷樂生送死　意同養生送死。《孟子・離婁下》：「養生者不足以當大事，惟送死可以當大事。」養生，贍養父母。送死，為父母送終。❸涵煦　滋潤化育。

【語譯】現在，滁州處在長江、淮河之間，是個過往車船、貿易商賈、四方賓客都不來的地方。百姓生來就看不到外面發生的事情，安於耕田種地，謀衣覓食，以便贍養父母並為之送終。又有誰知道皇上休養民力，增殖人口，一百年滋潤養育的深恩大德呢？

修之來此，樂其地僻而事簡，又愛其俗之安閒。既得斯泉於山谷之間，乃日與滁人，仰而望山，俯而聽泉。掇幽芳而蔭喬木，風霜冰雪，刻露清秀。四時之景❶，無不可愛。又幸其民樂其歲物之豐成，而喜與予遊也。因為本其山川，道其風俗之美，使民知所以安此豐年之樂者，幸生無事之時也！夫宣上恩德，以與民共樂，刺史❷之事也。遂書以名其亭焉❸。

【章　旨】本段敘寫泉、亭周圍景色及四季變化，兼及豐樂亭命名的緣由。

【注　釋】❶掇幽芳四句　寫山中四季景色。掇，拾取。幽芳，指花草。此寫春季。蔭喬木指夏，風霜冰雪指秋冬。秋冬草枯葉落，水落石出，故稱「刻露清秀」。❷刺史　唐代州的主管官員稱「刺史」，與宋代知州地位相當，故代稱。❸名其亭焉《全集》篇末尚有「慶曆丙戌六日，右正言知制誥知滁州軍州事歐陽修記」共二十二字。

【語　譯】我來到這裡，喜歡這地方僻靜而且公務簡便，又喜歡這裡的風俗安定清閒。從山谷中找到這股泉水以後，就每天跟滁州人一起，或昂首觀看山景，或低頭傾聽泉水之聲。春天採摘清香的花草，夏天在大樹的濃蔭下休息，秋天起風降霜，冬天冰雪飛揚，那山勢峭直顯露，更覺得清爽秀麗。四季的景色，沒有不可愛的。又幸好這裡的百姓因年歲豐收而欣喜快樂，更高興與我一道遊樂。我因而根據此地山河的變遷，來說明這裡風俗的淳樸，使百姓懂得他們之所以能夠舒適地享受這豐年的快樂，是因為幸運地生活在這太平無事的時代啊！宣揚皇上的恩德，同百姓共享歡樂，這乃是知州的職責。於是我寫了這篇文章，以說明給這個亭子命名的緣由。

【研　析】本篇文字雖不長，但內容甚廣。作為一篇亭記，除了敘述得泉建亭的原委，亭所在豐山一帶的秀麗景色及四季變化，還寫了滁州民風之淳美和衣食無憂、安閒自在的生活；更值得注意的是，在文章中幅，還橫空插入五代之戰亂，滁州成為兵家之爭，兵連禍結一事。但讀後並不覺其散亂，原因就在於：所有這些材料，全都緊緊圍繞著一個中心，這就是「豐」、「樂」二字。這兩個字也是貫串全篇的一條主要線索。亭名「豐樂」，也正是根據這一系列的內容歸結出來的。這篇亭記，主要內容不是記亭，而是釋亭名；雖有記亭，但目的也是為了釋亭名。如首段寫得泉之樂（即「顧而樂之」），飲泉之樂（即「飲而甘」），三段寫宋興得享太平之樂，四段寫今日滁州，自然是安居樂業、樂生送死之樂；末段寫歐公來滁，既有遊賞之樂，又得豐收之樂。一三四各段均寫樂寫豐，獨二段寫戰亂分裂，這當然是反襯。本文之妙，正在有這個反襯。唐德宜評曰：「題是『豐樂』，卻從干戈用武立論，闢開新境；然後引出山高氣清，休養生息以點出『豐樂』正面。此謂紆徐為妍，卓犖為傑。」李剛己亦評曰：「此文精神團結之處，全在中幅（即二三段），故前後皆用輕筆，此即濃淡相濟之法也。」二段的反襯，不僅突出了亂與治、古與今的強烈反差；而且在其烘托之下，更能說明豐樂來之不易，今日豐樂之彌足珍惜。因此，以「豐樂」作亭名的意義更為重大而深遠。

菱谿石記

歐陽永叔

【題　解】本篇寫作時間、地點，均與上篇相同。菱谿，在滁州城東。宋王象之《輿地紀勝》曰：「淮南東路滁州菱谿，在清流縣（已併入滁州），出永陽嶺，西經皇道山下。歐陽修有〈菱谿石記〉。本名荇谿，避楊行密嫌名改曰『菱』。」作者同時還寫過一首七言古詩〈菱谿大石〉，其中形容此石曰：「皆云女媧初鍛煉，融結一氣凝清純；仰視蒼蒼補其缺，染此紺碧瑩且溫。或疑古者燧人氏，鑽以出火為炮燔；苟非神聖親手迹，不爾孔竅誰雕剜。」可知此石為一奇特的太湖石，其狀嶙峋，紺碧晶瑩，多孔竅，似沙磨水激而成者。但文章只在開頭以寥寥數語描寫菱溪大石本身的形狀大小和處所，而用主要篇幅記敘了與此石有關情況及其產地菱溪的沿革變遷，特別是曾經據有此石的吳時將領劉金一生的盛衰遭遇，以及作者自己覓石、移石的經過等內容。進而抒發感慨，告誡人們富貴不能長久，即使是賤如此石，也不可能永遠占有，終將有淪落的一天；因此，希望富貴者以及好奇之士不要再把此石據為己有，應該供大家共同觀賞。故錢基博評曰：「此記感於人物之廢興，而撫今以追昔，以為世戒。」

菱谿之石有六，其四為人取去，其一差小而尤奇，亦藏民家。其最大者，偃然僵臥於谿側，以其難徙，故得獨存。每歲寒霜落，水涸而石出❶。谿傍人見其可怪，往往祀以為神。

【章　旨】本段介紹菱溪石有關情況。

【注　釋】❶水涸而石出　涸，指秋冬溪水乾涸。〈菱溪大石〉詩：「新霜夜落秋水淺，有石露出寒溪根。」

【語　譯】菱溪河邊原來有六塊怪石，其中四塊被人取走了，另有一塊形體稍小而且特別奇特，也被收藏在百姓家裡。另外一塊是最大的，安然躺臥在菱溪河旁，因為它難搬動，所以能單獨保存下來。每逢天寒降霜的日子，溪水乾涸下落，石頭便顯露出來。住在溪邊的人看到它感到奇怪，就經常把它當神來祭祀。

菱谿，按圖與經❶，皆不載。唐會昌❷中，刺史李濆為〈荇谿記〉云，水出永陽嶺❸西，經皇道山❹下。以地求之，今無所謂荇谿者。詢於滁州人，曰：「此谿是也。」楊行密❺有淮南，淮人為諱其嫌名❻，以「荇」為「菱」，理或然也。

【章旨】本段考證菱溪以前名為荇溪，唐末始改名。

【注釋】❶圖與經　指各類地理書籍及地圖，如〈禹貢〉、《水經》，皆可稱為經。❷會昌　唐武宗年號，共六年（西元八四一－八四六年）。❸永陽嶺　在今安徽來安北。李濆〈荇谿記〉云：「秦始皇途經是山以名焉，下有秦王塘。」❹皇道山　在今滁州東北十八里，相傳亦因秦始皇經此而得名。清《一統志》：「滁州永陽嶺在州北三里，皇道山在州東北十七里。」❺楊行密　字化源，廬州合肥人。唐昭宗初年，拜淮南節度使，領有今安徽、江蘇淮河以南廣大地區。昭宗末年，封他為吳王。五代時建立吳國，成為五代十國之一，疆域擴充至長江以南。西元九三七年被大臣篡奪，改國號為南唐。❻嫌名　指與原名中音聲相近之字，「行」與「荇」，音同而字不同。

【語譯】菱溪這個名稱，地理圖書經籍都沒有記載。唐朝會昌年間，滁州刺史李濆〈荇谿記〉說，荇溪水發源於永陽嶺，向西流經皇道山腳。按照上述地方尋找，現在這裡並沒有叫作荇溪的。我詢問滁州人，回答說：「這條河就是荇溪。」楊行密占據了淮南之後，淮南人為了避「行」字諱，就把同音字「荇」也改為「菱」，這種說法或許也有道理。

谿傍若有遺址，云故將劉金❶之宅，石即劉氏之物也。金，偽吳❷時貴將，與行密共起合肥❸，號三十六英雄❹，金其一也。金本武夫悍卒，而乃能知愛賞奇異，為兒女子之好，豈非遭逢亂世，功成志得，驕於富貴之佚欲而然邪？想其陂池臺榭，奇木異草，與此石稱，亦一時之盛哉！今劉氏之後，散為編氓❺，尚有居谿傍者。

【章旨】本段記述石之故主劉金生前富貴情況，而其後代現已散為編氓。

【注　釋】❶劉金　楊行密部將，以驍勇聞名，曾任濠、滁兩州刺史。❷偽吳　即楊行密所建立的吳國，立國計四十六年（西元八九二—九三七年），都揚州。後被篡為南唐。因南唐與宋為敵國，故稱其為「偽」。❸共起合肥　楊行密初起兵為亂，率劉金等圍廬州。廬州刺史郎幼復棄城逃走，故楊、劉遂據廬州。廬州州治在合肥。❹號三十六英雄　據《十國春秋・吳世家》載：「行密所與起事，劉威、陶雅之徒，號三十六英雄。」又同書〈劉金傳〉亦載：「金與高霸等悉眾來屬，居三十六英雄之一。」❺編氓　平民。氓，通「民」。古代平民均編入戶籍。姚氏有注云：「薑塢先生云：劉金吳時為濠、滁二州刺史，長子仁規，次即劉仁贍也。公於《五代史記》中〈劉仁贍傳〉內亦具之，而此記云子孫泯沒無聞，豈忽忘之邪。」按：金長子仁規，為吳清淮軍節度，仁規子崇俊為滁州刺史。金次子仁贍，亦為清淮軍節度。仁贍子崇讚為懷州刺史，後歸周，累為郡守。但再往下至歐公寫此文時，又已八十餘年。故其後裔居菱溪，為編氓，應屬不爭事實。姚範誤泥「子孫」二字。

【語　譯】溪水旁邊彷佛有一片遺址，人們說這裡原是楊行密部將劉金的住宅，菱溪大石便是劉家的東西。劉金是僭偽吳國的顯貴將領，與楊行密同在合肥起兵叛亂，當時號稱有三十六英雄，劉金是其中的一個。劉金本是一個武夫勇卒，卻能夠懂得喜愛欣賞奇花異石，居然會有小孩女子般的愛好，這難道不是遭逢亂世，功成志滿，滋長了享受安逸的慾望才這樣嗎？推想他家當時庭園中的池塘、亭臺和奇花異草，一定跟這塊石頭相稱，這也是一時的盛況啊！而現在，劉家的後代已經流散，成了平民百姓，也還有住在菱溪旁邊的。

余感夫人物之廢興，惜其可愛而棄也，乃以三牛曳置幽谷❶。又索其小者，得於白塔❷民朱氏，遂立於亭❸之南北。亭負城而近，以為滁人歲時嬉遊之好。

【章　旨】本段記述移石於豐樂亭畔的經過及原因。

【注　釋】❶三牛曳置幽谷　作者〈菱溪大石〉詩：「愛之遠徙向幽谷，曳以三犢載兩輪。」幽谷，在滁州南，豐樂亭即建於幽谷紫薇泉上。❷白塔　鎮名，在來安縣東北，來安時屬滁州。❸亭　指豐樂亭。

【語　譯】我有感於人事和景物的興廢，為了這可愛的石頭被人拋棄而深感惋惜，就用了三條牛駕車把這塊巨石拖放到城南的幽谷。又去尋找那塊小石，從白塔鎮居民朱家找到了，於是把它們豎立在豐樂亭的南北兩面。亭子靠滁州城很近，菱溪石可以供滁州人逢年過節時來此遊玩觀賞。

夫物之奇者，弃沒於幽遠則可惜，置之耳目❶，則愛者不免取之而去。嗟夫！劉金者，雖不足道，然亦可謂雄勇之士，其生平志意，豈不偉哉？及其後世，荒堙❷零落，至於子孫泯沒而無聞，況欲長有此石乎？用此可為富貴者之戒。而好奇之士，聞此石者，可以一賞而足，何必取而去也哉？

【章　旨】本段借此石之遭遇抒發感慨，說明富貴不可恃，即使劉金亦不能長有此石，並勸好奇者何必取去。

【注　釋】❶耳目　指附近能見聞之處。❷荒堙　荒廢埋沒，指家業衰敗。

【語　譯】凡是稀奇之物，讓它丟棄埋沒在偏僻荒遠的地方未免可惜，把它放在附近顯眼的地方又免不了被愛好的人取走。唉！劉金雖然不值得稱道，但也算得是個威武勇敢的人，他平生的志向，難道不是很遠大嗎？但是到了他的後代，家業零落衰敗，以至於他的後代子孫淪落民間，默默無聞，又怎麼能夠長期占有這塊石頭呢？這也可以作為富貴人家的鑑戒。至於那些喜好奇特的人士，聽到這塊不同尋常的石頭，前來欣賞一下也就可以滿足了，何必一定要把它取走呢？

【研　析】本篇所記，既非山水名勝，亦非亭臺樓閣，而是一塊不甚顯眼，棄於溪邊的石頭。石雖奇，畢竟是微賤之物。如何把這樣一塊石頭寫成一篇記，確有許多難處。清代浦起龍評之曰：「閑散收羅，最是小記高手，猶見柳州（指柳宗元）風格。」「閑散收羅」確是這篇小記的特色。石頭本身確有一些奇特之處，見之於作者詩作〈菱溪大石〉，那是詠物詩，為本文所不取。本文重點不在記物，而在於抒發感慨。故而在材料選擇收羅上，不避甚至有意於「閑散」。所謂「閑」，即與此石雖有某些牽連，但無直接關係的材料，如原產地菱溪之沿革，原收藏者劉金家之盛衰。而所謂「散」，即材料較為零星，似信手拈來；前後所記之事，彼此相對獨立。歐公小記，長於感嘆，故往往借助感情，以便將互不相關之事，貫串起來。而其手法，則乃化實為虛。通過此石之終於淪落溪畔，烘染出劉金家的盛衰變化，進而慨嘆富貴之不可久。直接寫石之文雖不多，但全都圍繞此石而發。似談天，似隨筆，文氣從容不迫；卻寫得有見解，有知識，有思想，有感慨，有情趣，這就是所謂的「柳州風格」。

真州東園記

歐陽永叔

【題　解】本篇作於仁宗皇祐三年（西元一〇五一年），是應友人之請而寫的一篇園林記。真州，宋代州名。真宗時升建安軍置，治所在揚子（今江蘇儀徵），地處長江北岸，東臨大運河，宋代成為東南水運交通中心，故為江淮、兩浙、荊湖等路發運使駐地，繁盛過於揚州。東園，即為駐真州的兩位發運使、一位判官利用廢棄營地修建成。本文記述了園林興建的緣起和概況，通過敘述者的口吻，介紹了東園美麗的景色，並與過去的荒蕪冷落相對照，寫出了東園的清幽豔麗。進而表現出修建的目的主要是為州人及四方賓客遊樂之需，而並非為利己。最後還讚揚了出力修建的三個當權人物的融洽關係和行政才能。無論這三人的政績名聲如何（三人中，許子春以聚斂刻剝為能，施正臣官聲也不佳，唯馬仲塗較正直廉潔），但就事論事，修建園林，增加城市綠化地，並與民共享，豐富市民休閒娛樂生活，無論在古代或當代，都是一件好事，都值得大力倡導，這大約也是作者寫作本文的目的。

真為州當東南之水會，故為江淮、兩浙、荊湖❶發運使❷之治所。龍圖閣直學士施君正臣❸，侍御史許君子春❹之為使也，得監察御史裡行❺馬君仲塗❻為其判官。三人者，樂其相得之懽，而因其暇日，得州之監軍❼廢營以作東園，而日往游焉。

【章旨】本段敘寫真州東園籌劃修建情況，著重交代主修官員姓名。

【注釋】❶江淮兩浙荊湖　均為宋代行政區劃名。江淮，包括江南路和淮南路，相當今江蘇、安徽、江西一帶。兩浙，包括兩浙東路、兩浙西路，治所在杭州。荊湖，亦路名，相當今湖南、湖北一帶。治所在江陵。❷發運使　官名，宋太宗時設江淮水陸發運使，管理漕運米粟，有時兼領荊湖、兩浙諸路，同時兼管茶、鹽等事。❸施君正臣　名昌言，字正臣，通州靜海人，累官江淮發運使，龍圖閣直學士是他的領銜。❹許君子春　名元，字子春，宣州宣城人，時官江淮發運副使。餘參見本書卷四十九〈泰州海陵縣主簿許君墓誌銘〉。❺監察御史裡行　官名，唐貞觀中始設，為御史較低的一級，有見習、候補之意。❻馬君仲塗　名遵，饒州樂平人。餘參見本書卷四十九〈兵部員外郎馬君墓誌銘〉。❼監軍　官名，軍中的監察官，唐代後期開始設置，多用宦官擔任。宋廢而不設。

【語譯】真州正當東南水路交會之處，所以成了江淮、兩浙、荊湖等路發運使的官府所在地。龍圖閣直學士施正臣、侍御史許子春擔任正副發運使時，監察御史裏行馬仲塗來任判官。這三位都為他們能夠合作共事而感到高興，便利用閒暇時間，找到真州過去監軍廢營的舊址，興建了一座東園，每天都去那裡遊覽。

歲❶秋八月，子春以其職事走京師，圖其所謂東園者來以示余，曰：「園之廣百畝，而流水橫其前，清池浸其右，高臺起其北。臺，吾望以拂雲之亭❷；池，吾俯以澄虛之閣；水，吾泛以畫舫之舟。敞其中以為清讌之堂，闢其後以為射賓之圃❸。芙蕖芰荷❹之的歷❺，幽蘭白芷❻之芬芳；與夫佳花美木，列植而交陰。此前日之蒼煙白露而荊棘也。高甍❼巨桷❽，水光日景，動搖而下上。其寬閒深靚❾，可以答遠響而生清風。此前日之頹垣斷塹而荒墟也。嘉時令節，州人士女，嘯歌而管絃。此前日之晦冥風雨、鼪鼯❿鳥獸之嘷音也。吾於是信有力焉。凡圖之所載，蓋其一二之略也。若乃升於高，以望江山之遠近；嬉於水，而逐魚鳥之浮沉。其物象意趣，登臨之樂，覽者各自得焉。凡工之所不能畫者，吾亦不能言也。其為我書其大概焉！」

【章　旨】本段通過許子春口吻，敘述東園秀麗景色，並與過去荒蕪冷落的廢營相互對照。

【注　釋】❶歲　指皇祐三年。❷望以拂雲之亭　意即修拂雲亭以望之的倒裝。下二句結構仿此。❸射賓之圃　即賓射之圃，招待賓客舉行射箭的場所。❹芙蕖芰荷　即荷花、菱葉與荷葉。四角之菱叫芰。〈離騷〉：「製芰荷以為衣兮，集芙蓉以為裳。」❺的歷　光亮、鮮明的樣子。❻白芷　多年生草本植物，夏開白花，根可入藥。❼甍　屋脊。❽桷　方的椽子。❾深靚　深邃寧靜。❿鼪鼯　鼪即黃鼠狼。鼯即鼯鼠，又名飛鼠，體長七八寸，背暗褐色，前後肢間有膜，能在樹上飛行。

【語　譯】今年秋天八月，許子春因為公事到京城來，畫了他們稱為「東園」的圖形來給我看，說道：「這座園林，面積約有一百畝，有一條小河從它前邊流過，右邊有開鑿的一汪清池，北面則築起了一座高臺。在臺上，我們修了個拂雲亭以眺望遠方；在池旁，我們建了座澄虛閣來俯瞰池水；在河水中，我們造了艘畫舫以供泛遊。園林中部寬敞開朗，我們修建了一座清雅的宴會廳堂，園林後部開闢了一處供賓客娛樂的射箭場。水面上的荷花、菱葉光鮮豔麗，岸上的幽蘭、白芷放出芬芳；與種植成排的花草樹木交相輝映。這便是過去荊棘叢生，煙靄蒼茫，白露點點的地方。高高的屋脊，巨大的飛檐，映照在水光日影裡；隨著波浪起伏，上下晃動。其中寬闊幽深而又閒雅清靜，遠處的聲音傳到這裡就會引起回響，並產生陣陣清風。而這裡便是過去斷垣殘壁，荒涼破敗的廢墟。每逢佳節良辰，真州的人，男男女女，都來此長嘯放歌，吹奏管弦。而這裡便是過去在昏暗風雨之中，只有黃鼬飛鼠，鳥獸嗥叫的地方。我們對這座園林的建造，確實是盡了力氣的。圖上所畫的，只是園林中一點點大略情況。假如登上高處，眺望遠近的山河；在水中划船遊樂，跟隨水鳥遊魚的上下沉浮。那無窮的景象和登臨的樂趣，那只有遊覽的人各人自己去領略罷了。凡是畫工所不能畫出的一切，我也無法用言語來表達。請給我們記述一個大概的輪廓吧！」

又曰：「真，天下之衝❶也。四方之賓客往來者，吾與之共樂於此，豈獨私吾三人者哉？然而池臺日益以新，草樹日益以茂，四方之士，無日而不來；而吾三人者，有時而皆去也，豈不眷眷❷於是哉？不為之記，則後孰知其自吾三人者始也？」

【章旨】本段旨在說明，建園目的在於與民同樂，而不是出於自私的考慮。

【注釋】❶衝　要道。❷眷眷　顧念；愛戀。

【語譯】他又說：「真州是天下的交通要道。四方的賓客來到這裡，我們可以同他們在此共同享受歡樂，難道僅僅是為了我們三人的需要嗎？可是，池臺亭閣一天天地得到修飾更新，花草樹木一天天地生長得更加茂盛，四方之士，沒有一天不來此遊覽；而我們這三個人，總有一天全都要離此而去，難道對這座園林不會依依不捨嗎？不給它寫篇記，往後誰會知道這座園林是我們三人開始修建經營的呢？」

予以謂三君子之材賢，足以相濟；而又協於其職，知所後先❶，使上下給足。而東南六路❷之人，無辛苦愁怨之聲；然後休其餘閑，又與四方之賢士大夫共樂於此。是皆可嘉也，乃為之書❸。

【章　旨】本段表彰三人之才能及其融洽關係，並再次肯定園林給東南人士以休閒場所。

【注　釋】❶知所後先　先指關心國計民生，後指修建園林以遊玩觀賞。❷東南六路　北宋行政區劃為路，真宗時分全國為十八路。東南六路指淮南路、江南東路、江南西路、兩浙路、荊湖南路、荊湖北路。❸乃為之書　據《全集》，篇末尚有「廬陵歐陽修記」六字。

【語　譯】我認為三位君子的才能品德可以互相補益；而且在職務上又和諧融洽，知道應該先做什麼，後做什麼。他們先使官府百姓都富裕充足，東南六路的人都沒有辛苦、憂愁的埋怨之聲；然後在休息的閒暇時間，又與各地來的賢良的士大夫共同在這東園中遊賞歡樂。這些都是很值得讚揚的啊！於是給他們寫了這些話。

【研　析】唐德宜有評曰：「未嘗親歷其地，則按圖考言，而得其景象，是文章虛者實之之法。」因此，本篇對東園的全部記述和描寫，都借用許子春的陳述，似乎作家僅僅把這些話記錄下來，這正是化虛為實，變客觀觀賞為主觀介紹。然而，介紹不可能替代身臨其境的那種真實感，作為一篇園林記，仍然離不開這個「虛」字，而虛處生情，這正是歐公之所長。劉大櫆評論此文說：「柳州記山水從實處寫景，歐公記園林從虛處生情；柳州山水以幽冷奇峭勝，歐公園亭以敷娛都雅勝。此篇鋪敘今日為園之美，一一倒追未有之荒蕪，更有情韻意態。」本篇雖然利用修建者之介紹，但其中較多的還是通過想像來補充，並留下不少給讀者發揮想象力的空間，從而產生歡樂愉悅之情。而且文章採用鋪陳手法，用了很多瑰麗詞藻，極寫園林的繁華富麗。在描寫中，又不斷使用追敘對比手法，以今日芙蕖的歷，幽蘭芬芳，對比過去的蒼煙白露，荊棘叢生；以今日的高屋巨檐，水光日影，對比往日的頹垣斷塹，荒蕪冷落，以今日的弦歌歡快，遊人不絕，對比往日的凄風苦雨，鳥獸成群。通過這一強烈反差所形成的對比，目的在於突出修建者始創之功。錢基博評曰：「此記與〈豐樂亭記〉、〈有美堂記〉，皆就所在之地，渲染生色，以為文章。特〈豐〉尊時，〈有〉尊地，此記則尊人。」講的正是這個意思。

浮槎山水記

歐陽永叔

【題　解】浮槎山，《輿地紀勝》曰：「淮南西道廬州浮槎山在梁縣（即慎縣，避南宋孝宗諱改）東南四十五里。」又曰：「浮槎山泉在梁縣南山頂，嘉祐中，李不疑飲之甚甘，以遺歐陽修，修作記。修與李不疑書曰：『浮槎水味，豈減惠山。』」本篇即作於嘉祐三年（西元一〇五八年），時歐陽修在朝官禮部侍郎權判三班院。他收到貴戚李端愿（即李不疑）從廬州寄來的浮槎山甘美泉水，深有感慨，故而寫了這篇記。在文章中，首先對各類飲水品級次第，唐人有關論述，一一作了比較論定，目的在於說明浮槎泉水應有價值。但文章的主要篇幅還是讚揚李端愿之賢，富貴者之樂和山林者之樂，其不能兩得而兼之，乃「其理與勢之然」，而李端愿卻「皆能得之」。他能首先發現浮槎山泉水，使世人知該泉水之可貴，故作者寫作此文俾使人知其事。錢基博有評曰：「此記以考證參議論，與〈菱谿石記〉同，是記中又一格。入後言李之兼富貴、山林之樂，則又與〈有美堂記〉同一機杼。特彼以地言，此以人言耳。」

浮槎山在慎縣❶南三十五里，或曰浮闍山，或曰浮巢二山。其事出於浮圖、老子之徒，荒怪誕幻之說❷。其上有泉，自前世論水者皆弗道。余嘗讀《茶經》❸，愛陸羽❹善言水。後得張又新❺《水記》，載劉伯芻❻、李季卿❼所列水次第，以為得之於羽。然以《茶經》考之，皆不合。又新妄狂險譎之士❽，其言難信。頗疑非羽之說。及得浮槎山水，然後益以羽為知水者。浮槎與龍池山❾，皆在廬州界中，較其水味，不及浮槎遠甚。而又新所記，以龍池為第十，浮槎之水棄而不錄，以此知其所失多矣。羽則不然。其論曰：「山水上，江次之，井為下。」山水，乳泉❿石池漫流者上。其言雖簡，而於論水盡矣。

【章　旨】本段介紹浮槎山的位置及情況，進而比較歷代關於品評水的論述。

【注　釋】❶慎縣　古代縣名，隋置。在今安徽省肥東縣。❷或曰浮闍山四句　此山山名，多與佛道或民間傳說有關，俗傳此山自海上浮來，故曰「浮槎」。梁時有梵僧過此山，曰此闍耆（佛師老者）一峰也，故又稱「浮闍」。梁武帝第五公主曾在此山祝髮，創道林寺，又稱「浮巢」。❸茶經　書名，凡三卷，陸羽著。內容論茶的性狀、產地、採製，烹飲，兼及烹茶之水的品第，為我國論茶最早的專著。❹陸羽　字鴻漸，竟陵（今湖北天門）人。隱居不仕，特立獨行，後人稱為「茶聖」。其《茶經》成書於唐肅宗年間。在書中，他將天下宜茶之水，品為二十等，以楚水第一，晉水最下。❺張又新　字孔昭，深州陸澤（今河北深縣）人。唐憲宗元和間進士，史稱其「性傾邪，多諂附之事」，官至左司郎中。《水記》全名為《煎茶水記》，為他所撰的試茶鑑水的專著。❻劉伯芻　字素芝，唐伊闕（今河南伊川）人。累遷刑部侍郎，元和中卒。《煎茶水記》載：劉伯芻「為學精博，頗有風鑑」，率先提出了「天下第一泉」的概念。他將天下宜茶之水分為七等：揚子江南零水為第一，惠山石泉為第二，虎丘石井為第三，丹陽觀音寺水為第四，揚州大明寺水為第五，吳松江水為第六，淮水最下為第七。❼李季卿　京兆萬年（今西安市）人，累官散騎常侍。傳陸羽曾向其口授《茶經》，又曾與其論二十種水之品第。❽險譎之士　陰險詭詐之士。張又新諂事宰相李逢吉，時人指為鷹犬，曾以流言構陷李紳。❾龍池山　在合肥東北二十里，一名龍穴山，上有龍池。❿乳泉　泉自石孔中湧出如乳者。《拾遺記》：「南劍州天階山乳泉，服之登山嶺如飛。」

【語　譯】浮槎山在慎縣南邊三十五里，有人叫做浮闍山，又有人叫它做浮巢山這兩種不同山名。這些不同稱呼，都出於佛教徒和道教徒所相信的那些怪誕虛幻的說法。浮槎山上有泉水，從唐代起，一些討論水的人都沒有提及。我曾經讀過《茶經》，很喜歡著者陸羽談論水非常精采。後來又看到張又新的《煮茶水記》，裡面記載劉伯芻、李季卿他們所排列各地飲水次序，認為這來源於陸羽。但是用《茶經》來考察對照，全都不符合。張又新是一個狂妄陰險而又詭詐的小人，他的話很難令人相信。我很懷疑《水記》上所列等第並不是出自於陸羽的說法。等到我獲得浮槎山上的泉水，然後更加了解陸羽是最懂得水的人。浮槎山與龍池山都在廬州境界內，比較這兩種泉水，龍池水遠遠趕不上浮槎山水。而在張又新所記載中，以龍池排列為第十，而浮槎山之水，則完全被排斥而不見記錄，根據這種情況，我知道張又新的書遺漏的地方是很多的了。而陸羽就不同，他在《茶經》論述道：「山水為上等，江水次之，井水為下等。」而山水中，又以從石孔中湧出泉水漫流成為水池的這種水最好。他的話雖然很簡單，但對於所討論的水而言，那是很全面的了。

浮槎之水，發自李侯❶。嘉祐二年，李侯以鎮東軍留後出守廬州。因游金陵，登蔣山❷，飲其水。既又登浮槎，至其山上，有石池，涓涓可愛，蓋羽所謂乳泉漫流者也。飲之而甘，乃考圖記，問於故老，得其事迹，因以其水遺余於京師。

【章　旨】本段記述李侯發現浮槎山泉水的過程。

【注　釋】❶李侯　李端願，字公瑾，一字不疑，潞州上黨人。其母為宋太宗之長女萬壽公主，端願七歲即授如京副使，後歷官知襄、郢二州，本路轉運使等職。❷蔣山　即今南京市鐘山，漢末有秣陵尉蔣子文逐盜死於此，三國時孫權為其立廟於山，故亦稱蔣山。

【語　譯】浮槎山的泉水，是知州李端願發現的。嘉祐二年，李端願以鎮東軍留後官銜出京擔任廬州知州。因為路過，便在金陵遊覽，登上蔣山，喝了山上的泉水。後來又攀登浮槎山，到達山頂，看到有個石池，泉水緩緩流出，非常可愛，這大約就是陸羽所講的從石孔中湧出來的泉水漫流而成的。喝起來很甜美，於是便考查輿圖方志，向老年長者請教，才得知浮槎山的有關情況，便把這泉水派人送到京城給我。

予報之曰：李侯可謂賢矣！夫窮天下之物，無不得其欲者，富貴者之樂也。至於蔭長松，藉豐草❶，聽山溜❷之潺湲，飲石泉之滴瀝，此山林者之樂也。而山林之士，視天下之樂，不一動其心。或有欲於心，顧力不可得而止者，乃能退而獲樂於斯。彼富貴者之能致物❸矣，而其不可兼者，惟山林之樂爾。惟富貴者而不得兼，然後貧賤之士，有以自足而高世。其不能兩得，亦其理與勢之然歟。

【章　旨】本段著重分析富貴者之樂與山林者之樂的不同，以及二者不可得兼的道理。

【注　釋】❶藉豐草　以豐草為墊。藉，草墊。❷溜　小股水流。❸致物　求取、獲得所要的東西。

【語　譯】我對來人回答說：李知州可以稱為賢德的人了！窮盡天下的物品，沒有哪一樣不能滿足他的欲望的，這是富貴人家的樂趣。至於在高大松樹下乘涼，在茂盛草地上躺著，傾聽山間小溪水流之聲，暢飲石孔中湧出滴瀝的泉水，這乃是山林之士的樂趣。而這些山林之士，看待人世間的種種歡樂，沒有一樣能使他動心的。也許有些山林之士，對人間歡樂心中有所追求，但因為力量達不到而停止，所以便退下來只好從山林中獲得樂趣。而那些富貴人家能夠獲得他們所想要的一切東西，而他們不可以同時得到的，那只有隱居山林的樂趣了。只有富貴人家而不可能兼得，然後那些貧窮之士才會以山林來滿足自己並以此自鳴清高於世俗之上。富貴之樂與山林之樂不能兩者全都獲得，這也是按道理和形勢所造成的。

今李侯生長富貴，厭於耳目❶，又知山林之為樂。至於攀緣上下，幽隱窮絕，人所不及者，皆能得之。其兼取於物者，可謂多矣。李侯折節❷好學，喜交賢士，敏於為政，所至有能名。凡物不能自見，而待人以彰者，有矣。其物未必可貴，而因人以重者，亦有矣。故予為志其事，俾世知斯泉發自李侯始也❸。

【章旨】本段說明李侯能兼得兩種樂趣，並讚揚他為人之賢與為政之能，進而暗示浮槎山水將以李侯發現而聞名於世。

【注釋】❶厭於耳目　享受各種聲色之樂。厭，滿足。❷折節　屈己下人。❸俾世知句　《全集》本篇文末尚有「三年二月二十有四日，廬陵歐陽修記」十五字。

【語譯】現在李知州生長在富貴人家，各種聲色之欲都能得到滿足，而且又懂得山林的樂趣。所以他能攀登山峰，上上下下，到處尋訪幽深隱僻的名勝，包括人們沒有到過之處，他都能夠到達。他所獲取的各種物欲和景觀，可以說是夠多的了。李知州屈己下人，喜歡與賢能之士交好，辦理政務非常敏捷，所到之處，都以賢能聞名。世上一些物品不能自己表現出來，因而要等待人發現才得以被人認識，那是有的。這一物品不一定可貴，而是由於發現的人有名才被世人看重的，那也是有的。所以我為了浮槎山水而記下這件事，目的是使世上的人知道這股泉水是由李知州第一個發現的。

【研　析】本篇所記之物乃一泉水，既非山水名勝之可供遊覽，亦非樓臺亭閣之可供登臨，甚至於也不如菱溪怪石之可具體描摹。送來之水，無色而又無狀，又不能親至其地，目睹其形，有景有狀之可記。本文之難，正在於要從無可寫之處，寫出一篇文章來。作者構思之難，可想而知。本篇可分為兩部分：首段為前一部分，表面上是寫陸羽、張又新輩關於天下有關水的品第，而實則為了說明浮槎山水價值之高，可以從《茶經》中得到證明，而非張又新之淺陋可及。二段以下為後一部分，重點在於說明此水發現者李侯之身兼富貴、山林兩種樂趣，故而能以顯貴身分發現此水。因此，此水之價值，將因發現者地位而得到提高。前後兩部分，表面上各有側重，似乎關聯不大；實際上正在說明浮槎山水的「價值」這一點上得到統一。這正是作者在構思上高明之處。

李秀才東園亭記

歐陽永叔

【題　解】李秀才，名堯輔，字公佐，世家隨州。秀才乃讀書人通稱。李秀才為作者舊友，歐陽修四歲喪父，曾隨母寄居隨州叔父家，前後共五年之久，與李堯輔為兒時遊伴。李為隨州大姓，歐陽修常至其家借書閱讀，並在其居之東園遊賞。十九年之後，亦即撰寫本文之明道二年（西元一〇三三年），歐陽修以吏事如京，因繞道隨州省叔父，復遊李氏之東園，登其亭，深有感慨，應李秀才之請，撰作此記。就標題而言，此文應屬園林雜記一類；但就內容而言，更多的乃是對舊友及舊居之邑、舊遊之園的一種深摯的懷念憶舊情誼，從中還透露出幾許身世之感。王文濡評曰：「荒僻處而有園林，園主人已閱其三世，身世之感溢於言外。」

修友李公佐❶，有亭在其居之東園。今年春，以書抵洛❷，命修志之。

【章　旨】本段簡述寫作本文之緣起。

【注　釋】❶李公佐　作者〈記舊本韓文後〉曰：「予少家漢東，漢東僻陋無學者，吾家又貧，無藏書。州南有大姓李氏者，其子堯輔，頗好學。予為兒童時，多游其家。」李堯輔，字公佐。❷以書抵洛　時歐陽修為西京留守推官。宋時以洛陽為西京。

【語　譯】我的老友李公佐，有座亭子在他住宅的東園裡面。今年春天，他寫了封信到洛陽來，要我為這座亭子寫一篇記。

李氏世家隨。隨，春秋時稱漢東大國❶。魯桓之後，楚始盛，隨近之，常與為鬬國❷，相勝敗。然怪其山川土地，既無高深壯厚之勢；封域之廣，與鄖、蓼相介❸，纔一二百里，非有古彊諸侯制度。而為大國，何也？其春秋世，未嘗通中國盟會朝聘。僖二十年，方見於經，以伐見書❹。哀之元年，始約列諸侯，一會而罷❺，其後乃希見。僻居荊夷，蓋於蒲騷❻、鄖、蓼小國之間，特大而已。故於今雖名藩鎮❼，而實下州❽。山澤之產無美材，土地之貢無上物。朝廷達官大人，自閩陬、嶺徼❾出而顯者，往往皆是；而隨近在天子千里內，幾百年間，未聞出一士。豈其痺貧薄陋，自古然也？

【章　旨】本段考查隨地的歷史沿革，以說明其瘠貧薄陋，自古而然。

【注　釋】❶漢東大國　漢東，指漢水以東。今隨州市西距漢水，約三百里。《左傳‧桓公六年》：「楚鬬伯比曰：『漢東之國，隨為大。』」❷鬬國　即交戰國。楚、隨相互攻伐。春秋初，隨尚能與楚相抗衡，互有勝敗，如桓公六年，楚侵隨，未能勝。隨侯修政，「楚不敢伐」。❸與鄖、蓼相介　鄖、蓼均為漢東小國。鄖在今湖北安陸一帶。蓼在今河南唐河縣一帶，以境內有蓼山而得名。介，通「界」。❹僖二十年三句　《春秋‧僖公二十年》：「冬，楚人伐隨。」《左傳》：「隨以漢東諸侯叛楚，冬，楚鬬穀於菟帥師伐隨，取成（即盟約）而還。」❺哀之元年三句　《春秋‧哀公元年》：「楚子、陳侯、隨侯、許男圍蔡。」《左傳》杜注曰：「隨世服於楚，不通中國。吳之入楚，昭王奔隨，隨人免之，卒復楚國。楚人德之，使列於諸侯，故得見經。」❻蒲騷　古邑名。在今湖北應城西北，春秋時為鄖國地。《左傳‧桓公十一年》：「鄖人軍蒲騷，將與隨、絞、州、蓼伐楚師。」❼雖名藩鎮　宋太祖乾德年間，曾升隨州為崇義軍節度。❽實下州　案：隨州屬上州。因其鄙陋，故實為下州。❾閩陬、嶺徼　指福建、兩廣等邊遠地區。陬，角落。嶺，即兩廣北部與湖南江西交界處之五嶺山脈。徼，邊界。

【語　譯】李氏家世世代代都住在隨州。隨，春秋之時被稱為漢水以東的大諸侯國。魯桓公以後，楚國開始強盛。而隨國靠近楚國，所以經常成為楚國的交戰國，在戰鬥中互有勝敗。但是令人感到奇怪的是，隨國的山河土地既沒有高山深谷、雄厚壯觀的形勢；而疆域的寬廣，同鄖、蓼這些小國接壤，僅僅一兩百里，又沒有古代那些強大諸侯國的規模。但卻被稱之為大國，為什麼呢？隨國在春秋時代，還沒有同中原的諸侯國結盟聚會，朝見天子或相互交往。魯僖公二十年，才在《春秋》經上看到，以被楚國討伐被記錄下來。魯哀公元年，才開始被邀請名列諸侯，參加一次聚會就算完事，在此之後隨國之名便很少見了。處在偏僻的荊楚、南夷之間，不過對於領有蒲騷的鄖國、蓼國這樣一些小國之間，隨國算是特別大一些罷了。所以到了現在，按它的名分，儘管有著藩鎮之名稱，按它的實際情況，只相當於下等州府。山林水澤的物產沒有什麼優良材料，土地生長的貢品也沒有上等物品。朝廷裡面達官貴人來自福建、兩廣一帶邊遠地區，而又身居顯要的人，經常都有；而隨州地處皇帝的京師千里以內，近百年之間卻沒有出現一個著名人士。這難道不是由於它低賤貧困、澆薄簡陋，從古代以來就是這樣的嗎？

予少從江南就食居之❶，能道其風土。地既瘠枯，民急生❷不舒愉。雖豐居大族厚聚之家，未嘗有樹林池沼之樂，以為歲時休暇之嬉。獨城南李氏為著姓，家多藏書，訓子孫以學。予為童子，與李氏諸兒戲其家。見李氏方治東園，佳木美草，一一手植。周視封樹❸，日日去來園間甚勤。李氏壽終，公佐嗣家，又構亭其間，益修先人之所為。予亦壯，不復至其家。已而去客漢沔，遊京師，久而乃歸❹，復行城南。公佐引予登亭上，周尋童子時所見，則樹之蘖者抱，昔之抱者枿❺，草之茁者叢，荄之甲者❻，今果矣。問其遊兒，則有子如予童子之歲矣。相與逆數昔時，則於今七閏❼矣。然忽忽如前日事，因嘆嗟徘徊不能去。

【章旨】本段回憶自己年幼時借住隨州，與李秀才交遊；而現在再一次遊覽東園，流連低徊，感慨萬端。

【注釋】❶予少從江南句　指歐陽修四歲時，因父死於江南之泰州（今屬江蘇）軍事判官任上，乃隨母至任隨州推官之叔父歐陽曄處借住。❷急生　指生活困難。急，危也。一本作「給」。❸封樹　給樹木培土。❹客漢沔三句　指仁宗天聖六年（西元一〇二八年），作者攜文謁學士胥偃於漢陽，胥偃復攜其至京師，兩年後中進士，充西京留守推官。明道二年正月，到隨州省叔父。❺枿　樹木經砍伐後重新生長的枝條。《尚書．盤庚》馬融注：「顛木而肆生曰枿。」❻荄之甲者　荄，草根。甲，指種子在土中外殼裂開。❼七閏　夏歷有十九年七閏之說。自本文寫作時之明道二年，上推十九年，為大中祥符八年（西元一〇一五年）。可知作者當於此年前後離開隨州。

【語譯】我年幼時從江南路前來隨州寄居求食，所以能說出此地的風土人情。這裡的土地既貧瘠又常乾枯，老百姓生活困難，過得不舒暢無歡悅。即使是豐收之年，大家族家財殷實的家庭也向來都享受不到有樹木池沼的園林的歡樂，以作為逢年過節休息空閒時的遊戲。獨有城南李氏為著名大姓，家中藏書很多，以求學上進教育子孫。我當時還是個兒童，跟李家一些小孩在他家玩耍。看到李氏家中正在修建東園，珍奇樹木和奇花異草，一樣一樣都親手培植。不斷巡視和給樹木培土，天天都要到東園去操作，非常勤勞。李家主人病故，李公佐執掌家務，又在東園裡面建造了一座亭子，補充修整好先人在園林中各種建設。我也年紀大了，不再到他們家中。不久就離開隨州，作客漢陽，遊歷京城，很久以後才返回隨州，又到城南來。李公佐帶領我爬到亭子上面，向四周尋找兒童時候所見到的東西，就看見以前剛萌芽的樹現已成為合抱之木，而過去合抱之木現已被砍伐重新長出了枝條，剛剛破土而出芽的草如今已成為一大叢，才破殼吐芽的果實如今已經結上果子了。我一問跟隨我們一起遊覽的兒童，才知道李公佐已經有了兒子就像我兒童時來此遊玩的歲數。我們向上逆推以前來此的時間，那距離現在已經有十九年中經七個閏年了。但是時間之快就好像是前天才發生的事情一樣，因此我嘆息嗟傷，徘徊流連，不忍離去。

噫！予方仕宦奔走，不知再至城南，登此亭，復幾閏？幸而再至，則東園之物，又幾變也！計亭之梁木其蠹，瓦甓其溜❶，石物其泐❷乎！隨雖陋，非予鄉，然予之長也，豈能忘情於隨哉？

【章　旨】本段慨嘆園中景物變遷，而自己奔走仕途，不知何日來此。

【注　釋】❶瓦甓其溜　指磚瓦因屋水漏滴而蝕損。甓，磚。其，原作「文」。據《文集》校。溜，屋檐水滴。❷泐　因風化而裂散。

【語　譯】唉！我正在為做官而到處奔走，不知道下次到隨州城南，登上這座亭子，又得經過幾個閏年？假若有幸再來，那麼東園的景物又會經過多少變化啊！估計亭子上的梁木將會生蠹蟲，磚瓦將會因水滴而蝕損，石闌干將會因風化而散裂吧！隨州雖貧困破陋，又不是我的家鄉，但卻是我成長的地方，我怎麼能夠忘記對隨州的這一片深情呢？

公佐好學有行❶，鄉里推之。與予友善。明道二年十月十二日記。

【章　旨】本段補充公佐之為人及撰寫年月。

【注　釋】❶行　品行；德行。

【語　譯】李公佐喜歡學習，頗有德行，同鄉同里的人都很推崇他。他跟我非常友好。明道二年十月十二日記。

【研　析】本篇名為「亭記」，但除「又構亭其間」寥寥數語外，再無一句直接寫亭的話。亭，在文中僅僅是東園一個標誌，一個象徵物而已。其所以選此亭為象徵，有三個原因：一，此亭為作者舊友李公佐所建，餘皆由其先人，故可引發感物懷人之情。二，亭較高，登亭可眺望園中景物，即可把握全園。三，樹木花草，皆自然之物，生生不已。而亭為人工建造，會蠹，會溜，會泐，難以經受歲月之折磨，亦如吾人，這更易引起作者睹物傷感之情。因為，本篇的主旨，不在於記物，而在於睹物以抒情懷舊。錢基博有評曰：「此記亦就所在之地，渲染生色；但〈豐樂亭〉、〈有美堂〉、〈真州東園〉三記雍容揄揚，綽有賦意；此則流連低徊，以發吾慨，卻無賦意。」文章寫得流連低徊，感慨萬端，卻無賦（即鋪陳其事）意。為了實現抒情懷舊的意圖，文章採用多重對比手法：一是早年建園時景物與十九年後景物變化的對比；二是過去作者與公佐作為童年遊伴，與現在重遊時公佐攜兒「如予童子之歲」的對比；三是隨州之極端「痺貧薄陋」和作者對自己成長之地的一片深情相互烘托。愈貧陋，愈不能忘情，這就更能表現出作者懷舊之誠篤。故本篇不像雜記，更像一篇抒情散文。

樊侯廟災記

歐陽永叔

【題　解】樊侯，即樊噲，死後封舞陽侯，故稱樊侯。清《一統志》載：「河南開封府樊將廟在滎陽東南三十里地，祀漢樊噲。」據文中「漢楚常苦戰滎陽、京、索間」，而宋代滎陽屬鄭州，故此樊侯廟，極有可能就在滎陽。按文中「歲且久旱」之語，《宋史・五行志》：「明道元年（西元一〇三二年）五月，畿縣久旱傷苗。」而當年歐陽修為西京（即洛陽）留守推官，常行縣視旱蝗，故可知本文大約作於此年。當時有盜將廟中塑像肚子挖開，很快就引起風雹猛烈襲擊，造成一場災害。人們多認為這是樊侯顯靈，驚恐異常。文章針對這一迷信之說，反覆進行詰問和駁斥，認為這是一件平常之事，不值得大驚小怪。文章反問：假如樊侯神靈果真能致災，為何「不神於禦盜」，而貽怒於無罪之民呢？最後得出結論：風霆雨雹、水旱災害，都是自然現象，樊侯震怒降災的說法完全不可信。對於古人而言，這種崇尚科學、破除迷信的思想是值得肯定的。

鄭❶之盜，有入樊侯廟，刳❷神象之腹者。既而大風雨雹❸，近鄭之田，麥苗皆死。人咸駭曰：「侯怒而為之也。」

【章　旨】本段敘述事件之緣起。

【注　釋】❶鄭　北宋州名。轄中牟、滎陽、新鄭、原陽一帶地區。❷刳　剖開後挖空。❸雨雹　降下冰雹。雨，降落。雹多見於春夏之交，故下文曰「麥苗皆死」。

【語　譯】鄭州有盜賊闖入樊侯廟，把樊侯神像的腹部挖開了。接著狂風大作，下起了冰雹，鄭州周圍一帶的農田裡，麥苗都被打死了。人們都驚恐地說：「這是樊侯發怒才造成的啊！」

余謂樊侯本以屠狗❶立軍功，佐沛公❷至成皇帝，位為列侯❸，邑食❹舞陽。剖符❺傳封，與漢長久❻。《禮》所謂「有功德於民則祀之」者歟❼！舞陽❽距鄭既不遠，又漢、楚常苦戰滎陽、京、索間❾，亦侯平生提戈斬級❿所立功處。故廟而食之，宜矣。方侯之參乘⓫沛公，事危鴻門，振目一顧，使羽失氣⓬。其勇力足有過人者，故後世言雄武，稱樊將軍。宜其聰明正直⓭，有遺靈矣。

【章　旨】本段概述樊侯之功勞及其勇力，宜有遺靈，聰明正直，為下文論辯提供基礎。

【注　釋】❶屠狗　指樊噲未發跡時曾以屠狗為業。❷沛公　漢高祖劉邦是沛縣（今屬江蘇）人，秦末起兵沛縣以反秦，時人稱之為沛公。❸列侯　秦制：爵分二十級，徹侯位最高。漢承秦制，為避漢武帝劉徹諱，改徹侯為通侯，或稱列侯。高祖即位後封樊噲為舞陽侯。❹邑食　邑指封地。享受封地上繳的租稅，稱為食。❺剖符　古時的符，以金、銅或竹、木做成，上刻文字，剖為兩半，朝廷與受封者各執一半，作為憑信。❻與漢長久　《楚漢春秋》：「高祖初，封侯者皆賜丹書鐵卷，曰：『使黃河如帶，太山如礪，漢有宗廟，爾無絕世。』」❼禮所謂二句　指《禮記・祭法》。原文為：「先王之制祭祀也，法施於民則祀之，以死勤事則祀之，以勞定國則祀之，能禦大災則祀之，能捍大患則祀之，皆有功烈於民者也。」❽舞陽　漢縣名，今屬河南省。❾滎陽京索間　京，指京城，在滎陽縣東南二十里。索，大索城即滎陽，小索城在滎陽縣北四里。劉邦與項羽曾在這一帶戰鬥一年多。❿斬級　秦時制度，斬敵人一首加爵一級，故稱斬首為斬級。⓫參乘　古代乘車，尊者居左，御者居中，又有一人居右，以防傾側，稱參乘或車右。此指樊噲與劉邦同車前往鴻門（今陝西臨潼東）。⓬振目一顧二句　《史記・項羽本紀》載：樊噲帶劍闖入鴻門宴中，「披帷西向立，瞋目視項王，頭髮上指，目眥盡裂。項王按劍而跽」。又，據宋袁褧雲《楓窗小牘》言：歐陽修真稿上，「振目」二字作「嗔目」。⓭聰明正直　《左傳・莊公三十二年》：「夫神，聰明正直而壹者也。」

【語　譯】我認為樊噲本來以屠狗為業，因立有軍功，輔佐劉邦當上皇帝，也就受封為列侯，封地就在舞陽。朝廷跟他分剖符信，爵位世代相傳，跟漢朝一般長久。這就是《禮記》上所講的「凡對老百姓有功德的人都要受到後人祭祀」的那種情況吧。舞陽距鄭州不遠，而且，楚漢相爭時，兩軍經常在滎陽、京城、索城一帶地方激戰，這也是樊噲生前提金戈、斬首級，建立功勳的地方。後人在此地給他立廟祭祀，這也是應該的。當年樊噲給劉邦做參乘，一同坐車來到鴻門，項羽準備在席間殺掉劉邦的危急關頭，樊噲瞪大眼睛逼視項羽，終於使項羽喪失了行動的勇氣。可見樊噲確有超人的勇敢和威力，所以後世的人論起雄壯威武，總是稱道樊將軍。如果他死後還能顯靈的話，應該是聰明正直就像神那樣。

然當盜之剚❶刃腹中，獨不能保其心腹腎腸，而反移怒❷於無罪之民，以騁其恣睢❸，何哉？豈生能萬人敵，而死不能庇一躬耶？豈其靈不神於禦盜，而反神於平民，以駭其耳目邪？風霆雨雹，天之所以震耀威罰❹，宜有司❺者，而侯又得以濫用之邪？

【章　旨】本段從不能保自身心腹、貽怒無罪之民、濫用風雹等方面批駁所謂樊侯顯靈之說。

【注　釋】❶剚　插入；刺入。❷移怒　遷怒；洩憤。《全集》「移」作「貽」。❸恣睢　任意施暴。❹震耀威罰　顯示威力和責罰。❺有司　本指人世官府，此指上天之風神、雨師、雷神之類。

【語　譯】然而，當盜賊把刀刃插入他的腹中，他非但不能保護好自己的心肝腎腸，反而遷怒於無辜的平民百姓，來發洩他的暴怒，大肆淫威，這是什麼原因呢？難道生前能夠力敵萬人，而死後連自己的身體也不能保護嗎？難道他的神靈不能用來防禦盜賊，反而要對普通百姓顯示他的威力，以此來嚇唬他們嗎？狂風、雷霆、大雨、冰雹，這是上天用來顯示其對人間的威力和懲罰的，應該有專門負責的神靈來掌管，為什麼樊侯卻能越俎代庖地去濫用它們呢？

蓋聞陰陽之氣❶，怒❷則薄而為風霆。其不和之甚者，凝結而為雹。方今歲且久旱，伏陰❸不興，壯陽剛燥，疑有不和而凝結者，豈其適會民之自災也邪？不然，則喑嗚叱吒，使風馳霆擊，則侯之威靈暴矣哉。

【章　旨】本段正面闡述風霆雨雹凝結的原因，進而反詰，不可能一切風霆都是樊侯的威靈。

【注　釋】❶陰陽之氣　古代解釋萬物化生之本源。但從科學角度看，風霆雨雹，往往與寒流（相當於陰）、暖流（相當於陽）的相互影響有關，與本段論述有相通之處。❷怒　指忽然爆發。❸伏陰　潛伏的陰氣。

【語　譯】聽說陰陽二氣，忽然爆發時，便互相逼近磨擦，因而變成狂風和雷霆。有時陰氣特冷，陽氣特熱，彼此相差很大，碰在一起就會結成冰雹。今年長久乾旱，潛伏著的陰氣不能散發，壯盛的陽氣強大燥熱，這也許就是陰陽二氣存在著不協調從而釀成大風雨雹，哪裡會剛巧是百姓自己招致的災害呢？假如不是這樣的話，那麼，喑嗚叱吒的風雷之聲，所帶來的風馳雷擊，都視為樊侯的威靈，則樊侯的威靈就太橫暴無理了。

【研　析】雜記類既可以記景、記物，亦可以記事，如下卷曾鞏〈越州趙公救菑記〉就是。雜記亦可雜以議論，如韓愈〈燕喜亭記〉即首開其例，但記敘仍為主體。徐師曾說：「其文以敘事為主，後人不知其體，顧以議論雜之。故陳師道云：『韓退之作記，記其事耳，今之記乃論也。』」（《文章明辨序說》）本篇正是這樣。此乃雜記之變體，實際上是一篇駁論文，甚至連標題也不妨改為〈樊侯廟災辨〉。因為，所謂的「樊侯廟災」，即盜刲刃神腹引起災變，作者不取其事，而取其論（即「侯怒而為之」的說法），作為對立面論點以供批駁，這與那些通過記錄其事再針對此事引發議論的雜記文有所不同。不過，撇開文體不談，就內容而言，仍不失為一篇好文章。唐順之評曰：「文不過三百字，而十餘轉折，愈出愈奇，文字最妙。」「十餘轉折」，數字可能不實。但文章確實反反覆覆，層層辨析，轉折頓挫，氣勢逼人。如首段引出謬說之後，先肯定樊侯之功，宜加廟食；轉而論樊侯之靈，宜「聰明正直」，雖仍為正面論證，但已含批駁之意。接下以不保其身，遷怒於民進入正面駁斥。以下兩個「豈」字句，使批駁愈轉愈深。段末復以濫用威罰，綰結以上批駁。末段述陰陽二氣，正面說明天變乃自然之事，同時也從根本上駁斥了樊侯震怒之說。結尾一句，似作退讓，實為譏諷，更加顯得餘味無窮。文章確實寫得極盡曲折變化之能事，但又能論據充足，語言犀利。王文濡有評曰：「義正詞嚴，雪誣闢妄。」

叢翠亭記

歐陽永叔

【題　解】從宋仁宗天聖九年（西元一〇三一年）三月以後的三年期間，歐陽修一直都在西京洛陽，在西京留守錢惟演手下做推官。洛陽是座古老都城，又位居所謂「天下之中」，四圍環以名山，特別是中嶽嵩山，相距不遠，乃帝王祭祀之處。河南府巡檢司李某，利用該署地勢較高這一特點，治亭其上，以便登此遠眺，南北諸峰，盡收眼底；嵩嶽三十六峰，可坐而數之。因取其蒼翠叢列之狀，特以「叢翠」名其亭，並求歐陽修寫了這篇記。寫作時間，據《外集》原注認為作於明道元年（西元一〇三二年）。作者另有〈叢翠亭〉詩五律一首。清《一統志》曰：「河南河南府叢翠亭，在府城南，宋歐陽修有記。」可見，此亭或其遺跡，至清初仍存。

九州皆有名山以為鎮❶。而洛陽天下中，周營漢都❷，自古常以王者制度臨四方。宜其山川之勢雄深偉麗，以壯萬邦之所瞻。由都城而南以東，山之近者，闕塞、萬安、轘轅、緱氏❸，以連嵩少❹，首尾盤屈踰百里。從城中因高以望之，眾山靡迤❺，或見或否，惟嵩最遠，最獨出。其嶄巖❻聳秀，拔立諸峰上，而不可掩蔽。蓋其名在祀典❼，與四嶽俱備天子巡狩❽望祭❾，其秩甚尊，則其高大殊傑當然。

【章　旨】本段敘述洛陽地位之重要，周圍山川之雄深偉麗，宜為萬邦之所瞻。

【注　釋】❶九州皆有名山以為鎮　古代稱某一地區最大、最重要的山為「鎮」。具體而言：揚州為會稽山，荊州為衡山，豫州為華山，青州為沂山，兗州為泰山，雍州為嶽山，幽州為醫無閭山，冀州為霍山，并州為恆山。見《周禮・職方氏》。❷周營漢都　西周初年，周公即經營洛邑，後平王東遷，以為都城。東漢也以洛陽為京都。❸闕塞萬安轘轅緱氏　均為洛陽附近名山。闕塞，即伊闕山，又名龍門山。大山中斷，伊水穿過，兩旁有如樓闕對峙，故名伊闕。萬安，《河南府志》：「在府城東南四十里，一名大石山，漢時名石林。」轘轅，以其山路盤旋往還而得名，在偃師縣東南。緱氏，又名緱嶺，亦在偃師縣東南，位於伊洛平原東部嵩山口。❹嵩少　即嵩山，乃五嶽中之中嶽，諸峰著名者有三十六峰，尤以太室、少室二峰最為有名，故稱嵩少，在河南登封縣北。較上述諸山距離稍遠而山勢較高。❺靡迤　綿延不絕的樣子。❻嶄巖　險峻的山巖。嶄，通「巉」。❼名在祀典　歷代帝王常去五嶽祭祀，嵩山自不例外。❽巡狩　亦稱巡守，諸侯為天子守土，故稱守，天子巡視諸侯之國，故稱巡。《尚書・舜典》：「歲二月，東巡守，至於岱宗。」❾望祭　遙望而祭。《尚書・舜典》：「望於山川，偏於群神。」孔傳：「九州名山大川、五嶽四瀆之屬，皆一時望祭之。」

【語　譯】天下九州都有著名高山作為一方的鎮守。洛陽，位於中原的中心，周代營建這座城邑，東漢在此建都，自古以來常以它那帝王所居的宏偉規模而聞名於天下。這裡山川形勢雄峻深幽、宏偉壯麗，使這萬邦瞻仰的名都更加壯觀。從都城的南方到東方，近處的山嶺，有闕塞山、萬安山、轘轅山、緱氏山等，連接嵩山的太室、少室。首尾盤旋曲折，超過百里之長。從洛陽城中憑藉高處登高遠望，群山綿延回環，有的可以望見，有的卻不能望見，只有嵩山離得最遠，又最突出。它那險峻的峰巔，秀麗的姿容，挺立在所有山峰之上，是無法遮擋的。本來，嵩山照例是受到祭祀的，它跟其他四嶽都是屬於天子巡行諸侯之時瞻望拜祭之列，它的地位非常尊貴，那麼，它的高大特出，不同尋常，也是當然的了。

城中可以望而見者，若巡檢署❶之居洛北者為尤高。巡檢使內殿崇班李君❷，始入其署，即相其西南隅而增築之，治亭於上，敞其南，北嚮以望焉。見山之連者、峰者、岫❸者，絡繹聯亙，卑相附，高相摩❹。亭然起，崒然❺止，來而向，去而背。傾崖怪壑，若奔若蹲，若鬬若倚。世所謂嵩陽三十六峰者，皆可以坐而數之。因取其蒼翠叢列之狀，遂以「叢翠」名其亭。

【章　旨】本段記述巡檢使李君建亭始末，及亭成後諸山景觀，從而點明亭名「叢翠」的原由。

【注　釋】❶巡檢署　即巡檢司的官署。宋代在沿邊和內地州縣，均設巡檢司，其長官是巡檢使，主管州縣捕盜、巡邏、練兵等事宜，受所在州縣守令節制。❷內殿崇班李君　內殿崇班為宋代武官官階，多由供奉官升轉。李君，生平不詳。❸岫　山洞。❹摩　簇擁。❺崒然　高而險的樣子。

【語　譯】洛陽城中可以望見嵩山的地方，像城北巡檢司官署，地勢特別高敞。巡檢使、內殿崇班李君，剛到這裡上任，便勘察了官署院內西南角上的地形，墊土加高，然後在這上邊建造了一座亭子，敞開亭子的南面，以便從北向南遠眺。可以望見附近的山，有山巒相連的，有高峰聳起的，有洞穴幽深的，彼此銜接連貫，低矮的互相俯就，高聳的互相挨擠。有的突兀，拔地而起；有的險峻，凌空而立；有的朝著觀者，好像走近前來；有的背對觀者，好像將要離去。傾斜的山崖，奇特的丘壑，好像奔跑，好像蹲踞，好像彼此搏鬥，好像互相依靠。世人所說的嵩山三十六峰，都可以坐在這亭中一一數點。於是就根據亭中可遠眺群山，蒼翠叢聚的景象，採用「叢翠」二字給這亭子命名。

亭成，李君與賓客以酒食登而落❶之。其古所謂「居高明而遠眺望」❷者歟！既而欲記其始造之歲月，因求修辭而刻之云。

【章　旨】本段記述共慶亭之落成，兼述寫作此記之緣由。

【注　釋】❶落　古代為宮室建成所舉行的一種祭禮。此禮久廢，乃以舉行宴飲以示慶祝，亦稱「落」或「落成」。❷居高明而遠眺望　語出《禮記・月令》。原文為：「是月也，毋用火南方，可以居高明，可以遠眺望，可以升山陵。」高明，指樓臺。

【語　譯】亭子建成，李君和賓客一道登上亭子，舉行宴會慶祝它的落成。這就是古人所講的坐在高敞的亭臺就能望得很遠的那種情景吧！不久之後，想要記錄下這座亭子開始修造的年月，就來求我寫篇文章，以便刻成碑文。

【研　析】這是一篇以寫景為主要內容的亭臺記，文章的主要特色也體現在寫景方面。作者特地將景物（主要是山景）分為兩個層次：首段將洛陽周圍山景作一概述，以便讀者對其分布情況有一大略的了解；中間插入建亭選址及過程，接下寫登亭遠眺以展現眼目中所見之具體山景。為了使山景更加形象逼真，文章還大量使用擬人手法，化靜為動，使人產生豐富聯想，這樣就能以真實感彌補首段概貌敘述之不足。抽象概況和形象刻劃，兩者互相配合，相得益彰；使人既能鳥瞰全貌，又有親臨其地之感。王文濡評曰：「此亦學柳州而未粹者。」本篇在景物描寫上，確有不少類乎柳宗元筆法。而所謂「未粹」，主要似指柳之山水遊記有景有人，能將個人身世滄桑、政治挫折的失意和孤獨之感，融入客觀景物的描寫之中，從而達到人的自然化和自然的人化高度統一的程度。而本篇卻不具有這一特徵，這就是所謂的「未粹」。但從另一角度上講，此批評亦有過泥之嫌，因歐公與子厚處境、心態完全不同。本篇作於歐公二十六歲，即中進士之後兩年，正處於春風得意，前途無限之時，故文中流露出「會當凌絕頂，一覽眾山小」的氣概，這也正是作者登亭觀景的精神狀態。如果把本篇寫景說成是「見物不見人」，這也是欠妥當的。

卷五十六 雜記類 五

宜黃縣學記

曾子固

【題解】宜黃，縣名。宋時屬江南西路撫州臨川郡，即今江西宜黃。縣學，即當時的縣立學校，在宜黃縣城北社稷壇之右。本文旨在論述興辦學校、發展教育事業對於整個社會政治建設、道德風俗和人才培養的重要意義。作者首先介紹上古時期的學校設置、教學內容和教學方法，著重說明學校的教育目的，在於使學生的思想意識和儀表舉止，都能符合封建道德規範，使之成為封建官僚的後備人才。學校教育還能夠促進良好社會習俗的形成。接下，文章在簡要地敘述了由於上古學制的破壞因而造成的嚴重後果以後，轉入敘述宋代地方學校由興到廢，學生忽聚忽散。在此十分困難的情況下，宜黃縣令李詳逆流而上，獨力辦學，立即得到各方面的熱情支持，建校工程進展迅速，一個頗具規模、設備齊全的縣學很快建成。作者借助這一事實，批駁了人們不願意辦學的官方謬論。最後希望宜黃縣學辦成之後，能夠多出人才，移風易俗，產生最大效果。方苞評之曰：「觀此等文，可知子固篤於經學，頗能窺見先王禮樂教化之意，故朱子愛而效仿之。」

古之人，自家至於天子之國，皆有學❶。自幼至於長，未嘗去於學之中。學有《詩》、《書》、六藝❷，弦歌洗爵❸，俯仰之容，升降之節，以習其心體、耳目、手足之舉措；又有祭祀、鄉射、養老之禮❹。以習其恭讓；進材、論獄、出兵、授捷之法❺，以習其從事；師友以解其惑，勸懲以勉其進，戒其不率❻。其所以為具❼如此。而其大要，則務使人人學其性❽，不獨防其邪僻放肆也。雖有剛柔緩急之異，皆可以進之於中❾，而無過不及。使其識之明，氣之充於其心，則用之於進退語默❿之際，而無不得其宜；臨之以禍福死生之故⓫，而無足動其意者。為天下之士，為所以養其身之備如此，則又使知天地事物之變，古今治亂之理，至於損益廢置，先後終始之要，無所不知。其在堂戶之上，而四海九州之業，萬世之策皆得。及出而履天下之任，列百官之中，則隨所施為，無不可者。何則？其素所學問然也。

【章旨】本段著重論述古代地方各級學校在改變人們性格、提高人們素質、教育培養人才的重要作用。

【注釋】❶自家句 《禮記・學記》：「古之教者，家有塾，黨有庠，術（應作遂）有序，國有學。」國，指國都。上古二十五家為閭，五百家為黨，一萬二千五百家為遂。塾、庠、序、學，均為各級學校名稱。❷六藝 指禮、樂、射、御、書、數等六種基礎課程。❸弦歌洗爵 均為迎賓敬客之禮。《禮記・文王世子》：「春誦夏弦。」鄭玄注：「誦謂歌樂也，弦謂以絲播詩。」洗爵，清洗酒盞以酌酒敬客。《詩經・行葦》：「洗爵奠斝。」鄭箋：「主人又洗爵酬客，客受而奠之，不舉也。」爵、斝皆古酒器。古者鄉射、鄉飲酒於庠序行之，皆有洗爵之禮。❹祭祀鄉射養老之禮 祭祀，指祭天地。高步瀛曰：「學中之祭祀，兼釋奠、釋菜而言。」釋奠、釋菜，見上卷〈襄州穀城縣夫子廟記〉注。養老，古時對年老有德者以時享以酒食而求其謀。《禮記・文王世子》：「凡祭與養老乞言、合語之禮，皆小樂正詔之東序。」鄭玄注：「學以三者之威儀也……合語謂鄉射、鄉飲酒、大射、燕射之屬也。」❺進材論獄出兵授捷之法　指推薦有才之士，討論獄訟之事，均在學校舉行。《禮記・王制》：「天子將出征，受成於學；出征執有罪，反釋奠於學，以訊馘告。」馘，指割敵人左耳祭告先祖。❻不率　不遵從教誨。《禮記・王制》：「命鄉簡不率教者，以告耆老，皆朝於庠。」❼具　設施；設置。❽學其性　意謂通過學習，恢復其善良之本性。❾中　不偏不倚，即中庸之道。❿語默　意指動、靜之間。⓫故　變故，指得失關鍵。

【語譯】古代的人，從家庭一直到皇帝的國都，各級都有學校。人們從幼年到成年，從來沒有離開過學校。學校設有《詩經》、《尚書》和禮儀、音樂、射箭、駕車、書法、數學等基礎課程，通過彈琴歌唱、洗爵應酬、見面鞠躬的儀容、上堂下堂的規矩等等學習活動，用以訓練學生的心理和身體的素質，以及耳目手足的舉止動作；又有祭祀天地、射箭比武、養老尊賢等各種禮儀，用以培養學生恭敬謙讓的美德；還有推薦人才、判決案件、出兵征伐、回師獻捷等各種儀式，用以練習學生的辦事能力；請老師、學友解答他們的疑難，用表揚、批評鼓勵他們進步，勸戒他們不要違背師長的教誨。學校正是借助這些教學設施、教學條件，來實現它的宗旨。而它辦學的主要目的，就在於力求使人人能通過學習來恢復、完美他們的美好天性，而不僅僅是為了防止他們誤入邪僻乖張、放蕩不羈的歧途。人們的性格雖然有剛強、柔弱、緩慢、急躁的差別，但都可以修養到適中的程度，而沒有超過或不夠的地方。如能使他們思想認識明確、內心精神充沛，就會在進退動靜之間，恰當地處理一切事務，而沒有不合適之處；即使面臨禍與福、生與死的關鍵時刻，也不足以動搖他們的堅強意志。為了造就天下的賢士，學校用來培養他們身心的設施已經這樣完備，還要讓他們了解天地之間各種事物的變化，掌握古往今來治亂盛衰的規律，以至於政治措施的增減廢興、辦事程序的先後始終這些施政要領，都做到沒有不知道的。他們閒坐在高堂之上，而四海九州的大事、千年萬代都有效的策略，他們都能夠掌握好。等到他們走出家門，擔負起治理天下的重任，排列在朝廷百官的行列中，就會隨心所欲地施展才能，而沒有辦不到的事情。這是為什麼呢？這是他們勤學好問的結果啊！

蓋凡人之起居、飲食、動作之小事，至於修身為國家天下之大體，皆自學出，而無斯須去於教也。其動於視聽四支❶者，必使其洽於內❷；其謹於初者，必使其要❸於終；馴之以自然，而待之以積久。噫，何其至也！故其俗之成，則刑罰措；其材之成，則三公❹百官得其士；其為法之永，則中材可以守；其入人之深，則雖更衰世而不亂。為教之極至此，鼓舞天下，而人不知其從之，豈用力也哉？

【章旨】本段側重論述教育在提高人們素質，以達到移風易俗、天下治平、衰世不亂的最高作用。

【注釋】❶四支　即四肢。支，通「肢」。❷洽於內　即諧和於內心。二句謂誠於中而形於外，不矯飾。❸要　歸納，引申為貫徹。❹三公　周以太師、太傅、太保為三公，西漢以大司馬、大司徒、大司空為三公，東漢以太尉、司徒、司空為三公，均為朝廷最高級官員。

【語譯】因為凡是普通人的起居飲食，一舉一動等生活小事，以至於修身齊家、治國平天下等大事，都是從學習中訓練出來的，一刻也離不開學校教育。在耳目手足上所表現出來的各種動作，還必須使之與內心思維諧和一致，做到表裡如一；起初能謹慎對待的事情，還必須使之貫徹到底，做到善始善終；用客觀規律加以訓練，並要求它持續長久。唉，這種考慮有多麼周到啊！所以，只要良好風氣形成了，刑罰就可以擱置不用；只要優秀人才培養出來了，三公百官就不愁找不到合適的人才；只要長遠有效的法紀建立起來了，哪怕是中等人才也可以守住太平；教育的作用深入人心，那麼，即使經歷政治衰敗的年代，也不會出現叛逆作亂。辦教育能達到這種最高境界，就會使天下人都受到很大的鼓舞，而人們就會不知不覺地隨同整個社會向好的方向轉化，難道還用得著費大力氣嗎？

及三代衰，聖人之制作❶盡壞。千餘年之間，學有存者，亦非古法。人之體性❷之舉動，唯其所自肆；而臨政治人之方，固不素講。士有聰明樸茂之質，而無教養之漸❸，則其材之不成，固然❹。蓋以不學未成之材，而為天下之吏，又承衰敝之後，而治不教之民。嗚呼！仁政之所以不行，盜賊刑罰之所以積，其不以此也歟？

【章　旨】本段概述三代以後由於學制破壞所導致的各種嚴重後果。

【注　釋】❶制作　意同制度。《史記・禮書》：「乃采風俗，定制作。」❷體性　源於人體的本性，指各種欲求。❸漸　浸潤；潛移默化。❹固然　固，原作「夫」。姚氏注曰：「疑固。」康本則徑作「固」，今從康本。

【語　譯】等到夏、商、周三代衰亡以後，聖人定下的各種制度全都被破壞了。一千多年之間，雖然學校還存在，但也不再是古代的樣子了。人們的來自各種欲求的舉動，只能夠聽憑他們任情放縱；至於從事政治、管理百姓的方針，肯定也不會堅持講習了。學生雖有聰明、樸實和美好的素質，卻沒有循序漸進的教導，人才培養不成，那是當然的了。用未經學習、沒有成材的人，去做管理天下的官吏，並且是在社會風氣敗壞之後，去治理那些沒有教養的百姓。唉！仁政之所以得不到推行，盜賊、刑罰之所以日益增多，難道不是這個緣故嗎？

宋興幾百年❶矣。慶曆三年❷，天子圖當世之務，而以學為先，於是天下之學乃得立❸。而方此之時，撫州❹之宜黃，猶不能有學❺。士之學者，皆相率而寓於州，以群聚講習。其明年，天下之學復廢，士亦皆散去❻。而春秋釋奠之事，以著於令，則常以廟祀孔氏❼，廟廢不復理❽。

【章旨】本段追敘宋初興辦學校，不久又廢的情況，作為宜黃建學的時代背景。

【注釋】❶幾百年　幾，接近。自宋太祖建隆元年（西元九六〇年）立國，到宋仁宗皇祐元年（西元一〇四九年）十二月寫作此文時，宋王朝已歷時九十年。❷慶曆三年　慶曆為宋仁宗年號。三年即西元一〇四三年。❸天下之學乃得立　據《宋史・職官志》載：「慶曆四年，詔諸路、州、軍、監，各令立學。學者二百人以上許更置縣學。自是州郡無不有學。」下詔在四年，謀議應在其前，故此云「三年」。❹撫州　宋時州名，州治在今江西臨川。❺猶不能有學　大約宜黃學生不足二百人，故不置學。❻其明年三句　《續資治通鑑長編》：「慶曆五年三月辛未，詔曰：『頃者嘗詔四方州，增置學官，而吏貪崇儒之虛名，務增室屋，使四方游士，競起而趨之，輕去鄉閭，浸不可止。自今有學州、縣，毋得輒容非本土人入居聽習。』」按：慶曆興學，原採范仲淹建議，仲淹等尋罷，故學亦廢。❼春秋釋奠之事三句　《文獻通考・學校四》：「宋初，春秋二丁及仲冬上丁，貢舉人謁先聖先師，命官行釋奠之禮。」釋奠，置爵於神前而祭，有牲牢幣帛。❽廟廢不復理　《南豐集》「廢」作「又」，康本刪「廢」字。理，治；修。

【語譯】宋朝建立將近一百年了。慶曆三年，皇上籌劃當前政事的急務，便把興辦學校當作第一件大事，於是，天下的學校才能夠建立起來。但在這個時候，撫州宜黃縣還是沒有學校。想求學的學員們，都一同住宿在州學裡，大家聚集在一起講習學問。第二年，天下的許多學校又停辦了，學員們都四散離去。春秋二季祭奠先聖先師的禮儀，既然已經在法令上明確規定，那就應當在廟裡祭祀孔夫子，可是孔廟卻破敗未曾修理。

皇祐元年，會令李君詳至，始議立學。而縣之士某某與其徒，皆自以謂得發憤於此，莫不相勵而趨❶為之。故其材不賦❷而羨❸，匠不發❹而多。其成也，積屋之區若干，而門、序、正位❺、講藝之堂、棲士之舍皆足；積器之數若干，而祀、飲、寢、食之用皆具。其像孔氏而下，從祭之士❻皆備；其書經、史、百氏，翰林子墨❼之文章，無外求者。其相基❽會作❾之本末，總為日若干而已。何其周且速也！

【章　旨】本段敘述宜黃縣令李詳創議辦學及迅速完成的全過程。

【注　釋】❶趨　急促。《漢書・高祖紀》：「令趨銷印。」❷賦　徵收；攤派。❸羨　足夠；多餘。❹發　徵調。❺門序正位　指縣學各種建築。序，中堂東西兩旁的廂房。正位，殿堂。❻從祭之士　《文獻通考・學校四》載：「宋初增修先聖及亞聖、十哲像，七十二賢及先儒二十一人，皆畫像於東西廊之板壁，太祖親撰先聖及亞聖贊，從祀賢哲先儒，並命當時文臣為之贊。」先聖，指孔子。亞聖，此指顏淵。❼翰林子墨　西漢揚雄作〈長楊賦〉，假託翰林主人與子墨客卿二人相互對答，寓有諷諫之意。此處借指詩賦一類文學作品。❽相基　指選擇、察看學舍基地。❾會作　集合匠作。匠作，即工匠。

【語　譯】皇祐元年，適逢縣令李詳君到任，這才開始討論辦學之事。而宜黃縣的學士某某和他的同伴們，都自以為能夠在這裡發憤讀書了，無不相互勉勵著急忙去參加這項工作。因此，建築材料不用徵集還有剩餘，泥木工匠不用徵調就有許多。學校建成了，共計房屋建築面積若干，大門、窗戶、殿堂、講學的課堂、學生的宿舍都很充足；共計教學設備的數量若干，祭祀、飲食、寢息的用具都很完備。先聖先儒從孔子以下到陪祭的人的畫像全都有了；教學用書，從經史百家到詩辭歌賦，都不需要到外面去找。從察看基地、集合工匠，到建成學舍的整個過程，總計為若干天罷了。這是多麼周全而又迅速啊！

當四方學廢之初，有司之議，固以謂學者人情之所不樂。及觀此學之作，在其廢學數年之後，唯其令之一唱❶，而四境之內，響應而圖之，如恐不及。則夫言人之情不樂於學者，其果然也歟？

【章　旨】本段借宜黃辦學成功事例，批判人情不樂辦學的錯誤言論。

【注　釋】❶唱　同「倡」。倡導；提議。

【語　譯】當各地學校剛剛停辦的時候，主管官員有種意見，堅持認為人們不樂意辦學。現在看看宜黃這座學校的興建，正是在許多學校停辦幾年以後，只是由於縣令提倡了一下，全縣四面八方就熱烈響應，積極謀劃，唯恐錯過機會。那麼，所謂人們不樂意辦學的說法，難道真是那樣嗎？

宜黃之學者，固多良士；而李君之為令，威行愛立，訟清事舉，其政又良也。夫及良令之時，而順其慕學發憤之俗，作為宮室教肄❶之所，以至圖書器用之須，莫不皆有，以養其良材之士。雖古之去今遠矣，然聖人之典籍皆在。其言可考，其法可求，使其相與學而明之。禮樂節文❷之詳，固有所不得為者。若夫正心修身，為國家天下之大務，則在其進之而已。使一人之行修，移之於一家；一家之行修，移之於鄉鄰族黨，則一縣之風俗成，人材出矣。教化之行，道德之歸，非遠人也，可不勉歟！

【章旨】本段頌揚宜黃縣令辦學的行為，必將產生為當地培養大批人才，進而達到移風易俗的效果。

【注釋】❶教肄　講學和進業。❷節文　禮節儀文，即禮儀、規矩。

【語譯】宜黃縣的學員當中，肯定有很多優秀的人才；而李君擔任縣令以後，推行威嚴的法令，樹立起仁愛的聲譽，清理了訴訟案件，舉辦起利民事業，他的政治措施也是很優異的。趁賢良縣令在任之時，應當順應當地追求學問、發憤讀書的風氣，建立起學舍、寢室和各種教學、訓練的場地，以至於圖書、用具等等必需的物品，力求應有盡有，用來培養優秀的人才。雖然古代距離現代已經很遠了，但是聖人的經典著作都還存在。他們的言論還可以考知，他們的法制還可以尋求，可以讓大家一同學習並加以闡明。古代的禮儀、音樂和各種舉止規矩的詳細情況，確實有不知道怎樣做的了。至於像正心修身、治國平天下的大事，那就在於自己努力進取的了。假若一個人的品行修養好了，就可以把它推廣到全家；一家人的品行修養好了，就可以把它推廣到本鄉本族，這樣就會在全縣形成良好的社會風氣，人才也就出來了。政治教化的推行，道德聲譽的回歸，與人們的距離並不遙遠，這不應該共同努力嗎！

縣之士來請曰：「願有記。」故記之。十二月某日也。

【章旨】本段交代寫作本文的緣由。

【語譯】宜黃縣的人士前來請求我說：「希望有一篇記述文字。」因此我才記下這件事。這一天正是十二月某日。

【研析】這也是一篇化記為論、寓論於記的文章。宜黃縣學，從倡議到修成的全過程，一唱眾和，進展迅速，為時甚短，無任何障礙需排除，無任何困難需費力克服，故可記之處不多。本篇只在第五段用百餘字加以記述，作為全文點題之處。從而騰出大量篇幅集中論述學校教育之目的，從學校與道德修養、社會風氣和政治統治的關係上，闡明教育事業的極端重要性。為避免空論，作者特地把經學原則的闡明和三代禮樂教化的實施情況結合起來，故寫得有論有述，源流委備。然後聯繫宋初的現實情況，包括其中曲折過程，使文章有波瀾起伏之妙。作者正是從這兩個方面突出宜黃辦學的重要意義。末段瞻望前景，與首段引述三代遙遙相應，從而收束全文。故唐德宜評之曰：「先敘學之所以設，原原本本，說得大有關係；後寫學之所以廢及今之所以復，皆與前路照應，議論真切。」

筠州學記

曾子固

【題　解】筠州，宋時州名，南宋理宗（趙昀）時因避諱改名瑞州，州治即今江西高安。本篇與上篇同一機杼，都是借興辦縣學以闡明學校教育的極端重要性，而且又都是按照從古到今，以古鑑今，詳古略今的寫法。儘管如此，兩文依然有著不同的特色，本篇作於治平三年（西元一〇六六年），較前文晚十七年。這不單是時間早遲，還涉及到由於作家身分地位變化，使得文章在觀察問題的角度方面也相應發生變化。〈宜黃縣學記〉寫於未得第之前，作者守制在家，故仍以學士身分，受教育者之地位全面論述學校教育的重大意義。而本篇作於得第之後，作者在史館供職，有感於北宋官場冗員多而人才少，故深感於培養人才之難，對當時社會「樂易惇樸之俗微，而詭欺薄惡之習勝」的現狀感到憤慨。故本篇更多的乃是立足於教育者的地位，提出「以今之士，於人所難至者既幾矣。則上之施化，莫易於斯時，顧所以導之如何爾」。茅坤有評曰：「子固論學，所論學之旨與其所以成就人材處，非深於經術者不能，韓、歐、三蘇所不及處。此文不如〈宜黃縣學記〉所見之深，而其行文亦屬作者之旨。」姚鼐也有類似意見，這種看法是把經學視為最高學問為出發點，因此未必準確。

周衰，先王之迹熄。至漢，六藝❶出於秦火之餘，士學於百家之後。言道德者，矜高遠而遺世用❷；語政理者，務卑近而非師古❸。刑名❹、兵家之術，則狃❺於暴詐。惟知經者為善矣，又爭為章句訓詁❻之學，以其私見妄穿鑿為說。故先王之道不明，而學者靡然溺於所習。當是時，能明先王之道者，揚雄而已。而雄之書❼，世未知好也。然士之出於其時者，皆勇於自立，無苟簡❽之心，其取與進退去就，必度於禮義。及其已衰，而縉紳之徒，抗志於強暴之間，至於廢錮殺戮，而其操愈厲者，相望於先後❾。故雖有不軌之臣❿，猶低徊沒世，不敢遂其篡奪。

【章旨】本段集中概述兩漢學風，能明孔子之道雖僅揚雄一人，但士風尚能勇於自立，果於抗爭，不畏殺戮。

【注釋】❶六藝　漢以後用指《詩》、《書》、《易》、《禮》、《樂》、《春秋》等六經。❷言道德者二句　此指道家。《漢書・藝文志》稱其清虛自守，卑弱自持，摒棄禮樂仁義，故不為世用。❸語政理者二句　此指荀子、李斯等人倡導法後王，反對師古的思想。❹刑名　指法家。《史記・老子韓非列傳》：「喜刑名法術之學。」❺狃　習慣。❻章句訓詁　專門分析古書章節句讀和文字解釋，而不考慮其內容精神，以致陷入繁瑣考證，或穿鑿附會，遂成學術之弊。❼雄之書　指揚雄仿《易經》而作《太玄》，仿《論語》而作《法言》。❽苟簡　苟且而簡忽，指不認真，律己不嚴格。《漢書・董仲舒傳》：「其心欲盡滅先王之道，而顓為自恣苟簡之治。」❾至於廢錮殺戮三句　指東漢末年黨錮之禍。李膺、陳蕃、李固、杜密等與太學生郭泰、賈彪等聯合反對宦官專政，終於失敗，李膺、杜密等百餘人下獄論死，流徙、囚禁者達六七百人。這些名士大多能不妥協，不藏慝，勇於赴義，堅持節操。⑩不軌之臣　似指曹操，他雖挾天子以令諸侯，然至死未敢廢漢自立。

【語　譯】周朝衰亡，先王之道也隨之不行於世。到了漢朝，六經在遭到秦始皇焚書之後陸續被發掘出來，而一些士子都是在學了諸子百家之後才接觸到六經的。談論道德的道家，好高騖遠而不考慮時代需要；研究政治的人，只致力於眼前細小事務而不仿效古聖先王。講究刑名的法家和講究權詐的兵家，又只知習慣於運用暴力和欺詐。只有那些懂得六經的人是正確的了，而他們又爭著從事一些章節句讀、詞語解釋的學問，用他們的個人見解，穿鑿附會，曲解經書。因此，先王之道得不到明確解釋，而一些學者全都沉浸在他們習慣的那一套裡面而不能自拔。在這個時候，能夠闡明先王之道的人，只有一個揚雄罷了。但是揚雄所寫的書，社會上的人還不懂得愛好。然而，當時所出現的一些名士學人，都能堅持氣節，勇於自立，沒有苟合放恣的想法。他們在對待取得或賜與、前進或後退、去職或就任等問題，一定要根據禮義來考慮。等到漢朝已經衰弱，而一些士大夫之徒，面對強暴，仍頑強不屈，不論是罷官、囚禁或者殺害，而他們的節操更加堅守不變，前仆後繼，一個接一個，從容赴義。所以，即使後來有不遵法紀、居心叵測的叛逆的大臣，也只能徘徊猶豫，一直到死，不敢實現他那篡奪的目的。

自此至於魏晉以來，其風俗之弊，人材之乏久矣。以迄於今，士乃有特起於千載之外，明先王之道，以寤後之學者❶。世雖不能皆知其意，而往往好之。故習其說者，論道德之旨，而知應務之非近；議政理之體，而知法古之非迂。不亂於百家，不蔽於傳疏。其所知者若此，此漢之士所不能及。然能尊而守之者，則未必眾也。故樂易❷惇樸之俗微，而詭欺薄惡之習勝。其於貧富貴賤之地，則養廉遠恥之意少，而偷合苟得之行多。此俗化之美，所以未及於漢也。

【章　旨】本段比較漢、宋兩朝，由於歐陽修等人倡導，故宋代學風優於漢，而習俗士風不及漢。

【注　釋】❶士乃有特起於千載之外三句　此指歐陽修及孫復、石介等人，他們倡導詩文革新，破章句注疏之學，力求直接領會經文、務明大義的平實學風。寤，覺醒。❷樂易　愉快和藹，平易近人。《荀子・榮辱》：「樂易者常長壽，憂險者常夭折。」

【語　譯】從漢末到魏、晉以後，這段時期社會風俗衰薄，人才匱乏都已經很久了。一直到了現代，才有傑出人士突然崛起距漢代一千多年以後，出來闡明先王之道，以便喚醒後來的學者。社會上的人雖然不能夠全部了解他們的主張，但大多喜歡他們的意見。所以，遵循他們的學說的人，研究道德的涵義，也懂得應對世務並不是淺近之事；討論政治的人，也知道效法古聖先王並非迂腐。不受諸子百家的學說所惑亂，不被注疏家穿鑿附會之說所蒙蔽。他們能夠明瞭的這些地方，這正是漢朝學士趕不上之處。不過，能夠遵從並堅持這些原則的人，那就並不一定很多。所以，社會上和樂平易、敦厚樸實的風氣仍然衰微，而詭詐欺瞞、澆薄惡劣的習慣還是占了上風。而那些身居功名富貴場所的人，保持廉潔、遠離羞恥的本意很少，而苟且偷安、貪多務得的行為卻太多。這些都說明風俗教化的成就，還是沒有辦法達到漢朝的水平呢。

夫所聞或淺，而其義甚高；與所知有餘，而其守不足者❶，其故何哉？由漢之士，察舉❷於鄉閭，故不得不篤於自修，至於漸摩❸之久，則果於義者，非強而能也。今之士選用於文章❹，故不得不篤於所學，至於循習之深，則得於心者，亦不自知其至也。由是觀之，則上所好，下必有甚者焉❺，豈非信歟！今漢與今有教化開導之方，有庠序養成之法，則士於學行，豈有彼此之偏，先後之過乎？夫〈大學〉❻之道，將欲誠意、正心、修身，以治其國家天下，而必本於先致其知❼。則知者固善之端，而人之所難至也。以今之士，於人所難至者既幾❽矣。則上之施化，莫易於斯時，顧所以導之如何爾。

【章旨】本段分析漢宋兩代學風、士風不同，其原因在於選士制度的差異，進而歸結到應重視庠序養成之法這一重點之上。

【注釋】❶夫所聞或淺四句　前二句指漢代，後二句指宋代。所聞、所知，均指儒家經典中所闡明的先王之道。❷察舉　漢代選拔官員的制度，由各級地方官吏察訪本地賢士，逐級上報審察，然後由公車送京任職。其科目有孝廉、賢良文學、茂才等。參見卷三十六漢武帝〈議不舉孝廉者罪詔〉。❸漸摩　不斷薰陶感化。《漢書・董仲舒傳》：「漸民以仁，摩民以誼。」顏注：「漸謂浸潤之，摩謂砥礪之也。」❹選用於文章　宋代科舉，試進士者考詩、賦、論各一首，策五道，諸經墨義十條。但以詩賦論策為主。❺則上所好二句　《孟子・滕文公上》：「上有好者，下必有甚者焉。」❻大學　《禮記》中篇名，至南宋朱熹始將其劃分章節，單獨成書，並列為「四書」之一。❼將欲誠意正心修身三句　《禮記・大學》：「大學之道，在明明德。……古之欲明明德於天下者，先治其國；欲治其國者，先齊其家；欲齊其家者，先修其身；欲修其身者，先正其心；欲正其心者，先誠其意；欲誠其意者，先致其知。」朱熹曰：「致，推極也。知，猶識也。推極吾之所知，欲其所知無不盡也。」❽幾　希望。通「冀」。此處有庶幾能達之意。

【語譯】至於像漢代那樣所獲得的知識也許很淺陋，而他們的道德操守卻很高尚；跟宋代這樣獲得的知識有多餘，而他們的道德操守卻不夠，這原因究竟是為什麼呢？因為漢朝的讀書人是通過察舉的方法經由鄉里選拔上來，所以不得不努力修養自己的道德操守，達到長久地薰陶感化，因此他們堅決為義而殉身，並不是勉強才這麼做的。今天的讀書人通過文章來選拔人才，所以不得不努力學好知識，至於遵循傳統習俗的深刻程度，這是由於內心所受到的感染，連他們也不明瞭自己何以會是這樣。通過這些情況看來，朝廷喜歡什麼，下邊一定會更加厲害，這難道不確實嗎！假如使漢代和現代都有教化啟發引導的方法，有各級學校培養教育的制度，那麼讀書人對於自己的知識和品行，難道會有輕重彼此的偏差，或先或後的過錯嗎？〈大學〉裡面所講的道理，要想誠意、正心、修身，用來治理國家和天下，那就一定得把獲取全部的知識，放在首要的地位。這樣看來，獲取全部知識本來就是齊家治國的開端，並且是人們所難於達到的。而今天的讀書人，對於人們所難於達到的地方已經差不多可以僥倖達到了。那麼，朝廷官府施行教化，沒有比現在這個時候更容易的了，只是看引導的方法怎麼樣罷了。

筠為州，在大江之西，其地僻絕❶。當慶曆❷之初，詔天下立學，而筠獨不能應詔，州之士以為病。至治平三年❸，蓋二十有三年矣，始告於知州事尚書都官郎中❹董君儀。董君乃與通判州事國子博士鄭君蒨，相州之東南，得亢爽❺之地，築宮於其上。齋祭之室，誦講之堂，休息之廬，至於庖、湢、庫、廄❻，各以序❼為。經始於其春，而落成於八月之望。既而來學者，常數十百人。二君乃以書走京師，請記於予。

【章　旨】本段概述筠州學舍倡導、籌劃、修築、落成及開辦情況。

【注　釋】❶僻絕　蘇轍〈筠州聖壽院法堂記〉言此州「居溪山之間，四方舟車之所不由」，「以其險且遠也，士之行乎當時者，不至於其間」。❷慶曆　宋仁宗年號。慶曆四年，曾詔各州立學。❸治平三年　治平，宋英宗年號。三年即西元一〇六六年，上距慶曆四年（西元一〇四四年）正好二十三年。❹知州事尚書都官郎中　知州事即州太守，乃實銜。尚書都官郎中為虛銜，宋代地方官員多帶有中央虛銜。下句通判州事乃州之副長官，亦為實職，而國子博士亦為虛銜。❺亢爽　地勢高而開闊。❻庖湢庫廄　即廚房、浴室、車庫、馬廄。❼序　次序。或解東西兩廂，亦通。

【語譯】筠州雖為州城，在長江的西邊，這塊地方非常偏僻。在仁宗慶曆初年，曾有詔令要全國各地興辦學校，只有筠州沒有能夠執行詔令的規定，州裡面的讀書人認為這是一樁缺陷。到了英宗治平三年，距辦學詔令的頒發已有二十三年了，才開始稟告州知事、尚書都官郎中董君儀。董君便同通判州事、國子博士鄭君蒨一道，勘察州城的東南方，找到一塊高亢而又開闊的土地，把學校修建在這上面。齋戒祭祀的殿堂，誦讀講授的課室，休息住宿的寢舍，還包括廚房、浴室、車庫、馬廄等建築，都按照一定的順序修造。經營開始於這年春天，落成於八月十五。之後來學習的經常有幾十上百人。董、鄭二位便寫書信來到京城，請我寫一篇記。

予謂二君之於政，可謂知所務矣。使筠之士，相與升降乎其中，講先王之遺文以致其知，其賢者，超然自信而獨立；其中材勉焉，以待上之教化。則是宮之作，非獨使夫來者玩思❶於空言，以干世取祿而已。故為之著予之所聞者以為記，而使歸刻焉。

【章旨】本段對筠州學舍在培養人才方面寄予厚望。

【注釋】❶玩思　研習思考。《周易・繫辭上》：「是故君子居則觀其象而玩其辭，動則觀其變而玩其占。」

【語譯】我認為董、鄭二君對於政治，可以說是懂得應該做好什麼的了。假如筠州的讀書人都相互一起在學舍中肄業，講授古聖先王留下來的經文，以充實自己的知識，其中賢能的人就會出類拔萃，相信自己可以超群獨立；其中中等才能的人就會勉勵自己，以便接受來自上面的教育和感化。那麼這座學舍的興建，並不僅僅是為了使那些來這裡的人研究思考書上的那些空話，用它們去迎合世俗以求取功名利祿罷了。所以我才把我所聽到的一些情況寫成這篇記，讓他們回去刻在石上。

【研　析】亭臺樓閣記一類，只有學記最難。故林紓《春覺齋論文》中說：「學記一體，最不易為，王臨川、曾子固極長此種。」學記之難，在於學舍本身，既不壯麗；周圍景色，亦未必優美。故其本體，絕少可記之內容，因而從學校的性質作用落墨，以論代記，就成為唯一可行之法。〈宜黃縣學記〉正是這樣寫的。本篇作於其後，不可能完全重複，在闡明學校性質作用這一總的框架下，本文也有自己的特色，這表現在：一，前篇全面分析，本篇則重點抓住學校對學風士風的培養。二，前篇以三代作最高標準，以對照當代，而本篇則不涉及三代，而用漢、宋兩代的優劣作對比。三，前篇多處以《禮記》經文為據，雖未直接引用，但仍作為立論基礎，故方苞讚揚其「篤於經學」；而本篇卻一空傍倚，自創新論，能發揮個人獨立見解。儘管議論有欠周密處，但這種精神是可嘉的。姚氏有評曰：「宜黃、筠州二記，論學之指皆精甚。然宜黃記隨筆曲注，而渾雄博厚之氣鬱然紙上，故最為曾文之盛者。筠州記體勢方幅，而氣魄亦稍弱矣。」這個意見，主要站在尊經的角度，褒貶未必公允。應該兩篇各有特色，各有千秋。

徐孺子祠堂記

曾子固

【題　解】徐孺子（西元九七─一六八年），名穉，東漢豫章南昌人。家貧，常自耕稼，非其力不食。為人恭儉義讓，鄉人皆服其德。累被薦舉，皆不就。築室隱居，時稱「南州高士」。《後漢書》有傳。宋神宗熙寧九年（西元一〇七六年），曾鞏徙知洪州，第二年，即在洪州建徐孺子祠堂，堂在東湖西城上，即孺子故宅。曾鞏特撰寫此記。文中對孺子清高自許，不苟合於亂世的高風亮節作了充分的肯定。並把東漢黨錮諸賢與徐孺子作了比較評論之後，得出「忘己以為人，與獨善於隱約，其操雖殊，其志於仁一也」的結論。從而宣揚了儒家「用之則行，舍之則藏」、「可以進則進，可以止則止」的處世哲學。這也正是曾鞏為之立祠和作記的目的。王文濡有評曰：「東漢處士自以孺子為冠，文能揭其心事而出之，見解自高人一著。」

漢元興以後，政出宦者❶，小人挾其威福❷，相煽為惡。中材顧望，不知所為。漢既失其操柄，紀綱大壞。然在位公卿大夫，多豪傑特起之士❸，相與發憤同心，直道正言，分別是非白黑，不少❹屈其意。至於不容，而織羅鉤黨❺之獄起。其執彌堅，而其行彌厲。志雖不就，而忠有餘。故及其既歿，而漢亦以亡。當是之時，天下聞其風慕其義者，人人感慨奮激，至於解印綬，棄家族，骨肉相勉，趨死而不避❻。百餘年間，擅彊大覬非望者相屬，皆逡巡而不敢發❼。漢能以亡為存，蓋其力也。

【章旨】本段交代徐孺子所處時代背景，突出宦官與黨錮諸賢的鬥爭，高度讚揚諸賢趨死不避的剛直品格，並把「漢能以亡為存」的功勞歸於他們。

【注釋】❶漢元興以後二句　東漢和帝永元十七年（西元一〇五年）四月，改年號為元興元年。未及一年而帝崩。鄧太后以女主臨朝稱制，詔令不出房闈之間。故不得不委用宦官，朝政大權從此落入宦官之手。❷威福　刑罰和獎賞。《尚書・洪範》：「惟辟作福，惟辟作威。」後多用指妄自尊大，濫用權勢。❸豪傑特起之士　指楊震、李固、李膺、陳蕃、杜密等人。❹少同「稍」。❺鉤黨　相互牽連，引為同黨。《文選・宦者傳論》李周翰注曰：「鉤黨謂鉤取諫者同類，使轉相誣謗而殺之也。」《後漢書・靈帝紀》：「建寧二年冬十月丁亥，中常侍侯覽諷有司奏前司空虞放、太僕杜密、長樂少府李膺、司隸校尉朱瑀……皆為鉤黨，下獄，死者百餘人。妻子徙邊，諸附從者錮及五屬。制詔州郡大舉鉤黨。於是天下豪傑及儒學行義者，一切結為黨人。」❻至於解印綬四句　解印綬，即棄官職，印和繫印的絲組，是官吏任職的標誌。當時如張儉逃亡，「望門投止，莫不重其名行，破家相容」。「其所經歷，伏重誅者以十數，宗親並皆殄滅，郡縣為之殘破」。范滂聞宦官欲捕己，「即自詣獄，縣令郭揖大驚，出解印綬，引與俱亡」。滂不欲連累他人，卒出就獄，其母與之訣曰：「汝今得與李、杜齊名，死亦何恨！」見《後漢書・黨錮列傳》。❼百餘年間三句　東漢元興以後至漢亡（西元二二〇年），計時一一六年。自梁冀弒質帝，董卓行廢立，至曹操自進為魏王，獨攬朝政。漢獻帝虛擁帝號三十年，漢已是名存實亡。覬非望，希圖達到非分的目的。逡巡，遲疑不決貌。

【語　譯】東漢元興年以後，朝廷政令出自宦官之手，小人利用權勢，濫行賞罰，相互煽動，為非作歹。中等才德之人徘徊觀望，無所適從。東漢朝廷已經失去權柄，法紀制度全都敗壞了。然而在位的公卿大夫，不少是才能傑出的豪俊之士，他們一同奮發努力，同心同德，堅守正道，仗義直言，分辨是非黑白，毫不委屈求全。以至於為當權者所不容，當權者羅織罪名，大興黨錮之獄。而他們的操守卻更加堅定，行為更加振奮。壯志雖未遂，忠心卻有餘。所以等到他們死了以後，漢室也隨著滅亡了。在這個時候，天下聞知他們的高風、仰慕他們亮節的人，無不感慨奮激，以至於辭去官職，拋棄家庭，骨肉親人相互勉勵，慷慨赴死，決不退避。一百多年間，掌握強大的權力，有著不軌企圖的人，一個接著一個，但他們都遲疑不決，不敢行動。漢室能在危亡中繼續存在，應該是由於他們的力量。

孺子於時，豫章❶太守陳蕃❷、太尉黃瓊❸，辟皆不就。舉有道，拜太原太守❹，安車備禮，召皆不至。蓋忘己以為人，與獨善於隱約❺，其操雖殊，其志於仁一也。在位士大夫，抗❻其節於亂世，不以死生動其心，異於懷祿之臣遠矣。然而不屑去者，義在於濟物故也。孺子嘗謂郭林宗❼曰：「大木將顛，非一繩所維。何為棲棲❽，不皇❾寧處？」此其意，亦非自足於丘壑，遺世而不顧者也。孔子稱顏回：「用之則行，舍之則藏。惟我與爾有是夫！」❿孟子亦稱孔子：「可以進則進，可以止則止，乃所願，則學孔子。」⓫而《易》於君子小人消長進退，擇所宜處，未嘗不惟其時則見，其不可而止，此孺子之所以未能以此而易彼也。

【章旨】本段在簡述徐孺子隱居不仕，拒絕徵召的基礎上，將他與黨錮諸賢加以比較，從而得出「其志於仁一也」的結論，並以孔孟的話來闡明徐孺子的處世態度。

【注釋】❶豫章　漢郡名，治所在今江西南昌。❷陳蕃　東漢平輿（今屬河南）人，字仲舉。歷官樂安、豫章太守，後任太尉，反對宦官專權，為太學生所敬重。官至太傅時，與外戚竇武謀誅宦官，謀泄被殺。❸黃瓊　東漢江夏安陸（今屬湖北）人，字世英。朝廷徵辟初任議郎，後遷尚書令，官至太尉、司空，反對外戚梁冀專權，奏劾貪汙，海內共仰之。❹舉有道二句　東漢安帝建光元年（西元一二一年），令郡國守相舉有道之士各一人，後遂為例。太原郡治晉陽，即今山西太原。《後漢書・徐穉傳》載：「後舉有道，家拜太原太守，皆不就。」❺隱約　隱居憂困。❻抗　高尚。❼郭林宗　即東漢名士郭泰，太原界休（今屬山西）人。曾為太學生首領，與李膺等友善。黨錮之禍起，遂閉門授徒，弟子數千。徐孺子的話見《後漢書》本傳。❽棲棲　忙碌不安的樣子。❾不皇　不暇。皇，通「遑」。❿孔子稱顏回四句　見《論語・述而》。⓫孟子亦稱孔子五句　見《孟子・公孫丑上》。

【語譯】徐孺子在當時，豫章太守陳蕃、太尉黃瓊徵聘他去做官，他都推辭不去。薦舉他為「有道之士」，在他家中拜他為太原太守，用安車、備厚禮前去召請，他都拒絕不去。這是因為那些忘記自己一心為他人造福的人，和他這種隱居在窮愁憂困中只求潔身自好的人，這兩種人的處世態度雖然不同，但他們立志實行仁道的目標是一樣的。在位的士大夫，在亂世中堅持高尚的節操，不會因為生死而改變他們的志向，他們同一味貪圖功名利祿的臣子當然是大不相同的，但他們還是不希望棄官而去，這是因為他們把濟世救民當作自己的責任。徐孺子曾經對郭林宗說：「大樹將要傾倒了，不是一根繩子所能繫得住的。你為什麼這樣忙碌不安，不過幾天的安寧日子呢？」看這意思，他也並不是一個滿足於隱居山林、超脫人間、不戀塵世的人。孔子曾經稱讚顏回：「任用我就出仕，不用我就退隱。只有我和你才能這樣吧！」孟子也稱讚孔子：「可以仕進就仕進，可以退隱就退隱。至於我的願望，就是學習孔子。」《易經》上關於君子之道與小人之道消長進退的說法，就是要人們考慮時機，恰當地加以處置，沒有不認為在時機許可時就出來，時機不許可就退避，這也正是徐孺子沒有能夠用黨錮諸賢的原則來替代自己的處世態度的緣故。

孺子姓徐，名穉，孺子其字也，豫章南昌人。按圖記❶：章水❷北逕南昌城，西歷白社❸，其西有孺子墓。又北歷南塘❹，其東為東湖。湖南小洲，上有孺子宅，號孺子臺。吳嘉禾❺中，太守徐熙❻於孺子墓隧種松，太守謝景❼於墓側立碑。晉永安❽中，太守夏侯嵩❾於碑旁立思賢亭，世世修治。至拓跋魏❿時，謂之「聘君亭」。今亭尚存，而湖南小洲，世不知其嘗為孺子宅，又嘗為臺也。予為太守⓫之明年，始即其處結茆為堂，圖孺子像，祠以中牢⓬，率州之賓屬拜焉。漢至今且千歲，富貴堙滅者，不可稱數。孺子不出閭巷，獨稱思至今。則世之欲以智力取勝者，非惑歟？孺子墓失其地，而臺幸可考而知。祠之，所以視邦人以尚德，故并采其出處之意為記焉。

【章　旨】本段歷敘立祠地點的沿革、立祠時間及經過，最後點明全文宗旨。

【注　釋】❶圖記　因以下引文乃《水經注》中語，故當時《水經》可能配有畫圖。❷章水　亦稱豫章水，乃贛江西源，出崇義聶都山，東北流經大庾、南康，入贛州，會貢水，始稱贛江。此處實指贛江。❸白社　地名，在南昌城南。❹南塘　在東湖（位於南昌城東南隅）上，一名萬柳堤，俗呼南塘塍。❺嘉禾　三國吳大帝孫權年號（西元二三二—二三七年）。❻徐熙　三國時湖南長沙人，曾官豫章太守（見《水經注》）。❼謝景　三國時宛人，字叔發。孫權立其子登為太子，以謝景為賓客。曾官豫章太守，有治績，吏民稱之。❽永安　西晉惠帝年號（西元三〇四年）。❾夏侯嵩　晉梁郡人，曾官豫章太守（見《水經注》）。❿拓跋魏　即北魏，北魏為鮮卑族拓跋氏所建，故稱。⓫予為太守　神宗熙寧九年（西元一〇七七年），曾鞏權知洪州軍州事，充江南西路兵馬都鈐轄。明年即熙寧十年。⓬中牢　豬羊二牲，即少牢。

【語　譯】孺子姓徐名穉，孺子是他的字，豫章郡南昌縣人。根據圖記記載：章水向北經過南昌城，又向西流經白社，白社的西面有孺子墓。又向北經過南塘，它的東面是東湖。湖南的小洲上有孺子的住宅，叫孺子臺。三國吳嘉禾年間，太守徐熙在孺子墓的墓道上種植松樹，太守謝景在墓旁立碑。晉永安年間，太守夏侯嵩在碑旁建立思賢亭，代代修理整治。一直到北魏年間，又稱為「聘君亭」。現在亭還在，而東湖南面的小洲，世人不知道那裡曾經是孺子的住處，又曾經被稱作孺子臺的。我擔任洪州太守的第二年，才在那個地方用茅草修造起一座祠堂，畫了孺子的像，用豬羊二牲祭祀他，率領州裡的賓客拜奠他。東漢到現在已經將近一千年了，生前富貴而死後卻默默無聞的人，不計其數。而孺子足不出鄉里，獨獨被人們稱頌思念到今天。這樣看來，人世間那些只想靠智慧才能取勝的人，難道不糊塗嗎？孺子的墓地已不可知，好在孺子臺還可以考查得知。給他立祠是為了教育州裡的人崇尚道德，所以我採輯了前人出仕和退隱的意義作為這篇記的內容。

【研　析】本篇最大特色在於選擇最有價值的角度。作為一篇祠記，作者既不寫立祠建廟的始末，也不具體敘述徐孺子生平經歷，而是集中表述徐孺子不仕亂世，累辭徵召，潔身自愛之德，並以儒家獨善其身之道加以肯定，以突出宣揚「出處之意」這一宗旨。為了把這個主題具體表達出來，文章主要採用了烘托對比手法，特地首先概述同處漢末「在位士大夫，抗其節於亂世，不以死生動其心」的黨錮諸賢，他們的人品節操，令後人景仰。徐孺子與之相較，「其操雖殊，其志於仁一也」。這樣，就可以把徐孺子的心跡品德，提到一個更高的境界。這是正比。文章還兼以那些「懷祿之臣」，即「富貴堙滅者」，作為反比。這使得文章內容豐富，搖曳多姿。故茅坤評之曰：「論有本末。」徐乾學評之曰：「本諸孟子歸潔其身之義而曲暢其辭。」

襄州宜城縣長渠記

曾子固

【題　解】襄州，宋屬京西南路，治所在今湖北襄樊，宜城縣今屬湖北，宋時屬襄州。長渠在宜城縣西南，一名白起渠，最初為戰國時秦白起所鑿，出於軍事目的，引西山長谷水，從城西灌城東，入注為淵，從而攻破楚之舊都鄢郢（即宜城，漢惠帝三年改），百姓隨水流死於城東者數十萬（見《水經注・沔水》）。入秦以後，這一禍民工程卻起了利民灌溉作用。但至宋時年久失修，已不能灌溉。曾鞏於神宗熙寧六年（西元一〇七三年）移知襄州軍州事，受曾任宜城縣令孫永的委託，調查了長渠的歷史和現狀。他從長渠的歷史沿革，以及縣令張永、知州張瓌出於地方官的責任心，在考察山川形勢、古今異同的基礎上修復長渠，使長渠兩岸百姓足食甘飲，四方之民均受其益的現實，悟出了「宜知其山川與民之利害者，皆為州者之任」的道理，能夠把為百姓造福一方作為為官的宗旨，這一思想在古人身上，是難能可貴的。故特作此記以告後人。

荊❶及康狼❷，楚❸之西山也。水出二山之間，東南而流，春秋之世曰鄢水❹。

左丘明傳魯桓公十有三年❺「楚屈瑕伐羅」，「及鄢，亂次以濟❻」是也。其後曰夷水❼，《水經》❽所謂「漢水❾又南過宜城縣東，夷水注之」是也。又其後曰蠻水，酈道元❿所謂「夷水避桓溫⓫父名，改曰蠻水」是也。秦昭王二十八年⓬，使白起⓭將，攻楚。去鄢⓮百里，立堨⓯，壅是水為渠，以灌鄢。鄢，楚都也，遂拔之。秦既得鄢，以為縣。漢惠帝三年⓰，改曰宜城。宋孝武帝永初元年⓱，築宜城之大堤為城，今縣治是也，而更謂鄢曰「故城」。鄢入秦，而白起所為渠因不廢，引鄢水以灌田，田皆為沃壤，今長渠是也。

【章　旨】本段敘述長渠所在的地理位置、修築時間和原因，以及對後世的影響。

【注　釋】❶荊　山名。在湖北省西部，武當山東南，漳水發源於此。❷康狼　山名。在今湖北省南漳縣西。❸楚　春秋戰國時國名。此指當時楚國主要地區，即今湖北一帶。❹鄢水　源出南漳縣西康狼山東流至宜城縣南分為二支，均入漢水。鄢一作「鄢」，又作「漹」。❺魯桓公十有三年　即周桓王二十一年（西元前六九九年）。《春秋》三傳均以魯公紀年。❻楚屈瑕伐羅三句　屈瑕，楚武王子，為莫敖之官，位僅次於令尹。伐羅而敗，自縊於荒谷。《通志・氏族略》：「屈氏，楚之公族也。楚武王子瑕，食采於屈，因以為氏。屈原其後也。」羅，古國名。後為楚所滅。《左傳》杜注：「羅，熊姓國，在宜城縣西山中。」亂次以濟，本或作「亂次以濟其水」（見《經典釋文》）。意指雜亂無序地渡河。❼夷水　古水名，即今漢水支流蠻河。❽水經　我國最早的一部記述河道水系的專著。作者桑欽，一說郭璞（據《新唐書・藝文志》）。❾漢水　長江最大支流。源出陝西寧強縣，初名漾水，東流經沔縣稱沔水，又經褒城縣納褒水，始稱漢水。入湖北境後，又納丹江、南河、襄河等水，經宜城東折由武漢入長江。❿酈道元　字善長，北魏范陽涿縣（今屬河北）人，曾為荊州刺史、關右大使等職。好學，多覽奇書。所撰《水經注》四十卷，為世所重。⓫桓溫　字元子，東晉譙國龍亢（今安徽懷遠）人。父名彝，彝、夷，古字通。

桓溫尚南康長公主，封駙馬都尉。官至大司馬，封南郡公，陰謀篡位，未成而卒。⓬秦昭王二十八年　即西元前二七九年。一本「二」作「三」，據《史記・秦本紀》作「二」是。⓭白起　戰國時秦名將，屢戰屢勝，封武安君。後為相國范雎所忌，被迫自殺。⓮鄢　楚城邑名，在今湖北宜城境。春秋時稱大的城邑為都。⓯堨　遏水的土堰，即以土堵住水流，使其流入渠內。⓰漢惠帝三年　惠帝劉盈在位七年，三年即西元前一九二年。⓱宋孝武帝永初元年　永初為宋武帝劉裕年號，而非宋孝武帝劉駿年號。永初，應為「大明」之誤。《太平寰宇記》：「襄州宜城縣，宋大明元年，以胡人流寓者，立華山郡於大堤村，即今縣也。後魏改華山郡為宜城郡。」大明元年，即西元四五七年。

【語譯】荊山和康狼山，是楚地西部的山峰。發源於這兩座山中間，向東南方流的一條河，春秋時叫做鄢水。這也就是《左傳・桓公十三年》所說的「楚國屈瑕進攻羅國」，「到達鄢水，雜亂無序地渡過」的那條河。後來改名夷水，就是《水經》上說的「漢水又向南流，經過宜城縣東南，夷水注入」的那條河。以後又改稱為蠻水，就是酈道元《水經注》中所說的「夷水因避桓溫父親的名諱，改稱蠻水」的那條河。秦昭王二十八年，派白起領兵，攻打楚國。在距鄢邑一百里的地方，堆起泥石，阻擋水流，變成渠道，淹灌鄢邑。鄢城乃是楚國的大邑，最後終於攻下了這座城邑。秦國得到鄢邑以後，就把它作為一個縣。漢惠帝三年改名為宜城。南朝宋孝武帝大明元年，把宜城縣的大堤修築為城，這就是現在的縣治所在地，而把原來的鄢邑改稱「故城」。鄢邑歸入秦國以後，白起所築的渠仍然保存，鄢水被引來灌溉田地，田地都成為沃土，這也就是現在的長渠。

長渠至宋至和二年❶，久隳不治，而田數苦旱，川飲者無所取。令孫永❷曼叔率民田渠下者，理渠之壞塞，而去其淺隘，遂完故堨，使水還渠中。自二月丙午❸始作，至三月癸未❹而畢。田之受渠水者，皆復其舊。曼叔又與民為約束，時其蓄洩，而止其侵爭，民皆以為宜也。

【章　旨】本段簡略敘述宜城縣令孫永率民修復長渠的情況。

【注　釋】❶至和二年　治和為仁宗年號，二年即西元一〇五五年。❷孫永　字曼叔，世為趙（今河北趙縣）人，徙家長社（今河南許昌）。中進士，調襄城尉、宜城令，元豐間升端明殿學士。哲宗時召拜工部尚書，改吏部，卒謚康簡。❸二月丙午　即二月十九日。❹三月癸未　即三月二十六日。

【語　譯】長渠到了宋至和二年，毀壞不修已經很久了，而農田多次遭受大旱，靠渠飲水的人們得不到水。縣令孫永字曼叔，帶領在長渠下種田的民眾，治理修通了長渠毀壞堵塞之處，挖深擴寬它的淺狹部分，最終修好了舊時的土堰，使蠻河水還流渠中。從二月丙午日動工修整，到三月癸未日完工。受渠水灌溉的農田，都恢復了舊貌。曼叔又與百姓們訂下約法，要選擇適當時候蓄水排水，禁止相互間侵奪爭鬥，百姓都認為這是應該的。

蓋鄢水之出西山，初棄於無用，及白起資以禍楚，而後世顧賴其利。酈道元以謂溉田三千餘頃❶。至今千有餘年，而曼叔又舉眾力而復之，使並渠之民❷，足食而甘飲，其餘粟散於四方。蓋水出於西山諸谷者其源廣，而流於東南者其勢下，至今千有餘年，而山川高下之形勢無改。故曼叔得因其故迹，興於既廢。使水之源流，與地之高下，一有易於古，則曼叔雖力，亦莫能復也。夫水莫大於四瀆❸，而河蓋數徙，失禹之故道。至於濟水❹，又王莽❺時而絕。況於眾流之細，其通塞豈得而常？而後世欲行水溉田者，往往務躡古人之遺迹，不考夫山川形勢，古今之同異，故用力多而收功少，是亦其不思也歟❻？

【章　旨】本段分析孫永修渠成功的主要經驗，並對照批評那些缺乏科學態度的盲從古人者。

【注　釋】❶溉田三千餘頃　語出酈道元《水經注》：「白起渠溉田三千頃，膏良肥美，更為沃壤也。」❷並渠之民　長渠兩旁的百姓。並，通「傍」。❸四瀆　古人對中原地區四條獨流入海的大川的總稱。即江、淮、河、濟。《水經注》：「自河入濟，自濟入淮，自淮達江，水徑周通，故有四瀆之名。」❹濟水　源出河南濟源縣西王屋山，其故道東流至山東省入海。今其上游發源處尚存，而下游則為黃河所奪。❺王莽　字巨君，東漢平陵人，孝元皇后侄，為大司馬，秉政。後篡漢自立，改國號為新，僅十五年（西元九－二十三年）而亡。《水經注》：「王莽之世，川瀆枯竭，濟水便入於河，不復絕流而南。」「王莽」前之「又」字，姚注：「疑及。」「及」雖略優於「又」，但「又」亦可通。❻是亦其不思也歟　以上數句似譏王安石之興水利。

【語　譯】隋水從西山流出，起初人們棄之不用，直到白起借它來禍害楚國，後世反倒靠它獲得利益。這就是酈道元所說的灌溉農田三千餘頃。到如今一千多年了，曼叔又發動民眾合力修復了它，使長渠兩旁的百姓足食甘飲，還有餘糧分散給四方。因為渠水出於西山的許多山谷，水源豐富，而流到東南時地勢漸低，至今一千多年，山川高下的形勢並沒有改變。所以曼叔能夠根據故跡，把已廢的長渠興復。如果水的源流和地勢的高低，一旦與古代不同，那麼曼叔即使用盡力氣，也不可能使長渠恢復。河流沒有比四瀆更大的了，然而，黃河已經多次遷徙，大禹治水時的故道早就湮沒了。至於濟水，又在王莽的時候斷流了。至於那些眾多的小河，它們或通或塞，哪能永不變化呢？但後世那些想要引水灌溉田地的人，往往一定要跟著古人的遺跡辦事，不去考察古今山川形勢的異同，所以用力多而收效少，這不也是因為他們不去思考的緣故嗎？

初，曼叔之復此渠，白其事於知襄州事張瓌❶唐公。唐公聽之不疑，沮❷止者不用，故曼叔能以有成。則渠之復，自夫二人者也！方二人者之有為，蓋將任其職，非有求於世也。及其後，言渠堨者蠭出，然其心蓋或有求，故多詭而少實。獨長渠之利較然❸，而二人者之志愈明也。

【章旨】本段點出知州張瓌的促成此事，進而揭示二人目的在於盡其職，並非如其他人有求於世。

【注釋】❶張瓌　字唐公，宋全椒（今屬安徽）人。舉進士，除祕閣校理，知襄州事，遷淮南轉運使。遇事敢言，多次觸忤權要。❷沮　阻止。❸較然　鮮明的樣子。《漢書・張安世傳》：「賢不肖較然。」顏注：「較，明貌也。」

【語譯】當初，曼叔在準備修復長渠的時候，曾把此事向襄州知州張瓌字唐公報告。唐公毫不猶豫地聽從了，對於那些阻止者的話則不予採納，所以曼叔才得以成功。這樣看來，長渠的修復是由於這兩人之力啊！當兩人有所作為的時候，他們想的是要盡到自己的職責，並沒有想到要有求於當世。在此之後，談論修渠造堰的人很多很多，但他們的心裡大約都有所希求，所以欺世的多，務實的少。只有長渠的功效十分明顯，因而兩人的志向也就更加明白了。

熙寧六年❶，余為襄州，過京師。曼叔時為開封❷，訪余於東門，為余道長渠之事，而諉余以考其約束之廢舉。余至而問焉，民皆以謂賢君之約束，相與守之，傳數十年如其初也。余為之定著令，上司農❸。八年，曼叔去開封，為汝陰❹，始以書告之。而是秋大旱，獨長渠之田無害也。夫宜知其山川與民之利害者，皆為州者之任。故余不得不書以告後之人，而又使之知夫作之所以始也❺。

【章　旨】本段敘述作者撰寫此文的始末緣由，進而歸結出民之利害乃地方官職責所在。

【注　釋】❶熙寧六年　即西元一〇七三年。熙寧，宋神宗年號。這一年，曾鞏徙知襄州軍州事。❷為開封　開封為北宋首都，又稱東京。當時於開封府置權知州一人，以待制以上之官充任，掌尹正畿田諸事。孫永時以樞密直學士權知開封府。❸司農　指司農寺，掌糧食積蓄、倉廩管理、祿米供應諸事，王安石新法中農田水利法、青苗法等皆由其制訂或執行。❹為汝陰　北宋郡名，或稱潁州，治所在今安徽阜陽。熙寧八年三月，孫永以龍圖閣直學士知潁州。❺所以始也　以下《南豐集》尚有「曼叔今為兵部郎中、龍圖閣直學士。八月丁丑曾鞏記」二十一字。

【語　譯】熙寧六年，我調任襄州軍州事，路過京城。曼叔當時權知開封府，到東門來拜訪我，向我說起有關長渠的事，還委託我考查當年與百姓的約法是否遵守執行。我到襄州後便查問此事，百姓都認為這是賢君的約法，大家相約共同遵守，傳了幾十年仍同當初一樣。我把這些約法固定為法令，上報司農寺。八年，曼叔離開開封到汝陰郡任職，我才寫信告訴他。這一年秋天大旱，只有受長渠灌溉的農田沒有遭災。應該懂得當地山川對人民的利害關係，這都是州官的責任。所以我不得不寫下來告訴後來的人，而且又讓他們知道做這件事的起源。

【研　析】本篇主題記的不是長渠修建情況，而是長渠的修復。重點為宜城縣令孫永率民重修，使久隳不治之長渠，得以理其壞塞，去其淺隘，完故堨，使水還渠中數語，包括此後之管理約束，乃全文之中心。開頭一大段，則為緣起。從周圍地形、鄢水之源流，到白起立堨壅水，從為禍到造福；從渠成到年久失修。這乃是孫永復修的基礎。這一段敘事細密，「千年鄢水，本末如掌」（茅坤《唐宋八大家文鈔》）。接下兩段，夾敘夾議，既總結孫永成功經驗，又指出不考查古今山川同異而盲從古人之失，最後歸結出宜知山水與民之利害，乃州官之職責。這是對孫永復修長渠深刻涵義的概括和提高，也是本文主題的開掘和昇華。但這又寫得順理成章，入情入理，頗有水到渠成之妙。故王文濡評之曰：「表章曼叔，且以諷多詭而少實者，命意落筆煞有關係，足當『嚴謹』二字。」

越州趙公救菑記

曾子固

【題解】越州，北宋州名，治會稽（今浙江紹興）。趙公，即趙抃，字閱道，衢州西安（今浙江衢縣）人。仁宗景祐初年，官至殿中侍御史，敢於揭露時弊，不畏權貴，人稱「鐵面御史」。在杭州、成都等地任地方官時，能急民之難，勇於負責，政績卓著。神宗熙寧七年（西元一〇七四年）他出知越州，次年，吳越地區遭旱蝗之災，本文即圍繞救災工作的中心，災民的生活安排，總結了趙抃的成功經驗。他到任後，立即調查摸清能自救的、不能自救的、公私錢糧儲備等數據和情況；災害到來時，就能集中財力物力，採取發放救濟糧、平價售糧、以工代賑、防止疫病等具體措施，有條不紊地全面鋪開救災工作。在救災過程中，他敢於打破律令限制，獨立行事，並能以身作則，公而忘私，因而取得巨大成效。他的救荒政策在當時是有口皆碑的。《宋史·趙抃傳》、司馬光《涑水記聞》以及蘇軾〈趙清獻公神道碑〉都記述了他救旱的政績。而曾鞏此文則是關於這次救災情況最早而又最翔實的記錄。文章記述並讚揚他謀事在先、思慮詳備、計劃周密、措施有力，具有豐富的行政工作經驗，目的在於為官吏們提供救旱經驗和施政榜樣。正如儲欣所說：「此政非趙公不能行，亦非子固不能記。倣所記而力行之，天下雖有堯、湯之厄，吾民之委於溝壑者少矣。」（《唐宋十大家全集錄》）

熙寧八年❶夏，吳越大旱。九月，資政殿大學士❷、右諫議大夫、知越州趙公，前民之未饑，為書問屬縣❸：「菑所被者幾鄉？民能自食者有幾？當廩❹於官者幾人？溝防構築，可僦❺民使治之者幾所？庫錢倉粟，可發者幾何？富人可募出粟者幾家？僧道士食之羨❻粟書於籍者其幾具存？」使各書以對，而謹其備。

【章旨】本段敘述趙抃在災前便進行一系列的調查摸底，故能做到心中有數。

【注釋】❶熙寧八年　西元一〇七五年。熙寧，宋神宗年號。❷資政殿大學士　資政殿在龍圖閣東序，大學士位在翰林學士承旨之上。宰相罷政者，多授此官。趙抃於神宗初年擢參知政事、資政殿學士。因與王安石不合，再知成都。《續資治通鑑長編》卷二五四：「熙寧七年六月壬辰，知成都府、資政殿大學士趙抃知越州，從所乞也。」❸屬縣　指越州下屬的會稽、山陰、剡、諸暨、餘姚、上虞、蕭山、新昌等縣。❹廩　廩食，指由官府供給糧食。❺僦　租賃，引申為僱傭。❻羨　節餘。

【語譯】熙寧八年夏天，吳越一帶遭到特大旱災。九月，資政殿大學士、右諫議大夫、越州知州趙公，在百姓還沒有遭到饑荒以前，就發文書查問所屬各縣：「遭受災荒的有幾個鄉？百姓能自己找到糧食的有多少人？應該由官府供給糧食的有多少人？溝渠堤防、工程建築，可以僱用民工去修整的有幾處？府庫官倉中的錢糧，可供發放救災的有多少？可以募捐出糧食的富人有幾家？和尚道士食用之外的餘糧登錄在簿籍上的實存多少？」指令各縣分別用書面上報，以便認真地做好救災準備。

州縣吏錄民之孤老疾弱不能自食者二萬一千九百餘人以告。故事：歲廩窮人，當給粟三千石而止。公斂富人所輸，及僧道士食之羨者，得粟四萬八千餘石，佐其費。使自十月朔❶，人受粟日一升，幼小半之。憂其眾相蹂❷也，使受粟者男女異日，而人受二日之食。憂其且流亡也，於城市郊野，為給粟之所，凡五十有七，使各以便受之。而告以去其家者勿給。計官為不足用也，取吏之不在職而寓於境者，給其食而任以事。不能自食者，有是具也。能自食者，為之告富人，無得閉糴❸。又為之出官粟，得五萬二千餘石，平其價予民，為糶粟之所凡十有八，使糴❹者自便如受粟。又僦民完城四千一百丈，為工三萬八千，計其傭與錢，又與粟再倍之。民取息錢者，告富人縱予之，而待熟，官為責其償。棄男女者，使人得收養之。

【章旨】本段記述趙公根據不同情況，採取了給粟、平糶、以工代賑等具體措施，使災民都能度過饑荒。

【注釋】❶朔　每月初一。❷蹂　踐踏。❸閉糴　囤糧不賣。糶，賣出糧食。❹糴　買入糧食。

【語譯】州縣官吏統計出屬於孤老病弱、自己找不到糧食的百姓，共二萬一千九百多人登記上報。按照慣例：每年由官府救濟窮人的糧食應當以三千石為限。趙公募集富人上繳的以及和尚道士的餘糧，共計糧食四萬八千餘石，用以補助救災的費用。命令從十月初一開始，每人每天領取稻穀一升，小孩減半。他擔心人多會互相擁擠踐踏，就規定男女區別隔日領取，每人一次領取兩天的糧食。又擔心百姓會逃荒外流，便在城裏和郊外都設立了發放救濟糧的地方，共五十七處，讓災民就近領取，同時還告訴他們，凡離家外流的就不再發給。他估計到救災官員不夠使用，就把沒有實職而又住在越州的閒散官員召集起來，供給他們口糧，派他們擔任各種救災事務。對於那些自己不能找到糧食的人，他就採取了這樣一些措施。對於自己有力量購買糧食的人，官府替他們告誡富人，不准囤糧不賣。又為他們拿出官倉中的糧食，共計五萬二千餘石，平價賣給他們，設置賣糧的地方共十八處，讓買糧的人也很方便，就同領取救濟糧的人一樣。他又僱用民工修城四千一百丈，共計三萬八千個工，根據做工的多少發給工錢，又給了兩倍的糧食。百姓要借有息貸款的，他勸告富戶放手借給他們，等到莊稼成熟以後，由官府責成他們如數償還。被遺棄的男女幼童，派人負責收養起來。

明年春，大疫。為病坊❶，處疾病之無歸者。募僧二人，屬以視醫藥飲食，令無失所恃。凡死者，使在處❷隨收瘞❸之。

【章旨】本段記載趙抃用醫病瘞死等措施來對付瘟疫流行。

【注釋】❶病坊　病院。❷在處　就地。❸瘞　埋葬。

【語譯】第二年春天，瘟疫流行。他建起了醫院，用以安置無家可歸的病人。招募到兩個和尚，囑咐他們照料病人的醫藥飲食，使這些病人不致失去依靠。凡是死去的人，就地隨時收斂埋葬。

法廩窮人，盡三月當止，是歲盡五月而止。事有非便文者❶，公一以自任，不以累其屬。有上請者，或便宜，多輒行。公於此時，蚤❷夜憊心力不少❸懈，事細鉅，必躬親。給病者藥食，多出私錢。民不幸罹旱疫，得免於轉死❹；雖死得無失斂埋，皆公力也。

【章旨】本段敘述趙抃在救災時以身作則、事必躬親的工作作風。

【注釋】❶非便文者　不合法例，不便見之於公文的。❷蚤　同「早」。❸少　同「稍」。❹轉死　輾轉流離而死亡。

【語譯】法令規定：由官府供給糧食救濟窮人，滿三個月就要停止，但是這一年滿了五個月才停止。有些該辦而又不合法例的事，趙公一概自己承擔下來，不使他的下屬為此受到牽累。有些應該向上司請示以後再辦的事，只要是便於公宜於民的，大都不待批覆就立即施行。趙公在這段期間，不分晝夜，操心勞力，不敢稍有懈怠，無論事情大小，必定親自處理。救濟病人的藥物、糧食費用，他自己拿出來很多私錢。百姓不幸遭此旱災瘟疫，能免於流離死亡；或者雖然死了，也不至於無人收葬，這都是趙公的力量啊！

是時旱疫被吳越，民饑饉❶疾癘死者殆半，菑未有鉅於此也。天子東向❷憂勞，州縣推布上恩，人人盡其力。公所拊循❸，民尤以為得其依歸。所以經營綏輯❹，先後終始之際，委曲纖悉，無不備者。其施雖在越，其仁足以示天下；其事雖行於一時，其法足以傳後。蓋菑沴❺之行，治世不能使之無，而能為之備。民病而後圖之，與夫先事而為計者，則有間矣；不習而有為，與夫素得之者，則有間矣。余故采於越，得公所推行，樂為之識❻其詳。豈獨以慰越人之思，將使吏之有志於民者，不幸而遇歲之菑，推公之所已試，其科條，可不待頃而具。則公之澤，豈小且近乎？

【章旨】本段論述在大災背景下趙公救災經驗之可貴，並兼及寫作本文的目的。

【注釋】❶饑饉　穀不熟為饑，蔬不熟為饉，此泛指飢餓、災荒。❷東向　北宋都城在開封，吳越在開封東南，故稱。❸拊循　安慰；安撫。拊，通「撫」。❹綏輯　安頓；安置。❺菑沴　泛指自然災害。沴，惡氣；災氣。❻識　同「誌」。記述。

【語譯】這個時期，旱災瘟疫遍及吳越地區，百姓由於飢餓和疾病，死亡的將近半數，災情沒有比這次更大的了。皇帝遙望東方的吳越，憂心勞神；州縣官吏為推廣宣揚皇上的恩德，人人竭盡了自己的力量。趙公所安撫的地方，百姓更加感覺到得到了依靠和歸宿。趙公在謀劃救災，安頓災民，考慮工作的先後順序、堅持有始有終等方面，周密細緻，沒有計畫不到之處。他的救災措施雖然只在越州實施，而他的仁德精神足以示範於天下；他的動人的事跡雖只推行於一時，而他的行動楷模卻足以流傳後世。因為自然災害的流行，即使是太平盛世也無可避免，而他卻能事先作好準備。百姓有了憂患，然後才設法挽救，跟在事發之前就作好各種準備的人相比較，那是有差距的；不經過學習而偶然有所作為，跟平素就注意積累經驗的人相比較，那也是有差距的。我之所以到越州去採訪，訪得趙公推行救災措施的情況，便愉快地替他作了詳細的記述。這不僅僅是為了安慰越州百姓對趙公懷念之情，還打算讓有心為百姓做好事的官吏，在不幸遇上災荒年景時，推行趙公試行過的辦法，那麼，他們救災的章程條例不用多大功夫就可以準備齊全。這樣看來，趙公的恩惠德澤，難道是小而近的嗎？

公元豐二年❶，以大學士加太子少保致仕，家於衢❷。其直道正行，在於朝廷，豈弟❸之實，在於身者，此不著。著其荒政可師❹者，以為〈越州趙公救菑記〉云。

【章旨】本段交代趙公最後官職，並再次點明本篇的主要內容。

【注　釋】❶元豐二年　即西元一〇七九年。元豐為宋神宗年號。❷衢　北宋州名，治所在今浙江衢州。❸豈弟　又作「愷悌」。平易近人，寬厚溫和。《詩經・青蠅》：「豈弟君子。」❹師　師法；效法。

【語　譯】元豐二年，趙公以大學士加太子少保的官銜離職退休，住在家鄉衢州。他在朝廷堅持原則的正直事跡，表現在他身上寬厚平易的優良品德，這裡不一一加以記述了。我只記述他在救濟災荒中的那些值得後人效法的政策和措施，寫成這篇〈越州趙公救菑記〉。

【研　析】善於敘事是曾鞏散文的一大特色，他能夠以史學家的眼光來選取事實、剪裁素材，並用簡潔凝鍊的文字有條不紊地加以記述，本篇正突出地體現出這一特色。文章中心是記述趙抃的荒政，故先寫災前的準備，列舉趙抃向屬縣調查的有關項目，接下又用一系列數字來表明救災的具體措施和效果。前後呼應，不難看出趙抃慮事之周密，作風之踏實，措施之得力，確實可以給官吏們提供不少有用的經驗和樹立一個救災的榜樣。救災工作複雜而又繁瑣，而此文卻能面面俱到而又不枝不蔓，條理清晰而又中心突出，並且做到結構嚴密，層次分明。這正如茅坤所評：「趙公之救災，絲理髮櫛，無一遺漏；而曾公之記其事，亦絲理髮櫛，而無一不入於機杼，及其髻總。救災者熟讀此文，則於地方之流亡如掌股矣。」陸翔亦有評曰：「事實繁叢瑣屑，而敘次清晰條暢，文之最有實用者。」可見，本文的實用價值高於其欣賞價值。

擬峴臺記

曾子固

【題　解】峴山，又名峴首山，在今湖北襄陽南。西晉名將羊祜鎮守襄陽時經常登此山，羊祜在襄陽開屯田，儲軍備，政清人和。死後，百姓為其修廟立碑於此山上，名曰「墮淚碑」。羊祜因而成為古代地方官員文治武功的楷模，而峴山也成為歷代文人記序題詠的名勝。江西撫州與湖北襄陽本來相距甚遠，二者全無關係。但撫州知州裴君卻把他修建的臺取名「擬峴臺」，此中暗含他仰慕襄陽峴山、自比羊祜的用意。在本文中，曾鞏並未把裴君與羊祜聯繫起來而妄加褒揚，只把擬峴臺與峴山相似之處一筆帶過，而是集中記述建臺的經過和描寫撫州周圍的山林景色。作者如實地肯定了裴君闢荒建臺的勞績，而重點卻在於描繪撫州城郊的山水秀美，土地肥沃，民情淳樸。最後落墨於勉勵裴君要為政簡靜，與民同樂，既寄託了作者的政治理想，又不失為臺主人記臺之主旨。雖為應酬文字，卻寓有嚴肅的政治內容，既不曲意奉承，又不敷衍草率。這正如張伯行所評：「景象歷歷如畫，而歸宿在民康物阜，上下同樂，有典有則之文。」

尚書司門員外郎❶晉國裴君❷，治撫之二年❸，因城之東隅，作臺以遊，而命之曰「擬峴臺」。謂其山谿之形，擬乎峴山也。數與其屬與州之寄客者❹遊，而間獨求記於余。

【章　旨】本段簡述臺之來歷，並介紹臺名之緣由。

【注　釋】❶尚書司門員外郎　官名，屬刑部，刑部隸尚書省。宋制，刑部其屬三：都官、比部與司門，司門設郎中、員外郎各一人，掌門關津梁道路之禁令及其廢置移復之事，見《宋史・職官志》。❷晉國裴君　晉國，泛指山西地區。或因唐名相裴度封晉國公，其後人亦稱晉國。裴君名材，清《一統志》：「江南撫州府擬峴臺在臨川縣東鹽步嶺，宋嘉祐二年知撫州裴材建，曾鞏有記。」❸治撫之二年　指仁宗嘉祐二年（西元一〇五七年），按曾鞏於此年進士第，故虞集跋此記，以為是其「登進士第歸鄉時作」。❹寄客者　流寓之人。

【語　譯】尚書司門員外郎晉國裴君於治理撫州的第二年，在靠近州城的東角，築起了一座臺子，用來作為遊樂之地，給它命名為「擬峴臺」。認為那裡的山嶺谿谷的形狀，可以和襄陽峴山相比擬。裴君多次同他的下屬和寄寓州裡的客人一起在臺上遊樂，卻單獨求我為這座臺作篇記。

初，州之東，其城因大邱，其隍❶因大谿❷，其隅因客土❸，以出谿上。其外連山高陵，野林荒墟，遠近高下，壯大閎廓，怪奇可喜之觀，環撫之東南者，可坐而見也。然而雨隳潦❹毀，蓋藏棄委於榛蘻茀草❺之間，未有即而愛之者也。君得之而喜，增甓❻與土，易其破缺，去榛與草，發❼其亢爽，繚以橫檻，覆以高甍❽，因而為臺。以脫埃氛，絕煩囂，出雲氣，而臨風雨。然後谿之平沙漫流，微風遠響，與夫浪波洶湧，破山拔木之奔放，至於高桅勁艣❾，沙禽水獸，下上而浮沉者，皆出乎履舄❿之下。山之蒼顏秀壁，巔崖拔出，挾光景⓫而薄星辰。至於平岡長陸，虎豹踞而龍蛇走；與夫荒蹊聚落，樹陰晻曖⓬，遊人行旅，隱見而斷續者，皆出乎衽席⓭之內。

【章　旨】本段敘寫此臺的地理位置、建臺的經過及其周圍景色。

【注　釋】❶隍　城壕。有水稱池，無水稱隍。❷大谿　指汝水，又名臨川江、撫河，今通稱盱江，為贛江支流，繞撫州城東北。❸客土　他處之土。《漢書・成帝紀》服虔注：「取他處土以增高為客土也。」❹潦　雨後積水。❺榛蘻茀草　雜樹野草。榛，荊棘。蘻，同「叢」。聚木曰叢。茀，《說文》：「艸多也。」❻甓　磚。❼發　呈現；顯示。❽甍　屋脊。❾高桅勁艣　桅，船上帆竿。艣，同「櫓」。划船工具，借以指代大船。❿履舄　鞋子。單底鞋為履，複底而著木者為舄。⓫光景　指日月的光輝。景，通「影」。⓬晻曖　又作「晻藹」。昏暗不明貌。⓭衽席　床鋪。高山景色，平望而收，故以「衽席」喻遠景近收。

【語　譯】當初，撫州城東邊，那段城牆依傍著一座大土丘，城壕靠著大河，那個城角就在從別處移過來的土堆上面，高出於大河之上。城外連綿的山脈，高高的丘陵，田野的樹林，荒蕪的土丘，遠處近處，高處低處，壯大宏闊，千奇百怪，令人可喜的景象，坐在城樓上環視就可以盡收眼底。但到後來，雨淋水淹，城牆逐漸毀壞，最後終於被掩蓋埋沒，廢棄在雜樹野草叢中，沒有人再走進並且喜愛這個地方了。裴君發現了它非常高興，便動手增磚加土，修破補缺，鏟除荊棘雜草，顯露出高亢爽朗的形勢，又以欄杆圍繞四周，房頂覆蓋高屋脊，就這樣築成了高臺。以超脫塵氛，遠離煩雜喧囂的塵世，高出於雲天之上，面對著清風細雨。自此之後，河流兩岸平坦的沙地，緩緩流過的大河，空谷的微風，遠山的迴響，與那波濤洶湧、穿山拔木、奔騰不息的激流，直至在水中桅杆高聳快速划動的船舶，岸邊的飛禽，水中浮沉的各種動物，全都呈現在遊人的腳下。山色蒼翠，峭壁秀麗，懸崖峻嶺，拔地而起，懷抱日月而直逼星辰。至於那些平緩的山岡，廣闊的平原，有虎豹盤踞，龍蛇奔走；以及那荒僻的田徑村落，昏暗的林陰樹影，和忽隱忽現，絡繹不絕的遊人旅客，全都顯露在我們的床席之內。

若夫雲烟開斂，日光出沒，四時❶朝暮，雨暘❷明晦，變化之不同，則雖覽之不厭。而雖有智者，亦不能窮其狀也。或飲者淋漓，歌者激烈。或靚❸觀微步，旁皇徙倚❹。則得於耳目，與得之於心者，雖所寓之樂有殊，而亦各適其適也。

【章　旨】本段從遊人角度寫臺周四季景色變化，遊人均能各得其樂。

【注　釋】❶四時　四季。❷暘　日出；天晴。❸靚　通「靜」。平靜。❹徙倚　徘徊流連。

【語　譯】至於雲霧煙霞，忽開忽合，日月光芒，時出時沒，春秋四季，從早到晚，有時下雨，有時天晴，有時明朗，有時昏暗，這些千變萬化的不同景色，雖然百看而不厭。即使是有智慧的人，也寫不盡它的美好景象。有些飲酒的人，興致酣暢淋漓；唱歌的人，情緒慷慨激越。而有的人卻平靜地觀賞，慢慢地散步，徬徨徘徊，流連忘返。那麼他們聽到的、看到的和心裡領略到的景色，雖然包含的快樂各有不同，但都各自找到了適合於自己的樂趣了。

撫非通道，故貴人富賈之遊不至。多良田，故水旱螟螣❶之菑少。其民樂於耕桑以自足，故牛馬之牧於山谷者不收，五穀之積於郊野者不垣，而晏然不知枹鼓之警❷，發召之役也。君既因其土俗，而治以簡靜，故得以休其暇日，而寓其樂於此。州人士女，樂其安且治，而又得遊觀之美，亦將同其樂也，故予為之記。其成之年月日，嘉祐二年❸之九月九日也。

【章　旨】本段簡述撫州民風淳樸，物產豐裕，故有條件實現官民同樂。

【注　釋】❶螟螣　食莊稼的害蟲。《詩經・大田》：「去其螟螣。」毛傳：「食心曰螟，食葉曰螣。」❷枹鼓之警　指爭戰盜賊之事。枹，鼓槌。古時有盜則鳴鼓相援。❸嘉祐二年　西元一〇五七年。嘉祐，宋仁宗年號。

【語　譯】撫州不是交通要道，所以貴人富商是不來這裡遊覽的。這裡又有很多良田，所以水旱蟲災很少。這裡的百姓喜歡耕田種桑，衣食自足，所以放牧在山谷中的牛羊不用收歸欄棚，堆積在郊野的五穀不用圍牆加柵，日子過得安然自在，不知道什麼是盜賊警報，什麼是徵發勞役。裴君已經順應當地習俗，按照辦事從簡，力求清靜的原則加以治理，所以能有閒暇時間來休息，並在此寄託自己的樂趣。撫州的男女老少，也高興自已過上了安定的生活，而又得到了可供遊覽的美景，這也是裴君打算與民同樂啊，所以我替他寫了這篇記。此臺築成的時間是嘉祐二年九月九日。

【研　析】本篇最大特色為：以寫景為中心，通過寫景，寄寓作者的政治理想，並使二者水乳交融，聯為一體。從山林風景之美，引出民康物阜，上下同樂；由自然到社會，由現實到理想，轉接有水到渠成之妙。這種方法被認為是「本柳宗元〈訾家洲〉、歐陽公〈醉翁亭〉等記來」（茅坤《唐宋八大家文鈔》）。但我看來，更接近於范仲淹的〈岳陽樓記〉，特別是寫景部分，駢散結合，有實有虛，亦如〈岳陽樓記〉。本文寫景，層次之清晰亦如范文，先寫臺之高、望之遠、景之異，這些都是以景物為主體，屬以物觀物之筆。接下第二層則寫遊人眼目中四時景色，使不同心態的人都能「各適其適」，這應該是以我觀物之筆。由山林客觀景物導出遊者主觀感受，這也脫胎於〈岳陽樓記〉中的兩個「登斯樓也則有……」。惜此三記本書均未能收入。但善於學習前人而又能融會變化，這也是曾鞏得以列名八大家的一個原因。儲欣稱讚此記「骨力雄剛，溪山如畫，宋記特勍」（《唐宋十大家全集錄》），誠不為過。

廣德軍重修鼓角樓記

曾子固

【題　解】廣德軍，即今安徽廣德。宋太宗太平興國四年（西元九七九年），將原來隸屬於宣州的廣德縣提升為軍。軍為宋代行政區劃名，與州、府、監地位相當，同屬於路。鼓角，指鼓與號角，古代軍中用以報時、警眾或發號施令。《文獻通考・樂考十一》引《衛公兵法》曰：「軍城及野營行軍在外，日出沒時撾鼓千槌，三百三十三槌為一通；鼓聲止，角音動，吹十二聲為一疊。三角三鼓而昏明畢。」廣德的政治地位雖然得到提升，但有關的門閎樓觀卻顯得簡陋，不中度程。經錢公輔、朱壽昌前後兩任太守的努力，鼓角樓終於得以建成。這無論就美觀和實用兩個方面，無疑都是件值得稱讚的好事。但作者卻在文中將這件事提到禮隆、政舉的高度，且認為「百世之下」尚可考知「二公之德」，這些話顯然有些誇張。儘管其目的未必是出於阿諛，但為應酬敷衍而言過其實，這大約也是舊時代文人之一弊。

熙寧元年冬，廣德軍作新門鼓角樓成，太守合文武賓屬以落❶之。既而以書走京師❷屬❸鞏曰：「為我記之。」鞏辭不能書，反覆至五六，辭不獲。乃為其文曰：

【章旨】本段為緣起，敘述應太守多次要求為其作此記的經過。

【注釋】❶落 古代宮室建成的祭禮。《左傳・昭公七年》：「楚子成章華之臺，願以諸侯落之。」注：「宮室始成，祭之為落。」疏：「以其言落，必是以酒澆落之。」❷書走京師 走，寄也。此時曾鞏在京師擔任館閣校勘。❸屬 同「囑」。

【語譯】熙寧元年冬天，廣德軍建築新城門鼓角樓竣工，太守會同文武官屬賓客舉行落成祭禮。不久之後寫信寄到京師，囑託我曾鞏說：「替我們為這座樓寫篇記。」我推辭不能寫，反覆來信五六次，我的推辭得不到允許。便為這座鼓角樓寫下這篇文章說：

蓋廣德居吳之西疆❶，故障❷之墟，境大壤沃，食貨富穰❸，人力有餘。而獄訟赴訴，財貢輸入，以縣附宣❹，道路回阻，眾不便利，歷世久之。太宗皇帝在位四年❺，乃按地圖，因縣立軍，使得奏事專決，體如大邦。自是以來，田里辨爭，歲時稅調，始不勤遠，人用宜之。而門閎❻隘庳，樓觀弗飾，於以納天子之命，出令行化，朝夕吏民，交通四方，覽示賓客，弊在簡陋，不中度程❼。

【章旨】本段說明廣德軍因地位提升，其鼓角樓必須重修的理由。

【注釋】❶吳之西疆　春秋時，廣德為吳國西部邊境。《左傳・哀公十五年》：「楚子西、子期伐吳，及桐汭。」杜注：「廣德縣西南有桐水，出白石山，西北入丹陽湖。」❷故障　《太平寰宇記》：「廣德軍廣德縣本秦鄣郡之地，漢以為故鄣縣，屬丹陽。皇朝建廣德軍，此縣屬焉。」障，疑為鄣之誤。❸穰　豐盛。❹宣　宋代州名，治所在今安徽宣州。❺太宗皇帝在位四年　宋太宗趙匡義，四年即太平興國四年(西元九七九年)。❻閎　宮室里巷之門皆可稱閎，此指城郭之門。❼度程　規格、制度。

【語譯】因為廣德軍地處春秋時吳國的西部邊境，秦朝鄣郡的區域，轄境廣大，土地肥沃，糧食貨物，富裕豐盛，人力也使用不完。可是爭執獄訟，民眾上訴，財稅貢賦，上繳輸入，由於廣德縣歸宣州管轄，道路遙遠難行，民眾都感到很不方便，這種情況經歷好多朝代了。太宗皇帝即位四年，便根據地圖情況，在原來縣的基礎上建立廣德軍，使廣德軍上奏和理事，都能獨自作出決定，它的政治體制就跟州、府一樣。從這個時期以來，民間一些爭訟，每年每季稅賦力役，開始不再忙於遠行，人民因此感到方便多了。然而城門狹窄低矮，城樓臺閣毫無裝飾，用這個來接納皇帝的聖旨，發布命令，施行教化，從早到晚，吏民出入，四面八方，交通往來，向過往賓客，展示廣德軍的形象，其缺點在於過分簡陋，不符合相應的規格。

治平四年❶，尚書兵部員外郎知制誥錢公公輔❷守是邦。始因豐年，聚材積土，將改而新之。會尚書駕部❸郎中朱公壽昌❹來繼其任，明年政成，封內無事。

乃擇能吏，揆時庀徒❺，以畚以築❻，以繩以削❼，門阿❽是經，觀闕是營，不督不期，役者自勸。自冬十月甲子❾始事，至十二月甲子❿卒功。崇墉⓫崛興，複宇相瞰，壯不及僭，麗不及奢。憲度政理，於是出納。士吏賓客，於是馳走。尊施一邦，不失宜稱。至於伐鼓鳴角，以警昏昕⓬，下漏⓭數刻，以節晝夜，則又新是四器⓮，列而棲之。邦人士女，易其聽觀，莫不悅喜，推美誦勤。

【章　旨】本段敘述錢、朱二公重修鼓角樓的過程及建成後的種種好處。

【注　釋】❶治平四年　西元一〇六七年。治平為宋英宗年號。❷錢公公輔　字君倚，常州武進（今屬江蘇）人。英宗即位後不久，因阻隔王疇為副樞密使，違帝意，貶滁州團練使，逾年，起知廣德軍。❸駕部　官署名，掌輿輦、傳乘、郵驛、廄牧之事，屬兵部。❹朱公壽昌　字康叔，揚州天長（今屬安徽）人，工部侍郎朱巽之子，以蔭為將作監，後知閬州、廣德軍。曾棄官尋母，以孝聞名。《宋史》入〈孝義傳〉。❺庀徒　準備工役。❻以畚以築　指砌造屋牆。畚，盛土之器，此指運土。築，搗土之杵，此指搗土使之堅實。❼以繩以削　指門窗、屋脊、屋樑等木工。繩，墨繩，木工用以取直的工具。削，指砍削、刨鑿之類木工之事。❽門阿　指門窗及棟樑。阿，屋棟。《周禮・考工記》：「王公門阿之制，五雉。」焦循《群經宮室圖》卷一：「棟處極高，其象若阿，故曰阿。」❾十月甲子　即十月二十六日。❿十二月甲子　即十二月二十七日。⓫崇墉　高高的城牆。⓬昏昕　猶言晨夕。昕，日將出時；黎明。《禮記・文王世子》：「天子視學，大昕鼓徵，所以警眾也。」⓭下漏　指漏壺中水下沉，古代以漏壺水下注使計刻之器上升以計時，晝夜共百刻。⓮四器　指上文之鼓、角、漏壺及計刻之器。

【語　譯】治平四年，尚書兵部員外郎、知制誥錢公公輔擔任廣德軍太守。因為當年豐收，開始收聚材料，積累土壤，準備改造重修鼓角樓。恰逢尚書駕部郎中朱公壽昌來此繼續擔任太守，第二年政化取得成績，疆域之內平安無事。便選擇能幹的官吏，選定吉利的時期，準備好工役，運土築牆，量木作料，做好門窗棟樑，建成樓臺觀闕，不用督促，也不限定時間，工役們各自努力。從冬季十月二十六日開工，到十二月二十七日完成全部工程。高高的城牆拔地而起，重疊的屋宇相互對照，雄偉而又不過分，華麗而又不奢侈。法度政令，都從這座鼓角樓前承接或頒發。士子官吏和賓客，都從這座樓下奔走。在整個廣德軍境內顯示出它的尊嚴，與廣德軍的地位完全適應，並無不恰當之處。至於在樓上擊鼓鳴號角，報告日出日沒的時間，漏壺下沉計算時刻，用來標誌晝夜變化，便又更新鼓、角、漏壺及計刻器這四樣物品，都保存並排列在這座樓上。廣德軍人士包括男男女女，他們看到的和聽到的都大為改觀，沒有不高興喜歡的，都對此事大加稱讚頌揚。

夫禮有必隆，不得而殺❶；政有必舉，不得而廢。二公於是兼而得之。宜刻金石，以書美實。使是邦之人，百世之下，於二公之德，尚有考也。

【章　旨】本段借此事盛讚錢、朱二公之德。

【注　釋】❶殺　減省。

【語　譯】對於禮儀而言，應該隆重的，就不能夠減省；對於政事而言，應該舉辦的，就不能夠廢止。錢、朱二公在這兩方面，兼而得之。因此應該把這件事刻在金石之上，以便記載下他們這一美政的具體事實。使廣德軍的人們，對於二公的德政，百代以後，也還可以考知啊。

【研　析】這是一篇應人要求，不得已而作的「遵命文學」，故而多少帶有應付敷衍性質。加以作者未到廣德，想當然成分在所難免。儘管文章風格矜重，語言典雅，但真情實感不多。文章結構嚴謹，層次井然，如先談廣德地理位置之重要，引出升格的必要和有益，再轉入門閎簡陋，與地位不稱，從而過渡到二公聚材修築，工役用命，建造之速；接下寫樓宇之壯觀，民眾皆得其便；最後以二公之德，宜刻金石作結。一切銜接轉換都符合邏輯思維程序，但卻不見具體描寫和真切感受。正是由於這個原因，作者只好在語言方面多費工力。全文採用了駢散結合寫法，以四言句式為主，雜以少數散句，大體整齊中又有參差之美，使人讀來琅琅上口。借助語言美以彌補描寫之不足，這也不失為一種有效的方法。

學舍記

曾子固

【題　解】 本文作於宋仁宗至和元年（西元一〇五四年）曾鞏居家休讀之時，年三十六歲。他雖曾兩次入京應進士科考，均落第歸。所謂「學舍」，即其故居旁之「草舍」。曾鞏八歲喪母。父易占官太常博士，曾知如皋、玉山等地，因忤上司受誣失官，歸家不仕十二年。慶曆七年（西元一〇四七年）奉召入京，於途中病卒，當時只有曾鞏隨侍左右，醫藥喪葬之費都靠友人資助。父亡後六年，兄曄又病故。曾鞏上奉繼母，下要供養四個弟弟和九個妹妹的婚嫁和讀書，家貧口眾，生計維艱。曾鞏本人仕途既不順利，加以自幼體弱，二十八歲又患上肺病，而全家十餘口人的生活重擔全壓在他一人肩上，使得他「力疲意耗」。但他仍忙裡偷閒，潛心讀書，以草舍作學舍，以期通過苦學，實現「追古今之作者為並」的大志。這種安於貧賤、甘受寂寞的生活態度，鍥而不舍、孜孜不倦的追求精神，正是他得以成為一代文章大家的重要原因。本篇既是他「歷道其少長出處」，即前半生的自傳文，又是他闡明自己對於道德文章的「好慕之心」的明志篇。

予幼則從先生受書，然是時，方樂與家人童子，嬉戲上下，未知好也。十六七時，闚六經之言與古今文章，有過人者，知好之，則於是銳意❶欲與之並。而是時家事亦滋出❷。

【章旨】本段寫作者少年時由嬉戲進而立志學習古今文章。

【注釋】❶銳意　堅決立志；下定決心。❷滋出　滋生蔓延，愈來愈多。

【語譯】我小時候就跟著先生讀書，但此時我正以同家人孩童一起遊戲玩耍，上下滾爬為樂，還不知道愛好讀書。十六七歲時，認真看了六經上的言論和古今作家的文章，發現其中有超越常人的地方，才知道喜歡它們，於是我下定決心要與寫這些文章的人並肩而立。可是這時候家務事也越來越多了。

自斯以來，西北，則行陳、蔡、譙、苦❶，睢、汴、淮、泗❷，出於京師。東方，則絕江❸舟漕河❹之渠，踰五湖❺，並封、禺、會稽之山❻，出於東海上。南方，則載大江，臨夏口❼，而望洞庭，轉彭蠡❽，上庾嶺❾，由真陽❿之瀧⓫，至南海上。此予之所涉世而奔走也。蛟魚洶湧湍石之川，巔崖莽林貙⓬虺之聚，與夫雨暘寒燠，風波霧毒，不測之危，此予之所單遊遠寓，而冒犯以勤也。衣食藥物，廬舍器用，箕筥⓭碎細之間，此予之所經營以養也。天傾地壞⓮，殊州獨哭，數千里之遠，抱喪而南，積時之勞，乃畢大事，此予之所遘禍而憂艱也。太夫人⓯所志，與夫弟婚妹嫁⓰，四時之祠，屬人外親⓱之問，王事之輸⓲，此予之所皇皇而不足也。予於是力疲意耗，而又多疾，言之所序，蓋其一二之觕⓳也。得其閒⓴時，挾書以學，於夫為身治人，世用之損益，考觀講解，有不能至者。

故不得專力盡思，琢雕文章，以載私心難見之情，而追古今之作者為並，以足予之所好慕，此予之自視而嗟也。

【章　旨】本段記述作者半生勤勞家務、心力交瘁的種種經歷和苦況，以致無力專心學習，實現自己的理想。

【注　釋】❶陳蔡譙苦　皆古地名。陳，陳州，治所在今河南淮陽。蔡，蔡州，治所在今河南汝南。譙，譙縣，即今安徽亳州。苦，春秋時楚邑，漢置縣，晉以後改為谷陽，治所在今河南鹿邑。❷睢汴淮泗　皆古水名。睢，故道自今河南杞縣東流至江蘇，入泗水，今已湮沒。汴，也稱汴河。本黃河支流，隋開鑿通濟渠後，曾利用汴河故道，故唐宋人多稱通濟渠為汴河。金元後全流皆為黃河所奪。淮，即古淮河。泗，古泗水，源出山東，經江蘇入淮。❸絕江　橫渡長江。❹漕河　指漕運的河道。漕運，指政府將所徵糧食解往京師的運輸。宋時有汴、黃、惠民、廣濟四河通漕運，合稱漕運四河。❺五湖　此指太湖。《史記・河渠書》：「於吳則通渠三江五湖。」韋昭曰：「五湖，湖名耳，實一湖，今太湖是也。」❻封禺會稽之山　封禺，兩山名，在吳郡永安縣，即今浙江德清西南。會稽，山名，在浙江紹興、嵊縣、諸暨、東陽間。❼夏口　古城名，在武漢市黃鵠山上，三國孫權所築。背山臨江，形勢險要。❽彭蠡　即鄱陽湖，在江西省北部。❾庾嶺　即大庾嶺，亦稱梅嶺，地居江西、廣東交通之要衝。❿真陽　即湞陽，漢代縣，唐貞觀初改名真陽，今廣東英德，宋代英德府所在地。⓫瀧　水名，即今武水，源出湖南臨武，經北江入海。⓬貙　獸名，其大如狗，文如貍。此借指猛獸。⓭箕筥　均為竹編盛物器具。箕，揚米去糠之具。筥，圓形盛飯之具。⓮天傾地壞　此借天地比喻父母。代指父親亡故。鞏父易占於慶曆七年病逝於南京（今河南商邱）。以下數句可參閱本書卷三十一曾鞏〈謝杜相公書〉。⓯太夫人　母親。父死後，稱母才加「太」字。曾鞏生母吳氏早亡，此指其繼母朱氏。⓰弟婚妹嫁　曾鞏有弟四人，即牟、宰、布、肇。妹九人，均能以時婚嫁。⓱屬人外親　屬人即族人，指同宗親屬。外親，指母系、妻系的親戚。⓲輸　繳納，此處指向國家繳納賦稅等事。⓳觕　通作「粗」。粗略。⓴間　空隙；空閒。

【語　譯】打這以後，往西北，則奔走陳州、蔡州、譙縣、苦縣一帶和睢水、汴河、淮水、泗水流域，到達京師汴梁。往東方，則橫渡長江，泛舟漕運河道，越過太湖，傍著封山、禺山和會稽山，到了東海岸邊。往南方，則乘舟長江，到達夏口，遙望洞庭湖，轉道彭蠡湖，登大庾嶺，沿著真陽的瀧水，一直到了南海之上。這是經歷世事、奔走謀生的歷程。渡過蛟魚出沒，水勢洶湧，急流沖轉巨石的河川，翻越高山懸崖，草密林深，猛獸毒蛇聚集的地方，以及冒著天氣時晴時雨，忽冷忽熱，風波驟起，毒霧彌漫等難以預測的危險，這是我孤身遠遊、離開家室常常遭遇到的勤苦。衣食藥品，房舍器具，乃至穀筤飯筥等細碎之物，這是我經營籌劃、賴以養家活口的東西。父親去世如同天崩地裂，我獨在異鄉痛哭，從數千里之外，扶柩返回南方，經過長時間的勞累辛苦，才辦完了殯葬大事，這是我遭到親亡大禍、丁憂丁艱的情況。實現母親的願望，以及弟妹的婚嫁，春秋四季的祭祀，族人外戚的問候，國家賦稅的繳納，這些是使我終年忙碌還辦不完的事情。這時我的心力耗盡，疲勞不堪，而又體弱多病。以上所述，只不過是其中一二的大略而已。只要有一點空閒時，我就拿起書來學習，但是對於修身治民、應用興革之道，還有不少考察理解不到的地方。因此不能集中精力，盡心竭慮地雕琢文章，用以記載自己內心很難表達的感情，從而奮力追趕古今作者，以期與他們並肩而立，借以滿足我的愛慕之心，這就是我自視不足而為之長嘆的原因。

今天子至和之初，予之侵擾多事故益甚。予之力無以為，乃休於家，而即其旁之草舍以學。或疾其卑，議其隘者，予顧而笑曰：「是予之宜也。予之勞心困形，以役於事者，有以為之矣。予之卑巷窮廬，冗衣礱飯❶，芑莧❷之羹，隱約❸而安者，固予之所以遂其志而有待也。予之疾，則有之，可以進於道者，學之有不至；至於文章，平生所好慕，為之有不暇也。若夫土堅木好，高大之觀，固世之聰明豪雋，挾長❹而有恃者所得為。若予之拙，豈能易而志彼哉？」遂歷道其少長出處❺，與夫好慕之心，以為〈學舍記〉。

【章　旨】本段借助有人對自己以草舍為學舍的批評加以反駁，來說明個人的理想和追求，進而申述全文主旨。

【注　釋】❶冗衣礱飯　指粗劣衣食。冗，低劣。礱飯，即僅去穀殼的糙米飯。礱，去穀殼的磨子。❷芑莧　野菜蔬菜。芑，類似野生苦菜。莧，莧菜。❸隱約　窮愁憂困。❹挾長　仗著自己的長處。挾，倚仗。❺出處　出仕和退隱。

【語　譯】現在正當皇上改元正和的第一年，而我受到的侵擾卻越來越嚴重，意外事故也越來越多。我的精力已經無法有所作為，於是便在家休息，就在宅旁的草屋裡讀書。有人批評這間草屋太低矮了，又有人說它太狹小了，我朝他們笑著說：「這對我來說是很合適的。我過去之所以勞心傷身，受事務驅使奔忙，是為了有所作為。我現在之所以安於居陋巷窮舍，穿粗布衣，吃糙米飯，喝野菜湯的窮困生活，本是為了實現自己的志向而有所等待。我的毛病確實存在，那就是本來可以在道德修養上有所長進，然而這一學習目的卻未能達到；至於文章寫作，那是我平生的愛好，只是沒有多少閒暇時間來進行。像那種土堅木好，又高又大的樓臺，本來是世上那些聰明俊秀的英雄豪傑，仗著自己的長處而有恃無恐的人才能建造居住的。像我這樣的笨人，難道能改變志趣去追求那種生活嗎？」於是一一敘述我從小到大、進退去就的經歷，以及我愛好文學寫作的心情，寫成這篇〈學舍記〉。

【研　析】這是一篇別開生面的文章，借學舍——實乃個人書房，卻寫出自己半生經歷及箇中甘苦，傾訴出個人種種不幸遭遇。這種構思確實超出一般人想像，而在文中卻處理得極其自然、順暢，毫無牽強扭合痕跡。故王慎中評曰：「此亦是先生獨出一體，在韓、歐未有。」王文濡亦評曰：「學舍有何可記？乃就少長出處以及嗜好之所在記之，可當一篇生傳。」文章可分前後兩個部分：前部分寫自己的「少長出處」，即自傳；後部分寫自己的「好慕之心」，即明志。兩段之間以「得其閒時……此予之自視而嗟也」數語作過渡。文氣貫通，轉折自然。後部分與學舍緊密相關，乃是文章主旨之所在；但全文重點卻在前一部分。作者以「予幼則從先生受書」發端，從幼小時嬉不知學，再以長大後知好學而家事滋出一轉，接下一連五次用了「此予之所……也」句式，歷敘他所遇到的艱難險阻和生死憂患，這正是他「平生所好慕，為之有不暇也」的原因，目的在於說明他自傷自嘆的並非個人的生活苦難，而是他對文學的愛好和追求，卻一直得不到閒暇因而未能實現。為此他才以草舍為學舍，以彌補前半生的不足。前後兩大部分，文勢一氣盤旋而下，又有抑揚頓挫，一唱三嘆之致。

齊州二堂記

曾子固

【題解】齊州，州名，春秋齊地，漢為齊郡，北魏置州，唐宋因之，治所在歷城（今山東濟南）。轄境相當今濟南、歷城、章丘、濟陽、禹城、齊河、臨邑等縣地。宋徽宗政和中，因其地重要，升為濟南府。熙寧五年（西元一〇七二年），曾鞏知齊州軍州事。鑑於當地無使客之館，乃將徙官之廢屋改建為二堂，以為使客之館，並根據當地山川，分別命名為「歷山之堂」和「濼源之堂」。本篇正是就此二堂命名之緣由，結合古今不同異說，作了一番有理有據的考證。前者考定大舜所耕之歷山在齊州，而不在河東。後者說明濼水之源出於歷城趵突泉，達於清河以入海，而不入濟水。這種考證對於命名而言，是有其必要性的，微嫌過於繁瑣。

齊濱濼水❶，而初無使客之館。使客至，則常發民調材木為舍以寓，去則徹❷之，既費且陋。乃為徙官之廢屋，為二堂於濼水之上以舍客。因考其山川而名之。

【章旨】本段闡述建二堂之緣由。

【注釋】❶濼水 水名，源出濟南市西南，東流為小清河，北流入濟水。俗名娥姜水，以泉源有舜妃娥英廟故也。❷徹 通「撤」。

【語譯】齊州地處濼水之濱，而原來一直沒有接待使者客人的館舍。使者客人到達，便經常派老百姓徵調材料木頭搭建臨時房舍以便居住，使者客人走了便撤掉它，又花錢又簡陋。我便整理調走官員的荒廢房屋，建造了兩座客堂在濼水岸上，用來接待客人。就考查周圍山川情況，以便給它們取個名字。

蓋《史記・五帝紀》謂：「舜耕歷山，漁雷澤，陶❶河濱，作什器❷于壽丘，就時❸于負夏。」鄭康成❹釋：歷山在河東❺，雷澤在濟陰❻，負夏❼，衛地。皇甫謐❽釋：壽丘❾在魯東門之北。河濱❿，濟陰定陶西南陶邱亭是也。以予考之，耕稼陶漁，皆舜之初，宜同時，則其地不宜相遠。二家所釋雷澤、河濱、壽丘、負夏，皆在魯、衛之間，地相望，則歷山不宜獨在河東也。《孟子》又謂舜東夷之人⓫，則陶、漁在濟陰，作什器在魯東門，就時在衛，耕歷山在齊，皆東方之地，合於《孟子》。按《圖》、《記》⓬，皆謂〈禹貢〉所稱雷首山⓭在河東，嬀水⓮出焉。而此山有九號，歷山其一號也。予觀〈虞書〉⓯及〈五帝紀〉，蓋舜娶堯之二女，乃居嬀汭，則耕歷山蓋不同時，而地亦當異。世之好事者，乃因嬀水出於雷首，遷就附益，謂歷山為雷首之別號，不考其實矣。由是言之，則圖記皆謂齊之南山為歷山，舜所耕處，故其城名歷城，為信然也。今濼上之北堂，其南則歷山也，故名之曰「歷山之堂」。

【章　旨】本段考證歷山的地理位置，作為命名為「歷山之堂」的理由。

【注　釋】❶陶　作動詞用，製作陶器。❷什器　日用生活用具。《史記索隱》曰：「什，數也。蓋人家常用之器非一，故以十為數，猶今云什物也。」❸就時　《索隱》曰：「就時，猶逐時，若言乘時射利也。」❹鄭康成　即鄭玄，東漢著名經學家。❺河東　秦漢郡名，約當今山西省西南部，治所在安邑（今運城市東）。❻濟陰　漢郡名，轄今山東省西部，即菏澤、定陶、曹縣、成武、鉅野等市縣。治所在定陶。❼負夏　古邑名，又作負瑕、瑕丘，在今河南濮陽西南，春秋時屬衛。❽皇甫謐　字士安，號玄晏先生，晉人。一生致力著述，累徵不就。❾壽丘　地名。《帝王世紀》：「黃帝生於壽丘，在魯東門之北。」《史記正義》：「壽丘，今在兗州曲阜縣東北六里。」❿河濱　黃河之岸。據《尚書・禹貢》所記：古代濟水「入於河，溢為滎，東出於陶邱北」。陶邱，今山東定陶西南。古時黃河納濟水後，流經定陶。⓫孟子又謂句　《孟子・離婁下》：「舜生於諸馮，遷於負夏，卒於鳴條，東夷人也。」⓬圖記　《隋書・經籍志・史部地理類》有《齊州圖經》一卷，《齊州記》一卷。疑指此二書。⓭雷首山　古山名，即今山西省南部中條山之西南端。此山尚有歷山、首陽山、蒲山、襄山、甘棗山、渠豬山、獨頭山、薄山等異名，故下文言一山九號。⓮嬀水　古水名，在今山西永濟南。或稱嬀汭水。汭，亦作「呐」。《太平寰宇記》：「嬀汭水，源出河東縣南二十里雷首山。此二泉南流者曰嬀，北流者曰汭。異源同歸渾流，西注而入於河。」一說，汭，水彎曲之處。《尚書・堯典》：「釐降二女于嬀汭，嬪于虞。」即舜在此娶堯之二女。⓯虞書　即《尚書》中之〈虞夏書〉。《尚書注疏》原目為〈虞書〉，〈虞夏書〉相傳共二十篇。

【語　譯】由於《史記・五帝本紀》講道：「大舜在歷山耕種，在雷澤打魚，在黃河邊製作瓦器，在壽丘做日常生活用具，在負夏等待時機。」鄭康成解釋說：歷山在河東郡，雷澤在濟陰郡，負夏是後來衛國地區。皇甫謐又解釋說：壽丘在魯國都城曲阜東門的北邊。黃河邊指濟陰郡定陶縣西南陶丘亭附近的那一段才是。而我考查這些，耕田種莊稼，打魚做瓦器，都是大舜開始的社會活動，應該是同一個時候，那麼活動的地點不會相距很遠。兩家所解釋的雷澤、黃河邊、壽丘、負夏，都在魯國、衛國之間，這些地點相互望得見，那麼，歷山就不應該單獨在遙遠的河東郡了。《孟子》又講大舜是東方夷族一帶的人，那麼，打魚做瓦器在濟陰，作日用家器在魯國東門，等待時機在衛國，耕田的歷山在齊州，這些都是東方地區，跟《孟子》所講的相符合。根據《齊州圖》和《齊州記》，都認為〈禹貢〉中所講的雷首山在河東郡，嬀水就發源這座山中。而這座山有九個名稱，而歷山便是其中的一個名字。我看〈虞書〉和〈五帝本紀〉，因為大舜娶帝堯的兩個女兒時乃是住在嬀水彎曲之處，這與耕種歷山大約不同在一個時候，所以地點也不應該相同。社會上的那些好事之徒，就是因為嬀水發源於雷首山，牽強附會，認為歷山乃是雷首山的別名，而不去考查它的實際情況。根據這些情況看來，那麼圖和記都提到齊州南邊的那座山叫歷山，是大舜耕田的地方，所以齊州州城就稱為歷城，這是真實可信的。現在修建在濼水岸上北邊那座客堂，它的南邊就是歷山，所以給它取名為「歷山之堂」。

按《圖》，泰山之北，與齊之東南諸谷之水，西北匯於黑水之灣❶，又西北匯於柏崖之灣，而至於渴馬之崖。蓋水之來也眾，其北折而西也，悍疾尤甚，及至於崖下，則泊然❷而止。而自崖以北，至於歷城之西，蓋五十里。而有泉湧出，高或至數尺，其旁之人，名之曰「趵突之泉❸」。齊人皆謂嘗有棄糠於黑水之灣者，而見之於此。蓋泉自渴馬之崖，潛流地中，而至此復出也。趵突之泉冬溫，泉旁之蔬甲❹，經冬常榮，故又謂之溫泉。其注而北，則謂之濼水，達於清河❺，以入於海。舟之通於齊者，皆於是乎出也。齊多甘泉，冠於天下。其顯名者以十數，而色味皆同，以予驗之，蓋皆濼水之旁出者也。濼水嘗見於《春秋》❻，魯桓公十有八年，公及齊侯會於濼。杜預釋：在歷城西北入濟。濟水❼自王莽時❽，不能被河南，而濼水之所入者清河也，預蓋失之。今濼上之南堂，其西南則濼水之所出也，故名之曰「濼源之堂」。

【章旨】本段考查濼水的源頭及其流向，作為給另一堂命名為「濼源之堂」的根據。

【注釋】❶黑水之灣　齊州境內地名，下句之柏崖灣、渴馬崖亦同。❷泊然　停頓貌。泊，船靠岸。❸趵突之泉　在府城西一里，此泉三窟突起，雪濤數尺，聲如隱雷。泉名見諸記載者，以本文為最早。❹蔬甲　蔬菜。甲，草木初生之嫩葉。❺清河　古濟水自鉅野澤以下別名清河，宋以後遂通稱清河，或稱北清河。後來河道為黃河所奪，清河之名遂廢。宋時濼水北流入清河。❻濼水嘗見於春秋　指《春秋．桓公十八年》載：「春王正月，公會齊侯於濼。」❼濟水　古代四瀆之一。發源於河南濟源縣，流經河南、山東兩省入海。具體路線則各個朝代時有變化，包括黃河南北兩部分。《尚書．禹貢》：「導沇水，東流為濟，入於河。」這是黃河以北部分。下文又說：「溢為滎，東出於陶丘北，又東至於菏，又東北會於汶，又東北入於海。」這是黃河以南部分。但北宋時濟水與此大不相同。❽王莽時　指王莽稱帝，改朝為新之時，即西元九年至二十三年。王莽當政末年，曾發生大旱。

【語譯】按照《齊州圖》，泰山的北面，和齊州東南方各個山谷的溪水，向西北流匯聚於黑水灣，又向西北流匯聚於柏崖灣，一直流到渴馬崖。由於流來的水源很多，匯聚後向北流又轉向西方，迅猛異常，一直流到渴馬崖下，就一下子靜止不動了。而從渴馬崖往北，到歷城的西邊，大約五十里。有泉水從地下噴湧出來，有的高達好幾尺，旁邊的人給它取個名字叫「趵突之泉」。齊州人都說曾經有人把穀糠丟在黑水灣，卻在這個泉水上見到。因為這條泉水從渴馬崖起，就成為地下潛流，一直到這裡才湧出來。趵突泉冬天水也很溫暖，泉水旁邊種的蔬菜到了冬天照樣茂盛，所以又叫它為溫泉。它向北方流淌，就叫做濼水，直通清河，流到大海中去。到達齊州的船舶都從這條水路航行出去。齊州有很多甜美的泉水，天下第一。其中著名的有好幾十，它們的顏色味道都相同，據我考查，因為都是從濼水的旁邊湧出來的。濼水曾經出現在《春秋》一書之上，魯桓公十八年，魯桓公和齊侯在濼水會面。杜預解釋說：濼水在歷城西北，流入濟水。但是，濟水從王莽時代就不能夠流到黃河以南，而濼水所流向的乃是清河，杜預的解釋大約有失誤。現在在濼水岸上修築之南堂，堂的西南方就是濼水的發源處，所以給它取個名字叫「濼源之堂」。

夫理❶使客之館，而辨其山川者，皆太守之事也。故為之識，使此邦之人尚有考也。熙寧六年二月己丑❷記。

【章旨】本段交代寫作此記的原因和時間。

【注釋】❶理　治；修建。❷二月己丑　即二月十五日。

【語譯】關於修築使者客人的館舍，並且辨明館舍所在地山水有關情況，這都是太守的工作。所以我把這件事記載下來，使這個州的人士將來還有所考查。熙寧六年二月己丑日記。

【研　析】這是一篇純為考證的文字，在《古文辭類纂》中，可以說是唯一的一篇。但它畢竟不是學術論文，而是帶有學術性的散文。以「義理、考據、文章」為標誌的姚鼐選入此篇，這是很自然的，他還在篇末評曰：「作考證文字可以為法。」這顯然是把此文當作考證散文的典範來看待的。平心而論，就考證水平而言，本篇並不很高。特別是對濼水流向的考證，就顯得草率。因為，作者根本就沒有考慮到黃河、濟水及清河的歷史變遷。但就文章而言，還算是中心突出，層次分明，條理清晰，語言簡潔，仍有一定的可讀性。明代何焯曾評曰：「山川故當考，堂之所由名也。然亦太費詞矣，使韓柳為之，必不然。」這個意見是有道理的，但對於重考據的姚鼐而言，卻未必行得通。

墨池記

曾子固

【題　解】本篇是應撫州州學教授王盛的約請而作。曾鞏時年三十歲，因父喪守制居南豐。文章主要介紹了墨池的來歷，講述王羲之苦練書法的事跡，借以勉勵學生們努力上進，以提高道德修養水平。作者先介紹墨池的方位、形狀和命名由來。因為是美好的傳說，不願輕信，也不忍否定，故指明是荀伯子所說，故意閃爍其詞。接下說明王羲之當年的處境、心情和遊蹤，正面提出自己對墨池來歷的看法。接下一段借事立論，引申發揮，進入勉學正題。由王羲之苦練書法，推論出後之學者「欲深造道德」，更須努力學習。末段記王盛求記經過，並推究王盛求記的深意，再一次回應勉學正題。儘管作者對此池是否即為羲之練筆之池有所懷疑，但考慮到墨池為積學之證，學舍為聚學之地，教授為主管學政之人，因此借墨池大發勉學之論，用王羲之苦學精神來勉勵州學學生，就顯得十分切題。唐德宜評之曰：「池在學舍，又為教授所表出，故即『學』字勉人精進，小中見大，持論卓越。」

臨川❶之城東，有地隱然❷而高，以臨於溪，曰新城。新城之上有池，窪然而方以長，曰王羲之❸之墨池者，荀伯子❹《臨川記》云也。羲之嘗慕張芝❺，臨池學書，池水盡黑，此為其故跡，豈信然邪？方羲之之不可強以仕❻，而嘗極東方，出滄海，以娛其意於山水之間，豈其徜徉❼肆恣而又嘗自休於此邪？

【章　旨】本段介紹墨池的位置和地形，並對王羲之的傳說表示出自己的懷疑。

【注　釋】❶臨川　宋縣名，為撫州州治所在，即今江西臨川。❷隱然　高起而不陡峭貌。❸王羲之　字逸少，東晉琅邪（今山東臨沂）人，我國古代著名的大書法家，官至右軍將軍、會稽內史，故世稱王右軍。《晉書》本傳說他「尤善隸書，為古今之冠，論者稱其筆勢，以為飄若浮雲，矯若驚龍」，世稱「書聖」。❹荀伯子　南朝宋代潁陰（今河南許昌）人。曾任臨川內史，著有《臨川記》六卷。宋樂史《太平寰宇記》卷一一〇載：「荀伯子《臨川記》云：『王羲之嘗為臨川內史，置宅於郡城東高坡，名曰新城。旁臨迴溪，特據層阜，其地爽塏，山川如畫。今舊井及墨池猶存。』」當為本文所本。但傳說中王羲之的墨池遺跡，除在臨川者外，浙江會稽、永嘉、江西廬山、湖北蘄水等地也有。❺張芝　字伯英，東漢時人，善草書，號稱「草聖」。王羲之非常佩服他的書法，曾在致友人書中說：「張芝臨池學書，池水盡黑，使人耽之若是，未必後之也。」❻強以仕　勉強去做官。王羲之少有美譽，當時朝廷公卿屢次推薦他出任侍中、吏部尚書、護國將軍等職，他都推辭不就。作會稽內史時，以不願作揚州刺史王述的下屬而稱病去職，遊山玩水，以弋釣為樂，遍遊附近諸郡，且曾泛舟出海。自稱：「我卒，當以樂死。」❼徜徉　縱情遊蕩。

【語　譯】臨川城東面，有一塊地方高高隆起，下面靠近一條溪水，叫做新城。新城上面，有一個低窪的長方形水池，叫做王羲之墨池，荀伯子《臨川記》上是這樣講的。據說王羲之十分仰慕張芝的書法，曾學習張芝臨池習字，因而把一池清水都染黑了，這就是過去的遺跡，這難道是真的嗎？當誰也不能勉強王羲之出來做官的時候，他曾經遍遊東方名勝，泛舟出遊大海，在山水之間尋求精神上的快樂，莫非他在縱情遊覽之餘，又曾經在這裡休息過嗎？

羲之之書晚乃善❶，則其所能，蓋亦以精力自致者，非天成也。然後世未有能及者，豈其學❷不如彼邪？則學固豈可以少哉！況欲深造道德者邪？

【章　旨】本段從王羲之學書在於「以精力自致」，進而推論後人之所以不及他，是由於「學不如彼」，以點明主旨。

【注　釋】❶羲之之書晚乃善　據《晉書》本傳說：羲之早年的書法，還不及當時的書法家庾翼、郗愔，晚年才寫得精妙。他曾用草書給庾翼之兄庾亮寫信，庾翼看後嘆為神明，認為可與張芝媲美。❷學　此指學習的精神。下句之「學」同。

【語　譯】王羲之的書法到了晚年才精妙絕倫，那麼他的這種特長，也是自己用了畢生精力取得的，並不是天生而成的。但是後世沒有一個能夠趕得上他的，是不是就因為他們的學習精神不如他呢？這樣看來，勤學苦練的精神難道可以缺少嗎！何況那些想在道德修養方面希望達到很高造詣的人呢？

墨池之上，今為州學舍❶。教授王君盛，恐其不章❷也，書「晉王右軍墨池」之六字於楹❸間以揭之。又告於鞏曰：「願有記。」推王君之心，豈愛人之善，雖一能不以廢，而因以及乎其跡邪？其亦欲推其事以勉其學者邪？夫人之有一能，而使後人尚之如此，況仁人莊士之遺風餘思，被於來世者如何❹哉！

【章　旨】本段交代作記的緣由，並推究王盛求記的深意，進一步勖勉學生勤修學業，深造道德。

【注　釋】❶州學舍　指撫州州學校舍。《宋史・職官志七》載，仁宗慶曆四年，曾詔諸路、州、軍、監，令各立學。撫州州學可能建立不久。❷章　通「彰」。明顯。❸楹　房屋前面的柱子。❹如何　一本作「何如」。《南豐集》以下尚有「慶曆八年九月十二日曾鞏記」十二字。

【語　譯】墨池上面，現在是撫州州學的校舍。教授王盛擔心這個遺跡不被世人了解，特意寫了「晉王右軍墨池」這六個字懸掛在堂前兩個柱子之間，作為標誌。又對我說：「希望能有一篇記。」我推測王君的心意，或許是喜愛別人的優點，雖然只是一技之長，也不肯讓他埋沒，故而連他的遺跡也一樣加以重視吧？或許還要借推崇王羲之勤學苦練的事跡，來勉勵他的學生吧？一個人掌握一技之長，就能使後人尊崇到這種地步，何況是那些品德高尚、行為端正的人，留下的好作風、好思想，一直影響到後世，那又該受到怎樣的尊崇啊！

【研　析】這是一篇短文，長不足三百字。所記之池亦小，而其內容卻開掘很深，揭示出勸勉後學深造道德的大道理。文章題名為「記」，而其主要內容並不在記敘與摹寫景物，而是因小取大，借事立論。文章就墨池傳聞的虛與實、形與神，以及其影響與王盛託請之意，還包括古今對比等幾條線索互相烘托，交錯寫來。為了突出勸勉主旨，還大量使用設問、反詰句式，使文章層層轉折；「面面闢通」（浦起龍《古文眉詮》），表現得紆徐百折、婉曲從容，尺幅之中，雲霞百變，語言十分洗鍊而精確。對古人仰慕之情，溢於言表；對今人期望之忱，卻寫得異常含蓄，一直到最後都並不直接說出，而是借助感慨來表達，以推心置腹的口吻層層推進，以便把道理說透，既委婉誠摯又透徹親切。於瀟灑從容之中，透出一種簡樸與遒勁的風味來。故陸翔評曰：「筆緻婉轉屈曲，有層出不盡之妙。」

序越州鑑湖圖

曾子固

【題　解】鑑湖，即鏡湖，或以為黃帝於此鑄鏡因而得名。實未必是，蓋取其水平如鏡，故又稱照湖。舊跨山陰、會稽二縣，周三百五十八里，總納二縣三十六源之水。其初本通潮汐，東漢太守馬臻始環湖築塘，瀦水溉田，達九千餘頃，成為東南一帶重要的水利工程。但從宋初起，民始盜湖為田，英宗治平年間，此風大盛，而湖面幾乎盡廢。加上久未疏濬，湖泥淤積，鑑湖幾近堙廢，灌溉作用也就難於維持。儘管作者還不可能從保持水土和生態平衡高度看待這一問題，但亦把它當作影響當地國計民生的重大事件。曾鞏於熙寧二年（西元一〇六九年），因與王安石意見不合，自求外任，出為越州通判。到任之初，即問湖之興廢，向會稽、山陰兩縣詢問鑑湖地圖，考查驗證，畫成新的鑑湖圖，並寫下這篇文字。文章探討了近千年來鑑湖水利的興廢，簡明扼要地敘述了當時各種治湖主張，包括濬湖、加高湖堤、還田回湖、立石柱以限民占田等各種方案及其利弊，文章雖然沒有提出自己的主張，但卻能一針見血地指出北宋吏治習慣於因循敷衍，故「法令不行，而苟且之俗勝」，當權者只要「收眾說，而考其可否，用其可者」，並能「令言必行，法必舉」，就能收到功成利復的效果。史稱曾鞏著有政績，從此文中可以看出，他是極其勤於政事，特別注意掌握下情，注重調查研究的。這些都值得借鑑。本文雖名為「序」，而內容則側重於「記」，故姚鼐將其列入雜記類，這應該是符合實際的。

鑑湖，一曰南湖，南並❶山，北屬州城漕渠，東西距江❷。漢順帝永和五年❸，會稽太守馬臻❹之所為也，至今九百七十有五年❺矣。其周三百五十有八里，凡水之出於東南者皆委之。州之東，自城至於東江❻，其北隄，石楗❼二，陰溝十有九，通民田。田之南屬漕渠，北東西屬江者皆溉之。州之東六十里，自東城至於東江，其南隄，陰溝十有四，通民田。田之北抵漕渠，南並山，西並隄，東屬江者皆溉之。州之西三十里，曰柯山斗門❽，通民田。田之東並城，南並隄，北濱漕渠，西屬江者皆溉之。總之溉山陰❾、會稽兩縣十四鄉之田九千頃。非湖能溉田九千頃而已，蓋田之至江者盡於九千頃也。其東曰曹娥斗門，曰槀口斗門，水之循南隄而東者，由之以入於東江。其西曰廣陵斗門，曰新逕斗門，水之循北隄而西者，由之以入於西江。其北曰朱儲斗門，去湖最遠。蓋因三江❿之上，兩山之間，疏為二門，而以時視田中之水。小溢則縱其一，大溢則盡縱之，使入於三江之口。所謂湖高於田丈餘，田又高海丈餘；水少則泄湖溉田，水多則泄田中水入海，故無荒廢之田，水旱之歲者也。由漢以來幾千載，其利未嘗廢也。

【章　旨】本段敘述鑑湖周圍地理形勢、溝渠水流及灌溉情況。

【注　釋】❶並　依傍。下同。❷距江　距，到達。《尚書・益稷》：「予決九州，距四海。」江，指東面的曹娥江，亦稱東小江，西面的錢清江，亦稱西小江。曹娥江在會稽東南七十里，錢清江在山陰縣西北四十五里。❸永和五年　即西元一四〇年。❹馬臻　東漢茂陵（今陝西興平東北）人。❺至今句　今，指熙寧二年（西元一〇六九年），實為西元九三〇年，文中計算有誤。❻東江　即曹娥江。❼楗　河工以埽料所築的柱樁。《史記索隱》：「楗者，樹於水中，稍下竹及土石也。」❽斗門　堤堰所設宣洩暴漲洪水的閘門。❾山陰　舊縣名，秦置，因在會稽山之北而得名，隋時改名會稽，唐時又分會稽置山陰，與會稽同城而治。後來兩縣合并，即今紹興市。❿三江　清《一統志》：「曹娥江、錢清江、浙江三水所會謂之三江海口，在山陰縣西北五十里。」

【語　譯】鑑湖，一名南湖，南面與山相依傍，北面連著州城和漕運的河道，東面和西面一直抵達曹娥江和錢清江。是漢順帝永和五年會稽太守馬臻開掘成的，到現在已有九百七十五年了。湖的周長達三百五十八里，州城東南一帶的水流全部匯集到鑑湖中。州的東面，從州城到曹娥江邊，鑑湖北面的湖堤，上有石製椿柱兩座，陰溝十九條通往民田。民田的南邊連接漕渠，北面、東面、西面與浙江、曹娥江、錢清江相連接的民田都用鑑湖水灌溉。州城東面六十里，從東城到東江，鑑湖的南堤有陰溝十四條通往民田。民田的北面直達漕渠，南面與山相依傍，西面與江堤相靠，東面與曹娥江相連的民田都用鑑湖水灌溉。州城西面三十里是柯山斗門，與民田相通。民田的東面與州城相傍，南面與湖堤相接，北面靠近漕渠，西面與錢清江相連的田也都用鑑湖水灌溉。總而言之，鑑湖之水灌溉了山陰、會稽兩個縣的十四處總共九千頃農田。這不是說鑑湖水只能灌溉九千頃農田而已，是因為從州城到各條江邊的農田總共只有九千頃。鑑湖的東面有曹娥斗門和蒿口斗門，湖水沿南堤東流的，通過這兩個閘門流入曹娥江。鑑湖的西面有廣陵斗門和新逕斗門，湖水沿北堤西流的，通過這兩個閘門流入錢清江。鑑湖的北面有朱儲斗門，離鑑湖最遠，因為在曹娥、錢清、浙江這三江口上，會稽山和柯山之間，疏濬水流，開出兩座閘門，按時觀察民田中的水。水稍微漫出來了就打開一座閘門，水漫得大了，就把閘門全部打開，讓水流到三江口上。這就是所說的湖面比民田高出一丈多，民田比海面高出一丈多；雨水少了就放出鑑湖之水來灌溉民田，雨水多了就放掉田中之水，使它流到海中，因此沒有荒廢的農田，沒有旱、澇的年頭。從漢朝以來將近一千年，鑑湖水帶給越州人民的利益從來也沒有消失過。

宋興，民始有盜湖為田者。祥符❶之間，二十七戶，慶曆❷之間二戶，為田四頃。當是時，三司轉運司❸猶下書切責州縣，使復田為湖。然自此吏益慢❹法，而奸民浸起。至於治平❺之間，盜湖為田者，凡八千餘戶，為田七百餘頃，而湖廢幾盡矣。其僅存者，東為漕渠，自州至於東城六十里，南通若耶溪❻，自樵風涇❼至於桐塢❽十里，皆水廣不能十餘丈。每歲少雨，田未病，而湖蓋已先涸矣。

【章旨】本段指明宋代盜湖為田使得湖面大為縮小，而灌溉之利盡失。

【注釋】❶祥符　即宋真宗大中祥符，共九年（西元一〇〇八——一〇一六年）。❷慶曆　宋仁宗年號，共八年（西元一〇四一——一〇四八年）。❸三司轉運司　北宋稱鹽鐵、戶部、度支為三司，長官稱三司使，掌握統籌全國財政。轉運使，官名，掌管一路或數路財賦，有檢察地方官吏的權力，隸屬三司。❹慢　怠慢；玩忽。❺治平　宋英宗年號，共四年（西元一〇六四——一〇六七年）。❻若耶溪　水名，在會稽縣南二十里若耶山下，北流入鑑湖。❼樵風涇　地名，在會稽東南二十五里。❽桐嗚　地名，在會稽附近，一作桐嗚。

【語譯】宋朝建立以後，百姓中開始有人盜竊湖面，改作農田。祥符年間有二十七戶人家，慶曆年間有兩戶人家，總共盜湖作農田四頃。在那個時候，三司轉運使還下達文書嚴厲責備州縣官員，要把農田恢復為湖面。但從此以後，官吏更加不認真執行法令，而奸猾的民眾也愈來愈多。到了治平年間，盜用湖面改作農田的總共有八千多戶人家，湖面被改作農田有七百多頃，以致鑑湖幾乎全部報廢了。鑑湖僅存的，東面為漕渠，從州城至東城六十里，南面與若耶溪相通，從樵風涇到桐嗚的十里都是水，但水面寬不過十多丈。每年少雨季節，農田還沒有遭旱，但鑑湖卻已經先乾涸了。

自此以來，人爭為計說。蔣堂❶則謂宜有罰以禁侵耕，有賞以開告者。杜杞❷則謂盜湖為田者，利在縱湖水。一雨，則放聲以動州縣，而斗門輒發。故為之立石則水❸，一在五雲橋，水深八尺有五寸，會稽主之。一在跨湖橋，水深四尺有五寸，山陰主之。而斗門之鑰，使皆納於州。水溢則遣官視則，而謹其閉縱。又以謂宜益理隄防斗門，其敢田者拔其苗，責其力以復湖，而重其罰。猶以為未也，又以謂宜加兩縣之長以提舉❹之名，課其督察，而為之殿賞❺。吳奎❻則謂每歲農隙，當儆人濬湖，積其泥塗，以為邱阜，使縣主役，而州與轉運使、提點刑獄❼督攝賞罰之。張次山❽則謂湖廢僅有存者，難卒復，宜益廣漕路及他便利處，使可漕，及注民田，里置石柱以識之，柱之內禁敢田者。刁約❾則謂宜斥湖三之一與民為田，而益隄使高一丈，則湖可不開，而其利自復。范師道❿、施元長⓫則謂重侵耕之禁，猶不能使民無犯，而斥湖與民，則侵者孰禦？又以湖水較之，高於城中之水，或三尺有六寸，或二尺有六寸，而益隄壅水使高，則水之敗城郭廬舍可必也。張伯玉⓬則謂日役五千人濬湖，使至五尺，當十五歲畢，至三尺，當九歲畢。然恐工起之日，浮議⓭外搖，役夫內潰，則雖有智者，猶不能必其成。若日役五千人益隄，使高八尺，當一歲畢。其竹木費，凡九十二萬有三千，計越之戶二十萬有六千，賦之而復其租⓮，其勢易足。如是，則利可坐收，而人不煩弊。陳宗言⓯、趙誠⓰復以水勢高下難之，又以謂宜從吳奎之議，以歲月復湖。當是時，都水⓱善其言，又以謂宜增賞罰之令。其為說如此，可謂博矣。朝廷未嘗不聽用著之於法，故罰有自錢三百至於千，又至於五萬；刑有杖百，至於徒二年，其文可謂密矣。然而田者不止，而日愈多；湖不加濬，而日愈廢。其故何哉？法令不行，而苟且之俗勝也。

【章　旨】本段列舉當時各種治理鑑湖的主張並分析其利弊和可行性。

【注　釋】❶蔣堂　字希魯，常州宜興人，曾知越州。他認鑑湖占田者多為豪右，奏請復之。《宋史》有傳。❷杜杞　字偉長，常州無錫人，曾官兩浙轉運使。《宋史》有傳。❸則水　測量水位高下。❹提舉　官名，宋置，為主管特種事務之官，此指「提舉水利」。❺殿賞　下等軍功的賞賜。軍功上曰最，下曰殿。❻吳奎　字長文，濰州北海（今山東濰坊）人，出知密州，徙兩浙轉運使。《宋史》有傳。❼提點刑獄　官名，「提點刑獄公事」的省稱，設於各路，主管所屬各州的司法、刑獄和監察。❽張次山　生平待考。❾刁約　字景純，丹徒（今鎮江市）人，嘉祐四年（西元一〇五九年）出為兩浙轉運使。見《京口耆舊傳》。❿范師道　字貫之，蘇州長洲人，召為鹽鐵判官，改兩浙轉運使。《宋史》有傳。⓫施元長　宣城（今屬安徽）人，曾官兩浙提點。⓬張伯玉　字公達，建安（今福建建甌）人，仁宗時曾為御史。⓭浮議　虛飾無據的議論。⓮賦之而復其租　謂徵收其賦稅金額而免除田租。復，免除。⓯陳宗言　生平待考。⓰趙誠　字希中，晉江（今屬福建）人。⓱都水　官名，即都水監。負責陂池灌溉、河渠監護等事務。宋以屬工部。

【語　譯】從此以後，大家紛紛提出主張。蔣堂認為應當有處罰措施來禁止侵湖為田，有賞勵措施來鼓勵告發的人。杜杞認為盜用湖面為農田的人，是希望把湖水放乾從而得到好處，因此每當天一下雨就叫喊漲水影響州縣官吏，使之打開閘門放水。因此在鑑湖上設立石標來測量水位的高低。石標一個立在五雲橋，水深八尺五寸，由會稽縣主管。一個立在跨湖橋，水深四尺五寸，由山陰縣主管。開閘門的鑰匙，都要交到州裡。湖水漫溢時，就派官員察看石標，慎重地決定是打開閘門還是關閉閘門。他又認為應當增高堤防、治理斗門，有膽敢盜湖面為農田的人，就拔掉他的青苗，責令他出力退田還湖，且重加處罰。這樣做他還認為不夠，又提出應該給會稽、山陰兩縣的知縣增加提舉水利的官銜，要求他們按法令嚴加督察，並給他們相當於下等軍功的賞賜。吳奎認為每年農閒時，應當僱工把湖挖深，把淤泥堆積起來，成為土山，由兩縣主管濬湖工程，知州與轉運使、提點刑獄對他們進行督察賞罰。張次山則認為鑑湖已大部廢棄，僅存的一點點湖面，難以一下子恢復，應加寬漕運河道及其他方便有利之處，使能繼續漕運和灌溉農田，每隔一里設立一根石柱作為標誌，石柱之內嚴禁盜湖為田的人占湖造田。刁約認為應該闢出湖的三分之一的面積給百姓作農田，而增高堤壩達到一丈，那麼湖就可以不再被開發，灌溉農田的便利也就恢復了。范師道和施元長則認為加強占湖為耕地的禁令，尚且不能使百姓不犯法，那麼，占湖造田的行為有誰能控制得住呢？他們又拿湖的水位來比較，鑑湖水位比城裡高，有的高出三尺六寸，有的高出二尺六寸，如果加高湖堤來堵水，使水位增高，那麼一旦湖堤潰塌，大水肯定會毀壞城廓房舍。張伯玉則認為每天派五千人疏濬湖底，使湖深增加五尺，要十五年才能完工，挖深三尺，也要九年才能完工。但恐怕動工之日，不切實際的議論從外面動搖人心，民工在內部使人心渙散，那麼，即使是有才智的人，也不一定能做成這件事。如果每天派五千人，增高湖堤，使之高達八尺，一年時間應當可以做成這件事。所需竹木費用，共九十二萬三千文，越州共有二十萬六千戶人家，如果徵收他們的錢賦，免除他們的田租，這些錢看樣子是容易湊足的。這樣一來，既可以坐收灌溉之利，而百姓也不會煩勞疲憊了。陳宗言和趙誠又以水勢的高低來非難他，認為應當實行吳奎濬湖的辦法，確定一定的期限來疏濬鑑湖。在這個時候，都水監認為陳、趙二人的意見很好，並且認為應該增強賞罰的力度。各人提出這麼一些建議，可以說是夠多的了。朝廷也未嘗不聽從採納，並把它寫進法令裡，因此，處罰的辦法有從罰款三百文到一千文的，甚至有五萬文的；判刑有責打一百杖乃至判兩年徒刑的，這些條文可以說是很周密的了。但是占湖為田的行為非但沒有得到禁止，反而越來越多；鑑湖非但沒有得到疏濬，反而越來越荒廢。這究竟是什麼緣故呢？這是因為法令得不到貫徹執行，馬虎了事、因循敷衍的習慣占了上風的緣故。

昔謝靈運❶從宋文帝❷求會稽回踵湖❸為田，太守孟顗❹不聽；又求休崲湖❺為田，顗又不聽。靈運至以語詆之。則利於請湖為田，越之風俗舊矣。然南湖由漢歷吳、晉以來接於唐，又接於錢鏐❻父子之有此州，其利未嘗廢者。彼或以區區之地當天下，或以數州為鎮，或以一國自王，內有供養祿廩之須，外有貢輸問饋之奉，非得晏然而已也。故強水土之政，以力本利農，亦皆有數，而錢鏐之法最詳，至今尚多傳於人者。則其利之不廢，有以也。

【章　旨】本段舉謝靈運、錢鏐父子為例，說明越州自古存在占湖為田之俗和保水土以利農之法。

【注　釋】❶謝靈運　南朝宋著名詩人，祖籍陳郡陽夏（今河南太康），南渡後世居會稽，他是謝玄之孫，襲爵為康樂公，故有權向皇帝提出占湖為田的要求。❷宋文帝　即南朝宋的皇帝劉義隆。謝靈運要求占湖為田，文帝令州郡履行。❸回踵湖　在今紹興市東，一名回湧湖。❹孟顗　字彥重，與弟孟昶並美風姿，時人謂之「雙珠」。卒於會稽太守任上。孟顗不從靈運所請，原因在於兩人之間有私怨。❺休嵲湖　即上妃湖，位於今上虞縣西北。❻錢鏐　臨安人，唐末先後任杭州刺史和鎮海軍節度使，盡有兩浙之地。西元九〇七年稱吳越國王，在位期間大興水利。其子錢元瓘、孫錢俶繼位後，均能重視水利建設。

【語　譯】從前，謝靈運在宋文帝面前要求把會稽的回踵湖改成私田，會稽太守孟顗不同意；謝靈運又要求把休嵲湖改為私田，孟顗還是不允許。謝靈運最後以惡語來詆毀他。把湖改成私田以便得到好處，越州的這種風俗由來已久了。但是，鑑湖從漢朝經過孫吳、兩晉以來，接著到了唐朝，又接著到了錢鏐父子占有越州，湖的灌溉之利都不曾廢棄。他們有的以這小小的地方對抗天下，有的以幾個州作為一個藩鎮，有的把這塊地方作為一國而自稱為王，內有供養官吏薪俸的需求，外有向人貢納、慰問、送禮的需求，並不能安安定定地過日子。所以他們都加強了有關水土的法令，以便使百姓盡力於耕稼之事，發展農業，他們各自都有一套辦法，其中以錢鏐的法令最為完備，到現在還有許多法令流傳於百姓之中。那麼，鑑湖灌溉之利之所以不被廢棄，那是有原因的了。

近世則不然。天下為一，而安於承平之故，在位者，重❶舉事而樂因循。而請湖為田者，其言語氣力往往足以動人。至於脩水土之利，則又費財動眾，從古所難。故鄭國之役❷，以謂足以疲秦；而西門豹之治鄴渠❸，人亦以為煩苦。其故如此。則吾之吏，孰肯任難當之怨，來易至之責，以待未然之功乎？故說雖博而未嘗行，法雖密而未嘗舉。田者之所以日多，湖之所以日廢，由是而已。故以為法令不行，而苟且之俗勝者，豈非然哉？夫千歲之湖，廢興利害，較然易見。然自慶曆以來，三十餘年，遭吏治之因循，至於既廢，而世猶莫寤❹其所以然。況於事之隱微，難得而考者，由苟簡❺之故，而弛壞於冥冥之中，又可知其所以然乎？

【章旨】本段分析由於在位者「重舉事而樂因循」，乃是使得鑑湖日益廢棄而得不到修復的癥結所在。

【注釋】❶重　以之為難。❷鄭國之役　鄭國，戰國時韓水工，曾使秦開鑿渠道，分涇水東流，經三原、富平、蒲城入洛水，名曰鄭國渠，灌地四萬餘頃，使關中盡為沃野。但反對者以鄭國為韓間諜，修渠目的在於消耗秦之國力。鄭國亦因而被處死。❸西門豹之治鄴渠　戰國初，魏文侯以西門豹為鄴（今河北臨漳）令，豹發民鑿十二渠，引漳河水灌田。其初，「民治渠少煩苦，不欲也」。後渠修成，「民人以給足富」。見《史記・滑稽列傳》。❹寤　通「悟」。省悟。❺苟簡　苟且草率，敷衍應付。

【語譯】近代卻不是這樣。天下統一，由於安享太平日子的緣故，當官的人都害怕興辦事業而樂於因循守舊。

可是那些請求把湖改為田的人，他們的言語和活動往往足以影響人們。至於興修水利之事，又因為耗廢材料，勞動民眾，從古以來都難以做到。因此，秦國開鑿鄭國渠之事，有人認為這足以使秦國國力受到消耗；西門豹為鄴令，開鑿鄴渠，起初時百姓也把它當作一件麻煩辛苦之事。它的原因都是這樣。因此我們的官吏誰肯承擔難以擔當的怨恨，招致容易到來的責罵，來做那些未必成功的興修水利之事呢？所以，眾人的建議雖然很多，卻未能實施，法令雖然很周密，卻不能照辦。占湖圍田的人一天比一天多，鑑湖也就一天比一天趨於荒廢，都只是因為這個緣故而已。所以，我認為一切都是因為法令不能實施，因循敷衍的習俗占了上風的緣故，難道不是這樣嗎？一千年來，鑑湖的興廢利害是可以明明白白地看到的。但從慶曆年間以來，三十多年，鑑湖由於官吏因循守舊到了已經廢棄的地步，但世人還是覺察不到鑑湖之所以遭廢棄的原因。何況對於那些隱微難以考察的事，由於馬虎了事的緣故，在不知不覺中被毀壞，又怎麼能知道毀壞的原因呢？

今謂湖不必復者，曰湖田之入既饒矣，此游談[1]之士，為利於侵耕者言之也。夫湖未盡廢，則湖下之田旱，此方今之害，而眾人之所覩也。使湖盡廢，則湖之為田亦旱矣，此將來之害，而眾人所未覩者。故曰此游談之士，為利於侵耕者言之，而非實知利害者也。謂湖不必濬者，曰益隄壅水而已，此好辯之士，為樂聞苟簡者言之也。夫以地勢較之，壅水使高，必敗城郭，此議者之所已言也。以地勢較之，濬湖使下，然後不失其舊；不失其舊，然後不失其宜，此議者之所未言也。又山陰之石則，為四尺有五寸；會稽之石則，幾倍之。壅水使高，則會稽得尺，山陰得半，地之窪隆不並❷，則益堤未為有補也。故曰此好辯之士，為樂聞苟簡者言之，而又非實知利害者也。二者既不可用，而欲禁侵耕開告者，則有賞罰之法矣；欲謹水之蓄泄，則有閉縱之法矣；欲痛絕敢田者，則拔其苗，責其力以復湖，而重其罰，又有法矣。或欲任其責於州縣，與運使、提點刑獄，或欲以每歲農隙濬湖，或欲禁田石柱之內者，又皆有法矣。欲知濬湖之淺深，用工若干，為日幾何，欲知增隄，竹木之費幾何，使之安出，欲知濬湖之泥塗，積之何所，又已計之矣。欲知工起之日，或浮議外搖，役夫內潰，則不可以必其成，又已論之矣。誠能收眾說，而考其可否，用其可者，而以在我者潤澤❸之，令言必行，法必舉，則何功之不可成，何利之不可復哉？

【章　旨】本段綜合評議各種治湖主張，指出治理鑑湖的關鍵在於使言必行，法必舉，則可以收到功成利復之效。

【注　釋】❶游談　無根之談，指光憑口舌取勝。❷窪隆不並　高低不一。並，同。❸潤澤　猶言「潤色」。指以己意加以修飾、補充，使之完備。

【語　譯】現在那些認為鑑湖不必恢復的人說，改湖為田的收入已經很多了，這是光憑口舌取勝的人士，替從占湖為田中得到好處的人說話。鑑湖還沒有完全廢棄，但湖下面的田已經乾旱了，這是擺在眼前的禍害，是大家都能夠看到的。要是鑑湖完全廢棄了，那麼，鑑湖中的農田也會遭受乾旱，這是將來會發生的禍害，但大家都沒有看到。所以我說，這是那些光憑口舌取勝的人士替從占湖為田中得到好處的人說的話，而並不是確實了解利害得失的人。那些認為鑑湖不必疏濬的人說，只要加高堤壩堵住湖水就可以了，這是愛好狡辯的人替那些喜歡聽敷衍應付的話的人說話。如果用地勢來加以比較的話，堵住湖水，使湖面升高，一當潰決，就一定沖壞城郭村舍，這是討論治湖的人已經說過了的。就地勢來加以比較，疏濬鑑湖使湖底降低，然後才不會改變鑑湖的舊貌；不改變鑑湖舊貌，然後才會不失去它灌溉的利益，這是討論治湖的人還沒有說到過的。另外，山陰的石頭標誌，高四尺五寸；會稽的石頭標誌，幾乎是山陰的一倍。堵住湖水使湖面升高，那麼，會稽高一尺，山陰就高半尺，由於地勢高低不一，那麼增高湖堤也不一定是有用的。所以我說這是喜好狡辯的人士，替那些喜歡聽敷衍應付的話的人所說的話，也不是確實懂得利害得失的人。這兩種方法既然都不能採納，那麼想要禁止占湖為田，鼓勵告發的人，那已經有了賞罰的辦法了；要謹慎地蓄水放水，那已經有了開閉閘門的辦法了；要徹底禁止敢於開田的，就拔去他們的秧苗，責令他們盡力恢復湖面，加重對他們的處罰，也已經有了法律了。或者要州縣和轉運使、提點刑獄承擔治湖的責任；或者要在每年農閒時派人疏濬湖底，或者要禁止到石柱以內開田的，也都有了法令了。要想知道湖要挖到多深，要用多少民工，要花多少時間，要想知道增高湖堤需費多少竹木，這些費用到哪裡籌措，要想知道挖湖的淤泥堆積在什麼地方，這些也都已經計算過了。要想知道動工之日，可能有不切實際的言論從外面動搖人心，民工心思從內部潰散，就不一定能把事情辦成，這些也已經議論過了。如果確實能夠收集各種方案，考察其可行與否，採納其可行的辦法，又用自己的意見加以補充使它完善，要讓講過的話一定實行，制定的法令一定貫徹，那麼，還有什麼事情不能辦成，什麼利益不能恢復呢？

鞏初蒙恩通判❶此州，問湖之廢興於人，求有能言利害之實者。及到官，然後問圖於兩縣，問書❷於州與河渠司❸，至於參覈❹之而圖成，熟究之而書具，然後利害之實明。故為論次，庶夫計議者有考焉。熙寧二年冬，臥龍齋❺。

【章　旨】本段點明本文寫作的緣由和意圖。

【注　釋】❶通判　官名。宋代鑑於五代藩鎮權力過大，乃於州府設通判，與知州、知府共理政事，以京朝官儒臣充之。知州知府公事，須通判簽議連書，始得行下。❷書　指有關鑑湖的文字著作。❸河渠司　負責河渠水利及工程的官署，屬工部。❹參覈　參檢考核。❺臥龍齋　作者的書齋。

【語　譯】我剛剛蒙皇恩擔任越州通判，就向人們詢問鑑湖興廢的事，尋找能夠說清利害的實際情況的人。等到到任之後，又向會稽、山陰兩縣查找鑑湖的地圖，向州府和河渠司索取關於鑑湖的文字著作，等到考核驗證之後才畫成新的鑑湖地圖，仔細研究之後有關鑑湖的文字著作也具備了，這樣一來，利害的實際情況也就明明白白的了。因此寫成這篇文章，或者可供主管水利的人參考。熙寧二年冬，寫於臥龍齋。

【研　析】這篇文章，我們今天讀來，不免微有繁複累贅之嫌；但前人，特別是桐城派諸家，卻推崇備至，甚至譽為《南豐集》中壓卷之作，如方苞評曰：「凡敘事之文，義法未有外於《左》、《史》者。《左傳》詳簡斷續，變化無方；《史記》從衡開合，布勒有體。如此文在子固記事文為第一，歐公以下無能頡頏者，其實不過明於從衡分合耳。」姚永樸則評之曰：「典志類莫古於《尚書》之〈禹貢〉。《周禮》、《儀禮》文之精密亦無以加。太史公『八書』氣之雄奇非班固『十志』所能及，而固之詳贍過之。若文家，則自曾子固〈越州趙公救菑記〉、〈序越州鑑湖圖〉外，無聞焉。」這些話不免有些過譽，但方苞所點出的「從衡開合，布勒有體」，姚永樸所點出的「精密」、「詳贍」四字，本篇還是足以當之。鑑湖近千年來的興廢利害，及其方圓數百里的地勢水流，無論是時間和空間，都寫得一目了然而又詳略得體。論者的關於治湖的各種方案辦法及其得失，也都分析得準確深刻，入情入理。這幾個方面的內容，相互穿插，雖雜不亂；且能做到層次分明，條理清晰，文字樸實無華，議論細緻而又精密，求實之風，躍然紙上。與某些空談義理的桐城文章不同，本篇應該是一篇實用性很強的文章。

卷五十七 雜記類 六

木假山記

蘇明允

【題 解】木假山，指樹木被風颳倒，被水沖沒，經過長時間的浪擊蟲蛀，形如嶙峋之山，有峰巒重疊之勢，故謂之木假山。蘇洵家中確有此物，他在〈答二任詩〉云：「庭前三小山，本為山中楂。」梅堯臣有〈蘇明允木山詩〉曰：「唯存堅骨蛟龍鏤，形如三山中雄酋。左右兩峰相挾翊，尊奉君長無慢尤。蘇夫子見之驚且異，買於谿叟憑貂裘。」可見，本篇所記皆係實情。但是本篇又不是單純的記敘文，其中含有深刻的寓意。所寫樹木生長成材之不易，窮通夭壽、升沉遇合之不測，一似人才遭際的幸與不幸。所論存在於這種幸與不幸中的「數」與「理」，似明若暗，可喻而不宜實指，很有可能是對當時社會摧殘壓抑人才，使得不少人才遭受不公平待遇的現象，曲折地抒發了深沉的不滿。但這僅僅是借物抒懷，託物寓意。有些論者認為此文乃老蘇自況，借三山以自頌「三蘇」。林雲銘評曰：「借題自寫，他人移用不得。」林紓則更具體地指出：「明允自喻，並喻其二子也。東坡才大如海，靡所不能；而子由亦雋妙活潑，不即為老泉之下。『若有以服其旁之二峰』句，不過以尊臨之而已；『凜乎不可犯』，則寫其二子之挺出岸異，『岌然無阿附意』，則自成一家也。」從「三山」聯想到「三蘇」，這是非常自然的。儘管作者未必有此意圖，但讀者卻不妨作此聯想，這也就是通常所說的「形象大於思想」。

木之生，或蘖❶而殤，或拱❷而夭❸。幸而至於任為棟梁則伐；不幸而為風之所拔，水之所漂，或破折，或腐，幸而得不破折不腐，則為人之所材，而有斧斤之患。其最幸者，漂沉汩沒於湍沙❹之間，不知其幾百年，而其激射齧食❺之餘，或髣髴於山者，則為好事者取去，強之以為山。然後可以脫泥沙而遠斧斤，而荒江之濆❻，如此者幾何？不為好事者所見，而為樵夫野人❼所薪者，何可勝數？則其最幸者之中，又有不幸者焉！

【章　旨】本段集中闡明木假山形成之不易，其間需經多少磨難。

【注　釋】❶蘖　樹木的嫩芽。❷拱　兩手合抱。❸夭　早死；未能存活到應有年數。此借指遭砍伐。❹湍沙　水裏沙急流。❺激射齧食　水浪拍打，蟲子蛀蝕。❻濆　水邊高地。❼野人　村野之人。此指農人。

【語　譯】樹木的生長，有的在幼苗時就死掉了，有的長到兩手合圍般粗細時便夭折了。幸而長成可以用作棟梁，也就被砍伐了；不幸而被大風連根拔起，被洪水沖走漂流，有的折斷了，有的腐爛了；幸而能夠沒有折斷，沒有腐爛，便被人認為是有用之材，於是遭受到斧頭砍伐的災禍。其中最幸運的，在急流和泥沙之中漂流沉埋，不知經過好幾百年，在水浪拍擊、蛀蟲咬噬之後，有的形狀好像山峰一樣，就被好事之人拿走，加工做成木假山，從此以後就可以免除泥沙淹沒的厄運，永遠不受刀斧之災了。但是在荒野的江邊，像這樣形狀似山峰的樹木該有多少啊？不被好事之人所發現，卻被樵夫農民當作材薪用的，哪裡數得清呢？那麼，在這最幸運的樹木當中，又存在著許多的不幸呢！

予家有三峰，予每思之，則疑其有數❶存乎其間。且其蘖而不殤，拱而不夭，任為棟梁而不伐，風拔水漂而不破折不腐；不破折不腐，而不為人所材，以及於斧斤；出於湍沙之間，而不為樵夫野人之所薪，而後得至乎此。則其理❷似不偶然也。

【章　旨】本段具體論及作者所藏之木假山，得以逃過種種厄難，似有「數」與「理」存乎其間。

【注　釋】❶數　古時把非人力所能及的偶然因素，歸結為數，相當於氣數、命運。❷理　中國古代哲學概念，常指準則、規律。此處涵義與「數」相近。

【語　譯】我家有一座三個峰巒的木假山，每當我想到它的形成，總覺得在這中間似乎有某種氣數在起作用。它在發芽抽條時沒有死掉，在長成兩手合抱粗細時沒有夭折，可以用作棟梁時而沒有被砍伐，大風拔起洪水漂流卻沒有折斷，沒有腐爛；沒有折斷沒有腐爛，又沒有被人當作材料，以至於遭到斧頭的砍伐；從急流泥沙中出來，也沒有被樵夫、農民當作木柴燒掉，然後才能來到我這裡。那麼這裡面的理數似乎不是偶然的啊。

然予之愛之，則非徒愛其似山，而又有所感焉；非徒愛之，而又有所敬焉。予見中峰，魁岸踞肆❶，意氣端重，若有以服其旁之二峰。二峰者，莊栗刻峭❷，凜乎不可犯；雖其勢服於中峰，而岌然❸無阿附意。吁！其可敬也夫！其可以有感也夫！

【章　旨】本段具體描寫家藏的木假山的形與神，其間寓有作者的某些感慨。

【注　釋】❶魁岸踞肆　魁岸，強壯高大的樣子。踞肆，居高臨下的樣子。❷莊栗刻峭　莊，端重。栗，堅實。一說，栗，同「慄」。戒懼；敬畏。刻峭，如刀刻斧削，形容山峰峻峭挺拔。❸岌然　高聳的樣子。

【語　譯】然而，我之所以喜愛木假山，不光是喜愛它的像山，而是還有感慨寄寓其間；不僅喜愛它，而且對它又有敬意。我看中間那一座山峰，魁梧奇偉，居高臨下，氣勢端正莊重，似乎有著使傍邊兩座山峰對它欽服的氣派。傍邊兩座山峰，莊重堅實，威嚴挺拔，凜然不可侵犯；雖然它們所處的地位是服從於中峰的，但那高高聳立的神態，決然沒有絲毫逢迎依附的意思。啊！它們多麼令人敬佩呀！它們多麼令人感慨呀！

【研　析】本篇所記，乃置於案上僅供玩賞的木假山。這類文章，如果停留在對所寫之物細緻觀察，加以面面俱到的描寫，往往會傷於刻劃。本篇沒有這樣做。它主要就木假山的形成，以寫出其不幸中之幸。等到具體描寫時，主要又借其形以寫其神，以神馭形，形神兼備。這種寫法不僅能讓讀者獲得豐富的感受，而且其中還包含作者對當時社會和個人深刻的寓意。通過木假山經歷風化侵蝕種種磨難，從而寫出成材之艱難，不突破重重挫折與陷阱勢難成功。寄託作者沉浮世間，際遇難期的感慨。通過對三峰神態的刻劃，也表現了作者的那種剛正不阿、凜然不屈的氣概。與其作機械比附，我認為看成作者對個人遭遇與人格的寄託，也許更恰當一些。文章寫得簡潔峭刻，多用排比句，而又能參差變化。第二段不少是對首段的重複，只是稍加改動，採用復疊式，不僅使文氣更為緊迫，且論點層層推進，一氣呵成，氣勢不凡，內容也迥然不同。

張益州畫像記

蘇明允

【題解】張方平，字安道，南京（今河南商邱）人。官至太子太保，曾任益州（治所在今四川成都）知州，故稱張益州。宋仁宗至和元年（西元一〇五四年）秋，益州地區發生騷亂，謠傳有敵寇入侵邊境，一時人心惶惶。朝廷選派張方平至益州安撫當地軍民。他從容不迫，鎮定自若，很快就穩住了局勢。第二年正月社會秩序完全得到了恢復，當地民眾對他的治績交口稱頌。又過了一年，張方平將離任返京，益州百姓特地為他留像於淨眾寺，表達敬仰愛戴之情。蘇洵本人也曾受到張方平知遇之恩，他曾向朝廷和歐陽修等人極力舉薦蘇洵父子，因此蘇洵精心結撰本文，盡力稱讚他的為人和政績，以示報謝。文章首先記述了張方平仕蜀的起因、政績和蜀人留像的經過。在記事的基礎上，作者採用對話的方式就弭亂、治蜀、留像三方面發表議論，讚美了張方平處理非常事變的傑出才能，以及他用禮義、法令治蜀的功德，進而闡明蜀人為他立像的原因。文末以四言詩作贊，熱情頌揚了張方平的政績，作為全文的總結。通過反覆渲染，生動地塑造出一個卓有才幹、寬政愛民，能「為天子牧小民不倦」的封建官吏形象，今天看來，仍然是有意義的。

至和元年秋，蜀人傳言，有寇至邊。軍夜呼，野無居人。妖言流聞，京師震驚。方命擇帥，天子曰：「毋養亂，毋助變。眾言朋興，朕志自定。外亂不作，變且中起。不可以文令[1]，又不可以武競[2]。惟朕一二大吏，孰為能處茲文武之間，其命往撫朕師。」乃惟曰：「張公方平其人。」天子曰：「然。」公以親辭，不可，遂行。冬十一月至蜀。至之日，歸屯軍，撤守備❸，使謂郡縣：「寇來在吾，無爾勞苦。」明年正月朔旦❹，蜀人相慶如他日，遂以無事。又明年正月，相告留公像於淨眾寺❺，公不能禁。

【章旨】本段敘事，寫張方平仕蜀的原因，迅速弭亂的過程及留像等情況，作為下文議論的基礎。

【注釋】❶文令　文教政令，著重於言辭說服。❷武競　指武力鎮壓。競，較量。❸歸屯軍二句　據蘇軾〈張文定墓誌〉載：時邛部首領妄言蠻賊儂智高將入寇，攝任太守大驚，移兵屯邊郡，發民築城，日夜不息。民大驚擾，爭遷居城中。朝廷亦發陝西步騎戍蜀，絡繹不絕。張方平言，儂智高去蜀二千餘里，安能舉大兵為寇。道遇戍卒兵仗，輒遣還，悉歸屯邊，遣散弓手，罷築城之役。曰「寇來吾自當之，妄言者斬。」❹正月朔旦　朔，月初一。據〈墓誌〉載，會上元（正月十五）觀燈，城門皆通宵不閉，蜀遂大安。❺淨眾寺　在成都西北，一名萬福寺。

【語譯】至和元年秋天，蜀中人們傳說賊寇到了。邊防軍士夜間驚叫，鄉村四野沒人敢住。荒誕謠言流傳開來，連京城也震驚了。正當下令選擇將帥之時，皇帝說：「不要姑息縱容，釀成大亂，也不要濫加鎮壓，激化事態。儘管眾說紛起，我的主意已定。眼下外患尚未發生，變亂可能會從內部形成。因此，既不可以用文的手段命令他們遵守秩序，又不可以用武的辦法跟他們一爭高低。唯有我派一二個大臣前往，有誰能介乎文武這兩者之間行事，我就將命令他前去安撫我的軍隊。」於是大家考慮說：「張方平公正是這樣的人選。」天子說：「對啦。」張公以奉養父母為理由加以推辭，但不被批准，於是便出發上任了。冬天十一月，他到了蜀地。到的那天，就命令戍守的軍隊返回原地，撤除所有防禦設施，派人曉諭各個郡縣說：「賊寇來的話，由我來對付，你們無需勞累辛苦。」第二年正月初一，蜀中人民相互祝賀，就像往年一樣，這樣始終平安無事。又到下一年正月，人們互相告知要把張公的畫像留存在淨眾寺裡，張公無法禁止他們這樣做。

眉陽❶蘇洵言於眾曰：「未亂易治也；既亂易治也。有亂之萌，無亂之形，是謂將亂。將亂難治，不可以有亂急，亦不可以無亂弛❷。是惟元年之秋，如器之攲❸，未墜於地。惟爾張公，安坐於其旁，顏色不變，徐起而正之。既正，油然而退，無矜容。為天子牧小民不倦，惟爾張公。爾繄❹以生，惟爾父母。且公嘗為我言：『民無常性，惟上所待。人皆曰：「蜀人多變❺。」於是待之以待盜賊之意，而繩❻之以繩盜賊之法。重足屏息❼之民，而以碪斧令❽，於是民始忍以其父母妻子之所仰賴之身，而棄之於盜賊，故每每大亂。夫約之以禮，驅之以法，惟蜀人為易。至於急之而生變，雖齊、魯❾亦然。吾以齊、魯待蜀人，而蜀人亦自以齊、魯之人待其身。若夫肆意於法律之外，以威劫❿齊民⓫，吾不忍為也。』嗚呼！愛蜀人之深，待蜀人之厚，自公而前，吾未始見也。」皆再拜稽首⓬，曰：「然。」

【章旨】本段通過作者自述的方式，分析張公以從容鎮定的態度弭將亂，以寬仁愛民的原則治蜀民，故能收到巨大成效。

【注釋】❶眉陽　應指眉山，蘇洵乃眉山人，古代無稱眉山為眉陽者，因眉山縣地處娥眉山之北，而非山南。❷弛　放鬆戒備。❸攲　傾側不平。此指傾斜將倒的狀態。❹繄　是。句中助辭。❺蜀人多變　蜀地自唐末即為軍閥割據，宋初雖統一，但事變亦不少。此時上距李順、王小波之亂僅六十年。故有此言。❻繩　管束；制裁。❼重足屏息　形容十分害怕。重足，疊而立，不敢前進。屏息，由於恐懼而不敢出大氣。❽以碪斧令　指用刀斧等刑具命令人們。碪，古代刑具，鍘刀下面的砧板。❾齊魯　春秋戰國時兩個諸侯國。齊為姜太公封邑，魯為周公封邑，魯又是孔子故鄉，故齊魯乃傳統上禮義之邦，教化興盛之地。❿劫　威脅；強迫。⓫齊民　齊等的民眾。即平民。⓬稽首　叩頭至地。

【語譯】眉山人蘇洵對大家說：「尚未發生變亂之時，容易治理；已經發生了變亂，也容易治理。有了變亂的苗頭，但還沒有形成為變亂，這叫做將亂。將亂之時，是難以治理的，不能因為有了變亂的苗頭而急躁行事，也不能因為變亂尚未形成就放鬆麻痺。在這至和元年秋天，蜀中形勢就像器具傾斜了，又還沒有掉落到地上。唯有你們張公，安坐在它的傍邊，面不改色，慢慢地站起來把它扶正。扶正以後，又從容自如地退下來，沒有一點驕矜的神態。替天子治理小民百姓而不知疲倦，這只有你們張公能辦到。就如同你們所以能生下來，全靠你們的父母一樣。而且張公曾經對我說過：『百姓沒有固定不變的性情，只是看上面當官的如何對待他們。人們都說：「蜀中人民愛鬧事，變亂多。」於是用對待盜賊的心意來對待他們，用制裁盜賊的法令來制裁他們。百姓本來嚇得步不敢邁氣不敢出，卻還要使用那些殺人的刀斧來管制他們，在這種情況下，百姓才忍心不顧他們父母妻子所依賴的身軀，自暴自棄地加入到盜賊隊伍之中，因而常常發生大亂。如果用禮義來約束他們，用法令來差遣他們，那麼蜀中人民是容易治理的。至於使用暴力彈壓，把百姓逼得太急，以致發生變亂，即使是齊、魯這樣的禮義之邦，也會這樣。我用對待齊、魯百姓的態度來對待蜀中百姓，那麼，蜀中百姓也會用齊、魯百姓的標準來要求自己。至於拋開法律肆意胡來，用威勢來脅迫平民百姓，我是不忍心這樣做的。』唉！愛護蜀中百姓這樣深切，對待蜀中百姓這樣厚道，在張公之前，我從來沒有見過。」大家聽了都拜了又拜並叩頭說：「是的。」

蘇洵又曰：「公之恩在爾心，爾死，在爾子孫。其功業在史官，無以像為也。

且公意不欲，如何？」皆曰：「公則何事於斯❶，雖然，於我心有不釋❷焉。今夫平居聞一善，必問其人之姓名，與鄉里之所在，以至於其長短大小美惡之狀。甚者，或詰❸其平生所嗜好，以想見其為人。而史官亦書之於其傳，意使天下之人，思之於心，則存之於目。存之於目，故其思之於心也固。由此觀之，像亦不為無助。」蘇洵無以詰，遂為之記❹。

【章　旨】本段通過對話方式，申述留像的理由。

【注　釋】❶何事於斯　意謂對此不怎麼在意。何事，何取。❷不釋　放不下。❸詰　盤問。本段末「無以詰」的「詰」，指反詰、反駁。❹遂為之記　王文濡評曰：「設為問答，以見畫像之設，出於民意之誠，而張公之賢益見。」

【語　譯】蘇洵又說：「張公的恩德記在你們心裡，你們死了，記在你們子孫的心裡。他的功業由史官記載，不要立畫像了。再說張公心中也不願意，怎麼辦呢？」大家都說：「張公雖然對此不怎麼在意，儘管如此，我們內心卻是過意不去。現在，人們平時聽到一件好事，一定要問問做好事的人的姓名和家鄉在何處，以至於他的身材高矮、年齡大小、容貌美醜等情況。更進一步，有人還要問他生平所愛好的是什麼，藉以想像出他的為人。而且史官也要把這些寫進他的傳記之中，要想使天下的人在心中思念他，就要在眼睛裡保存有他的形象。在眼睛裡保存有他的形象，心中對他的思念也就越牢固。從這點看來，畫像也並不是沒有幫助的。」蘇洵沒有什麼話來反駁他們，於是就替他們寫了這篇記。

公南京❶人，慷慨有節，以度量容天下。天下有大事，公可屬❷。系之以詩曰：

【章　旨】這是過渡段，簡介張公之為人，並引出下段之詩。

【注　釋】❶南京　北宋首都汴梁為東京，商丘為南京，洛陽為西京，大名府為北京，合稱四京。❷屬　通「囑」。託付。

【語　譯】張公是南京人，為人意氣激昂而又有高尚節操，他的胸襟氣量弘大，足以容納整個天下。天下有了大事，張公是可以託付重任的。我用詩歌來敘述他的事跡，詩云：

天子在祚❶，歲在甲午❷，西人❸傳言，有寇在垣❹。庭有武臣，謀夫如雲，天子曰嘻，命我張公。公來自東，旗纛❺舒舒。西人聚觀，于巷于塗。謂公暨暨❻，公來于于❼。公謂西人：「安爾室家，無敢或訛❽。訛言不祥，往即爾常。春爾條桑❾，秋爾滌場❿。」西人稽首：「公我父兄。」公在西囿，草木駢駢⓫。公宴其僚，伐鼓淵淵⓬。西人來觀，祝公萬年。有女娟娟，閨闥閑閑。有童哇哇，亦既能言。昔公未來，期汝棄捐。禾麻芃芃⓭，倉庾⓮崇崇。嗟我婦子，樂此歲豐！公在朝廷，天子股肱。天子曰歸⓯，公敢不承？作堂嚴嚴，有廡有庭。公像在中，朝服冠纓。西人相告：「無敢逸荒。公歸京師，公像在堂。」

【章　旨】本段用四言詩作贊語，熱情頌揚張公弭亂、治蜀的重大政績。

【注釋】❶阼　指皇位。❷甲午　仁宗至和元年干支為甲午。❸西人　指蜀人。因蜀地在中原以西。❹垣　牆。此指邊境。❺纛　古代軍隊或儀仗隊的大旗。❻暨暨　勇毅果敢的樣子。❼于于　行動舒緩自得的樣子。❽或訛　或乃句中助辭。訛，假。此指傳播謠言。❾條桑　修剪桑樹枝條。《詩經・七月》：「蠶月條桑。」❿滌場　清掃打穀場。《詩經・七月》：「十月滌場。」⓫駢駢　草木並生而茂盛的樣子。⓬淵淵　形容擊鼓聲音的平和。⓭芃芃　植物茂密旺盛的樣子。⓮倉庾　積穀之處。有頂的叫倉，無頂的叫庾。⓯天子曰歸　張方平後由蜀遷尚書左丞知南京。

【語譯】仁宗天子當朝之時，這年正是甲午之年，蜀中人們傳出謠言，說有敵寇在邊境線。朝廷有著不少武將，謀士眾多像雲一般，天子高興讚嘆一聲，就把我們張公派遣。張公打從東方而來，各種旗幟隨風舒展。蜀中人們圍繞觀看，巷中路上擠得滿滿。人們都說張公剛毅，來此舉止從容舒緩。張公告誡蜀中之人：「安心留在你們家園，不要再去傳播謠言。謠言紛紛很不吉祥，照常生活就像從前。春天你們把桑枝剪，秋天再去打掃穀場。」蜀中之人跪下磕頭：「張公如同父兄一般。」張公正在西園遊賞，草木茂盛綠蔭遮天。張公設宴款待屬官，擊鼓咚咚聲音悠揚。蜀中之人都來觀看，祝賀張公壽長萬年。有的女兒秀麗好看，都在閨房自在安閒。也有兒童咿呀學語，很會說話討人喜歡。當年張公如果不來，料定你們丟棄荒原。地裡莊稼長得茂密，院裡穀倉高聳雲天。可嘆我們婦女兒童，一起歡慶豐收之年！張公過去在朝廷上，天子看成左右臂膀。天子叫他返回京城，張公怎敢不整行裝？建起祠堂莊嚴肅穆，又有庭院又有廊房。張公畫像立在中央，官服禮帽儀表端莊。蜀中之人相互告誡：「不敢偷懶遊閒放蕩。張公雖然回到京城，張公畫像尚在祠堂。」

【研析】本篇雖名為記，但既非寫景記物，亦非為亭臺樓閣作記，而是記畫像。像乃人之像，故由像及人，由人而及其所以留像之功績。故本篇實際上乃是傳人記事之文，其內容頗近似於傳狀類，其寫法亦多摹擬傳記文。方苞評曰：「退之序事文不學《史記》，歐公則摹《史記》以自別於退之。老泉又欲自別於歐公，故取法於《史記》、韓文而少變其形貌。惜不多見，要之非子瞻、子固所能望也。」這個看法頗有見地，本篇實際上採用了《史記》、韓文中寫人物的若干手法，這包括：一，篇末加四言詩贊語，這在「記」體中所少見，它脫胎於《史記》的「太史公曰」及後世各朝正史之「論贊」，不過，本篇四言詩更為細緻詳贍。二，全文就形式而言，可分三部分：一為記事，即用史筆記述張公主要事跡，主要為弭亂；二為對話，採用夾敘夾議的方式，補充張公治蜀事跡，並加以評議；三則為詩贊。就散文部分而言，似受韓文〈張中丞傳後序〉影響，有敘有議；刻劃人物亦受《史記》、韓文影響，使正面敘述與側面烘托相互結合，正面寫其弭亂，側面寫其治蜀及民眾之所以留像。這樣，張公的為人和政治才幹就能得到比較全面的表現。沈伯經有評曰：「其文勁悍渾深，有西漢人筆力。詩衍文氣，有幹有葉。」

石鐘山記

蘇子瞻

【題　解】石鐘山，在今江西湖口縣。清《一統志》曰：「江西九江府石鐘山在湖口，有二：一在縣治南，曰上鐘山；一在縣治北，曰下鐘山。各距縣一里，皆高五六十丈，周十里許，其勢相向。」元豐七年（西元一〇八四年）六月，蘇軾由黃州量移汝州，他的長子蘇邁也要赴任饒州德興（今屬江西）尉，於是便順道送蘇邁到湖口，父子同遊石鐘山後，蘇軾便寫了這篇遊記。全文以石鐘山命名的由來為中心，先提出對酈道元、李渤釋名的疑問，接著寫親自坐船到石鐘下水面上夜遊，經過實地考察，找出「水石相搏，聲如洪鐘」的具體情況，從而獲得石鐘山命名的來由。這一曲折經歷，表現出作者勇於探索的求實精神，強調凡事必須耳聞目見，絕不能主觀臆斷。否則就會重犯酈道元的表述簡略，李渤的見識淺薄的錯誤，以至認識不清事物的真相。蘇軾之所得，並非最後結論，石鐘山究竟以聲得名或以形得名，向來頗多異議。宋劉克莊〈坡公石鐘山記〉、清同準〈石鐘山記〉均主蘇說以聲得名而有所發揮。明地理學家羅洪先則認為：「上下兩山，皆若鐘形……東坡艤涯，未目其麓，故猶有遺論。」（《念庵羅先生文集》卷五）清曾國藩《求闕齋讀書錄》、俞樾《春在堂隨筆》都贊同羅說，有人考察上下鐘山其下皆有洞，「每冬日水落，則山下有洞門出焉」，「洞中寬敞，左右旁通，可容千人」，「蓋全山皆空，如鐘覆地，故得鐘名」。後說晚出，也許更符合事實。但這絲毫也不影響本篇的價值，文中所提倡的注重調查研究、實事求是的精神至今仍應該遵循。正如劉克莊所說：「坡公此記，議論，天下之名言也；筆力，天下之至文也；楷法，天下之妙畫也。」呂留良評曰：「文最奇致，古今絕調。」本篇寓探理於寫景，敘議結合，在遊記中開闢了一個新的境界。

《水經》❶云：「彭蠡❷之口，有石鐘山焉。」酈元❸以為下臨深潭，微風鼓浪，水石相搏，聲如洪鐘。是說也，人常疑之。今以鐘磬❹置水中，雖大風浪不能鳴也，而況石乎？至唐李渤❺，始訪其遺蹤，得雙石於潭上，扣而聆之，南聲函胡，北音清越❻；枹❼止響騰，餘韻徐歇。自以為得之矣。然是說也，余尤疑之，石之鏗然有聲者，所在皆是也，而此獨以鐘名，何哉？

【章　旨】本段點明石鐘山之位置，並對其得名由來酈、李兩說表示懷疑，從而引出下段之考察。

【注　釋】❶水經　我國古代一部記述河渠源流的地理著作，三卷，相傳為漢桑欽作，或稱晉郭璞作，但後人多認為是三國時人作。因過於簡略，北魏酈道元曾為之作注，稱《水經注》。本篇所引《水經》及注中語，均不見於今之傳本。❷彭蠡　即今江西北部之鄱陽湖。❸酈元　即酈道元，字善長，北魏范陽（今河北涿州）人，所撰《水經注》四十卷，科學價值、文學價值均較高。❹磬　古代一種玉或石製的打擊樂器。❺李渤　字濬之，唐朝洛陽人，憲宗時曾出任江州刺史。故寫過〈辨石鐘山記〉。❻南聲函胡二句　函胡，同「含糊」。模糊不清。清越，清亮高亢。一說，舊以宮、商、角、徵、羽五聲配南、北、東、西、中五個方位。南聲，即宮聲；北聲，即商聲。宮聲濁，商聲清。❼枹　鼓槌。

【語　譯】《水經》上說：「鄱陽湖的湖口，有座石鐘山。」酈道元認為它下臨深潭，微風激起波浪，水與巖石互相撞擊，就發出洪鐘般的聲音。對這種說法，人們常常表示懷疑。如今把鐘磬放在水裡，即使是大風大浪也不能使它發出聲響，何況是石頭呢？到了唐代的李渤，才開始探訪它的舊址，他在潭上找到兩塊大石，敲打著聽它們發出的聲音，南邊的石頭聲音重濁模糊，北邊的石頭聲音清脆悠遠；停止敲擊，聲音還在迴盪，餘音慢慢地才消失。李渤便自認為找到石鐘山命名的原因了。然而對這種說法，我更加懷疑。石頭經過敲打而發出鏗鏘之聲，到處都是，而這裡卻偏偏用鐘來命名，這到底是什麼緣故呢？

元豐七年六月丁丑❶，余自齊安舟行適臨汝❷，而長子邁將赴饒之德興尉❸，送之至湖口，因得觀所謂石鐘者。寺僧使小童持斧於亂石間，擇其一二扣之，硿硿❹然，余固笑而不信也。至其夜月明，獨與邁乘小舟至絕壁下，大石側立千尺，如猛獸奇鬼，森然欲搏人。而山上棲鶻❺，聞人聲亦驚起，磔磔❻雲霄間。又有若老人欬❼且笑於山谷中者，或曰「此鸛鶴❽也」。余方心動欲還，而大聲發於水上，噌吰❾如鐘鼓不絕。舟人大恐。徐而察之，則山下皆石穴罅❿，不知其淺深，微波入焉，涵澹⓫澎湃而為此也。舟迴至兩山⓬間，將入港口，有大石當中流，可坐百人，空中而多竅，與風水相吞吐，有窾坎⓭鏜鞳⓮之聲，與向之噌吰者相應，如樂作焉。因笑謂邁曰：「汝識之乎！噌吰者，周景王之無射⓯也；窾坎鏜鞳者，魏獻子之歌鐘⓰也。古之人不余欺也。」

【章旨】本段敘寫夜訪石鐘山的經過和見聞，引出深入考察之所得，進一步證實了酈道元之說。

【注釋】❶六月丁丑　陰曆六月初九，即西曆一〇八四年七月十四日。❷余自齊安句　齊安，即黃州，南齊時為齊安郡。

臨汝，即汝州，今河南臨汝。蘇軾於元豐二年（西元一〇七九年）因烏臺詩案被捕下獄，不久被貶為黃州團練副使。七年三月接到量移汝州團練副使的詔令，五月動身赴任。❸而長子邁句　蘇軾共三子，即邁、迨、過，皆有文名。邁字伯達，官至駕部員外郎。德興隸饒州，即今江西德興。❹硿硿　斧石相擊之聲。❺鶻　猛禽名，能俯擊鳩鴿而食之，一說即隼。❻磔磔　象聲詞，狀鶻鳥的叫聲。❼欬　通「咳」。咳嗽。❽鸛鶴　水鳥名，形似鶴，頂不紅，腿長嘴尖，全身灰白。《纂評唐宋八大家文讀本》卷七引西仲曰：「驚起者，可以望見，則直言棲鶻；欬笑者之為鸛鶴，未必果確，故借『或曰』二字寫出，何等活動。」又引錢謙益云：「中段欲言水石之聲，先將三項（指扣石、棲鶻、鸛鶴）描寫起，此文情也。」❾噌吰　響亮厚重的聲音。❿罅　裂縫；洞孔。⓫涵澹　指水波激盪。⓬兩山　指上鐘山與下鐘山。⓭窾坎　東西撞擊聲。⓮鏜鞳　鐘鼓之聲。⓯無射　古代十二律之一。此指鐘名。《左傳・昭公二十一年》：「春，天王（周景王姬貴）將鑄無射。」孔穎達疏：「無射，鐘名，其聲于律應無射之管，故以律名鐘。」⓰魏獻子之歌鐘　據《經進東坡文集》，魏獻子應作魏莊子。魏莊子，即魏絳之諡號，春秋時晉國大夫。歌鐘，古樂鐘，亦稱編鐘，用十六口鐘按音階排列而成。《左傳・襄公十一年》記晉國送給晉悼公「歌鐘二肆（十六為一肆）及其鎛磬，女樂二八（十六人），晉侯以樂之半賜魏絳。」

【語譯】元豐七年六月丁丑，我從齊安乘船到臨汝去，長子蘇邁要到饒州德興縣去做縣尉，我送他到鄱陽湖口，因此有機會看看叫做石鐘的那座山。寺院的和尚叫一小童拿著斧頭，在亂石堆中挑一兩塊敲打，發出了硿硿的響聲，我當然覺得可笑，不相信這就是命名的原因。到了這天夜裡，月光明亮，我只同邁兒兩人乘坐小船，來到峭壁下面，巨大的巖石在旁邊聳立著，高達千尺，好像猛獸奇鬼，陰森森像是要向人撲過來。山上棲宿的鶻鳥，聽到人聲也受驚飛起，在雲霄裡磔磔地呼叫。還有像老人在山谷中邊咳嗽邊發笑的聲音，有人說「這是鸛鶴」。我心中正害怕想要返回，忽然從水上發出了一種宏大的聲響，轟隆隆地像鐘鼓聲持續不停。船夫十分驚恐。我慢慢地觀察，才發現山下都是洞穴，不知道它們的深淺，浪花沖進裡面，水流回旋激盪，便發出這種聲音來。小船繞到兩山之間，快要進入港口時，有一塊大石擋在水流中央，上面可以坐一百來人，中間是空的，並且有很多洞穴，吞吐著風浪，發出窾坎鏜鞳的聲音，與剛才的轟隆聲相呼應，如同奏樂一樣。於是，我笑著對蘇邁說：「你知道嗎！那轟隆隆的聲音，就像周景王的無射鐘上發出的；窾坎鏜鞳的聲音，就像魏莊子的編鐘上發出的。古人沒有欺騙我們啊。」

事不目見耳聞，而臆斷其有無，可乎？酈元之所見聞，殆與余同，而言之不詳。士大夫終不肯以小舟夜泊絕壁之下，故莫能知。而漁工水師，雖知而不能言，此世所以不傳也。而陋者❶乃以斧斤考擊而求之，自以為得其實。余是以記之，蓋歎酈元之簡，而笑李渤之陋也！

【章　旨】本段強調深入進行調查的必要，反對輕信傳聞而臆斷，點明全文主旨。

【注　釋】❶陋者　識見淺陋的人。此指李渤。

【語　譯】任何事情如果不是親耳所聞親眼所見，就憑空臆斷其有無，這可以嗎？酈道元所看到聽到的，大概和我相同，但他說得不詳盡。一般士大夫們始終不肯在深夜把小船停留在懸崖絕壁之下，所以沒人能知道真相。而漁人船夫，雖然知道真相卻不能記述下來，這就是石鐘山的名稱的由來無法在世上傳播的緣故吧。可是，識見淺陋的人卻用斧頭敲打石塊來探求鐘聲，還自以為察知了真相。我因此要寫下這篇文章，主要是嘆惜酈道元解釋得過於簡略，而嘲笑李渤的見識淺陋啊！

【研　析】本篇歷來評價極高，方苞、劉大櫆均推為蘇軾記中最有成就之作。方曰：「瀟灑自得，子瞻諸記中特出者。」劉曰：「坡公第一首記文。」而劉克莊、楊慎均稱之為「古今絕調」。其成就主要有：一，構思之奇。名為遊記，而全文卻不以個人遊蹤，而是以石鐘山得名之由來為主要線索。文章緊緊圍繞石鐘山因何得名層層開展，故首段即從石鐘山地理位置開端，引出命名之兩說作為疑案。如此開篇，就表明了本文重點不在記遊，而在緣山名發議論。末段復歸結到經實地考察，終能釋疑，「嘆酈元之簡，而笑李渤之陋」，以議論收束全篇。全文架構，完全符合議論文「提出問題、分析（研究）問題、解決問題」這一模式。用寫議論文的架構來寫遊記，而又能使二者融會貫通，「通體神行」，為遊記文開闢一新天地。二，作者不僅把記遊和議論結合起來，而且使敘事、說理、描寫和抒情四種筆法有機地熔鑄為一體，而又各得其所，各極其妙。三，文章雖以石鐘山之得名為主線，但仍以第二段之記為全文中心，不失遊記之本色。這一段寫得絕好，曲折多變，行文跌宕有致，翛然神遠。文章並未停留在景物刻劃之上，而是通過鶻立、鸛鳴、聲怖等等敘寫，塑造出陰森可怕的境界，使讀者如臨其境，如聞其聲；而其中又暗含作者因有所發現的快感。吳楚材評之曰：「坡公身歷其境，聞之真，察之詳，以前無數疑案，一一破盡，爽心快目。」四，見解之深。文章並不滿足於給石鐘山命名找出一個正確的答案來，還能進一步把深入探究石鐘山命名的精神，引領到帶有普遍意義的理性認識，提到哲學的高度，強調對事物認真調查的必要，批評了當時士大夫脫離實際只憑主觀臆測下結論的作風。因而極大地拓展了本篇的思想意蘊，具有很強的針對性和啟發性。

超然臺記

蘇子瞻

【題　解】宋神宗熙寧七年（西元一〇七四年），蘇軾由杭州通判調任密州知州，次年修復北城上高臺，其弟蘇轍作〈超然臺賦〉，據《老子》「雖有榮名，燕處超然」之義取名為「超然臺」。此時作者因與王安石政見不合，遭到排擠，身處逆境，因而在這篇記中，表示要超然於利害得失之外，追求精神上的滿足。文章從「凡物皆有可觀。苟有可觀，皆有可樂」的總觀點推演開去，論證了「求福而辭禍」有可能轉化為「求禍而辭福」。這是因為物皆有盡，而人欲無窮；因此必須限制人的欲望，要超然於物外，就可以無往而不樂。這種安時處順思想來源於道家，但作者借以擺脫思想苦悶，追求心理上的平衡。這也體現出作者灑脫的生活態度和曠達的胸襟，同時也流露出作者無為而治、官民相安的政治理想。可是一當他登臺眺望時，又對姜太公、齊桓公、韓信等英雄人物的豐功偉績，表示出由衷的仰慕。可見蘇軾對時事與功名並未忘懷，在出世與入世問題上，心情還是有矛盾的。姜寶有評曰：「此記有即其所居之位，樂其日用之常，脫出塵寰之外之意，故名之曰超然。此東坡之所以為東坡也。」

凡物皆有可觀。苟有可觀，皆有可樂，非必怪奇偉麗者也。餔糟啜醨❶，皆可以醉；果蔬草木，皆可以飽。推此類也，吾安往而不樂？

【章旨】本段正面闡明如能超然物外，即可無往而不樂。

【注釋】❶餔糟啜醨　語出《楚辭・漁父》：「眾人皆醉，何不餔其糟而啜其醨。」餔，食。糟，酒渣。啜，飲。醨，薄酒。

【語譯】所有的東西都有值得欣賞的地方。只要有值得欣賞的地方，就都可以使人快樂，並非一定要怪異奇特、雄偉美麗的東西不可。食酒糟、飲薄酒，一樣能使人醉倒；瓜果蔬菜，甚至草根樹皮，一樣能使人吃飽。以此類推，我到哪裡不會感到快樂呢？

夫所為❶求福而辭禍者，以福可喜而禍可悲也。人之所欲無窮，而物之可以足吾欲者有盡。美惡之辨戰乎中，而去取之擇交乎前，則可樂者常少，而可悲者常多。是謂求禍而辭福。夫求禍而辭福，豈人之情也哉？物有以蓋❷之矣。彼遊❸於物之內，而不遊於物之外。物非有大小也，自其內而觀之，未有不高且大者也。

彼挾其高大以臨我，則我常眩亂反覆，如隙中之觀鬭，又烏知勝負之所在？是以美惡橫生，而憂樂出焉，可不大哀乎！

【章旨】本段從反面說明不能超然物外，受物質利益束縛所必然帶來的禍害。

【注釋】❶所為　一本作「所謂」。為可通「謂」。❷蓋　蒙蔽。❸遊　遊心；涉想。

【語譯】通常所說人們追求幸福而躲避災禍，原因是由於幸福使人歡喜而災禍使人悲傷。人的欲望沒有窮盡，而能夠滿足我們欲望的東西卻有限。如果判別美惡的意識總是在內心反覆交戰，捨棄與索取的抉擇總是在眼前相互交錯，那麼可以使人歡樂的事情就往往很少，而可以使人悲傷的事情卻常常很多。這就無異於追求災禍而丟棄幸福。追求災禍而丟棄幸福，這難道是人之常情嗎？這是由於自身受到外物的蒙蔽啊。這種人把自己束縛在身外之物裡面，而不能夠超脫出身外之物。外物本身沒有大小之別，從它的內部進行觀察，就會覺得沒有不又高又大的。它依仗其高大聳立在人們面前，就會使人眼花撩亂，是非難分，如同從縫隙之中窺探角鬥，又怎麼能夠看清楚勝敗在哪一方呢？因此，美惡之念橫亙於胸中，而憂樂之情便紛紜而出，這難道不是巨大的哀傷嗎！

余自錢塘❶移守膠西❷，釋舟楫之安，而服車馬之勞；去雕牆之美，而庇采椽❸之居；背湖山之觀，而行桑麻之野❹。始至之日，歲比不登❺，盜賊滿野，獄訟充斥；而齋廚索然，日食杞菊❻，人固疑余之不樂也。處之期年，而貌加豐，髮之白者，日以反黑。余既樂其風俗之淳，而其吏民亦安余之拙也。於是治其園圃，潔其庭宇，伐安丘、高密❼之木，以修補破敗，為苟完之計。而園之北因城以為臺者舊矣，稍葺而新之。

【章　旨】本段寫自己自錢塘移守膠西，雖物質條件由優轉劣，但能以超然心態視之，故不改其樂，因樂而有興致建臺。

【注　釋】❶錢塘　舊縣名，宋時為兩浙路和臨安府治所。神宗熙寧四至七年（西元一〇七一—一〇七四年），蘇軾任杭州通判。❷膠西　山東膠河以西，漢初為膠西國，都高密，宋置密州，治所即今山東諸城。❸采椽　形容房屋質樸簡陋。采，通「棌」。櫟木。椽，屋上的木榱。❹桑麻之野　《漢書·地理志》說，魯國「頗有桑麻之業」，密州屬古魯地，故稱之。❺歲比不登　連年歉收。比，接連；連續。登，莊稼成熟。❻杞菊　枸杞子和菊花，均可食。形容生活清苦。時作者曾寫〈後杞菊賦序〉云：「吾方以杞為糧，以菊為糗，春食苗，夏食葉，秋食花實，而冬食根。」❼安丘高密　當時均為密州轄地。安丘在今濰縣南，高密在今膠縣西北。

【語　譯】我從杭州調任密州知州，失去了泛舟航行的安逸，經受著乘車騎馬的辛勞；離開了華美的居室，住進了簡陋的房舍；捨棄了湖光山色的美景，而奔走在種滿桑麻的田野。剛到任的時候，莊稼連年歉收，盜賊充滿郊野，訴訟案件很多；而廚房裡卻空蕩蕩的什麼也沒有，每天只能吃些枸杞菊花充飢，人們當然會猜想我並不歡樂。可是在這裡住了一年，我的面容卻更加豐潤，頭上的白髮也一天天變黑。我既喜歡這裡風俗的淳樸，而這裡的官吏百姓也習慣於我的笨拙無能。於是我整修了果圃菜園，清掃了庭院房舍，砍伐安丘和高密的樹木，用來修葺破舊的地方，聊作苟安的打算。在園圃的北面，有座依城築起的高臺已經破舊了，便稍加修整，使它煥然一新。

時相與登覽，放意肆志焉。南望馬耳、常山❶，出沒隱見，若近若遠，庶幾有隱君子乎？而其東則盧山❷，秦人盧敖❸之所從遁也。西望穆陵❹，隱然如城郭，師尚父❺、齊桓公❻之遺烈，猶有存者。北俯濰水❼，慨然太息，思淮陰❽之功，而弔其不終。臺高而安，深而明，夏涼而冬溫，雨雪之朝，風月之夕，余未嘗不在，客未嘗不從。擷園蔬，取池魚，釀秫酒❾，瀹脫粟❿而食之。曰：「樂哉遊乎！」

【章　旨】本段主要描寫登臺觀覽之樂，表現四方形勝，四季佳境和自己超脫凡俗的韻外之致。

【注　釋】❶馬耳常山　均為密州郊外山名。馬耳在今諸城縣南五里，常山在縣南二十里。❷盧山　今諸城南三十里，本名固山，因盧敖隱居於此山而得名。❸盧敖　戰國末年燕人，後被秦始皇召為博士，命之入海求仙，不得，遂逃到固山隱居。❹穆陵　關名，在今山東臨朐大觀山北，春秋時齊以為南部邊關。《左傳・僖公四年》：「管仲曰：『昔呂康公命我先君太公曰，五侯九伯，汝實征之，以夾輔周室。賜我先君履，東至於海，西至於河，南至於穆陵，北至於無棣。』」❺師尚父　即姜太公，曾佐周武王滅殷，被尊為師尚父，封於齊。❻齊桓公　春秋時齊國國君，名小白，五霸之首。密州古屬魯地，在齊之南，故西望穆陵，想像姜太公、齊桓公之餘烈。❼濰水　古水名，源出山東箕屋山，流經諸城、高密等地，至昌邑入海。❽淮陰　指韓信。因輔佐劉邦有功，初封齊王，後改楚王。劉邦疑其有異志，降為淮陰侯。後被呂后用計殺害。楚漢戰爭時，韓信平定魏、趙、燕等地後，率兵伐齊，楚大將龍且領兵二十萬往救，被韓信在濰水消滅。❾秫酒　用黏高粱釀造的酒。秫，《說文》：「稷之黏者。」❿瀹脫粟　煮米飯。瀹，以湯煮物。脫粟，僅去稻殼的糙米。

【語　譯】我時常和朋友們一起登臺觀覽，在那裡舒懷散心，縱情歡娛。南望馬耳山和常山，在雲霧中出沒不定，忽隱忽現，若近若遠，大概那裡還有隱居的君子吧？而高臺的東面就是盧山，那是秦朝的盧敖避世隱居之處。西望穆陵關，隱隱約約地像一座城堡，當年姜太公、齊桓公的豐功偉績，一定還有一些保存下來的。

向北俯瞰濰水，不禁感慨長嘆，追想淮陰侯當年的戰功，惋惜他竟然不得善終。這座臺高大而穩固，深廣而明亮，夏天涼爽，冬天溫暖，每當雨灑雪飄的早晨，風清月明的夜晚，我從來沒有不在的時候，朋友們也從來沒有不陪伴的時候。我們採摘園中的蔬菜，捕撈池裡的鮮魚，釀造高粱米酒，燒煮糙米乾飯，盡情吃喝起來。不由說道：「多麼快樂啊！這樣的遊玩！」

方是時，予弟子由❶適在濟南，聞而賦之，且名其臺曰「超然」。❷以見余之無所往而不樂者，蓋遊於物之外也。

【章　旨】本段交代臺名的由來，並歸結全篇主旨。

【注　釋】❶子由　蘇轍字子由，當時在齊州任掌書記。❷聞而賦之二句　蘇轍作有〈超然臺賦〉，序曰：「老子曰：『雖有榮觀，燕處超然。』嘗以『超然』命之可乎？因為之賦。」

【語　譯】當時，我的弟弟子由正在濟南，聽說後便作了一篇賦，並給這個臺取名叫做「超然」。借以表現我無論到什麼地方都會很快樂的原因，就在於我能夠從物質利益的束縛中超脫出來啊！

【研　析】本篇之妙，全在布局謀篇。林雲銘評曰：「『樂』字一篇之綱。」這話有理，但仍欠準確。本篇所論，並非一般遊賞享受之樂，而主要是超然之樂，亦即篇末所點明的，超然物外，則無往而不樂。與其說「樂」為一篇之綱，不如說「超然」乃一篇之綱。不過這一主旨，卻一直含而不露。《纂評唐宋八大家文讀本》卷二十三有評曰：「通篇含超然意，末路點題，亦是一法。」此法即所謂畫龍點睛之法。金聖嘆有評曰：「臺名『超然』，看他下筆便直取『凡物』二字，只是此二字已中題之要害。便以下橫說豎說，說自說他，無不縱心如意也。」首二段從理論上闡明超然之意。雖從正反兩方面分析，置身於物內，憂樂雜生；超然於物外，方能得其樂。但「超然」二字不出。三段以下敘事，先寫自己仕宦之地由優轉劣，但能不改其樂，原因在於超然。「超然」二字仍不出。接下寫觀景、登臨之樂，得隱者之趣、師尚父等之遺烈，又以淮陰之不終一筆抹去，以說明禍福無常，唯超然始得長樂。故接以登臺得四時陰晴之樂。賴山陽評：「登臺所眺，乃見超然意。」意雖見而「超然」二字仍不出。至結尾始借子由命名，畫龍點睛，歸結全篇，使文氣完足而明暢。全文融議論、記事和抒情為一體，緊扣「超然之樂」逐層遞進，由理入事，由事入景，再用理收煞，虛實相生，收縱自如。正如《古文觀止》所評：「是記先發超然之意，一正一反，然後入事。其敘事處，忽及四方之形勝，忽入四時之佳境，俯仰情深，而總之一樂，真能超然物外者矣。」

遊桓山記

蘇子瞻

【題　解】桓山，在今江蘇徐州。清《一統志》：「江蘇徐州府桓山在銅山縣東北二十七里，亦名魋山，山下有桓魋墓。」一說，桓山即因桓魋墓而得名。桓魋，春秋時宋國司馬，與孔子同時。孔子適宋，與弟子習禮大樹下。宋司馬桓魋欲殺孔子，拔其樹。孔子去。（見《史記・孔子世家》）可見，桓魋至少是一個不懂得儒家價值觀念的愚人。故孔子說：「天生德於予，桓魋其如予何？」（《論語・述而》）本篇並沒有具體描寫桓山之風景，而僅對登山入桓魋墓石室由道士鼓琴引發的一番問答，借以表達作者對桓魋之為人及厚葬的看法。這不僅流露出他的那種曠達超脫的心態和「哀樂之不可常」、「物化之無日」的虛無觀念。同時文中對桓魋的抨擊，也許有其現實針對性。這正如吳汝綸所評：「此殆有所指，故其詞憤厲，聲氣迸出。」但所指為何人何事，則有待進一步的研究。

元豐二年❶正月己亥晦❷，春服❸既成，從二三子遊於泗❹之上。登桓山，入石室⑤，使道士戴日祥⑥鼓雷氏之琴⑦，操〈履霜〉⑧之遺音。曰：「噫嘻！悲夫！此宋司馬桓魋之墓也。」

【章旨】本段敘事，簡述登山、入桓魋墓、鼓琴等情況。

【注釋】❶元豐二年　宋神宗年號，西元一〇七九年。蘇軾時年四十四歲，任徐州太守。❷己亥晦　應為正月二十九日，農曆每月最後一天曰「晦」。據查：元豐二年正月小，僅二十九日。❸春服　春天的服裝。《論語・先進》：「莫春者，春服既成。」❹泗　泗水。宋時流經徐州。金以後，改道在山東濟寧入運河。❺石室　即桓魋墓室。《水經注》：「泗水又南逕宋大夫桓魋冢，西山枕泗水，西山盡石，鑿而為冢，今人謂之石郭者也。郭有二重，石作工巧，夫子以為不如死之速朽也。」❻戴日祥　道士俗名，江南人。❼雷氏之琴　唐蜀中雷威所製之琴，為世所寶。❽履霜　即〈履霜操〉，樂府琴曲名。相傳為周代尹吉甫子伯奇所作。伯奇因後母進讒言而被逐，自傷無罪，清晨在霜地上徘徊，鼓琴作曲，因名〈履霜操〉。

【語譯】元豐二年正月最後一天己亥日，已經穿上了春裝，隨從好幾個朋友在泗水岸上遊玩。大家登上了桓山，進入桓魋墓石室，要道士戴日祥彈起雷氏之琴，奏出了〈履霜操〉這一古代流傳下來的樂曲。戴日祥說：「唉呀可悲啊！這是宋國司馬桓魋的墳墓呀。」

或曰：「鼓琴於墓，禮歟？」曰：「禮也。季武子之喪，曾點倚其門而歌❶。仲尼，日月也❷，而魋以為可得而害也❸。且死為石椁，三年不成❹，古之愚人也。余將弔其藏❺，而其骨毛爪齒，既已化為飛塵，蕩為冷風矣，而況於椁乎？況於從死❻之臣妾、飯含❼之貝玉乎？使魋而無知也，余雖鼓琴而歌可也；使魋而有知也，聞余鼓琴而歌，知哀樂之不可常，物化❽之無日❾也，其愚豈不少瘳❿乎？」

【章　旨】本段借墓中彈琴是否符合禮制的討論，從而引出對桓魋為人的批評。

【注　釋】❶季武子二句　《禮記・檀弓下》：「季武子寢疾……及其喪也，曾點倚其門而歌。」季武子，魯國大夫季孫夙也。曾點，字皙，曾參父，亦為孔子弟子。❷仲尼二句　《論語・子張》：「仲尼，日月也。無得而踰焉。人雖欲自絕，其何傷於日月乎？多見其不知量也。」❸魋以為可得而害也　《史記・孔子世家》：「孔子去曹適宋，與弟子習禮大樹下。宋司馬桓魋欲殺孔子，拔其樹。孔子去。弟子曰：『可以速矣！』孔子曰：『天生德於予，桓魋其如予何？』」❹且死為石椁二句　《禮記・檀弓上》：「昔者，夫子居於宋，見桓司馬自為石椁，三年而不成。夫子曰：『若是其靡也，死不如速朽之愈也。』」椁，外棺。此指墓室。❺藏　此指墳墓。❻從死　殉葬。❼飯含　古時人死入殮，常以珠玉貝米之類納於死者口中，有如生前飯食，故稱飯含。❽物化　指死後化為異物。《莊子・刻意》：「聖人之生也天行，其死也物化。」❾無日　猶言不久，無需時日。《詩經・頍弁》：「死葬無日，無幾相見。」❿瘳　病愈。沈伯經有評曰：「一問一答，以見司馬狂愚可哂，文亦爽刻峭利。」

【語　譯】有人說：「在墳墓中彈琴，符合禮制嗎？」我回答說：「這符合禮制。季武子死後，曾點靠在他的門口唱歌。孔夫子，像太陽月亮一般，而桓魋認為可以加害於他。而且，他為自己死後修築石頭墓穴，三年都未能修成，這說明他是古代愚蠢之人。我將要憑弔他的墳墓，而他的骨頭、毛髮、指甲、牙齒，已經完全化為塵土飛揚，飄蕩成為冷風了，何況他的墓穴呢？何況那些殉葬的僕人妾婦、含在口中的珠玉貝米呢？假如桓魋死而無知，我即使彈琴唱歌，這有什麼關係；假如桓魋死而有知，聽見我彈琴唱歌，就可以懂得悲哀和快樂是不能長期存在，人的死亡並不需要很多時間，那麼，他的愚蠢難道不會稍微好一些嗎？」

二三子喟然而歎。乃歌曰：「桓山之上，維石嵯峨❶兮！司馬之惡，與石不磨兮！桓山之下，維水瀰瀰❷兮！司馬之藏，與水皆逝兮！」歌闋而去。

【章旨】本段記錄從遊者作歌，對桓魋之惡及愚表示歎惜之情。

【注釋】❶嵯峨　山高峻貌。❷瀰瀰　水深滿貌。

【語譯】幾個朋友歎息一聲，便作歌說：「桓山的上面，巖石高聳啊！桓魋的罪惡，跟巖石一樣永不磨滅啊！桓山的下面，流水瀰漫啊！桓魋的墳墓，跟河水一樣流走了啊！」歌唱完後便離開了。

從遊者八人：畢仲孫❶、舒煥❷、寇昌朝、王適、王遹❸、王肄、軾之子邁、煥之子彥舉。

【章旨】本段補寫從遊者之姓名。

【注釋】❶畢仲孫　字景儒，時為從事。❷舒煥　字堯文，時為州學教授。❸王適王遹　適字子立，遹字子敏，二人乃兄弟，皆為州學學生，有賢名。王適後為蘇轍之婿。

【語譯】跟隨我遊山的有八個人：畢仲孫、舒煥、寇昌朝、王適、王遹、王肄、蘇軾的兒子蘇邁、舒煥的兒子舒彥舉。

【研析】這是一篇頗有特色的遊記，其主要內容並不涉及山川之秀美或遊者之興致，而是借桓魋石室抒發感慨。這實際上是借遊記形式而寓含史論內容。可是又與一般史論不同，它並不正面評價其人其事，而是以慨歎方式惜其愚、憤其惡。但這一切又是通過遊山、入其石室、鼓琴作樂，通過一問一答以引出之。接下再配以四言詩八句，反覆詠歎，更加強了這種感傷氣氛。儘管本篇具體之現實針對性不得而知。但其中流露出來的哀樂不常、物化無日這一人生悲感，卻顯得異常深沉感人。

醉白堂記

蘇子瞻

【題　解】醉白堂乃是韓琦生前在安陽所建堂名。因「有羨於樂天」，故以「醉白」為名，因而引出韓、白彼此有無的比較。韓琦是出將入相，得志於時的一代重臣；而白居易是乞身早退，盡情詩酒的風流雅士，這是兩人之異。都能效忠於時而垂名於後，善處窮達，保持德操，則是兩人之所同。韓不以功業自詡，也不以久處朝廷未能恬退而自餒。但仍嚮往功成身退，悠遊林泉，以享受恬退之樂，這亦是韓白共有的志趣和追求。不過，白退居十五年，韓卻無此機會，這就是韓「有羨於樂天而不及者」並名其堂為「醉白」的由來。通過這幾重比較，文章肯定了韓琦致太平、定亂略、安廟謀、急賢才的政治功業和齊得喪、忘禍福，「與造物者游」的超然人生態度，特別讚揚了他「不自以為功」、「取名也廉」的高尚風操，從而體現出作者卓犖不凡的見識和超塵拔俗的曠達襟懷，這實際上表現出作者積極的人生態度。

故魏國忠獻韓公❶，作堂於私第之池上，名之曰「醉白」。取樂天❷〈池上〉之詩，以為〈醉白堂〉之歌❸，意若有羨於樂天而不及者。天下之士聞而疑之，以為公既已無愧於伊、周❹矣，而猶有羨於樂天，何哉？

【章　旨】本段敘明建堂和命名的來由並提出何有羨於樂天的疑問，以引發下文。

【注　釋】❶魏國忠獻韓公　即韓琦，字稚圭，相州安陽（今屬河南）人。仁宗時進士，嘉祐三年拜相，英宗時封魏國公，神宗時拜司空兼侍中，琦累辭，出判相州。熙寧八年（西元一〇七五年）病逝，諡忠獻。❷樂天　白居易，字樂天，唐代大詩人。其〈池上篇〉詩云：「十畝之宅，五畝之園……有書有酒，有歌有弦。有叟在中，白鬚飄然。識分知足，外無求焉……時飲一杯，或吟一篇。」❸醉白堂之歌　韓琦〈醉白堂〉歌：「戇老新成池上堂，因憶樂天〈池上篇〉。樂天先識勇退早，凜凜萬世清風傳。古人中求尚難擬，自顧愚者孰可肩……酒酣陶然睡席上，醉鄉何有但浩然。人生所適貴自適，斯適豈異白樂天。」❹伊周　指伊尹、周公。

【語　譯】已故魏國忠獻公韓琦，曾經在私宅水池之上修建了一座廳堂，命名叫「醉白」。並取白樂天〈池上篇〉詩意，作〈醉白堂〉之歌，似乎寓有羨慕樂天而有所不及的意思。天下士人聽說後疑惑不解，認為韓公的功績既然已經無愧於伊尹和周公，卻還要羨慕白樂天，這是為什麼呢？

軾聞而笑曰：公豈獨有羨於樂天而已乎？方且願為尋常無聞之人，而不可得者。天之生是人也，將使任天下之重，則寒者求衣，饑者求食，凡不獲者求得。苟有以與之，將不勝其求。是以終身處乎憂患之域，而行乎利害之塗，豈其所欲哉！夫忠獻公既已相三帝❶，安天下矣，浩然❷將歸老於家，而天下共挽而留之莫釋也。當是時，其有羨於樂天，無足怪者。

【章　旨】本段解釋韓琦之所以要羨慕白樂天的原因。

【注　釋】❶三帝　指宋仁宗、英宗、神宗。韓琦曾執政三朝。❷浩然　《孟子・公孫丑》：「浩然有歸志。」趙注：「浩然，心浩浩然有遠志也。」

【語　譯】我聽到後笑著說：韓公難道僅僅是羨慕白樂天嗎？他那時是想做一個默默無聞的普通人而無法辦

到的啊。上天誕生他這個人，是要讓他擔當起治理天下的重任，所以寒冷的人向他要衣服穿，飢餓的人向他要食品吃，凡是得不到需要的東西的人都向他索取。假如他有什麼給予人們，也將難以滿足人們的需求。這樣一來，韓公一輩子都將陷於憂愁之中，並且奔走在充滿利害鬥爭的道路上，難道這是他所希望的嗎！韓公已經歷任三朝宰相，把國家治理得安定太平，心懷淡遠之志打算告老還鄉，而天下人一齊挽留，不放他辭官。在這種情況下，他羨慕白樂天，是沒有什麼奇怪的。

然以樂天之平生，而求之於公，較其所得之厚薄淺深，孰有孰無，則後世之論，有不可欺者矣。文致太平，武定亂略❶，謀安宗廟❷，而不自以為功；急賢才，輕爵祿，而士不知其恩❸；殺伐果敢，而六軍安之❹；四夷八蠻，相聞其風采❺，而天下以其身為安危。此公之所有，而樂天之所無也。乞身於強健之時，退居十有五年❻，日與其朋友賦詩飲酒，盡山水園池之樂；府有餘帛，廩有餘粟，而家有聲伎之奉。此樂天之所有，而公之所無也。忠言嘉謀，效於當時，而文采表於後世❼；死生窮達，不易其操，而道德高於古人❽。此公與樂天之所同也。公既不以其所有自多，亦不以其所無自少，將推其同者而自託焉。方其寓形於一醉也，齊得喪，忘禍福，混貴賤，等賢愚，同乎萬物而與造物者❾游，非獨自比於樂天而已。

【章　旨】本段具體比較韓、白二人的同異。

【注　釋】❶武定亂略　指仁宗寶元三年（西元一〇四〇年），西夏趙元昊反，韓琦出任陝西安撫使，與范仲淹共同抵禦，威鎮邊塞，時稱「韓范」。三年後，趙元昊稱臣。❷謀安宗廟　指韓琦曾參與冊立英宗和神宗。❸急賢才三句　急，以之為急。引申為重視。《宋史・韓琦傳》：「琦天資樸忠，折節下士，無貴賤，禮之如一。尤以獎拔人才為急，儻公論所與，雖意無所悅，亦收用之，故得人為多。」❹殺伐果敢二句　據《宋史》本傳載：韓琦知定州，定州兵以曾平貝州王則之亂居功自傲，「需賞賚，出怨語，至欲譟城下。琦聞之，以為不治且亂，用軍制勒習，誅其尤無良者」。從此定州兵勇猛冠河朔。❺四夷八蠻二句　四夷八蠻，泛指邊境國家。據《宋史》本傳載：韓琦「在魏都久，遼使每過，移牒必書，曰『以韓公在此故也』。忠彥（韓琦子）使遼，遼主問知其貌類父，即命工圖之。其見重於外國也如此。」❻退居十有五年　白居易自文宗太和三年（西元八二九年）春稱病東歸，求為東都分司，至武宗會昌六年（西元八四六年）八月卒，應為十七年。❼忠言嘉謀三句　白居易在元和三年（西元八〇八年）任拾遺，以「位未足惜，身未足愛」的精神，「有違必諫」。十年，因上表請求嚴緝刺死宰相武元衡的兇手，得罪權貴，貶為江州司馬。乃盡力於文章，詩作尤多，編有《白氏長慶集》。韓琦亦著有《安陽集》五十卷。❽死生窮達三句　《舊唐書・白居易傳》說：白居易貶江州司馬，不以遷謫為患，常與禪師「相攜遊詠，躋危登險，極林泉之幽邃。至於翛然順適之際，幾欲忘其形骸。」《宋史・韓琦傳》載：韓琦處危難之際，知無不為。有人勸他明哲保身，琦感慨說：「人生盡力事君，死生以之。至於成敗，天也。豈可豫憂其不濟，遂輟不為哉。」聞者感愧。❾造物者　指創造萬物的上天。引申為大自然。

【語　譯】然而，以白樂天的生平業績去要求韓公，比較他們成就的大小高低，誰有誰無，那麼後世的評論，是不能欺騙的。文治使天下太平，武功能消除叛亂，謀略可安定社稷，卻又不自以為功；重視賢才，不吝惜爵祿，而被提拔的士子仍不知道對他感恩；嚴於軍法，行為果斷，使騷動的軍隊安定下來；四方邊遠各國希望能一睹其風采，繫天下之安危於一身。這都是韓公所具有，而為白樂天所不具備的。在身體強健的時候就請求辭官，退居東都一十五年，每天和朋友飲酒賦詩，享盡了山水園池之樂；府中有富餘的綢緞，倉裡有充足的糧食，家中又有聲伎之樂。這都是白樂天所擁有，而為韓公所沒有的。以忠直的諫言和良好的謀略，效力於朝廷，而文學才華又留名於後世；無論生死之際，困阨或顯達之時，都不改變自己的操守，而道德都能高過於古人。這是韓公與白樂天所共同的。韓公既不以自己所具備的而炫耀，也不以自己所缺少的而自餒，不過是想從他們相同的地方而寄託自己的志趣罷了。當韓公把個人形骸寄寓於一醉之時，就會把得到和喪失看成一回事，把個人的禍福丟在一邊，不分貴賤，等同賢愚，融合於萬物，而與大自然同遊，這並不是僅僅把自己比成白樂天而已。

古之君子，其處己也厚，其取名也廉。是以實浮於名，而世頌其美不厭。以孔子之聖，而自比於老彭❶，自同於丘明❷，自以為不如顏淵❸。後之君子，實則不至，而皆有侈心焉。臧武仲❹自以為聖，白圭自以為禹❺，司馬長卿自以為相如❻，揚雄自以為孟軻❼，崔浩自以為子房❽，然世終莫之許也。由此觀之，忠獻公之賢於人也遠矣。

【章旨】本段就自比這一點上，說明「古之君子」與「後之君子」的不同態度，從而論定韓琦超出當代君子很遠。

【注釋】❶自比於老彭　《論語・述而》：「子曰：『述而不作，信而好古，竊比於我老彭。』」老彭，說法不一，有人說是老子和彭祖兩人，有人說是殷時彭祖一人，有人認為孔子說「我老彭」，其人應與孔子相當親密，未必是古人。❷自同於丘明　《論語・公冶長》：「子曰：『巧言、令色、足恭，左丘明恥之，丘亦恥之。匿怨而友其人，左丘明恥之，丘亦恥之。』」左丘明，春秋時史學家，魯國人，相傳《左傳》、《國語》為其所著。❸不如顏淵　《論語・公冶長》：「子謂子貢曰：『女與回也孰愈？』對曰：『賜也何敢望回？回也聞一以知十，賜也聞一以知二。』子曰：『弗如也；吾與女弗如也。』」❹臧武

仲　春秋時魯國大夫，姓臧叔，名紇。《左傳・襄公二十二年》載：「臧武仲如晉，雨，過御叔，御叔在其邑，將飲酒，曰：『焉用聖人。』」杜注：「武仲多知，時人謂之聖。」❺白圭自以為禹　《孟子・告子下》：「白圭曰：『丹之治水也，愈於禹。』孟子曰：『子過矣。禹之治水，水之道也，是故禹以四海為壑，今吾子以鄰國為壑。』」趙注：「白圭，周人也，丹名，圭字。」❻司馬長卿自以為相如　「長卿少時好讀書，學擊劍，故其親名之曰『犬子』。相如既學，慕藺相如之為人，更名相如。」（《史記・司馬相如列傳》）❼揚雄自以為孟軻　揚雄《法言・吾子》：「古者楊墨塞路，孟子辭而闢之，廓如也。後之塞路者有矣，竊自比於孟子。」❽崔浩自以為子房　崔浩，北魏清河武城（今山東武城西）人，字伯淵，官至司徒。《魏書・崔浩傳》說他「性敏達，長於謀計，自比張良，謂己稽古過之。」子房，張良字，漢高祖謀士。

【語　譯】古代的君子，要求自己的很多，索取名聲的卻很少。因此，實際往往要超過他們的聲望，世人都傳頌他們的美德而不會厭倦。像孔子那樣的聖人，曾經把自己比作老彭，說自己與左丘明相同，認為自己不如顏淵。後代的君子，實際並沒有達到，卻往往有浮誇之心。像臧武仲認為自己是聖人，白圭自誇為超過夏禹，司馬長卿自比為藺相如，揚雄自許為孟軻，崔浩自以為張良，然而世人終究沒有贊成的。由此看來，韓忠獻公勝過後代君子太遠了。

昔公嘗告其子忠彥❶，將求文於軾以為記而未果。既葬❷，忠彥以告軾，以為義不得辭也，乃泣而書之。

【章　旨】本段補敘寫作本文的緣由。

【注　釋】❶忠彥　韓琦之長子，字師朴，進士，官至天章閣待制。❷既葬　據《韓魏王家傳》：韓琦於熙寧八年六月二十四日薨，享年六十八，葬於相州安陽縣豐安村祖塋。

【語　譯】先前韓公曾告訴他的兒子忠彥，打算要我為醉白堂撰一文以為記，但沒有來得及實現。韓公去世安葬之後，忠彥才把他的心意告訴我，我認為這是義不容辭的事情，便揮淚寫下這篇文章。

【研　析】本篇在亭臺樓閣諸記中亦能別具一格。文章既沒有敘述修造過程，歷史沿革；也沒有因堂寫景，借景抒懷；而是通過此堂命名「醉白」的緣由，從而推出韓魏公「意若有羨於樂天而不及者」的猜想，進而用「天下之士聞而疑之」，給讀者留下一個懸念。下文則以蘇軾答疑解惑的口吻，在韓、白彼此有無的比較中，展開議論。通過此有彼無、此無彼有及二人所同這樣三重比較中，使文章收到兩位名流相互輝映之效，而無任情抑揚、軒此輊彼之嫌。同時，在比較中，又不是將二人等量齊觀，而是以韓為主，以白為從，使文章重點落在頌揚韓琦的政治業績和道德人品之上。林紓在《古文辭類纂選評》中說：「樓臺之記，或傷今悼古，或歸美主人之仁賢，務出以高情遠韻，勿走塵俗一路，始足傳之金石。」本文可謂「歸美主人之仁賢」，但在寫作上又沒有羅列事實材料，逐一收錄。而是從虛處落墨，緊扣「醉白堂」的命名，推求韓琦的用意，而歸美於堂主。議論風生，文思翻瀾，似遠而實近，似泛而實切，頗能體現出蘇文汪洋恣肆的風格。劉大櫆有評曰：「精神籠蓋一世。」表達出對此文博大之處的讚譽。

靈壁張氏園亭記

蘇子瞻

【題　解】靈壁，古代鎮名，屬宿州符離縣。元祐七年（西元一〇九二年）始升格為縣，今屬安徽省。張氏，指秀才張碩。元豐二年（西元一〇七九年）三月，蘇軾自徐州移知湖州軍州事，取道靈壁，應張碩之求而作此文。文章描述了張氏園亭的地理位置和優美景色，頌揚了張氏先人的功德，特別是揭示出他們經營此園亭，利用其特殊的地理位置以便子孫可仕可隱的深刻用心，進而發揮出「古之君子，不必仕，不必不仕」的議論，作為本文的主旨。王文濡評曰：「從園之地址上發出仕隱大議論來，驪珠既得，文亦揮寫自如。」正因為如此，本文也成了「烏臺詩案」中罪狀之一，據《烏臺詩案》：國子博士李宜之狀：「昨任提舉淮東常平，過宿州靈壁鎮，有張碩秀才稱蘇軾與本家撰〈靈壁張氏園亭記〉，內稱『古之君子，不必仕，不必不仕。必仕則忘其身；必不仕則忘其君』，是教天下之人必無進之心，以亂取士之法，無尊君之義，虧大忠之節，顯涉譏諷……。」這顯然是斷章取義，吹毛求疵，惡意歪曲，絲毫也無損於本文的光輝。所謂「不必仕，不必不仕」的提法，正表現蘇軾淡泊名利的曠達胸懷，多少也反映了蘇軾疲於仕途奔波的心理狀態。

道京師而東，水浮濁流❶，陸走黃塵❷，陂❸田蒼莽，行者倦厭。凡八百里，始得靈壁張氏之園於汴❹之陽。其外，修竹森然以高，喬木蓊然❺以深。其中，因汴之餘浸❻，以為陂池；取山之怪石，以為巖阜。蒲葦蓮芡❼，有江湖之思；椅❽桐檜❾柏，有山林之氣；奇花美草，有京洛❿之態；華堂夏屋，有吳蜀之巧。其深可以隱，其富可以養。果蔬可以飽鄰里，魚鼈筍茹⓫，可以饋四方之賓客。

【章　旨】本段敘寫園亭的位置和園中秀美景物以及豐富之物產。

【注　釋】❶濁流　指黃河。❷黃塵　指開封以東一帶黃河淤集的黃土平原。❸陂　池沼。❹汴　古水名，舊從河南永城流入安徽宿縣，經靈壁、泗縣入淮。今已淤。❺蓊然　草木茂盛貌。《文選・高唐賦》李善注：「蓊然，盛貌。」❻餘浸　指汴河淤涸後留下的水坑。❼蒲葦蓮芡　蒲，即香蒲，水生植物，可以製席。葦，蘆葦。《本草綱目》：「毛萇詩疏云：『葦之初生曰葭，未秀曰蘆，長成曰葦。葦，偉大也。』」蓮，蓮子；蓮蓬。芡，水草名，葉大而圓，平貼水面。❽椅　即椅樹，落葉喬木，高二丈許，初夏開黃花，木質堅實，可作細巧器具。❾檜　俗名圓柏，常綠喬木，高丈許，花小，葉針狀，果實球形。❿京洛　指北宋京都開封和洛陽。⓫茹　蔬菜的總稱。《漢書・食貨志》顏注：「茹，所食之菜也。」陸翔評曰：「首段有蒼莽驅邁之致。」

【語譯】取道京師開封向東走，水路沿黃河，陸路穿過黃土平原，池沼農田，莽莽蒼蒼，奔走的人疲倦厭煩。總共八百里以後，才可看見靈壁鎮張家的園林在汴水的北邊。園林的外面，楠竹茂密長得很高大，喬木繁盛陰森一片。園林裡面，借汴水留下的水坑，修成一些池塘；取回山上的各種怪石，堆砌成假山。香蒲、蘆葦、蓮子、芡實，使你聯想到江湖一帶；椅樹、梧桐、檜樹、扁柏，散發出深山老林的氣氛；奇特的花、秀美的草，有著開封、洛陽的景象；華麗的客堂、高大的房屋，有著吳地和蜀地建築的工巧。園林的幽深，可以隱居避世，園林的富裕，可以養家糊口。園林出產的水果蔬菜，可以讓鄰居鄉里都吃飽，魚鱉筍茹，可以招待各地來的賓客。

余自彭城❶，移守吳興❷，由宋❸登舟，三宿而至其下。肩輿❹叩門，見張氏之子碩，碩求余文以記之。

【章旨】本段記述自己路過及作記的緣由。

【注釋】❶彭城　徐州州治所在，即今江蘇徐州。❷吳興　湖州州治所在，即今浙江湖州。❸宋　河南商丘，曾為周朝宋國都城，隋置宋州。宋代升為應天府，號南京。元豐二年，張方平為南京留守，辟蘇轍為簽書判官。故蘇軾離徐州後，特繞道於三月十日抵商丘與蘇轍相聚半月之久。於二十四日別子由舟行，二十七日抵靈壁，故下文言「三宿而至其下」。❹肩輿　轎子。

【語譯】我從徐州彭城調往吳興擔任湖州太守，繞道由宋州登舟，經過三個晚上才來到靈壁張氏園亭外面。坐著轎子到達門前，見到張家人張碩，張碩請求我寫篇文章以作為這個園亭的「記」。

維張氏世有顯人❶，自其伯父殿中君❷，與其先人通判❸府君，始家靈壁，而為此園。作蘭皋❹之亭，以養其親。其後出仕於朝，名聞一時。推其餘力，日增治之，於今五十餘年矣。其木皆十圍❺，岸谷隱然，凡園之百物，無一不可人意者，信其用力之多且久也。

【章　旨】本段追敘張氏園亭修建情況。

【注　釋】❶顯人　指有名聲地位的人。❷殿中君　指在殿中省任職。唐宋時設有殿中省，掌皇帝飲食、服裳、車馬等事。❸通判　官名。宋用文臣知州，並置州、府通判，與知府、知州共理政事，多以朝官儒臣充之。按：殿中君及通判府君之名均失考。❹蘭皋　有蘭草之岸。〈離騷〉：「步余馬於蘭皋兮。」此處借為亭名。❺十圍　指樹木已很粗大。兩手合拱曰圍，十圍，意指多人始能合抱。

【語　譯】張家世世代代都有聲名顯赫的人物，自從張碩的伯父在殿中省任職，和他的父親擔任通判的，才在靈壁安家並修建這座園林。建造一座名叫蘭皋的亭臺，用來奉養他們的父祖。在此之後又去朝廷當官，當時很有名氣。用他們空餘的精力，經常為園林增補修整，到現在已經五十多年了。園中樹木都非常粗大，水邊高地，陵谷幽深，凡屬園中所有景物，沒有一樣不讓人滿意的，他們用力來經營這個園亭確實是很多很久的了。

古之君子，不必仕，不必不仕。必仕則忘其身；必不仕則忘其君。譬之飲食，適於饑飽而已。然士罕能蹈其義，赴其節。處❶者安於故而難出，出者狃❷於利而忘返。於是有違親絕俗之譏，懷祿苟安之弊。今張氏之先君，所以為其子孫之計慮者遠且周，是故築室藝園於汴泗之間，舟車冠蓋❸之衝。凡朝夕之奉，燕遊之樂，不求而足。使其子孫開門而出仕，則跬步❹市朝之上；閉門而歸隱，則俯仰❺山林之下。於以養生治性，行義求志，無適而不可。故其子孫，仕者皆有循吏❻良能之稱，處者皆有節士廉退之行，蓋其先君子之澤也。

【章　旨】本段就可仕可隱這一特點，以推究張氏先人經營這座園亭的深刻用心。

【注　釋】❶處　退隱；家居。與「出」相對。❷狃　貪圖。❸冠蓋　仕宦的冠服和車蓋。代指官宦。❹跬步　舉足一次曰跬，兩次曰步。跬步，極言路近，方便。《荀子・勸學》：「不積跬步，無以至千里。」❺俯仰　引申為周旋、安處。❻循吏　遵理循法的官吏。

【語　譯】古代的君子，不一定要做官，也不一定不要做官。一定要做官，就會忘記自身的安危；一定不做官，就會忘記對他的君主的責任。譬如飲食，只要適中，不太餓也不太飽就行了。可是士子很少能做到恰如其分，以保全自己的節操。退隱的人安於習慣很難出來做官，做官的人貪圖富貴而忘記回鄉。這樣一來，就有了違忤父母之命、不聽鄰里之言的批評，追求利祿、苟且偷安的弊端。而現在張家的祖先，替子孫所考慮謀劃的辦法深遠而且周到，所以要建造房屋、培植園林在汴水和泗水之間，官吏們乘車坐船的必經之處。所有從早到晚的一切需要，酒席遊覽的各種歡樂，都不需外求就可滿足。假如他們的子孫要開門出去做官，那麼只要一步兩步就可以到達朝廷之上；如果要關門退隱，就可以周旋於山林之中。在這個地方攝養身心，陶冶性格，推行仁義，實現理想，沒有什麼事情做不到的。所以他們的子孫，出去做官的都有清官賢才的名聲，在家退隱的都有節士正直的品行，其原因都是由於他們祖先的恩澤啊。

余為彭城二年❶，樂其土風，將去不忍；而彭城之父老，亦莫余厭也。將買田於泗水之上而老焉。南望靈壁，雞犬之聲相聞❷，幅巾杖屨❸，歲時往來於張氏之園，以與其子孫遊❹，將必有日矣。

【章　旨】本段敘寫自己倦於仕途，嚮往張氏園亭，願與其子孫遊的理想。

【注　釋】❶二年　蘇軾於熙寧十年（西元一〇七七年）四月，赴徐州任太守，至元豐二年三月離開徐州，恰好兩年整。❷雞犬之聲相聞　形容很近。語出《老子》第八十章：「鄰國相望，雞犬之聲相聞，民至老死不相往來。」此處反用其義。❸幅巾杖屨　均作動詞用。幅巾，古代士子多用絹一幅束頭髮，以表示儒雅。❹遊　交遊；交朋友。

【語　譯】我在彭城任職兩年，很喜歡當地的風土人情，不忍心就要離開；而彭城的父老，也沒有厭煩於我。我打算在泗水之上買些田作為養老於此的考慮。朝南可以看到靈壁，雞鳴狗吠的聲音都能聽得見，我會戴上幅巾，拄上手杖，繫好鞋子，經常往來於張氏的園亭，以便同他的子孫交遊，一定會有這一天的。

元豐❶二年三月二十七日記。

【章　旨】本段點明時間。

【注　釋】❶元豐　宋神宗年號，共八年（西元一〇七八—一〇八五年）。

【語　譯】元豐二年三月二十七日，我寫下這篇記。

【研　析】本篇的主要特色是小中見大。張氏園亭，除景色秀麗，物產豐裕外，可記之處不多，更難講出有關社會人生的大道理來。然而作者卻偏偏敢於開掘，敢於突破，抓住園亭位置——距京師不遠不近，原園主身分——時隱時仕，從而生發出一篇有關仕隱出處的大文章來，並以此作為全文主線，貫串始終。例如：第一段主要是寫景，一開頭就點出與京師距離外，還強調園中既「有山林之氣」，又「有京洛之態」，為仕隱埋下伏線。第二段追敘建園過程，也特別點明建園目的是「養其親」，但不礙「仕於朝」，仕隱線索由暗轉明。第三段為全文中心，正面闡明仕隱出處的大道理，但又不是空發議論，而是從中推究出張氏先人經營此園的深刻用心。末段是全文餘波，主要從個人角度寫出倦於仕途、嚮往歸隱的心情，但又落腳於歲時往來張氏之園，與其子孫遊。這樣，段段寫仕隱，但又段段不離寫園。全文四段，首段描寫，二段記敘，三段議論，四段抒情，各種筆法，揮灑自如，融為一個整體，能放能收，有開有闔，不求工而自工。

武昌九曲亭記

蘇子由

【題　解】武昌，今湖北鄂城。本名鄂縣，三國時孫權一度遷都於此，改名武昌，晉以後多因之。九曲亭，在鄂城西九曲嶺（亦稱西山）上。清《一統志》：「九曲亭在武昌縣西九曲嶺，為孫吳遺迹，宋蘇軾重建，蘇轍有記。」元豐三年（西元一〇八〇年）春，蘇軾因「烏臺詩案」謫居黃州（今湖北黃岡，古稱齊安），黃州與武昌隔江相對，故常到西山遊賞，並重建九曲亭。與此同時，蘇轍亦受牽連坐貶監筠州（今江西高安）鹽酒稅，二地相隔不遠，故亦常來看望其兄。大約元豐五年撰寫此文。文章不但描繪了西山秀麗優美的自然景觀和蘇軾遊山之樂，也敘寫了九曲亭的位置、周圍勝境和重建經過，還進一步追敘兄弟二人少年時一道登山浮水的情景，表現了蘇軾隨遇而安、瀟灑曠達的處世態度。結尾處用富有哲理性的議論加以歸結，說明蘇軾之所以能在逆境中泰然處之，這同他唯以「適意為悅」，不以進退得失耿耿於懷，但求「無愧於中，無責於外」的人生哲學是分不開的。本文文筆雖無一悲酸語，但蘇氏兄弟寄情山水，以排遣政治上失意的苦悶情懷，還是不難覺察的。

子瞻遷❶於齊安❷，廬於江上。齊安無名山，而江之南武昌諸山，陂陁蔓延❸，澗谷深密。中有浮圖精舍❹，西曰西山，東曰寒谿❺。依山臨壑，隱蔽松櫪❻，蕭然絕俗，車馬之迹不至。每風止日出，江水伏息，子瞻杖策❼載酒，乘漁舟，亂流❽而南。山中有二三子，好客而喜遊。聞子瞻至，幅巾迎笑，相攜徜徉❾而上，窮山之深，力極而息。埽葉席草，酌酒相勞，意適忘反，往往留宿於山上。以此居齊安三年，不知其久也。

【章　旨】本段寫蘇軾謫居齊安，以山水為樂，兼寫西山景色之美，亦足使人留連忘返。

【注　釋】❶遷　貶謫遠徙。❷齊安　黃州古名。南齊置齊安郡、縣，至隋始改名黃州。❸陂陁蔓延　指群山起伏，連綿不絕。❹浮圖精舍　指寺廟。浮屠，梵語「覺者」音譯。精舍，修行者所住之屋。《藝文類聚》：「非由其舍精妙，良由精練行者所居也。」❺西曰西山二句　西山，即樊山。此指西山寺。寒谿，此指寒谿寺。清《一統志》：「樊山在武昌縣西，一名袁山，一名來山，一名西山，一名壽昌山，一名樊岡，上有九曲嶺。寒谿在武昌縣樊山下，有寺又名西山寺，在武昌縣西。晉建寒谿寺，在武昌縣寒谿上，一名資聖寺。❻櫪　同「櫟」。俗稱柞樹，落葉喬木，葉可飼柞蠶。❼策　手杖。❽亂流　橫渡。亂，橫截水流而渡。《爾雅・釋水》：「正絕流曰亂。」❾徜徉　漫步；徘徊。

【語　譯】子瞻貶官到了齊安，便在長江邊上修建了一所房屋居住。齊安沒有名山，但長江南岸武昌一帶群山起伏連綿，溝壑幽深縱橫。山中有佛寺僧舍，位於西面的叫西山寺，東面的叫寒溪寺。這些寺院背靠山峰，面對深谷，隱蔽在松樹、櫪樹林中，清靜僻遠，與世隔絕，車馬從來不到這裡。每當風停日出，江水平靜之日，子瞻便拄著拐杖，帶上酒食，乘坐漁舟，橫渡長江到南岸來。山中有幾位友人，非常好客又喜歡遊覽。聽說子瞻來了，便幅巾包頭，笑口相迎，彼此手拉著手漫步上山遊覽，他們走進山的最深處，一直走到精疲力盡才休息。他們清掃地上的落葉，坐在乾淨的草地上，斟滿酒杯，相互慰勞，心情舒暢，以至忘記了回家，常常留宿在山上。因此，子瞻在齊安居住了三年，並不覺得時間長久。

然將適西山，行於松柏之間，羊腸九曲❶，而獲少平，遊者至此必息。倚怪石，蔭茂木，俯視大江，仰瞻陵阜❷，旁矚溪谷，風雲變化，林麓向背，皆效❸於左右。有廢亭❹焉，其遺址甚狹，不足以席眾客。其旁古木數十，大皆百圍千尺，不可加以斤斧。子瞻每至其下，輒睥睨❺終日。一旦大風雷雨拔去其一。斤❻其所據，亭得以廣。子瞻與客入山視之，笑曰：「茲欲以成吾亭邪！」遂相與營之。亭成，而西山之勝❼始具。子瞻於是最樂。

【章旨】本段描寫九曲亭的位置、周圍景色及重建經過，並突出蘇軾在亭成後之樂。

【注釋】❶羊腸九曲　比喻道路曲折而狹窄。❷陵阜　土山；丘陵。《詩經・天保》：「如山如阜，如岡如陵。」❸效　呈現；獻出。❹廢亭　即孫吳時所建舊亭，至北宋時已敗壞。❺睥睨　斜視。此處意為觀察。《廣雅・釋詁》：「睥睨，視也。」❻斤　開拓。❼勝　勝地；風景優美之處。

【語譯】然而，每次到西山遊玩時，行走在松柏樹林之間，沿著彎彎曲曲的羊腸小路，走到一塊稍微平坦的地方，遊人到這裡都一定要休息一下。這時大家靠著奇形怪狀的石頭，掩蔽在茂密的樹蔭下，俯視奔騰的大江，仰望高大的山陵，環顧身旁的溪流溝壑，風雲變幻的壯闊景象，樹林山腳的正面背面，全都呈現在眼前了。這裡還有一座倒塌了的亭子，它的遺址很狹窄，容納不下眾多的遊客。它的旁邊有幾十棵古老的大樹，都長得極其粗壯高大，無法用斧頭去砍伐。子瞻每來到樹下，總要長久地仔細觀察。有一天，狂風大作，雷雨交加，拔掉其中的一棵。如果開闢這棵大樹所據有的地方，亭子的地基就能夠擴大。子瞻和客人進山去察看這種情形，便高興地笑著說：「這是老天要成全我擴建這亭子吧！」於是就共同籌劃修造這座亭子。亭子修成以後，西山的勝景才算完備。子瞻對這件事是最高興不過的了。

昔余少年，從子瞻遊，有山可登，有水可浮，子瞻未始不褰❶裳先之。有不得至，為之悵然移日❷。至其翩然獨往，逍遙泉石之上，擷❸林卉，拾澗實，酌水而飲之，見者以為仙也。蓋天下之樂無窮，而以適意為悅。方其得意，萬物無以易之；及其既厭❹，未有不灑然❺自笑者也。譬之飲食，雜陳於前，要之一飽，而同委於臭腐。夫孰知得失之所在？惟其無愧於中，無責於外，而姑寓焉！此子瞻之所以有樂於是也。

【章　旨】本段作者追敘自己少年時與子瞻一道登山浮水情景，並闡述蘇軾超然曠達的處世態度，以及其所以持這種態度的心理基礎。

【注　釋】❶褰　同「攓」。把衣裳提起來。《說文》：「攓，摳衣也。」❷移日　即逾日，一整天。或作日影移動。喻時間之久。❸擷　採摘。❹厭　通「饜」。滿足。❺灑然　驚奇的樣子。《經典釋文》：「灑，崔李云：驚貌。」

【語　譯】從前，我小時候跟隨子瞻一起遊玩，遇到值得攀登的山，值得游泳的水，子瞻沒有一次不是提起衣襟走在我的前面。遇到有不能到達的地方，他便為此而整天都懊喪不愉快。而當他輕快飄忽地獨自前往，逍遙自在地在清泉幽石之上遊賞，採摘樹林中的花草，拾起山谷中的野果，舀起清泉來飲用的時候，見到他的人都以為他是神仙哩。大凡天下的樂趣是無窮無盡的，而以合於自己的心意為最快樂。當人舒暢得意的時候，世上的任何事物都不能換取他的這種快樂；等到他快樂得到滿足之後，又沒有一次不詫異地好笑自己的天真。譬如吃的喝的雜亂地陳列在面前，總歸是只求一飽而已，而吃下去的和吃不下去的都要變成腐臭的東西。那麼，誰還能知道好壞美醜的區別究竟在哪裡呢？只要自己於心無愧，外人又無從責備，姑且就把自己的快樂寄託在這上面吧！這就是子瞻在此地所以能感受到樂趣的原因。

【研 析】茅坤評此文曰：「情興心思，俱入佳處。」此評足資玩味。本篇不僅有寫景，有抒情，有議論，並能將寫景、抒情、記遊、說理熔於一爐之中，而無任何拼湊之痕跡。更值得注意的是，它與一般記遊文不同，作者並沒有單純描繪西山景色，而是有景有人，借景寫人，景與人各臻其妙。其實在本文中，寫景不過是手段，寫人才是目的。寫人又不寫其他，著重寫其隨遇而安，瀟灑曠達，故能以山水自娛，充分享受大自然的人生態度，這也就是茅坤所講的「情興心思」。所以在本文中，作者總是把寫景與寫人、寫情與寫心巧妙地結合起來，融為一體。在文章中，不僅是九曲亭，包括西山上的草木泉石，無一不與蘇軾的活動相聯繫，無一不與蘇軾的思想情趣相諧和。儘管文章到第三段才直接寫人，點明主旨；但一、二段也是通過景物側面描寫蘇軾。第一段寫蘇軾謫居齊安，杖策載酒，與二三知己暢遊西山，「埽葉席草，酌酒相勞，意適忘反」的情形，已虛含下文「適意為悅」的主旨。第二段記九曲亭的勝境和建亭經過，亦通過蘇軾的舉止言笑，以傳神的筆墨刻劃出亭的興廢與蘇軾的憂樂息息相關。有了一、二段的鋪墊，第三段才能拋開西山，專寫蘇軾自幼就一意以山水為樂及其心理基礎。這樣，就使全篇把景、人、情都融會在一個清靜幽美，自由灑脫，適意自樂的氛圍之中，讀者簡直分不清什麼是景，什麼是人了。

東軒記

蘇子由

【題解】元豐三年（西元一〇八〇年），蘇轍因烏臺詩案的牽連，被貶為監筠州（今江西高安）鹽酒稅。這是一個負責市場管理，徵收鹽酒稅錢的小官，早出晚歸，不得閒暇；甚至在大雨成災時，連棲身之處也很難找到。文章首先寫貶官筠州，適逢水患，修建東軒的經過；再寫終日忙碌，身疲力盡的小官生活和身不由己，哭笑不得的苦澀心情。在此基礎上，後半部側重抒發感想，表達了作者渴求擺脫官場俗務，歸田返里的殷切希望。但目前的處境又不容許他放棄這升斗之祿。作者以孔子、顏回與自己作比，懷著自愧莫如的心情，說明自己當初既不能理解顏回身居陋巷，安貧樂道；現在又不能像孔子那樣能上能下，無所不可。他之所以在求仕與求學之間徘徊不定，明知有「桎梏之害」而不能自拔，其根本原因還在於「未聞大道，沉酣勢利」，缺乏高尚道德修養。作者這種坦率真誠的自我思想解剖，使本文成為一篇難得的下層封建官場懺悔錄，因而具有發人深思的思想價值。

余既以罪謫監筠州鹽酒稅❶，未至，大雨。筠水❷泛溢，蔑❸南市，登北岸，敗刺史府❹門。鹽酒稅治舍，俯江之漘❺，水患尤甚。既至，敝不可處。乃告於郡❻，假部使者❼府以居。郡憐其無歸也，許之。歲十二月，乃克支其欹斜，補其圮❽缺，闢聽事堂❾之東為軒❿，種杉二本，竹百箇，以為宴休之所。然鹽酒稅舊以三吏共事，余至，其二人者，適皆罷去，事委於一。晝則坐市區，鬻鹽、沽酒、稅豚魚，與市人爭尋尺⓫以自效。莫⓬歸，筋力疲廢，輒昏然就睡，不知夜之既旦。旦則復出營職，終不能安於所謂東軒者。每旦暮出入其旁，顧之，未嘗不啞然自笑也。

【章旨】本段敘述因鹽酒稅治舍遭水患而修建東軒的經過，兼寫終日勞累乏味的小官吏生活。

【注釋】❶監筠州鹽酒稅　官名。掌管當地鹽酒稅務。筠州，古州名，唐初改米州置，以地產筠篁得名，治所在今江西高安。❷筠水　即濁水。筠州之水以蜀江為大，一名濁水，今稱錦江，源出萬載，經高安至新建入贛江。下文「江之湄」亦指錦江。❸蔑　毀滅。此指淹沒。❹刺史府　即筠州州署。宋代州的長官為知州，此稱刺史是沿用漢代稱呼。❺湄　水邊。❻郡　即筠州州府，宋代已改郡為州。❼部使者　北宋前期，設戶部、度支、鹽鐵專使，稱「三司使」，掌各地財賦收支和鹽鐵專賣事務。此為三司使派駐筠州之衙署。❽圮　坍塌。❾聽事堂　治事堂；辦公之處。❿軒　本指有窗檻的長廊。此指小室。⓫尋尺　八尺為尋。這裡意謂數量極小。⓬莫　通「暮」。

【語譯】我因得罪朝廷被貶為監筠州鹽酒稅，還未到任，那裡就下起大雨。筠水氾濫，沖毀淹沒了南市，漫上了北岸，把州府衙門也沖壞了。監鹽酒稅的辦公處，下臨錦江之濱，水災尤其嚴重。我到任之後，發現房屋壞得不能居住，就向州府的長官稟告，希望借三司巡察使衙門暫住。州的長官可憐我無處安身，便同意了我的要求。當年十二月，才把傾斜的房屋支撐起來，把坍塌、殘破的牆壁修補好，在辦公室東面開闢了一間小室，種了兩棵杉樹，百來株竹子，作為閒居休息的場所。但監鹽酒稅的事務原來是由三個人一起辦的，我到任時，其他兩人恰好都被罷免離去，事情就落到我一個人頭上。白天，我坐在市場裡，管理賣鹽賣酒，徵收豬稅、魚稅，和商人們斤斤計較來完成自己的事務。晚上回來，精疲力盡，往往昏昏沉沉，倒頭便睡，不知道什麼時候天就亮了。早晨又要出去做我的工作，始終不能在稱為「東軒」的小房子裡安心休息一下。每天早晚從它旁邊經過，看著它，沒有一次不獨自苦笑幾聲的。

余昔少年讀書，竊嘗怪以顏子❶簞食瓢飲，居於陋巷，人不堪其憂，顏子不改其樂。私以為雖不欲仕，然抱關擊柝❷，尚可自養，而不害於學，何至困辱貧窶自苦如此？及來筠州，勤勞米鹽之間，無一日之休。雖欲棄塵垢，解羈縶❸，自放於道德之場，而事每劫❹而留之。然後知顏子之所以甘心貧賤，不肯求升斗之祿以自給者，良以其害於學故也。

【章旨】本段以顏子作為正面範例，借以說明即使升斗之祿，亦將有害於學，故顏子寧居陋巷而不仕。

【注釋】❶顏子　顏回，因貧苦勤學而早死。孔子曾讚嘆道：「賢哉回也，一簞食，一瓢飲，在陋巷，人不堪其憂，回也不改其樂。賢哉回也！」見《論語・雍也》。後即以簞食瓢飲，形容安貧樂道。❷抱關擊柝　守關巡夜。柝，古時巡夜者敲擊的木梆，用以報更。語出《孟子・萬章下》，趙注：「抱關擊柝，監門之職也。」此借喻地位低微小吏所做的事。❸羈縶　束縛。羈，馬絡頭。縶，絆馬索。❹劫　強迫；迫使。

【語譯】從前我小時候讀書，私下曾經對顏回感到奇怪，為什麼僅僅一盤飯食，一瓢清水，居住在簡陋的巷子裡，別人都忍受不了這種貧苦的憂愁，而他卻能不改變心中的生活樂趣。私下認為他即使不想做官，但是去做做守城打更這樣的事情也還是可以養活自己，而且不妨害學習，怎麼會困難屈辱、貧賤寒酸使自己艱苦到這般地步呢？等到自己來到筠州之後，每天在柴米油鹽之間辛勤奔走，得不到一天的休息。雖然想要拋棄塵世市場上的汙垢，解除官場俗務的束縛，使自己一心一意致力於修養道德的場所，但往往被公事瑣務所牽制拖累。這樣，我才理解顏回之所以甘心貧賤，不肯求取一升一斗的微薄俸祿來養活自己，確實是因為這麼做會妨害學習的緣故啊。

嗟夫！士方其未聞大道，沉酣勢利，以玉帛子女❶自厚，自以為樂矣。及其循理以求道，落其華而收其實，從容自得，不知夫天地之為大，與死生之為變，而況其下者乎！故其樂也，足以易窮餓而不怨，雖南面之王，不能加之。蓋非有德不能任也。余方區區❷欲磨洗濁汙，晞❸聖賢之萬一，自視缺然，而欲庶幾顏氏之福，宜其不可得哉！若夫孔子周行天下，高為魯司寇❹，下為乘田、委吏❺，惟其所遇，無所不可。彼蓋達者❻之事，而非學者之所望也。

【章旨】本段闡明循理聞道之樂無窮，雖南面王不能加，正如孔子之能上能下，而為自己所無法企及。

【注釋】❶子女　此指男女奴僕。❷區區　猶「拳拳」。誠意；專一。❸晞　仰慕；希望。❹司寇　古代官名，主管刑獄，為六卿之一，春秋時各國多設司寇。魯定公十四年（西元前四九六年），孔子任魯國司寇。❺乘田委吏　小官名。乘田是管理畜牧的小官，委吏是保管倉庫、會計事務的小官。《孟子・萬章下》：「孔子嘗為委吏矣，曰『會計當而已矣』；嘗為乘田矣，曰『牛羊茁壯長而已矣』。」趙注：「委吏，主委積倉庾之吏也；乘田，苑囿之吏也，主六畜之芻牧者也。」❻達者　此指明智、通達的人。

【語譯】唉！讀書人在他還沒有聽到過常理正道，沉迷在權勢利祿之中的時候，用財富、奴僕來為自己提供優厚的生活享受，就自以為是很快樂的了。而等到他遵循事物的規律去探求常理正道時，就會像花朵凋落，獲得果實，就能從容自得，就連天地的廣大、死生的變化都不知道，更何況其他比這更小的事了！因此，這種求得常理正道後的快樂，足以用貧窮飢餓去換取而決不抱怨，即使帝王之尊也超不過它。看來，這種快樂除非有很高的道德修養否則是不能享受的。我現在正誠心誠意地想要洗刷掉塵世的汙濁，仰慕聖賢道德的萬分之一，但是明明看到自己有很多缺陷，卻又想或許能享受到顏回的那種安於貧賤的樂趣，這按理應該是辦不到的呀！至於孔子周遊天下，高可以做魯國的司寇，低可以做管理畜牧、倉庫的小官，碰到什麼算什麼，沒有什麼不能做的。那是明智通達的人做的事，不是一般學者所能夠企及的。

余既以譴❶來此，雖知桎梏之害，而勢不得去。獨幸歲月之久，世或哀而憐之，使得歸伏田里，治先人之敝廬，為環堵之室❷而居之。然後追求顏氏之樂，懷思東軒，優游以忘其老。然而，非所敢望也❸。

【章旨】本段寫自己遭貶後盼望將來能歸休田里，以追求顏回之樂。

【注釋】❶譴　指官吏遭貶謫。❷環堵之室　四周圍著土牆的房子。形容居室簡陋。❸所敢望也　據《欒城集》，以下尚有「元豐三年十二月初八日眉陽蘇轍記」共十五字。

【語譯】我已經因為有罪來到這裡，雖然知道在此供職有受到束縛的危害，但客觀形勢還不容許我離開。我只是希望時間久了，世上或許有人哀憐我，使我能退休回到家鄉，整修祖先留下的破屋，收拾一間有四堵土牆的簡陋屋子來居住。然後再來追求顏回的樂趣，懷念東軒這間小屋，悠閒自得地忘掉自己老之將至。可是，這也不是我所敢於奢望的。

【研析】本篇標題為「東軒」，但文章內容涉及東軒修建、位置等有關情況的僅僅一句，即「歲十二月……闢聽事堂之東為軒……以為宴休之所」。另外，還在兩個地方加以回顧照應，一為段末，即「顧之，未嘗不啞然自笑也」；一為文末，盼將來歸里之後，「懷思東軒」，優遊忘老。其餘文句，大多與東軒無直接關係。故可知本篇重點，並不在東軒之「記」，而在由此而引出的議論抒情。作者意圖，不過是借東軒以寫遭貶後終日勞碌、身心交瘁的小官生活，借小官生活進而生發出大段慨嘆，具體地抒發自己那遭遇坎坷的人生感慨和厭倦官場、思歸鄉里的情懷，這才是全文主旨。而所謂「東軒」，陋室一間而已，本無多少可記之處。它在文章中的地位，不過是個引子。故本篇構思之妙，正在於借題發揮。這種借記為議的寫法，體現出宋代作家對記體文的發展和貢獻。宋人李耆卿在《文章緣起》中說：「〈禹貢〉、〈顧命〉（按：皆《尚書》篇名）乃記之祖，記，所以敘事識物，非常議論。」本篇正典型體現出記體文擺脫「敘事識物」框架，而趨向於「非常議論」，這無疑將擴展此類文體的社會內容和思想感情容量。這也正是本篇價值之所在。

卷五十八 雜記類 七

慈谿縣學記

王介甫

【題解】本篇《臨川先生文集》標題作「明州慈谿縣學記」，明州，北宋州名，治所在鄞縣。顧棟高《王荊公年譜》曰：「慶曆七年丁亥，再調知鄞縣，作〈慈谿縣學記〉。」但本篇實作於慶曆八年（西元一〇四八年），慈谿（今屬浙江）為鄞縣（今浙江寧波）之鄰縣，同屬明州所轄，本文乃是應該縣縣令林肇請求而作。文章題為學記，作者卻從議論入手，首先闡述了古代立學的本意在於治理天下國家，而教育的目的就在於為這一任務培養合格的人才，以「備公卿大夫百執事之選」；因此教育的內容應該是「治天下國家之道」。而後世則大謬不然，一是廢學為廟，將儒學宗教化；二是教育方法與教學內容均有悖於古，認為「大抵所以治天下國家者，不復皆出於學。而學之士，群居族處，為師弟子之位者，講章句、課文字而已。」由此強調了興學和改革教育制度的重要性和迫切性。最後，文章敘述了慈谿縣興學的經過，對此成就加以讚揚，希望縣學能起到「美風俗」的作用，並希望有更多的後繼者來擔當此重任。

天下不可一日而無政教，故學不可一日而亡於天下。古者井天下之田❶，而黨庠、遂序❷、國學❸之法，立乎其中。鄉射❹、飲酒❺、春秋合樂❻，養老、勞農、尊賢使能，考藝選言之政，至於受成❼、獻馘❽、訊囚之事，無不出於學。於此養天下智仁聖義忠和❾之士，以至一偏之技、一曲之學❿，無所不養。而又取士大夫之材行完潔，而其施設已嘗試於位而去者，以為之師。釋奠⓫、釋菜⓬，以教不忘其學之所自。遷徙偪逐⓭，以勉其怠而除其惡。則士朝夕所見所聞，無非所以治天下國家之道。其服習必於仁義，而所學必皆盡其材。一日取以備公卿大夫百執事之選，則其材行皆已素定。而士之備選者，其施設亦皆素所見聞而已，不待閱習而後能者也。古之在上者，事不慮而盡，功不為而足，其要如此而已。此二帝、三王⓮所以治天下國家，而立學之本意也。

【章旨】本段闡明古代教育制度和學校在社會生活中的重要地位。

【注釋】❶井天下之田　相傳為古代的一種土地制度，其法以九百畝為一里，劃為九區。當中一區百畝為公田，八家均私百畝，同養公田，因形如井字，故名。春秋以後，其制漸壞。❷黨庠遂序　皆指鄉學。黨、遂，古代地方組織，五百家為黨，一萬二千五百家為遂。庠、序，均指學校。《漢書・儒林傳序》：「鄉里有教，夏曰校，殷曰庠，周曰序。」❸國學　西周設於王城及諸侯國都的學校。後世國學為京師官學的通稱。❹鄉射　古代禮儀，其制有二：一指州長在春秋二季會集士大夫，習射於州序。見《儀禮・鄉射禮》；一指鄉老和鄉大夫貢士以後舉行鄉射之禮。見《周禮・地官・鄉大夫》。❺飲酒　古代禮儀，又稱鄉飲酒。古代鄉學，三年學成，以其德行道藝賢能傑出者推薦給國君。臨行時，由鄉大夫作主人，為之設宴送行，與之飲酒，皆有儀式，稱鄉飲酒禮，見《儀禮・鄉飲酒禮》。❻合樂　眾樂同時合奏。《儀禮・鄉飲酒禮》：「乃合樂。」❼受成　指接受作戰計劃。《禮記・王制》：「天子將出征……受成於學。」鄭玄注：「定兵謀也。」孔穎達疏：「其謀成定，受此成定之謀在於學里，故云受成於學。」❽獻馘　古時出戰殺敵，割取左耳，以獻上論功。馘，截耳。❾智仁聖義忠和　古代稱之為「大德」，見《周禮・地官・大司徒》。❿一曲之學　指囿於一隅的學問。⓫釋奠　古代學校的一種典禮，陳設酒食以祭奠先聖先師。⓬釋菜　古代貴族子弟入學時以苹蘩之屬祭祀先師之典禮，因不用牲牢幣帛，為禮之輕者。入學用釋菜禮，春秋二祭，則用釋奠禮。⓭遷徙偪逐　遷移調動、勒令退學。遷徙，指調入低一級學校。偪逐，即驅逐。偪，同「逼」。⓮二帝三王　二帝指堯、舜；三王指夏、商、周三代創立者禹、湯和文王、武王。

【語譯】天下不可以一天沒有政治教化，所以天下不可以一天沒有學校。古人把天下之田劃為井田，並在其中建立起從各級鄉學，到京師國學這樣一套教學體制。包括鄉射、鄉飲酒禮、春秋二季音樂合奏儀式，贍養老人、慰勞農夫、尊重任用賢能之人、考察選拔多才多藝之士和能言善辯之人這類政務，以及出征前接受作戰計畫、勝利後獻俘論功、審問囚犯這類事件，沒有一樣不在學校中進行。在學校培養智慧仁愛、聖明信義、忠厚謙和的士子，以至於某一特殊技藝，某一方面學術，沒有一樣不在學校中培養。同時又選取士大夫中德才俱備，在任職期間施展過才能而現已卸任的人，作為學校的老師。通過祭奠先聖、先師，來教導他們不忘記學習的承傳。並通過降級調動、勒令退學之類手段，來勸戒懈怠的學生以摒除他們的惡習。這樣，士子從早到晚所看見的和所聽到的，也就都是怎樣治理天下國家的道理。他們所薰陶和學習的必定合於仁義，學到的知識必定都能充分發揮出他們的才能。有朝一日把他們作為公卿大夫和各級官員的人選，應該說他們的才能品行是向來就已具備了的。而士子中充當後備人選的，對於處理政務的措施方法也都是一向耳濡目染的，不需要重新學習然後才能勝任。古時候居於上位的人，事情不需費神就已辦成，功業不需努力就已完滿，其中的要訣不過如此而已。這也就是堯、舜二帝，禹、湯和文武三王所以為了治理天下國家而設立各級學校的本意。

後世無井田之法，而學亦或存或廢。大抵所以治天下國家者，不復皆出於學。

而學之士，群居族處，為師弟子之位者，講章句、課❶文字而已。至其陵夷❷之久，則四方之學者，廢而為廟，以祀孔子於天下。斲木摶土❸，如浮屠道士法，為王者象。州縣吏春秋帥其屬釋奠於其堂，而學士者或不與焉。蓋廟之作出於學廢，而近世之法然也。

【章　旨】本段指出後世教育之弊，廢學為廟，教學內容和目的皆與古代辦學宗旨相違。

【注　釋】❶課　考查；考核。❷陵夷　逐漸夷平，引申為衰頹。❸斲木摶土　雕琢木材，捏土成團。即製造偶像。

【語　譯】後代並沒有井田的法規，而學校也時存時廢。一般說來，怎樣治理天下國家的道理，不再全部都出自學校了。而學習的士子，合群相居同族共處，站在老師和學生地位的人，不過是講習章句、考核文字罷了。等到衰頹的時間久了，四方的學校，都被廢棄而改為廟宇，用來在各地祭祀孔子。鑿木捏土，仿照和尚、道士的作法，把孔子塑造成君王模樣的偶像。州縣的官吏每年春秋帶領部屬，到廟堂內祭奠，而讀書人有時反而不能參加。廟宇的興建，出於學校的廢棄，而這也是近代的法規所造成的。

今天子❶即位若干年，頗修法度，而革近世之不然者。當此之時，學稍稍立於天下矣。猶曰州之士滿二百人，乃得立學。於是慈谿之士，不得有學，而為孔子廟如故。廟又壞不治。今劉君在中❷言於州❸，使民出錢，將修而作之，未及為而去。時慶曆某年也。

【章　旨】本段敘述仁宗時朝廷方針及慈谿令劉在中欲興學而未果。

【注　釋】❶今天子　指宋仁宗，天聖元年（西元一〇二三年）即位，至此時已二十五年。❷劉君在中　事跡不詳。一本作「劉君居中」。❸州　一本作「縣」，宜從。參見〈宜黃縣縣學記〉。

【語　譯】當今皇帝即位已經好多年了，很注意整治規章制度，並革除那些與古代不相符合的規章制度。在這個時候，學校漸漸在全國興辦起來了。不過還是規定縣裡的讀書人滿二百人的，才可以興辦學校。因此慈谿縣的讀書人，還是不能有學校，而所建的孔子廟還跟過去一樣。而廟又敗壞沒有修整。縣令劉在中君向州裡進言，叫百姓出錢，打算要修建並興辦一所學校，但沒有來得及就離任去了。這是慶曆年間的事情。

後林君肇❶至，則曰：「古之所以為學者，吾不得而見；而法者，吾不可以毋循也。雖然，吾之人民，於此不可以無教。」即因民錢作孔子廟，如今之所云，而治其四旁，為學舍講堂其中。帥縣之子弟，起先生杜君醇❷為之師，而興於學。噫！林君其有道者邪！夫吏者無變今之法，而不失古之實，此有道者之所能也。林君之為，其幾於此矣。

【章　旨】本段敘述繼任縣令林肇修整孔子廟以為學舍的過程，並盛讚林肇為「有道者」。

【注　釋】❶林肇　慈谿縣令，慶曆年間在任。王安石有〈謝林肇長官啟〉。❷杜醇　號石台，慈谿人。袁桷《四明志》稱其「隱君子」，說他「孝友稱於鄉里，耕桑釣牧以養其親，經明行修，學者以為楷模。」王安石作有〈請杜醇先生入縣學書〉二首，內云「某得縣於此逾年矣」，王安石任鄞縣在慶曆七年，故知此文作於慶曆八年。

【語譯】後來林肇君來此，就說：「古代是怎樣辦學的，我無法看到；但興辦學校的法規，我卻不可以不遵照實行。即使這樣，我的人民在這裡不可以不受教育。」於是就用百姓的錢修整孔子廟，就像當今所說到的那樣，並修建孔廟的四旁，在裡面設立學舍、講堂。率領縣裡的年輕子弟，請出杜醇先生作為老師，學校就這樣興辦起來了。唉！林君大概是有道義的人吧，作為官吏，不改變當今的法規，而又不違反古代的實際情況，這就是有道義的人所能做的。林君的作為，大概接近於這樣吧。

林君固賢令，而慈谿小邑，無珍產淫貨❶，以來四方遊販之民；田桑之美，有以自足，無水旱之憂也。無遊販之民，故其俗一而不雜；有以自足，故人慎刑而易治。而吾所見其邑之士，亦多美茂之材，易成也。杜君者，越❷之隱君子，其學行宜為人師者也。夫以小邑得賢令，又得宜為人師者為之師，而以修醇一易治之俗，而進美茂易成之材，雖拘於法，限於勢，不得盡如古之所為，吾固信其教化之將行，而風俗之成也。夫教化可以美風俗，雖然，必久而後至於善。而今之吏，其勢不能以久也。吾雖喜且幸其將行，而又憂夫來者之不吾繼也，於是，本其意以告來者。

【章旨】本段列舉慈谿縣辦學的有利條件，並預期學校將有助教化風俗之美，兼及寫作此文目的。

【注釋】❶淫貨　奇巧的貨物。❷越　古國名，在會稽（今浙江紹興）一帶。故稱這一帶為越地。

【語　譯】林君當然是賢能的縣令，而慈谿作為一個小縣，沒有珍貴的特產、奇巧的貨物來招徠各地流動販賣的人；稻田桑園的肥美，可以自給自足，又沒有水災、旱災的憂患。沒有流動販賣的人，所以風俗純樸而不雜亂；可以自給自足，所以人們不需輕率用刑而容易治理。並且我所看到的此縣士子，也多是美好的容易造就的人才。而杜君，又是越地的隱逸君子，他的學問品行適宜作為別人的老師。憑這樣的小縣而得到賢能的縣令，又得到適合做老師的人來做老師，進而用來培養純樸專一、容易治理的民風習俗，提高美好的容易造就的人才，雖然受到法規的約束，形勢的局限，不能完全像古人那樣作為，但我還是堅信這裡的教化可以順利推行，而醇美的風俗將會養成。教化可以美化風俗，即使這樣，也必定要經過長久的時間才能達到完美的地步。而現在的官吏，受其任期限制不能使教化長久維持下去。我雖然高興並慶幸這一切即將實行，但又擔心後來的人不能繼續我們的事業，於是本著這個意思以告訴後來的人。

【研　析】雜記一類，應以學記最難。因其建築既不宏偉，周圍景色也不秀麗，開工落成，一切如常，故本身絕少可記內容。林紓認為「王臨川、曾子固極長此記。」王安石在本篇所採用的寫法與曾鞏在〈宜黃〉、〈筠州〉兩篇學記中所採用的一樣，都是化記為論、寓論於記的寫法。本篇更是以大段議論發端，然後再徐徐導入記敘，在記敘中依然不時滲入議論。經常穿插議論於記述之中，這正是王安石文的典型寫法。但本篇並沒有全面評論古今教育體制，也沒有像曾鞏那樣引經據典，作為一個政治家，王安石更多地著眼於教育與政治的關係，即美化風俗、培養人才這些方面，也就是二帝三王「治天下國家，而立學之本意」。因此，他要改革的乃是當時的教育方法和教育內容。故本文較早地反映了王安石關於教育的革新思想，這些思想在他後來的〈上仁宗皇帝言事書〉（見本書卷二十）等文中，得到了進一步的發展。

度支副使廳壁題名記

王介甫

【題　解】仁宗嘉祐五年（西元一〇六〇年）五月，四十歲的王安石進入北宋中央財政機構三司任度支判官，他應三司度支副使呂景初的要求，為他初刻歷任度支副使題名錄寫下這篇文章作為序言。北宋中期以後，大地主大商人，即文中所謂「阡陌閭巷之賤人」兼併活動日益猖獗，造成朝廷收入匱乏，國家財政困難，人民負擔沉重，政治危機加深。作者對此深表憂慮，積極主張完善法制，選用有才能的官員來理財，並在實踐中考察他們的能力。特別強調指出度支副使作為財政大臣的重要地位和主要職責，認為打擊兼併，整理財政，這乃是關係社稷安危、國家興衰的重大問題，而度支副使的人選是否得當，更不能等閒視之。這是從歷任度支副使題名錄中所得到的啟示，也是作者寫作本文的主旨。作者這一思想，在熙寧二年（西元一〇六九年）所寫的〈乞制置三司條例〉奏疏中作了更深入的發揮，並成為王安石新法的一個主要內容。

三司副使❶，不書前人名姓。嘉祐五年，尚書戶部員外郎呂君沖之❷，始稽❸之眾史，而自李紘❹已上，至查道❺，得其名；自楊偕❻已上，得其官；自郭勸❼已下，又得其在事之歲時。於是書石而鑱❽之東壁。

【章　旨】本段記述題名錄之編制及內容。

【注　釋】❶三司副使　此指三司度支副使。三司是宋代主管財政的中央機構，包括鹽鐵、度支、戶部三個部門。其中鹽鐵掌管全國坑冶、茶鹽、商稅等項收入；度支掌管全國各種財賦收入，並制定規劃，平衡國庫每年收支；戶部掌管全國戶口、兩稅、榷酒等事務。三司設三司使一人總領政事。真宗咸平六年（西元一〇〇三年）起，在各部設副使一人，主管本部門事務。❷呂沖之　名景初，字沖之，開封酸棗（今河南延津）人。以戶部員外郎兼侍御史知雜事，判都水監，改度支副使。❸稽考察。❹李紘　字仲綱，宋州楚邱（今河南滑縣東）人。歷官梓州、陝西、河北路轉運使，遷侍御史知雜事。於仁宗時任度支副使。❺查道　字湛然，歙州休寧（今屬安徽）人。咸平四年舉賢良方正，授右正言，直史館，不久出為西京轉運使。咸平六年召入，授工部員外郎，充首任度支副使。❻楊偕　字次公，坊州中部（今陝西黃陵東）人。以戶部員外郎兼侍御史知雜事，判吏部流內銓，仁宗明道、景祐初年徙三司度支副使。❼郭勸　字仲褒，鄆州須城（今山東東平）人。仁宗景祐元年（西元一〇三四年），他以兵部員外郎兼起居舍人銜出使西夏，回朝後兼侍御史知雜事，權判流內銓。景祐三年，遷工部郎中、度支副使。❽鑱　鐫刻。

【語　譯】三司副使，歷屆擔任這一官職者的姓名以前都未曾記載。嘉祐五年，尚書戶部員外郎呂沖之君，才開始從有關三司的眾多歷史文獻中進行查考，結果對李紘以前直到第一個擔任此職的查道，弄清了他們的名字；從楊偕以前，查出了他們的官階；對郭勸以後的人，又查明了他們在職任事的時間。於是，便將這些名字寫上石碑，鐫刻鑲在官廳東面的牆壁上。

夫合天下之眾者財，理天下之財者法，守天下之法者吏也。吏不良，則有法而莫守；法不善，則有財而莫理。有財而莫理，則阡陌閭巷之賤人❶，皆能私取予之勢❷，擅萬物之利，以與人主爭黔首❸，而放其無窮之欲，非必貴強桀大❹而後能如是。而天子猶為不失其民者，蓋特號而已耳。雖欲食蔬衣敝，憔悴其身，愁思其心，以幸天下之給足而安吾政，吾知其猶不得也。然則善吾法，而擇吏以守之，以理天下之財，雖上古堯舜，猶不能毋以此為先急，而況於後世之紛紛乎？

【章 旨】本段分析兼并活動對國家財政經濟的嚴重危害，並提出選用賢才、整理財政的主張。

【注 釋】❶阡陌閭巷之賤人 此指鄉村兼併土地的豪紳和城鎮操縱市場的富商。阡陌，田間小路，泛指農村。閭巷，街巷，泛指城鎮。❷取予之勢 指操縱財貨的權力。取，買進或收進。予，賣出或拋售。❸黔首 秦時對百姓的稱謂，因其不戴帽裹巾，露出黑髮，故稱。❹貴強桀大 指貴族、豪強，有勢力的人。

【語 譯】統領天下的百姓要靠財力，管理天下的財政要靠法制，維護天下的法制要靠官吏。官吏不好，那麼雖有法制也不能維護；法制不完善，那麼雖有財力也不會管理。有財力卻不會管理，那麼鄉村城鎮裡的卑劣的豪紳富商，就都能夠把持操縱財貨的權力，獨占一切貨物財產的利益，以此來和君主爭奪老百姓，放縱他們那無止境的貪慾，這並不一定非要地位高貴，權勢強大的人才能如此。如果這樣發展下去，而皇上就算還沒有失去老百姓，那也只不過徒有空名罷了。皇上就是吃蔬菜，穿破衣，弄得身體憔悴，憂心忡忡，希望求得天下富足，政治安定，我知道這還是辦不到的。那麼，改善我們的法制，並且選擇官吏來維護它，以此管理天下的財政，即使是上古時代的堯帝、舜帝，也不能不把這作為當務之急，何況後來的這種紛亂擾攘的時代呢？

三司副使，方今之大吏，朝廷所以尊寵之甚備。蓋今理財之法有不善者，其勢皆得以議於上，而改為之。非特當守成法吝❶出入，以從有司之事❷而已。其職事如此，則其人之賢不肖，利害施於天下如何也！觀其人，以❸其在事之歲時，以求其政事之見於今者，而考其所以佐上理財之方，則其人之賢不肖，與世之治否，吾可以坐而得矣。此蓋呂君之志❹也。

【章　旨】本段進而論述三司副使的重要地位和權限，故從廳壁題名可以考知其理財之方及其人之賢否，從而點明呂君之用意。

【注　釋】❶吝　吝嗇，引申為抓緊，嚴格掌握。❷有司之事　指自己本職分內的工作。❸以　通「與」。❹志　用意；宗旨。

【語　譯】三司副使，乃是當今重要的官吏，所以朝廷對他們的重視和優待真是無所不至。而現在管理財政的法令制度，如有不完善的地方，按照他們的職權都能向皇上建議而加以改革。不應該只是墨守成規，緊縮收支，做些自己分內的事情就算了。副使的職責既是這樣，那麼擔任這個職位的人好或者不好，關係到天下的利害是如何的巨大啊！對副使的考察，和他任職的時間，應具體考核他實施政策措施影響到今天的實際效果，探討他輔佐皇上管理財政的方法，那麼這個人的好或者不好，以及當時政局安定還是混亂，我們就可以坐在這裡看得清清楚楚的了。這大約就是呂君要鐫刻歷任題名的用意所在吧。

【研　析】王安石評文章，主張「先體制，而後文之工拙」（黃庭堅〈書王元之竹樓記後〉引）。傳統的記體文多以敘述、描寫為主，而王安石的記體則多偏於議論，表面上似乎與他的主張不相符合。如本文雖名為記，但除第一段外，幾乎都以議論行之，如果把它看成一篇精練扼要的議論文，亦無不可。但問題在於：文章議論的重點是理財，而理財乃是度支副使的主要職責，當然也成為考察歷任副使賢否的重要標準，這也正是廳壁題名的命意所在。因此，議論雖多，仍然涵蓋在記敘的範疇以內，乃是標題「題名記」這一體制就其中某一點加以深入探討的結果，讀後並不覺離題，反而正如茅坤所評：「何等識見！何等筆力！」故可知本文的特點，在於能靈活地組織材料，能放能收，大開大闔，有詳有略，前呼後應，形成一個嚴密的整體。文章論斷明確，斬釘截鐵，層次清晰，語勢緊湊。吳汝綸評之曰：「筆力豪悍，有崩山決澤之觀。」典型地表現了王安石文章詞鋒犀利，峭折剛勁的風格。

遊褒禪山記

王介甫

【題解】褒禪山，《輿地紀勝》曰：「淮南西路和州褒禪山，本名華山，在含山縣北一十五里，山有起雲寺、龍洞、羅漢洞、龍女泉、白龜泉。」宋仁宗至和元年（西元一〇五四年）七月，王安石任舒州（今安徽潛山縣）通判期滿，在離任赴京途中路過褒禪山，寫下這篇遊記。但本篇主旨不在記遊，而在說理。全文主要圍繞著兩個問題來寫：一是用登山探洞的親身經歷，具體而又深入地論述了志向、力量和物質條件三者之間的關係。作者反對淺嘗輒止，半途而廢，提倡深入探索，持之以恆。文章指出必需有遠大的理想，充分的能力和相當的物質條件的相互配合，才能做到這一點，攀登事業或學術的頂峰。二是由所見殘碑，聯想到由於古代文獻資料的不足，致使後人以訛傳訛，弄不清事情的真相，因而提倡學者必須「深思而慎取」。這兩點都是從治學角度來論述的，前者強調的是深入，後者強調的是踏實，這兩方面是相互補充，相互為用的。

褒禪山，亦謂之華山。唐浮圖慧褒❶始舍於其址❷，而卒❸葬之，以故其後名之曰褒禪。今所謂慧空禪院者，褒之廬冢❹也。距其院東五里，所謂華陽洞❺者，以其在華山之陽名之也。距洞百餘步，有碑仆道，其文❻漫滅，獨其為文猶可識曰「花山」。今言「華」如華實之「華」者，蓋音謬也。

【章旨】本段敘述褒禪山有關情況及其說明。

【注釋】❶浮圖慧褒　浮圖，有佛、佛教徒或佛塔不同意義，此指佛教徒（和尚）。慧褒，唐貞觀時名僧，因喜愛含山縣北山山林之美，築室定居。❷址　根基，引申為山腳。❸卒　最後；終於。與上句之「始」對應，不作「死」解。❹廬冢　廬，房舍。冢，墳墓。此指慧褒生前居住，死後安葬之處。❺華陽洞　《輿地紀勝》曰：「和州華陽山在含山縣北十八里，本名蘭陵山，下有華陽亭，因名。山有洞曰華陽洞。至和初，王安石遊焉，為之記。洞有二：前洞遊者甚眾；後洞則安石所遊也。」華山與華陽山，疑即同一山之不同峰。❻文　指成篇的文章。後面「其為文」的文，指碑上的殘存文字。

【語譯】褒禪山，也叫做華山。唐代和尚慧褒當初在這山腳下蓋房居住，而且最終又埋葬在這裡，因為這個緣故，在此之後人們就稱呼它叫做褒禪山了。現在的慧空禪院，就是當年慧褒的廬舍和墳墓。距離院子東面五里，有個人們叫做華陽洞的地方，因為它在華山南面才這樣命名。距離這洞口一百多步，有塊石碑倒在路旁，碑文已經模糊不清，只有碑上殘存的字跡還可辨認，叫做「花山」。現在唸「華」為「華實」的「華」，大概是讀音錯了。

其下平曠，有泉側出，而記遊者甚眾，所謂前洞也。由山以上五六里，有穴窈然❶，入之甚寒。問其深，則雖好遊者不能窮也，謂之後洞。余與四人擁火❷以入，入之愈深，其進愈難，而其見愈奇。有怠而欲出者，曰：「不出，火且盡。」遂與之俱出。蓋予所至，比好遊者尚不能十一，然視其左右，來而記之者已少。蓋其又深，則其至又加少矣。方是時，予之力尚足以入，火尚足以明也。既其出，則或咎❸其欲出者，而予亦悔其隨之，而不得極❹夫遊之樂也。

【章旨】本段記述前後洞有關情況，王安石等入洞不久即退出以及出來後深悔未能盡力。

【注　釋】❶窈然　幽深的樣子。❷擁火　舉著火把。❸咎　責怪。❹極　盡興；盡情享受。

【語　譯】山洞的下面地勢平坦開闊，有股泉水從旁邊石壁上流出來，來此遊玩題字的人很多，這就是所謂的前洞。沿山而上五六里，有一個很幽深的洞穴，走進洞裡覺得很冷。問這洞有多深，就是那些喜好遊玩的人也不能走到盡頭，這就是所謂的後洞。我與同來的四個人舉著火把進去，越到深處，前進就越發困難，然而看到的景致就越加奇妙。有一個走累了而想出去的人說：「如不出去，火把就快要燒完了。」於是我就和他們一起出來了。大概我們所到達的地方，比起那些喜歡旅遊的人還不到十分之一，然而看山的兩壁，到過這裡並記下姓名的人已經很少了。大概洞越深，來的人就越稀少。在這個時候，我的體力還能夠繼續前進，火把還能夠繼續照明。出洞以後，就有人責怪那個提議出來的人，而我也後悔自己跟隨別人一道出來，因此不能盡情享受這次遊玩的快樂。

於是予有歎焉。古人之觀於天地、山川、草木、蟲魚、鳥獸，往往有得，以其求思之深而無不在也。夫夷以近，則遊者眾；險以遠，則至者少。而世之奇偉瑰怪❶非常之觀，常在於險遠，而人之所罕至焉，故非有志者，不能至也。有志矣，不隨以止也，然力不足者，亦不能至也。有志與力，而又不隨以怠，至於幽暗昏惑，而無物以相❷之，亦不能至也。然力足以至焉而不至❸，於人為可譏，而在己為有悔。盡吾志也，而不能至者，可以無悔矣，其孰能譏之乎？此予之所得也。

【章　旨】本段抒發感慨，提出奇偉非常之觀，常在險遠，必須具備志、力、物三個條件，才能達到目的。

【注　釋】❶瑰怪　壯麗奇異。❷相　輔助。❸而不至　《臨川集》及《八大家文鈔》均無此三字，吳汝綸云：「姚所據蓋善本。」

【語　譯】對此我深有感慨。古人觀察天地、山川、草木、蟲魚、鳥獸，往往有所發現，這是因為他們思考問題都很深刻而且隨時隨地無不如此的緣故。道路平坦而且距離又近，那麼遊人就多；道路艱險而且距離又遠，那麼到達的人就少。然而世界上奇特雄偉、壯麗怪異、不同尋常的景象，常常是在艱險遙遠，而又是人們很少到達的地方，所以缺乏意志的人，是不能到達的。有意志，又不隨著別人中途停止，然而體力不足的人，也是不能到達的。有意志和體力，並且又不隨人鬆勁後退，到了幽深昏暗的地方但沒有東西來幫助辨路，也是不能到達的。然而，能力足夠到達卻沒有到達，在別人看來是可以譏笑的，而自己也是會感到後悔的。盡了我的努力也還是不能到達，那就沒有什麼可以後悔的了，還有誰又能來譏笑呢？這就是我的心得。

余於仆碑，又以悲夫古書之不存，後世之謬其傳，而莫能名者，何可勝❶道也哉！此所以學者不可以不深思而慎取之也。

【章　旨】本段從碑文漫滅，後世謬傳，推論學者當深思慎取。

【注　釋】❶勝　盡；完全。

【語　譯】我對於那塊倒在路上的石碑，又因此而感歎古代典籍的遺失，後代人以訛傳訛而不能弄清真相的事，哪裡能說得完呢！這就是讀書人不可以不深刻思考並慎重採用的道理。

四人者：廬陵蕭君圭君玉❶，長樂王回❷深父，予弟安國❸平父、安上❹純父。

【章　旨】本段記錄同遊四人姓名。

【注　釋】❶蕭君圭君玉　蕭圭，字君玉，廬陵（今江西吉安）人。生平待考。❷王回　字深父，長樂（今福建閩侯）人。生平參見〈王深甫墓誌銘〉（見本書卷四十九）。❸安國　王安國，字平父，王安石之弟。王安石兄弟七人，安石排三，安國排四，有文名，曾任西京國子助教，祕閣校理，卒時年四十七。❹安上　王安上，字純父，王安石之幼弟。曾任權發遣江南東路提點刑獄。

【語　譯】同遊的四個人是：廬陵人蕭圭字君玉，長樂人王回字深父，我的弟弟安國字平父、安上字純父。

至和元年七月某日臨川王某記。

【章　旨】本段點明時間。

【語　譯】至和元年七月某天，臨川人王安石記。

【研　析】這是一篇頗有特色，別樹一幟的記遊之作。《古文觀止》有評語曰：「一路俱是論遊，按之卻俱是論學。」其實何止論學，它其實是以遊記的形式，寄託人生哲理。作者能從生活中常遇到的一般現象中領悟出非一般的境界，生發出令人深省的議論。林雲銘有評曰：「凡遊記必敘山川之勝與見聞之奇，且得盡所遊之樂，此常調也。茲俱點出山名、洞名，隨以不盡遊為慨，若如此便止，有何意味！精采處，全在古人觀物有得上發出一段大議論，即抱上文不得盡遊重敘一番，惟盡吾志赴之，若果不能至，則與力至而不至者異矣……立論寓意最深。」文章以遊蹤為線索，先記遊，後議論，議論承上文記遊而來，記遊為下文議論作鋪墊，由具體事實的敘述到抽象道理的議論，轉折變化十分自然。文章敘事簡明生動，說理逐步深入，既使抽象的道理生動形象，又使具體的敘事增加思想深度。把敘事和說理結合得緊密自然，是本文在藝術上取得的最大成就。在結構上，從記遊中所悟出的兩個道理，即從不能盡遊引發出志、力、物三者關係和從仆碑文字引發出深思慎取，無論在記事和議論兩方面都不是平列，而是有主有從，前者為主，後者為從，情理互見，虛實相生，整個布局顯得靈活而有變化。全文「或敘事，或銓解，或摹寫，或論道，意之所至，筆亦隨之。逸興滿眼，餘音不絕，可謂極文章之樂」（《古文觀止》評語）。

芝閣記

王介甫

【題解】芝，指靈芝。王安石友人陳君，「芝生於庭」，乃建閣而藏之，並請王安石寫了這篇文章。此時為宋仁宗皇祐五年（西元一〇五三年），安石以殿中丞通判舒州。本文以靈芝為線索，回溯真宗時大搞封禪，徵求祥瑞，全國上下競相採集靈芝進獻，以致一時靈芝身價百倍。而仁宗鑑於前朝的教訓，崇尚節儉，禁獻祥瑞，故陳君之靈芝，只能自藏於閣。通過這一強烈對比，作者抒發兩點感慨：根據真宗、仁宗兩朝對待進獻靈芝的不同態度以及造成的社會影響，感慨推行教化的重要作用，實際上是諷勸天子改革政治，轉變世道。二是對比同一靈芝處在不同時期、不同環境的遭際變化，感慨像自己一樣的有志之士進退榮辱取決於時機遇合，實際上是抒發懷才不遇的憤懣情緒。王文濡有評曰：「借芝阿上，芝為之晝，真堪發噱。後幅因芝及士，時之遇不遇，又各判焉。寥寥數語，無限感慨。」這雖是借題發揮，但敘事生動，感喟深沉，富於情致，善於生發。正如江雅臣所評：「貴於天子一段，辱於凡民一段，貴於士一段，感慨在言外。看他說向題外去凡兩筆，所謂事外遠致。」

祥符❶時，封泰山❷以文❸天下之平，四方以芝❹來告者萬數。其大吏，則天子賜書以寵嘉之；小吏若❺民，輒賜金帛。方是時，希世❻有力之大臣❼，窮搜而遠采。山農野老，攀緣狙杙❽，以上至不測之高，下至澗溪壑谷。分崩裂絕，幽窮隱伏，人跡之所不通，往往求焉。而芝出於九州四海之間，蓋幾於盡矣❾。

【章　旨】本段敘寫真宗朝大臣吏民競獻靈芝，窮搜遠採，芝幾於盡。

【注　釋】❶祥符　宋真宗趙恆的年號，共九年（西元一〇〇八－一〇一六年），全稱「大中祥符」。❷封泰山　古代帝王到泰山祭祀，登泰山築壇祭天叫封，在山南梁父山闢基祭地叫禪。宋真宗大中祥符元年十月，曾去泰山封禪。❸文　粉飾；裝點。❹芝　即靈芝，菌類植物，寄生在枯樹上，有白、黑、赤、紫多種顏色，可作藥用，古代認為是吉祥之物。❺若　與；和。❻希世　迎合世俗。❼大臣　指王欽若、丁謂等。《宋史・真宗紀》載：祥符元年八月，「王欽若獻芝草八千餘本」。十月「王欽若等獻泰山芝草三萬八千餘本」。六年十一月，「丁謂獻芝草三萬七千餘本」。七年春正月，「丁謂獻白鹿芝九萬五千本」。❽攀緣狙杙　意指像猿猴一樣攀登。狙，獼猴。杙，小木樁。❾幾於盡矣　幾，幾乎；接近。《宋史・真宗紀》：「及澶淵既盟（西元一〇〇四年），封禪事作，祥瑞沓臻，天書屢降。導迎奠安，一國君臣，如病狂然，吁可怪也。」

【語　譯】大中祥符時，真宗皇帝去泰山封禪，用來粉飾天下的太平景象，全國各地拿著靈芝到朝廷來呈報的人數以萬計。其中有高級官吏，皇帝就頒發詔書賜給他恩寵和嘉獎；對於低級官吏和普通百姓，就賞賜一些銀錢絹帛。在這時，一些迎合世俗又握有權力的大臣，竭力搜羅並到遠處採集。山野間的農夫老人，也像猿猴那樣攀緣登高，以至爬上無法目測的高峰，下到山澗峽谷深處。山峰崩塌，地層斷裂，危險荒涼，深遠隱蔽，人跡罕至的地方，也往往去尋找。於是，出產於全國各地、九州四海的靈芝，大概幾乎都被採完了。

至今上❶即位，謙讓不德❷，自大臣不敢言封禪，詔有司以祥瑞告者皆勿納❸。

於是神奇之產，銷藏委翳於蒿藜榛莽❹之間，而山農野老，不復知其為瑞也。則知因一時之好惡，而能成天下之風俗，況於行先王之治哉？

【章旨】本段對比仁宗時拒納祥瑞，故山農不知靈芝為瑞，說明一時好惡可成天下之風俗。

【注釋】❶今上　指宋仁宗趙禎，西元一〇二二至一〇六三年在位。❷不德　不自居有德。❸詔有司句　有司，主管官吏。納，接受。據《續資治通鑑長編》卷一四五載：慶曆三年十二月，有文曰：「詔天下州軍，告以興兵累年，四海困敝，方今當責己憂勞之際，凡有奇獸、異禽、草木之類並不得進獻，所以彰示明德，感勵臣民。」又曰：「詔諸祥瑞，不許進獻，聽申禮部知。」❹蒿藜榛莽　蒿艾、藜菜，代指野草。榛莽，樹叢雜草。

【語譯】到了當今皇帝即位，謙虛謹慎，不以德行自居，就連朝中輔佐的大臣也不敢建議封禪之事，還命令有關部門凡是拿著吉祥之物來呈報的，一律不得接受。於是，一切神異珍奇之物，全都消失埋沒在蒿草野菜、樹林草叢之中了，而山野間農夫老人，不再知道靈芝是祥瑞之物了。由此可以懂得，因為皇帝一時的喜愛或者厭惡，就能夠形成天下的風俗，何況是去推行古代先王的政治措施呢？

太邱陳君❶，學文而好奇。芝生於庭，能識其為芝，惜其可獻而莫售也。故閤於其居之東偏，掇取❷而藏之。蓋其好奇如此。噫！芝一也，或貴於天子，或貴於士，或辱❸於凡民，夫豈不以時乎哉？士之有道，固不役志❹於貴賤，而卒所以貴賤者，何以異哉？此予之所以歎也❺。

【章　旨】本段敘述芝閣修建的緣由，並對靈芝兼及士子的不同遭遇抒發感慨。

【注　釋】❶太邱陳君　太邱，古縣名，在今河南永城西北。陳君名字不詳。❷掇取　拾起，引申為摘取。❸辱　輕視。❹役志　用心；操心。《尚書・洛誥》：「惟不役志于享。」❺所以歎也　全集本文末尚有「皇祐五年十月日記」八字。

【語　譯】太邱人陳君，學習文章而又喜歡獵奇。靈芝在他庭院裡生長出來，他能認出這是靈芝，惋惜它可以進獻給朝廷，而現在卻不能實現。因此便在他住所的東側修建一座樓閣，摘取靈芝並珍藏在這裡。大概他喜歡獵奇就像這樣。唉！靈芝都是一樣的，有時被天子所珍貴，有時被士大夫所珍貴，有時卻被普通百姓所輕視埋沒，這難道不是由於時機的不同嗎？有高深道德的士子，當然不會為了個人地位的高低貴賤去操心，但最後終於有著高低貴賤的區別的原因，這跟靈芝有什麼不同呢？這就是我所以感歎的緣故啊。

【研　析】本篇特色與上篇相近似，其主要價值，即文章主旨不在敘述記事，而在抒發感慨。但也有兩點不同：第一，上篇遊山入洞，記述頗詳，占全文一半以上篇幅；而本篇之記芝閣，僅寥寥數語，大量記述的是靈芝在真宗、仁宗兩朝的不同遭遇，回溯文字大大超過點題文字。其次，上篇抒發感慨，聯繫治學，完全採用相互比照之法，寄託比喻之事明白點出；而本篇所聯繫的兩點，都比較含蓄隱晦。如諷勸改革政治，轉變世風，僅用「況於行先王之治哉」一語輕輕帶過；而因芝及士，慨嘆時之遇不遇，也僅用「何以異哉」一句，至於抒寫個人懷才不遇的憤懣，則更是「事外遠致」，可以說用的都是暗喻，讓讀者可以感觸得到，但又不能實指。本篇有些近似於晚唐小品的寫法。只是由於題材不同，所以表現手法也不相同，從這兩篇文章的布局謀篇，可以窺見作者駕馭不同題材的能力，和發掘其深刻內涵的技巧。

傷仲永

王介甫

【題　解】據顧棟高《王荊公年譜》，本文應作於慶曆三年（西元一〇四三年），時安石二十三歲，任揚州簽判，因公差順路回家鄉臨川。他在金谿舅氏家得悉鄉民方仲永情況，深有感觸故而撰寫此文。本篇通過方仲永由人人稱道的「神童」逐步演變為凡人的經歷，深刻地說明了後天的教育對於人才成長的決定性作用。天資聰穎的方仲永，幼年「指物作詩立就」，但後來在父母的誤導下，不再接受教育，放棄了學習，結果隨著年齡的增長，越來越顯得平庸無能，終於一事無成。資質聰敏的神童尚且如此，對於天資平平的人而言，如果再拒絕學習，那後果將更加不堪設想。教育的重要性那是不言而喻的了。方仲永的教訓值得我們記取，本文的主旨直到今天仍然具有重要價值。

金谿❶民方仲永，世隸耕❷。仲永生五年，未嘗識書具，忽啼求之。父異焉，借旁近與之。即書詩四句，並自為其名。其詩以養父母收族❸為意，傳一鄉秀才❹觀之。自是指物作詩立就，其文理皆有可觀者。邑人奇之，稍稍賓客❺其父，或以錢幣乞之。父利其然也，日扳❻仲永環謁❼於邑人，不使學。

【章　旨】本段敘述方仲永的出生，幼年的穎悟，周圍的讚揚及其父以其聰敏謀利等情況。

【注　釋】❶金谿　縣名，今屬江西，在臨川市東。❷隸耕　屬於務農之家。姚氏原注曰：「鼐按：隸耕，字本《晉語》，隸農夫也。」❸收族　使同族之人按輩分、親疏關係和睦地組織起來。《禮記‧大傳》：「敬宗，故收族。」注：「收族，序以昭穆也。」❹秀才　此指一般學識優秀的讀書人。❺賓客　作動詞用，以賓客之禮來接待。❻扳　引；領著。❼環謁　四處拜訪。

【語　譯】金谿縣鄉民方仲永，家裡世代務農。仲永長到五歲，還沒有見到過紙筆墨硯，一天忽然哭著要起來。父親對此感到驚奇，就從鄰居家借來給他。他當即寫了四句詩，並且寫上了自己的名字。他的詩以奉養父母、團結宗族作為內容，全鄉有學問的人都傳閱了。從此以後，人們出題目叫他作詩，他立即就能寫成，詩的內容文采也都值得一看。鄉裡的人都對他感到驚奇，漸漸地有人請他父親帶他去作客，也有人用錢來購買仲永的詩作。他的父親認為這樣有利可圖，就每天領著仲永四處去拜訪鄉人，不讓他學習。

余聞之也久。明道❶中，從先人❷還家，於舅家見之，十二三矣。令作詩，不能稱前時之聞。又七年❸，還自揚州，復到舅家問焉。曰：「泯然❹眾人矣！」

【章旨】本段作者結合個人聞見，寫出仲永由「神童」演變為「泯然眾人」的過程。

【注釋】❶明道　宋仁宗年號，共二年（西元一〇三二—一〇三三年）。❷先人　指作者死去的父親王益。明道二年，王安石的祖父在臨川去世，他隨父親回臨川服喪。三年服闋，即景祐三年（西元一〇三六年），始離開臨川。❸又七年　此指慶曆三年（西元一〇四三年），上距景祐三年，為七年整。❹泯然　消失的樣子。

【語譯】我聽到這件事已經很久了。明道年間，跟隨父親回家，在舅舅家裡見到方仲永，他已經十二三歲了。叫他作詩，比不上過去人們傳說的那樣好了。又過了七年，我從揚州回來，再次到舅舅家問起仲永的情況。回答說：「沒有什麼特別的地方，跟普通人一樣了。」

王子❶曰：「仲永之通悟，受之天也。其受之天也，賢於材人遠矣。卒之為眾人，則其受於人者❷不至也。彼其受之天也，如此其賢也；不受之人，且為眾人。今夫不受之天，固眾人；又不受之人，得為眾人而已邪？」

【章　旨】本段抒發感慨，指出仲永不能成才原因是「受於人者不至」，揭示全文主旨。

【注　釋】❶王子　王安石自稱。子是古代男子美稱，後來文人多用以自稱。❷受於人者　指接受教育。

【語　譯】王安石說：「仲永的通達聰慧，是一種天賦。他的天賦條件，遠遠勝過努力學習成才的人。他最終成為普通的人，那是他沒有接受後天教育的緣故。他具有的天賦，是那樣的優越；不接受人們的教育，尚且要淪為普通的人。現在那些既缺乏天賦，本來只是個普通的人；又不接受人們的教育，恐怕想要做個普通人都未必能夠呢？」

【研　析】本篇從標題到內容，都與記體文不同；按文體應歸入雜文、雜著一類。「雜著者何？輯諸儒先所著之雜文也。文而謂之雜者何？或評議古今，或詳論政教，隨所著立名，而無一定之體也。」（吳訥《文章辨體序說》）但姚氏將此類稱之為「雜記」，除以記體為主之外，也包括雜文一類。本篇依事命名，不落體格。前兩段敘事，有似於傳記，但又不同於傳記，因它並不記載方仲永家世出身及前半生經歷，而主要只抓住仲永從神童演變為平庸之人這一線索。第三段議論，但又不同於一般論說文論證的全面和嚴密，而只是在前文敘事基礎上稍加歸納，集中分析「受之天」與「受之人」二者之間相互為用的辯證關係。文章寓理於事，因事言理，前後對比，敘事和議論緊密結合，顯示出王安石散文在青年時期就已達到較高的水平。

新城遊北山記

晁无咎

【題　解】新城，古縣名，三國吳置，本世紀初曾改名新登縣，後合併入浙江富春縣。北山，當地名勝，清《一統志》載：「浙江杭州府北山，在新城縣北三十里，一名三貝山，俗名官山，頂有龍池。」這是一篇著名的遊記，作者生動具體地描寫了北山之遊一晝夜間所聞所見。北山之草木泉石，雖無特異之處，但其幽深靜謐、清新隱祕，存在於深山之中，而不是城市園林所能比擬的。作者極力摹寫，使難見的景物如在目前，給讀者以深刻的印象。王文濡評之曰：「境既幽深，文亦峭厲，我讀之亦恍惚若有遇。」

【作　者】晁无咎（西元一〇五三－一一一〇年），名補之，濟州鉅野（今山東巨野）人。年十七，隨父到杭州，曾把杭州的山川景物寫成〈七述〉，受到蘇軾讚賞，後來成為蘇門四學士之一。元豐間舉進士，歷官祕閣校理、吏部員外郎、禮部郎中兼國子編修等職。著有《雞肋集》七十卷，詩、文均有成就。《四庫提要》說他的古文「波瀾放闊，與蘇氏父子相馳驟」。

去新城之北三十里，山漸深，草木泉石漸幽。初猶騎行石齒❶間，旁皆大松，曲者如蓋❷，直者如幢❸，立者如人，臥者如虯❹。松下草間，有泉，沮洳❺伏見❻，墮石井，鏘然而鳴。松間藤數十尺，蜿蜒如大蚖❼。其上有鳥，黑如鴝鵒❽，赤冠長喙，俯而啄，磔❾然有聲。稍西，一峰高絕，有蹊介然❿，僅可步。繫馬石觜⓫，相扶攜而上。篁篠⓬仰不見日，如⓭四五里，乃聞雞聲。有僧布袍躡履來迎，與之語，愕而顧，如麋鹿不可接。頂有屋數十間，曲折依崖壁為欄楯⓮，如蝸鼠繚繞乃得出。門牖相值⓯。既坐，山風颯然而至，堂殿鈴鐸⓰皆鳴。二三子相顧而驚，不知身之在何境也。

【章　旨】本段敘寫作者遊覽北山沿途之所見。

【注　釋】❶石齒　碎石路，亂石縱橫，如齒之參差不齊。❷蓋　指曲蓋，覆於車上，形如傘，曲柄，用以御雨蔽日。松幹曲而枝葉覆之形略與相似。❸幢　古時用作儀仗的一種旗幟，用竿貫幅帛而成。圓筒形、直柄。❹虯　傳說中一種有角的小龍。❺沮洳　低下潮濕之處。❻伏見　時隱時現。見，同「現」。❼蚖　《國語・鄭語》韋昭注：「蚖，蜥蜴也，象龍。」❽鴝鵒　鳥名，俗稱八哥。❾磔　鳥啄木的聲音。❿介然　界畫分明。《孟子・盡心下》：「山徑之蹊閒介然。」趙注：「山徑，山之領有微蹊介然。」⓫石觜　石角。⓬篁篠　叢竹；竹林。⓭如　大概；估約。⓮欄楯　欄檻。⓯相值　相對。⓰鐸　古樂器名，似鈴而大。

【語　譯】離開新城向北走三十里，山勢逐漸深入，樹木草叢、泉水巖石更加幽靜。開始還騎著馬走在碎石路上，兩邊都是高大的松樹，枝幹彎曲的像車蓋，垂直的像圓幢，豎立的像人，橫躺著的像龍。松樹下野草間有泉水，在低下潮濕之處，時隱時現，流進石坑之中，發出鏘然的響聲。松樹之間有青藤纏繞，長幾十尺，彎彎曲曲好像大蛇一樣。松樹之上有鳥，黑色有些像八哥，紅色鳥冠，鳥嘴很長，低頭啄食，發出磔磔的聲音。稍微偏西，一座山峰特高，有條小路很狹窄，只可步行。我們將馬繫在突出的石角上，彼此牽著手向上攀登。沿途高大的竹林，抬頭看不見太陽，大約走了四五里地，才聽到雞叫的聲音。有個和尚披著布袍、穿著鞋子前來迎接，我們跟他說話，他卻驚奇地望著，就像麋鹿一樣，不大會從容地跟外人應酬交接。山頂有房屋幾十間，挨著懸崖陡壁與一條曲曲彎彎的欄檻相連接，人們要像蝸牛樣爬行，老鼠樣攀緣才能迂迴地走出來。而這裡的房屋這間的門窗對著那間的門窗，一點也不開闊。我們坐下以後，山上的風突然颳起，寺廟殿堂檐角懸掛的大小鈴鐺，都發出響聲。同來的遊伴，你望著我，我望著你，顯出驚異的臉色，不知道自己究竟到了什麼地方。

且暮，皆宿。於時九月，天高露清，山空月明，仰視星斗，皆光大，如適在人上。窗間竹數十竿，相摩戛❶，聲切切不已。竹間梅棕，森然如鬼魅離立❷突鬢❸之狀。二三子又相顧魄動而不得寐。遲明❹，皆去。

【章 旨】本段寫夜宿山寺所見之奇景。

【注 釋】❶摩戛 摩擦撞擊。❷離立 兩兩並立。❸突鬢 鬢髮豎起。❹遲明 快要天亮的時候。

【語 譯】天將黑的時候，大家都在廟裡住了下來。這個時候正是九月，天顯得很高，露水特別清，山谷中空蕩蕩的，月亮非常明亮，抬頭觀看天上的星星，都顯得又大又亮，彷彿正好在人們的頭頂之上。窗戶間的竹子好幾十枝相互摩擦碰撞，切切之聲響個不停。竹林之間還有臘梅和棕櫚，陰森森的樣子就像頭髮聳立的鬼魅兩兩相並立。同來的幾個遊伴又你看著我，我看著你，精神震恐，都睡不著覺。快要天亮的時候，就離開了。

既還家數日，猶恍惚若有遇❶，因追記之。後不復到，然往往想見其事也。

【章 旨】本段寫回家後對此次遊山的回顧和追記。

【注 釋】❶恍惚若有遇 指腦子裡還浮現當時所見情景。

【語 譯】回到家中幾天以後，當時景象還隱隱約約地留在腦子裡，所以我要追記下來。今後不會再到那裡去了，但我還是經常想到這次遊覽所見到的景象呢。

【研 析】這是一篇比較純粹的遊記，其寫法也大多按照一般遊記的模式。首先是按照時間的順序，來描寫遊山一天的見聞和觀感。作為遊記，文章的中心當然是景物描寫，在這方面作者顯示出善於形容描摹的工力，儘管著墨不多，但繪形繪聲，全都選擇一些富於幽僻凄清特徵的景物，故能給人以深刻的印象。對待這些景物的描寫，作者不單寫其形，更注意寫其神，使之形神兼備。此中最突出的表現手法是，作者並沒有停留在純客觀地描寫，而是結合自己的主觀感受，亦即外在景物在遊人眼目中所產生的聯想以表現其神態。所以文章運用比喻特多。清人陸翔有評曰：「峭勁幽秀，可與子厚永州諸記並駕……凡描寫景物，當以設喻制勝。此篇用喻處極多，情景宛然，使讀者恍如身入其境。」據統計，全文用明喻就有十餘處，用「如」字凡十處。而所用之喻體，如蓋、幢、人、蚪、蚖、鵂鶹、麋鹿、蝸、鼠、鬼魅等，其中多數屬於陰僻闃寂之物。正是通過這些喻體的層層渲染，多方面釀造氣氛，加上二、三段還分別點出的「二三子相顧而驚」、「二三子又相顧魄動」這類直接抒發內心感受的句子，使得文章的感染力，達到了很高的地步。

卷五十九　雜記類　八

項脊軒記

歸熙甫

【題解】標題「記」一本作「志」，志、記意同。項脊軒，作者舊居中一小室被闢為書齋，乃以此命名。其涵義有二：一是說它短窄，如在頸背之間。一是作者遠祖歸道隆曾在太倉（今屬江蘇）的項脊涇居住，以之命名，含不忘遠祖之義。本篇以項脊軒為中心，以敘寫其內外所經歷的變遷，家人宗族間的關係，著重表現了作者對去世的祖母、母親和妻子深厚的懷念之情，而這些又是通過生活中的瑣事和富有代表性的語言來表現，母親對自己姊妹的悉心撫育，祖母將振興家族的期望付託給自己，妻子對他在軒中苦讀的支持，這些都使他感極而泣。因此他也以「蜀清守丹穴」和「諸葛孔明起隴中」來同自己「區區處敗屋中」相比，希望有朝一日能名揚天下，使處於瓦解中的大家族得到復興。可是現實中自己的潦倒困頓，一事無成，又使得他對此不抱希望，自我解嘲地認為這種想法「與埳井之蛙何異」。這應該是貫串全篇的中心思想。本文作於嘉靖三年（西元一六二四年），作者時年十八歲。末尾兩段是作者十一年以後的補寫，即嘉靖十四年，作者三十歲以後（以上據孫岱《震川年譜》）。

項脊軒，舊南閣子也。室僅方丈，可容一人居。百年老屋，塵泥滲漉❶，雨澤下注，每移案顧視，無可置者。又北向，不能得日，日過午已昏。余稍為修葺，使不上漏。前闢四窗，垣牆❷周庭，以當南日，日影反照，室始洞然❸。又雜植蘭桂竹木於庭，舊時欄楯❹，亦遂增勝❺。借書滿架，偃仰嘯歌❻；冥然❼兀坐❽，萬籟❾有聲。而庭階寂寂，小鳥時來啄食，人至不去。三五之夜❿，明月半牆，桂影斑駁，風移影動，珊珊⓫可愛。

【章　旨】本段介紹項脊軒修葺前後變化，著重描寫修葺後的幽雅寂靜、生趣盎然的環境。

【注　釋】❶滲漉　慢慢滲透，由小孔漏下。❷垣牆　圍牆。❸洞然　明亮貌。❹欄楯　欄檻。直的稱欄，橫的稱楯。❺增勝　增添景色。❻嘯歌　大聲吟唱。嘯，撮口發出長而清越的聲音。❼冥然　無所思貌。❽兀坐　獨自端坐。❾萬籟　指自然界一切音響。籟，從孔竅中發出的聲音。《莊子・齊物論》：「女聞人籟而未聞地籟，女聞地籟而未聞天籟夫。」又曰：「地籟則眾竅是已。」❿三五之夜　指陰曆每月十五日月圓之夜。⓫珊珊　輕盈舒緩貌，借指桂影輕微搖動之狀。

【語　譯】項脊軒，過去叫做南閣子。房間只有一丈見方，可以容納一個人居住。上百年的老房子，灰塵泥土隨著雨水滲透流下，每次我都把書桌搬來搬去，環看四周，沒有可以安放的地方。房子又朝北，曬不到太陽，每天過了中午，房間就已經昏暗。我稍微修理了一下，使房間上面不再漏水，房前開闢四個窗子，環繞院子起了一道圍牆，用來擋住從南邊照來的太陽，陽光反照過來，室內才開始明亮了。又交雜地種了一些蘭花、桂花、竹子、樹木在庭院裡，連以前的那些欄檻，也逐漸地增添了不少景色。借來的書充滿書架，我在其中有時仰面躺下，歌吟長嘯；有時獨自木然端坐，傾聽萬物所發出的細微的聲響。而庭院中，階沿上都寂寞無聲，小鳥經常來尋找食物，人來了它都不飛走。每逢陰曆十五夜晚，明淨的月亮照著圍牆的一半，桂樹的影子斑駁錯雜，微風飄過，桂影晃動，輕盈舒緩的樣子，非常可愛。

然余居於此，多可喜，亦多可悲。先是庭中通南北為一，迨諸父異爨❶，內外多置小門牆，往往而是。東犬西吠，客踰庖❷而宴，雞棲於廳。庭中始為籬，已為牆，凡再變矣。家有老嫗，嘗居於此。嫗，先大母❸婢也，乳二世，先妣❹撫之甚厚。室西連於中閨❺，先妣嘗一至。嫗每謂予曰：「某所而❻母立於茲。」嫗又曰：「汝姊在吾懷，呱呱而泣。孃以指叩門扉曰：『兒寒乎？欲食乎？』吾從板外相為應答。」語未畢，余泣，嫗亦泣。余自束髮❼讀書軒中，一日，大母過余曰：「吾兒，久不見若❽影，何竟日默默在此，大類女郎也！」比去，以手闔扉，自語曰：「吾家讀書久不效❾，兒之成，則可待乎？」頃之，持一象笏❿至，曰：「此吾祖太常公⓫宣德間執此以朝，他日汝當用之。」瞻顧遺跡，如在昨日，令人長號不自禁。

【章旨】本段回顧住在項脊軒中令人感傷之事，包括大家族離散，先母及先大母有關事跡。

【注釋】❶異爨　各起爐竈，意指分家。❷庖　廚房。❸先大母　去世了的祖母。❹先妣　去世了的母親，參見本書卷三十九〈先妣事略〉。❺中閨　婦女住的內室，指其母臥室。❻而　同「爾」。❼束髮　據《穀梁傳・昭公十九年》：「羈貫成童，不就師傅，父之罪也。」范寧注：「成童，八歲以上。」羈貫，即將幼兒時自然下垂之髮束成左右兩髻，形如「丱」，「丱」通「貫」。而一般注釋本多據《禮記・內則》鄭玄注「成童，十五以上」，解為十五歲，實誤。因據《震川集・魏孺人墓誌銘》（此文作於歸有光四十七歲前）提及「回念祖母之亡，忽逾三紀」，可見其祖母在有光十一歲前，就已謝世，不會活到十五歲以後。且十五歲之「成童」，不存在「束髮」之制。❽若　你。《史記・項羽本紀》：「吾翁即若翁。」❾吾家讀書久不效　指歸有光的父祖均無功名。據作者另文記載：他的曾祖父中過舉人，曾任兗州城武（今屬山東）知縣，祖父及父親都只是縣學生員，沒當過官。❿象笏　用象牙做的長方形手板，古代官持此以朝見皇帝。《明史・輿服制》載：「一品至五品，笏俱象牙，六品至九品，笏皆槐木。」⓫吾祖太常公　指夏昶，字仲昭，崑山人。成祖永樂間進士，宣宗宣德間官太常寺卿，正三品。其長子夏鉽，官承事郎。歸有光祖母乃夏鉽之女。

【語　譯】然而，我住在這裡，看到很多可喜之事，也看到很多可悲之事。在這以前，整個庭院從南到北都貫通為一家。等到伯父、叔父們分家另起爐竈，從裡到外設置了很多小門牆，到處都是。東家的狗對著西家的人嚎叫，裡邊人請客，客人要經過廚房才能入席，公用廳堂成了放雞窩的地方。庭院中開始是用籬笆分隔，不久又改為磚牆，一共變化兩次了。我們家有個老婆婆，曾經住在這間房子裡。這個老婆婆，是我去世的祖母的陪嫁丫鬟，又是父親一代和我們姊妹這兩代人的乳母，我去世的母親照顧她很優厚。項脊軒西邊與臥房相連接，先母曾經到過這裡。老婆婆經常對我說：「那個地方，就是你母親曾經站立之處。」老婆婆又說：「你的姐姐在我懷中抱著，呱呱地哭了起來，你娘用手指頭敲著門板問我：『孩子冷了嗎？要食東西了嗎？』我從門板之外回答她的問話。」話沒講完，我就哭了，老婆婆也哭了。我從八歲把頭髮紮成辮子起，就在項脊軒中讀書。有一天，祖母來看望我說：「我的孩子，好久都不見你的影子了，為什麼整天都無聲無響地躲在這裡，很像一個女孩子！」等到離開之時，用手關上門，自言自語地說：「我們家裡的人讀書很久都沒有成效了，這個孩子將來的成功，也許可以期待吧？」不一會兒，拿著一塊象牙笏板進來，說：「這是我的祖父擔任太常寺卿在宣德年間朝見皇帝時拿著的笏板，將來的某一天，你一定會用得著它。」回顧這些遺跡，好像就在昨天一樣，不禁令人大聲痛哭而無法控制自己。

軒東故嘗為廚，人往從軒前過，余扃牖❶而居，久之，能以足音辨人。軒凡四遭火，得不焚，殆❷有神護者。

【章　旨】本段補充兩件瑣事，作為回顧往事的小結。

【注　釋】❶扃牖　關上窗戶。❷殆　或許；恐怕。

【語　譯】項脊軒的東邊過去曾經是廚房，人們來往，要從項脊軒前面經過，我關上窗戶在裡面，久而久之，能夠根據腳步的聲音來分辨是誰。項脊軒總共有四次遭到火警，但都沒被燒掉，這大概是有天神保護著吧。

項脊生❶曰：「蜀清守丹穴，利甲天下，其後秦皇帝築女懷清臺❷。劉玄德❸與曹操爭天下，諸葛孔明起隴中❹。方二人之昧昧❺於一隅也，世何足以知之？余區區❻處敗屋中，方揚眉瞬目，謂有奇景。人知之者，其謂與埳井之蛙❼何異！」

【章　旨】本段作者抒發感慨和議論，含蓄表達自己不甘落寞的抱負，又對眼前的困頓自我解嘲。

【注　釋】❶項脊生　作者自稱。❷蜀清守丹穴三句　出《史記・貨殖列傳》，文曰：「巴蜀寡婦清，其先得丹穴，而擅其利數世，家亦不訾。清，寡婦也，能守其業，用財自衛，不見侵犯。秦皇帝以為貞婦而客之，為築女懷清臺。」丹穴，出產朱砂的礦穴。秦皇帝，秦始皇。❸劉玄德　指劉備。❹隴中　隴畝之中。《三國志・諸葛亮傳》：「亮躬耕隴畝，好為〈梁父吟〉。」一說，隴中乃「隆中」之誤。❺昧昧　不明，引申為名望未顯。❻區區　渺小。作者謙稱。❼埳井之蛙　淺井之蛙，喻目光短淺者。《莊子・秋水》：「子獨不聞乎埳井之蛙乎？謂東海之鱉曰：『吾樂與！出跳梁乎井幹之上，入休乎缺甃之崖。』」

【語　譯】住在項脊軒的書生說：「巴蜀寡婦名叫清的，能繼續保持她家的朱砂礦穴，獲得的利潤天下第一，後來秦始皇為她修建了一座女懷清臺。三國時劉玄德同曹操爭奪天下，諸葛孔明從躬耕隴畝之中起來輔佐他。

當這兩個人默默無聞地隱居在一個角落裡的時候，社會上的人根據什麼能夠了解他們將來的成就呢？渺小的我住在這破房子裡，正揚起眉毛，睜大眼睛，認為裡面有奇特景象。那些了解我這種心情的人，也許會認為我跟井底之蛙不會有什麼區別吧！」

余既為此志，後五年❶，余妻來歸❷。時至軒中，從余問古事，或憑几❸學書❹。吾妻歸寧❺，述諸小妹語曰：「聞姊家有閣子，且何謂閣子也？」其後六年❻，吾妻死，室壞不修。其後二年，余久臥病無聊，乃使人復葺南閣子，其制❼稍異於前。然自後余多在外，不常居。

【章　旨】此段寫於十一年以後，補記亡妻與項脊軒有關事跡。

【注　釋】❶後五年　據孫岱《震川年譜》，嘉靖七年（西元一六二八年），元配魏孺人來歸。上距正文寫作之嘉靖三年，實為四年，但有五個年頭。歸有光時年二十三歲。❷來歸　即嫁過來。古代婦女以夫家為自己的本家，故出嫁稱「于歸」。❸几　小而矮的桌子。❹學書　學習書法。❺歸寧　出嫁後的女子回娘家看望父母。寧，向父母請安。❻其後六年　據《年譜》，嘉靖十二年冬十月，魏孺人卒，時作者二十八歲。❼制　規格；形狀。

【語　譯】我已經寫好這篇〈項脊軒志〉，之後五年，我的妻子嫁過來了。經常來到項脊軒中，向我詢問古代的一些典故，有時又伏在矮桌上練習寫字。我妻子回娘家看望父母，返回後敘述她的幾個小妹妹的話說：「聽說姐姐家有個閣子，那什麼叫做閣子呢？」此後第六年，我妻子病死，項脊軒損壞了我也沒有修理。此後兩年，我因病躺在家裡很久，精神無所寄託，就叫人重新修復南閣子，但其樣式跟先前的略有不同。但從此以後我大多在外面，沒有經常住在項脊軒裡面。

庭有枇杷樹，吾妻死之年所手植也，今已亭亭如蓋❶矣。

【章旨】本段為全文尾聲，人亡物在，餘韻悠然。

【注釋】❶亭亭如蓋　高高挺立的樣子像把傘。

【語譯】軒前院子裡有株枇杷樹，是我妻子死的那一年親手種下的，現在已經長得高高地挺立著，就好像一把傘一樣。

【研析】這是歸文中的名篇，體現了歸文的典型風格，儘管它是兩次寫成，中間距離十多年，但卻能天衣無縫，渾然一體。如無末尾補寫兩段，此文將遜色不少。這一特色，在古代散文中，確實為數不多。其次，本文多為憶舊，所寫瑣事，不下十餘件，但卻能做到雜而不亂，無任何拼湊痕跡，關鍵在於有一個中心貫串其中。這個中心，表面上看是項脊軒，所選擇的材料無不與項脊軒有關；而項脊軒乃是作者早年讀書所在，而讀書則是為了成名以振興家族，這才是文章的內在主旨。首段直接寫項脊軒，特別是修葺後的幽雅寂靜，以說明項脊軒是良好的讀書處。二段先寫大家族的崩潰所形成亂糟糟的景象，而其崩潰正是與「吾家讀書久不效」緊密相關的。因此祖母、母親和妻子對作者成長和軒中苦讀的悉心照顧、殷切期望和衷心支持，都含蓄地表示出希望他能早日成材。作為照應，議論一段，則比較明確地表達個人不甘心長期「昧昧於一隅」的遠大抱負；但現實的困頓又不得不使他以自嘲自謔的口吻將自己比成「埳井之蛙」，這實際上包含了理想初遭挫折之後的惆悵與怨憤。第三，本文所寫材料，均為瑣事，表面上似乎隨手拈來，信筆而書，實乃精心選擇，具有充分的典型性，反映出作者對這些親人念念不忘的深刻印象。例如對亡妻的懷念，先寫問古事及學書，這乃是對作者在軒中苦讀的陪伴，表現出對歸有光的理解和以行動來支持。述諸小妹語至為瑣細，卻足以說明夫妻間感情之深厚，以至無話不談。這些漫不經意的細節，卻被當作對亡妻最深刻的印象保留在作者記憶之中。姚鼐對歸文有評曰：「於不要緊之處，說不要緊之話，卻自風神疏淡，是於太史公有深會處。」本篇正體現出這一特色。

思子亭記

歸熙甫

【題解】歸有光於嘉靖七年（西元一五二八年）與魏孺人成婚，次年，長女生。嘉靖十二年（西元一五三三年）七月，長子子孝生。因此時歸有光祖父健在，四代同堂，故其母字之曰「曾孫」。有光以這二字不可為諱，改字「翽孫」。這年冬十月，魏孺人卒。嘉靖二十七年（西元一五四八年）冬，翽孫病逝於赴外祖父家守喪之時，年方十六歲。葬於崑山東南門外。一年後，歸有光在墓園作思子亭，並刻石留念。本篇在記事上雖有不夠清晰之處，但思念亡兒之情，均發自肺腑，悲愴悽切，至為感人。正如王文濡所評：「篇中不明言其死法，死後又何以人棺俱失？種種不甚可解。就文論文，一種纏綿悲切之情，卻令人一讀一淚下。」其所以如此，一是因亡兒乃長子、長孫、長曾孫。死時有光父祖俱健在，故作者在〈亡兒翽孫壙志〉中云：「不意余之不慈不孝，延禍於吾兒，使吾祖、吾父，垂白哭吾兒也。」其次是歸家不幸，親人連續物故。兒生三月而母死；三歲時，其妹如蘭殤；七歲時，另一異母妹二二又殤。連續不斷的打擊，更加重了這種悲愴之情，故而表現得如此真切。

震澤之水❶，蜿蜒東流，為吳淞江，二百六十里入海。嘉靖壬寅❷，余始攜吾兒來居江上❸，二百六十里水道之中也。江至此欲涸，蕭然曠野，無輞川❹之景物，陽羨❺之山水。獨自有屋數十楹❻，中頗弘邃，山池亦勝，足以避世。余性懶出，雙扉晝閉，綠草滿庭，最愛吾兒與諸弟遊戲穿走長廊之間。兒來時九歲，今十六矣。諸弟少者三歲，六歲，九歲❼。此余平生之樂事也。

【章旨】本段回憶亡兒生前居住之地及與諸弟遊戲等事。

【注釋】❶震澤之水　震澤，即太湖。震澤之水，即吳淞江，又名蘇州河。由太湖流出，經蘇州、崑山、嘉定等縣境，匯入黃浦江入海。❷嘉靖壬寅　即嘉靖二十一年（西元一五四二年），翽孫十歲。❸江上　江，即吳淞江。此指崑山東南七十里之安亭鎮，此鎮地處吳淞江兩岸，故稱江上。❹輞川　本水名，在陝西藍田縣南。兩山夾峙，川水由此流出，豁然開朗，山巒掩映，風景幽美。唐代大詩人王維曾置別墅於此。❺陽羨　即今江蘇宜興。《風土記》：「陽羨東有太湖，中有包山，山下有洞穴。」風景絕佳，蘇軾〈菩薩蠻〉詞曰：「買田陽羨吾將老，從來只為溪山好。」❻楹　量詞，屋一間曰一楹。❼諸弟句　九歲者為福孫子祜，六歲者為安孫子寧，歸有光尚有子駿、子慕、子蕭等子，但不詳三歲者為何人。又，此三子皆為繼配王孺人所生（參看本書卷三十四〈二子字說〉）。

【語譯】從太湖出來的水，彎彎曲曲向東方流，這就是吳淞江，流經二百六十里進入大海。嘉靖二十一年壬寅，我開始帶著我的幾個兒子來到吳淞江邊的安亭居住，安亭地處吳淞江二百六十里水路的中間。吳淞江流到這裡快要乾涸了，空曠的田野一片蕭瑟，沒有輞川別墅那些秀麗景物，也沒陽羨一帶的那種奇山異水。僅僅有幾十間自己的房屋，中間還顯得寬大深遠，假山水池也可增添幾分美景，完全可以在這裡隱居避世。我生性懶惰，很少外出，兩扇門白天都關起來，庭院裡長滿了綠草，我最喜歡我的兒子翽孫和他的幾個弟弟一起做遊戲，在長廊之間穿出穿進。翽孫兒來這裡的時候還只九歲，今年已經十六歲了。他的幾個弟弟小的才三歲，大的六歲和九歲。這就是我生平最快樂的事情。

十二月己酉❶，攜家西去。余歲不過三四月居城中，兒從行絕少，至是去而不返。每念初八之日，相隨出門，不意足迹隨履而沒。悲痛之極，以為大怪，無此事也。蓋吾兒居此七閱寒暑❷，山池草木、門階戶席之間，無處不見吾兒也。葬在縣之東南門，守冢人俞老，薄暮見兒衣綠衣，在享堂❸中，吾兒其不死邪？因作思子之亭。徘徊四望，長天寥闊，極目於雲烟杳靄之間，當必有一日見吾兒翩然來歸者。於是刻石亭中，其詞曰：

【章　旨】本段寫䎉孫之死，有如突然消失，死後靈異及作思子亭的緣由。

【注　釋】❶十二月己酉　己酉為初八，即下文言「初八之日，相隨出門」。此日離開安亭至外祖父家。據〈亡兒䎉孫壙志〉曰：「會外氏之喪，兒有目疾，不欲行，強之而後行。蓋以己酉往，甲子（當月二十四日）死也……數言亟攜我還家，余謂汝病不可動，即顰蹙甚苦。蓋不聽兒言，欲以望兒之生也。死於外氏，非其志也。」作者「不明言其死法」，大約與死於外氏家有關。❷七閱寒暑　指從嘉靖二十一年至二十七年，恰好七年。❸享堂　即祭殿。此地應為歸氏祖塋。

【語　譯】十二月初八日己酉，我帶領家人向西返回崑山。我每年住在崑山縣城中的時間不超過三四個月，䎉孫兒很少跟著我返回崑山的，而這一次他卻離開了這裡便不再回來了。我經常想到初八那一天，他跟著我出門，沒有想他的足跡居然會隨著腳步一起消失。我的悲痛到了極點，認為這是不會發生的大怪事。因為我兒子住在這個地方已經度過了七個冬天和夏天，假山、池塘、雜草、樹木，門檻、階沿、窗戶、茵席之間，沒有哪一個地方看不到我兒的身影。他死後埋葬在崑山縣城東南門外，守墓人俞老，在傍晚時看見我兒穿著綠色衣服，在祭殿裡面，我兒子難道沒有死嗎？因此，我才修造這座思子之亭。徘徊漫步，瞻望四野，萬里長空，高遠空闊，我睜大眼睛，遠望那雲煙繚繞，深遠渺茫的地方，一定會有一天看到我的兒子飄飄然回到我的身邊。於是在石碑上刻下一段文字，裡面的話是：

天地運化，與世而遷。生氣❶日漓❷，曷如古先？渾敦檮杌❸，天以為賢。矬陋癡躄❹，天以為妍。跖❺年必永，回❻壽必慳。噫嘻吾兒，敢覬❼其全！今世有之，死固宜焉。聞昔郗超，歿於賊間。遺書在笥，其父舍旃❽。胡為吾兒，愈思愈妍？爰有貧士，居海之邊。重趼來哭，涕淚潺湲❾。王公大人，死則無傳。吾兒孱弱，何以致然？人自胞胎，至於百年。何時不死，死者萬千。如彼死者，亦奚足言！有如吾兒，真為可憐。我庭我廬，我簡我編。髧彼兩髦❿，翠眉朱顏。宛其綠衣，在我之前。朝朝暮暮，歲歲年年。似邪非邪？悠悠蒼天！臘月之初，兒坐閤子。我倚欄杆，池水瀰瀰⓫。日出山亭，萬鵶來止。竹樹交滿，枝垂葉披。如是三日，予以為祉。豈知斯祥⓬，兆兒之死。兒果為神，信不死矣。是時亭前，有兩山茶。影在石池，綠葉朱花。兒行山徑，循水之涯。從容笑言，手擷雙葩。花容照映，爛然雲霞。山花尚開，兒已辭家。一朝化去，果不死邪？漢有太子，死後八日。周行萬里，甦而自述。倚尼渠余，白璧可質⓭。大風疾雷，俞老戰栗。奔走來告，人棺已失。兒今起矣，宛其在室。吾朝以望，及日之昳⓮。吾夕以望，及日之出。西望五湖⓯之清泚，東望大海之蕩潏。寥寥長天，陰雲四密。俞老不來，悲風蕭瑟。宇宙之變，日新日茁。豈曰無之，吾匪怪譎。父子重懽，茲生已畢。於乎⑯天乎，鑑此誠壹⑰！

【章旨】本段以韻文形式，痛悼兒之夭亡，埋怨天地不公，冀其來歸，借以抒發思念之誠。

【注釋】❶生氣　謂使萬物生長發育之氣。❷漓　薄。❸渾敦檮杌　傳說中上古兇人，見《左傳・文公十八年》。渾敦為帝鴻氏不才子，好行凶德。檮杌為顓頊氏不才子，不可教訓，不知話言，傲狠明德，以亂天常。❹矬陋癰躄　指身體有殘疾者。矬，矮小。陋，醜陋。癰，通「攣」。病體拘曲，即駝背。躄，足不能行，即跛子。❺跖　指盜跖，春秋時大盜，日殺不辜，竟以壽終。❻回　即顏回，孔子門生，大賢人，不幸早死。❼覬　希望；企求。❽聞昔郗超四句　事出《晉書・郗鑒傳》。郗超為郗愔之子，字景興，為桓溫參軍，臨終將一箱書信囑託門生，云己死後，父若過於悲傷，可呈此箱。後愔果哀悼成疾。門生呈箱，愔開視之，皆超與桓溫圖謀篡晉之密信。愔怒曰：「小子死恨晚矣！」果不復哭。❾爰有貧士四句　疑用典，但不知所用何典。重趼，足因久行摩擦而生的硬皮，俗稱老繭。趼，通「繭」。潺湲，淚流不止貌。❿髧彼兩髦　古代幼兒下垂至眉的短頭髮。《詩經・柏舟》：「髧彼兩髦，實維我儀。」毛傳：「髧，兩髦之貌。髦者，髮至眉，子事父母之飾。」⓫瀰瀰　水深滿貌。⓬祥　吉凶的徵兆。⓭漢有太子六句　事見《十六國春秋》。漢，指劉淵、劉聰所建立的漢國。劉聰子劉約死，一指猶暖，遂不殯殮。後來劉約復蘇，自言見其亡祖劉淵於不周山，經五日，遂復從至崑崙山，三日而復返於不周山。劉約拜辭劉淵而歸。道經猗尼渠余國，引劉約入宮，與皮囊一枚，曰：「為吾遺漢皇帝（按：指劉聰）。」劉約置皮囊於机上，俄而蘇，謂左右取皮囊開視之，內有一方白玉，有題文預言劉聰當於寅年死去。後聰果死於戊寅年，乃與此玉並葬焉。⓮昳　指午後日偏斜。⓯五湖　太湖的別稱。⓰於乎　同「嗚呼」。⓱誠壹　心志專一。

【語譯】天地間的運動變化，跟世道般不斷改換。萬物生氣逐日澆薄，怎能保持古代那樣？渾敦檮杌這些惡人，上天把他當作大賢。矮子醜人駝背跛子，上天認為他們漂亮。盜跖這種壞人長壽，顏回這種好人命短。唉呀可憐我的兒子，怎敢希求都能得全。今世能有這個兒子，他的死亡本來應當。聽說過去有個郗超，死與篡位國賊相伴。箱裡有他留下密信，其父從此不再悲傷。為什麼呀我的兒子，我越思念越覺賢良？有個貧窮讀書之人，住在大海岸上旁邊。長途跋涉前來哭泣，鼻涕眼淚流個不完。王公大人高貴人士，死後事跡無可流傳。我的兒子懦弱年幼，用何辦法永志不忘？一個人從呱呱墜地，最多不過活一百年。任何時候都可死去，死去的人幾萬幾千。普普通通那些死者，沒有什麼可以稱言。而像我那死去兒子，真正應該感到可憐。我的庭院我的住房，我的書簡我的文編。頭髮披滿兩邊額角，青翠眉毛紅紅臉蛋。彷彿穿上綠色衣服，匆匆走在我的面前。從早到晚天天如此，過了一歲又是一年。好像是他又像不是，遙望蒼天無窮無邊。回憶臘月開始幾天，他正坐在池邊閣上，我也靠著池邊欄杆，池中的水滉滉蕩蕩。太陽升至山邊亭上，萬隻烏鴉飛來枝幹。竹林樹木全都停滿，樹枝竹葉交相豐滿。這樣一直連續三天，我以為是福星吉祥。哪會知道這一徵兆，預示我兒突然死亡。我兒如果真有神靈，那就應該沒有死傷。前些時候亭子前面，有著兩棵山茶花幹，倒影在那石池子裡，綠色的葉紅色花瓣。兒在山邊路上行走，沿著水邊散步池畔。從容不迫笑著說話，手裡拿著兩朵山茶，紅花朱顏相互映照，光輝燦爛猶如雲霞。山茶之花還在開著，我的兒子卻已離家。突然一天無蹤無形，我兒果然沒有死嗎？漢國曾經有個太子，死後一直過了八天，他的魂靈繞行萬里，蘇醒之後自己敘言，曾經到過倚尼渠余，給他白璧可作對證。狂風突起電閃雷鳴，俞老害怕渾身戰慄，奔走前來告我知道，人和棺材都已消失。我兒今天墓中起來，彷彿在我的房間裡面。我從早晨仔細瞭望，一直望到太陽落山。我從晚上仔細瞭望，一直望到日出東方。西望太湖清澈透底，東望大海波浪滾翻。空蕩青天無邊無際，烏雲突從四方密集。不見俞老再次前來，悲傷風聲蕭瑟淒涼。宇宙萬物不斷變化，天天更新天天茁長。怎說人死不能復生，我非一心追求怪異。只想跟兒重新交歡，今生看來沒有機緣。啊呀只好呼告上天，您要看我誠摯心腸！

【研　析】這是歸文中名篇之一。寫得真摯、感傷、淒惋、纏綿，具有一種感人肺腑、催人淚下的藝術力量。正如方苞所評：「其發於親舊及人微而語無忌者，蓋多近古之文。至事關天屬，其尤善者，不俟修飾而情辭並得，使覽者惻然有隱。」（〈書歸震川文集後〉）這段話正道出了本篇佳處所在。但本篇在具體運用上，還有如下特點。第一，運用環境以烘托人物。文章先從吳淞江寫起，再到其子死前七年所居之安亭，進而寫諸兒遊戲之長廊，復以「山池草木、門堦戶席之間，無處不見吾兒也」作結。韻文部分又增寫「兒坐閣子」，再到

「手擷雙葩」之類。這主要是表現一種見物思人，人亡物在，即文中所說的「山花尚開，兒已辭家」，睹物傷懷，因而倍感悽愴。第二，對於一個年方十六即不幸夭折的愛子而言，理智上雖然不得不承認，而感情上總是長久無法接受。究竟死還是沒死，總是糾纏不休。人們傳言的顯靈之說，自然成為擺脫悲傷的一種精神寄託。文章如實地反映了作者的這種精神狀態。從散文部分中的「以為大怪，無此事也」，再到「無處不見吾兒也」，復以「吾兒其不死邪」作結。韻文部分就更加明顯，死還是沒死，宜死還是不宜死，這一矛盾幾乎貫串韻文始終。如「宛其綠衣，在我之前」，可是「一朝化去，果不死邪」，但又設想「兒今起矣，宛在其室」。經過「朝朝暮暮，歲歲年年」的盼望之後，才不得不承認「父子重懽，茲生已畢」這一悲慘的但卻無可奈何的現實。經過這樣一些反反覆覆的內心世界的解剖之後，父子之情才能抒發得淋漓盡致。

見村樓記

歸熙甫

【題解】見村樓，據《崑山縣志》記載，「在東南門內金潼港副都御史李憲卿子延實所居」。李憲卿（西元一五〇六—一五六二年），崑山縣羅巷村人，仕宦前係歸有光摯友，二人又是同年，故交往頗多。但他為官二十餘年，長期在外（參閱本書卷三十九〈都察院左副都御史李公行狀〉）。而歸有光卻一直科場不利，埋頭於荒江老屋之間。迨嘉靖四十一年憲卿謝世，其幼子李延實卜居崑山之所謂見村樓，而此樓又是歸及李的另一亡友方思曾之故居。作者在此樓中，面對亡友之子，憶及李、方二友，「能無感乎」？本篇的主旨乃是借樓以寫出對亡友的那種樸實而又誠摯的思念之情。文章由敘江流入手至寫友人的居處，然後再由友人兒子的見村樓追記與亡友昔日的往來。所敘述的雖然都不是大事，然而文中所含有深厚的情誼卻能使讀者親切地感受到。末尾一段從對亡友思念之情出發，進而勉勵其子不忘其父。儘管延實遍歷名山大川，而獨不識先人故宅。而且，延實「少不知父葬處」，作者自薦要「為輓父之母」。這實際上是一種含蓄的批評。本篇寫作時間應為李憲卿死後作者中進士前的嘉靖四十二三年（西元一五六三或一五六四年）。

崑山治城❶之隍❷，或云即古婁江❸。然婁江已湮，以隍為江，未必然也。吳淞江自太湖西來，北向，若將趨入縣城。未二十里，若抱若折，遂東南入於海。江之將南折也，背折而為新洋江❹。新洋江東數里，有地名羅巷村。亡友李中丞❺先世居於此，因自號為「羅村」云。

【章旨】本段由古婁江、吳淞江再到新洋江，進而點出亡友之故居羅巷村。

【注釋】❶治城　縣城。治，知縣衙門所在。❷隍　無水的城壕。❸婁江　太湖支流，亦稱下江，今名瀏河。由太湖流至崑山西南，分為二，一東繞城南為壕，一稍北入城出東門。繞城者為古婁江。❹新洋江　古水名。在崑山縣東南，後湮，僅成小浦。❺中丞　漢代御史大夫之下有御史中丞，其地位與李憲卿最後官職左副都御史相當，故以之代稱。

【語譯】崑山縣城的護城壕，有人說就是古代的婁江流經之處。然而婁江早已堵塞，用護城壕作為江水流經之地，不一定會是這樣。吳淞江由太湖從西邊流過來，又朝著北邊好像要直奔崑山縣城。不到二十里，彎彎曲曲，像是要環繞縣城，又像是要離開縣城，於是便向東南流進入大海。吳淞江在要向南拐彎的地方，彎曲處的後面有新洋江。新洋江往東幾里，有個地方名叫羅巷村。我死去的朋友李中丞的祖先就住在這裡，因此他才自號為「羅村」啊。

中丞遊宦二十餘年，幼子延實產於江右南昌之官廨❶。其後每遷官輒隨，歷東兗、汴、楚之境❷。自岱岳、嵩少、匡廬、衡山、瀟湘、洞庭之渚❸，延實無不識也。獨於羅巷村者，生平猶昧之。

【章 旨】本段指出李延實不識其父祖所居之羅村及其原因。

【注 釋】❶幼子延實句 憲卿生五子：延植、延節、延芳、延英、延實。延實生於憲卿擔任江西布政司左參議時。官廨，官署。❷歷東兗汴楚之境 此指李憲卿歷任山東臨清兵備道，河南按察使，湖廣巡撫等職。東兗，代指山東。汴，開封，代河南。楚，即湖廣。❸自岱岳句 岱岳，即東嶽泰山，又稱岱山。嵩少，古中嶽，在河南中部。匡廬，廬山，一名匡山，相傳古代匡裕學道於此，故名，在今江西北部。衡山，古南嶽，在湖南中部。瀟湘，即湘水，其上游有瀟水來會，故稱。洞庭，即洞庭湖，在湖南北部。以上均為延實隨父歷官之地的名勝。渚，水中小塊陸地，此指洞庭湖之君山。

【語 譯】李中丞在外做官二十多年，他最小的兒子李延實出生在江西南昌的官署中。在此之後每次官職調動，延實都跟隨著，經過了山東、河南、湖廣等地境內。從泰山、嵩山、廬山、衡山到湘水、洞庭湖君山的這些名勝，延實沒有不認識的。而獨獨對於羅巷村，延實生平還不清楚。

中丞既謝世，延實卜居縣城之東南門內金潼港❶。有樓翼然❷，出於城闉❸之上。前俯隍水，遙望三面，皆吳淞江之野。塘浦縱橫，田塍❹如畫，而村墟遠近映帶。延實日焚香灑掃，讀書其中，而名其樓曰「見村」。

【章 旨】本段具體描寫延實所居見村樓之位置、周圍景物及其命名緣由。

【注 釋】❶金潼港 胡文楷曰：「即裡城河，今城拆河墊。」❷翼然 像長了翅膀一樣，形容屋檐高聳展開的樣子。❸闉 城門外層的曲城，也可泛指城門。❹塍 田埂，即田間隆起的縱橫小道。

【語 譯】李中丞去世之後，李延實選擇崑山縣城東南門內金潼港居住。有座樓房高聳著，簷閣伸展出城門的上面。俯臨護城河水，遠望三個方向，都是吳淞江的田野。池塘渠道，縱橫皆是，田畝阡陌，有如圖畫，而村莊集市，遠遠近近，相互映帶。延實每天都燒香灑掃，在這座樓房中讀書，並把這座樓房命名為「見村」。

余間過之，延實為具飦❶。念昔與中丞遊，時時至其故宅所謂南樓❷者，相與飲酒論文，忽忽二紀❸，不意遂已隔世。今獨對其幼子飦，悲悵者久之。城外有橋，余嘗與中丞出郭，造故人方思曾❹，時其不在，相與憑檻，嘗至暮悵然而返。今兩人者皆亡，而延實之樓，即方氏之故廬，余能無感乎？中丞自幼攜策❺入城，往來省墓，及歲時出郊嬉遊，經行術❻徑，皆可指也。

【章旨】本段因延實在見村樓中設飯招待，因而憶及亡友李憲卿及方思曾。

【注釋】❶飦　《玉篇》：「俗飯字。」❷南樓　似在羅巷村內。❸二紀　二十四年。十二年為一紀。❹方思曾　參見本書卷五十一〈亡友方思曾墓表〉。❺攜策　拿著馬鞭，指騎馬。❻術　《說文》：「術，邑中道也。」

【語譯】我偶而經過見村樓，李延實特地留我吃飯。想到從前我同李中丞交往，經常到他的老家住房名叫做南樓的，相互一起喝酒討論文章，不知不覺就過去二十四年了，沒有想到就已經生死隔離兩個世界。而現在我一個人面對著他最小的兒子一起吃飯，我長久地悲傷淒涼。崑山城外有座橋，我時常同李中丞走出村郭，去訪問老朋友方思曾，有時方思曾不在家，我們兩人靠著欄杆，經常等到晚上，才失望地返回。現在方思曾和李中丞都已亡故，而李延實的見村樓，就是方思曾過去的住宅，我怎麼能夠不感傷呢？李中丞從年輕的時候就常常騎馬進城，往來掃墓或逢年過節到郊外遊玩，行走所經過城內外的道路，我都可以一一地指出來。

孔子少不知父葬處，有輓父之母知而告之❶。余可以為輓父之母乎？延實既能不忘其先人，依然水木之思❷，肅然桑梓之懷❸，愴然霜露之感❹矣。自古大臣子孫蚤孤而自樹者，史傳中多其人。延實在勉之而已。

【章　旨】本段勉勵延實不忘其先人，並表示願為「輓父之母」，為延實指示其父之葬處。

【注　釋】❶孔子少二句　據《史記・孔子世家》載：孔子少孤，不知其父叔梁紇之葬處。及其母死，乃停柩於「五父之衢」（地名），郰人輓父之母告之，然後往合葬於防山焉。輓父，古代牽引靈柩的人。父，一作「甫」，男子美稱。❷水木之思　《左傳・昭公九年》記「木水之有本源」。即木有本，水有源，比喻不忘先祖。❸桑梓之懷　《詩經・小弁》：「維桑與梓，必恭敬止。」古人宅旁多植桑梓，故以桑梓喻故鄉。❹霜露之感　《禮記・祭義》：「霜露既降，君子履之，必有悽愴之心，非其寒之謂也。」鄭注：「『非其寒之謂』，謂悽愴為感時念親也。」

【語　譯】孔子年幼，不知道父親埋葬的地方，有一個牽引靈柩人的母親告訴了他。我可以充當這個牽引靈柩人的母親嗎？延實既然能夠不忘記他的祖先，又依依不捨，如水木之有本源一樣懷念祖先，恭敬謹慎地懷念敬重自己的家鄉，悲傷地有如看到霜露下降，不忘祭祀悼念先人。從古代以來王公大臣的子孫早年就死了父親而又能自立的人，史書的傳記中這種人很多。按延實的情況，關鍵在於能夠勉勵自己罷了。

【研　析】這是一篇樓臺記，不僅記敘了見村樓的命名、形狀及其周圍景色，文章還遠遠地從古婁江、吳淞江、新洋江寫到羅巷村，從而引出李中丞；由中丞引出其子延實，由延實再逐步寫到其所居之金潼港見村樓；由見村樓再回頭引出對亡友的懷念，由對亡友的交往及其往來省墓再點出延實之不知父葬處。最後復勉以不忘水木之思、桑梓之懷。娓娓道來，線索分明，雖雜不亂，敘次井然。這是歸文中層次自然清晰的一篇範例。且文中之羅巷村與金潼港，見村樓與中丞故宅所謂南樓，延實父葬處與其所遊歷之岱嶽、嵩山、匡廬諸名勝，頗有遙遙相對、相互映帶之意，說明作者布局謀篇的精妙工巧。文中所述及的事情都是一些小事、瑣事，但卻寫得真摯親切、樸實無華。歸有光說過：「余謂文者，道事實而已。」（〈孫君六十壽序〉）本文之所以真切感人，其原因也正在於此。

野鶴軒壁記

歸熙甫

【題　解】野鶴軒，屋名。《崑新合志》曰：「野鶴軒在畏壘臺左，知縣楊子器建。」孫岱《震川年譜》曰：「嘉靖十七年戊戌，先生年三十三，再入文社（按：嘉靖十年嘗與同學諸人結文社），時嘉定潘士英子實讀書馬鞍山東麓野鶴軒，結為文社。」明代江南文人有結社以定期聚會論文之風尚。本篇記錄了這次集會，並將集會地點——野鶴軒作為記述的核心。作者寫出了野鶴軒的地理位置及其周圍景色，特別突出了宋代著名詞人劉過之墓和野鶴軒之修建者，四十餘年前崑山賢令楊子器。前者是文人的楷模，後者則是文人的知音，因而都值得懷念。

嘉靖戊戌之春，余與諸友會文❶於野鶴軒。

【章　旨】本段點明結社之時間和地點。

【注　釋】❶會文　《論語·顏淵》：「君子以文會友。」後因稱文人相聚談藝為會文。

【語　譯】嘉靖十七年戊戌的春天，我和一些朋友在野鶴軒相互聚會，談論文章。

吾崑之馬鞍山❶，小而實奇。軒在山之麓，旁有泉，芳冽可飲。稍折而東，多盤石。山之勝處，俗謂之東崖，亦謂劉龍洲❷墓，以宋劉過葬於此。墓在亂石中，從墓間仰視，蒼碧嶙峋❸，不見有土。惟石壁旁有小徑，蜿蜒出其上，莫測所往，意其間有仙人居也。

【章　旨】本段敘寫野鶴軒周圍景物。

【注　釋】❶馬鞍山　《輿地紀勝》：「兩浙西路平江府馬鞍山，在崑山縣西北，高七十丈。孤峰秀特，極目湖海，百里無所蔽。」❷劉龍洲　即劉過，字改之，號龍洲道人，南宋著名詞人。一生坎坷，厄於韋布，客食諸侯。其故友潘友山為崑山令，延致之。第二年卒，葬於崑之馬鞍山。見楊維楨〈龍洲先生墓表〉。❸嶙峋　重疊高聳貌。

【語　譯】我們崑山縣的馬鞍山，山很小但的確很奇特。野鶴軒在馬鞍山山腳，旁邊有泉水，芳香清涼，可以飲用。稍稍拐彎向東走，很多巨大的石頭。馬鞍山風景優美之處，民間稱之為東崖，也叫做劉龍洲墓，因為宋朝劉過埋葬在這裡。劉龍洲墓在亂石中間，從墓間抬頭觀看，蒼莽碧綠，重疊高聳，看不到一塊土地。只是石壁旁邊有條小路，彎彎曲曲伸向上面，弄不清通到哪裡，我估計這裡面也許有仙人居住。

始茲谿❶楊子器❷名父創此軒。令❸能好文愛士，不為俗吏者稱名父，今奉以為名父祠。嗟夫！名父豈知四十餘年之後，吾黨之聚於此邪？

【章　旨】本段追溯此軒之修建者楊子器並稱頌其為人。

【注　釋】❶慈谿　縣名，今屬浙江。❷楊子器　人名。字名父，號柳塘，明憲宗成化二十三年（西元一四八七年）進士，弘治元年（西元一四九六年）任崑山縣令，在任三年間，興修水利，振起學校，邑民於馬鞍山前立祠祀之。祠名柳塘祠，亦稱名父祠，疑即本篇之野鶴軒。❸令　疑指在楊氏之後繼任崑山縣令者。

【語　譯】最早，慈谿人楊子器字名父擔任崑山縣令之時修建了這座軒。後來繼任崑山縣令者，大凡能夠喜歡文章，愛護士子，不是庸俗官吏的人都稱頌楊名父，現今都把它尊之為名父祠。唉！楊名父怎麼知道四十多年以後，我們的這些朋友會在這裡聚會呢？

時會者六人，後至者二人❶。潘士英❷自嘉定來，汲泉煮茗，翻為主人。余等時時散去，士英獨與其徒處。烈風暴雨，崖崩石落，山鬼夜號，可念也。

【章　旨】本段記述聚會人數及散會後情況。

【注　釋】❶時會者六人二句　此八人除歸有光外，其餘為：吳中英純甫、沈世麟元朗、張鴻子賓、季龍伯子升、方元儒思曾、陳敬純吉甫、潘士英子實。後至者除潘外，不知為誰。❷潘士英　字子實，縣學生員。據歸有光〈潘府君室沈孺人墓誌銘〉有記載說：「予少善潘士英，士英子實自嘉定來崑山居馬鞍山巖石之間，予亦時過子實，因獲拜潘府君。」

【語　譯】這時參與聚會的有六個人，後到的兩個人。潘士英從嘉定來，取了泉水煮茶，反而成了主人。我們這些人陸陸續續散會離開了，潘士英單獨留下來跟他的隨從人住在一起。到晚上狂風暴雨，山崖崩潰，巖石墜落，山上鬼魂，晚上號叫，值得關心啊！

【研　析】這是一篇僅二百餘字的短文，姚鼐評曰：「蕭散有致。」陸翔評曰：「雖一小文，而局度整飭，呼應靈緊。」文章雖短，但仍有丘壑。貫串全文有兩條線索：一是記野鶴軒，二是敘諸友文會。首段僅用一句，但卻能將軒與會同時拈出，並以之籠罩全文。二三段主要記軒，先寫軒之位置及附近景物，其中「旁有泉，芳洌可飲」一句，為下文「汲泉煮茗」埋下伏線。接下寫野鶴軒的沿革，楊子器之創軒，著重指出此軒與「好文愛士」的關係，並以「名父豈知四十餘年之後」一句反問綰結上文，引出下文之聚會作為過渡。末段則寫聚會人數，會前會後情況。就全文布局而言，寫軒為主，敘會為賓。而軒乃聚會之場所，故也可視為從屬於聚會。二者密不可分，雖為雙線，實為一體。作者用筆，看來似漫不經心，信筆而書，實則在構思上頗費周章，這正是歸文的特色所在。

畏壘亭記

歸熙甫

【題　解】畏壘亭，歸有光移居安亭江後所購居之王氏世美堂庭院中亭名。《崑新合志》曰：「王氏世美堂，在安亭鎮西岸，宋丞相後裔致謙所築。歸太僕有光移居於此，中有秦國公石陶庵、畏壘亭，並自為記。」畏壘亭命名的涵義，來源於《莊子・庚桑楚》中一個虛構的故事中，庚桑楚來居畏壘山上，人們以懷疑的眼光來看待他。但三年之後，畏壘山獲得大豐收，人們都開始崇拜他，以為他「庶幾其聖人乎」。而歸有光的遭遇也有類似情況，當他來到「土薄而俗澆」的安亭，通過借貸才購得王氏世美堂時，「縣人爭以不利阻余」（見《世美堂後記》），但通過其妻之辛勤勞作，在大旱之年，居然「頗以得穀」。只要辛勤付出就一定能夠得到回報，這不僅適用在耕作上，同時也適用在作者寒窗苦讀以求取功名之上，這一點含蓄地表現在文末「誰為遠我而去我者乎？」「誰欲尸祝而社稷我者乎」這樣幾個反詰句上，顯示了作者雖然眼前困頓，但確信自己必將有獲得豐收的一天。本篇應作於嘉靖二十一年（西元一五四二年）移居安亭之後，嘉靖三十年（西元一五五一年）其妻王氏去世之前。

自崑山城水行七十里❶，曰安亭，在吳淞江之旁。蓋圖志❷有安亭江❸，今不可見矣。土薄而俗澆，縣人爭棄之。余妻之家❹在焉。余獨愛其宅中閒靚❺，壬寅之歲❻，讀書於此。宅西有清池古木，壘石為山。山有亭，登之，隱隱見吳淞江環繞而東，風帆時過於荒墟樹杪之間。華亭九峰❼、青龍鎮❽古刹浮屠，皆直❾其前。亭舊無名，余始名之曰「畏壘」。

【章　旨】本段敘寫作者移居安亭始末和畏壘亭位置所在及周圍景色。

【注　釋】❶七十里　清《一統志》：「蘇州府安亭鎮在崑山縣東南四十五里。」此曰七十里，因水行迂遠之故。❷圖志　繪有地圖的地理書。❸安亭江　當為吳淞江的一條支流，至明代已湮不存。❹余妻之家　余妻，指歸有光繼娶王氏，嘉靖十四年（西元一五三五年）來歸。王氏先祖世代為名宦，其曾祖父王致謙於明成化初築室百楹於安亭，名世美堂，至其曾孫家道破落，因欠官稅而鬻於人。在王氏勸說下，歸有光乃貸款贖回。余妻之家，指世美堂。參見歸氏〈世美堂後記〉。❺閒靚　幽雅清靜。靚，通「靜」。❻壬寅之歲　即嘉靖二十一年。❼華亭九峰　華亭，古縣名，即今上海松江縣。元時為松江府治所，此指松江府。九峰，指松江府境內的九座高山，即天馬山、佘山、玉屏山、崑山、陸寶山、機山、秀林山、鳳凰山、橫雲山，山各有峰，故稱九峰（據曹學佺《名勝志》）。❽青龍鎮　古地名，在今上海青浦縣東北，吳淞江畔。❾直　通「值」。指面對著。

【語　譯】從崑山縣城坐船走七十里，叫做安亭，安亭在吳淞江旁邊。由於有地圖的地理書上畫有安亭江，故名安亭，但安亭江今天已經看不見了。這個地方土質不好，風俗輕浮，崑山縣的人都爭著拋棄它。我妻子的娘家，即王氏世美堂就在這裡。我特別喜歡世美堂房屋中幽雅清靜，嘉靖二十一年壬寅，我就在這裡讀書。房屋的西邊有清澈的池塘和古老的樹木，還有堆積石頭組成的假山。山上有座亭子，登上亭子，隱隱望見吳淞江環繞著，然後向東流，點點風帆常常從荒廢的村落和樹木末梢之間穿過。松江府的九座高峰、青龍鎮的古代佛寺佛塔都排列在前面。這亭子以前沒有名字，我首先給它取個名字叫做「畏壘」。

《莊子》稱庚桑楚❶得老聃之道，居畏壘❷之山。其臣之畫然知者❸去之，其妾之挈然仁者❹遠之。擁腫❺之與居，鞅掌❻之為使。三年，畏壘大熟。畏壘之民，尸而祝之❼，社而稷之❽。

【章旨】本段引用《莊子》，以說明「畏壘」的出處和命名的緣由。

【注釋】❶庚桑楚　人名，姓庚桑，相傳為老聃（即老子）弟子。以下文字均見《莊子・雜篇・庚桑楚》。❷畏壘　山名，或云在魯，又云在梁州。《廣雅・釋訓》：「鍡鑸，不平也。」鍡鑸，與「畏壘」通。其實，庚桑楚與畏壘山皆虛構之人名與地名。❸其臣之畫然知者　臣，奴僕。畫然，清楚明白的樣子。知，通「智」。❹其妾之挈然仁者　妾，女奴。挈，通「潔」。清高；高尚。❺擁腫　本指身體肥大呆滯，此指智力上不聰敏，敦厚樸實之人。❻鞅掌　奔走勞苦之人（依王先謙《莊子集釋》）。❼尸而祝之　尸，代表鬼神受享祭的人。祝，祝禱。❽社而稷之　社，土地神。稷，本為五穀神，此處用作動詞，作祭祀解。

【語譯】《莊子》上說：庚桑楚掌握了老子的學說，居住在畏壘山上。他的奴僕中那些精明能幹的聰明人離開了他，他的女僕中的那些道德高尚富有同情心的躲開了他。只有敦厚樸實的人和他一起住，不怕勞累的人供他使喚。三年之後，畏壘山得到大豐收。畏壘山的居民把他當作神靈來祝禱，把他當作土地菩薩來祭祀。

而余居於此，竟日閉戶。二三子❶或有自遠而至者，相與謳吟於荊棘之中。予妻治田四十畝，值歲大旱，用牛輓車，晝夜灌水，頗以得穀。釀酒數石❷，寒風慘慄❸，木葉黃落，呼兒酌酒，登亭而嘯，忻❹忻然。誰為遠我而去我者乎？誰與吾居而吾使者乎？誰欲尸祝而社稷我者乎？作〈畏壘亭記〉。

【章　旨】本段記述由於其妻辛勤勞作，大旱之歲得豐收，借此與庚桑楚居畏壘山相類比，以點明主旨。

【注　釋】❶二三子　古人多稱自己的門生為二三子，二三子為不定數。❷石　十斗為石，重一百二十斤。❸慘慄　寒氣刺骨的感覺。❹忻　同「欣」。

【語　譯】而我住在這裡，整天都關著門。有好些個向我求教的人其中還有從遠方來到的，大家互相在雜草叢生的地方一起歌唱吟誦。我的妻子管理耕作土地四十畝，又遇上大旱之年，她用牛拉車，白天晚上不停地灌水，收穫了不少的糧食。拿出幾石來釀酒，寒冷的北風凜冽刺骨，樹上的葉子變黃掉落，叫我的兒子給我斟酒，登上亭子對天長嘯，歡樂無窮。哪個是譏笑我才遠離我而去的人呢？哪個是跟我住在一起而供我使喚的人呢？哪個是尊敬我才把我當作神靈來崇拜的人呢？我於是乎寫了這篇〈畏壘亭記〉。

【研　析】本篇亦屬亭臺樓閣記一類，此類文章大多以修造過程及其周圍景色為主要內容。而本篇則有所不同，亭為舊有，無所謂修；周圍景色描寫雖有數句，且此數句文章頗佳，陸翔有評曰：「中敘遠望景物，秀麗有韻致，是震川本色。」但與亭名無關，故不占重要地位。文章主體乃是闡明「畏壘」二字，先考索其來源，然後就自己所居之處與庚桑楚之畏壘山相互比照。文章的主要內容是釋亭名，但文章的主旨卻並不停留在釋亭名之上，而在於引申出更深一層的涵義。陸翔又評曰：「末段敘隱居樂趣，酣恣淋漓，有昂首天外之概。」所謂「昂首天外之概」，乃是作者多年來一直受到壓抑的理想抱負，想借亭名稍加發泄。但這一切寫得極其含蓄蘊藉，可以意會而難於實指。姚鼐所評：「不衫不履，神韻絕高。」大約正是這個意思。

吳山圖記

歸熙甫

【題　解】〈吳山圖〉是繪製的吳縣山水名勝圖畫，乃是吳縣人畫成後送給離職知縣魏用晦作為紀念的。作者與他為同科進士，在展玩之後，特為魏寫了這篇圖記。寫作時間應為隆慶四年（西元一五七〇年），時歸有光六十五歲。作為一任縣令，魏用晦應該是作了一些好事，故而有政績，得民心。但本篇並沒有從這方面去列舉他的政績，因而落入「功德碑」、「德政錄」之類俗套；而是從吳民思念縣令和縣令不忘吳民兩個方面著筆，故頗有新意。王文濡評之曰：「不泛作讚頌語，而令之與民兩不能忘，其賢可知，寫來自澹宕有致。」這說明作者把地方官與民眾，至少在感情上擺在一種平等的地位之上，而不是古代通常所認為的施恩與受惠、即牧民與被牧的關係，這多少表達出作者有一種朦朧的、樸素的民主思想。而這種思想與作者的經歷有關。當魏用晦出任吳縣縣令之時，歸有光正好擔任長興縣令。他在審理案件時，常把有關婦女兒童召至案前，用吳語交談，聽取他們的意見，以便作出判斷。可見，歸有光在擔任地方官時，也是致力於與民眾建立一種比較平等的感情上的親密關係。這正是寫作本文的思想基礎。

吳、長洲二縣❶，在郡❷治所，分境而治。而郡西諸山，皆在吳縣。其最高者，穹窿、陽山、鄧尉、西脊、銅井❸。而靈巖❹，吳之故宮❺在焉，尚有西子之遺迹❻。若虎邱、劍池❼，及天平❽、尚方❾、支硎❿，皆勝地也。而太湖汪洋三萬六千頃，七十二峰⓫沉浸其間，則海內之奇觀矣。

【章　旨】本段描述吳縣山水之勝景，作為下段〈吳山圖〉繪製的鋪墊。

【注　釋】❶吳長洲二縣　皆為蘇州府郊縣，吳縣今仍存，長洲已於民國初年併入吳縣。❷郡　指蘇州府。吳縣、長洲二縣縣治與蘇州府治，均在蘇州城內。❸穹窿陽山鄧尉西脊銅井　皆吳縣境內名山。穹窿，在吳縣西南，距蘇州市六十里。陽山，又名秦餘杭山，在府城西北三十里，因其背陰面陽，故名陽山。鄧尉，在府城西南，漢代鄧尉曾在此山隱居讀書，故名。西脊，或作西蹟山，在鄧尉山西，最高大。銅井，又名銅坑山，在鄧尉山西南，相傳晉宋間鑿坑取沙土煎之，皆成銅，故名。❹靈巖　靈巖山在府城西南二十五里，又名硯石山。❺吳之故宮　春秋末年，吳王夫差曾築館娃宮於靈巖山，相傳今靈巖寺是其故址。❻西子之遺迹　西子，即西施。今尚存有響屧廊、採香徑等遺跡。❼虎邱劍池　虎邱山在府城西北九里，相傳春秋時吳王闔閭葬於此，三日有虎踞其上，故名。上有虎邱塔、雲巖寺、千人石、劍池諸名勝。劍池，相傳闔閭葬時，曾用魚腸、扁諸等寶劍三千殉葬於此，故名。❽天平　山名，在吳縣西二十里，以山頂正平而得名。❾尚方　山名，一名楞伽山，在吳縣西南，上有楞伽寺，有塔七級。❿支硎　山名，在府城西南二十五里，東晉名僧支道林曾隱居於此。⓫七十二峰　指太湖中諸島嶼，以洞庭山最大。

【語　譯】吳縣、長洲這兩個縣，縣治都在蘇州府城內，它們的轄地相互分開。而蘇州府城西邊的一些山峰，都在吳縣境內。其中最高的有穹窿山、陽山、鄧尉山、西脊山和銅井山。而靈巖山，吳國的故宮就在那裡，還留下一些西施的遺跡。其他像虎邱山、劍池和天平山、尚方山、支硎山，都是風景幽美的名勝之地。而太湖浩浩蕩蕩，面積達三萬六千多頃，七十二座山峰沉沒於太湖中間，那更是四海之內雄奇壯偉的景觀。

余同年❶友魏君用晦❷為吳縣，未及三年，以高第❸召入為給事中❹。君之為縣有惠愛，百姓扳留❺之不能得，而君亦不忍於其民。由是好事者❻繪〈吳山圖〉以為贈。

【章旨】本段敘述魏用晦任吳縣令之時間及對民眾之惠愛，故而為之贈〈吳山圖〉。

【注釋】❶同年　作者與魏用晦皆為嘉靖四十四年（西元一五六五年）進士，故稱同年。❷魏用晦　據《蘇州府志·名宦傳》載：用晦名體明，侯官（今福建福州市）人。中進士後知吳縣，「精明強毅，在吳四載，豪右屏跡，煢困獲甦，擢刑科給事中，歷官四川布政使。」此中「四載」，指四個年頭，與本文所言「未及三年」，並不矛盾。❸高第　指吏部考核官員政績時，名列高等。❹給事中　官名，從七品。在內廷服務，主管侍從規諫。明代給事中分屬吏、戶、禮、兵、刑、工六科，分房治事，刑科給事中有彈劾、糾察官吏之權。❺扳留　挽留。扳，通「攀」。指攀住車轅不讓他走。❻好事者　此指熱心的人。

【語譯】我同年得中進士的朋友魏用晦擔任吳縣縣令，不到三年，因為考績列入優等，被召入朝廷擔任給事中。魏君做縣令時，對百姓有恩德關愛，百姓想挽留他沒有成功，而魏君也不忍心離開那裡的百姓。因此有熱心的人就畫了一張〈吳山圖〉作為贈別紀念。

夫令之於民，誠重矣。令誠賢也，其地之山川草木，亦被其澤而有榮也；令誠不賢也，其地之山川草木，亦被其殃而有辱也。君於吳之山川，蓋增重矣。異時吾民將擇勝❶於巖巒之間，尸祝❷於浮屠老子之宮也固宜。而君則亦既去矣，何復惓惓於此山哉？昔蘇子瞻稱韓魏公❸，去黃州四十餘年，而思之不忘，至為思黃州詩，子瞻為黃人刻之於石。然後知賢者於其所至，不獨使其人之不忍忘，而己亦不能自忘於其人也。

【章旨】本段展開議論，證明令之賢，在於使雙方互不相忘，並引韓魏公不忘黃州一事，以強調為令者「己亦不能自忘於其人」。

【注 釋】❶擇勝 選擇好地方。❷尸祝 立尸以祝禱之，解見上篇。此處指立牌位以祈求保佑。❸韓魏公 即韓琦，北宋大臣，執政三朝，封魏國公。仁宗時，曾出知黃州（今湖北黃岡）。宋神宗元豐三年，蘇軾貶官黃州。元豐七年，他曾倡議將韓琦寫的思念黃州的詩刻在石碑上作紀念。蘇軾〈書韓魏公黃州詩後〉曰：「魏公去黃四十餘年，而思之不忘，至以為詩……於是相與募公之詩而刻之石，以為黃人無窮之思。」為此二句所本。

【語 譯】縣令對於百姓確實太重要了。縣令如果真正賢明，那地方的山川草木都會承受他的恩澤而享有榮耀；縣令如果的確不賢明，那地方的山川草木也會遭到他的禍殃而蒙受恥辱。魏君給吳縣的山山水水，實在是增添了光彩。將來我們吳縣的民眾將要在峰巒之間選擇一個風景優美的地方，把他的牌位放在佛寺道觀中供奉祝禱，那是理所當然的。而魏君則又已經離開了吳縣，為什麼對此地的山川還是那樣深刻地眷念不休呢？從前蘇軾稱讚韓琦離開黃州太守職務四十多年了，還一直思念它不忘記，以至寫下一些思憶黃州的詩篇，蘇軾替黃州人把這些詩刻在石碑上面。從這件事，我然後知道賢人對於他所治理過的地方，不僅僅是使當地的百姓不忘記自己，而且自己也不能夠忘記當地的百姓啊。

君今去縣已三年矣。一日與余同在內廷❶，出示此圖，展玩太息，因命余記之。噫！君之於吾吳，有情如此，如之何而使吾民能忘之也？

【章 旨】本段敘魏用晦展圖不忘，及命作者為記之緣由。

【注 釋】❶內廷 宮廷之內，泛指在朝供職。此時魏出任刑科給事中，而歸有光陞任南京太僕寺丞，但留掌內閣制敕房，纂修《世宗實錄》，故能與魏同在內廷。

【語 譯】魏君現在離開吳縣已經三年了。有一天，同我都在內廷，他拿出這張〈吳山圖〉來，展開賞玩，深深地嘆息，因此叫我寫篇記。唉！魏君對於我們吳縣，情意真摯到這個地步，這怎麼能夠使我們的百姓忘記他呢？

【研 析】本文四段，可分為兩個部分，一、二段主要敘圖，三、四段主要析義，即闡明此圖的深刻涵義。具體而言，在第一段中，作者並沒有首先介紹〈吳山圖〉的來由和背景，而是先敘寫吳縣的山川名勝；第二段再交代〈吳山圖〉的由來。這樣寫，可以避免對〈吳山圖〉作正面的描繪，從而沖淡文章主題，也能使文章不落常套而引人入勝。且一段表面似為寫景，實則間接介紹了〈吳山圖〉的內容，並與三段「其地之山川草木，亦被其澤而有榮」相銜接，以暗示魏令之恩澤加於山川之意。第三段以「令之於民，誠重矣」一句領出議論，這是文章結構的重心。作者既從正反兩面論述自己的觀點，又用設問句引出古人古事來作證明，使文章寫得跌宕有致，也突出了中心思想。這一中心思想，正是從〈吳山圖〉引申而來。吳民贈圖，表達吳民之不忘魏令；魏令之「惓惓於此山」，象徵魏令之不忘吳民。結末一段，有記敘，有議論。記敘句交代寫作的原由。議論句用感嘆的形式寫出，既與上段的議論相照應，又使人感到含蓄有力，似乎餘意未盡，可以反覆回味。

長興縣令題名記

歸熙甫

【題 解】長興，明代縣名，今屬浙江。縣令題名錄，即將歷屆擔任該縣縣令之姓名加以著錄排列，以便人們回顧、比較其政績之好壞。孫岱《震川年譜》曰：「嘉靖四十四年乙丑，先生年六十歲，舉禮部會試，成進士，除授長興縣令。四十五年丙寅，到長興任。隆慶元年丁卯（西元一五六七年），在長興，有〈長興縣令題名記〉。」本篇分兩段，首段回溯長興置縣以來沿革，末段就縣令題名展開議論，含蓄地表示題名記一方面可以使那些「有所施於民」而「不見於後世」者得到彌補，另方面又可以讓那些在當時和後世「是非毀譽」存在差異的人有所持平。王文濡評曰：「前半考據，後半議論，無數層折，曲曲達出，似從子固得來。」就文風而言，似受曾鞏影響；但究此篇構思而言，則受到王安石〈度支副使廳壁題名記〉的啟示更為明顯。但王文主旨在於強調度支副使一職對於國計民生的重要性，著眼點乃是國家大局；而本篇著眼點乃是縣令個人的留名與毀譽。兩篇文章的價值高低，是不可同日而語的。

長興為縣，始於晉太康三年❶，初名長城❷。唐武德四年、五年為綏州、雉州❸。七年復為長城。梁開平元年，為長興❹。元元貞二年❺，縣為州。洪武二年❻，復為縣。縣常為吳興❼屬。隋開皇、仁壽之間，一再屬吾蘇州❽。丁酉之歲❾，國兵克長興，耿侯以元帥即今治開府者十餘年❿。既滅吳⓫，耿侯始去。而長興復專為縣，至今若干年矣。遡縣之初，建為長城，若干年矣；長城為長興，又若干年矣，舊未有題名之碑，余始考圖志，取洪武以來為縣者列之。

【章　旨】本段回顧長興自晉初建縣以來歷朝在建制方面的變化，兼記述題名碑之修訂。

【注　釋】❶晉太康三年　即西元二八二年。太康為晉武帝年號。❷長城　晉初分烏程（今浙江吳興）而立，昔吳王闔閭使弟夫槩居此築城，城狹而長，因名長城。❸唐武德四年五年二句　武德為唐高祖年號。四、五年即西元六二一、六二二年。武德四年，改長城縣為綏州，因古綏安縣名之。次年又更名為雉州。見《新唐書・地理志》。❹梁開平元年二句　即西元九〇七年。開平為後梁太祖朱溫年號。朱溫之父名誠，因避諱改長城為長興。❺元元貞二年　元貞為元成宗年號。二年即西元一二九六年。❻洪武二年　洪武為明太祖年號。二年即西元一三六九年。❼吳興　即今浙江吳興，近年又改為湖州市。長城縣晉時屬吳興郡，明初屬湖州府。❽隋開皇仁壽之間二句　開皇仁壽，均為隋文帝年號。據記載，開皇九年（西元五八九年）

長城屬吳郡(即蘇州)。後曾一度省縣併入烏程。仁壽中復置,屬蘇州。❾丁酉之歲　指元至正十七年丁酉(西元一三五七年)。❿耿侯句　耿侯,指耿炳文。其父耿君用,為朱元璋部將,在與張士誠戰鬥中戰死,炳文襲父之位,領其軍,於至正十七年二月攻克長興州,朱元璋大喜,改名長安州,立永興翼元帥府,以炳文為總兵都元帥,守衛長興州達十餘年之久。至至正二十七年,炳文參與圍平江(今蘇州),滅張士誠。炳文進大都督府僉事。一年後滅元,朱元璋稱帝。洪武三年(西元一三七〇年),封炳文為長興侯。開府,指開置府署,辟置僚屬。此指耿炳文開立永興翼元帥府一事。⓫滅吳　吳,指張士誠。士誠於元末乘亂起兵,割據蘇南一帶。至正二十七年為徐達等所滅。

【語　譯】長興建立為縣,開始於晉代太康三年,起初名叫長城縣。唐代高祖武德四年和五年,曾先後改為綏州和雉州。武德七年,又恢復為長城縣。後梁開平元年,改稱長興縣。元代元貞二年,長興縣陞格為州。明洪武二年,又恢復為長興縣。長興縣經常屬於吳興府管轄。隋代開皇及仁壽年間,曾一次兩次屬於我們蘇州府管轄。元代至正十七年丁酉,我朝軍隊攻克長興,長興侯耿炳文以總兵都元帥在今天的長興縣治開立永興翼元帥府,前後共十多年。一直到消滅張士誠之後,長興侯耿炳文才離開。而長興由州一直恢復為縣,到現在已經有好多年了。回顧長興縣開始建置為長城縣,有好多年了;長城縣改為長興縣,又有好多年了。過去一直沒有題名之碑。我開始考查地理圖籍方志,找出從本朝洪武年以來擔任長興縣令人員的姓名排列記錄下來。

嗚呼!彼其受百里之命❶,其志亦欲以有所施於民,以不負一時之委任者,蓋有矣。而文字缺軼❷,遂不見於後世。幸而存者,又其書之略,可慨也。抑其傳於後世者,既如彼,而是非毀譽之在於當時,又豈盡出於三代直道之民哉❸?夫士發憤以修先聖之道,而無聞於世,則已矣。余之書此,以為後之承於前者,其任宜爾❹；亦非以為前人之欲求著其名氏於今也。

【章　旨】本段闡明作者編製題名錄的意義和意圖。

【注　釋】❶百里之命　古時一縣轄地約百里，因以「百里」為縣之代稱，後亦以指縣令。唐李陽冰〈庾賁德政碑〉：「庾公今之賢百里也，龔兵頌之。」❷軼　通「佚」。散失。❸而是非毀譽二句　《論語・衛靈公》：「吾之於人也，誰毀誰譽？如有所譽者，其有所試矣。斯民也，三代之所以直道而行也。」此處反用其意。❹宜爾　應該如此。

【語　譯】唉！那個人接受了縣令的任命，他的心願也想要給百姓們一些好處，以便不辜負這段時期的委任，抱這種心態的人，大約是有的。但文字殘缺散失，因而在後世看不到。僥倖得以保存下來的人，又因為文字書寫的簡略，事跡不清，實在值得感慨啊。或是他流傳於後世的情況就像上面講的給了百姓一些好處，而在當時人們對於他的是非毀譽，又難道全都出於直接講的真心話，就像夏、商、周的老百姓那樣嗎？一個讀書人努力學習古代聖人的道德，而在社會上卻默默無聞，那也就罷了。我之所以記錄下這個題名記，乃是認為今後那些繼承前人擔任長興縣令的人，他的任務應該如此；也並不是認為以前擔任縣令的人，想要把他的姓名留傳到今天啊。

【研　析】本篇兩段，層次清晰。前段考證，後段析義。考證講的是長興縣的沿革變遷。長興名稱上初為長城，繼為綏州、雉州，終為長興。其建制或為縣，或為州，至洪武二年以後，才定名為長興，定制為縣。這正是為了此「題名記」之所以「取洪武以來」的理由。析義乃是分析編製作題名記的意義。題名，正是為了留名；而留名之義，不在於留名本身，而在於使那些「有所施於民，以不負一時之委任」的人不致湮沒。能這樣做的人，題名記可以彌補以往「文字缺軼」。還有些名聲「如彼」，即名聲甚好的人，當然是根據當時民眾的「是非毀譽」；但此時之民，又並非「三代直道之民」，豈可盡信？這是曉諭閱讀「題名記」時需要注意之處。最後，作者勉勵士子「發憤以修先聖之道」，不宜計較是否有聞於後世。可見析義的目的，一是肯定題名的作用，一是防止題名消極影響。就本題的論證而言，這還是比較完整的。

遂初堂記

歸熙甫

【題解】遂初，有辭去官職，歸隱田園，以實現其本初志願的意思。東晉孫綽早年放浪山水十餘年，乃作〈遂初賦〉。但他此後不久即進入官場，並且至死方休。南宋詩人尤袤二十一歲即進入官場，仕途順暢，晚年曾多次告病乞休，並以「遂初」名其堂，但官一直做到六十八歲病卒。可見，這兩人所標榜的與實際行為均有所不符。尤袤的後代重修「遂初堂」，求作者寫篇「記」，作者借此發表一通議論，對孫綽、尤袤二人作了宛轉的批評。作者提出：只要「志得道行」，就像過去伊尹、傅說、呂望那樣，即使「終其身無復隱處之思」，也是應該的。如果不是這樣，「雖三公之位，萬鍾之祿，固其心不能一日安也」。像歐陽修情況就與此相類。作者沒有把所有浮雲富貴、隱退高蹈者都看成是好的；也不是把所有的終身為官，不思隱處都看成不好；關鍵在於能否行其道。這一求實的態度，與那些盲目歌頌退隱遂初、貶斥求仕為官的觀點，無疑要高出一籌。這與孔子所說的「天下有道則仕，無道則隱」(《論語·泰伯》)的提法是相近似的。這種態度，也是古代正直的知識分子立身處世所遵循的道德準則。

宋尤文簡公❶嘗愛孫興公❷〈遂初賦〉，而以「遂初」名其堂。崇陵❸書扁賜之，在今無錫九龍山❹之下。公十四世孫質❺，字叔野，求其遺址，而莫知所在。自以其意規度於山之陽，為新堂，仍以「遂初」為扁。以書來求余記之。

【章　旨】本段敘述「遂初堂」取名緣由及尤質復建新堂過程，並說明本篇寫作原委。

【注　釋】❶尤文簡公　尤袤（西元一一二七—一一九四年），字延之，自號遂初居士，常州無錫人，與陸游、楊萬里、范成大合稱為中興四大詩人。他二十二歲中進士，歷任縣令、州守、府尹、吏部郎官、太子侍講、太常少卿等職，終官禮部尚書，病卒，諡文簡。❷孫興公　孫綽（西元三一四—三七一年），字興公，太原中都（今山西平遙）人，東晉南遷，寄居會稽，縱情山水十餘年，作〈遂初賦〉以自娛。不久即進入仕途，補章安令，徵拜太學博士，轉永嘉太守，遷散騎常侍，官至廷尉卿。❸崇陵　宋光宗陵墓曰永崇陵，此以簡稱代光宗。《宋史・尤袤傳》：「袤嘗取孫綽〈遂初賦〉以自號，光宗書扁賜之。」扁，通「匾」。❹無錫九龍山　即今江蘇無錫惠山，惠山古名九龍山，因山有九峰，下有九澗，在城西北七里。相傳西域僧人慧照居於此，故又稱慧山。今通稱惠山。❺十四世孫質　即尤袤十四代孫尤質，其生平待考。

【語　譯】宋代文簡公尤袤曾經喜歡孫興公寫的〈遂初賦〉，就用「遂初」兩字作為廳堂的名稱。宋光宗親筆寫了一塊匾送給他，遂初堂原址在無錫九龍山山下。尤袤第十四代孫尤質，字叔野，尋求遂初堂的遺址而不知道究竟在哪裡。便依照自己的猜測，在山的南面找了個合適之處，修建一座新的廳堂，仍舊用「遂初」兩個字做了一塊匾。寫了封信希望我為新建之堂作篇「記」。

按興公嘗隱會稽，放浪山水，有高尚之志，故為此賦。其後涉歷世塗，違其夙好，為桓溫所譏❶。文簡公歷仕三朝❷，受知人主，至老而不得去。而以「遂初」為況，若有不相當者。昔伊尹❸、傅說❹、呂望❺之徒，起於胥靡❻耕釣❼，以輔相商周之主，終其身無復隱處之思。古之志得道行者，固如此也。惟召公❽告老，而周公❾留之曰：「汝明勖偶王❿，在亶⓫，乘茲大命⓬，惟⓭文王德，丕承無疆之恤⑭。」當時君臣之際⑮可知矣。後之君子，非復昔人之遭會，而義不容於不仕。及其已至貴顯，或未必盡其用，而勢不能以遽去。然其中之所謂介然⑯者，終不肯隨世俗而移易。雖三公⑰之位，萬鍾之祿⑱，固其心⑲不能一日安也。則其高世遐舉⑳之志，宜其時見於言語文字之間，而有不能自已者。當宋皇祐、治平之時㉑，歐陽公位登兩府㉒，際遇不為不隆矣。今讀其〈思潁〉之詩㉓，《歸田》之錄㉔，而知公之不安其位也。況南渡之後，雖孝宗之英毅㉕，光宗之總攬㉖，遠不能望盛宋之治。而崇陵末年，疾病恍惚，宮闈戚畹，干預朝政，時事有不可勝道者矣㉗。雖然，二公㉘之言，已行於朝廷，當世之人主，不可謂不知之，而終不能默默以自安。蓋君子之志如此。

【章旨】本段就「遂初」二字展開議論，首論孫、尤二公與此二字「有不相當者」，繼論古今君子對於仕隱的不同態度。

【注釋】❶為桓溫所譏　桓溫，字元子，東晉大司馬，權傾一時。時河南初平，桓溫欲遷都洛陽，諸大臣畏溫，不敢為異。獨著作郎孫綽上疏反對，桓溫不悅曰：「致意興公，何不尋君〈遂初賦〉，知人家國事邪？」❷歷仕三朝　尤袤在紹興十八年（西元一一四八年）中進士，歷官高宗、孝宗、光宗三朝。❸伊尹　商初名臣，佐商湯伐夏桀，成功，被尊為阿衡（宰相）。❹傅說　商代名臣，相傳他曾在傅巖為人板築（造屋），被武丁訪得，任為相，使商代中興。❺呂望　即姜太公。姜姓，呂氏，號太公望。相傳他曾釣於渭水之濱，後佐武王滅商，功成，封於齊。❻胥靡　古代服勞役的刑徒。此指傅說而言。❼耕釣此指伊尹、呂望而言，伊尹微時曾耕於有莘之野。❽召公　姬姓，名奭，或云文王之子，武王封之於召（陝西岐山西南），故稱召公或召伯。滅紂後封於燕，成為燕國之始祖。❾周公　即姬旦。以下引文見《尚書・君奭》。❿明勖偶王　明勖，黽勉；盡力；努力。偶，輔佐。王，指周成王。⓫亶　誠實。⓬乘茲大命　乘，通「承」。承受；擔當。大命，天命。⓭惟　思想。⓮無疆之恤　指無窮之憂患。以上數句《尚書》注疏引周氏曰：「周公與召公同受武王顧命輔成王，曰：汝當明勉輔孺子，如耕之有偶也，并力一心，以載天命。念文考（文王、武王）之舊德，以丕承無疆之憂。」⓯際　遇合，即君臣相得。⓰介然　此謂耿耿於懷，有不自安之處。⓱三公　周代以司馬、司徒、司空為三公，西漢以丞相、太尉、御史大夫為三公，為朝廷負責軍政事務的最高長官。⓲萬鍾之祿　古代最高俸祿的代稱。鍾，古代量器，六石四斗為一鍾。⓳固其心　「其心固」的倒裝。為了強調，將「固」字提前。⓴高世遐舉　即遺棄榮利，甘心隱逸之意。高世，高出世俗。遐舉，宏遠的舉動。㉑皇祐治平之時　皇祐為宋仁宗年號（西元一〇四九－一〇五四年），治平為宋英宗年號（西元一〇六四－一〇六七年）。這段期間，乃歐陽修最為顯貴之時。㉒位登兩府　宋代以樞密院和中書省為兩府，歐陽修曾出任樞密副使和中書省參知政事等要職。㉓思潁之詩　歐陽修因支持范仲淹革新受挫，貶知潁州（今安徽阜陽），愛潁州民淳訟簡，土厚水甘，有終焉之志。後來經常思憶，有詩十餘篇，合編為〈思潁詩〉。㉔歸田之錄　《歸田錄》二卷，歐陽修晚年所作，表達了「優游田畝，盡其天年」的思想。㉕雖孝宗之英毅　孝宗為南宋第二個皇帝，頗有作為，《宋史》贊曰：「孝宗聰明英毅，卓然為南渡諸帝之首。」㉖總攬　把握權力。《宋史・光宗紀贊》：「逮其即位，總權綱，屏嬖幸，薄賦緩刑。」㉗崇陵末年五句　據《宋史》：光宗李皇后性妒悍，黃貴妃有寵，李后殺之。光宗驚憂成疾，不能視朝，政事多決於李后。《宋史・光宗紀贊》曰：「及乎宮闈妒悍，內不能制，驚憂致疾，自是政治日昏。」宮闈，宮中后妃居處，此指李后。戚畹，外戚，此指李后親屬。李后曾封三代為王，推恩親屬，甚至李氏門客，亦奏補官，為南渡以來所未見。㉘二公　指歐陽修、尤袤。

【語譯】考察孫綽曾經隱居會稽，縱情遊山玩水，有著追求清高的志向，所以才寫了這篇〈遂初賦〉。但在此之後卻輾轉於官場，違背他早年的願望，以致被桓溫所譏笑。文簡公尤袤曾經在高宗、孝宗、光宗三朝做官，得到皇帝的賞識，一直到老都不能離職。因此用「遂初」兩字來自比，好像有些不太恰當的地方。從前伊尹、傅說、姜太公這些人，出身於刑徒、農夫或漁人，卻輔佐商、周的君主，一輩子從來沒有退休隱居的考慮。古代的那些理想得到實現，聖道得到推行的人，本來就是這樣的。只有召公想告老退休，而周公挽留他說：「你應該努力去輔佐成王，重要的是誠實，擔當這個重大使命，思念文王的盛德，承當無窮的憂慮。」這個時候君臣之間的良好合作，是可以清楚的了。後代的一些士大夫，不再有從前的那種君臣遇合，但按道理又不容許他不做官。等到他已經位高權重，也許未必全部發揮出他們的作用，但客觀形勢又不能夠讓他們立即離職退隱。但是這些人之中仍有耿耿於懷，不能自安的人，最後也不肯苟同世俗而改變他的初衷。即使是三公之位，最高的俸祿，他的內心確實連一天也不能安靜下來。那麼他的那種高出世俗、追求退隱的心願，應該會經常表現在語言文字之中，而有著自己無法控制的地方。在宋代皇祐、治平年間，歐陽修官做到樞密院和尚書省的首腦，他的遭遇不能說不榮耀的了。我們今天讀他的〈思穎〉詩和《歸田錄》，就可以知道歐陽修的不安其位，想離職退隱的思想了。何況在宋朝南渡以後，即使像孝宗那樣英明果斷，光宗那樣把握權力，也遠遠趕不上北宋時的政治清明。而光宗末年，疾病纏身，神情恍惚，李后及其外戚，干預朝政，當時朝廷的事情已經是講不得的了。即使這樣，歐陽修、尤袤二位的言論，已經在朝廷得到推行，當時的皇帝，不可謂不了解他們，而他們最後還是不能不表示出他們內心的不安。大約君子的志向就是這樣。

公歿至今四百年❶，而叔野能修復其舊，遺構宛然。無錫，南方士大夫入都孔道❷，過之者，登其堂，猶或能想見公之儀刑❸。而讀余之言，其亦不能無慨於中也已。

【章旨】本段照應開頭，說明尤質復修舊堂的意義和本篇的作用。

【注釋】❶四百年　此為約數，實則不足三八〇年。因尤袤卒於宋光宗紹熙五年（西元一一九四年），而距明穆宗隆慶五年（西元一五七一年）歸有光逝世，僅三七七年。可知本文應作於歸有光晚年在長興或南京任上。❷孔道　要道。❸儀刑　猶言法式，可作典範。《詩經・文王》：「儀刑文王，萬邦作孚。」

【語　譯】尤文簡公去世到今天已經快四百年了，而尤叔野能夠修復他原來的遂初堂，與原建築的結構好像很相似。而無錫，地處南方士大夫進入首都的交通要道，路過的人登上遂初堂，也許還能夠想像文簡公的風範。而讀一讀我的這篇文章，大約也不能夠在內心沒有一點感慨的吧。

【研　析】本篇亦屬於樓堂亭閣記一類，但除首段有一兩句敘述樓堂本身之外，其餘皆不涉及，只敘堂名。首先是堂名緣起，但也只一兩句，其餘絕大部分篇幅，這主要又集中在第二段，都是就「遂初」二字發表議論。在議論中，作者先提出孫綽為桓溫所譏笑的史實，從而為全文定下基調。接下從正反兩個角度進行論述，而把重點放在反面的論述之上。文中大量引用古人、前人的史實作為論據。其中有終身輔相君王，從無「遂初」之思的古聖伊尹等人，因天下治平，君臣遇合，原不必「遂初」。至於宋代歐陽修、尤袤這類「後之君子」，由於二人所處時代已非商、周治世，他們雖然都有「遂初」之志，但卻未能有「遂初」之行。這又是一種情況。而他們二人之間，也有些小差別。歐陽修身處盛宋，位登兩府，卻一直「思潁」「歸田」，長久不安其位，足以說明「君子之志如此」。而尤袤當南宋亂世，朝綱不振，卻只能以「遂初」名其堂，多少帶有自相標榜之意。故文章含蓄地批評他「若有不相當者」。可見作者對這些人是非褒貶的尺度還是比較慎重、並嚴加區分的。「遂初」二字乃是全篇議論的核心。王文濡評之曰：「就『遂初』二字及二公際遇著想，已握題珠。文亦落落自高，自成逸致。」

浮山記

劉才甫

【題　解】浮山，安徽境內名山。明《一統志》曰：「南直（南直隸，即今江蘇省）安慶府浮山，在桐城縣東九十里（按：今在安徽樅陽境內），一名浮渡山。上有三百五十巖，七十二峰，其中可居可遊者三十六。西南有獨峰，直上千仞，大江環繞，望之若浮，故名。」本篇寫作時間不詳，劉大櫆為桐城人，本篇所記浮山諸名勝，很可能不是一次遊覽之所得，而是通過歸納，以便介紹家鄉勝景。據粗略統計，全文介紹峰巒凡九，巖有名者近三十，洞凡十七，其他名勝如華嚴寺、九曲澗、天池、垂虹井、連雲峽、仙人橋等尚有十數處。文章主要描述這些名勝的方位脈絡和其秀麗景色，可玩可賞之處，以引發人們遊覽攀登的興趣。由於讀了本文因而慕名來遊的名人不少，遊後又寫了遊山記的作家就有李兆洛、何永紹等人。如李兆洛就在他的〈遊浮山記〉中寫道：「余閱《劉海峰集》，見〈浮山記〉而羨之，遂以九月十日率竹吾、守之暨二子顒頎往。」由此可知本篇影響之大。

浮山，自東南路入，曰華嚴寺。寺在平曠中，竹樹殆以萬計。而石壁環寺之背，削立千尺入天，其色紺❶碧相錯雜如霞。春夏以往，嵐光❷照遊者衣袂。

【章　旨】華嚴寺是浮山主要名勝之一，又是遊山起點，本段敘寫寺周景色。

【注　釋】❶紺　深青透紅之色。❷嵐光　即山光。嵐，山氣。

【語　譯】浮山，從東南方道路進入，有名勝叫華嚴寺。寺廟建築在平坦的曠野之中，竹子樹木大約有數萬株之多。而石壁環繞整個寺廟的背後，像刀削過一樣筆直聳立，其高千尺，上薄雲天。石壁顏色青紅碧綠相錯雜，像彩霞一樣。春夏以後，山光映照著遊人的衣襟。

踰寺東行，循九曲澗，登山之半，曰金谷巖。大石中空，上下五十尺，東西百有二十尺，裝巖為殿，架石為樓，鑿壁為石佛，而棲丈六金像❶於其中。其石宇❷覆蔭佛閣，而宇之峻削直上者猶二丈餘，望之如丹障❸。四時簷溜❹滴瀝。其左為僧廚，廚亦在巖石之中。巖之北壁有洞，窺之甚黑，以火燭之，深邃殆不可窮。丹障之西，障垂欲盡，石拆❺而水出，小橋跨之。過橋而巨石塞其口，沿澗曲折，循石罅❻以入。至其中，則廓然甚廣而圓，如覆大甕，如蝸螺旋折而上。上有複閣❼，其頂開圓竅見天。飛流從中直下數十尺，如噴珠然。巖底四周皆石岸，可容百人，可步可環坐而觀焉。以石擊其壁，響處處殊，燃火礮於其中，則如崖崩石裂，聲聞十里外。其中承溜為石池，溢而至於巖口，則伏而不見，此所謂滴珠之巖也。若時值冬寒雨雪，或凝為冰柱，屹立巖石之下，尤為瑰麗奇絕。然不常有，蓋數十年乃一得之云。

【章旨】本段集中描述金谷巖及其周圍景色。

【注釋】❶丈六金像　佛像。《後漢書．西域傳》：「世傳明帝夢見金人，長大，頂有光明，以問群臣。或曰：『西方有神，名曰佛，其形長丈六而黃金色。』」❷石宇　指如屋檐狀之巖石，中空下垂。❸丹障　紅色屏風。❹簷溜　屋簷滴水。❺拆　通「坼」。裂開。❻罅　裂縫；空隙。❼複閣　本指兩層以上的樓閣，此指巖洞之上又有巖洞，二巖相連，有如複閣。

【語譯】經過華嚴寺向東走，沿著九曲澗，攀登到半山，有金谷巖。巨大的巖石中間是空的，從上到下達五十尺，東西寬一百二十尺，把巖洞裝修為佛殿，木柱架在巖石上建成樓閣，在石壁上雕鑿為石頭佛像，而身高一丈六尺的鍍金佛像也在其中。巖石如屋簷狀覆蓋在佛閣之上，石頭屋檐高峻陡峭一直向上還有兩丈多，遠遠看起來好像紅色屏風一樣。一年四季，屋檐水滴掉個不停。佛殿左邊是和尚的廚房，廚房也在巖洞裡面。金谷巖的北邊牆壁有個洞，看上去很黑，用火把照著它，深沉幾乎見不著底。像紅色屏風的屋檐的西邊，屋檐的下部快要到盡頭，巖石裂開，泉水從中流出，小橋跨過水上。走過小橋，巨大的巖石堵塞了水口，沿著彎彎曲曲的泉水，跟著巖石空隙進去。到達巖洞之中，便豁然開朗，很寬又圓，好像一個大甕覆蓋在上面，周圍像蝸牛殼、螺螄那樣盤旋曲折到頂上。上邊又有巖洞像雙層樓閣，它的頂部開了個圓孔可以看到天空。飛濺的水流從圓孔中直瀉而下有幾十尺之高，像噴出水珠一樣。巖洞底下四圍都是石岸，可以容納上百人，可以散步，可以環繞坐著來觀賞。用石頭敲打巖洞的牆壁，響聲每個地方都不同，在裡面燃放火礮，就像山崖崩塌，巖石破裂一樣，聲音十里以外都聽得見。巖底承接飛濺下來的水流成了個石頭池塘，水滿了流到巖洞口，就成為伏流而不見了。這就是人們所說的滴珠巖。如果時間正趕上冬天寒冷下大雪，有時會凝結為冰柱，屹立在巖石的底下，特別顯得美麗奇特。但這種現象並不是經常都有，大約幾十年才出現一次。

自滴珠西轉，是為聞虛之峰，綠蘿巖在焉。峭壁倚天，古藤盤結，石楠、女貞❶相與鼓側被之，無寸土而堅。而壁石中拆一罅，水從罅中出，注而為垂虹之井❷。出金谷而左陟其肩，有大石穹起當道，兩棖❸中虛，如植玉環而埋其半於地。自遠望之，天光見其下，如弦月焉。其旁怪石森列，如獅，如象，如鸚鵡，甚眾，不可名狀。而首楞巖❹在獅石口吻內，其中鑿石為几榻，可奕、可飲，可以望江南九華❺諸峰，如在宇下。自首楞緣仄徑❻西行，有泉滴瀝不斷者，上方巖也。往時泉漫流，懸注金谷之額，自巖僧鑿石連梘❼，引其水入廚，而金谷之簷溜微矣。自上方復西行，有圩陂❽，廣可數畝，其形如漏巵❾，其口則滴珠之飛流所自來也。

【章　旨】本段仍描述金谷巖附近綠蘿巖、首楞巖和上方巖等處景色。

【注　釋】❶石楠女貞　均樹名。石楠，生於石上，株極高大，葉類枇杷，經冬不凋。女貞，俗稱蠟樹，因冬夏常青，未嘗凋落，若有節操，故名女貞。❷垂虹之井　何永紹〈遊浮山記〉：「有石一梁而巖覆之者，垂虹井也，謂巖深而能飲霓也。」❸棖　門兩旁所豎的木柱。❹首楞巖　此巖在妙高峰下。何永紹〈遊浮山記〉：「妙高峰踞浮山絕處，曲折層峻，得獅子石而踞焉。踞焉者，首楞巖也。首楞巖望長江如帶。」與此處敘述相近。❺九華　山名，或稱九子山，李白以有九峰如蓮花削成，故改稱九華。在安徽青陽縣西南四十里。為佛教四大名山之一。❻仄徑　狹窄的小路。❼梘　過水槽。❽圩陂　謂四周高，中間低平之山坡。❾漏巵　滲漏之酒器，形如漏斗。

【語　譯】從滴珠巖轉向西邊，乃是閭虛峰，綠蘿巖就在這座山峰。陡峭的石壁緊靠青天，千年古藤彎曲纏繞，石楠樹、女貞樹相互傾斜著覆蓋在石壁之上，雖然沒有一點泥土，可卻長得很堅實。而石壁之中裂開一個孔隙，水就從孔隙之中流出來，向下流注成為垂虹井。走出金谷巖向左，攀登巖旁高處，有塊巨石隆起，擋住道路，有兩根石柱豎起，中間是空的，就好像一個玉環一半埋在地下。從遠處觀看，天上的亮光下邊可以看到，形狀就好像上下弦的月亮一樣。在它旁邊，奇形怪狀的石頭緊密排列，有的像獅子，有的像大象，有的像鸜鵒，非常之多，沒有辦法講清楚。而首楞巖就在像獅子的那塊石頭的嘴巴裡面，巖洞中把石頭雕刻而成的茶几和坐椅，可以下棋，可以喝茶，可以遠眺江南九華山的各個山峰，就好像在屋檐底下一樣。從首楞巖沿著狹窄的山路向西走，有泉水滴滴瀝瀝掉個不停，這就是上方巖。從前泉水滿溢流出，在金谷巖頂直瀉而下，自從巖洞中和尚開鑿巖壁並用水槽連接，把泉水引入廚房，這樣一來，金谷巖頂滴水就少多了。從上方巖再向西走，有個四圍高中間低的山坡，寬約幾畝，它的形狀像濾酒之斗，漏水口就是滴珠巖飛出水流的來源。

自華嚴之寺西行，徑山麓田野中，至松坪。入之，甚深而隱。背金谷而當山之谿者，會勝巖也。巖縱三十尺，橫五十尺，即巖內為殿，而架閣於其右。一日坐閣上，值大雷雨，雲霧窈冥❶。閣前老松數十株，隱見❷雲際，森然如群龍欲上騰之狀。自巖左拾級而上，為堂三間，曰九帶之堂❸。石三面抱之，門外植四松，松下則會勝之簷溜也。會勝之右，有巖曰松濤，有洞曰三曲。洞中乳石❹成柱，委宛覆折。而古木蒼藤，蔽虧❺掩映，冬夏常蔚然。有泉泠然❻出其下，南流入峽中，而朝暘洞❼在峽西石壁之半。梯之以登，至亭午❽日景始去。自會勝左出，石壁西向，巖洞鱗次，曰棲真，曰棲隱，曰翠華，曰枕流。而五雲巖在翠華之上，望之如層樓。至壁之將盡，則嵌石覆出如廊。廊西，乳石下垂，如象蹄，對峙為柱者二，如闕三門焉。金谷巖洞類宮廷，會勝廊成列肆❾，自三門南出，有石龍❿蜿蜒南行數百丈。人亭⓫其上，左右皆俯臨大壑，群木覆之。溪水自陰翳中流去，鏘然有聲。自三門左轉，一徑甚狹，垂泉為簾者，雷公洞也。中有石池，以閩人雷鯉⓬讀書於此，故名。

【章　旨】本段述寫會勝巖周圍景色。

【注　釋】❶窈冥　幽暗貌。❷隱見　時隱時現。見，通「現」。❸九帶之堂　隱居浮山之宋代名僧遠錄曾將佛經合編為《九帶集》。黃庭堅〈贈永清禪師〉詩云：「參得浮山九帶禪。」疑此為《九帶集》收藏之處。❹乳石　即鐘乳石。石灰巖洞滴水，因蒸發作用，漸凝結而成。懸如上者如冬日之檐冰，亦稱石鐘乳，凝結於下者如筍狀，稱石筍。上下相連者，稱石柱。❺蔽虧　有遮蔽有空缺。❻冷然　冷，象聲詞，泉水之聲。《文選・招隱詩》：「山溜何冷冷，飛泉漱鳴玉。」❼朝陽洞　亦稱朝陽洞，因洞口向東，能見日出，故名。何永紹〈遊浮山記〉云：「有竹森森而交映者，朝陽洞也，陽明詩刻在焉。」❽亭午　指正午。❾列肆　市場上排列成行的店鋪。❿石龍　指石峰之脊，蜿蜒曲折，其形如龍，因名石龍峰。⓫亭　通「停」。⓬雷鯉　字白波，又字惟化，號半窗山人，明建安（今福建建甌）人，書畫家。何永紹〈遊浮山記〉云：「由石龍峰側行而先至，有飛瀑數道者，雷公洞也。閩人雷鯉作『天風醉花鳥』之句，遂以之名其處也。」

【語　譯】從華嚴寺往西走，途經山腳田野之中，到達松坪。進入裡面，很幽深隱蔽。地處金谷巖的背後而面對浮山的豁口，那就是會勝巖。巖洞縱深三十尺，橫寬五十尺，就著巖洞修建一座佛殿，樓閣就架設在佛殿的右邊。有一天我坐在閣上，碰上了大雷雨，雲霧繚繞，天色晦暗。樓閣前有幾十棵老松樹，在雲霧之間時隱時現，陰森森地好像一群蛟龍要向上騰飛的樣子。從會勝巖左邊逐級登階向上走，有堂屋三間，名叫九帶堂。巖石從左、右、後三方面圍繞著，門外有四棵松樹，松樹下面就是會勝巖巖頂滴水之處。會勝巖的右邊，有個巖叫松濤巖，有個洞叫三曲洞，洞中的鐘乳石已經變成了石柱，宛轉曲折。而古老的樹木，青蒼的藤蘿，半遮半開，掩蓋映照，無論冬夏，都顯得青蔥繁茂。有道泉水，水聲冷冷，在巖洞之下，向南流進山峽之中，而朝陽洞就在山峽西邊石壁的半腰之上。經過石磴才能上去，要到正午陽光才離去。從會勝巖左邊出來，石壁朝西，巖洞一個接一個，有棲真巖，有棲隱巖，有翠華巖，有枕流巖。而五雲巖就在翠華巖的上方，看起來就像兩層樓閣一樣。在石壁快要完結，便有一塊巖石覆蓋在上面好像走廊一樣。走廊之西，鐘乳石向下懸掛著，好像大象的腳，還有兩個石柱相互對峙，好像開闢為三座門一樣。金谷巖洞裡面像宮廷，會勝巖外的走廊就像排列的店鋪。從三門向南走出，有石龍峰彎彎曲曲向南有好幾百丈。人們停留在上面，左右兩邊都是很深的山谷，上有森林覆蓋。溪水在陰暗的林木掩映中流去，鏗鏘有聲。從三門向左轉，一條山路很狹窄，泉水從半山上掉下來好像簾子一樣，這就是雷公洞。洞中有巖石圍成的池子，因為福建人雷鯉曾經在這裡讀書，所以才有這個名字。

自會勝迤西而北，入石門，則山之頂也。其上平曠，天池出焉。有大小三天池，菰蒲❶被之，鰕魚群戲於其中。又有大石坦夷，上可立千人。石理成芙蕖❷，經雨則紅豔如繪。石盡，則菜畦麥隴彌望，如在原野。畦隴盡，則又出石骨❸坡陀❹。其側可以俯瞰連雲之峽，而危險❺不可下。

【章　旨】本段寫山頂天池周圍景色。

【注　釋】❶菰蒲　均水生植物名。菰，俗稱茭白。蒲，菖蒲。❷芙蕖　荷花的別名。❸石骨　指山石之上覆蓋薄土。《博物志》：「地以名山為輔佐，石為之骨，川為之目，草木為之毛，土為之肉。」❹坡陀　起伏不平貌。或作「陂陀」。❺危險　高而險。

【語　譯】從會勝巖曲折向西再向北，進入一道石門，就到了山頂。山頂上平坦寬廣，天池就出現在那裡。大大小小有三個天池，長滿了菰米香蒲，魚蝦成群，在池中遊戲。又有巨大的石頭很平坦，上面可以站立上千人。巖石的紋理組成荷花輪廓，下雨之後更橙紅鮮豔好像畫成的一樣。巖石盡頭，就可遠遠望見菜地麥田好像在原野之上。菜地麥田盡頭，就又出現有覆蓋薄土的石山起伏不平。在它旁邊可以俯瞰連雲峽，但卻高峻險要不能下去。

連雲峽在會勝、石龍之西，峽三方皆石壁如城，而闕其西南一面。有巖在峽口之右，石罅如蜂房。架石為寺，鑿石為磴而登之。冬時得南日，最暖。自寺左行，有崖巍然高覆。其承雨溜者，歲久正黑；雨所不到，石色猶赭。赭黑相間，斑駁不可狀。崖腹有巖曰野同，自野同又左，崖簷有泉懸注。側足循危徑以行，人在懸泉之內。至峽之將盡，有巖石理凹凸纖密，如浮漚❶，如浪波之沄沄❷。而崖簷之泉，鏗訇❸擊越❹，如聞風濤之聲，名之曰海島。

【章　旨】本段敘寫連雲峽及其附近景色。

【注　釋】❶浮漚　水面的泡沫。❷沄沄　水流浩蕩貌。❸鏗訇　聲音宏高。❹擊越　猶激越，高亢清越。

【語　譯】連雲峽在會勝巖、石龍峰的西邊。峽谷的三個方向都是石壁，包圍得好像城堡一樣，只空缺西南一面。有個巖洞在峽谷口的右邊，石壁上的空隙就像蜂房。有間寺廟就架設在石壁上，把巖石開鑿為石磴才能登上。冬天能照到從南邊射來的陽光，最為溫暖。由寺廟向左走，有崖石高高在上覆蓋著。承接崖石雨滴的地方，年深月久就變成黑色；而雨水不到的地方巖石的顏色還是赭色。赭色和黑色相互交錯，斑駁的顏色無法形容。崖石中部有個巖洞叫野同巖，從野同巖再左方，崖石邊有泉水往下傾注。我側著腳沿著高高的山路行走，人就在懸掛的泉水之內。快要到達連雲峽的盡頭，有巖石紋理凹凸起伏，纖細稠密，像水泡，又像波浪的起伏。而崖邊濺下的泉水，聲音宏亮高亢而又顯得清越，好像聽到風濤的聲音，這塊巖石被稱之為海島。

出連雲之峽，又西北行，有巖曰壁立之巖。即巖內為殿，而於其前架樓以居。

其上有重巖，曰石樓；其下有井不涸。其前有石臺，臺之下有洞曰鼎爐。其右有泉自峽而出，曰桃花之澗。跨澗為橋。澗以全石為底，雨後，泉穿橋而墮。遊其下者，自鼎爐以趨桃花之洞，則必越澗之委❶。仰見飛流如噴雪，其聲轟然，人語不能相聞也。踰橋而西，有巖，石壁陡立不可入，乃穴石為門，架石為樓而居之，名之曰嘯月。循其西壁而轉，有小洞，洞內石穴如蜂房，其數蓋百有八，名之曰總巖。壁立之右，有巖曰半月。折而北，有巖高敞曰西封。舊有大石，可羅百席。石工採其石以去，既久而窪，積水深二丈焉。旁巖三，不知其名，皆可遊。又其西，則雲錦廊也。自壁立之左南出，石壁峭削不可攀，好事者鑿石為磴，磴纔受足，凡百餘級，五折而上，名之曰繞雲之梯。自壁立來者，上梯以瞯❷天池。自會勝來者，下梯以趨壁立。繞雲之南，有巖曰披雲。登其梯之半，其旁有洞，曰戛玉。

【章　旨】本段描述壁立巖及其周圍景色。

【注　釋】❶委　水流所聚。《禮記・學記》：「三王之祭川也，皆先河而後海，或原也，或委也，此之謂務本。」此指澗之下游。❷瞯　觀看。指上繞雲梯可上窺天池。據何永紹〈遊浮山記〉載：「由（石）蓮峰而北，辰山鑿石，歷階以下者，遶雲梯也。梯盡而升嶺，有池，即天池也。」可見，天池在另一峰，此處僅可觀見。

【語譯】走出連雲峽，再朝西北走，有一巖洞叫壁立巖，就著巖洞裡面修建了殿堂，而又在它的前面架設樓房用來居住。巖洞上方還有巖洞，名叫石樓巖。巖洞下方有一眼井，一年四季都不乾涸。壁立巖的前方有石臺，石臺下方有一洞，名叫鼎爐洞。壁立巖的右邊有泉水，從峽谷中流出，名叫桃花澗。有座橋跨過澗水。桃花澗的澗底是整塊石頭，每逢雨後，泉水穿過小橋向下飛瀉。在桃花澗下面遊玩的人，從鼎爐洞走向桃花洞，就必須越過桃花澗的下游。抬頭可以看見飛瀉的泉水好像噴出的雪花一樣，那聲音就如同打雷一般，人們講話都互相聽不見。走過小橋向西也有巖洞，但石壁陡峭無法進入，便以巖石洞口做門，在巖壁上架設木柱修成樓閣，以供居住，名之曰嘯月樓。沿著西邊石壁轉彎，有小洞，洞裡面的石孔就像蜂房一樣，它的數目大約有一百零八個，故稱之為總巖。壁立巖的右邊，有個巖洞叫半月巖。拐彎向北走，有個巖又高又敞亮，叫西封巖。從前有塊大巖石，上面可擺下上百張席子。石匠在這裡把石頭開採走了，時間過去很久就成了一塊窪地，中間積水深達二丈。旁邊有巖洞三個，不知道它們的名字，都可以遊賞。繼續向西，就是雲錦廊了。從壁立巖的左邊向南走，石壁陡峭像刀削過一樣，無法攀登，喜歡多事的人開鑿巖石做成石磴，石磴上只能容納一隻腳，總共有一百多級，拐五次彎才能上來，這就叫繞雲梯。從壁立巖前來的人，登上繞雲梯可以看到天池。從會勝巖來的人，走下繞雲梯可到壁立巖。繞雲梯的南方，有巖洞叫披雲巖。登上繞雲梯的一半，旁邊有個洞，名叫戛玉洞。

浮山在桐城縣治之東九十里，登山而望之，蓋東西南北皆水匯❶，而山石嵽嵲❷空虛，幾欲乘風而去，故名之曰浮山。

【章旨】本段介紹浮山的地理位置及命名緣由。

【注釋】❶水匯　水所匯聚。浮山離長江不遠，東南西三面均為長江，北靠湖泊。❷嵽嵲　高峻之山。杜甫〈自京赴奉先縣詠懷五百字〉：「凌晨過驪山，御榻在嵽嵲。」

【語　譯】浮山在桐城縣城東邊九十里，登山一望，因為東南西北四方都有水流匯聚，而浮山的巖石高峻凌空，幾乎要乘風離去，所以就稱它為浮山。

是山也，自檣山❶迤邐❷而來，北起而為黃鵠峰。峰之西，石壁削立千尺，上豐而下斂，其勢欲傾。有洞在其上曰金雞❸，大如車輪。四分石壁，而金雞高得其三，嶄絕❹不可登。當其蹙然❺下斂，有二巖，曰畢陶，臨水而幽；曰晚翠，日西夕則巖受之，蓋與朝暘之洞平分一日云。黃鵠之南，有巖曰摘星，地峻而險，其徑不容足。巖之前有絕澗橫焉，遊者皆苦其難至。自摘星而下，其右有甕巖，其口隘而其腹甚廣。其左有兩石屹立，高數丈，中距二尺許，若人斧以斯❻之者，名之曰夾桅❼之石。石之右，斷虹峽也。峽中有洞，曰涵蒼，曰橫雲。

【章　旨】本段敘寫黃鵠峰及其周圍景色。

【注　釋】❶檣山　山名，在浮山之東。❷迤邐　曲折連綿。❸金雞　何永紹〈遊浮山記〉曰：「由九曲巖炬行十數武，穿穴而出若牖者，金雞洞也。內朗外圓，如旭日東昇，故名金雞也。」❹嶄絕　山高險峻貌。❺蹙然　收縮的樣子。❻斯　劈開；剖開。《詩經・墓門》：「墓門有棘，斧以斯之。」❼夾桅　以兩木夾桅桿，因此兩石屹立，相距甚近，形似夾桅之木，故名。

【語　譯】這座山，是從檣山曲折連綿因而形成的，北邊突起的就是黃鵠峰。黃鵠峰的西邊，石壁陡峭如削，有千尺之高，上部寬大而下部卻縮小，其山勢好像傾斜。有巖洞在上面，叫金雞洞，洞口有車輪般大小。把石壁分為四分，而金雞洞的高度占得三分，高峻險惡，無法攀登。在這石壁縮小向下收斂的地方，有兩個巖洞，一個叫畢陶巖，面臨流水顯得幽靜；另一個叫晚翠巖，太陽偏西就照到此巖，大約同朝暘洞平分一天的太陽。黃鵠峰的南邊有個巖洞叫摘星巖，地勢高峻而又險要，到摘星巖的路窄狹得容不下腳。巖洞之前還有條深澗橫在那裡，遊人都苦於難得到達。從摘星巖向下，右邊有個甕巖，巖口很狹窄而裡面卻非常寬廣。它的左邊有兩塊巖石屹立，高達數丈，中間距離僅二尺，好像有人用斧頭劈開的一樣，被稱夾桅石。夾桅石的右邊，就是斷虹峽。峽谷中有洞，一個叫涵蒼洞，一個叫橫雲洞。

自黃鵠東南復起而為妙高峰❶。妙高者，浮山之最高處也。峰之半有巖曰凌霄，登之則飛鳥皆在其下。自妙高之凌霄折而下，至西北直上，又得醉翁之巖。下臨平原，其巖石覆壓欲墜。有僧構而居之，牕櫺❷皆如支拄然。中有泉，甘冽異於他水。其旁有關巖，他巖三面石，而此獨四面。一戶一牖，皆石以為之。

【章　旨】本段介紹浮山最高處妙高峰及其周圍景色。

【注　釋】❶妙高峰　何永紹〈遊浮山記〉曰：「浮山有東西二面，以如來峰而左右分之。其居尊而峰最高者，曰妙高峰。西則有會聖（勝），東則有金谷兩巖，各踞浮山絕勝。」此處指明幾個景點位置，可供參考。❷櫺　構成窗格的木條。

【語　譯】從黃鵠峰向東南，一峰又突起叫做妙高峰。妙高峰乃是浮山最高的地方。妙高峰的半山，有巖洞叫凌霄巖，登上此巖，就看到飛鳥都在它的下面。從妙高峰的凌霄巖轉折向下，到了西北方，筆直上去，又有個醉翁巖。其下面臨平原，上方的巖石覆蓋壓著巖口好像要掉下來一樣。有和尚架木為屋，就在裡面，就連窗子上的木條都好像巖洞的支柱一樣。巖洞中有泉水，甘甜冰涼，跟其他泉水不同。醉翁巖旁邊有個關巖，其他巖洞三面都是石頭，而這個巖洞獨獨四面都是石頭。一張門，一扇窗，都是用巖石構成。

自妙高東南再起而為餘萊峰。餘萊之南，則華嚴之背，所謂石壁削立千尺者也。壁有洞二，曰定心，曰寶藏。自定心、寶藏而東，有洞二，曰長虹，曰劍谷。登妙高、餘萊之巔，其間多大石，皆奇。有一石直立餘萊峰上，當額一孔如秦碑❶。而其下方石整立，如連屏摺疊，烺然❷可數。

【章旨】本段敘寫餘萊峰及其附近景色。

【注釋】❶秦碑　即秦代宣揚始皇威德刻石之碑，共有嶧山、泰山、瑯玡、𦊓罘、東觀、碣石和會稽共七碑，今僅存瑯玡臺殘碑，秦碑額上有孔。❷烺然　顯明清晰貌。

【語譯】從妙高峰向東南又突起一峰叫餘萊峰。餘萊峰的南面，就是華嚴寺的背後，所說的石壁陡峭如削，其高千尺的地方，就是這裡。石壁上有兩個洞，一個叫定心，一個叫寶藏。從定心洞、寶藏洞向東，又有兩個洞，一個叫長虹，一個叫劍谷。登上妙高峰和餘萊峰的山頂，這中間有很多大石，都很奇特。有一塊巖石垂直豎立在餘萊峰頂上，上部有一孔，就像秦碑那樣。而它下方巖石整塊豎立在山頂，好像屏風連接，相互摺疊一樣，一座座屏風鮮明清楚，其數可數。

自黃鵠北迤❶，是為翠微峰。翠微峰之西南壑中，其水流而為胡麻溪。由石龍之左，循溪以入，其石壁之洞有三，曰深遙，曰石駐，曰蛾眉。折而南，有小峽，峽有巖曰談玄。出峽而北，有石梁❷二，相竝而跨於溪上。溪以全石為底，而仰承二梁為一石，名之曰仙人之橋。雨則登橋而下見溪水之奔流，霽則橋下可通往來，可羅几榻而居之。

【章旨】本段敘寫翠微峰及其附近景色。

【注釋】❶迤　延伸。❷石梁　由石板搭建而成的石橋。

【語譯】由黃鵠峰向北延伸，就是翠微峰。翠微峰西南方溝壑中間，匯合的泉水叫做胡麻溪。由石龍峰的左邊，沿溪水進入，旁邊石壁上有巖洞三個，一叫深遙洞，一叫石駐洞，一叫蛾眉洞。溪水拐彎向南，有小峽谷，峽谷上有巖洞叫談玄巖。溪水流出峽谷向北流，有石橋兩座，相互並立而越過溪水之上。溪水以整塊巖石為底，而向上承接兩座石橋的是同一塊巖石，所以又叫做仙人橋。下雨的時候就可以站在橋上向下看到溪水奔流的情況，天晴的時候則橋下可供人們往來行走，還可以擺放桌子床鋪以便休憩。

自翠微之東，別起而為抱龍峰。抱龍與餘萊竝峙金谷之前，金谷則黃鵠之東面也。登抱龍之顛，有大石，上平如砥❶，曰露臺。四望無所蔽，而風自遠來甚勁，立其上則人輒欲仆。臺之後，有洞穹然❷跨峰之脊，左右豁達❸。自東入，則西見山之林壑；自西入，則東見野之原隰❹。臺前有老松，松幹虯曲，蓋千歲物云。

【章旨】本段敘寫抱龍峰及其附近景色。

【注釋】❶砥　磨刀石，細者為砥，粗者為礪。❷窅然　幽深的樣子。❸豁達　開通的樣子。❹原隰　廣平低濕之地。

【語譯】從翠微峰向東走，另有一座山拔地而起叫抱龍峰。抱龍峰與餘萊峰並列高聳於金谷巖之前方，而金谷巖就在黃鵠峰的東面。抱龍峰的峰頂，有塊巨大的巖石，上面平坦得就跟磨刀石一樣，名叫露臺。向四方瞭望，無任何遮蔽，而從遠方颳過來的大風非常有力，站在露臺上的人經常有可能被吹倒。露臺的後面，有個巖洞很幽深。越過抱龍峰的山頂，左右兩方都很開敞。從東邊進入，就看到西面山上的森林溝壑；從西邊進入，就看到東面郊野的平原濕地。露臺前有棵老松樹，枝幹彎曲有如龍蛇，大約有千年以上的樹齡了。

自翠微西衍，是為翠蓋峰。自翠蓋轉而西南，則會勝、連雲、壁立、嘯月諸巖也。自嘯月而更西北，浮山之西面也。從其西以望之，山如石几，正方。而丹邱❶一掌❷二巖，竝立方几之下。山之北，戴土❸，無巖洞。而山中有青鳥，其聲百囀，獨時時往來於白雲❹、金谷之間，他山未之見也。又有鳥狀類博勞❺，日將入則鳴，其聲如木魚❻。

【章旨】本段述翠蓋峰及其他需要補充的景點和特色。

【注釋】❶丹邱　巖名，本文未曾敘寫。據《安慶府志》載：浮山有巖三百五十，其最著有「丹邱巖，上有天池，昔人鑿石數十丈，引水入巖，以供汲飲。」❷一掌　疑指浮山山頂之石門，「其上平曠，天池出焉……又有大石坦夷，上可立千人」。故遠望之如掌。❸戴土　謂山之表層皆土。❹白雲　姚鼐原注：「桐城山名，東去浮山二十里。」❺博勞　即伯勞鳥，鳴禽類，以夏至來鳴，冬至止去。❻木魚　僧尼念經、化緣敲打的響器，木製，魚形。因魚晝夜未嘗合目，欲修行者晝夜勿忘誦經。

【語　譯】從翠微峰向西面延伸，那就是翠蓋峰。從翠蓋峰拐彎折向西南，就是會勝巖、連雲峽、壁立巖和嘯月巖等巖洞。從嘯月巖更向西北，就是浮山的西面。從浮山之西眺望浮山，浮山就像石製几案，呈正方形。而丹邱巖、石門平正如一掌和兩個巖洞並立在几案之下。浮山之北，表層有薄土，無巖洞。而浮山裡面有種青色的飛鳥，牠的聲音千迴百轉，經常單獨來往於白雲山和金谷巖之間，其他的山未曾見過。又有一種鳥樣子很像伯勞，太陽要下山的時候就叫，他的聲音好像敲打木魚一樣。

【研　析】本篇以「浮山記」為標題，而不用「遊浮山記」，表明作者不以某月某日個人遊蹤之先後順序來組織材料，而是以俯瞰方法對浮山諸名勝景點和著名峰巒，作全景式的介紹，目的在於引起遊人的興趣。與之相適應的是，文章不講求開頭結尾，不考慮起承轉合等內在結構，甚至就全篇而言，亦看不出遊賞路線和時間先後。全文平鋪直敘，只將浮山諸重點，排列成文。姚鼐認為這是〈禹貢〉章法。原評曰：「此篇全學〈禹貢〉章法。浮山勝境凡五處：一曰華嚴寺，二曰金谷巖，三曰會勝巖，四曰連雲峽，五曰壁立巖。文直敘此五處在前，如〈禹貢〉並列九州也。後敘諸峰脈絡次第，一曰黃鵠峰，二曰妙高峰，三曰餘萊峰，四曰翠微峰，五曰抱龍峰，如〈禹貢〉之有導山導水也。其巖洞之在五勝境前後左右者，即附在本境之後；其不在五勝境之內，而見於諸峰之上下者，附在諸峰之後。有與前相關，復為點次。如九州既有壺口、碣石，而導山導水復見之，非複亂也。浮山所在及其所以名，敘在中間，亦奇。」這段分析，雖有一定道理；但除以時間遊蹤為線索的遊記之外的山水記，無不採用這種章法，何止本篇如此。儘管如此，本篇仍然採用一般遊記中常見的移步換形法作為主要的表現手法，並大量運用明喻、暗喻等修辭手段以加強諸名勝景點的真實感。作者視角隨景點變化而轉移，有如電影鏡頭的不斷移動，使讀者得以瀏覽浮山全貌。這些很顯然還是受到遊記文的影響。

竇祠記

劉才甫

【題　解】清《一統志》曰：「安徽安慶府竇將軍祠，在桐城縣舊書院，祠明義烈竇成，亦曰竇公祠。」竇成本一士卒，被張獻忠所劫，並被夾持前往被包圍之桐城，誘使守軍投降。竇成偽許之。至桐城反鼓勵守軍堅持不屈，並以叛軍虛實相告，終於慷慨就死，桐城因賴以保全。安徽提刑按察使張公亮至桐城建祠祭奠，清初江之漢為之塑像勒石焉。本篇應屬一般亭臺記一類，作者在表彰竇成「捐一身之死，以卒全一邑數萬之生靈」這種殺身成仁的奮勇精神，而且將竇成這一介武夫，跟那些開城迎降的地方官相比，從而顯示普通民眾身上的凜然正氣。尤其值得注意的是，文章最後一段還能深刻地指出，明代貴士而賤民，致百姓辛苦流亡，無處控訴，但最後「亡明之天下者，百姓也」。他希望「後之為人君者，可以鑑矣」，這顯然是針對清朝統治者而言，要他們關懷民生，認清民眾作為國家主體的力量和作用，這是極其可貴的。

桐城縣治之西北有竇祠，邑之人所建以祀蜀人竇成者也。明之亡，流賊將破桐城❶，成有救城功，故邑人戴其德，而建祠以祀之也。

【章　旨】本段為緣起，介紹竇祠有關情況。

【注　釋】❶流賊將破桐城　指張獻忠。張獻忠部曾兩次進攻桐城，一為崇禎十年（西元一六三七年）正月，後為史可法所敗。一為崇禎十五年，後為黃得功所敗。此次應為崇禎十五年。

【語　譯】桐城縣城西北，有座竇祠，這是桐城人民所修建用來奠祭四川人竇成的。明朝亡國之時，流賊張獻忠即將攻破桐城，竇成有挽救全城的功勞，因此桐城人民感激他的功德，特地修建這座祠堂來祭祀他。

當是時，賊攻城甚急，城堅不可卒❶下。賊時去時來，巡撫安慶等處❷部將廖應登，率蜀兵三千人為防禦。時賊不在，應登將兵往廬州❸。經舒城❹，方解鞍憩息，而賊騎突至，遂劫應登去。賊顧謂應登曰：「今欲誘降桐城，汝卒中誰可遣者？」應登曰：「宜莫如竇成。」賊問成：「若能往否？」成許之，無難色。賊遂以二卒持兵夾成，擁至城下，使登高阜，呼城守而告之。成諦視，見所與相識者，乃大呼曰：「我廖將軍麾下竇成也，賊脅我誘若今降，若必無降。若謹守若城，且急使人請援。賊今穿洞，洞皆石骨❺不可穿，計窮且去矣。」夾成之二卒，卒出不意，相顧驚愕，遂以刀劈其頭，腦出而死。自是守兵始無降賊意，益晝夜謹護城，而密使人之安慶請援。援至而城賴以全❻。當明之季世，流賊橫行，江之北鮮完邑焉。而桐以蕞爾❼，獨堅守得全，雖天命，豈非人力哉！

【章　旨】本段敘述竇成捨棄個人生命，以保全桐城的英勇事跡。

【注　釋】❶卒　同「猝」。突然，引申為迅速。❷巡撫安慶等處　此指黃得功，號虎山，開原衛（今遼寧開原）人。崇禎十四年，巡撫鳳陽、安慶等府。❸廬州　府名，治所在今安徽合肥。❹舒城　今屬安徽，在合肥以南。❺石骨　指地下以巖石為骨，桐城倚山築城，城基皆石。❻密使人之安慶請援二句　據姚文然〈竇將軍祠記〉載：「時城守有林構者，縋城下，晝夜行數百里，乞師於鳳陽總鎮黃公得功。黃公義之，星馳赴援，賊敗走，大軍追之，獻忠馬蹶，幾獲焉。城所以全者，本公一死之力也。」此言安慶，疑誤。❼蕞爾　小貌。

【語譯】在那個時候，流賊進攻桐城，形勢危急，桐城堅固，無法迅速攻下。流賊有時離開，有時又來，安慶等府巡撫部將廖應登率領四川士兵三千人前來防禦桐城。當時賊兵不在桐城，應登領兵前往廬州。途經舒城，正在下馬休息，而流賊騎兵突然來到，於是便劫持廖應登而去。流賊對應登說：「現在要誘降桐城，你的士卒中誰可供派遣呢？」應登說：「可派遣的沒人比得上竇成。」流賊問竇成：「你能夠去嗎？」竇成答應了，臉上沒有困難的顏色。流賊便用兩個士卒手拿武器左右夾住竇成，圍著他來城牆下面，要他登上高坡，呼叫守城的人，告訴勸降之事。竇成仔細觀察，看見他所認識的人，便大聲呼叫說：「我是廖將軍部下的竇成，賊軍威脅我勸說你們，要你們投降。你們一定不能投降。你們要仔細防守你們的城池，並且趕快派人請求援兵。賊兵現在正在挖掘地道，但地道碰到的都是城基的巖石，地道挖不通，賊軍沒有辦法，就要離開了。」左右夾持竇成的兩個賊兵，面對突然出現他們沒有意料到的情況，相互看著，驚愕不已，便用刀劈開竇成的頭，腦髓流出而死。從此以後桐城守軍才沒有投降賊軍的打算，更加日日夜夜仔細防守城池，並暗地派人到安慶（應為鳳陽）請求援兵。援兵到達而桐城終於得到保全。在明朝末年，流賊橫行無忌，長江以北廣大地區很少有保持完好的城邑。而桐城這麼個小小城池卻獨獨能夠堅守得以保全，雖然說是天命，難道不是由於人的力量嗎！

成本武夫悍卒，然能知大義，不為賊屈，捐一身之死，以卒全一邑數萬之生靈，有功德於民，則廟而食之，宜矣。彼其受專城❶之寄，百里之命❷，君父之恩至深且渥❸也，賊未至，而開門迎揖者，獨何心歟？夫以一卒之微，而使一邑之縉紳大夫，莫不稽首跪拜其前，豈非以義邪？又況士君子❹之殺身以成仁者哉！

【章　旨】本段展開議論，將「一卒之微」的竇成，與明末那些開門迎降的州縣地方官對照，以說明這種殺身成仁的精神之可貴。

【注　釋】❶專城　指州守、府尹之類地方官。漢樂府〈陌上桑〉：「四十專城居。」❷百里之命　指任命為縣令。❸渥　厚。❹士君子　舊指有志行操守之人。《荀子・修身》：「士君子不為貧窮怠乎道。」此指竇成。

【語　譯】竇成本是個雄武之人，勇敢士兵，但是他能夠知道大義，不為賊兵的威脅而屈服，拋棄個人生命接受死亡，以便最後保全整個縣城好幾萬人的生命，有功德於老百姓，那麼為他立廟並享受祭祀，那是應該的。而那些委派為州守府尹，受命為知縣的人，皇帝給他們的恩寵非常深厚的了，賊兵還沒有到就開城迎降，這些人獨獨抱著什麼心呢？而竇成以一個士卒的微賤，而能使整個縣城的士大夫沒有一個不磕頭跪拜在他的前面，難道不是因為他大義凜然嗎？又何況有道德操守的人敢於挺身而出，殺身以成仁啊！

吾觀有明之治，常貴士而賤民。誦讀草茅之中，一日列名薦書❶，已安富而尊榮❷矣。繫官於朝，則其尊至於不可指。而百姓獨辛苦流亡，無所控訴。然卒亡明之天下者，百姓也。後之為人君者，可以鑑矣。

【章旨】本段進一步推論，平民雖素為國家所輕賤，但仍然關係國家危亡，為人君者當以此為鑑。

【注釋】❶列名薦書　指鄉試中舉。凡鄉試，由同考官將本房優秀試卷推薦並開列名單送與主考官，稱為薦書。名列薦書才具備中舉資格。❷安富而尊榮　安享富裕，榮華受人尊敬。《孟子・盡心上》：「君子居是國也，其君用之，則安富尊榮。」

【語譯】我看整個明朝的統治，經常都是尊重士大夫而輕賤老百姓。士子在茅草房中誦讀詩書，只要有一天被推薦中舉，就可以安享富貴，榮耀讓人尊敬了。官吏的名單都由朝廷管轄，那麼他的尊貴就可以達到無法形容的程度。而老百姓卻獨獨辛苦勤勞，甚至流亡他鄉，沒有地方可以上訴。可是，最後滅亡明朝天下的人，還是這些普通老百姓。後代做皇帝的人，可以用來作為借鑑吧。

【研析】本篇在亭臺樓閣記中，屬於祠記這一小類。其內容、寫法與本書卷五十六曾子固〈徐孺子祠堂記〉大略相似，都以論為主，以記為輔，其性質有類乎史論。但此二篇在寫法上也略有不同：前篇所祠者為漢代名人，去宋甚遠，故對其生平有關敘述，甚為簡略，且敘即在論中點出。而本篇所祠者為明末士卒武夫，去清甚近，人所未知，而名不見史傳，故敘其所以祠之之事跡，更需詳盡，以備人們之了解。而記祠本身，前篇略詳，因祠址為徐孺子故址，故需考索其沿革，以示傳信；而本篇則無此需要，僅三言兩語，略作交代即可。這是兩篇不同之處。王文濡評之曰：「摹寫盡致，後幅尤慨當以慷。」可見本篇之議論，較敘述更有特色。文章將「一卒之微」與州縣地方官相對比，進而引申出平民雖為明代所賤，但卻導致明之亡天下，集中表彰低賤者之重要地位和品德。這些思想都相當深刻，故能發人深省。

遊凌雲圖記

劉才甫

【題解】凌雲，山名，又名南山、九頂山。在蜀之嘉州（今四川樂山市一帶）。舊有語云：「天下山水之勝在蜀，蜀之勝在嘉州，州之勝在凌雲寺，寺之南山，又其勝也。」《邵博記》劉大櫆友人盧抱孫出任嘉州所轄之洪雅縣（今四川洪雅）縣令，曾於閒暇時攜家挈壺遊凌雲山。歸里後乃延請畫工繪製〈盧公載酒遊凌雲〉以自娛，作者特為之作記。文章對古代文人浮雲富貴，力求擺脫官場俗務，縱情山水之樂，不受塵世羈縻，充分享受大自然的雅興，表示出由衷的羨慕之情。為此，作者特地把盧公載酒遊凌雲，看成是實現了蘇軾未能實現的理想。儘管如此，文章仍然把盧君追步蘇軾與他「施澤於民」相並列，表明作者主張追求個人逸興，不能以荒廢政務為代價。

知者樂水，仁者樂山❶，非山水之能娛人，而知者仁者之心，常有以寓乎此也。天子神聖，天下無事，百僚庶司❷，咸稱厥職，乃以蒞政之餘暇，翛然❸自適於山岨❹水涯，所以播國家之休風，鳴❺太平之盛事，施廣譽於無窮者也。

【章　旨】本段竭力提高喜好山水之遊的重大意義。

【注　釋】❶知者樂水二句　出《論語・雍也》。❷百僚庶司　指大小官吏。僚，官。庶，眾。司，有司；主管者。❸翛然　《莊子・大宗師》：「翛然而往，翛然而來而已矣。」《釋文》：「翛然，自然無心而自爾之謂。」❹山岨　山的深奧處。❺鳴　歌誦。韓愈〈送孟東野序〉：「天將和其聲以鳴國家之盛邪。」

【語　譯】智慧的人喜好水，仁德的人喜好山，這並不是山水能夠使人高興，而是智慧的人和仁德的人經常把山水作為自己的某種寄託。現在皇帝英明至聖，天下太平無事，大小百官，政府部門，全都能夠做好他們的工作職務，便以從事政務的空閒餘暇，自由自在地到深山水畔鬆弛一下自己，用這種方式來播揚國家美好的風氣，歌誦天下太平的大事，散布廣大的聲譽於千秋萬代啊。

南方故山水之奧區❶，而巴蜀峨眉❷，尤為怪偉奇絕。昔蘇子瞻浮雲軒冕❸，而願得出守漢嘉❹，以為凌雲之遊。古之傑魁之士，其縱恣倘佯❺，而不可羈縻以事者，類如此與！

【章　旨】本段說明巴蜀山水之美，並引蘇軾願出守漢嘉作為文人喜好山水的範例。

【注　釋】❶奧區　腹地。《後漢書》班固〈西都賦〉注：「奧，深也。言秦地險固，為天下深奧之區域。」❷峨眉　山名，以風景秀麗著稱，在峨眉縣，古屬嘉州所轄。❸浮雲軒冕　視富貴如浮雲之意。軒，卿大夫所乘之軒車。冕，冕服，常指代官位爵祿。❹願得出守漢嘉　蘇軾〈送張嘉州〉詩曰：「少年不願萬戶侯，亦不願識韓荊州，頗願身為漢嘉守，載酒時作凌雲遊。虛名無用今白首，夢中卻到龍泓口。浮雲軒冕何足言，惟有江山難入手。」漢嘉，蜀漢時郡名，治龍游，即今樂山市。北周改置嘉州。❺縱恣倘佯　放肆徘徊，引申為縱情遊覽。

【語　譯】南方本來就是山水深奧的地區，而四川峨眉山一帶的山水特別顯得驚駭雄偉奇特之至。過去蘇東坡把富貴看成身外之浮雲，卻希望出任嘉州太守，以便遊覽凌雲山。古代的那些傑出魁偉的人士，他們嚮往縱情遊賞而不受塵世事務約束的情況，都像這樣吧！

吾友盧君抱孫❶，以進士令蜀之洪雅❷。地小而僻，政簡而明，民安其俗，從容就理。於是攜童幼，挈壺觴，逶迤❸而來，攀緣以登，坐於崇岡積石之間，超然❹遠矚，邈然❺澄思❻。飄飄乎遺世之懷❼，浩浩乎如在三古❽以上，於時極樂。既歸里閒居，延請工畫事者，畫〈盧公載酒遊凌雲〉也。古今人不相及矣，昔之人所嘗有事者，今人未必能追步之也。乃子瞻之有志焉而未畢者，至盧君而遂能見之行事；則夫盧君之施澤於民，其亦有類於古人之為之邪！於是為之記。

【章　旨】本段敘述盧抱孫之仕宦和遊覽之雅致，進而點明〈遊凌雲圖〉及其意義。

【注　釋】❶盧抱孫　即盧見曾，字抱孫，號雅南，山東德州人。康熙六十年進士，雍正三年（西元一七二五年）任洪雅縣令。後官至兩淮鹽運使。❷洪雅　縣名，時屬嘉州，今屬四川省。❸逶迤　從容自得貌。❹超然　離世脫俗貌。❺邈然　遠貌。❻澄思　清心凝思。陸機〈文賦〉：「罄澄心以凝思。」❼飄飄乎遺世之懷　蘇軾〈赤壁賦〉：「飄飄乎如遺世獨立，羽化而登仙。」❽三古　上古、中古、下古的合稱。三古所指略有不同：《漢書・藝文志》顏注以為「伏羲為上古，文王為中古，孔子為下古。」《禮記・禮運》孔疏則以為「伏羲為上古，神農為中古，五帝為下古。」

【語　譯】我的朋友盧抱孫君因為得中進士出任四川洪雅縣令。洪雅縣地方小而又偏僻，政務簡約而清楚，百姓們都能安於他們的習俗，從容地接受治理。於是盧君便攜帶妻兒子女，拿上酒壺酒杯，悠閒自在前來，沿著山路爬上凌雲山，坐在高崗巖石之中，以超脫曠達的神態向遠處眺望，用高遠脫俗的樣子清心凝思。飄飄蕩蕩啊像有著脫離人世的情懷，浩浩渺渺啊好像生活在上古、中古和近古之上，這個時候歡樂到了極點。回到家鄉安閒地住下以後，便請來一個善於繪畫的人，畫成一幅〈盧公載酒遊凌雲〉的圖畫。今人應該是趕不上古人的，過去的人所曾經有過的逸事，今天的人不一定能夠效仿他。以前蘇東坡具有的志願而未能完成之事，但到了盧君卻能夠以實際行動表現出來；那麼盧君擔任縣令時能將恩澤施加於老百姓，在這方面不是也很像古人所做的那樣嗎！於是我特地為他寫下這篇記。

【研　析】本篇為圖記，所記之圖乃人像圖，但卻與蘇洵〈張益州畫像記〉不同，其像非民之留像，乃盧君自己請人所畫；亦不是單純人像，而是「載酒遊凌雲」之像。故本篇構思謀篇、內容寫法與蘇洵文全然不同。

盧君得遊凌雲，並非個人自行尋山訪水，而是任縣令遊覽所屬之州之名勝，盧君在為政之餘，才得此機會縱情遊賞。作者把盧公遊凌雲之圖，描寫得極為悠閒自得、高雅飄逸，「坐於崇岡積石之間，超然遠矚，邈然澄思。飄飄乎遺世之懷，浩浩乎如在三古之上」，不愧為風流縣令一段佳話，令人豔羡不止。全文正是圍繞這一點落筆。故首段極力強調遊山玩水的重大意義，用《論語》中聖人的話來肯定其價值，用「播國家之休風」來渲染其政治意義。二段還舉出風流放浪、亦官亦隱，因而成為古代文人心目中的偶像蘇軾來作為烘托。他雖有顧守漢嘉，以遂其遊凌雲之志，卻畢生未果；而盧君「遂能見之行事」。且此遊並未荒廢政務，而是在「施澤於民」的條件下實現的。這樣一來，此圖像所反映出和聯想到的內涵、意蘊、情義和價值，全都得到充分的發掘。故王文濡評之曰：「雖無特采，而行文自從容閑雅，罄所欲言。」

箴銘類

文體介紹

箴是古代用來規諫過失的一種文體。箴本是古代的一種醫療器具。凡疔瘡腫毒，用竹針（古代針用竹制，後用金屬，故箴從竹，與「針」字通）或石針刺穿以治療之，稱針砭。箴這種文辭能治人過失，如箴之能療疾，因名之曰「箴」。故吳訥《文章辨體序說》云：「蓋箴者規誡之辭，若箴之療疾，故以為名。」

箴，據其規誡對象的不同而分為兩類。一類叫官箴，一類叫私箴。官箴是臣下對君王或其他上層執政官員進行規勸的文辭，即所謂「官箴王闕」（《左傳・襄公四年》）。這類箴一般都寫得比較娓婉，不直指君主或上司的過失，只是根據自己的執掌，引用這個職位在歷史上的教訓，來進行規諫，如〈虞箴〉；或根據某地的特點，引用歷史事實，來喚起君主或地方官員的警覺，如揚雄〈州箴十二首〉。官箴的起源是很早的。《逸周書・文傳解》、《呂氏春秋・應同》即載有夏商二箴，惜僅存殘句，難窺全豹。至周武王時，太史辛甲命百官箴王缺，而虞人掌獵，乃獻〈虞箴〉，其文備載《左傳・襄公四年》，為今存最早的完整的箴文。文中用后羿貪戀田獵，不恤國事而亡國的歷史教訓來告誡周王，晉國魏絳又轉引此箴來勸諫晉悼公，成為後世箴文的規範。至漢代，揚雄好古，模仿〈虞箴〉而作〈州箴十二首〉、〈二十五官箴〉，於是風氣漸開，繼作者甚眾，然皆非箴辭之善者。故姚鼐均不選，僅選揚雄〈州箴十二首〉與〈酒箴〉。

私箴是作者自警自戒的文辭。它的作用是揭示自己過失，作為警惕以自我規諫。這類箴文一般都言詞激切明快，直指自己的過失，與官箴之婉婉含蓄者不同。不過它雖為自我反省而總結處世教訓之作，但其中也曲折地反映出世態人情，寄寓著作者的深沉感慨。韓愈〈五箴並序〉、李翺〈行己箴〉就是這類箴文的優秀代表。

箴就其體制而言，則多為四言，或以四言為主而雜以其他句式，有韻，為韻文之一體。

銘是刻在金石器物上的文辭，稱作銘文。最初，它只是人們用以記載器名、物主、製作者和製作時間等，後來才演變為一種專門的文體。《文心雕龍・銘箴》云：「銘者，名也。觀器必也正名，審用貴乎盛德。」所謂「正名」，就是使器物和它的名稱相應；所謂「審用」，就是觀察器物的作用而作銘文以頌揚盛德。「作器能銘」（《詩經・定之方中》毛傳）是古代君子的「九能」之一。銘最初多刻於鐘鼎等器物，秦漢以後，或刻於碑石；商代銘文皆簡短，西周以後漸有長篇。

銘的起源是非常早的。《文心雕龍・銘箴》載，黃帝軒轅氏就在輿几上刻銘以防缺失，夏禹王在鐘架上刻銘以招勸諫，商湯王在盤上刻著「苟日新，日日新，又日新」的銘文以自勵，周武王也在盤盂几席上刻有銘文以自警，前者多已殘佚，而周武王的銘文卻還保存於《大戴禮記・武王踐阼》篇中。在後世出土的商周時期的青銅器上刻有許多銘文，被稱之為鐘鼎銘文。現存道光末年出土之毛公鼎，銘文長四九七字，記述西周王誥誡褒賞臣下毛父唐事，為現存西周銘文最長者。秦始皇巡行天下，所到之處多刻石為銘以頌秦功德，這些銘文都保存於《史記・秦始皇本紀》。漢代以後，銘文繼續流行，班固〈封燕然山銘〉、張載〈劍閣銘〉皆為有名的銘文。

銘文的體制，商周鐘鼎銘文有用散文寫作的。自秦漢以後，多用韻文，成為韻文之一體。韻文以四言居多，間有用五言或騷體者。到了唐宋古文家，又以散體來寫作銘文，大體有韻，韻散結合，而行文幾乎與散文無別，形成一種特殊的風格。如蘇軾〈徐州蓮華漏銘〉、〈九成臺銘〉即是。

銘文的內容，最多的是表示警戒。這類銘文一般是從某器物的特徵出發，揭示某種哲理的寓意，從而規勸和告戒自己或別人，喚起注意以防失誤。其次是頌功德。某人有功有德，作器物以為紀念，勒銘文於其上以頌其功德。商周鐘鼎銘文此類甚多，秦始皇碑刻銘文，班固〈封燕然山銘〉皆屬此類。還有的只是詠物讚物或狀景紀勝，既無規勸，亦無頌揚之意。如庾信〈刀銘三首〉、〈明月山銘〉、〈吹臺山銘〉、白居易〈磐石銘〉之類。這類銘文其實只是一些詠物寫景的小品，是魏晉六朝時期詠物寫景文學興盛的結果。它始於鮑照〈石帆山銘〉，齊梁盛行，且多用駢體寫作。姚鼐認為此非銘文之正格，故不選入。

銘文的種類甚多。最初都是刻在器物上，稱為器物銘。這類銘文為數最多。如蘇軾〈徐州蓮華漏銘〉即是。秦始皇巡行郡縣，每至名山大川，則刻石以頌秦德，於是出現山川銘。山川銘多刻於名山大川或名勝古跡，如張載〈劍閣銘〉，先寫山勢地形，然後告戒野心家不要恃險作亂以示勸諫，即其代表。古人還有題刻在宮室屋壁上的銘文，稱作宮室銘。這類銘文產生較晚，劉禹錫〈陋室銘〉即其權輿。此銘寫得十分精彩，但用駢體，故姚鼐不取。宋張載〈西銘〉摭拾經傳中天道倫理之說，抒發其民胞物與的情懷。其理學宗旨，正合姚鼐之主張，故選入書中。另外還有一種銘，不一定刻於器物碑石，只是置之座右以警戒自己，稱為座右銘。這種銘始於漢代崔瑗。五臣注《文選》呂延濟曰：「瑗兄璋為人所殺，瑗遂手刃其仇。亡命，蒙赦而出，作此銘以自戒，嘗置座右，故曰座右銘也。」這篇銘影響很大，後世多有模仿，成為自戒自警性銘文中相當流行的一種。

歷來文體分類學者把箴銘作為一個大類，如《文心雕龍》即置〈銘箴〉。姚鼐承其傳統，亦置箴銘類。那麼箴銘有何異同呢？寫作上各有何特點呢？這一點，劉勰《文心雕龍・銘箴》說得很清楚。他說：「夫箴誦於官，銘題於器，名目雖異，而警戒實同。箴全禦過，故文資確切；銘兼褒讚，故體貴弘潤：其取事也必覈以辨，其摛文也必簡而深，此其大要也。」這就是說，箴銘雖為不同文體，但表警戒之意相同，故可歸為一個大類。但箴只表警戒，銘除表警戒外，還兼有歌頌功德的功能，所以除箴誦於官，銘題於器的區別之外，內容也有不同，故二者還是有區別的。箴全是表示警戒，所以文辭必須確切而不虛華；銘還兼有歌頌讚揚，故體制要弘大豐潤。但取事必須覈實而確切，行文必須簡潔而深刻，則是二者的共同要求。姚鼐說的「其辭尤質而意尤深」，就是這個意思。姚鼐深明箴銘的特點，故書中所選皆為箴銘最有名的代表作。

銘有刻之於石者，如宮室銘、山川銘，稱為碑銘，這類銘文與碑誌類易相混淆，但細辨之還是有區別的。墓誌銘（埋於地下者）、墓碑銘（豎於墓前者）前有長序記述死者的生平事跡，宮室廟宇碑銘亦多用長序記述其興廢的情況及其修建的過程，這相當於史傳文或記事文，後面附載的銘文反而居於次要地位。《文心雕龍・誄碑》云：「夫屬碑之體，資乎史才，其序則傳，其文則銘。」這類以史才寫作的帶有史傳性質的碑文歸入碑誌類，自無疑義。碑銘雖可或亦有小序在前，但其內容以讚頌或勸戒為主而不以記事為主；形式以銘文為主而不以序文為主，二者的區別是很明顯的。而姚鼐將班固的〈封燕然山銘〉歸入碑誌類而將張載〈劍閣銘〉歸入「箴銘」類，未知何據？大約以〈封燕然山銘〉前有序記述竇憲軍容的壯盛和軍功的顯赫，內容以頌揚表彰為主，故而歸入「碑誌」類，而〈劍閣銘〉「正為險不可恃」，故「歸重德宇」，箴意甚明，故入「箴銘」類，這種考慮，雖不能說毫無道理，但多少有些牽強之處。

卷六十　箴銘類

州箴十二首

揚子雲

冀州牧箴

【題解】十二州，相傳夏禹治水後，分當時中國的領域為九州，即冀、兗、青、徐、揚、荊、豫、梁、雍九州，見《尚書．禹貢》。至漢武帝元封五年（西元前一〇六年）初置刺史部十三州。至漢平帝元始三年（西元三年），改置十二州。揚雄即據此作十二州箴。《左傳．襄公四年》載，周太史辛甲命百官各為箴辭以規箴王闕，後俱亡佚，唯存〈虞箴〉一首。揚雄喜模仿，以為「箴莫善于〈虞箴〉」，遂仿之而作〈州箴〉與〈官箴〉。

冀州，我國古代州名，轄境大體包括山西、河北西北部、河南北部。牧，古代官名。州的長官稱牧。漢武帝時每州置刺史一人，漢成帝時改為牧。本首說明了冀州重要的地理位置，敘述了冀州盛衰興廢的歷史，指出它「更盛更衰」的原因是「陪臣擅命」，故「初安如山，後崩如崖」，從而告戒司牧冀州的人，要「治不忘亂，安不忘危」，隨時隨地提高警惕，以防止禍亂的發生。

洋洋❶冀州，鴻原大陸❷。嶽陽是都❸，島夷皮服❹。潺湲河流，夾以碣石❺。

【章　旨】本段寫冀州的地理形勢。

【注　釋】❶洋洋　空曠平坦貌。❷鴻原大陸　鴻原，大原。鴻，借作「洪」。大。原，高而平坦的土地。大陸，大片陸地。《尚書・禹貢》：「恆衛既從，大陸既作。」孔傳云：「二水已治，從其故道，大陸之地已可耕種。」一說，大陸，古藪澤名，又名巨鹿澤，廣阿澤，其地在今河北隆堯、巨鹿、任縣三縣之間。❸嶽陽是都　嶽，指太嶽山，即霍山，在今山西霍縣東南。陽，山南曰陽。都，國都。用作動詞，建為國都。堯都平陽，舜都蒲阪，皆在霍山之南，故云。❹島夷皮服　島夷，居住在海島上的夷人。夷，古代對東方少數民族的稱呼。皮服，以鳥獸之皮為衣服。《尚書・禹貢》孔穎達疏云：「此居島之夷，常衣鳥獸之皮，為遭洪水，衣食不足。今得還其皮服，以明水害除也。」一說指以皮服為貢品。《尚書・禹貢》蔡沈注云：「海島之夷以皮服來貢也。」❺碣石　古山名，在河北昌黎縣西北，因遠望其山，穹窿似冢，山頂有巨石特出，其形如柱，故名。

【語　譯】空曠平坦的冀州，是高而平坦的原野，是可以耕種的大片陸地。在太嶽山的南面建立國都，海島上的夷人又可以穿上鳥獸之皮的服被。歡騰地奔流著黃河的洪流，在旁邊聳立著名的名山碣石。

三后❶攸降，列為侯伯❷。降周之末，趙魏是宅❸。冀州麋沸，炫沄如湯❹。更盛更衰，載縱載橫❺。陪臣❻擅命，天王❼是替❽。趙魏相反❾，秦拾其敝❿。北築長城⓫，恢夏之場⓬。漢興定制，改列藩王⓭。

【章　旨】本段寫冀州「更盛更衰」的歷史變遷。

【注　釋】❶三后　指堯、舜、禹。堯都平陽，舜都蒲阪，禹都安邑，皆在冀州。后，君主。❷侯伯　公、侯、伯、子、男五等爵位中的侯爵和伯爵。這裡代指諸侯國。自夏朝以後，冀州分封為諸侯國，如堯之後封於唐，殷末有黎侯，春秋時晉獻公滅耿以賜趙夙，滅魏以賜畢萬，皆古諸侯國之在冀州者。❸趙魏是宅　春秋時晉國六卿中的趙氏和魏氏。戰國初，三家分晉，趙國、魏國皆為戰國七雄之一。趙國占有冀州西北部，都晉陽（今山西太原東南），魏國占有冀州南部，都安邑（今山西夏縣西北），故云。宅，居住。❹如湯　翻騰貌。炫沄，《文選・思玄賦》注，《初學記》並作泫沄。按：此形容水滾沸翻騰，當以作泫沄為是。湯，沸水；開水。此以水沸形容社會震盪不安。❺載縱載橫　戰國時七國爭霸的兩種鬥爭策略。南北曰縱，東西曰橫。山東六國聯合共同抵抗秦國的策略叫縱，秦國聯合山東六國中的幾國進攻另外一國或幾國的策略叫橫。縱，字或作從。橫，字或作衡。❻陪臣　諸侯之大夫對天子自稱陪臣。❼天王　指周天子。因春秋時，吳楚等國相繼稱王，故尊周王為天王。❽替　廢棄；衰敗。❾相反　互相反對；互相攻擊。❿秦拾其敝　言秦乘其敗壞而滅之。拾，拾取；撿起，極言其攻滅之容易。敝，敗壞；疲困。⓫長城　《史記・蒙恬列傳》載，秦統一天下後，命蒙恬北築長城，起臨洮，至遼東，延袤萬餘里。⓬恢夏之埸　夏，指《尚書・禹貢》所言冀州之疆域。埸，指疆域。⓭藩王　指藩國的諸侯王。漢初，漢高祖劉邦封盧綰為燕王，封張耳為趙王。後又封其子劉建為燕王，劉如意為趙王，劉恆為代王。燕國、趙國、代國皆屬冀州。藩，藩國，即諸侯國。古代帝王封建諸侯以藩屏王室，故稱諸侯國為藩國，諸侯王為藩王。

【語　譯】唐堯、虞舜、夏禹三代君主以後，冀州就列為侯伯一類的諸侯國。到了周王朝的末年，晉國的趙魏二氏就居住於此建立了趙國和魏國。冀州就糜爛沸騰，如沸水般翻騰簸揚。一會兒興盛，一會兒又衰落，有時合縱，有時又連橫。諸侯的臣下擅自發號施令，廢棄了周王朝的天王。趙魏諸國互相攻擊反對，秦國就乘其敗壞衰落而將其滅亡。還在北境修築了萬里長城，擴大了《尚書・禹貢》所劃定的土疆。漢朝興起訂立了新的制度，改為分封藩國侯王。

仰覽前世，厥力❶孔❷多。初❸安如山，後❹崩如崖。故治不忘亂，安不忘危。周宗❺自怙，云焉有予隳？六國奮矯，渠❻絕其維❼。牧臣司冀，敢告在階❽。

【章　旨】本段告誡治冀者要「治不忘亂，安不忘危」。

【注釋】❶力 一本作歷。謂經歷、閱歷。按：作「歷」是。❷孔 很；甚。❸初 謂虞夏時。❹後 指戰國時。❺周宗 猶言宗周，指周王朝。❻渠 通「遽」。迅疾。❼維 綱維。指維繫國家的法令之類。❽在階 猶言在廷。官箴戒王的闕失，不敢斥指至尊，故託以告在廷的臣下。

【語譯】向上觀察前面的朝代，其經歷非常繁多。起初安定如山之不動，後來敗壞如山崖之崩墮。所以社會太平就不要忘記了動亂，社會安定就不要忘記了傾危。周王朝自恃其強大，說哪個能毀壞我呢？結果山東六國奮發振起，很快就斷絕了維繫周王朝的綱維。統治一州的長官來治理冀州，就應該把這些情況告知在朝廷任職的官員。

揚州牧箴

【題解】揚州，古代州名。「淮海惟揚州」，揚州北及淮河，東至東海，南距閩越，西至彭蠡，轄境包括今江蘇、安徽淮河以南地區和浙江、江西兩省。本首除了說明揚州的地理位置及其物產之外，還記載了揚州民風的勇悍以及周昭王南征不返，吳王夫差恃強亡國及越王句踐稱霸中原等與揚州有關的歷史事實，從而告戒統治者應該小心謹慎，親近遠人。只有君聖臣勤，才能維繫統治。「堯崇屢省，舜盛欽謀」，這就是統治者應該記住的歷史龜鑑。

矯矯❶揚州，江漢❷之滸。彭蠡❸既豬❹，陽鳥❺攸處❻。橘柚羽貝，瑤琨篠簜❼。

閩越❽北垠，沅湘❾攸往。

【章旨】本段寫揚州的地理位置及其物產。

【注釋】❶矯矯 勇武之貌。❷江漢 江，長江。漢，漢水，一稱漢江。源出陝西寧強縣北嶓冢山，東南流經陝西南部入湖北至武漢市入長江。❸彭蠡　湖名，在江西北部。隋時因湖接鄱陽山，故又名鄱陽湖。❹豬　水停積的地方。❺陽鳥　鴻雁一類的候鳥。隨陽氣南北遷徙，故曰陽鳥。❻攸處　所處；居住的地方。❼橘柚羽貝二句　橘柚，皆果名，小曰橘，大曰柚。羽，鳥羽。貝，貝殼。瑤琨，皆玉名。篠，小竹。可作箭。簜，大竹。皆古代揚州所出產的貢品。❽閩越　閩，古代族名，聚居於今福建境內，後因稱福建為閩。越，古代族名。古時江浙粵閩之地為越族所居，稱百越。❾沅湘　沅、湘二水注入洞庭湖後，又經城陵磯注入長江，長江流經揚州，故云。

【語　譯】風俗勇悍的揚州，在長江、漢水的江畔。彭蠡湖既已能積蓄洪水，就成了隨陽的候鳥居處的地段。出產橘子、柚子、鳥羽、貝殼，還有瑤琨一類玉石以及大竹和竹箭。揚州是閩越一帶的北部邊界，又是湘水、沅水流經的路線。

獷矣淮夷❶，蠢蠢荊蠻❷。翩彼昭王❸，南征不旋。人咸躓於垤❹，莫躓於山，咸跌於汙❺，莫跌於川。明哲不云我昭，童蒙❻不云我昏。湯武❼聖而師伊呂❽，桀紂❾悖而誅逢干❿。蓋邇不可不察，遠不可不親。靡有孝而逆父，罔有義而忘君。泰伯⓫遜位，基吳⓬紹類。夫差⓭一誤，泰伯無祚。周室不匡，句踐⓮入霸。當周之隆，越裳⓯重譯，春秋⓰之末，侯甸⓱畔逆。

【章　旨】本段寫揚州民風的勇悍及發生在揚州的歷史事件。

【注　釋】❶獷矣淮夷　獷，猛悍。淮夷，古代居住於淮河流域的少數民族。❷蠢蠢荊蠻　蠢蠢，橫蠻騷動之貌。荊蠻，古代中原地區泛稱江南楚地之民為荊蠻。❸昭王　周昭王，名瑕，周康王之子。據《史記・周本紀》正義引《帝王本紀》云：「昭王德衰，南征，濟於漢，船人惡之，以膠船進王，王御船至中流，膠液船解，王及祭公俱沒于水中而崩。」❹垤　小山丘。❺汙　不流動的水。❻童蒙　知識短缺、智慧低下之人。❼湯武　商湯王，周武王。❽伊呂　伊尹，呂尚。伊尹，商湯王賢臣，輔佐商湯王伐滅夏桀王，建立商朝。呂尚，周文王、周武王賢臣，輔佐周武王伐滅商紂王，建立周朝，封於齊。❾桀紂　夏桀王，商紂王。古代暴君。❿逢干　關龍逢，比干。關龍逢，夏桀王時賢臣。夏桀王作酒池，淫湎放蕩，荒於政事，關龍逢極力諫阻，被夏桀王囚禁殺害。比干，商紂王叔父。商紂王好酒淫樂，嬖於婦人，淫亂不止，比干強諫，商紂王剖比干，觀其心。⓫泰伯　周太王長子。太王欲傳位於少子季歷，泰伯與弟仲雍率部分周人逃往荊蠻，改從荊蠻習俗，又教以耕作築城等技術，被推為君長，號曰句吳。⓬基吳　建立了吳國的基業。基，用作動詞，建立基業。⓭夫差　春秋時吳國國君。其父闔閭為越王句踐所傷而死，夫差嗣位，誓報父仇，大敗越於夫椒，句踐求和。後夫差不聽伍子胥諫阻，北伐齊，敗齊於艾陵，又與晉爭霸於黃池。越乘虛入吳，大敗吳兵。夫差被迫回兵，向越請和。其後十年，越滅吳，夫差自殺而死。⓮句踐　春秋時越國國君，初為吳王夫差所敗，困於會稽，屈膝求和。其後臥薪嘗膽，發憤圖強，十年生聚，十年教訓，終於滅吳國。又渡淮水，會諸侯，受方伯之命，稱霸中原。⓯越裳　古南海國名。相傳周公輔佐周成王，制禮作樂，天下昇平，越裳國曾三重譯而獻白雉。⓰春秋　時代名。從周平王東遷（西元前七七〇年）至韓、趙、魏三家分晉（西元前四七六年），共二百九十五年，歷史上稱為春秋時代。⓱侯甸　侯服，甸服。古代稱離王畿以外的方圓五百里的地區為侯服，稱侯服以外的方圓五百里的地區為甸服。

【語　譯】勇猛兇悍啊，淮河流域的夷人，橫蠻無禮啊，荊楚一帶的南蠻。輕舉妄動的周昭王，南巡江漢就不能夠返還。人都在小山丘上跌倒，沒有誰在大山的跟前跌倒。人都失足跌入靜止的水溝裡，沒有誰失足跌入那浩浩奔流的大川。英明聖哲的人不會說「我明白事理」，昏聵糊塗的人不會說「我昏聵糊塗」。商湯王、周武王聖明而以伊尹、呂尚為師，夏桀王、商紂王昏聵而殺害了關龍逢與比干。大抵近在身邊的事不可不仔細考察，遠在天涯的人不可不親近關懷。沒有人很孝敬而背逆父母，沒有人明大義而忘卻君主。吳泰伯讓掉了王位，卻建立了吳國的基業，延續了周民族的族屬。吳王夫差一犯忽視越國的錯誤，就丟掉了吳泰伯創立的國祚。周王室不能匡正越國滅亡吳國，越王句踐就進軍中原而稱霸主。當周王朝隆盛的時候，南海的越裳氏也幾經翻譯而來朝見。到了春秋時代的末年，就連侯服、甸服的諸侯也相繼反叛逆亂。

元首❶不可不思，股肱❷不可不孳❸。堯崇屢省❹，舜盛欽謀❺。牧臣司揚，敢告執籌❻。

【章旨】本段寫告誡治揚者要如「堯崇屢省，舜盛欽謀」一樣小心謹慎。

【注釋】❶元首　指君主。❷股肱　指臣下。❸孳　同「孜」。勤勉；不懈怠。❹屢省　多次反省。《尚書・益稷》：「屢省乃成，欽哉！」❺欽謀　誠心諮詢。《尚書・舜典》：「詢事考言，乃言底可績。」欽，敬。❻執籌　運籌帷幄之臣。籌，運籌；謀劃。

【語譯】君主不可以不認真思考，臣下不可以不勤勉努力。唐堯帝注重多次思考反省，虞舜帝讚美誠心諮詢謀劃。一州的長官治理揚州，請將此意告知為君主出謀劃策的臣下。

荊州牧箴

【題解】荊州，古代州名。「荊及衡陽為荊州」。荊州，北據有荊山，南達到衡山之南，轄境包括湖北、湖南二省，四川東南部，貴州東北部，廣東北部及廣西全縣等地區。荊州地處江漢平原，境內有荊山、衡山、巫山、雲夢澤、長江、漢水等名山大川，物產豐富。自大禹治水之後，「貢篚百物，世世以饒」，天下太平無事。至夏桀暴虐無道，乃有成湯伐桀而放之南巢的事件發生。荊州地屬南蠻，民風剽悍，易亂難治。故本首告戒統治者要特別注意荊州的歷史與民情，不可疏忽大意。「世雖安平，無敢逸豫」，就是向統治者提出的告戒。

幽幽巫山❶，在荊❷之陽。江漢朝宗❸，其流湯湯❹。夏君❺遭涬❻，荊衡❼是調❽。雲夢❾塗泥，包匭菁茅❿。金玉砥礪⓫，象齒元龜⓬。貢篚⓭百物，世世以饒。

【章　旨】本段寫荊州地處江漢平原，自大禹治水後，物產豐富，世世富饒。

【注　釋】❶幽幽巫山　幽幽，深遠昏暗貌。巫山，山名。在四川巫山縣東，長江貫穿其中，成為三峽。有十二峰，峰下有神女廟，有巫山神女的美麗傳說。❷荊　荊山。在湖北南漳縣西。❸江漢朝宗　《尚書・禹貢》「江漢朝宗於海」，孔穎達《疏》曰：「《周禮・大宗伯》：『諸侯見天子之禮，春見曰朝，夏見曰宗。』鄭云：『朝猶早也，欲其來之早也。宗，尊也，欲其尊王也。』朝宗是人事之名，水無性識，非有此義，以海水大而江漢小，以小就大，似諸侯歸於天子，假人事而言之也。」江，長江。漢，漢水。朝宗，謂百川歸海。❹湯湯　大水急流貌。❺夏君　指夏禹王。❻洚　同「洪」。洪水；大水災。相傳堯時洪水橫流，氾濫於天下。舜舉禹治水，禹疏九河，瀹濟漯而注諸海，決汝漢，排淮泗而注之江，將水患治理。❼荊衡　荊山，衡山。衡山，即五嶽之一的南嶽，有七十二峰，主峰祝融峰在湖南衡山縣西。❽調　調節；治理。言調節荊山、衡山之間的水系。❾雲夢　澤名。按：古雲夢澤歷來說法不一，綜合古籍記載，先秦兩漢所稱雲夢澤，大致包括今湖南益陽、湘陰以北，湖北江陵、安陸以南，武漢以西地區。❿匭菁茅　匭，匣。用作動詞，用匣裝盛。菁茅，草名。古代祭祀時用以漉酒去滓。⓫砥礪　磨刀石。細者為砥，粗者為礪。⓬象齒元龜　象齒，象牙。雕刻工藝品的珍貴材料。元龜，大龜。古代用以占卜。按：據《尚書・禹貢》，菁茅、金、玉、砥礪、象齒、元龜皆為荊州貢品。⓭篚　竹器。方曰筐，圓曰篚。古代為裝盛貢品的器具。

【語　譯】幽暗深邃的巫山，在荊山的南方。長江、漢水向大海奔流，那水流浩浩湯湯。夏禹王遭遇了洪水，治水時調節了荊山與衡山間的水流。雲夢澤泥土濕潤，貢品有包裹匣裝的菁茅。還有黃金美玉，粗細磨石，以及象牙和大龜。竹器裡裝著各種貢品，世世代代都富裕豐饒。

戰戰慄慄，至桀荒溢❶。曰：「我在帝位，若天有日❷。不順庶國❸，孰敢予奪！」亦有成湯，果秉其鉞❹。放之南巢❺，號之以桀❻。

【章　旨】本段寫夏桀王暴虐無道，因而被商湯王放之南巢。

【注　釋】❶溢　溢滿；過度。❷日我二句　據《尚書大傳》載，桀曰：「天之有日，猶吾之有民。日有亡哉？日亡，吾亦亡矣。」❸庶國　眾國。指各諸侯國。❹亦有成湯二句　《史記・殷本紀》：「夏桀為虐政淫荒，而諸侯昆吾氏為亂。湯乃興師率諸侯，伊尹從湯，湯自把鉞以伐昆吾，遂伐桀。」放於南巢。成湯，即商湯王。鉞，古兵器，狀如大斧。❺南巢　今安徽巢縣東北。❻桀　古《諡法》：「賊（殘害）人多殺曰桀。」故桀為惡諡。

【語　譯】歷代夏王都小心謹慎，至夏桀王始荒淫過度。說：「我在帝王的地位，好像天有紅日當頭。不馴服順從的各國諸侯，誰敢奪取我的寶座！」卻出現了一位商湯王，果然手持大斧進行討伐。把夏桀王放逐到了南巢，還加上一個惡諡稱做桀。

南巢茫茫，包楚與荊❶。風慓❷以悍，氣銳以剛。有道後服，無道先強。世雖安平，無敢逸豫❸。牧臣司荊，敢告執御❹。

【章　旨】本段寫荊州民風慓悍，告誡統治者要「世雖安平，無敢逸豫」。

【注　釋】❶包楚與荊　包，叢生，《藝文類聚》、《初學記》皆作多，於義為長。楚，木名，即牡荊，枝幹堅勁，可作杖。荊，灌木名，種類甚多，如牡荊、紫荊皆稱荊。荊州多此木，因以名州。❷慓　急疾。❸逸豫　安逸娛樂。❹執御　駕車的人。

【語　譯】南巢遙遠而荒涼，楚木與荊條長滿了山崗。風氣兇猛而強悍，習俗迅猛而剛強。天下太平，它最後馴服歸順，天下動亂，它首先逞暴施強。時代即使太平安定，也不敢天天安樂歡娛。統治一州的長官主管荊州，請將這一切告知君主的車夫。

青州牧箴

【題解】青州，古代州名。「海岱惟青州」。青州，東北據渤海，西南至泰山，轄境包括今山東大部。本首記載了青州的地理位置及其物產。青州自周武王封呂尚於營丘，建立齊國，是周王室的重要藩屏。至春秋時，周王室衰微，齊桓公稱霸諸侯，還以尊王攘夷相號召。但待齊桓公一死，周王室就終於衰落下去了。從而告戒統治者要緊握國家命脈，不可「失其法度，喪其文武」，否則大權旁落，就必定滅亡。

茫茫青州，海岱❶是極❷。鹽鐵❸之地，鉛❹松怪石❺。群水❻攸歸，萊夷❼作牧。貢篚以時，莫怠莫違。

【章旨】本段寫青州的地理位置及物產。

【注釋】❶海岱　指渤海和泰山。❷極　至；窮盡。用作動詞，指以為邊境。❸鹽鐵　青州濱海，盛產魚鹽。《史記·貨殖列傳》：「齊帶山海，膏壤千里，宜桑麻，人民多文綵布帛魚鹽。」鐵則於古未詳。❹鉛　此指錫。據《尚書·禹貢》，青州貢品有鹽、錫、松、怪石等。❺怪石　怪異似玉之石。泰山之谷產此石。❻群水　青州境內多水流，如濟、汶、濰、淄等。❼萊夷　地名，即古萊國，今山東黃縣有萊子城，即其地。

【語譯】空曠無際的青州，西南至泰山，東北據渤海。出產鹽鐵的地方，還有錫、松和怪石。所有河流都有所歸往，萊夷之地就可以放牧。按時地進貢筐篚，不要懈怠，不要違逆。

昔在文武❶，封呂❷於齊。厥土塗泥，在邱之營❸。五侯九伯❹，是討是征。

馬殆❺其銜❻，御❼失其度❽。周室荒亂，小白❾以霸❿。諸侯僉⓫服，復尊京師⓬。小白既沒，周卒陵遲⓭。

【章　旨】本段寫位居青州的齊國與周王室的密切關係。

【注　釋】❶文武　指周文王，周武王。❷呂　呂尚，東海上人。其先佐禹平治水土有功，封於呂，因以為氏，姓姜氏。周文王得呂尚於渭水之濱，號曰太公望，故又稱姜太公。輔佐周文王、周武王伐紂滅商，建立周朝，封於齊。❸在邱之營　即營丘，地名，在古臨淄（今山東淄博臨淄西北）城中。《爾雅・釋水》：「水出其前，經其右曰營丘。」臨淄城中有丘，淄水出其前，經其右，因以營丘為名。呂尚封於齊，都營丘。營，圍繞。❹五侯九伯　指公、侯、伯、子、男五等諸侯和九州之長。《左傳・僖公四年》載管仲的話說：「昔召康公命我先君太公曰：『五侯九伯，女實征之，以夾輔周室。』」❺殆　通「怠」。懈怠；鬆懈。❻銜　馬嚼子。橫勒馬口，用以制馭馬之行止。❼御　駕馭車馬。❽度　法度；法則。此二句言對馬的控制鬆懈，駕馭又失其法度，用以比喻諸侯叛亂而不服從王命，周王的控制亦不得其法。❾小白　齊桓公名。齊桓公，春秋時五霸之首，曾霸諸侯，一匡天下。❿霸　諸侯之長。天子衰落，諸侯興起，把持王者之政教，故曰霸。⓫僉　皆；都。⓬京師　國都。這裡代指周王朝。齊桓公稱霸，曾以尊王攘夷相號召。⓭陵遲　衰敗；敗壞。

【語　譯】過去周文王，周武王，分封呂尚到齊國。那裡的土地是濕潤的泥土，他就在營丘建都立國。五等諸侯，九州之長，他可以討伐，可以征誅。等到各諸侯國像馬一樣失去控制，周王的駕馭也失去法度。周王室就荒廢混亂，齊桓公就稱霸天下。各諸侯國都服從他的命令，又一次尊崇周王室。等到齊桓公一死，周王室終於衰敗下去。

嗟茲天王，附命❶下土。失其法度，喪其文武❷。牧臣司青，敢告執矩❸。

【章　旨】本段告誡統治者不要「失其法度，喪其文武」，要緊握國家的命脈。

【注　釋】❶附命　聽命；將其命運依附。❷文武　文德和武功，指爵命有功和討伐有罪的權力。❸執矩　執法之官。矩，法。

【語　譯】哎呀，周天子這天下的帝王啊，卻要聽從你手下各諸侯國的指令。失去了控制天下的法度，喪失了爵命有功、討伐有罪的權柄。統治一州的長官來主持青州，請將這一切告知在朝執法的人士。

徐州牧箴

【題　解】徐州，古代州名。「海岱及淮惟徐州」。徐州東至黃海，北至泰山，南及淮河，地跨有今江蘇、山東、安徽的部分地區。本首記載了徐州重要的地理形勢及其物產，敘述了夏桀王、商紂王暴虐無道，沉湎於酒而被商湯王、周武王伐滅的歷史，記錄了姜氏的齊國被田氏的齊國所取代的史實，從而告戒統治者要注意防微杜漸，謹防禍起細微。「事由細微，不慮不圖。禍如邱山，本在萌芽」，這就是歷史的教訓。

海岱伊淮❶，東海❷是渚。徐州之土，邑❸於海宇。大野❹既瀦❺，有羽❻有蒙❼。孤桐蠙珠❽，泗沂❾攸同。實列藩蔽，侯❿衛東方。民好農蠶，大野以康。

【章　旨】本段寫徐州地理位置的重要及其獨特的物產。

【注　釋】❶海岱伊淮　海，指黃海。岱，泰山的別稱。伊，句中助詞。淮，淮河，古四瀆之一，源出河南桐柏山，東經安徽、江蘇入洪澤湖，其下游本經淮陰漣山入海。❷東海　東臨大海，這裡指黃海。❸邑　侯國之稱。這裡用作動詞，建國。❹大野　古澤名，又名巨野、鉅野。在今山東巨野、嘉祥一帶，後漸涸為陸地。❺瀦　水停積之處。❻羽　羽山，在今江蘇贛榆境。❼蒙　蒙山，在今江蘇蒙陰南。❽孤桐蠙珠　特生的桐，產嶧山之南，製琴的良材。蠙珠，即蚌珠。蠙為蚌之別名。

淮水產此珠。❾泗沂　二水名。泗水，源出山東泗水縣陪尾山，流經山東曲阜、魚臺，江蘇徐州，至洪澤湖龍集附近入淮。沂水，源出山東沂源縣魯山，南流經臨沂縣入江蘇境，部分河水入大運河和駱馬湖。❿侯　副詞，乃；於是。

【語　譯】界於黃海、泰山和淮水之間，徐州就濱臨著東面的大海。徐州的土地，就建國在這大海的邊側。大野澤既已能蓄積洪水，又有羽山和蒙山。嶧山的孤桐和淮水的蠙珠，泗水沂水同被治理而四處平安。確實被列為藩籬屏障，於是警衛著東方。民眾喜好農耕與蠶桑，廣大的原野富裕而又安康。

帝癸❶及辛❷，不祗不恪。沉湎於酒，而忘其東作❸。天命湯武，勦絕其緒祚❹。降周任姜❺，鎮於琅琊❻。姜氏絕苗，田氏攸都❼。

【章　旨】本段寫夏桀王、商紂王和齊國滅亡的歷史教訓。

【注　釋】❶癸　夏桀王名。❷辛　商紂王名。❸東作　春耕生產。《尚書・堯典》：「寅賓日出，平秩東作。」偽孔傳：「歲起於東，而始就耕，謂之東作。」❹緒祚　世業和帝位。❺任姜　任用姜太公，謂周武王封姜太公於齊而占有徐州。❻琅琊　郡名，秦置，在今山東諸城一帶。❼姜氏二句　田氏在齊國的勢力逐漸發展擴大，到齊平公時，田常專政，盡誅公族之強者，割齊平安以東至琅琊自為封邑。三世至田和遷齊康公於海上，自立為齊太公，列為諸侯，姜氏之苗裔遂絕。苗，苗裔；後代子孫。田氏，春秋時齊國大貴族。

【語　譯】夏桀王和商紂王，既不嚴肅恭敬又不謹慎勤儉。天天沉醉在酒色之中，忘卻了春耕生產。上天降命給商湯王和周武王，消滅了夏商世代相傳的功業和帝位。下至周武王任命姜氏，鎮守著琅琊之地。姜姓的子孫絕滅，而成為田氏建都的處所。

事由細微❶，不慮不圖。禍如邱❷山，本在萌芽。牧臣司徐，敢告僕夫❸。

【章　旨】本段告誡統治者要注意防微杜漸。

【注　釋】❶事由細微　齊田氏本為陳國貴族，在齊桓公十四年，陳公子完逃奔到齊國，齊桓公用為工正，田氏勢力才在齊國逐漸發展起來。陳公子完來奔，其始甚微，積微成著，卒至篡奪。田陳古同音，故陳完改為田氏。❷邱　同「丘」。小土山。❸僕夫　管馬的官。

【語　譯】事情本是由細微引起，卻不去考慮，不去謀劃。禍亂發展到如丘如山，也是由萌芽狀態開始。統治一州的長官來主持徐州，請將這些歷史告知君主的僕御。

兗州牧箴

【題　解】兗州，古代州名。「濟河惟兗州」。兗州在濟水與古黃河之間，轄有今河北東南部與山東西北部。本首說明了大禹治水之後兗州的富庶安定，記載了殷商一代在兗州的興衰變遷。商王朝自商湯王建都於亳之後，盤庚遷殷，武丁感雉，曾使商朝復興。至商紂王暴虐無道才走向滅亡。因而告戒統治者「有國雖久，必畏天咎。有民雖長，必懼人殃」，否則統治就不能長久，殷商的覆亡就是前車之鑑。

悠悠濟❶河，兗州之寓❷。九河❸既道❹，雷夏❺攸處❻。草繇❼木條❽，漆絲絺紵❾。濟漯❿既通，降邱宅土。

【章　旨】本段寫大禹治水之後兗州的安定富庶。

【注　釋】❶濟　濟水，源出河南濟源縣王屋山，其故道本過黃河而南，東流至山東，與黃河並行入海。後下游為黃河所奪，惟發源處尚存。❷寓　同「宇」。邊境；界限。兗州在古黃河與濟水之間，故云。❸九河　古黃河自孟津而北，分為九道，名九河。據《尚書・禹貢》「九河既道」注引《爾雅》，九河為：徒駭一，太史二，馬頰三，覆釜四，胡蘇五，簡六，絜七，鉤盤八，鬲津九。九河古道，湮廢已久，當在今山東德州以北，天津以南一帶，因年代久遠，已不能盡考。❹道　疏導；疏濬。❺雷夏　古澤名，亦稱雷澤，其地在山東菏澤縣東北黃河南岸，已淤塞。❻處　居住；安頓。此指恢復原狀。《尚書・禹貢》孔穎達疏：「洪水之時，高原亦水，澤不為澤。……高地水盡，此復為澤。」❼繇　茂盛。❽條　長。❾絺紵　絺，細葛布。紵，用苧麻織成的粗布。❿漯　水名，黃河支流。古漯河自河南浚縣與黃河分流，至高苑縣入海。自宋代黃河決口於商胡，朝城淤塞，舊蹟因而湮沒。

【語　譯】茫茫無際的濟水與黃河，這就是兗州的疆域。黃河下游的九條河道既已疏濬，雷夏澤也恢復了原貌。野草茂盛，樹木高大，出產漆、絲、細葛布和粗麻布。濟水、漯水既已通暢，民眾皆走下山丘而定居平土。

成湯五徙❶，卒都於亳❷。盤庚❸北渡，牧野❹是宅。丁感雊雉，祖己伊忠❺。爰正厥事，遂緒高宗❻。厥後陵遲，顛覆厥緒。西伯❼戡黎❽，祖伊❾奔走。致天威命❿，不恐不震。婦言是用⓫，牝雞是晨⓬。三仁⓭既知，武⓮果戎⓯殷。牧野之禽，豈復能耽⓰？甲子⓱之朝，豈復能笑⓲？

【章　旨】本段敘述商朝由興盛到滅亡的歷史。

【注　釋】❶成湯五徙　《史記・殷本紀》：「成湯，自契至湯八遷，湯始居亳，從先王居。」此云五徙，未知何據。成湯，即商湯王。❷亳　地名，故址在今河南商丘北。《史記正義》引《括地志》云：「宋州穀熟縣西南三十五里南亳故城，即南亳，湯都也。」❸盤庚　殷商君主，湯九世孫祖丁之子，繼兄陽甲即位。時王室衰亂，盤庚率眾自奄（今山東曲阜）遷都於殷，行湯之政，商復興，史稱殷商。❹牧野　古地名，在今河南淇縣。按：據《尚書・盤庚》篇，盤庚所遷為亳殷，即今河南安陽。據《史記・殷本紀》：「帝盤庚之時，殷已都河北，盤庚渡河南，復居成湯之故居。」則盤庚所遷為亳。此云「牧野是宅」。諸書所載不同，未詳孰是。❺丁感雊雉二句　武丁祭成湯，明日，有飛雉登鼎耳而雊，武丁懼。祖己曰：「王勿憂，先修政事。」武丁乃修政行德，天下咸歡，殷道復興。事見《史記・殷本紀》。丁，武丁，殷商君主，帝小乙之子，繼帝小乙即位。雊，雉鳴。雉，鳥名，鶉雞類，俗稱野雞。祖己，人名，殷武丁時賢臣。❻高宗　武丁的廟號。❼西伯　西方諸侯之長，即周文王。❽戡黎　戰勝、平定了黎國。古黎國在今壺關縣西南，商末為周文王伐滅。❾祖伊　祖己之後，商紂王時賢臣。周文王伐滅黎國，祖伊聞之，恐，乃奔告於紂，作〈西伯戡黎〉，勸諫商紂王，紂不聽。❿致天威命　祖伊告紂以天命將終，百姓怨恨，希望紂悔改。威命，震懾的不祥之兆。⓫婦言是用　《史記・殷本紀》：紂「好酒淫樂，嬖於婦人，愛妲己，妲己之言是從。」⓬牝雞是晨　母雞報曉。舊稱女性掌權為牝雞司晨。《尚書・牧誓》：「牝雞無晨，牝雞之晨，惟家之索。」牝雞，母雞。⓭三仁　指微子、箕子、比干。微子，商紂王庶兄，名啟。因數諫紂不聽，遂去國。箕子，商紂諸父。封於箕，故稱箕子。紂暴虐，箕子諫，不聽，乃披髮佯狂為奴，為紂所囚。比干，紂叔父。紂無道，比干犯顏強諫，被紂剖心而死。《論語・微子》云：「微子去之，箕子為之奴，比干諫而死。孔子曰：『殷有三仁焉』。」⓮武　周武王，名發，周文王之子。紂無道，武王起兵伐紂，戰於牧野，滅殷，建立周朝。⓯戎　征伐；討伐。⓰耽　沉溺；玩樂。⓱甲子　周武王以甲子日勝紂於商郊牧野，斬紂，殺妲己。⓲豈復能笑　據《列女傳》載，紂為炮烙之刑，令有罪者行其上，輒墮炭中，妲己笑。

【語　譯】商湯王五次遷都，最後才定都於亳邑。盤庚向北渡過黃河，定居到了牧野。武丁被山雉的鳴叫聲感動，祖己表現出對商王的忠誠。於是端正了國家的政事，就能繼承商湯王的事業而號稱高宗。自那以後就衰敗沒落，顛覆了商湯王的國祚。西伯周文王平定了黎國，祖伊就奔走呼告。傳達了上天的威命，商紂王既不害怕，也不震悼。只聽信婦人妲己的惡言，就如同母雞在主持報曉。微子、箕子、比干三位仁人既已知道天下必亡，周武王果然出兵討伐殷商。在牧野之戰中被擒獲，商紂王哪裡還能迷戀淫樂？到了甲子日的那天早晨，妲己哪能還望著炮烙之刑喜笑？

有國雖久，必畏天咎。有民雖長，必懼人殃。箕子欷歔，厥居為墟❶。牧臣司兗，敢告執書❷。

【章　旨】本段告誡統治者要注意天咎人殃，不要自恃統治長久。

【注　釋】❶箕子二句　據《史記·宋微子世家》，武王滅商後，封箕子於朝鮮。「其後箕子朝周，過故殷墟，感宮室毀壞，生禾黍，箕子傷之，……乃作〈麥秀之歌〉以歌詠之。」「殷民聞之，皆為流涕。」欷歔，哀嘆抽泣之聲。❷執書　猶尚書。尚書，秦時本為少府屬官，掌殿內文書，職位很低。漢成帝時設尚書員，群臣奏章皆經尚書，位雖不高而權很大。

【語　譯】享有國家雖然長久，一定要畏懼天降的災禍；占有民眾的時間雖然很長，一定要擔心人為的禍殃。箕子後來哀嘆抽泣，感嘆原來的宮室變成了廢墟。統治一州的長官來治理兗州，請將這些道理告知君主身邊的尚書。

豫州牧箴

【題　解】豫州，古代州名。「荊河惟豫州」。豫州，西南至荊山，北距黃河，轄境相當今淮河以北伏牛山以東的河南及安徽北部一帶。豫州居天下之中，人物蕃阜，自周成王命周公經營雒邑以處殷民，豫州就成為周王朝控制天下諸侯的又一政治中心。至周平王東遷，建都雒邑，更成為周王朝的政治中心。但因王室陵遲，至戰國時，豫州就基本上被韓魏所占據。故周王朝雖有強盛之時，但終於衰敗下去而至於滅亡。所以本首敘述周王朝興衰的歷史，告戒統治者不要自恃強大，「夏宅九州，至於季世，放於南巢。成康太平，降及周微，帶蔽屏營」，這就是歷史的教訓。

郁郁荊山❶，伊雒❷是經。滎播枲❸漆，惟用攸成。田田相拏❹，廬廬相距❺。

【章旨】本段寫豫州的山川及人物的蕃阜。

【注釋】❶荊山　山名，在今湖北南漳西。山，一本作河，指黃河。❷伊雒　伊水，出河南盧氏縣東南，東北流經嵩縣、伊川、洛陽，至偃師入洛水。雒，雒水，源出陝西洛南縣西北部，東入河南，至偃師納伊水後，稱伊雒，至鞏縣的洛口入黃河。雒，同「洛」。❸滎播枲　滎，滎澤，古澤名，漢平帝以後，漸淤為平地。故址在今河南滎澤境。枲，不結子的大麻。這裡用作麻的總稱。❹拏　糾纏；雜糅。❺距　通「拒」。抗拒；連接。

【語譯】郁郁蔥蔥的荊山，伊水、雒水都經過此地。滎播澤既已治理，又出產大麻、木漆，一切器用需求都出產在這裡。一片接一片的田地互相雜糅，一幢接一幢的房屋互相聯繫。

夏殷不都❶，成周攸處❷。豫野❸所居，爰在鶉墟❹。四隩❺咸宅，寓內❻莫如。陪臣執命，不慮不圖。王室陵遲，喪其爪牙。靡哲靡聖，捐失其正。方伯❼不維，韓卒擅命❽。文武❾孔純，至厲❿作昏。成康⓫孔寧，至幽⓬作傾。

【章旨】本段寫周王朝興衰的歷史。

【注釋】❶夏殷不都　夏建都安邑，在冀州；殷商建都亳，在徐州；皆不都豫州，故云。夏，夏王朝。殷，商王朝。盤庚遷殷後，商又稱殷或殷商。❷成周攸處　周成王命周公經營雒邑以處殷民，故址在今河南洛陽東郊白馬市東。成周，即周王朝。❸豫野　豫州的分野。野，分野。古代天文學說，把天上十二星辰的位置，跟地上州、國的位置相對應，就天文說，稱分星；就地理說，稱分野。❹爰在鶉墟　爰，句首助詞，無義。鶉，鶉火，星次名。二十八宿中，南方有井、鬼、柳、星、張、翼、軫七宿，稱朱鳥七星。首位二宿（井、鬼）稱鶉首，中部三宿（柳、星、張）稱鶉火，末位二宿（翼、軫）稱鶉尾。

鶉火為豫州的分野。❺四隩　四方可居之地。❻寓內　同「宇內」。即天下。❼方伯　四方諸侯之長。❽韓卒擅命　《史記・周本紀》：「東周與西周戰，韓救西周。或為東周說韓王曰：『西周故天子之國，多名器重寶。王案兵毋出，可以德東周，而西周之寶必可盡矣。』王赧謂成君，楚圍雍氏，韓徵甲與粟於東周，東周君恐，召蘇代而告之。」皆韓擅命之證。韓，韓國，戰國七雄之一。擅命，擅自發號施令，不受節制。❾文武　周文王，周武王。❿厲　周厲王，名胡，周夷王之子。貪狠好利，嬖信虢公與榮夷公，橫徵暴斂，命衛巫監謗，鉗制言論，結果激起國人暴亂，流於彘。⓫成康　成，周成王，名誦，周武王之子。周武王死後，他年幼，由周公攝政，安定大局。親政後，繼續大封諸侯，又委任周公制禮作樂，奠定了西周王朝的統治基礎。康，周康王，名釗，周成王之子。即位後經濟持續發展，政局更加穩定，史稱「成康之治」。⓬幽　周幽王，名宮涅，周宣王之子。在位期間，重用虢石父，善諛好利，敲剝嚴重，寵幸褒姒，廢申后與太子宜臼，申后之父申侯約犬戎叛周，殺幽王於驪山之下，西周亡。

【語　譯】夏朝、商朝都不在此建都，周王朝卻在此經營了雒邑。豫州分野所在的地方，就在鶉火星次的故址。四方邊遠的地區均可安居，普天之下都不如這裡。諸侯國的大夫掌握著國家的命運，周天子不考慮也不謀劃。周王室就這樣衰敗下去，喪失了輔佐它的助手。沒有賢哲也沒有聖者，失去了這一切的匡正。四方的諸侯之長也不加以維繫，韓國終於擅自發號施令。周文王、周武王非常英明，到周厲王卻成為了糊塗蛋。周成王、周康王時天下非常安寧，到周幽王卻招致了覆滅的禍患。

故有天下者，毋曰我大，莫或余敗。毋曰我強，靡克余亡。夏❶宅九州❷，至於季世，放於南巢❸。成康太平，降及周微，帶蔽屏營❹。屏營不起，施❺於孫子。至赧❻為極，實絕周祀❼。牧臣司豫，敢告柱史❽。

【章　旨】本段告誡統治者不要自恃強大。

【注　釋】❶夏　夏王朝。❷九州　《尚書・禹貢》分當時的中國為九州，即冀、兗、青、徐、揚、荊、豫、梁、雍九州。❸放於南巢　湯伐桀，放桀於南巢。放，流放；放逐。南巢，地名，即今安徽巢縣。❹帶蔽屏營　帶蔽，圍繞遮蔽。屏營，恐懼貌。此言衰微不能自存，僅自障蔽而恐懼不安。❺施　延及；延續。❻赧　周赧王，名延，周慎靚王之子，在位五十六年（西元前三一四—前二五六年）。時東、西周分治，他走依西周，寄居王城，債臺高築，威信掃地。西元前二五六年，秦取陽城、負黍。周赧王示意西周，與諸侯約縱，會師由伊闕攻秦。秦昭襄王怒，使將軍摎攻西周，西周君奔秦，盡獻其邑三十六，西周亡。七年後，秦莊襄王攻滅東周，周王室遂不祀。❼祀　祭祀，代指統治權力。❽柱史　官名，柱下史的簡稱。相當於漢以後的御史，掌文書及記事，秦以御史監郡，遂有彈劾糾察之權。

【語　譯】所以享有天下的人，不要說「我偉大，沒有誰能把我打敗」；不要說「我很強，沒有誰能把我滅亡」。夏王朝占有九州，到了它的末世，夏桀王被放逐到了南巢。周成王、周康王時天下太平，降到了周王朝衰落的時候，只好躲在暗處而膽戰心驚。擔驚受怕不能振興而起，一直延續到子子孫孫。傳到周赧王達到極限，就這樣斷絕了周王朝的祭祀。統治一州的長官來主管豫州，請將這些歷史的教訓告知君主的柱下史。

雍州牧箴

【題　解】雍州，古代州名。「黑水西河惟雍州」。雍州西至黑水，東至黃河西岸，轄境相當今陝西中部、甘肅東南部、寧夏南部及青海額濟納之地。雍州擁有關中平原，被山帶河，難攻易守。周王朝、秦王朝、漢王朝皆從此發跡，進而占有天下，並在此建都。漢武帝時，南滅兩越，北敗匈奴，收復匈奴奪去的河套故地，建立武威、張掖、酒泉、敦煌四郡，通西域，漢宣帝時又置都護，一併督護西域諸國，大大擴展了雍州的範圍，達到歷史上最強盛的時期。本首就告戒統治者要「安不忘危，盛不諱衰」，越是安定強大，就越是不要放鬆警惕。

黑水❶西河❷，橫截崑崙❸。邪指閶闔❹，畫為雍垠。上侵積石❺，下礙龍門❻。自彼氐羌❼，莫敢不來庭❽，莫敢不來匡❾。

【章　旨】本段寫雍州地理形勢的重要。

【注　釋】❶黑水　水名，其所在眾說紛紜。此黑水當在雍州之西，有張掖河、黨水、大通河諸說，疑莫能考。❷西河　古稱黃河在陝西、山西境內由北向南流的一段為西河。以其在冀州之西，故曰西河。黑水、西河為雍州的東西疆界。❸橫截崑崙　崑崙山脈只有向東的一段在雍州境內，故曰橫截。崑崙，山名，在新疆、西藏之間，西接帕米爾高原，東延入青海境內，層峰疊嶺，勢極高峻。❹閶闔　傳說中的天門。此言雍州橫截崑崙，斜指天門，居高而據有形勝之要。❺積石　山名，即今大雪山，在青海東南部，延伸至甘肅南部邊境。❻龍門　山名，在今陝西韓城與山西河津之間，相傳大禹鑿龍門，即此。❼氐羌　均古民族名。氐，秦漢時為西南夷之一，歷居甘肅武都、酒泉等地。羌，古代西部民族之一，稱西羌，居漢陽、金城等地。❽來庭　來朝廷朝見天子。❾來匡　來朝廷幫助天子。匡，助；正。按：以上三句見《詩經・商頌・殷武》，「來庭」作「來享」，「來匡」作「來王」。「來匡」一本作「來臣」。

【語　譯】西至黑水，東至西河，橫著截斷崑崙山脈。斜著指向天門閶闔，劃為雍州的界限。向上到了積石山，向下被龍門山所阻。自古那氐族與羌族，沒有誰膽敢不來朝見，沒有誰膽敢不來幫助。

每在季主❶，常失厥緒。侯紀❷不貢，荒❸侵其宇。陵遲衰微，秦據以戾❹。興兵山東❺，六國❻顛沛❼。上帝不寧，命漢作京❽。隴山❾以徂，列為西荒❿。南排勁越⓫，北啟彊胡⓬。并連屬國⓭，一護⓮攸都⓯。

【章　旨】本段寫雍州的歷史變遷。

【注　釋】❶季主　一個朝代的末世君主。❷侯紀　猶言「侯畿」。古代以王城為中心，把周圍五千里的地區劃分為九畿。王城附近的地區稱為侯畿。❸荒　荒服，古代五服之一，指離王畿二千五百里的地區，為五服中最遠之地。❹秦據以戾　秦自犬戎殺周幽王，秦襄公以兵送周平王東遷雒邑，始封為諸侯，賜之岐以西之地；後逐漸吞併四周小國，至戰國時占據關中地區，成為戰國七雄之一，其境即古雍州之地。戾，暴戾；乖張。❺山東　戰國秦漢稱崤山或華山以東地區為山東。❻六國　指戰國時地處山東的齊、楚、趙、魏、韓、燕六國。❼顛沛　傾覆；震盪不安。❽作京　建為京師。西漢都長安，正在雍州境內。❾隴山　六盤山南段的別稱，又名隴坻、隴坂，在今陝西隴縣至甘肅平涼一帶，山勢險峻，為陝甘要隘。❿西荒　漢代自隴山以往，列為隴西、張掖等郡，自玉門關以至西域，皆在荒服。⓫南排勁越　漢武帝元鼎六年（西元前一一一年），出兵滅南越國，以南越之地，置儋耳、珠崖、南海、蒼梧、鬱林、合浦、交趾、九真、日南九郡。排，批擊；消滅。勁越，強勁的南越國。⓬北啟彊胡　漢武帝自元光二年（西元前一三三年）開始反擊匈奴，連年出兵，給匈奴以致命打擊。元朔二年（西元前一二七年）收河南地，置朔方、五原郡。元狩二年（西元前一二一年）匈奴昆邪王將其眾四萬餘人來降，置五屬國以處之，以其地為酒泉、武威郡。至元鼎六年（西元前一一一年）又分武威、酒泉地置張掖、敦煌郡，徙民以實之，匈奴的威脅基本解除，鞏固和擴大了雍州的疆域。⓭屬國　附屬國。漢在邊郡設置屬國，安置匈奴降者。以其來降之民各依本國之俗而屬於漢，故曰屬國。⓮護　都護，官名，漢宣帝置以督護西域諸國，並護南北道，故稱都護。⓯攸都　所都；總管的事務。都，總；全。

【語　譯】每每到了末世的君主，常常喪失了他們世代相傳的功業。連近在王畿附近的侯畿也不進貢，那遙遠的荒服更侵犯疆域。到了周王室敗壞衰落，秦國就據有雍州肆行暴虐。不斷出兵侵犯山東六國，山東六國被打得流離顛沛。上帝不安於這種狀況，降命漢朝在雍州建都立國。自隴山以往，被列為西邊的荒服。漢武帝南面消滅強勁的南越國，北面狠狠地打擊了匈奴。一個接一個建立屬國，漢宣帝又設一都護統領降胡。

蓋安不忘危，盛不諱衰。牧臣司雍，敢告綴衣❶。

【章旨】本段告誡統治者要「安不忘危，盛不諱衰」，隨時提高警惕。

【注釋】❶綴衣　官名，掌握天子衣服，為天子親近之臣。

【語譯】大抵安定之時不要忘記危難，強盛之時不要忌諱衰微。統治一州的長官主管雍州，請將此意告知君主的典衣。

益州牧箴

【題解】益州，古代州名，《尚書・禹貢》稱為梁州，漢武帝時才改梁州為益州。「華陽黑水惟梁州」。益州東據華山之南，西至黑水，轄境相當今四川全省及陝西南部的漢中地區以及甘肅的部分地區。益州地處西南，北有秦嶺山脈，東有大巴山脈，交通不便，與中原地區的聯繫時緊時鬆。自大禹治水之後，益州即為中國九州之一。「岷嶓既藝，沱潛既道，蔡蒙旅平，和夷底績」（《尚書・禹貢》），到處留下了大禹治水的傳說。但到夏朝、商朝的末年，又與中原道路阻絕不通。周朝初年曾「復古之常」，但到幽、厲之時，又「破絕為荒」。直至漢朝，劉邦初封漢王，漢武帝劉徹又通西南夷，益州與中原地區的聯繫才進一步加強。本首即告戒統治者要認真研究益州的盛衰變化，加強管理，切不可掉以輕心。

巖巖岷山❶，古曰梁州。華❷陽西極，黑水❸南流。茫茫洪波，鯀堙降陸❹。

於時八都❺，厥民不隩❻。禹導江沱❼，岷嶓❽啟乾❾。遠近底❿貢，磬錯砮丹⓫。

絲麻條暢，有稉⓬有稻。自京⓭徂畛⓮，民攸溫飽。

【章旨】本段寫益州自大禹治水之後就成為一個富庶地區。

【注　釋】❶巖巖岷山　險峻的岷山。岷山，在四川北部，綿延川、甘兩省邊境。❷華　華山，五嶽中的西嶽，在陝西華陰縣南。因其西有少華山，故又名太華山。❸黑水　水名。此黑水一說即今怒江上游，斜貫西藏東北境。一說即今瀾滄江，橫貫西藏東部。❹鯀堙降陸　相傳鯀為大禹之父。治水無功，被舜殛之於羽山。堙，堵塞。傳說鯀治水，不知疏導，而採用堵塞的辦法，故不能治理好水患。降陸，言鯀用堵塞之法治水，反而擡高了水位，降低了陸地，使水患更加嚴重。❺八都　即八州，指全中國。❻隩　可以安居的地方。❼江沱　即沱水，上游即今毗河，自四川灌縣別岷江東出，下游即今自金堂以下的沱江，至瀘州入長江。❽岷嶓　岷山和嶓冢山。嶓冢山，在今陝西寧強東北，漢水發源於此。❾啟乾　因開導而乾燥。❿底　引致；抵達。⓫磬錯砮丹　磬，樂器，以玉、石為材料製成，形狀如矩。此指製磬的石材。錯，用以治玉之磨刀石。砮，石製的箭鏃。丹，硃砂，製紅色顏料的礦石。磬、錯、砮、丹皆為益州貢品。⓬粳　粳稻，不黏之稻。⓭京　大都。⓮畛　田間的道路，此指農村。

【語　譯】高大險峻的岷山，古代叫做梁州。華山的南面直至西方極遠之地，黑水滔滔地向南奔流。浩瀚無際的滔滔洪水，由於鯀的堵塞，更是淹沒了陸地。那個時候的整個中國，那民眾都不能安居樂業。大禹疏導了沱江，岷山、嶓冢山下就開始乾燥。遠處近處送達的貢品，有石磬磨石加上石鏃和丹砂。蠶桑苧麻生長茂盛，有粳稻也有糯稻。自都邑直至農村，民眾都得到溫飽。

帝有桀紂❶，湎沉頗僻❷。遏絕苗❸民，滅夏殷❹績。爰周受命❺，復古之常。幽厲❻夷❼業，破絕為荒❽。秦❾作無道，三方❿潰叛。義兵⓫征暴，遂國於漢⓬。拓開疆宇，恢梁之野。列為十二⓭，光羨虞夏⓮。

【章　旨】本段寫益州的盛衰變化及與中原的聯繫隔絕。

【注　釋】❶桀紂　夏桀王，商紂王。❷湎沉　猶「沉湎」。謂沉迷於酒色。頗僻，偏頗邪僻，指行為不端正。❸苗　我國古代民族名。原住江淮、荊州一帶，舜竄三苗於三危，苗族遷徙於西極。大禹治水，「三危既宅，三苗丕敘」，苗族與夏朝的關係趨向緩和。至夏殷之末，苗民負固不服，致使益州道路遏絕，不通於中國。❹夏殷　指夏王朝，殷商王朝。❺受命　接受天命。古代帝王託神權以鞏固統治，自稱是受命於天。❻幽厲　周幽王，周厲王。❼夷　傷害；敗壞。❽荒　荒服。五服中最荒涼偏遠之地。❾秦　秦王朝，自秦始皇二十六年（西元前二二一年）統一天下，至秦二世三年（西元前二〇七年）滅亡，歷時共十五年。❿三方　指東、南、北三方。秦居西方，西方未有叛亂，故曰三方。⓫義兵　正義之師。這裡指漢高祖劉邦的部隊。劉邦於沛郡起兵以應陳涉，後又受楚懷王之命，率兵由武關入秦，攻破咸陽，接受秦王子嬰投降。⓬國於漢　項羽分封天下，立劉邦為漢王，王巴、蜀、漢中，都南鄭，據有益州之地。⓭十二　十二個郡。漢高祖劉邦置廣漢郡，漢武帝劉徹通巴蜀，開羌夷地，置犍為、越巂、益州、牂柯、武都、沉黎、文山七郡，秦時置漢中、巴、蜀、隴西四郡，共列為十二郡。⓮羡虞夏　指超過虞舜和夏王朝。

【語譯】帝王有夏桀和商紂，沉迷酒色而行為邪僻。阻絕了苗民與中原的交往，絕滅了夏朝和商朝的業跡。到周王朝接受了天命，恢復了古代原有的狀態。周幽王、周厲王傷害了王業，益州又破敗阻絕為偏僻荒涼之地。秦王朝暴虐無道，東、南、北三方都潰散叛亂。漢高祖指揮正義之師征討暴秦，項羽分封他就建國在蜀漢。開拓了益州的疆土，擴大了益州的分野。分列為十二個郡，發揚光大了虞舜和夏禹的區劃。

牧臣司梁，是職❶是圖。經營盛衰，敢告士夫❷。

【章旨】本段告誡統治者要「是職是圖」，加強管理。

【注釋】❶職　職守；職務。用作動詞，以為職守。❷士夫　士大夫。古代指居官有職位的人。

【語譯】統治一州的長官來治理益州，就要以此為意念職守，以此為籌議謀謨。規劃考慮這裡的盛衰變化，請將這些變化告知君主身邊的士大夫。

幽州牧箴

【題　解】幽州，古代州名。傳說舜分冀州東北為幽州，轄境相當今河北北部、遼寧大部及朝鮮大同江流域。幽州北與匈奴相鄰，東有獩貊、東胡，自周及秦，經常受其侵擾，秦築長城就是為了防胡。直到漢武帝，連年出兵反擊匈奴，將匈奴趕往漠北，才解除了匈奴的威脅，恢復了唐虞的舊疆。本首告戒統治者，禍敗常起於細微，切不可輕忽。「隄潰蟻穴，器漏鍼芒」，這是不可忘記的教訓。

蕩蕩❶平川，惟冀之別。北阸❷幽州，戎❸夏❹交逼。

【章　旨】本段寫幽州的地理環境是「戎夏交逼」。

【注　釋】❶蕩蕩　平坦寬廣貌。❷阸　險要之地，用作動詞，居於險要之地。❸戎　古代泛稱我國四周各少數民族。❹夏　古代居住中原地區文化較先進的中原人自稱為夏或華夏。

【語　譯】廣闊平坦的平原，是從冀州分劃而出。北面處於險要的幽州，戎狄對華夏交相侵逼。

伊昔唐虞❶，實為平陸。周末薦臻❷，迫於獯鬻❸。晉❹失其陪❺，周使不徂。六國擅權，燕趙❻本都。東限獩貊❼，羨及東胡❽。強秦北排，蒙公❾城壃❿。大漢初定，介狄⓫之荒⓬。元戎屢征⓭，如風之騰。義兵涉漠⓮，偃⓯我邊萌⓰。既定且康，復古虞唐⓱。

【章　旨】本段寫幽州與匈奴的關係。

【注　釋】❶唐虞　唐堯、虞舜。❷薦臻　相連接而至。言至西周末年，災禍接連而來。❸獯鬻　我國古代北方少數民族名，夏曰獯鬻，周曰玁狁，漢曰匈奴。西周之末，犬戎殺周幽王。犬戎即獯鬻。❹晉　古代諸侯國名。周成王封弟叔虞於唐，其子燮父改國號曰晉。春秋時據有今山西大部與河北西南地區。後被其大夫韓、趙、魏三家所分而亡。❺陪　陪臣，諸侯之大夫對天子稱陪。這裡指韓、趙、魏三家大夫。❻燕趙　燕國、趙國，戰國七雄中的兩國。燕建都薊，趙建都邯鄲，皆在幽州。❼獩貊　古種族名，為北貉之一部。兩漢時為東夷，在樂浪之東，辰韓之北，高句麗、沃沮之南，東至於海，即今遼寧鳳城東及朝鮮之江源道一帶地區。❽東胡　古族名，因居匈奴之東，故名。春秋戰國時，其地南鄰燕國，後為燕將秦開所破，遷於今西遼河上游一帶。秦末東胡強盛，後為匈奴冒頓單于所破，餘眾退居烏桓山與鮮卑山一帶，分別稱烏桓、鮮卑。❾蒙公　即蒙恬，秦朝將領。秦統一天下後，率兵三十萬眾擊敗匈奴，收復河南地（今寧夏河套一帶），並修築長城，起臨洮，至遼東，居外十餘年，威震匈奴。❿城壃　即在邊疆修築長城。壃，同「疆」。邊疆。⓫狄　我國古代對北方少數民族的泛稱。這裡指匈奴。⓬荒　邊遠荒涼之地。這裡指幽州北部的邊遠地區。據《史記・匈奴列傳》，秦漢之際，中國擾亂，匈奴復渡河南，與中國界於故塞。⓭元戎屢征　漢武帝多次命衛青、霍去病率兵出征匈奴，給匈奴以致命打擊。元戎，主帥；大將，這裡指衛青、霍去病。⓮義兵涉漠　漢武帝元狩四年，命衛青、霍去病各率五萬騎，橫渡大沙漠，深入漠北，追擊匈奴。漠，沙漠。⓯偃　止息；安定。⓰萌　通「氓」。民；民眾。⓱虞唐　即唐虞，指唐堯，虞舜。為叶韻，故顛倒之。

【語　譯】在昔唐堯、虞舜的時代，這裡是一片平安的大陸。西周末年災禍接踵而來，被逼迫於犬戎獯鬻。晉國淹沒於它的大夫韓、趙、魏三家，周王朝的使者就不能前往。六國擅自控握大權，燕國、趙國都在幽州建立國都。東面與獩貊為界，其餘地段還與東胡接壤。強大的秦王朝向北打擊匈奴，命蒙恬修築長城加以保障。大漢王朝剛剛建立，匈奴又侵占了荒遠的邊疆。漢武帝命大將多次出征，如狂風般翻騰掃蕩。正義之師橫渡沙漠追擊匈奴，使我邊境的民眾安定無恙。邊境上既安定又康樂，恢復了唐堯、虞舜時代的景象。

盛不可不圖，衰不可或忘。隄潰蟻穴，器漏鍼芒❶。牧臣司幽，敢告侍旁❷。

【章　旨】本段告誡統治者不可疏忽大意。

【注　釋】❶鍼芒　鍼，同「針」。縫衣的工具。芒，草的末端。皆細小之物。❷侍旁　指侍立君主身旁的近臣。

【語　譯】中國雖強盛，不可不想到匈奴。匈奴雖衰弱，不可以暫時忘卻。千里大堤由於小小的蟻穴而崩潰，巨大的器皿由於針芒般的小洞而泄漏。統治一州的長官來主管幽州，請將此理告知君主的近侍。

并州牧箴

【題　解】并州，古代州名。相傳舜分冀州西北部為并州，轄境相當今河北保定、正定以西，山西太原、大同以北和陝西北部、內蒙古南部部分地區。并州北與匈奴為鄰。匈奴是我國古代北方一個非常強悍的民族。并州的安危全繫於與匈奴相處的關係。殷商之前，匈奴臣服朝貢，邊境安寧無事。自周穆王征犬戎之後，匈奴就不入朝，還經常入侵。周宣王雖命將出征，也只能將其驅逐至涇水之北。後來犬戎終於殺周幽王於驪山之下，而滅亡了西周王朝。本首敘述這些歷史就是告戒統治者，對匈奴既要懷柔以德，又要加強武備以防其侵擾。如果既不能「曜德」，又不能「曜兵」，就不能阻止其入侵。「德兵俱顛，靡不悴荒」，這就是對統治者的警告。

雍別朔方❶，河水悠悠。北辟❷獯鬻❸，南界涇❹流。畫茲朔土，正直❺幽方。

【章　旨】本段寫并州的地理位置。

【注　釋】❶雍別朔方　相傳舜分冀州為并州。但雍州東境以西河為界，而并州跨越黃河，則明為兼析雍冀二州而置并州。雍，雍州。別，分開；劃出。朔方，北方。❷辟　「闢」之借字。排除；驅逐。❸獯鬻　即匈奴。詳〈幽州牧箴〉注。❹涇　涇水。北源出平涼，南源出華亭，至涇川會合，至高陵縣入渭水。❺直　同「值」。當；臨。

【語　譯】從雍州劃分出北部的土地，黃河之水歡暢地奔流。北面驅逐獯鬻出并州的界外，南面疆界連接著涇水悠悠。劃分出這片北方的土地，正當著東面的幽州。

自昔何為？莫敢不來貢❶，莫敢不來王❷。周穆❸遐征，犬戎❹不享❺。爰貊❻伊德，侵玩上國❼。宣王❽命將❾，攘之涇北❿。宗周罔職⓫，日用爽蹉⓬。既不俎豆⓭，又不干戈⓮。犬戎作難，斃於驪阿⓯。

【章　旨】本段寫周王朝與犬戎（即匈奴）的關係。

【注　釋】❶貢　進貢；進獻各地物產給朝廷。❷來王　定期來朝見天子。❸周穆　周穆王，名滿，周昭王之子。❹犬戎　古戎族的一支，在商周時居於我國西部。❺享　四時供獻祭品給天子。據《國語・周語》載，周穆王不聽祭公謀父的諫阻，出兵征伐犬戎，得四白狼、四白鹿以歸。因周穆王責犬戎以非禮，暴兵露師，傷威毀信，自是荒服者不至。❻貊　我國古代居於東北地區的民族為貊。貊，《藝文類聚》、《初學記》引並作「藐」。藐，小視；輕視。按：作藐於義為長，今從之。❼上國　京師；首都，這裡指周王朝。❽宣王　周宣王，名靖，周厲王之子。即位後，重整軍旅，命尹吉甫、南仲等擊退玁狁進攻，對荊蠻、淮夷作戰亦獲小勝，號稱中興。❾將　大將，指尹吉甫等。❿攘之涇北　據《詩經・小雅・六月》，周宣王時，玁狁「侵鎬及方，至於涇陽」。周宣王命尹吉甫伐玁狁，一直追擊到太原。⓫罔職　猶「失職」。言并州從此為玁狁所侵占，周王朝的職方氏（掌管國土的官）已不能掌管。⓬爽蹉　差錯；不振作。⓭俎豆　皆為古代朝聘、祭祀用的禮器。這裡代指文德。俎，置肉的几。豆，盛乾肉一類食物的器皿。⓮干戈　皆為古代兵器。這裡代指武備。干，作戰時用以護身防禦的盾牌。戈，進攻的主要武器。⓯犬戎二句　周幽王寵信褒姒，廢申后與太子宜臼，立褒姒為后，立褒姒之子伯服為太子。申后之父申侯乃約犬戎叛周，殺周幽王於驪山之下，周朝滅亡。難，災禍；禍難。驪，驪山，在今陝西臨潼東南。阿，山邊；山坡。

【語　譯】從古以來情況如何？沒有誰膽敢不來進獻貢品，沒有誰膽敢不來朝見天子。自周穆王遠征犬戎，犬戎就不獻地方特產助王祭祀。於是戎狄藐視周王朝這種德行，還侵侮輕忽周室上國。周宣王命將出征，才將玁狁趕至涇水之北。周王朝自此不能職掌并州，因而一天天不能振作。既不能用文德懷柔，又不能以武力征服。犬戎終於發動禍難，將周幽王殺死在驪山之麓。

太上曜德❶，其次曜兵❷。德兵俱顛，靡不悴荒❸。牧臣司并，敢告執綱❹。

【章　旨】本段告誡統治者要注意文德與武力並重。

【注　釋】❶太上曜德　太上，最好的；第一等的。曜德，炫耀文德。德，文德，指以禮樂教化感化敵人，使之降服。❷兵　指武力。以武力征服敵人。❸悴荒　疲萎；衰敗。❹執綱　執掌國家綱維法度的大臣。

【語　譯】第一等的是炫示文德，次一等的是炫耀武力。文德與武備一併荒廢敗壞，沒有誰不衰弱疲萎。統治一州的長官來治理并州，請將這些道理告知為君主執掌綱維的臣僕。

交州牧箴

【題　解】交州，漢武帝元封五年（西元前一〇六年）設置的十三州部之一，初名交趾，後改稱交州。領有南海、鬱林、蒼梧、交趾、合浦、九真、日南七郡，轄境相當今廣東、廣西的大部分及越南的北部。交州地處荒裔，遠古時代不與中國相通。至周朝初年始有越裳氏來獻白雉。周昭王南巡溺死漢水，不僅越裳絕貢，連楚國也叛逆侵擾，周王朝就在四國交侵中滅亡。到漢武帝滅南越國而設置九郡，交州才正式歸入中國，到漢平帝時，連荒裔之外的黃支國也來獻犀牛，交州就成為中國南疆的重要地區。本首敘述交州這些變遷的歷史，並告戒統治者，越是強盛就越要小心謹慎，因為「亡國多逸豫，而存國多難」。「泉竭中虛，池竭瀕乾」，這是事物發展的規律。

交州荒裔❶，水與天際。越裳❷是南，荒國❸之外。爰自開闢❹，不羈不絆。

【章旨】本段寫交州遠古時代地處荒裔，原不與中國相通。

【注釋】❶荒裔　邊遠地區。裔，衣服的邊緣，借指邊遠的地區。❷越裳　古南海國名。故址當在今越南之南部。❸荒國　荒服之國。荒服，指離王畿二千五百里的地區，為五服中之最遠者。❹開闢　開天闢地。指遠古時代人類社會開始之初。

【語譯】交州地處邊遠的荒涼之地，水與天互相連接。越裳國在此州之南，是荒服之外的小國。自從開天闢地以來，它不受牽制也不受約束。

周公攝祚❶，白雉❷是獻。昭王❸陵遲，周室是亂。越裳絕貢，荊楚❹逆叛。四國內侵，蠶食周宗。臻於季赧❺，遂入滅亡。大漢受命，中國❻兼該❼。南海❽之宇，聖武❾是恢。稍稍受羈，遂臻黃支❿。杭⓫海三萬，來牽其犀⓬。

【章旨】本段寫交州自周代即依附中國，至漢代即正式併入中國。

【注釋】❶周公攝祚　周公佐武王伐紂，建立周朝。武王死，成王年幼，周公攝政，平定管蔡叛亂，營建東都雒邑，封建諸侯，鞏固了西周政權。歸政後，又制禮作樂，進一步鞏固了西周的統治。攝祚，即攝政。代君主處理政事。祚，皇位。❷白雉　古代迷信以白雉為祥瑞。相傳周公攝政，制禮作樂，越裳氏重譯來獻白雉。❸昭王　即周昭王。事詳〈揚州牧箴〉注。❹荊楚　即楚國，羋姓。熊繹受封於周成王。至春秋時，疆域擴大，國勢漸強。到戰國時，為七雄之一。❺季赧　末世的周赧王，名延。他與諸侯約縱攻秦，為秦所滅，周亡。❻中國　上古時代，我國華夏族建國於黃河流域一帶，以為居天下之中，故自稱中國，把我國周圍其他地方稱為四方或四夷。❼該　完備；俱全。❽南海　泛指我國南方。❾聖武　指漢武帝。漢武帝滅南越國，設置九郡，並建置交趾。❿黃支　古國名。《漢書・平帝紀》：「(元始)二年春，黃支國獻犀牛。」注引應劭曰：「黃支在日南(漢郡名，治象林，今越南維川南茶橋)之南，去京師三萬里。」⓫杭　通「航」。渡。⓬犀　犀牛，體大於牛，鼻上有一或二角。

【語　譯】自周公代成王攝行政事，越裳國也來獻白雉。到周昭王開始衰敗，擾亂了周王室的基業。越裳國斷絕了進貢朝見，楚國也發動了反叛逆亂。四方各國都向內地侵犯，逐漸侵吞了周王室的土地。到了末世君主周赧王，就丟掉了周王朝的皇位。大漢王朝接受了天命，兼包了中國的全部領地。遠至南海的海邊，擴大於聖明的漢武帝。漸漸地接受控制，於是影響傳遍黃支國。航渡大海三萬餘里，牽著犀牛到京師進獻。

盛不可不憂，隆不可不懼。顧瞻❶陵遲，而忘其規摹❷。亡國多逸豫，而存國多難。泉竭中虛，池竭瀕❸乾。牧臣司交，敢告執憲❹。

【章　旨】本段再三告誡統治者要兢兢業業，充實力量。

【注　釋】❶顧瞻　回頭看；察看。❷規摹　通「規模」。制度模式；規制格局。❸瀕　同「濱」。邊。交州地處邊遠，如池水之濱，比喻衰敗之始，各有其徵。❹執憲　執掌法令的人。憲，法令。

【語　譯】隆盛時不可不憂慮衰微，興隆時不可不擔心禍敗。仔細察看昔日的衰落，豈可忘記今日的制度程式。將要敗亡的國家多安逸享樂，能夠永存的國家則多難多災。泉水枯竭是因為地中的源泉枯竭，池水乾涸則池邊的水一定先枯。統治一州的長官來主持交州，請將這番道理告知君主身邊執掌法令的大夫。

【研　析】箴是一種進行規戒的文體。在寫作上，它要求「文資確切」，「其取事也必覈以辨，其摛文也必簡而深」（《文心雕龍·銘箴》）。揚雄的〈十二州箴〉是模仿〈虞箴〉的，但能抓住每個州的地理環境和歷史事變的不同進行描述，然後根據各州的特點向統治者提出告誡。每篇各不雷同，各有特色，完全符合箴確切覈實而又簡潔深刻的要求。同時箴一般都比較樸質。而揚雄是位辭賦家。他往往以辭賦的手法進行描寫，如〈荊州牧箴〉描寫荊州的民風云：「南巢茫茫，包楚與荊。風慓以悍，氣銳以剛。有道後服，無道先強。」〈雍州牧箴〉描寫雍州的形勢云：「黑水西河，橫截崑崙。邪指閶闔，畫為雍垠。上侵積石，下礙龍門。」簡單幾筆就畫出民風的強悍和形勢的險峻，大大提高了箴的文學性。李兆洛說：「子雲善仿，所仿必肖，能以氣合，不以形似也。細尋之乃得仿古之法。」仿古而不拘泥於古，確實道出了揚雄箴的特點。

酒箴

揚子雲

【題解】本篇班固將其收入《漢書·遊俠傳》，題作〈酒箴〉，以為是諷諫漢成帝的。然此與文意全不相合。此篇《藝文類聚》、《初學記》、《太平御覽》引均作〈酒賦〉，《北堂書鈔》引作〈都酒賦〉。都酒乃古酒器名。驗之於文，當以〈都酒〉於義較切。本篇是一篇有深刻寓意的詠物小賦。瓶是比喻那些正道直行、剛正不屈的正人君子，鴟夷則是比喻那些趨炎附勢、隨波逐流的勢利小人。文章表面看去好像是不贊成瓶而傾慕鴟夷，實際上只是一種激憤之辭而已。它對鴟夷作了譴責，而對瓶的遭遇也深表同情，只是以反語出之罷了。後來柳宗元〈瓶賦〉，將揚雄的話反過來正面敘述，那僅是相輔相成的。揚雄這樣寫，目的不是諷諫漢成帝，而是抒發他身處亂世而無所適從的矛盾與苦悶。在那樣的社會裡，正道直行勢必如瓶一樣碰得粉身碎骨，而阿諛逢迎又為正直的人格所不忍為。何去何從，猶疑莫定。此賦正反映了揚雄這種心理狀態。

子猶瓶矣！觀瓶之居，居井之眉❶。處高臨深，動常近危。酒醪❷不入口，藏水滿懷。不得左右，牽於纆徽❸。一旦叀❹礙，為甓❺所轠❻。身提黃泉❼，骨肉為泥。自用如此，不如鴟夷❽。

【章旨】本段寫瓶的遭遇。瓶居井上，辛勤汲水，而自甘淡泊，卻被碰得粉身碎骨。

【注釋】❶眉　《漢書》顏師古注：「眉，井邊地，若人目上之眉。」❷醪　《說文》：「醪，汁滓酒也。」即有酒糟的濁酒。❸纆徽　繩索。三股曰徽，兩股曰纆。❹叀　懸掛。❺甓　磚砌的井壁。❻轠　碰擊；碰撞。❼提黃泉　提，擲；拋棄。黃泉，地下之泉，指地下深處。❽鴟夷　盛酒的器具，皮製的酒袋。

【語譯】你就如同汲水的瓦瓶啊！看看瓦瓶居處的地方，就居處在水井的旁邊。處在高高的井架而面對深深的井水，一舉一動都臨近危險。一點兒濁酒也不入口，只是裝著滿肚子的清泉。不得向左也不得向右，只被繩索牽引著上下迴旋。有朝一日被牽掛阻礙，被磚砌的井壁碰撞得天旋地轉。身子骨拋入深深的地下，骨肉都化作泥土一團。對待自己如此困苦，遠不如盛酒袋的遭遇非凡。

鴟夷滑稽❶，腹如大壺❷。盡日盛酒，人復借酤❸。常為國器❹，託於屬車❺。出入兩宮❻，經營❼公家。繇❽是言之，酒何過乎？

【章旨】本段寫鴟夷的幸運。它左右逢迎，卻「常為國器，託於屬車」，與瓶形成鮮明對比。

【注釋】❶滑稽　古代注酒器。《史記・滑稽列傳》索隱引崔浩曰：「滑稽，流酒器也。轉注吐酒，終日不已。」這裡形容如滑稽一般圓轉自如。❷壺　盛酒器，大一石。❸借酤　借，助；借助。酤，酤酒；買酒。❹國器　國家的寶器，如鐘鼎之屬。❺屬車　天子出行時隨從的車乘。大駕有屬車八十一乘，法駕三十六乘。屬車常載酒食，故有鴟夷。❻兩宮　漢代指皇帝和太后的宮殿。❼經營　周旋往來。❽繇　通「由」。

【語　譯】鴟夷這種盛酒器隨人俯仰，圓轉自如，肚子大得像個大酒壺。整天裡裝滿著美酒，別人還借助它買酒回家。經常是一國看重的寶器，託身在皇帝出巡的屬車。在皇帝與太后的宮殿出出進進，周旋往來於公侯貴族之家。由這一點說來，酒有什麼過錯疵瑕？

【研　析】本篇實際上是一篇詠物小賦，寫得短小精悍而寓意深長。它借物喻人，描寫兩種器具的不同處境與不同命運，用以比喻在作者所處的時代裡直正之士遭殃而逢迎小人得意的社會現實，言近而旨遠，十分雋永。詠物的作品要有寄託。為詠物而詠物，意義是不大的。本篇對後世詠物詩賦作品的發展是有重要啟發和影響的。

座右銘

崔子玉

【題　解】座右，座位的右側。為銘文而置之於座位之右以警戒自己，故稱「座右銘」。本篇列舉了為人處世應該時刻警戒的一些原則。這就是不誇耀自己，不毀謗別人；不炫耀己之施與，不忘記人之恩惠；一切以仁愛為本，不做虧心事；柔弱處下，知止知足；注意飲食起居。為人處世，果真能做到這些，確實會少禍患，少煩惱，而心境平靜，生活平安。崔瑗是東漢大儒，為人小心謹慎，但幾次以事繫獄，所以作此銘用以自警。

【作　者】崔子玉（西元七七—一四二年），名瑗，東漢涿郡安平（今河北安平）人。崔駰之子。早孤。銳志好學。年十八，遊京師，從賈逵質問經籍大義。與馬融、張衡特相友善。年四十餘，始為郡吏。後舉茂才，遷汲令。視事七年，百姓歌頌之。漢安帝時，遷濟北相。以贓罪徵，詣廷尉自訟，得理出，病卒。瑗高於文才，尤長於為書記箴銘。

無道人之短，無說己之長。施人慎勿念，受施慎勿忘❶。世譽不足慕，唯仁為紀綱❷。隱❸心而後動，謗議庸何傷。

【章　旨】本段告誡自己不要做損人利己之事，要以「仁為紀綱」。

【注　釋】❶施人二句　《戰國策・魏策四》載信陵君竊符救趙，趙王郊迎，唐雎謂信陵君曰：「人有德於我也，不可忘也；吾有德於人也，不可不忘也。」❷紀綱　謂大綱要領。❸隱　忖度；審度。

【語　譯】不要說別人的缺點，不要說自己的長處。給人好處切莫記在心裡，接受施與切記不要忘卻。世俗的讚揚不值得羨慕，只有仁愛才是準繩法則。揣度自己的良心而後行動，毀謗非議又有什麼妨礙！

勿使名過實❶，守愚聖所臧❷。在涅貴不淄❸，曖曖❹內含光。柔弱生之徒，老氏戒剛強❺。行行鄙夫❻志，悠悠❼故難量。

【章　旨】本段告誡自己要柔弱處下，謙退自守。

【注　釋】❶無使句　《越絕書》載范子曰：「故名過實，則百姓不附親，賢士不為用，而外□諸侯聖主不為也。」越王曰：「寡人恭行節儉，下士求賢，不使名過實。」❷守愚句　《荀子・宥坐》，孔子曰：「聰明聖知，守之以愚。」臧，善。❸在涅句　《論語・陽貨》：「不日白乎，涅而不淄。」涅，黑色染料。淄，黑色。❹曖曖　昏暗不明貌。❺柔弱二句　《老子》第七十六章：「人之生也柔弱，其死也堅強。萬物草木之生也柔弱，其死也枯槁。故堅強者死之徒，柔弱者生之徒。」又：「強大處下，柔弱處上。」又第三十六章：「柔弱勝剛強。」老氏，指老子，名聃，春秋戰國時楚苦縣人，曾為周藏書室史官。著有《老子》(又名《德道經》)五千言。❻行行鄙夫　《論語・先進》：「子路，行行如也……子樂。『若由也，不得其死然。』」行行，剛強貌。鄙夫，鄙陋淺薄之人。❼悠悠　安閒靜止貌。

【語　譯】不要使名聲超過實際，堅守愚拙是聖哲之所讚揚。在黑泥裡爬滾而不沾染黑漬，外表昏暗而內部卻含著精光。柔弱屬於活著的一類，老子就告誡不要剛強。剛強不屈是鄙陋之人的德行，安閒靜止所以不可以丈量。

慎言節飲食❶，知足❷勝不祥。行之苟有恆，久久自芬芳。

【章　旨】本段告誡自己要慎言知足，注意飲食。並且要堅持做到。

【注　釋】❶慎言句　《易·頤卦》：「君子以慎言語，節飲食。」❷知足　《老子》：「知足不辱，知止不殆，可以長久。」

【語　譯】說話小心，不暴飲暴食，知道滿足就能戰勝不吉祥。實行這些如果持之以恆，時間久了自然會散發芳香。

【研　析】銘有兩類。一類是褒讚功德。這種銘當然貴在「博約而溫潤」（陸機〈文賦〉）。一類是自我警戒。這種銘就在切合自己的實際。崔瑗雖是東漢儒者，但他生活於漢和帝與漢安帝時期。這時東漢政治開始黑暗起來。崔瑗一生就幾遭災難。早年因殺死殺害其兄的仇人而亡命，後又以事繫東郡發干獄，最後還以贓罪徵詣廷尉。身處這樣的社會，作為儒者自然懼災畏禍。此銘就告誡自己要謙退處下，小心謹慎，完全符合他的處境，對人也是一帖苦口良藥。文詞雖樸素，但注重文采的蕭統《文選》卻選入本篇，就不是偶然的。

劍閣銘

張孟陽

【題　解】劍閣，棧道名。在今四川劍閣東北大劍山與小劍山之間，是川陝間的主要通道，軍事戍守要地。據《晉書·張載傳》，載父收為蜀郡太守。西晉太康初，至蜀省父，道經劍閣。載以蜀人恃險為亂，因著銘以作戒。益州刺史張敏見而奇之，乃表上其文。晉武帝嘆其才，命鐫之劍閣山。本篇描寫了劍閣形勢的險峻與地理位置的重要。天下未亂蜀先亂，天下已治蜀後治，四川是一個極便割據稱雄的地方。「形勝之地，匪親勿居」，因而告戒統治者要特別注意。同時還警告那些妄圖割據稱雄的野心家，統治的鞏固與否，在德不在險，妄圖憑險作亂是沒有好下場的。當時晉朝剛剛統一，人們厭亂思治，痛恨割據。銘文向統治者提出告戒，要關注蜀地，不要掉以輕心，正表達了人們盼望統一的願望。它引起了晉武帝的重視，是理所當然的。

【作　者】張孟陽（生卒年不詳），名載，安平（今河北安平）人。起家著作郎，累官太子中舍人，遷樂安相，弘農太守。長沙王乂請為記室，督拜中書侍郎，復領著作。載見世方亂，無復進仕意，遂稱疾篤告歸，卒於家。載博學有文章，是晉代著名詩人。

巖巖梁山❶，積石峨峨❷。遠屬荊衡❸，近綴岷嶓❹。南通邛僰❺，北達褒斜❻。狹過彭碣❼，高踰嵩華❽。惟蜀❾之門，作固❿作鎮⓫。是曰劍閣，壁立千仞⓬。窮地之險，極路之峻。世濁則逆，道清斯順。閉由往漢⓭，開自有晉⓮。

【章　旨】本段極寫劍閣形勢的險峻和重要。

【注　釋】❶巖巖梁山　巖巖，高峻貌。梁山，即大劍閣山。❷峨峨　高聳貌。❸遠屬荊衡　屬，連綴；連接。荊，荊山，在今湖北南漳西。衡，衡山，五嶽之一，在今湖南衡山西。❹岷嶓　均山名。岷山，在今四川松潘北。嶓即嶓冢山，在今陝西寧強北。❺邛僰　古民族名。邛，邛都，古代我國西南少數民族國名。邛都夷分布在今四川西昌一帶。僰族分布在今四川南部及雲南東北一帶。古時曾建邛都國及僰侯國。❻褒斜　古通道名。也稱褒斜道、褒斜谷。在陝西西南。❼彭碣　彭指彭門山。在四川彭縣西北。有兩石對峙如闕，故號彭門。碣指碣石山，在河北昌黎西北，後沒入海中。❽嵩華　嵩山和華山。均為五嶽之一。❾蜀　地名，古蜀國，秦置蜀郡，後為四川別稱。❿固　《說文》：「四塞也。」指險要的地方。⓫鎮　一方的主山；一方的屏障。⑫仞　古代長度單位，八尺為一仞，一說七尺為一仞。⑬閉由往漢　三國時，劉備據有巴蜀稱帝，國號漢，自稱繼漢正統。史稱蜀漢，又稱季漢，以別於前漢、後漢。它與魏國為敵，蜀道不通。⑭開自有晉　魏陳留王景元四年（西元二六三年），晉王司馬昭遣鍾會、鄧艾滅蜀，蜀道復通。因當時司馬昭專擅朝政，故不稱魏而稱晉。有晉，即晉朝。司馬昭專魏朝政自封晉公，後為晉王。其子司馬炎代魏稱帝，建立晉朝。

【語譯】高大險峻的大劍閣山，大石堆簇而又高聳。向遠處連接著荊山與衡山，在近處連綴著岷山與嶓冢山。南面通向邛都與僰人住地，北面抵達褒斜峽谷。它的狹窄超過了彭門、碣石，它的高峻超過了中嶽嵩山與西嶽華山。這是通往蜀地的唯一門戶，是險要的地方，是一方的屏障。這就喚作劍閣，山崖像牆壁聳立有萬尺千丈。是陸地上最險要的處所，是道路中最高峻的小道羊腸。世道混亂它首先逆叛，世道清平它最後歸降。關閉它是過去的蜀漢，開啟它是我聖晉的繁昌。

秦得百二，并吞諸侯。齊得十二，田生獻籌❶。矧茲狹隘，土之外區❷。一人荷戟，萬夫趑趄❸。形勝❹之地，匪親勿居。

【章旨】本段寫蜀郡形勢重要，告誡統治者要注意其安危。

【注釋】❶秦得四句　據《史記・高祖本紀》載，西漢初，田肯說高祖曰：「秦，形勝之國，帶河山之險，縣隔千里，持戟百萬，秦得百二焉。地勢便利，其以下兵於諸侯，譬猶居高屋之上建瓴水也。夫齊，東有琅邪、即墨之饒，南有泰山之固，西有濁河之限，北有渤海之利。地方二千里，持戟百萬，縣隔千里之外，齊得十二焉。故此東西秦也。非親子弟，莫可使王齊矣。」高祖曰：「善。」秦，指秦中，地區名，相當於今陝西。百二，百分之二。言關中形勢險要，進可攻，退可守，有二萬人，足當諸侯百萬兵。諸侯，指山東各國。齊，即齊地，相當於今山東。十二，十分之二。言齊地有漁鹽之利，非常富庶，有二十萬人，亦足當諸侯百萬兵。田生，即指田肯。籌，計謀；謀劃。指田肯勸漢高祖既已入都關中，宜使親子弟王齊，以控制東西秦的計謀。❷外區　指蜀地。言蜀地處於中原之外的地區。❸趦趄　且行且卻，徘徊不前貌。❹形勝　地勢優越便利。

【語　譯】秦地得到百分之二的形勝，可以併吞山東的諸侯。齊地得到十分之二的形勝，田肯就進獻封建親子弟的計謀。何況這裡非常狹隘，地處中原以外的地段。一個人扛著戟守衛，一萬人都要徘徊而不敢輕進。這樣優越便利的地勢，不是親屬就不能將他封建。

昔在武侯，中流而喜。山河之固，見屈吳起。興實在德，險亦難恃。洞庭孟門，二國不祀❶。自古迄今，天命不易❷。憑阻作昏，鮮不敗績❸。公孫既滅❹，劉氏銜璧❺。覆車之軌，無或重跡。勒銘山阿，敢告梁益❻。

【章　旨】本段警告據有蜀地的野心家不要憑險而妄圖作亂。

【注　釋】❶昔在八句　《史記・孫子吳起列傳》：「武侯浮西河而下，中流，顧而謂吳起曰：『美乎哉山河之固，此魏國之寶也！』起對曰：『在德不在險。昔三苗氏左洞庭，右彭蠡，德義不修，禹滅之。夏桀之居，左河濟，右泰華，伊闕在其南，羊腸在其北，修政不仁，湯放之。殷紂之國，左孟門，右太行，常山在其北，大河經其南，修政不德，武王殺之。由此觀之，在德不在險。若君德不修，舟中之人盡為敵國也。』武侯曰：『善。』」武侯，魏武侯，名擊，戰國初魏國國君，文侯之子。中流，河流之中，此指黃河。吳起，戰國時衛國人。仕魏，魏文侯用為將，攻秦，拔五城，為河西守以拒秦。洞庭，洞庭湖，在湖南北部，長江南岸。孟門，孟門山，在今山西吉縣西，綿亙黃河兩岸。❷天命不易　《尚書・大誥》：「爾亦不知天命不易。」❸敗績　軍隊潰敗；事業敗壞。❹公孫既滅　西漢末年，公孫述據蜀，自立為蜀王，漢光武帝遣大將吳漢等討滅之。公孫，公孫述。❺劉氏銜璧　劉備據蜀，建立蜀漢，傳子劉禪。魏鍾會、鄧艾伐蜀，後主劉禪投降。劉氏，指劉禪。銜璧，投降。古代國君死，口含玉。戰敗出降，銜璧以示當死，故以表示投降。❻梁益　二州名，指今四川。《尚書・禹貢》：「華陽黑水惟梁州。」漢武帝改稱益州，魏晉時分置梁、益二州。

【語　譯】過去戰國初年的魏武侯，航行到黃河中流就喜悅高興。他認為有山川的險固，吳起就提出了批評。興盛由於仁德，險固難以依憑。三苗有洞庭之險，殷紂有孟門之固，兩國照樣斷絕了祭祀犧牲。從古代直到現在，接受天命真不容易。憑藉險阻而幹出昏聵的蠢事，少有不招致失敗。公孫述據蜀稱王已被消滅，劉禪蜀漢也已投降敗北。已有翻了車子的軌跡存在，就不要重蹈覆轍。把這篇銘文刻在山坡，告訴據有梁益二州的政客。

【研　析】本篇也是規戒之詞。但不是規戒自己，而是規戒統治者。張載是一位詩人。為了聳動視聽，他採用詩歌的描寫手法，極力描繪出劍閣形勢的險要，又用歷史事實描繪出險固的難以依憑，讀了叫人驚心動魄。全國最高統治者自然要注意蜀地的安危，想據險割據的野心家也不敢輕舉妄動，一般讀者更會欣喜祖國河山的壯麗。氣骨雄俊，語句警策，能動人心魄，就是本篇銘文的特點。

五箴并序

韓退之

【題　解】這五章箴作於唐順宗永貞元年（西元八〇五年）韓愈三十八歲之時。韓愈四次參加進士考試，至貞元八年（西元七九二年）才登第。以後又三試博學宏詞不中。後來兩度任節度使推官，還因上書徐州節度使張建封提意見而遭非議。貞元十九年遷監察御史，又因上疏乞寬民徭而貶為山陽令。可見其仕途之蹭蹬不得意。這五章箴就作於貶為山陽令之時。是韓愈三十八年的為人處世的遭遇經歷的一個總結。它既是韓愈對未來的為人處世的告戒，又是他對現實遭遇的不滿情緒的發洩。史稱韓愈「發言真率，無所畏忌，操行堅正，拙於世務」。拙於世務未必盡然，操行堅正則的確如此。這五章箴裡，他對自己的過去也不是一概否定，而是表示要堅持正確的，改正錯誤的。所以不僅箴裡提出的告戒對我們有啟示，他那種勇於解剖自己而又堅持原則的精神也值得我們學習。

人患不知其過，既知之不能改，是無勇也。余生三十有八年，髮之短者日益白，齒之搖者日益脫，聰明❶不及於前時，道德日負於初心，其不至於君子，而卒為小人也昭昭矣。作五箴以訟❷其惡云。

【章　旨】這是序，交代寫作五章箴的背景和動機。

【注　釋】❶聰明　指聽力與視力。❷訟　打官司；爭辯是非。

【語　譯】人擔心的是不知道自己的過錯，已經知道了而不能改正，這是缺乏勇氣。我生活了三十八年了，頭髮短的一天天變白，牙齒動搖的一天天脫落，聽力視力都不如從前，道德也一天天辜負我原來的想法，我不能達到君子的境界，而最終要成為小人，是很明白的了。就寫作這五章箴來控告我的缺點錯誤。

游❶箴

余少之時，將求多能，早夜以孜孜❷。余今之時，既飽而嬉，蚤夜以無為。

嗚呼余乎，其無知乎？君子之棄，而小人之歸乎！

【章　旨】本章告誡自己不要遊惰。

【注　釋】❶游　遊惰；遊手好閒。❷孜孜　勤勉；不懈怠。

【語　譯】我年輕的時候，將追求多才多藝，早起晚睡不停地努力。到了現在，吃飽了就遊玩嬉戲，從早到晚都無所事事。哎呀我呀！難道全不知道嗎？就要被君子拋棄而歸入小人一類呀！

言箴

不知言之人，烏可與言；知言之人，默焉而其意已傳。幕中之辨❶，人反以汝為叛；臺中之評❷，人反以汝為傾❸。汝不懲邪？而呶呶❹以害其生邪？

【章　旨】本章告誡自己要吸取教訓，說話要小心謹慎。

【注　釋】❶幕中之辨　韓愈為徐州節度使推官時，曾兩次上書節度使張建封，論晨入夜歸為不可，又諫其擊球事。《新唐書》本傳稱其「操行堅正，鯁言無所忌」。幕，幕府；將帥的營帳、衙署。❷臺中之評　唐德宗貞元十九年（西元八〇三年），韓愈為監察御史，因關中旱饑，上疏乞寬民徭，被貶為山陽令。臺，指御史臺，御史所居的官署。❸傾　傾陷；陷害。❹呶呶　多言；嘮叨。

【語　譯】不懂說話的人，怎麼可以與他語言唱酬；懂得說話的人，不說話就能把意思交流。我在幕府的論辨，別人反而以為你是背叛；在御史臺的批評，別人反而以為你是傾陷。你不知道警戒嗎？還要多嘴多舌來危害你的生存嗎？

行箴❶

行與義乖，言與法違，後雖無害，汝可以悔。行也無邪❷，言也無頗❸，死而不死❹，汝悔而何？宜悔而休，汝惡曷瘳❺？宜休而悔，汝善安在？悔不可追，悔不可為❻。思而斯得，汝則勿思。

【章　旨】本章告誡自己，行為要堅持正確的，改正錯誤的。

【注　釋】❶行箴　行，或作「悔」。王元啟曰：「此篇專論悔之當否，作「行」，則起處言行並舉，先已自乖其例。」❷邪邪惡。❸頗　偏頗；不平正。❹死而不死　即雖死猶生的意思。❺瘳　病癒，這裡指改正。❻悔不二句　吳闓生曰：「言當悔而不悔，則惡不能改矣；不當悔而悔，則善亦亡矣。『悔不可追』，謂當悔也；『悔不可為』，謂不當悔也。通篇兩意相承到底。」

【語　譯】行為與道義背離，言語與法則背棄，後來雖然沒有禍害，你卻應該後悔。行為沒有邪惡，言語也沒有偏斜，死了也等於沒有死，你又後悔什麼？應該後悔你卻不後悔，你的缺點怎麼改正？不應該後悔你卻後悔，你的優點哪裡還能存在？後悔有的不可以反悔，有的事卻不可以後悔。只要想一想就能得出結論，只是你不去想它而已。

好惡箴

無善而好，不觀其道。無悖❶而惡，不詳其故。前之所好，今見其尤❷，從也為比❸，捨也為讎。前之所惡，今見其臧❹，從也為愧，捨也為狂。維讎維比，維狂維愧，於身不祥，於德不義。不義不祥，維惡之大。幾如是為，而不顛沛？齒之尚少，庸有不思；今其老矣，不慎胡為？

【章　旨】本章告誡自己，在好惡方面也要堅持正確的，改正錯誤的。

【注　釋】❶悖　背逆；謬誤。❷尤　過錯；錯誤。❸比　勾結；朋比。❹臧　善。

【語　譯】沒有優點你卻歡喜，不看看它合不合理。沒有謬誤你卻厭惡，不仔細了解其中緣故。以前所喜好的事，現在看出它有不是。聽從它就是與缺點勾結，捨棄它就是對缺點的鄙視。以前所厭惡的事，現在卻看出了它的優點，聽從它去改正就應該慚愧，捨棄它不改正就是狂亂。該鄙視卻去勾結，是狂亂卻不慚愧，對於自身沒有好處，對於道德屬於不義。既不合道義又不吉祥，就是最大的錯誤。假如這樣地做下去，哪裡會不走入困苦？年紀還小的時候，也許還想不到這個；現在快要老了，還不小心又為什麼呢？

知名箴

內不足者，急於人知。霈焉❶有餘，厥聞❷四馳。今日告汝，知名之法。勿病無聞，病其曄曄❸。昔者子路，唯恐有聞❹。赫然千載，德譽愈尊。矜❺汝文章，負❻汝言語。乘人不能，揜❼以自取。汝非其父，汝非其師。不請而教，誰云不欺？欺以賈❽憎，揜以媒❾怨。汝曾不悟，以及於難。小人在辱，亦克知悔。及其既寧，終莫能戒。既出汝心，又銘汝前。汝如不顧，禍亦宜然。

【章　旨】本章告誡自己要注意充實自己，不要急於求名。

【注　釋】❶霈焉　充盛貌。❷聞　名譽；名聲。❸曄曄　明盛美茂貌。這裡形容名聲顯赫。❹昔者二句　《論語．公冶長》：「子路有聞，未之能行，唯恐有聞。」《集解》引孔安國曰：「前所聞未及行，故恐後有聞不得並行也。」韓愈引此與舊異。蘇軾《論語解》曰：「或曰：聞，聲聞也。未能行其實而得其聲，故不欲其聞也。」此即用韓愈的意思。子路，即仲由，孔子弟子。❺矜　自恃賢能。❻負　仗恃。❼揜　通「掩」。覆而取之；捕取。❽賈　招致。❾媒　招致。

【語　譯】自身不充足的人，就急於想讓人了解傳揚。如果自身非常充實還有剩餘，他的名聲就會傳遍四面八方。今天我來告訴你，出名的最好方法。不要擔心名不外揚，卻要擔心名聲太顯赫。過去孔子的弟子子路，只害怕自己的名聲太大。名聲赫赫在千年之後，他的道德與名望越來越尊貴。以你的文章自負，以你的語言自恃。趁著別人的不能，你就奪取而歸於自己。你不是別人的父親，你不是別人的師長，別人不請教你就去指教，哪個能不受欺枉？欺枉可以招致憎惡，奪取可以招來讎怨。你竟然一點也不覺悟，最後一定會有災難。小人受到恥辱，也能知道後悔。等到事情過去，最終不能警戒。既然出自你的想法，又作銘文放在你的跟前。如果你還不注意，遇到災禍就全屬自然。

【研　析】箴是一種古老的文體，屬於韻文一類，大抵四字一句，隔句用韻。形式與四言詩相同，只是它主規戒而不用以描寫抒情。韓愈這幾章箴卻一反常規寫法。他是一位古文家。首先他以散文句式來作箴，似韻，別有韻味；其次他以散文筆法來作箴，議論縱橫，文氣開闔，宛如跟自己的缺點在進行訟辯；還有他結合自身遭遇來寫，使箴不僅提出規戒，還寫出對自身遭遇的不滿與牢騷，而帶有一點抒情的意味。這樣，箴這種傳統形式就得到了適當的改造，變得靈活而不板滯。李剛己曰：「箴詞怡深切，筆勢奇宕」，「讀此等文字，細玩其往來向背之勢，可以悟古人用筆之妙。」就正指出了它散文化的特點。

行己箴

李習之

【題　解】行己，自己的行為。《論語・子路》：「行己有恥。」皇侃疏：「行己，為自行己身。」這也是一篇規戒自己的箴。但這篇箴提出我國傳統道德修養中的一個重要原則，就是提倡內省工夫，注重自身的道德修養。不管別人怎樣對我，我都必須反省自己而不責怪別人。曾子就提出「吾日三省吾身」（《論語・學而》），孟子也提倡「行有不得者，皆反求諸己」（《孟子・離婁》）。李翱在本篇裡提出的就正是這種修養工夫。不管人「愛我」、「惡我」，只要自認合乎道義，錯不在我，就不與人計較；自認為行為合乎禮法，就不管別人如何議論。人能做到這一點，就是一個道德完美的人，就是一個具有獨立人格的人。李翺以此自戒，我們也應以此自戒。沈伯經曰：「句句足為世人針砭，的是格言。」說的正是這個意思。

人之愛我，我度❶於義。義則為朋，否則為利。人之惡我，我思其由。過寧不改，否又何仇。仇實生怨，利實害德。我如不思，乃陷於惑。

【章　旨】本段寫與人交往，只能以義合，不能以利合。

【注　釋】❶度　揣度；推測。

【語　譯】別人愛我，我要考慮是否合乎道義。合乎道義就是朋友，不合道義就是為了私利。別人恨我，我要想想它的原由。我錯了哪裡能不改正，沒有錯又何必與人結仇。仇視就會產生怨恨，私利就會危害品德。我如果不仔細思考，就會陷入迷惑。

內省不足，愧形於顏。中心無他，曷畏多言？惟咎在躬❶，若市於戮❷。慢虐❸自他，匪汝之辱。昔者君子，惟禮是持❹。自小及大，曷莫從斯？苟遠於此，其何不為？

【章　旨】本段告誡自己要注重自身修養，不要管別人的議論，「內省不疚，夫何憂何懼」。

【注釋】❶躳　身；自身。❷市於戮　猶言「戮於市」，謂受辱於市。戮，辱。❸慢虐　輕視侵害。❹惟禮是持　即「惟持禮」。是，助成賓語倒置的助詞。持，掌握；遵守。

【語譯】自我反省有所不足，羞愧就應表現在臉色。內心沒有別的內疚，又何必怕別人七嘴八舌？只有錯誤在我自身，就如同在大庭廣眾之前受到羞辱。輕慢侵辱來自他人，就不是你的恥辱。過去的君子，行為只依從禮法。從小事直到大事，哪件事不由此出發？假如遠離了禮法，什麼事情會幹不出？

事之在人，昧者亦知。遷焉及己，則莫之思。造次❶不戒，禍焉可期❷。書之在側，以為我師。

【章旨】本段告誡自己不要當局者迷，要隨時警戒。

【注釋】❶造次　倉猝；急遽。❷可期　可期待。此謂立即會來。

【語譯】事件發生在別人身上，糊塗人也知道錯在哪裡，轉過來輪到自己，卻不想想錯從何起。倉猝之際不知警戒，禍患就可以預期。寫下它放在座側，作為告誡我的老師。

【研析】這也是一篇告誡自己的箴，如同一篇座右銘。它抓住自身修養這個中心反覆申說，確也能警策動人。同時，李翱為文力圖師法韓愈。本篇在寫法上也力圖追隨韓愈的〈五箴〉，如從正反兩面反覆開說，以議論的筆法申述應該何去何從，寫得確實有一點像韓愈的〈五箴〉。不過，他的才氣不如韓愈，寫來就缺乏韓愈文章的跌宕開闔，語言也樸質平易，缺乏韓愈文章的奇詭恢宏，波瀾壯闊。故吳汝綸曰：「有意學韓而不得韓之峻。」

西銘

張子

【題　解】此篇是張載《正蒙・乾稱》的首段。張載講學關中，曾把此篇與〈乾稱〉篇的末段錄出，貼在東西窗上作為座右銘。此篇題曰〈訂頑〉，後篇題曰〈砭愚〉。當時深受程頤、程顥的賞識。程頤改稱〈訂頑〉為〈西銘〉，〈砭愚〉為〈東銘〉。後來朱熹又把〈西銘〉從〈乾稱〉篇錄出，另作注釋，成為獨立的一篇。此篇乃張載捃拾經傳中有關天道倫理之說，用以闡述他的宇宙觀、政治觀的文章。他認為天人一體，人與萬物都是天地之所生，是氣之所化。因此，民為同胞，物則吾與，連大君、大臣也是自己的親兄弟。這種民胞物與的思想，就比《白虎通》所說的「王者為天之子」、「天子作民父母」的傳統觀念，多了一點民主平等的色彩。不過，他又認為大君是天地的宗子，大臣是「宗子之家相」，也就是說，只有大君才如同封建宗法社會的宗子一樣，才能繼承統治權力，其餘的兄弟就沒有做君主的權利。大臣也只有君主才有權任命。這就仍然是在維護封建統治的秩序。同時，他還主張人既為天地之子，就應該知化存神，存心養性，以樂天知命，做天地最順從的孝子。這也就有點消極的宿命論的思想。

【作　者】張子（西元一〇二〇—一〇七七年），名載，字子厚，北宋鳳翔郿縣橫渠鎮人。仁宗嘉祐二年（西元一〇五七年）進士，曾任丹州雲岩縣令。神宗時，為崇文院祕書，不久告退，回家講學，從學者稱之為橫渠先生。晚年，又任職同知太常禮院，不滿一載退職，回家途中，病逝於臨潼。張載是理學（亦稱道學）的創始人之一。但他和程朱學派以「理」為萬物的本源不同，提出虛空即氣，主張氣為充塞宇宙的實體。由於氣的聚散變化，形成各種事物現象。承認物質先於精神而存在，具有樸素的唯物主義因素。因為他是關中人，故其學派稱為關學。過去嘗以周（敦頤）、程（顥、頤）、張（載）、朱（熹）或濂、洛、關、閩並稱，《宋史》都列入〈道學傳〉。但在理學中，張載的關學和後來成為理學正宗的程朱學派顯然有所不同。

乾稱父，坤稱母❶。予茲藐焉，乃混然中處❷。故天地之塞❸吾其體，天地之帥❹吾其性。民吾同胞，物吾與❺也。大君❻者，吾父母宗子❼。其大臣，宗子之家相❽也。尊高年，所以長其長；慈❾孤弱，所以幼其幼。聖其合德❿，賢其秀⓫也。凡天下疲癃⓬殘疾，惸獨⓭鰥寡，皆吾兄弟之顛連⓮而無告者也。于時⓯保之，子之翼⓰也。樂且不憂⓱，純乎孝者也。

【章　旨】此段言人物皆為天地所生。故民胞物與，大家都是平等的。助天撫養，也是人應盡之責。

【注　釋】❶乾稱父二句　乾坤，皆《周易》卦名。《周易・說卦》：「乾，天也，故稱乎父；坤，地也，故稱乎母。」❷中處　即處中，意謂處於天地之間。❸塞　充實；充滿。❹帥　主帥；統帥。《孟子・公孫丑上》：「我善養吾浩然之氣。……其為氣也，至大至剛，以直養而無害，則塞於天地之間。」又：「夫志，氣之帥也；氣，體之充也。」❺與　黨與；同伴。❻大君　天子；帝王。❼宗子　宗法社會裡享有繼承權的嫡長子。古代宗法制度，嫡長子承繼大宗，為族人兄弟所共尊，故稱宗子。❽家相　一家的管家。春秋時，卿大夫家的管家稱家相。❾慈　愛撫。《孟子・梁惠王上》：「老吾老，以及人之老；幼吾幼，以及人之幼。」❿聖其合德　《周易・乾卦・文言》：「大人者，與天地合其德。」⓫秀　特異；優秀。⓬疲癃　衰老龍鍾或有殘疾的人。⓭惸獨　孤苦伶仃的人。⓮顛連　困頓；苦難。《孟子・梁惠王下》：「老而無妻曰鰥，老而無夫曰寡，老而無子曰獨，幼而無父曰孤。此四者，天下之窮民而無告者也。」⓯于時　及時。《詩・周頌・我將》：「畏天之威，于時保之。」⓰翼　輔助。⓱樂且不憂　《周易・繫辭上》：「樂天知命故不憂。」

【語　譯】乾被稱做父親，坤被稱為母親。我是如此的藐小，卻也混雜著處於天地之間。所以充滿天地之間的氣構成我的身體，天地之間的主帥就是我的本性。民眾是我的同胞，萬物是我的朋友。天子就猶如我的父母而享有繼承權的嫡長子，那些大臣就是嫡長子的管家。尊敬年事很高的人，是我用以尊敬長輩的方式；愛撫幼小的人，是我用以愛護幼小的辦法。聖人與天地的德性相符合，賢人是其中最優異的人才。凡是天下的衰老殘疾，孤苦鰥寡之人，都是我的兄弟之中困苦而無處訴說的人。及時地保護他們，是子女對父母的輔助。安於天命而不憂慮，是最純粹的孝道。

違❶曰悖德，害仁曰賊❷，濟❸惡者不才，其踐形惟肖者❹也。知化❺則善述❻其事，窮神❼則善繼其志。不愧屋漏❽為無忝❾，存心養性為匪懈❿。惡旨酒⓫，崇伯子⓬之顧養；育英才⓭，潁封人⓮之錫類⓯。不弛⓰勞而底豫⓱，舜⓲其功也；無所逃而待烹，申生⓳其恭⓴也。體其受而歸全者，參㉑乎；勇於從而順令者，伯奇㉒也。富貴福澤，將厚吾之生也；貧賤憂戚，庸玉汝於成㉓也。存吾順事，沒吾寧也。

【章旨】此段言人既為天地之子，就應順從天命而行，做天地的孝子。

【注釋】❶違　謂不順從父母之命。❷害仁曰賊　《孟子・梁惠王下》：「賊仁者謂之賊。」害仁就是賊仁。❸濟　成就；助長。❹踐形惟肖者　體現人所天賦的品質。《孟子・盡心上》：「形色，天性也。惟聖人然後可以踐形。」惟肖者，像父母的兒子。肖，相像。❺化　造化；自然界萬物生成的功能。❻述　傳述；傳承。❼神　精微玄妙的事理。《周易・繫辭下》：「窮神知化，德之盛也。」《禮記・中庸》：「夫孝者，善繼人之志，善述人之事者也。」❽屋漏　房子的西北角。古人於屋之西北角上開有天窗，日光由此照射入室，故稱屋漏。《詩・大雅・抑》：「相在爾室，尚不愧於屋漏。」在室之西北隅比較隱僻之處，尚能不做無愧於心之事，則有人之處，其不做有愧於心之事可知也。❾忝　羞辱。❿匪懈　不懈怠，意即勤於事天。《孟子・盡心上》：「存其心，養其性，所以事天也。」《詩・大雅・烝民》：「夙夜匪解，以事一人。」解，通「懈」。

⓫旨酒　美酒。⓬崇伯子　指大禹。崇，國名。禹的父親鯀是崇國的伯爵，故稱禹為崇伯子。《孟子・離婁下》：「禹惡旨酒而好善言。」又曰：「博弈好飲酒，不顧父母之養，二不孝也。」⓭育英才　《孟子・盡心上》：「得天下英才而教育之，三樂也。」⓮潁封人　潁谷管理土地疆界的官吏，指潁考叔，春秋時鄭國人，為鄭國潁谷守潁谷疆界的官吏。⓯錫類　把恩德賜予朋類。錫，通「賜」。賜予。鄭莊公因為其母姜氏縱容其同母弟叔段叛亂，遂置其母於城潁。潁考叔就諫說鄭莊公，鄭莊公感悟，遂為母子如初。《左傳・隱元年》：「潁考叔，純孝也，愛其母，施及莊公。《詩》曰：『孝子不匱，永錫汝類』，其是之謂乎！」此言教育英才的人，對於天就像潁考叔的純孝，能使同類都成為天之孝子。⓰弛　放鬆；鬆懈。⓱底豫　底應為厎，致。豫，樂。⓲舜　古帝名，姚姓，有虞氏，名重華。相傳其父頑母嚚，弟象傲，多次想謀害舜。舜任勞任怨，終於感化了父母。《孟子・離婁上》：「舜盡事親之道而瞽瞍厎豫，瞽瞍厎豫而天下化。」瞽瞍，舜父名。⓳申生　春秋時晉獻公太子，以孝行著稱。晉獻公得驪姬，寵幸，生奚齊，驪姬欲立以為嗣，乃誣陷太子申生放毒於胙肉，欲圖謀不軌。申生欲往訴冤屈，又恐傷其父之所愛；欲逃亡國外，又恐不容於天下，乃自縊而死。上句言待烹只是等待殺戮的意思。⓴恭　太子申生死後的諡。《諡法解》：「敬事供上曰恭。」又：「芘親之闕曰恭。」申生順從父命，不揭露其繼母的陰謀，故諡曰恭。《禮記・檀弓》：「晉獻公將殺其世子申生，……再拜稽首乃卒，是以為恭世子也。」此言人無所逃於天地之間，命裡該死的時候，就只能像申生一樣恭順天命。㉑參　曾參，春秋末魯國人，字子輿，孔子弟子，以孝行著稱。《禮記・祭義》：「曾子聞諸夫子曰：『父母全而生之，子全而歸之，可謂孝矣；不虧其體，不辱其親，可謂全矣。』」㉒伯奇　周大夫尹吉甫之子。母早亡，父更娶後妻，乃譖之，吉甫放伯奇於野。周宣王出遊，吉甫從，伯奇作歌以感之。宣王曰：「此放子之詞也。」吉甫感悟，射殺其妻。事見《琴操・履霜操》。《顏氏家訓・後娶》：「吉甫，賢父也；伯奇，孝子也。賢父御孝子，合得終其天年。而後妻間之，伯奇遂放。」㉓庸玉汝於成　庸，乃。玉汝於成，《詩・大雅・民勞》：「王欲玉女。」玉女即玉汝。玉乃珍貴之物，玉汝於成，即天非常珍視你，使你得到成就。人在貧賤憂患中得到鍛鍊，可以達到最高成就，故云「貧賤憂戚，庸玉汝於成」。

【語　譯】違背父母之命就叫做悖逆德性，傷害仁愛就叫做賊。助長凶惡的人是不成材的兒子，那些體現天賦品質的人就是像父母的孝子。懂得自然的規律就善於傳述父母的事業，深究精微的道理就善於繼承父母的意志。在隱僻無人之處尚無愧於心就沒有羞辱，保存善心，涵養本性就是不懈怠。厭惡美酒，就是崇伯之子禹那樣的照顧贍養；培育英才，就像潁谷守疆界的人潁考叔那樣的賜與同類。不放鬆勞苦而使父母達到歡悅，這就是舜的成效；無處躲避而等待殺戮，這就是太子申生的被諡為恭。身體從父母那裡完整地接受過來，臨死又完整地歸還父母，這就是曾參；勇於聽從而順從父命，這就是伯奇。給我富貴，給我福祿恩澤，就是使我的生活過得好；使我貧賤，使我憂慮悲戚，乃是珍視我，使我得到成就。活著時我就順從事理，死了我就安寧了。

【研　析】此篇雖名之曰銘，實際是一篇倫理學論文。但作者沒有就天人關係作抽象的論述，而是以人們最熟知的父母與子女的關係作比喻，將天地比作父母，將人比作子女。前半言人既皆為天地所生，那麼人在天地之前就都是平等的，應該民胞物與；後半言人既是天地之子女，就應該絕對孝順父母，聽從父母的安排，連「貧賤憂戚」也是父母要「玉汝於成」，應該安心順從。這就把天人一體這個宇宙觀和遵守封建統治秩序這個政治觀闡述得具體而形象，通俗而易懂。王文濡曰：「說理之文，以深入顯出為主，此文得之。」深入顯出，正道出了此篇在寫作上的特點。

徐州蓮華漏銘

蘇子瞻

【題　解】徐州，州名，轄地大致在今淮北一帶，治所彭城，即今江蘇徐州。漏，即漏壺，古代計時器。華，即「花」。因其狀如蓮花，故名蓮花漏。本篇元豐元年作於徐州。蘇軾由漏壺裡的水和箭能準確地測出一天的時間變化，由此聯想到只要依據一定的準則，不主觀臆測，就能正確測量出任何事物的大小輕重，並進而聯想到為官如能像漏壺一樣遵循法則，清正廉明，就能取信於民而使民心悅誠服。這是一個意義十分重大的主題，是值得每位為官者認真思考的。蘇軾的政治理想是「朝廷清明而天下平治」。他歷任杭州通判及密州、徐州、湖州知府，都政績卓著而頗有政聲。至今西湖還留有蘇公堤。本篇銘既是蘇軾對為官者的期望，也是他自己為官的準則。

故龍圖閣直學士、禮部侍郎燕公肅❶，以創物之智❷，聞於天下。作蓮華漏，世服其精。凡公所臨必為之，今州郡❸往往而在，雖有巧者莫能損益。而徐州獨用瞽人衛朴❹所造，廢法而任意，有壺而無箭，自以無目而廢天下之視，使守者伺其滿，則決之而更注，人莫不笑之。國子博士傅君禓❺，公之外曾孫❻，得其法為詳。其通守是邦❼也，實始改作，而請銘於軾。銘曰：

【章　旨】本段是序，說明作銘原由。

【注　釋】❶故龍圖閣一句　龍圖閣，官署名。宋真宗大中祥符中建。在會慶殿西偏，北連禁中，閣東曰資政殿，西曰述古殿。有學士、直學士、待制、直閣等官。直學士，官名。禮部，官署名，為六部之一，掌禮樂、祭祀、封建、宴樂及學校貢舉的政令。侍郎，官名，各部長官的副職。燕公肅，即燕肅，字穆之，祖籍益都（今山東益都），後徙陽翟（今河南禹縣）。官至禮部侍郎。肅博學多才，曾製蓮華漏、指南車及記里鼓車，又善畫山水。❷創物之智　《周禮・考工記》：「智者創物，巧者述之。」❸州郡　古代地方行政區劃名。宋置州府，上屬各路，下轄諸縣。❹瞽人衛朴　瞽人，盲人；瞎子。衛朴，人名。❺國子博士傅君禓　國子，國子監。古代的教育管理機構和最高學府。宋代以國子監總轄國子、太學、四門等學。博士，官名，國子監的教授官。傅君禓，即傅禓，人名。❻外曾孫　孫女之子。因孫女嫁於外而生，故稱外曾孫。❼通守是邦　通守，官名。每郡一人，位次於太守。是邦，指徐州。邦，國。這裡指州。

【語　譯】以前的龍圖閣直學士禮部侍郎燕老先生肅，以造物者的智慧在天下聞名。製作了蓮花漏，世人都佩服它的精巧。凡是老先生所到之處一定製作它，現在各州郡往往還保存著，即使有能工巧匠，也不敢輕易增加或減省。而在徐州卻偏偏採用盲人衛朴所製造的，廢棄法度而隨意製作，有漏壺而沒有漏箭，他認為自己是盲人就廢棄天下人的視力，使看守的人伺察它水滿了，就放掉再注水，沒有人不恥笑他的。國子博士傅先生裼，是燕老先生的外曾孫，傳授他的法則非常詳盡。他通守徐州的時候，才開始重新製作，並請我蘇軾作銘。銘文說：

人之所信者，手足耳目也。目識多寡，手知重輕。然人未有以手量而目計者，必付之度量❶與權衡❷，豈不自信而信物？蓋以為無意無我❸，然後得萬物之情。

【章　旨】本段說明輕重多少的測量，只能依仗度量與權衡。

【注　釋】❶度量　測量長短多少的器具。❷權衡　稱量物體輕重的器具。權，稱錘。衡，稱桿。❸無意無我　《論語・子罕》：「毋意，毋必，毋固，毋我。」意，臆測。我，主觀。

【語　譯】人所信賴的是自己的手足耳目。目能看出多少，手能測出輕重。可是沒有人用手來衡量輕重，用目來估量多少，一定把它交給尺與稱，難道不相信自己反而相信物件？大概認為不要臆測，不要主觀，這樣才能得出各種事物的實情。

故天地之寒暑，日月之晦明，崑崙旁薄❶於三十八萬七千里❷之外，而不能逃於三尺之箭❸，五斗之瓶❹。雖疾雷霾風❺雨雪晝晦，而遲速有度，不加虧贏。

【章　旨】本段推而說明只要有了規矩，則可測知任何事物。

【注釋】❶崑崙旁薄　崑崙，山名。在新疆、西藏之間。層峰疊嶺，勢極高峻。我國古代有許多關於崑崙的神話傳說。旁薄，也作「旁礴」、「旁魄」、「磅礴」。廣博；宏偉。❷三十八萬七千里　古代認為二十八宿一周天的直徑是三十五萬七千里。二十八宿之外上下東西各有一萬五千里，共計為三十八萬七千里。❸箭　漏箭，置漏下用以標記時刻之物，刻節文，隨水浮沉以計時。❹瓶　指漏壺。❺霾風　雜塵土飛揚之風。

【語譯】所以天地的寒冷炎熱，日月的陰暗明亮，崑崙山充塞在三十八萬七千里之外，卻不能逃脫一支三尺長的漏箭，裝五斗水的漏壺的測量。即使有大雷、帶塵土的風、下雨下雪、白天黑夜，它的快慢都有一定，不會增加或者減少。

使凡為吏者，如瓶之受水，不過其量；如水之浮箭，不失其平；如箭之升降也，視時之上下，降不為辱，升不為榮。則民將靡然❶而心服，而寄我以死生矣。

【章旨】本段引申到為官應該如漏壺一樣清正廉明。

【注釋】❶靡然　傾倒；傾服。

【語譯】假如凡是做官的人，都像漏壺的盛水，不超過它的容量；像漏壺裡的水浮起漏箭，不失去它的平正；像漏箭在漏壺裡隨水上下，下降不算恥辱，上升也不算榮耀。那麼百姓就都會聽從而心悅誠服，會把他們的生死都寄託給我們了。

【研析】為器物作銘，一般都敘述作器的原由經過，歌頌器物製作者的功德。這篇銘卻因漏壺置於徐州官府，蘇軾卻不去歌頌它的製作者，而從漏壺能準確地測出一天時間的變化生發開去，聯想到任何事物都有一定的準則，為官也是如此，只要公正廉明，不以個人升降為懷，就能取信於民，就是好官。從一個小小的漏壺，生出絕大的議論，表達出蘇軾為官的準則和對為官者的期望，真是異想天開。沈伯經曰：「即漏以喻為吏，議論絕大。主意在此，文亦跌宕。」正道出了本篇的特點。行文大體有韻，卻全以散文的氣勢為之，也是銘的一種革新。

九成臺銘

蘇子瞻

【題解】九成臺，臺名，舊址在今廣東曲江北城，又名聞韶臺。相傳舜南巡奏〈韶〉樂於此。宋韶陽太守狄咸就此建臺，因據《尚書‧益稷》「簫韶九成」一語，取名九成臺。宋徽宗建中靖國元年（西元一一〇一年），蘇軾從瓊州貶所遇赦北歸，途經韶陽（治所曲江），韶陽太守狄咸延飲蘇軾於此臺，並請他作文紀念。蘇軾就寫了這篇銘，並自書刻石，置於臺上。後以元祐黨事，碑毀臺圮。蘇軾自紹聖元年（西元一〇九四年）降寧遠軍節度副使，惠州安置。四年再貶瓊州別駕，昌化軍安置。他在海南島待了四年，到宋徽宗上臺才遇赦北歸。這時，他心情自然特別舒暢，對宋徽宗也懷有感激之情。在這篇銘文裡，他根據《莊子》關於人籟、地籟、天籟的說法，由〈韶〉樂聯想到天籟，想到宋徽宗上臺，必然勵精圖治而致天下於太平。時代清平就氣候和順，氣候和順就是天籟產生的條件。這篇銘文就正表現了他這種喜悅與感激的心情。

韶陽太守❶狄咸❷，新作九成臺，玉局❸散吏❹蘇軾為之銘曰：

【章旨】本段是序，敘述作銘的經過。

【注釋】❶韶陽太守　韶陽即韶州，治所在今廣東韶關曲江。太守為一郡之長。宋改郡為府或州，太守已非正式官名，但仍習稱知府、知州為太守。❷狄咸　人名，衡州人。❸玉局　宋祠官有玉局觀提舉，蘇軾此時正提舉玉局觀。玉局觀，在四川成都。❹散吏　閒散的官。

【語譯】韶陽太守狄咸新近建築了一座九成臺，玉局散吏蘇軾給它作銘，說：

自秦并天下，滅禮樂，〈韶〉❶之不作，蓋千三百二十有三年❷。其器存，其人亡，則〈韶〉既已隱矣，而況於人器兩亡而不傳？

【章旨】本段感嘆〈韶〉樂的消亡。

【注釋】❶韶　樂曲名，又名〈韶箾〉、〈簫韶〉，相傳為虞舜帝所作。❷千三百二十有三年　從秦始皇二十六年（西元前二二一年）統一天下，至宋徽宗建中靖國元年（西元一一〇一年），恰一千三百二十三年。

【語譯】自秦始皇兼併天下，消滅禮樂，〈韶〉樂的不演奏，大致有一千三百二十三年了。那樂器雖然存在，那作樂的人已死亡，那個樂曲也就衰落了，何況人和樂器兩者都消亡而不流傳呢？

雖然，〈韶〉則亡矣，而有不亡者存，蓋嘗與日月寒暑晦明風雨並行於天地之間。世無南郭子綦❶，則耳未嘗聞地籟❷也，而況得聞天籟❸？使耳聞天籟，則凡有形有聲者，皆吾羽旄干戚管磬匏絃❹。嘗試與子登夫韶石❺之上，舜峰❻之下，望蒼梧❼之眇莽，九疑❽之聯綿，覽觀江山之吐吞，草木之俯仰，鳥獸之鳴號，眾竅之呼吸，往來唱和，非有度數而均❾節自成者，非〈韶〉之大全乎？

【章旨】本段寫自然界和美的音響就是最優美的音樂。

【注　釋】❶南郭子綦　人名。楚昭王之庶弟，楚莊王之司馬，字子綦，居南郭，因為號。《莊子・齊物論》：「南郭子綦隱几而坐，仰天而噓，答焉似喪其耦。顏成子游立侍乎前。子綦曰：『今者吾喪我，汝知之乎？汝聞人籟而未聞地籟，汝聞地籟而未聞天籟夫！』」❷地籟　風吹各種孔穴發出的聲響。❸天籟　自然界發出的各種音響。❹羽旄干戚句　指舞蹈時用的道具。羽旄，樂舞所執的雉羽和旄牛尾。干戚，盾和斧，古代武舞所執的道具。管磬匏絃，泛指各種樂器。管，指簫笛等管樂器。磬，樂器。以玉、石或金屬為材，形狀如矩。匏，笙竽一類的樂器。絃，琴瑟一類的樂器。❺韶石　山石名，亦指其山。在廣東韶關市北。相傳舜南巡登此石，奏〈韶〉樂，故名。❻舜峰　當即指韶石山。❼蒼梧　山名，又名九疑。相傳舜葬於蒼梧之野。地在今湖南寧遠境。❽九疑　即蒼梧山。《水經注・湘水》：「羅巖九舉，各導一溪，岫壑負阻，異嶺同勢，游者疑焉，故曰九疑山。」❾均　古「韻」字。

【語　譯】雖然這樣，〈韶〉樂消亡了，卻有不消亡的東西存在，大體經常跟隨太陽月亮，寒冷炎熱，陰暗晴朗，刮風下雨，在天地之間同時發生。世界上沒有南郭子綦，那麼耳朵連地籟都從來沒有聽到過，更何況聽到天籟？假使耳朵聽到了天籟，那麼凡是有聲音有形狀的東西，就都是我們的羽旄干戚一類的舞具和管磬匏絃一類的樂器。試試與你登上韶石之上，舜峰之下，遠望蒼梧之野的渺遠莽蒼，九疑山的聯綿不斷，觀看江河山岫的吞雲吐霧，草木的隨風俯仰，鳥獸的啼鳴號叫，各種孔穴的呼吸吐納，交相此唱彼和，雖沒有法則規律而自然具有韻律節奏的各種音響，不就是最完美的〈韶〉樂嗎？

上❶方立極❷以安天下，人和而氣應，氣應而樂作。則夫所謂〈簫韶〉九成❸，來鳳鳥而舞百獸者，既已燦然❹畢陳於前矣。

【章　旨】本段讚美當時正是世道清平，〈韶〉樂興起的時代。

【注　釋】❶上　皇上，指宋徽宗。建中靖國元年正是宋徽宗即位改元的第一年。❷立極　指登上皇帝的寶座。❸簫韶九成

《書・益稷》：「簫韶九成，鳳凰來儀。」又曰：「夔曰：『予擊石拊石，百獸率舞。』」簫韶，即〈韶〉，相傳為舜所製的樂曲。九成，猶九闋。樂曲終止曰成。成，猶終也。每曲一終，必變更奏。❹燦然　明白貌。

【語　譯】皇上剛剛即位來安定天下，人心和順，氣候與之相應而風調雨順，氣候風調雨順，和平的樂曲就產生。那麼古書所說的〈韶〉樂演奏九遍，就招來了鳳鳥和使各種獸類都起舞的盛況，就已經明明白白地呈現在眼前了。

【研　析】這是給一座建築物作銘。這建築物與音樂有關，銘文就從音樂生發開去。〈韶〉相傳是舜所作的樂曲，十分優美。相傳演奏時，鳳凰來儀，百獸率舞，孔夫子聽了至「三月不知肉味」。但自秦以後就失傳了。蘇軾即由此生發，想到〈韶〉也不過是人籟而已，天籟自然更加完美。〈韶〉是太平盛世之音，天籟更標誌著風調雨順，時代清平。這樣就恰到好處地抒發了他遇赦生還的喜悅心情，也讚揚了狄咸興建的九成臺這座建築。讀來自然得體，妙趣橫生。王文濡曰：「就九成生議，而謂〈韶〉之大全即近在耳目間。隨手拈來，都成妙諦。」正道出了蘇軾文章「行雲流水，初無定質」的妙處。

頌贊類

文體介紹

頌本是歌頌盛德、告成神明的一種文體。故《毛詩大序》云：「頌者，美盛德之形容，以其成功告於神明者也。」孔穎達《疏》云：「民安業就，須告神使知，雖社稷山川四嶽河海，皆以民為主。欲民安樂，故作詩歌其功，遍告神明以報神恩也。」據此知頌本是以音樂、詩歌、舞蹈相結合的藝術形式，載歌載舞，以歌頌聖帝明王之盛德以告神使知的一種文體，頌的本義是容，是詩、樂、舞三者結合的宗廟舞曲。到後世，頌不一定用於「報神恩」，也不一定可歌可舞，只是一種頌詩，但其歌頌盛德則是一致的。如揚雄〈趙充國頌〉就只是歌頌漢宣帝時營平侯趙充國平定西羌的功績，是題寫在未央宮麒麟閣趙充國畫像之下以表示對趙充國功勛的追思，既不歌，亦不舞，亦非告祭神明，只是頌揚而已。

頌的產生是非常早的，遠古時代就已出現。《文心雕龍・頌讚》云：「昔帝嚳之世，咸墨為頌，以歌九韶。自商以下，文理允備。」《詩經》裡保存的〈周頌〉即產生於西周初年，〈魯頌〉、〈商頌〉也是春秋初期魯僖公、宋襄公時的作品，可見頌的產生時間之早。這種頌，歷代都有人寫作，經久不衰。本書即選有揚雄〈趙充國頌〉、韓愈〈子產不毀鄉校頌〉。

頌在寫作方面的特點，《文心雕龍・頌讚》云：「原夫頌惟典雅，辭必清鑠；敷寫似賦，而不入華侈之區；敬慎如銘，而異乎規戒之域。揄揚以發藻，汪洋以樹義。唯纖曲巧致，與情而變，其大體所底，如斯而已。」

吳訥《文章辨體序說》亦云：「頌須鋪張揚厲，而以典雅豐縟為貴。」這就是說，頌與賦一樣，可以鋪陳，可以誇飾，但必須莊重典雅，平實純美。如果誇飾過分，而入於華侈之區，就成了賦而不是頌了。如馬融〈廣成頌〉，劉勰就說它「雅而似賦」，而屈原〈橘頌〉、劉伶〈酒德頌〉，姚鼐就將它們收入「辭賦類」。頌在形式方面的特點是，「其詞或用散文，或用韻語」（徐師曾《文體明辨序說》）。王國維曾說《詩經》的「頌多無韻」（《觀堂集林．說周頌》）。王褒〈聖主得賢臣頌〉即純粹是散文。但頌以韻語為主，而且以四言居多，從先秦至清代，變化是不大的。有些頌有序，有的序很長。序都是用散文寫作的。

贊，或作讚，《文心雕龍．頌讚》云：「讚者，明也，助也。」范文瀾注云：「贊有明、助二義。紀傳之事有未備，則於贊中備之，此助之義也；褒貶之義有未盡，則於贊中盡之，此明之義也。」贊即對某人某事某物意有未盡，則作贊以進一步補充說明之意。贊可以用來稱美讚美，故吳訥《文章辨體序說》云：「按贊者，贊美之辭。」贊亦可以用來批評貶斥，故《文心雕龍．頌讚》云：「及遷史固書，託讚褒貶。」「及景純注雅，動植必讚，義兼美惡，亦猶頌之變耳。」但後世的贊多用於讚美，如本書所選袁宏〈三國名臣序贊〉、蘇軾〈韓幹畫馬贊〉、〈文與可飛白贊〉，皆為讚美之辭。

贊的產生是比較晚的。「至相如屬筆，始讚荊軻」（《文心雕龍．頌讚》）。司馬相如〈荊軻贊〉，今已失佚，無從窺其體貌。班固《漢書》於每篇之後皆有「贊曰」，或褒或貶，以述其傳中未盡之意。自茲厥後，作者蜂起，代不乏人，贊也成為文體之一。唐代考進士，宋代考博學宏詞科，贊還曾用作考試的文體，可見其應用之廣。贊按其內容，「其體有三：一曰雜贊。意專褒美，若諸集所載人物、文章、書畫諸贊是也。二曰哀贊。哀人之沒而述德以贊之者是也。三曰史贊。詞兼褒貶，若《史記索隱》、《東漢》、《晉書》諸贊是也。」（徐師曾《文體明辨序說》）哀贊多歸入哀祭類。史贊，有些著作如《文選》則置「史述贊」以收錄之。則凡稱贊者，皆徐師曾所稱之雜贊而已。贊就體制而言，大抵有二。有用散體寫作者，如班固《漢書》之傳贊是也。有以韻語寫作為主，而韻語又以四言居多，間亦有用五言、七言者。受古文運動影響，贊亦趨向散文化，如蘇軾

〈韓幹畫馬贊〉、〈文與可飛白贊〉，行文皆為散體氣韻，只是夾雜著幾個韻腳，表明它們是韻文而已。贊在寫作上的要求，《文心雕龍・頌讚》云：「然本其為義，事生獎歎，所以古來篇體，促而不廣，必結言於四字之句，盤桓乎數韻之辭；約舉以盡情，昭灼以送文，此其體也。」贊一般都短小，大抵不過一韻數言而止，偶爾換韻，極為罕見。贊前可以有序以說明作意，有的序還寫很長。贊篇幅雖然短小，卻和頌一樣，「貴乎贍麗宏肆，而有雍容俯仰頓挫起伏之態，乃為佳作」（吳訥《文章辨體序說》引真德秀言）。

頌、贊是兩種不同文體，但體式相似。它們雖有散體，但亦以韻語為主，且以四言居多，同樣要求寫得莊重典雅，贍麗宏肆。因此，歷來文體學家將頌贊合稱，作為一個大類。姚鼐闢「頌贊類」以收錄這類作品，並辨明它們是「亦詩頌之流，而不必施之金石者」。其篇幅雖僅僅一卷，卻可備文之一體，是恰當的。

卷六十一 頌贊類

趙充國頌

揚子雲

【題　解】趙充國（西元前一三七—前五二年），字翁孫，隴西上邽（今甘肅天水）人。西漢大將。漢宣帝神爵元年（西元前六一年），西羌反叛。趙充國以七十六歲的高齡奉命西征。他到西羌，採取恩威並施的手段，經過一年多的努力，終於使西羌降服。漢宣帝將包括趙充國在內著名的中興佐命大臣十一人畫在未央宮的麒麟閣上。至漢成帝元延二年（西元前一一年），西羌嘗有警，成帝思將帥之臣，就叫揚雄依據麒麟閣的畫像寫了這篇頌。文中歌頌趙充國平定西羌的功績，他不顧個人的安危年邁，率軍去到偏僻西北前線，平定西羌，維護了國家的統一與安全，立下了赫赫的戰功。頌一般是歌頌當權人物，粉飾太平，這篇頌卻確實歌頌了一個值得歌頌的人物。

明靈惟宣❶，戎❷有先零❸。先零猖狂，侵漢西疆。漢命虎臣❹，惟後將軍❺。

整我六師❻，是討是震❼。

【章　旨】本段寫趙充國奉命率師出征西羌。

【注　釋】❶宣　指漢宣帝劉詢。❷戎　我國古代對西部少數民族的總稱。❸先零　漢代羌族的一支。最初居於今甘肅、青海的湟水流域，漢武帝伐匈奴，始置護羌校尉。以後離開湟中到西海鹽池一帶。漢宣帝時復渡湟水，為趙充國所破，後漸與西北各族融合。❹虎臣　勇猛如虎之臣。《詩經・魯頌・泮水》：「矯矯虎臣，在泮獻馘。」❺後將軍　指趙充國。時官後將軍。❻六師　即六軍。《周禮・夏官・司馬》：「凡軍制：萬二千五百人為軍。天子六軍，大國三軍，次國二軍，小國一軍。」漢為天子，故稱六師。《詩經・大雅・常武》：「整我六師，以修我戎。」❼震　《周易》卦名。震為雷，引申有威懾之意。

【語　譯】英明神聖是為宣帝，西部民族有先零羌。先零豪酋囂張猖獗，入侵大漢西部邊疆。漢命勇猛如虎的大臣，這就是後將軍趙充國。整飭我漢六軍之師，武力討伐聲威震懾。

既臨其域，喻以威德❶。有守❷矜功❸，謂之弗克❹。請奮其旅，於罕之羌❺。天子命我，從之鮮陽❻。營平守節，屢奏封章❼。料敵制勝，威謀靡亢❽。遂克西戎，還師於京。鬼方❾賓服，罔有不庭❿。

【章　旨】本段寫趙充國料敵制勝，征服西羌。

【注　釋】❶威德　指兼用武力威懾和恩德懷柔。❷守　太守；郡守。此指酒泉太守辛武賢。❸矜功　邀功；求功；急功就利。❹謂之弗克　指辛武賢反對趙充國威德並用，屯田以待其弊的計謀，主張用武力進攻。克，取勝。❺請奮二句　羌有別支罕幵，先零協其反叛。辛武賢主張先擊罕幵以剪除先零羽翼，趙充國主張對罕幵用懷柔手段，集中力量對付先零。後罕幵果不戰而降。❻天子二句　辛武賢主張先擊居於鮮水之北的罕幵羌，上書漢宣帝。漢宣帝乃拜侍中樂成侯許延壽為強弩將軍，即拜酒泉太守辛武賢為破羌將軍，賜璽書嘉納其冊，並以書責讓趙充國，命令他引兵便道向西並進。天子，指漢宣帝。我，指趙充國。之，指辛武賢。鮮，水名，即今青海湖。❼營平二句　「充國既得讓，以為將任兵在外，便宜有守，以利國家。乃上書謝罪，因陳兵利害」，沒有執行漢宣帝進攻罕幵羌的命令。並先後六次上書，向漢宣帝陳述制羌策略。漢宣帝終於採納趙充國的意見。詳見本書卷十四〈陳兵利害書〉及〈屯田奏〉。營平，指趙充國。趙充國以參與策立漢宣帝功，封營平侯。守節，謂堅守將在外，君命有所不受的節操。封章，密封的奏章。古代百官上書奏機密事，為防洩露，用皂囊封緘呈進，稱封章，亦稱封事。❽亢　即「抗」之借字。當；抵禦。❾鬼方　殷周時西北部族名。其地何在，舊說不一。宋衷《世本》云：「鬼方，於漢則先零羌也。」此正指先零羌。❿庭　謂來朝廷朝見天子。漢宣帝神爵元年，先零羌反，至神爵二年秋，羌若零、離留、且種、兒庫共斬先零大豪酋非、楊玉首率四千餘人降漢，叛亂悉平。

【語　譯】既已兵臨先零疆域，懼以武力曉以恩德。酒泉太守急功邀利，認為如此不能克敵。請求奮發揮兵力進，先伐罕幵這股叛賊。天子責讓發詔令我，從他進擊鮮水之北。營平在軍堅守將節，三番兩次上奏封章。估量敵情出奇制勝，威武謀略沒誰敢當。於是征服西戎先零，還師奏凱回到京城。鬼方歸順相繼進貢，有誰敢不入拜朝廷。

昔周❶之宣❷，有方❸有虎❹。詩人歌功，乃列於〈雅〉❺。在漢中興❻，充國作武❼。赳赳桓桓❽，亦紹厥後❾。

【章　旨】本段讚揚趙充國是方叔、召虎一類中興佐命大臣。

【注　釋】❶周　周王朝。❷宣　周宣王，名靜。即位後，重整軍旅，命尹吉甫、南仲等擊退獫狁進攻，對荊楚、淮夷也曾用兵獲勝。史稱周宣中興。❸方　方叔。周宣王時，荊蠻叛亂，方叔受命南征，荊蠻臣服，時稱賢臣。《詩經・小雅・采芑》歌頌其事。❹虎　召虎，即召穆公。周宣王時，淮夷不服，王命召虎伐之，告成於王，時稱賢輔。《詩經・大雅・江漢》歌頌其事。❺列於雅　指〈采芑〉之詩列於〈小雅〉，〈江漢〉之詩列於〈大雅〉。雅，《詩經》中的〈雅〉詩。❻中興　由衰落而重新興盛。西漢王朝因漢武帝連年用兵，加上鋪張浪費，國力一度衰落。經漢昭帝至漢宣帝時，國力重新興盛，史稱漢宣中興。❼作武　振興武備。❽赳赳桓桓　赳赳，雄健勇武貌。桓桓，威武貌。❾厥後　其後。指方叔、召虎等中興輔佐之後。

【語　譯】昔日周朝宣王中興，既有方叔又有召虎。詩人作詩歌頌功德，〈采芑〉、〈江漢〉列於二〈雅〉。在我大漢國運中興，將軍充國振興武備。威風凜凜雄健勇武，亦能繼列方、召之後。

【研　析】頌是用來歌功頌德的一種文體。它必須寫得堂皇典正，宏深肅括，才能與歌功頌德的內容相稱。《文心雕龍．頌讚》云：「頌惟典雅，辭必清鑠。敷寫似賦，而不入華侈之區；敬慎如銘，而異乎規戒之域。揄揚以發藻，汪洋以樹義。」這就是作頌的要求。本篇即完全具有這種特點。它敘述了趙充國的業績，但寫得十分簡括扼要，不似賦的鋪張揚厲；它歌頌了趙充國的功勳，但寫得嚴肅莊重，不似銘的規勸告誡。加上趙充國其人又確實有德可歌，有功可頌。這就更使這篇頌詞采輝煌而又內容充實，讀來莊嚴肅穆，令人肅然起敬，完全達到了頌的目的。

三國名臣序贊

袁伯彥

【題　解】三國，指魏（西元二二〇—二六五年）、蜀（西元二二一—二六三年）、吳（西元二二二—二八〇年）三國。名臣，謂有賢才立功業垂名於後代者。序贊，皆文體名。序，通「敘」。王應麟《詞學指南》云：「序者，序典籍之所以作。」序就是著作寫成之後，敘述其寫作緣由、內容等。贊，通「讚」。《文心雕龍．頌讚》云：「讚，明也，助也。」古人著述，義有未明，故作贊以明之。它「義兼美惡，亦猶頌之變耳」。本篇是敘述三國著名賢臣並作贊以申明之。古代士人最嚮往的是遇到一位賢明的君主能信任和重用自己，使他們能有一個實現他們的理想和主張的機會。他們最遺憾的是君臣際遇之難得。袁伯彥雖名重當世，但「榮任不至」（《晉書．文苑傳》），故有懷才不遇的牢騷。他讀《三國志》，看到當時一些才士深得時主的重用，言聽計從，因而能建立功業，名垂後世。這自然使他羨慕不已，就寫了本篇來讚頌當時的君臣際遇，來表現他對這種君臣際遇的欣羨之情，抒發他「君子不患弘道難，遭時難；遭時不難，遇君難」的感嘆。

本篇《四部備要》本無，此據康本補。高步瀛箋云：「康刻揚子雲〈趙充國頌〉後〈三國名臣序贊〉，吳刻刪去，李刻同。案此文體氣近靡，與他文不類，可以入駢選，不宜列古文，刪之是也。惟頌贊一類，所錄甚少，故仍附錄於左，注而存之。」按高說極是，今從之。本篇《晉書·文苑傳》引題作〈三國名臣頌〉。高步瀛箋曰：「頌贊體近，故通稱之。」

【作　者】袁伯彥（西元三二八—三七六年），名宏，陽夏（今河南太康）人。少孤貧，文章絕美，謝安引參軍事。累遷大司馬桓溫府記室。溫重其文筆，專綜書記。後宏自吏部郎，出為東陽郡太守。卒於東陽，年四十九。撰有《後漢紀》三十卷及《竹林名士傳》三卷。

夫百姓不能自治，故立君以治之；明君不能獨治，則為臣以佐之。然則三五❶迭隆，歷世承基，揖讓❷之與干戈❸，文德❹之與武功，莫不宗匠陶鈞❺，而群才緝熙❻；元首經略❼，而股肱❽肆力。雖遭離❾不同，跡有優劣，至於體分冥固❿，道契⓫不墜，風美所扇，訓革⓬千載，其揆⓭一也。故二八⓮升而唐朝⓯盛；伊呂⓰用而湯武⓱寧；三賢⓲進而小白⓳興；五臣⓴顯而重耳㉑霸。中古陵遲㉒，斯道替㉓矣。居上者不以至公理物，為下者必以私路期榮，御圓者㉔不以信誠率眾，執方者㉕必以權謀自顯。於是君臣離而名教㉖薄，世多亂而時不治。故蘧寧㉗以之卷舒㉘，柳下㉙以之三黜，接輿㉚以之行歌，魯連㉛以之赴海。衰世之中，保持明節，君臣相體，若合符契㉜，則燕昭㉝樂毅，古之流也。夫未遇伯樂㉞，則千載無一驥㉟，時值龍顏㊱，則當年控三傑㊲。漢之得才，於斯為貴。高祖㊳雖不以道勝御物，群下得盡其忠；蕭曹㊴雖不以三代事主，百姓不失其業。靜亂庇人，抑亦其次。夫時方顛沛㊵，則顯不如隱；萬物思治，則默不如語。是以古之君子，不患弘道㊶難，遭時難；遭時不難，遇君難。故有道無時，孟子㊷所以咨嗟；有時無君，賈生㊸所以垂泣。夫萬歲一期㊹，有生之通塗；千載一遇，賢智之嘉會。遇之不能無欣，喪之何能無慨？古人之言，信有情哉。

【章　旨】本段論上古時代君臣契合，故時代清平；中古世衰，賢士多隱。從而感嘆「遭時難」，「遇君難」。

【注　釋】❶三五　指三皇五帝。《文選・東都賦》「事勤乎三五」注：「《春秋元命苞》曰：『伏羲、女媧、神農為三皇。』《史記・五帝本紀》曰：黃帝、顓頊、帝嚳、帝堯、帝舜也。」❷揖讓　謂讓位於賢。對征誅而言。❸干戈　盾和戟。古代戰爭常用兵器。此代指戰爭。❹文德　指以禮樂教化進行統治。對「武功」而言。❺宗匠陶鈞　宗匠，喻指君主。陶鈞，製陶器的轉輪。此用作動詞，猶造就。❻緝熙　本指光明，此為興起之意。❼經略　籌劃；治理。❽股肱　大腿和胳膊。喻指輔佐君主的大臣。❾離　通「罹」。遭遇。❿冥固　暗中固結。《文選》李善注：「言至於君臣之體分，既固於冥兆。」⓫契　契合；相符；融洽。⓬革　戒。⓭揆　道理；法則。⓮二八　指八元八愷。據《左傳・文公十八年》載，高辛氏有才子八人，稱八元；高陽氏有才子八人，稱八愷。舜為堯臣，舉用八元、八愷，天下大治。⓯唐朝　此指帝堯時代。堯為古帝陶唐氏之號，故稱其時代為唐朝。⓰伊呂　指伊尹、呂尚。伊尹佐商湯王滅夏桀，建立商朝。呂尚佐周武王滅商紂，建立周朝。⓱湯武　指商湯王、周武王。⓲三賢　指管仲、鮑叔牙、隰朋。三人皆春秋時齊國賢臣，佐齊桓公霸諸侯，一匡天下。⓳小白　齊桓公名小白，春秋時五霸之一。⓴五臣　指狐偃、趙衰、顛頡、魏武子、司空季子，皆春秋時晉國賢臣，陪晉文公在外流亡十九年，後輔佐他稱霸諸侯。㉑重耳　晉文公名重耳，春秋五霸之一。㉒陵遲　衰落。㉓替　廢棄。㉔御圓者　指君主。㉕執方者　指臣下。《呂氏春秋・圜道》：「天道圜，地道方。聖人法之，所以立上下。主執圜，臣執方。方圜不易，其國乃昌。」㉖名教　以正名定分為中心的封建禮教。㉗蘧寧　即蘧伯玉，春秋時衛國賢人。《論語・衛靈公》：「君子哉蘧伯玉！邦有道則仕，邦無道則可卷而懷之。」㉘卷舒　收藏和伸展。此為偏義複詞，只取卷藏、隱藏之義。㉙柳下　即柳下惠。春秋魯國大夫展禽，因食邑柳下，諡惠，故稱柳下惠。《論語・微子》：「柳下惠為士師，三黜。人曰：『子未可以去乎？』曰：『直道而事人，焉往而不三黜？枉道而事人，何必去父母之邦？』」㉚接輿　相傳為春秋時楚國隱士，佯狂避世。因其迎孔子之車而歌，故稱接輿。《論語・微子》：「楚狂接輿歌而過孔子曰：『鳳兮鳳兮，何德之衰。往者不可諫，來者猶可追。』」㉛魯連　即魯仲連，戰國時齊國人。高蹈不仕，喜為人排難解紛。《史記・魯仲連鄒陽列傳》載，燕將據聊城，齊攻之不下。魯仲連遺書燕將，燕將「乃自殺，聊城亂，田單遂屠聊城。歸而言魯連，欲爵之。魯連逃隱於海上，曰：『吾與富貴而詘於人，寧貧賤而輕世肆志焉。』」㉜符契　古代朝廷用以傳達命令、調兵遣將的憑證。上書文字，剖而為二，各執其一，用時相合以為徵信。㉝燕昭　燕昭王，名職。即位後，築黃金臺求賢，士爭往燕。命樂毅攻齊，下齊七十餘城，燕從此日益強盛。㉞伯樂　春秋時秦國人，以善相馬著稱。㉟驥　千里馬。㊱龍顏　指漢高祖劉邦。《史記・高祖本紀》：「高祖為人，隆準而龍顏。」顏，額顙。㊲三傑　指張良、蕭何、韓信。皆漢高祖功臣。《史記・高祖本紀》載劉邦的話說：「此三者，皆人傑也，吾能用之，此吾所以取天下也。」㊳高祖　指漢高祖劉邦。㊴蕭曹　指蕭何、曹參，皆漢高祖功臣。《史記・曹相國世家》：「百姓歌之曰：『蕭何為法，顜若畫一；曹參代之，守而勿失；載其清靜，民以寧一。』」㊵顛沛　顛覆仆倒。因用以形容人事困頓，社會動亂。㊶弘道　謂用其所學的學說去治理國家，使所學得到發揚光大。弘，擴大。《論語・衛靈公》：「人能弘道，非道弘人。」㊷孟子　名軻，字子輿，戰國時鄒人。《孟子・公孫丑下》：「五百年必有王者興，其間必有名世者。由周而來，七百有餘歲矣，以其數則過矣。夫天未欲平治天下也。如欲平治天下，當今之世，舍我其誰也？」此即孟子咨嗟不遇時。㊸賈生　即賈誼。其〈治安策〉云：「臣竊惟事勢，可為痛哭者一，可為流涕者二，可為長太息者六。」㊹萬歲一期　《文選》李善注曰：「桓子《新論》曰：『夫聖人乃千載一出。』然此文云萬歲一期，蓋甚言之，以避下文也。《莊子》曰：『萬世之後而遇大聖知其解者，是旦暮遇之也。』」期，邀約；會合。

【語　譯】老百姓不能自己治理自己，所以建立君主來治理他們；賢明的君主不能獨自治理百姓，就設置臣下來輔佐他。那麼三皇五帝更迭興盛，經歷世代，繼承基業，拱手讓位於賢者和用武力去奪取天下，用禮樂教化去感化和用暴力去鎮壓，沒有不是君主造就，而各種人才興起；元首籌劃，而臣下效力。雖然遭遇不相同，事跡有優劣；至於其關係暗中固結，其道義契合而長存不衰，美好的風氣傳播，教訓告誡千年，那道理是一樣的。所以八元、八愷登用，唐堯就興盛；伊尹、呂尚被任用，商湯王、周武王就安寧；三位賢臣進用，齊桓公就興起；五位賢人顯貴，晉文公就稱霸。中古之時世道衰落，這些道理就廢棄了。居在上位的人不用最大的公正來治理萬物，做臣下的人一定用偏私的途徑去獲得榮寵，做君主的人不用信實忠誠來做大家的表率，做臣下的人一定用權變謀略來使自己尊顯。於是君臣離散而禮教衰薄，世道多動亂而時代不太平。所以蘧伯玉就卷縮隱藏，柳下惠就多次被罷免，楚狂接輿因此就邊走邊唱，魯仲連因此就逃至海濱。在衰亂的世道之中，能保持明確的節操，君臣之間互相體諒，像兵符契約一樣相符合，那麼燕昭王和樂毅，還是屬於上古時期的一類。沒有遇到伯樂，那麼一千年也沒有一匹千里馬，時機遇到了漢高祖，那麼在當代就能引出三位豪傑。漢朝的得到賢才，這時是最可貴的。漢高祖雖然不是用最好的道義駕御萬物，臣下卻能竭盡他們的忠心；蕭何、曹參雖然不是用三代臣下事奉君主的辦法事奉君主，百姓卻不失去他們的本業。安定動亂，庇護人民，也還是次一等的。時代正當動亂，那麼顯貴就不如歸隱；萬物思念太平，那麼沉默就不如說話。所以古代的君子，不擔心光大學說難，遇到好時代難；遇到好時代不難，遇到好君主難。所以有好學說沒遇到好時代，這是孟夫子嗟嘆感慨的原因；遇到好時代沒遇到好君主，這是賈誼流淚哭泣的原因。一萬年能碰上一次，這就是人生平坦的大道；一千年遇到一回，這就是賢人智者最好的機會。遇到了它不能不高興，失去它哪裡能不感慨？古人的話，的確有道理啊！

余以暇日，嘗覽國志❶，考其君臣，比其行事，雖道謝❷先代，亦異世一時❸也。文若❹懷獨見之明，而有救世之心，論時則民方塗炭❺，計能則莫出魏武❻，故委面霸朝⑦，豫議世事⑧。舉才不以標鑑⑨，故久之而後顯；籌畫不以要功⑩，故事至而後定。雖亡身明順⑪，識亦高矣。董卓⑫之亂，神器⑬遷偪，公達⑭慨然，志在致命⑮，由斯而談，故以大存名節。至如身為漢隸⑯，而跡入魏幕，源流趣舍，其亦文若之謂⑰。所以存亡殊致，始終不同，將以文若既明，名教有寄乎⑱！夫仁義不可不明，則時宗⑲舉其致⑳；生理不可不全，故達識攝其契㉑。相與弘道，豈不遠哉？崔生㉒高朗，折而不撓，所以策名魏武，執笏㉓霸朝者，蓋以漢主當陽㉔，魏后北面㉕者哉！若乃一旦進璽，君臣易位，則崔子所不與，魏武所不容。夫江湖所以濟舟，亦所以覆舟；仁義所以全身，亦所以亡身。然而先賢玉摧於前，來哲攘袂㉖於後，豈非天懷發中，而名教束物者乎？孔明㉗盤桓，俟時而動，遐想管樂㉘，遠明風流㉙，治國以禮，民無怨聲，刑罰不濫，沒有餘泣。雖古之遺愛㉚，何以加茲？及其臨終顧託㉛，受遺作相，劉后㉜授之無疑心，武侯㉝處之無懼色，繼體㉞納之無貳情，百姓信之無異辭，君臣之際，良可詠矣。公瑾㉟卓爾㊱，逸志不群，總角㊲料主，則素契於伯符㊳；晚節曜奇㊴，則參分㊵於赤壁㊶。惜其齡促㊷，志未可量。子布㊸佐策，致延譽㊹之美，輟哭止哀㊺，有翼戴之功，神情所涉，豈徒謇諤㊻而已哉？然而杜門不用㊼，登壇受譏㊽。夫一人之身，所照未異，而用舍之間，俄有不同，況沉跡溝壑，遇與不遇者乎？

【章旨】本段敘述三國名臣的遭逢際遇。

【注釋】❶國志　即《三國志》。晉陳壽撰，記魏，蜀，吳三國的歷史。❷謝　稍遜；不如。❸異世一時　時代雖不同卻如同在同一時代，言為歷史上所罕見。❹文若　姓荀，名彧（西元一六三—二一二年），潁川潁陰（今河南許昌）人。曹操謀士，官至尚書令。參與軍國決策，貢獻頗多。因反對曹操稱魏公，被迫憂死。❺塗炭　爛泥和炭火，比喻災難困苦。❻計能句　荀彧初依袁紹，「度紹終不能成大事」，遂去紹從曹操。魏武，即曹操。❼委面霸朝　委面，委身歸順稱臣。霸朝，霸者的朝堂。❽豫議世事　《三國志・魏書・荀彧傳》：彧勸曹操迎漢獻帝都許，「進彧為漢侍中，守尚書令。常居中持重。太祖雖征伐在外，軍國事皆與彧籌焉」。豫，參與。❾舉才句　《三國志・魏書・荀彧傳》注引《荀彧別傳》，彧「取士不以一揆，戲志才、郭嘉等有負俗之譏，杜畿簡傲少文，皆以智策舉之，終各顯名。」標鑑，風度鑑識。❿要功　同「邀功」。求取功名。⓫亡身明順　《三國志・魏書・荀彧傳》載，建安十七年，董昭等謂太祖宜進爵國公，「密以諮彧。彧以為太祖本興義兵以匡朝寧國，秉忠貞之誠，守退讓之實，君子愛人以德，不宜如此。太祖由是心不能平」。旋「以憂薨，時年五十」。⓬董卓　字仲穎，隴西臨洮（今甘肅岷縣）人，東漢末將領。昭寧元年（西元一八九年）率兵入洛陽，廢少帝，立獻帝，自任相國，專朝政。袁紹號召關東州郡起兵反對，他縱火燒毀洛陽，挾獻帝西遷長安。又自為太師。初平三年（西元一九二年），為王允、呂布所殺。⓭神器　指帝位。⓮公達　荀攸字，荀彧之侄。曹操謀士。攸求為蜀郡太守，留駐荊州，操任為汝南太守，參贊軍事。嘗從征張繡，又出謀擊敗呂布、袁紹等，受任為尚書令。後隨操攻孫權，病死軍中。⓯致命　獻出生命。《三國志・魏書・荀攸傳》載，攸與何顒等謀殺董卓，事覺，「收顒、攸繫獄，顒憂懼自殺，攸言語飲食自若，會卓死得免」。⓰身為漢隸　荀攸曾官漢黃門侍郎。隸，官。⓱源流二句　《文選》劉良注：「源流謂本也，趣舍謂進退也。言攸之本志在匡漢，亦與荀彧同也。」⓲將以二句　《文選》李善注：「言文若殞身，既明仁義之道，且寄迹於名教之地也。」⓳時宗　一時所宗尚的人，猶時哲，時賢。⓴致　情趣；旨趣。㉑契　契約；要領。㉒崔生　指崔琰（西元一五九—二一六年），字季珪，清河東武城（今山東東武城西北）人。曹操定河北，辟為別駕從事。操每出征，常令其留駐鄴城傳曹丕。操進魏王，楊訓發表稱頌功德。琰出言不遜，罰為徒隸，操使人視之，辭色不變，遂賜死。㉓執笏　出仕；做官。笏，古代朝會時所執手板，有事則書於上，以備遺忘。㉔當陽　天子南面向明而治。㉕魏后北面　魏后，指曹操。后，君主。北面，北面而朝，指稱臣。㉖攘袂　揎袖捋臂，形容奮起之狀。袂，衣袖。㉗孔明　諸葛亮（西元一八一—二三四年）字，琅琊陽都（今山東沂南南）人。初隱居隆中，自比管樂。後事劉備，佐其占領荊州、益州，建立蜀漢政權。因功拜丞相。劉備死，劉禪繼位，封武鄉侯，領益州牧，主持軍國大政。後病死於五丈原。㉘管樂　指管仲、樂毅。㉙風流　風俗教化。㉚遺愛　《左傳・昭公二十年》：「及子產卒，仲尼聞之，出涕曰：『古之遺愛也。』」注：「子產見愛，有古人之遺風。」後以指遺留及於後世之愛。㉛臨終顧託　《三國志・蜀書・諸葛亮傳》：「章武三年春，先主於永安病篤，召亮於成都，屬以後事，謂亮曰：『君才十倍曹操，必能安國，終定大事。若嗣子可輔，輔之；如其不才，君可自取。』亮涕泣曰：『臣敢竭股肱之力，效忠貞之節，繼之以死。』先主又為詔敕後主曰：『汝與丞相從事，事之如父。』」㉜劉后　指劉備。㉝武侯　指諸葛亮。亮諡忠武侯。㉞繼體　繼承君位。此指後主劉禪。㉟公瑾　周瑜（西元一七五—二一〇年）字，廬江舒（今安徽廬江東南）人。少與孫策友善。歸策後，為建威中郎將。策死，與張昭同輔孫權，任前部大都督。建安十三年，破曹操於赤壁，不久病卒。㊱卓爾　特異貌。㊲總角　古代男女未成年前束髮為兩結，形狀如角，稱總角。後因以借指童時。㊳伯符　孫策字，吳郡富春（今浙江富陽）人。孫堅子，孫權兄。孫堅死，依袁朮。朮以堅部曲歸策。策率軍渡江，據吳、會稽等五郡，創建孫氏政權。後被刺死。㊴曜奇　顯耀奇特。指出奇策、建奇功。㊵參分　即三分。參，通「三」。㊶赤壁　山名，在今湖北蒲圻長江南岸。建安十三年（西元二〇八年），周瑜聯合劉備敗曹操於此。㊷齡促　年齡短促。周瑜死時年僅三十六歲。㊸子布　張昭（西元一五六—二三六年）字，彭城（今江蘇徐州）人。孫策創業，任為長史，撫軍中郎將。孫策死，輔立孫權。孫權行車騎將軍，以為軍師。孫權為吳主，拜為綏遠將軍，封由拳侯。孫權稱帝，又任輔吳將軍，改封婁侯。一度不參政事，在家治學。㊹延譽　播揚名譽。《三國志・吳書・張昭傳》：「昭每得北方士大書疏，專歸美於昭。昭……進退不安。策聞之，歡笑曰：『子布賢，我能用之，其功名獨不在我乎？』」㊺輟哭止哀　《三國志・吳書・張昭傳》：「策臨亡，以弟權託昭，昭率群僚立而輔之。……權悲戚未視事，昭謂權曰：『夫為人後者，貴能負荷先軌，克昌堂構以成勳業也。方今天下鼎沸，群盜滿山。孝廉何得寢伏哀戚，肆匹夫之情哉？』乃身自扶權上馬，陳兵而出，然後眾心知有所歸。」㊻謇諤　正直。㊼杜門不用　《吳書・張昭傳》：「權以公孫淵稱藩，遣張彌、許晏至遼東拜淵為燕王。」昭諫，不聽。「昭忿言之不用，稱疾不朝。權恨之，土塞其門，昭又於內以土封之。」㊽登壇受譏　《張昭傳》裴注引《江表傳》曰：「權既即尊位，請會百官，歸功周瑜。昭舉笏欲褒贊功德，未及言，權曰：『如張公之計，今已乞食矣。』」昭大慚，伏地流汗。」按：張昭赤壁之戰前曾主張迎降曹操。

【語 譯】我在閒暇的日子，曾經觀看《三國志》，考察他們的君臣關係，排列他們的行為事跡，雖然道義比前代稍遜，也是歷史上罕見的時代。荀彧懷抱獨特見識的精明，又有拯救世道的思想，說到時代那百姓正處於水深火熱之中，說到才能那沒有誰能超過曹操，所以他委身臣服於這位霸主的朝堂，參與討論當世的大事。選拔人才不全憑風度鑑識，所以很久之後才顯貴；出謀畫策不用來求取功名，所以事件發生之後就能安定。雖然犧牲了自己來表明應遵循的原則，見識也就很高了。在董卓製造的動亂之中，帝位被逼迫而遷徙，荀攸激昂憤慨，志向在獻出生命，因此就談笑自若，因此大大地保全了名聲節操。至如人做著漢朝的官，而足跡卻踏入魏王的幕府，他行為的本末進退，跟荀彧的匡扶漢室是相同的。那麼他與荀彧生死不一致，結局也不相同的原因，大概是因為荀彧既已表明仁義之道，禮教也有寄託吧！仁義之道不可不表明，那麼一時的賢哲就標舉他們的旨趣；養生之理不可不保全，那麼見識通達的人就掌握著它的要領。一起來發揚光大他們的學說，這難道還不夠偉大嗎？崔琰高潔明朗，寧肯折斷也不彎曲。他把名字登記在曹操門下，在霸主的朝堂執手板做官的原因，大概是因為漢主還在南面稱帝，曹操還在北面稱臣吧！假如有一天把皇帝的玉璽進獻給曹氏，君主與臣下更換了位置，那麼這是崔琰所不讚許，曹操也是不能容忍的。江湖是用來渡過船舶的，也可用來顛覆船舶；仁義是用來保護自身的，也可用來危害自身。然而以前的賢者像寶玉般在前面被摧毀，未來的哲人卻仍在後面捋袖奮起，難道不是天生的忠鯁發自內心，也受到禮教的束縛和影響嗎？諸葛亮在隆中徘徊觀望，等待時機然後行動，遠遠地想到管仲、樂毅，遠遠地表明風俗教化。用禮樂教化治理國家，民眾沒有怨恨之聲，形罰不過度，沒有多餘的哭泣。即使是古代遺留仁愛的人，又怎麼能超過這個呢？等到劉備臨死託付幼主，諸葛亮接受遺命作了丞相，劉備交給他沒有疑慮之心，諸葛亮據有它沒有畏懼之色，劉禪接納他沒有猜疑之情，百姓相信他沒有不同的言辭，君臣之間的關係，的確值得讚嘆啊！周瑜特別卓異，高遠的志向無人可比，年幼時選擇君主，就跟孫策十分投機契合；晚年顯耀奇才，在赤壁奠定三分格局。可惜壽命太短，否則他的志趣不可估量。張昭輔佐孫策，招來了播揚聲譽的讚美，制止哭泣停止哀傷，有輔佐擁戴的功勳，精神意態所涉及的，難道只是正直罷了嗎？然而堵塞前門而不聽用，登上神壇就受到譏刺。同是一個人，表現也無不同，而任用和捨棄之間，忽然間就有不同，何況那些把形跡寄託在溪溝山谷之間，遇到時機和遇不到時機的人呢？

夫詩頌之作，有自來矣。或以吟詠情性，或以述德顯功，雖大旨同歸，所託或乖❶，若夫出處有道，名體不滯，風軌德音❷，為世作範，不可廢也。故復撰序所懷，以為之贊云❸。

【章旨】本段說明寫作這篇序贊的動機是讚揚這些人物的「風軌德音」可以「為世作範」。

【注釋】❶乖　差異；不同。❷德音　善言。❸云　此下《文選》尚有一段云：「《魏志》九人，《蜀志》四人，《吳志》七人：荀彧字文若，諸葛亮字孔明，周瑜字公瑾，荀攸字公達，龐統字士元，張昭字子布，袁渙字曜卿，蔣琬字公琰，魯肅字子敬，崔琰字季珪，黃權字公衡，諸葛瑾字子瑜，徐邈字景山，陸遜字伯言，陳群字長文，顧雍字元歎，夏侯玄字泰初，虞翻字仲翔，王經字承宗，陳泰字玄伯。」

【語譯】詩歌與頌辭的寫作是有原因的了。有的是用來吟詠情性，有的是用來敘述盛德，表彰功勳，雖然總的主旨是相同的，而它們的寄託或有差異。至於出仕退隱有一定規律，名聲實際都不會消失，高風懿行和美好的言辭，可作為世人的典範，是不可廢棄的。所以就寫作這篇序來敘述我們的想法，並給它作了贊。

火德❶既微，運纏大過❷。洪飆扇海，二溟❸揚波。虯❹虎雖驚，風雲❺未和。潛魚擇淵，高鳥候❻柯。赫赫三雄❼，並迴乾軸❽。競收杞梓❾，爭采松竹❿。鳳不及棲，龍不暇伏。谷無幽蘭，嶺無亭菊⓫。

【章　旨】本段是總讚三雄求賢，因此人才並出。

【注　釋】❶火德　指漢王朝。秦漢方士以金、木、水、火、土五行相生相剋的道理來附會王朝的命運，稱五德。劉向以相生為說，稱漢以火德王。故以火德代指漢。❷大過　《易》卦名。疏：「過謂過越之過。此衰難之世，……乃大能過越常理，以拯患難也，故曰大過。」此指衰亂之世。❸二溟　指南海與北海。溟，海。❹虯　龍。❺風雲　《易・乾卦》：「雲從龍，風從虎，聖人作而萬物覩。」後因以風雲喻人的際遇。❻候　觀察；伺望。此為「選擇」之意。❼三雄　指曹操、劉備、孫權，魏、蜀、吳三國君主。❽乾軸　天軸。古人認為天體運行如車輪繞軸旋轉。《文選》劉良注：「言其競天下若運轉天軸萬物震動也。」❾杞梓　兩種優質木材。此比喻優秀人才。❿松竹　亦比喻賢才。⓫鳳不四句　《文選》李善注：「香草善鳥，皆喻賢也。」張銑注：「鳳龍蘭菊，並比德英雄君子也。言其在山谷之間，思濟時難，故不暇栖伏也。」

【語　譯】漢朝的火德既已衰微，國家的命運碰上了動亂。巨大的風暴震盪著大海，南海北海掀起大波不斷。龍虎雖然驚動，風雲卻未和諧。潛藏的魚選擇淵藪，高飛的鳥選擇枝杈。威聲赫赫的三位豪傑，一塊兒旋轉著天軸。競爭著收集良材杞梓，忙碌著採擇松竹。鳳鳥來不及棲息，飛龍也沒空閒潛伏。山谷沒有幽藏的蘭草，山嶺也沒有停留的寒菊。

英英❶文若，靈鑒洞照。應變知微，探賾❷賞要。日月在躬，隱之彌曜。文明映心，鑽之愈妙。滄海橫流❸，玉石俱碎。達人兼善❹，廢己存愛。謀解時紛，功濟宇內。始救生人❺，終明風槩❻。

【章　旨】本段讚美荀彧。

【注釋】❶英英　俊美貌。❷探賾　《易・繫辭上》：「探賾索隱，鉤深致遠。」疏：「探謂窺探求取，賾謂幽深難見。」❸滄海橫流　大海之水四處泛流。比喻時世動亂。❹兼善　《孟子・盡心上》：「窮則獨善其身，達則兼善天下。」❺生人　《晉書・文苑傳》作「生靈」，猶「生民」，「人民」。❻風槩　節操。

【語譯】英俊美好的荀彧，天生的才識洞察明照。應付事變，知曉隱微，窺探幽深，賞識大要。如同身懷日月，想要隱藏卻更加顯耀。文采光明照映心胸，愈是鑽研愈覺精妙。世道如大海氾濫成災，美玉和石塊同被粉碎。通達之人兼善天下，廢棄自身而保存仁愛。謀劃解救時代的紛亂，功業拯救了世界。開始是救濟人民，最終卻表明了他的節操。

公達潛朗，思同蓍蔡❶。運用無方，動攝群會。爰初發跡❷，遘此顛沛❸。神情玄定，處之彌泰❹。愔愔❺幕裡，算無不經❻。亹亹❼通韻❽，跡不蹔❾停。雖懷尺璧，顧哂連城❿。知能拯物，愚足全生⓫。

【章旨】本段讚美荀攸。

【注釋】❶蓍蔡　猶言「蓍龜」。謂占卜。蓍草與龜甲，皆為古時占卜用具，筮用蓍草，卜用龜甲。蔡，龜。因蔡地產大龜，故名。❷發跡　指由卑微而逐漸富貴而立功揚名。❸顛沛　動亂不安。此指董卓之亂。❹神情二句　指荀攸謀刺殺董卓，事覺被捕入獄，而「語言飲食自若」事。❺愔愔　安靜貌。❻算無不經　《三國志・魏書・荀攸傳》：「攸深密有智防，自從太祖征伐，常謀謨帷幄，時人及子弟莫知其所言。」又：「庶無遺策，經達權變，其良、平之亞歟！」算，計謀。經，行。❼亹亹　勤勉不倦貌。❽通韻　通達高雅。❾蹔　同「暫」。暫時。❿連城　價值連城，形容物之貴重。⓫知能二句　《三國志・魏志・荀攸傳》：「太祖每稱曰：『公達外愚內智，外怯內勇，外弱內彊，不伐善，無施勞，智可及，愚不可及，雖顏子、甯武不能過也。』」知，同「智」。知、智古今字。

【語譯】荀攸專一而又朗暢，思慮如同占卜準確靈驗。運用靈活而不拘泥，一舉一動都能掌握要點。剛剛出來做官，就碰上了董卓之亂。神情玄妙而鎮定，泰然面對遇到的危難。安靜地處在曹操幕下，計謀無不實行。勤勉不倦而又通達高雅，陳說流利而不暫停。雖然懷抱一尺之璧，卻哂笑那些價值連城。智慧足夠拯救萬物，愚拙又能保全自身。

郎中❶溫雅，器識❷純素。貞而不亮❸，通而能固。恂恂❹德心，汪汪❺軌度。志成弱冠❻，道敷歲暮❼。仁者必勇，德亦有言❽。雖遇履虎❾，神氣恬然❿。行不修飾，名節無愆。操不激切，素風愈鮮。

【章旨】本段讚美袁渙。

【注釋】❶郎中 指袁渙。渙，字曜卿，陳郡樂扶（今河南太康西北）人。魏國初建，為郎中令，行御史大夫事。居官數年卒。❷器識 度量見識。❸貞而不亮 《論語・衛靈公》：「君子貞而不亮。」《集解》引孔安國曰：「貞，正；諒，信也。君子正其道耳，言不必小信。」諒，小信。❹恂恂 信實貌。❺汪汪 深廣貌。❻弱冠 古時男子二十成人，初加冠，體還未壯，故稱弱。後稱年少為弱冠。❼歲暮 晚年。❽仁者二句 《論語・憲問》：「有德者必有言，……仁者必有勇。」邢昺疏：「德不可以無言億中，故必有言也。見危授命，殺身以成仁，是必有勇也。」《三國志・魏書・袁渙傳》：「帝問渙從弟敏：『渙勇怯何如？』敏對曰：『渙貌似柔和，然其臨大節，處危難，雖賁、育不過也。』」❾履虎 《易・履卦》：「履虎尾，不咥人，亨。」因以履虎尾比喻處境危險。❿神氣恬然 《三國志・魏書・袁渙傳》：「布欲使渙作書詈辱（劉）備，渙不可，再三彊之，不許。布大怒，以兵脅渙曰：『為之則生，不為則死。』渙顏色不變。」恬然，安閒貌。

【語譯】袁渙和易文明，見識純淨而不虛華。言行一致而又不拘小信，行為通達而能堅守無邪。德義之心誠實恭順，法則氣度深廣充盈。志向在年輕時即已樹立，主張在晚年得到施行。仁愛之人必定勇敢，有德之人也必有語言。雖然遇到危險，神氣也安定泰然。行為雖不修飾，名望節操卻無差錯過愆。行為操守不激烈急迫，樸質的風度卻更潔白新鮮。

邈哉❶崔生，體正心直。天骨疏朗❷，牆宇❸高嶷。忠存軌跡，義形風色❹。思樹芳蘭❺，翦除荊棘❻。人惡其上❼，時不容哲。琅琅❽先生，雅仗名節。雖遇塵霧❾，猶振霜雪❿。運極道消，碎此明月⓫。

【章　旨】本段讚美崔琰。

【注　釋】❶邈哉　遠貌。❷天骨疏朗　天骨，生就的骨幹。疏朗，俊偉。❸牆宇　指人的風度品德。❹風色　顏色；臉色。❺芳蘭　比喻君子。❻荊棘　比喻小人。❼人惡其上　《左傳·成公十五年》載，晉宗伯之妻戒宗伯曰：「盜憎主人，民惡其上。子好直言，必及於難。」❽琅琅　形容俊美。❾塵霧　灰塵煙霧。比喻環境惡劣。❿霜雪　比喻品德高尚。⓫運極二句　《文選》呂延濟注曰：「天運窮極，君子道消，而曹公忌琰，乃殺之，如碎明月珠也。」明月，明月珠，即夜光珠。因珠光晶瑩似月光，故名。此比喻崔琰。

【語　譯】高遠啊，崔琰先生，體態端正而心地正直。天賦的體幹俊偉非凡，風度品德偉大高潔。忠貞留下了做人的法則，正義感表現在你的臉色。想要培植芳蘭般的君子，翦除荊棘般的小人。人民厭惡他們的君上，時勢容不得聖哲賢臣。高尚俊美的先生，一向堅持名聲氣節。雖然遇到塵霧的亂世，卻還要奮起霜雪般的節概。時運壞到了極點，正義也已消失，就把你這顆明月珠徹底粉碎。

景山❶恢誕❷，韻❸與道合。形器❹不存，方寸❺海納。和而不同，通而不雜❻。

遇醉忘辭，在醒貽答❼。

【章　旨】本段讚美徐邈。

【注　釋】❶景山　徐邈（西元一七二—二四九年）字，燕國薊（在今北京）人。魏國建，任尚書郎。後領隴西、安南太守。文帝即位，歷任譙相、平陽、安平太守、撫軍大將軍，賜爵關內侯。明帝時，出任涼州刺史，持節領護羌校尉。正始元年，徵為大司農，遷司隸校尉，又拜司空，固辭，卒於家。❷恢誕　浮誇怪誕。❸韻　風度；神韻。❹形器　指有形的具體事物。與「道」相對。❺方寸　指心。❻和而二句　《三國志・魏志・徐邈傳》：「盧欽著書，稱邈曰：『徐公志高行絜，才博氣猛。其施之也，高而不狷，絜而不介，博而守約，猛而能寬。聖人以清為難，而徐公之所易也。』或問欽：『徐公當武帝之時，人以為通；自在涼州及還京師，人以為介，何也？』欽答曰：『往者毛孝先、崔季珪等用事，貴清素之士，於時皆變易車服以求名高。而徐公不改其常，故人以為通。比來天下奢靡，轉相仿效，而徐公雅尚自若，不與俗同，故前日之通，乃今日之介也。是世人之無常，而徐公之有常也。』」和，和順；諧和。同，隨聲附和。❼遇醉二句　《三國志・魏書・徐邈傳》載：魏國初建，時官署禁酒，而邈私飲至醉。人問公務，答曰：「中聖人。」太祖聞之甚怒，鮮于輔進曰：「平日醉客謂清酒者為聖人，濁者為賢人，邈性脩慎，偶醉言耳。」後魏文帝問邈：「頗復中聖人不？」邈答曰：古時子反、御叔因酒或斃或罰，「臣嗜同二子，不能自懲，時復中之。然宿瘤以醜見傳，而臣以醉見識。」丕大笑，顧左右曰：「名不虛立。」

【語　譯】徐邈詼諧怪誕，風度卻與道義符合。具體的形體雖不講究，心胸卻如大海般廣闊。態度和順卻不隨聲附和，遇事通達卻不混亂錯雜。碰上喝醉就忘了言辭，在清醒之時卻能給予回答。

長文❶通雅，義格終始。思戴元首，擬伊同恥❷。民未知德，懼若在己❸。嘉謀肆庭，讜言盈耳❹。玉生雖麗，光不踰把❺。德積雖微，道映天下。

【章　旨】本段讚美陳群。

【注　釋】❶長文　陳群（西元？—二三六年）字，潁川許昌（今河南許昌東）人。初為曹操司空西曹掾屬。曹丕即位，徙為尚書。後為鎮軍大將軍，領中護軍，錄尚書事。明帝時，遷司空。❷擬伊同恥　《尚書・說命下》載，伊尹曾說，如果自己不能使商王如堯舜，則「其心愧恥，若撻於市」。伊，伊尹，商湯王賢臣。❸民未二句　《三國志・魏志・陳群傳》：「青龍中，營治宮室，百姓失農時。群上疏曰：『禹承唐虞之盛，猶卑宮室而惡衣服，況今喪亂之後，人民至少，比漢文、景之時，不過一大郡。加邊境有事，將士勞苦，若有水旱之患，國家之深憂也。且吳、蜀未滅，社稷不安，宜及其未動，講武勸農，有以待之。今舍此急而先宮室，臣懼百姓遂困，將何以應敵？』」❹嘉謀二句　《三國志》注引《魏書》曰：「群前後數密陳得失，每上封事，輒削其草，時人及子弟莫能知也。論者或譏群居位拱默。正始中詔撰群臣上書，以為《名臣奏議》，朝士乃見群諫事，皆歎息焉。」讜言，善言，正直之言。❺把　物一握叫一把。《孟子・告子上》「拱把之桐」注：「拱，合兩手也；把，以一手把之也。」

【語　譯】陳群通達雅正，道義貫徹自始至終。一心想著擁護君主，如同伊尹恥君主不與堯舜同功。百姓不知道君主的恩德，隨時畏懼好像罪在自己。最好的謀劃呈獻朝廷，正直的言論如雷貫耳。玉石的產生雖然美麗，它的光彩不過一把。積累的恩德雖然微小，道義卻能光照天下。

淵哉泰初❶，宇量高雅。器範自然，標準無假。身全由直，跡洿❷必偽。處死非難，理存則易❸。萬物波蕩，孰任其累。六合❹徒廣，容身靡寄。

【章　旨】本段讚美夏侯玄。

【注　釋】❶泰初　夏侯玄（西元二〇九—二五四年）字，沛國譙（今安徽亳縣）人。明帝時，任散騎黃門侍郎。正始初，累遷散騎常侍，中護軍。齊王時為征西將軍，都督雍、涼諸軍事。後任大鴻臚，轉遷太常。因謀殺司馬師，事洩被殺。❷洿通「汙」。汙穢；汙辱。❸處事二句 《三國志・魏書・夏侯玄傳》載，李豐等人謀殺司馬師，以夏侯玄輔政。事洩，玄被殺，「玄格量弘濟，臨斬東市，顏色不變，舉動自若」。❹六合 上下四方。指天地之間。

【語　譯】深遠莫測啊，夏侯玄，器宇度量高大淵雅。才能規範出於自然，風度準則真純無假。自身全具皆由端直，行為汙穢必然虛假。對待死亡並非難事，道義存在也就容易。萬事萬物如波濤動盪，誰能承擔那種牽累。天地之間徒然廣大，容身之處卻無法存寄。

君親自然，匪由名教。敬愛既同，情理兼到。烈烈王生❶，知死不撓❷。求仁不遠，期在忠孝。

【章　旨】本段讚美王經。

【注　釋】❶王生 指王經，字彥緯，清河（今江蘇淮陰）人。官至司隸校尉。甘露中以高貴鄉公事誅。❷知死不撓 《三國志・魏志・三少帝紀》注引《漢晉春秋》載，魏帝曹髦恨司馬氏專政，召王經、王沈、王業謂曰：「司馬昭之心，路人所知也。吾不能坐受廢辱，今日當與卿等自出討之。」經力諫，髦不聽，率臣僕數百，鼓噪而出。王沈、王業馳告司馬昭，王經以正直不出。司馬昭弒髦，遂誅王經。撓，曲。

【語　譯】君主與雙親都是出於自然，不是由於正名定分的禮教。尊敬君主與敬禮雙親既已道理相同，人情物理就可同時做到。威武不屈的王經先生，知其必死也不屈撓。追求仁道並不遙遠，目標就在盡忠盡孝。

玄伯❶剛簡，大存名體。志在高構，增堂及陛❷。端委虎門，正言彌啟❸。臨危致命，盡其心禮。

【章　旨】本段讚美陳泰。

【注　釋】❶玄伯　陳泰（西元？—二六〇年）字，潁川許昌（今河南許昌）人。陳群之子。官至鎮軍將軍，假節都督淮北諸軍事，尚書左僕射。❷志在二句　賈誼〈治安策〉：「人主之尊譬如堂，群臣如陛。」此言陳泰志在尊崇君主，整飭群臣。構，屋宇。陛，階臺。❸端委二句　《三國志・魏書・陳泰傳》注引干寶《晉紀》，司馬昭弒曹髦後，會朝臣議後事，陳泰垂涕入，請誅賈充以謝天下。昭曰：「為我更思其次。」泰曰：「惟有進於此，不知其次。」昭乃不更言。又引《魏氏春秋》，魏帝被弒，陳泰枕帝屍於股，號哭盡哀，時司馬昭入於禁中，泰見之悲慟，大將軍亦對之泣。端委，朝服。虎門，路寢之門。古帝王視朝於路寢，門外畫虎，故稱路寢之門為虎門。此指朝堂之門。

【語　譯】陳泰果斷簡要，大大地保持了名分實體。志趣在提高朝廷的威望，推崇君主和整飭臣子。穿著朝服站立朝堂的門前，更發出了剛正不阿的話語。面對危險敢於不顧性命，一心要表示他心中的敬禮。

堂堂孔明，基宇❶宏邈。器❷同生民，獨稟先覺❸。標榜風流，遠明管樂❹。初九龍盤❺，雅志彌確❻。百六❼道喪，干戈迭用。苟非命世❽，孰掃雰雺❾？宗子❿思寧，薄言⓫解控⓬。釋褐⓭中林⓮，鬱為時棟。

【章　旨】本段讚美諸葛亮。

【注　釋】❶基宇　指氣質度量。❷器　指人的形質。❸先覺　猶「先知」。認識事物在別人之前的人。《孟子・萬章》：「予天民之先覺者也，予將以斯道覺斯民也。」❹管樂　管仲、樂毅。《三國志・蜀書・諸葛亮傳》：「每自比於管仲、樂毅。」❺初九龍盤　《易・乾卦》：「初九，潛龍，勿用。」後用以比喻豪傑隱伏以待時。初九，指乾卦的第一爻。乾卦第一爻為陽爻，九為陽數，故稱初九。盤，盤伏；屈曲。借作「蟠」。❻確　堅固；剛強。《易・乾卦・文言》：「確乎其不可拔，潛龍也。」❼百六　古謂百六陽九為厄運。❽命世　著名於當世。此指有治世之才。❾雰雺　霧氣，比喻動亂。雺，同「霧」。

❿宗子　皇族子弟。此指劉備。劉備是漢景帝子中山靖王勝之後，故稱宗子。⓫薄言　皆語助詞，無義。⓬解控　《文選》李善注：「謂彼有急而控告於己，己能解之也。」又高步瀛箋曰：「控，引也。案今俗謂足向上首向下為控，疑出古義。解控，猶《孟子》所謂如解倒懸也。《集註》引鈔曰：言有人被控制者而能解展之，近是。」按：二說均可通。⓭釋褐　脫去布衣，換上官服。即出仕之意。⓮中林　林中；山林之中。諸葛亮〈宅銘〉：「迹逸中林，神凝巖端。」

【語譯】莊嚴端重啊諸葛孔明，氣質風度宏遠卓犖。形質雖然如同常人，偏偏稟受著先知先覺。揭示自己的才華氣量，自我表明遠同管仲樂毅。如同潛龍隱伏深淵，高雅的志尚更加堅確。時運動亂而正道淪喪，軍閥戰爭連綿不斷。假若不是治世之才，誰能掃清這紛爭混亂？劉備想要安定社會，就來控告而請求解救。就從林中脫去布衣，成為時代傑出的棟梁領袖。

士元❶弘長，雅性內融。崇善愛物❷，觀始知終。喪亂備矣，勝塗未隆。先生標之，振起清風。綢繆❸哲后❹，无妄惟時❺。夙夜匪懈，義在緝熙❻。三略❼既陳，霸業已基。

【章旨】本段讚美龐統。

【注釋】❶士元　龐統（西元一七九—二一四年）字，襄陽（今湖北襄樊）人。劉備領荊州，任為治中從事，軍師中郎將。從劉備取蜀，進圍雒縣時中流矢而死。年僅三十六歲。❷崇善愛物　據《三國志・蜀書・龐統傳》載，龐喜獎拔人才，鼓勵後進。云：「當今天下大亂，雅道陵遲，善人少而惡人多。方欲興風俗，長道業，不美其譚即聲名不足慕企，不足慕企而為善者少矣。今拔十失五，猶得其半，而可以崇邁世教，使有志自勵，不亦可乎？」物，謂人。❸綢繆　情意深厚貌。❹哲后　賢明的君主，指劉備。后，君主。❺无妄惟時　謂當窮困之時。《易・无妄卦》：「无妄之行，窮之災也。」龐統遇劉備之時，備尚未取四川，處境困頓，故云。❻緝熙　光明。❼三略　《三國志・蜀書・龐統傳》：劉備取四川，龐統獻上、中、下三策：「陰選精兵，晝夜兼道，徑襲成都；璋既不武，又素無預備，大軍卒至，一舉便定，此上計也。楊懷、高沛，璋之名將，各仗彊兵，據守關頭，聞數有箋諫璋，使發遣將軍還荊州。將軍未至，遣與相聞，說荊州有急，欲還救之，並使裝束，外作歸形；此二子既服將軍英名，又喜將軍之去，計必乘輕騎來見，將軍因此執之，進取其兵，乃向成都，此中計也。退還白帝，連引荊州，徐還圖之，此下計也。」先主然其中計。

【語譯】龐統剛強長大，高雅的本性深邃和諧。推崇良善愛護人才，看了開始即知道將來。社會動亂到了極點，高明的前途尚未出現。先主劉備挺身而出，要振興清廉公正的風範。賢明的君主情深意厚，只是時局充滿災難。從早到晚從不懈怠，本意在使光明再現。三項計謀既已陳述，霸業的基礎就已樹建。

公琰殖根❶，不忘中正。豈曰模擬❷，實在雅性。亦既羈勒❸，負荷時命❹。推賢恭己，久而可敬。

【章旨】本段讚美蔣琬。

【注釋】❶公琰殖根　蔣琬（西元？—二四六年）字，零陵湘鄉（今湖南湘鄉）人。隨劉備入蜀，為尚書郎。諸葛亮開府，辟為東曹掾，升為長史。亮死，代亮執政，領益州刺史，遷大將軍，錄尚書事，封安陽亭侯。復加為大司馬。殖根，指立身。❷模擬　模仿。❸羈勒　馬絡頭。引申為控制、束縛。此指做官。❹負荷時命　《三國志・蜀書・蔣琬傳》：「時新喪元帥，遠近危悚。琬出類拔萃，處群僚之右，既無戚容，又無喜色，神守舉止，有如平日，由是眾望漸服。」

【語譯】蔣琬立身行事，不忘公平端正。難道是出於模仿，實在是他的本性。既已出來做官，就承擔起時代的使命。推舉賢能嚴肅約束自己，時間愈久就更加可敬。

公衡❶沖達，秉心淵塞❷。媚茲一人❸，臨難不惑。疇昔不造❹，假翮❺鄰國。進能徽音❻，退不失德❼。

【章旨】本段讚美黃權。

【注釋】❶公衡　黃權（西元？—二四〇年）字，巴西閬中（今四川閬中）人。劉備入蜀，諸縣皆降，他閉城堅守，及劉璋降，乃降。劉備假權偏將軍，獻策取漢中，還治中從事。劉備伐吳，命為鎮北將軍防魏。備敗，乃降魏。魏文帝任為鎮南將軍，封育陽侯，加侍中，遷車騎將軍，卒於任。❷秉心淵塞　《詩・鄘・定之方中》：「匪直也人，秉心塞淵。」疏：「秉操其心，能誠實且復深遠。」秉心，存心；持心。淵塞，即「塞淵」。誠實深遠。❸一人　指君子。❹不造　處身失所。此指為鎮北將軍時，劉備兵敗，歸路被阻事。❺假翮　此指降魏事。假，借。翮，鳥翼。❻進能徽音　劉備伐吳，權諫曰：「吳人悍戰，又水軍順流，進易退難，臣請為先驅以嘗寇，陛下宜為後鎮。」徽音，善言。❼退不失德　指黃權不得已降魏而志常在蜀。《三國志・蜀書・黃權傳》載，權初降魏，魏文帝稱其舍逆效順，權對曰：「臣過受劉主殊遇，降吳不可，還蜀無路，是以歸命。且敗軍之將，免死為幸，何古人之可慕也？」「及先主薨問至，魏群臣咸賀而權獨否。」

【語譯】黃權恬靜通達，持心深遠誠實。敬愛這君主一人，面對危難而不疑惑。從前出現了困境，只好暫時依附鄰國。進用能進獻善言，退處也不忘舊德。

六合紛紜，民心將變。鳥擇高梧，臣須顧眄❶。公瑾❷英達，朗心獨見。披草求君❸，定交一面❹。桓桓❺魏武，外託霸迹。志掩衡霍❻，恃戰忘敵。卓卓若人，曜奇赤壁。三光❼參❽分，宇宙暫隔。

【章　旨】本段讚美周瑜。

【注　釋】❶須顧眄　須，等待。顧眄，看。此指任用。❷公瑾　周瑜字，見前注。❸披草求君　《三國志・吳書・周瑜傳》：「術欲以瑜為將，瑜觀術終無所成，故求為居巢長，欲假途東歸，術聽之。遂自居巢還吳。策親自迎瑜，授建威中郎將。」披草，《文選》張銑注：「謂自草澤而求明君也。」❹定交一面　又〈周瑜傳〉：「堅子策與瑜同年，獨相友善，瑜推道南大宅以舍策，升堂拜母，有無通共。」❺桓桓　威武貌。❻衡霍　衡山、霍山。衡山在今湖南衡山。霍山在今安徽霍山，即天柱山。皆南方名山。此代指南方。❼三光　指日、月、星。此借指曹、劉、孫三家。❽參　通「三」。

【語　譯】天下混亂動盪，民心將要變換。鳥兒選擇高大的梧桐，臣下等待君主的顧盼。周瑜英明通達，明亮的心思獨具卓見。走出草澤尋找君主，與孫策一見就定下友誼。耀武揚威的曹操，外表假託霸主的足跡。一心想要奪取江南，憑仗武力而忘了大敵。英勇特出的這個人啊，顯示他的奇才就在赤壁。曹劉孫三家三分天下，天下就出現了暫時的分裂。

子布擅名，遭世方擾。撫翼桑梓❶，息肩江表❷。王略威夷❸，吳魏同寶❹。遂獻宏謨，匡此霸道。桓王❺之薨，大業未純。把臂託孤❻，惟賢與親。輟哭止哀，臨難忘身。成此南面❼，實由老臣。

【章　旨】本段讚美張昭。

【注　釋】❶撫翼桑梓　《三國志・吳書・張昭傳》載：「弱冠察孝廉，不就」；「刺史陶謙舉茂才，不應」。撫翼，猶掩翼，如鳥之斂翼棲止。桑梓，代指故鄉。❷息肩江表　又〈張昭傳〉載：「漢末大亂，徐方士民多避難揚土，昭皆南渡江。」息肩，以擔負比喻棲身。江表，指長江以南地區。❸王略威夷　王略指東漢王朝的統治。略，治理；經略。威夷，險阻。❹吳魏同寶　又〈張昭傳〉：「昭每得北方士大夫書疏，專歸美於昭。昭欲嘿而不宣則懼有私，宣之則非宜，進退不安。策聞之，歡笑曰：『今子布賢，我能用之，其功名獨不在我乎？』」❺桓王　指孫策。孫權稱帝後，追諡策為長沙桓王。❻託孤　指孫策臨亡，以弟權託昭事。❼南面　指孫權稱帝事。

【語　譯】張昭據有大的名望，碰上時代正值擾亂。就收斂翅膀棲息鄉里，又逃往江南棲身避患。東漢的統治困難重重，吳國魏國都視為重寶。他就獻出宏大的計謀，糾正這稱霸的世道。孫策臨死的時候，霸業尚未完成。握著手臂託付遺孤，只有他是賢俊與親朋。停止哭泣制止悲哀，面對危難忘了自身。孫權成就稱帝的事業，實在是由於這位老臣。

才為世出，世亦須才。得而能任，貴在無猜。昂昂子敬❶，拔跡草萊。荷檐吐奇❷，乃構雲臺❸。

【章　旨】本段讚美魯肅。

【注　釋】❶昂昂子敬　昂昂，志行高超貌。子敬，魯肅（西元一七二—二一七年）字，臨淮東城（今安徽定遠東南）人。周瑜薦之孫權，甚受敬重。任贊軍校尉，助周瑜破曹軍於赤壁。周瑜亡，任奮武校尉，升偏將軍，代領其兵。破皖城，轉橫江將軍。❷荷檐吐奇　《三國志・吳書・魯肅傳》載，魯肅曾建議孫權：「竟長江所極，據而有之，然後建號帝王以圖天下。」赤壁之戰前，力主聯合劉備，抗拒曹操。孫權稱帝時，顧調公卿曰：「昔魯子敬嘗道此，可謂明於事勢矣。」吐奇，指獻奇策。❸雲臺　高聳入雲的臺閣。此比喻帝業。

【語　譯】人才是為時代而產生，時代也在等待人才。得到人才而能任用，貴在信任而無嫌猜。志行傑出的魯肅，從農村荒野顯現出來。承擔大任獻出奇策，就成就了孫權帝業的階臺。

子瑜都長❶，體性純懿❷。諫而不犯❸，正而不毅。將命公庭，退忘私位❹。豈無鶺鴒❺？固慎名器❻。

【章旨】本段讚美諸葛瑾。

【注釋】❶子瑜都長　子瑜，諸葛瑾（西元一七四—二四一年）字，琅琊陽都（今山東沂南南）人，諸葛亮之兄。初為長史，轉中司馬，以綏南將軍代呂蒙領南郡太守，遷左將軍，拜大將軍，領豫州牧。都長，貌美而身材高大。❷純懿　高尚完美。❸諫而不犯　《三國志・吳書・諸葛瑾傳》：「與權談說諫喻，未嘗切愕，微見風彩，粗陳指歸，如有未合，則捨而及他，徐復託事造端，以物類相求，於是權意往往而釋。」❹將命二句　又〈諸葛瑾傳〉：「建安二十年，權遣瑾使蜀通好劉備，與其弟亮俱公會相見，退無私面。」❺鶺鴒　鳥名。《詩・小雅・常棣》：「脊令（即鶺鴒）在原，兄弟急難。」後遂以鶺鴒喻兄弟。❻名器　指表示等級的稱號和車服儀制。

【語譯】諸葛瑾美好長大，本性完美高潔。進諫而不冒犯，正直而不酷烈。帶著使命在公庭相見，公事完畢就不私下探問。難道沒有兄弟之情？本就應小心對待官職名分。

伯言蹇蹇❶，以道佐世。出能勤功❷，入能獻替❸。謀寧社稷，解紛挫銳。正以招疑，忠而獲戾❹。

【章旨】本段讚美陸遜。

【注釋】❶伯言蹇蹇　伯言，陸遜（西元一八三—二四五年）字，吳郡吳縣（今江蘇蘇州）人。善謀略，掌吳國兵權。曾與呂蒙共謀襲取荊州，敗劉備於猇亭，破曹休於石亭。任荊州牧，官至丞相。孫權欲廢太子，屢諫不聽，憂憤而死。蹇蹇，通「謇謇」。忠直貌。❷出能勤功　言出為將帥，能盡力於職事而有功。❸獻替　「獻可替否」略語。進獻可行的，除去不可行的。遜雖身在外，乃心於國，多有諫諍，如諫峻法嚴刑，諫征夷州及朱崖，諫征公孫淵等。❹忠而獲戾　孫權欲廢太子，遜書三四上，權不聽，累遣中使責讓遜，遜憤恚致卒。戾，罪過。

【語　譯】陸遜忠貞正直，採用正道來輔佐時世。率兵出征能勤勉建功，入朝任職能獻可替否。一心想著安定國家，解救紛亂而挫敗強暴。正直卻招致了懷疑，忠貞卻得到了罪過。

元歎穆遠❶，神和形檢。如彼白圭❷，質無塵玷。立行以恆，匡上以漸❸。清不增絜❹，濁不加染。

【章　旨】本段讚美顧雍。

【注　釋】❶元歎穆遠　元歎，顧雍（西元一六八—二四三年）字，吳郡吳縣（今江蘇蘇州）人。孫權為吳王，他任大理奉常，領尚書令。後改太常，代孫邵為丞相，平尚書事，執政凡十九年。穆遠，沉靜深遠。❷白圭　白玉。❸立行二句　《三國志・吳書・顧雍傳》：「代孫邵為丞相，平尚書事。其所選用文武將吏各隨能所任，心無適莫。時訪逮民間，及政職所宜，輒密以聞。若見納用，則歸之於上，不用，終不宣泄。權以此重之。然於公朝有所陳及，辭色雖順而所執者正。」❹絜　同「潔」。

【語　譯】顧雍沉靜深遠，神理清和而形貌嚴整。如同那潔白的美玉，質地純潔而無塵雜斑點。立身行事而能持之以恆，匡諫君主能慢慢規勸。洗滌它不會增加潔白，弄髒它不會更加汙染。

仲翔❶高亮，性不和物❷。好是不群，折而不屈。屢摧逆鱗❸，直道受黜❹。歎過孫陽❺，放同賈屈❻。

【章 旨】本段讚美虞翻。

【注 釋】❶仲翔 虞翻（西元一六四—二三三年）字，會稽餘姚（今浙江餘姚西北）人。孫權授騎都尉，常犯顏直諫，徙至交州。從此專事學術，門徒常數百人。曾為《易》、《老子》、《論語》、《國語》作注。❷性不和物 《三國志・吳書・虞翻傳》：「又性不協俗，多見謗毀。」❸屢摧逆鱗 又〈虞翻傳〉：「翻數犯顏諫爭，權不能悅。」摧逆鱗，謂觸人君之怒。《韓非子・說難》：「夫龍之為虫也，柔可狎而騎也。然其喉下有逆鱗徑尺，若人有嬰之者，則必殺人。」❹直道受黜 又〈虞翻傳〉：「翻性疏直，數有酒失。權與張昭論及神仙，翻指昭曰：『彼皆死人，而語神仙，世豈有仙人邪？』權積怒非一，遂徙翻交州。」❺歎過孫陽 《孔叢子・對魏王》：「子高謂魏王曰：『駑驥同轅，伯樂為之咨嗟。』」孫陽，即伯樂。❻賈屈 賈誼與屈原。

【語 譯】虞翻高風亮節，本性拙傲不能與人和睦共處。喜歡自是而不能合群，即使受挫也不屈服。屢次觸犯君主的逆鱗，正直之道受到了貶黜。嘆息超過了伯樂，流放可與賈誼、屈原為伍。

詵詵❶眾賢，千載一遇。整轡高衢，驤❷首天路。仰挹玄流❸，俯弘時務。名節殊塗，雅志同趣。日月麗❹天，瞻之不墜。仁義在躬，用之不匱。尚想遐風❺，載挹載味。後生擊節，懦夫增氣。

【章 旨】本段總結，讚嘆眾賢令人景慕。

【注 釋】❶詵詵 眾多貌。❷驤 舉；昂。❸挹玄流 挹，酌取。玄流，指皇帝的恩澤。❹麗 附著。《易・離卦》：「日月麗乎天。」❺尚想四句 《文選》呂向注：「言庶幾想眾賢之遠風也，則挹其德，味其道，乃使後生之賢擊其節操，懦弱之夫亦增其壯氣也。」按：擊節指拍節以表示激賞。

【語 譯】這眾多的賢才，一千年才能遇到一次。在康莊大道上放馬馳騁，在帝王的指引下昂首闊步。向上酌取皇帝的恩澤，向下弘揚時代的事務。他們的名望節操雖道路不同，而高尚的志行卻是一樣的趣味。如同日月附著在天空，抬頭觀看卻不落墜。仁愛正義掌握在身，使用它就無窮無盡。想像他們高遠的風範，就一邊舀取一邊品味。後生的賢者擊節嘆賞，儒弱的人也增加勇氣。

【研 析】這是一篇駢體文。駢體文是與古文相對立的一種文體。它的基本特點是句數成偶，相並列的兩句大體要求對仗。它整齊工巧，對稱均勻，是一種規範化、格律化了的文體，與不受形式約束的自由抒寫的古文，風格是完全不同的。本篇不但序是駢體，贊亦多對偶工穩的駢句。這在《古文辭類纂》這部古文選本中，是具有獨特風格的一篇文章。不過，本篇出現在駢文發展的初期。這時的駢文雖以偶句為主，但亦夾有不少散句；雖講求對仗，但還不要求工整。它大抵是以古文的氣勢來運用駢偶，是介於古文與駢文之間的一種文章，與後來的四六文又迥異其趣。這大概就是姚鼐這位古文家一度選入的原因。

子產不毀鄉校頌

韓退之

【題 解】子產不毀鄉校，事見《左傳・襄公三十一年》。子產，即公孫僑，春秋時鄭國人。在鄭國執政二十餘年，整理田間溝洫，開放輿論，使處於晉、楚之間的鄭國獲得安定，且受到各國尊重。鄉校，鄉間公共場所，既是學校，又是鄉人聚會議事的地方。本篇當作於貞元十五年，頌揚子產為政重視輿論監督，不壓制輿論而獨斷專行。古人為政也認識到「防民之口，甚於防川」，主張實行言論自由。子產就認識到「大決所犯，傷人必多，吾不能救也。不如小決使道，吾聞而藥之也」。韓愈是一位關心國家命運和民生疾苦的作家。但他幾次向統治者進言，均遭貶斥。因此，韓愈深感開放輿論自由的必要。他寫這篇頌就是讚頌子產這種輿論自由。他希望統治者能像子產一樣接受輿論監督，能使大家獻可替否，以改良政治。沈伯經曰：「頌古人，儆時相也。」這就是韓愈寫這篇頌的目的。

我思古人，伊鄭❶之僑❷。以禮相國，人未安其教❸。遊於鄉之校，眾口囂囂❹。或謂子產，毀鄉校則止。曰：「何患焉？可以成美。夫豈多言，亦各其志❺。善也吾行，不善吾避。維善維否❻，我於此視。川不可防，言不可弭❼。下塞上聾，邦其傾矣。」既鄉校不毀，而鄭國以理❽。

【章　旨】本段敘述子產因不毀鄉校而使鄭國得到治理。

【注　釋】❶鄭　春秋時國名，在東周畿內，都新鄭（今河南新鄭）。❷僑　即子產。子國之子，以國為氏，稱國僑。鄭穆公之孫，又稱公孫僑。❸以禮二句　《左傳・襄公三十年》：「子產使都鄙有章，上下有服，田有封洫，廬井有伍。從政一年，輿人誦之曰：『取我衣冠而褚之，取我田疇而伍之，孰殺子產，吾其與之。』」相，輔助；治理。❹囂囂　喧譁聲。❺各其志　各言其志之意。❻否　惡。❼弭　止。❽理　治。

【語　譯】我想念的古人，就是那鄭國的公孫僑。他按規章制度治理鄭國，鄭國人起初卻不安於他的政教。在鄉校裡交遊集會，你言我語一片喧鬧。有人就告訴子產，毀掉它就可以制止。子產說：「這有何妨礙？它可以成人之美。他們哪裡是多嘴多舌，只不過是表述他們的意見而已。說我做得好的，我就繼續實行，說不好的，我就改正回避。我做得好還是不好，我就根據他們的意見檢查對比。大河不能用堤壩堵塞，言論不可用強力制止。下面的意見被堵塞，上面的人就會耳聾，國家就可能顛覆傾圮。」既然沒有毀掉鄉校，鄭國就因此得到治理。

在周之興，養老乞言❶。及其已衰，謗者使監❷。成敗之迹，昭哉可觀。維是子產，執政之式❸。維其不遇，化止一國。誠率是道，相天下君。交暢旁達，施及無垠❹。於虖四海所以不理，有君無臣。誰其嗣之❺？我思古人。

【章　旨】本段讚頌子產重視輿論監督是「執政之式」，表示對他的仰慕。

【注　釋】❶在周二句　周，周王朝。《詩・大雅・行葦》序：「周家忠厚，仁及草木，故能內睦九族，外尊黃耇，養老乞言，以成其福祿焉。」言周王朝興盛之時，曾奉養一些有聲望的老者，向他們咨詢治國之策。❷及其二句　《國語・周語》載，周厲王暴虐無道，國人謗王。王怒，得衛巫，以告，則殺之。國人莫敢言，道路以目。三年，乃流王於彘。❸式　法式；榜樣。❹垠　邊際；界限。❺誰其嗣之　《左傳・襄公三十年》：子產執政三年，輿人「又誦之曰：『我有子弟，子產誨之；我有田疇，子產殖之。子產而死，誰其嗣之？』」

【語　譯】在周王朝興盛的時候，奉養老者請他們發言論治。等到它已經衰敗，就對議論朝政的人實行監視。成功和失敗的蹤跡，明明白白向人昭示。只有這位子產，是執掌政權者的法式。只是他沒碰上好的時代，他的教化只局限在鄭國而已。假如能遵循這個辦法，輔佐天下的君王。交流通暢普遍達到，施行到廣闊無邊的四方。哎呀！天下不能治理的原因，就是只有君主而沒有賢臣。誰能繼承子產的事業？我不由得想起了這位古人。

【研　析】從《詩經》開始，頌本來就有兩種形式：一種是無韻，形似散文；一種是有韻，形似詩歌。無韻而似散文者，可以議論開闔，自由抒寫，如漢王褒的〈聖主得賢臣頌〉之類，自不待言。而有韻似詩歌者，則多為整齊的四言詩句，如揚雄的〈趙充國頌〉之類。本篇頌卻介乎二者之間。行文全用散文的筆法，敘事議論，跌宕起伏，純似散文。卻又有韻，而且是隔句用韻，又顯得比較整齊，不似散文之長短隨宜。這就是韓愈對這種文體的改造、發展。吳汝綸曰：「縱橫跌宕，使人忘其為有韻之文。」

伊尹五就桀贊

柳子厚

【題解】伊尹，商湯王賢臣，佐湯滅桀，建立商朝。在他佐湯伐桀之前，孟子曾說「五就湯，五就桀」（《孟子・告子下》）。趙岐注說他是「思濟民，冀得施行其道也」。柳宗元在本篇裡，除了說「桀雖不仁，朝吾從而暮得及於天下可也」之外，也不過說伊尹是「心乎生民而已」，沒有甚麼新見。那柳宗元為何要寫這篇贊呢？蘇軾說是「宗元意欲自解其從王叔文之罪也」（《東坡文集》六十二）。柳宗元坐王叔文黨，貶斥永州，鬱鬱不得志。他雖不敢為王叔文開脫，但他認為他從王叔文是「惟以忠正信義為志，以興堯舜孔子之道，安利元元為務」，亦如伊尹之「五就桀」，那不是他的過錯。吳汝綸曰：「此子厚解嘲之作，然非強顏作高語，其所自負故如此也。」這的確表現了柳宗元傲岸不馴的倔強性格和濟世救民的博大胸懷。

伊尹五就桀。或疑曰：湯之仁聞且見矣，桀之不仁聞且見矣，夫胡去就之亟也？柳子曰：惡！是吾所以見伊尹之大者也。彼伊尹，聖人也。聖人出於天下，不夏商其心，心乎生民而已。曰：孰能由❶吾言？由吾言者為堯舜，而吾生人堯舜人矣。退而思曰：湯誠仁，其功遲；桀誠不仁，朝吾從而暮及於天下可也。於是就桀。桀果不可得，反而從湯。既而又思曰：尚可十一乎使斯人蚤❷被其澤也。又往就桀。桀不可，而又從湯。以至於百一千一萬一，卒不可，乃相湯伐桀，俾❸湯為堯舜，而人為堯舜之人。是吾所以見伊尹之大者也。仁至於湯矣，四去之；

不仁至於桀矣，五就之。大人之欲速其功如此。不然，湯桀之辨，一恆人❹盡之矣，又奚以憧憧❺聖人之足觀乎？吾觀聖人之急生人，莫若伊尹。伊尹之大，莫若於五就桀。作〈伊尹五就桀贊〉。

【章旨】本段是序，說明伊尹「五就桀」是「欲速其功」。

【注釋】❶由　用。❷蚤　通「早」。❸俾　使。❹恆人　常人；普通人。❺憧憧　意不定貌。

【語譯】伊尹五次投靠夏桀王。有人懷疑說：商湯王的仁德聽到了而且看到了，夏桀王的不仁德聽到了而且看到了，為什麼離去和投靠變化得這樣快呢？柳先生說：啊！這正是我看到的伊尹偉大的地方。那伊尹是聖人。聖人出現，對於天下心裡並不區分什麼夏朝、商朝，心裡只是想著百姓罷了。說：誰能採用我的話？採用我的話的人就可成為堯舜那樣的聖君，百姓就是堯舜那種聖君的百姓了。反過來又想了一下說：商湯王的確是仁德，但跟定他，功效就要慢；夏桀王的確不仁德，早晨我跟從他，到晚上功德就遍及天下都是可以的。於是就去投靠夏桀王。夏桀王果然不可信任，就反回來跟從商湯王。不久又想了一想說：或許還有十分之一的希望使百姓早一點得到恩澤吧！就又去投靠夏桀王。夏桀王不可信任，就又跟從商湯王。一直到百分之一、千分之一、萬分之一的希望，最後終於不可信任，就輔佐商湯王伐滅夏桀王，使商湯王成為堯舜那樣的聖君，百姓也成為堯舜那樣的聖君的百姓。這就是我所看到的伊尹偉大的地方。仁愛到了商湯王那種程度，卻四次離他而去；不仁德到了夏桀王那種狀況，卻五次去投靠他。偉大人物的想要加快他們的功德普及到了這個樣子！不是這樣的話，商湯王、夏桀王的分辨，一個普通人就完全可以做到了，又憑什麼對這種主意不定的聖人有值得稱頌的呢？我看聖人急於拯救百姓，沒有誰像伊尹一樣。伊尹的偉大，沒有什麼像五就桀一樣。我就寫了這篇〈伊尹五就桀贊〉。

聖有伊尹，思德於民，往歸湯之仁。曰仁則仁矣，非久不親。退思其速之道，宜夏是因。就焉不可，復反亳殷❶。猶不忍其遲，亟往以觀。庶狂作聖❷，一日勝殘❸。至千萬冀❹一，卒無其端。五往不疲，其心乃安。遂升自陑❺，黜桀尊湯，遺❻民以完。

【章　旨】本段揭示伊尹「五就桀」的原因是「思其速」。

【注　釋】❶亳殷　指商朝。因商湯王都亳（今河南偃師），後盤庚遷於殷（今河南安陽），故以「亳殷」代指商。❷庶狂作聖　調或許可使狂人變成聖明之人。《尚書・多方》：「惟狂克念作聖。」❸勝殘　《論語・子路》：「善人為邦百年，亦可以勝殘去殺矣。」《集解》引王肅曰：「勝殘暴之人使不為惡也。」❹冀　希望。❺升自陑　《尚書・序》曰：「伊尹相湯伐桀，升自陑，戰於鳴條之野。」陑，地名，在今山西永濟南。❻遺　給與。《後漢書・龐公傳》：「龐公曰：『世人皆遺之以危，今獨遺之安；雖所遺不同，未為無所遺也。』」

【語　譯】聖人有個伊尹，想著施恩德於人民，就去投奔商湯王的慈仁。說：商湯王慈仁是慈仁了，但沒有長時間就不能推行。反回來想一想加快的辦法，應該去依靠夏朝的明君。投靠他不可信賴，反回到商王的手下為臣。還是不忍心它的遲緩，急忙又去察看瞻觀。希望狂人變成聖人，一天時間就能戰勝兇殘。以至千分萬分裡存一分希望，終於見不到成功的開端。五次往返都不辭疲弊，這樣才覺得心安。就從陑地登車啟程，廢黜夏桀而推崇商湯，使百姓得到保全。

大人無形，與道為偶❶。道之為大，為人父母❷。大矣伊尹，惟聖之首。既得其仁，猶病其久。恆人所疑，我之所大。嗚呼遠哉，志❸以為誨。

【章旨】本段讚頌伊尹「五就桀」的偉大用心。

【注釋】❶大人二句 《淮南子・原道訓》：「夫道者，覆天載地，廓四方，拆八極；高不可際，深不可測；包裹天地，稟授無形。」偶，相對。❷父母 這裡借指「君主」，「主宰」。❸志 通「誌」。記載；記住。

【語譯】大人的行為沒有固定的形跡，只與道相對偶。道的偉大，是人類的主宰。偉大啊伊尹，聖人要以他為首。既具有仁愛之心，還擔心實現的時間太久。普通人疑惑不解，我卻認為非常偉大。哎呀！深遠莫測啊！記住它作為教誨。

【研析】柳宗元也是一位著名的散文大家。本篇雖是一篇小文章，卻同樣顯現出柳文的特色。如序，他不就伊尹「五就桀」的意義著筆，而是深入發掘伊尹「五就桀」的思想動機，這樣來為他依附王叔文辯護，立論很新穎，用心亦實良苦。贊亦與一般的贊不同。它雖然有韻，卻純用散文的筆法來寫，使之似散文，又似韻文。而且敘事議論，簡潔精到，如枯枝挺立寒空，與韓文之排盪開闔，枝葉紛披者又不相同。高步瀛曰：「序意態奡岸，贊筆意縱橫，而句句遏抑之，使人忘其為有韻之文。」確實深得柳文筆法。

韓幹畫馬贊

蘇子瞻

【題解】韓幹，唐玄宗時畫家，大梁（今河南開封）人，一說長安（故城在今西安西北）人。官至大府寺丞。以善畫馬著稱。本篇讚韓幹的畫馬。畫中的四匹馬站立水邊，灑脫自然，各具神態。蘇軾由此聯想起古代民歌「滄浪之水清兮，可以濯我纓」的詩句，進而想到賢士大夫臨流濯纓，自由自在，無所追求的高潔品性，並表示對這種「聊以卒歲而無營」的生活的嚮往與追求，表現出蘇軾要求擺脫羈絆，嚮往遠引瀟灑生活的願望與欲求。所以題雖為讚畫馬，實際是在讚美他所嚮往的一種生活方式。沈伯經曰：「宛然自為寫照。」這就正是本篇的可貴所在。

韓幹之馬四，其一在陸，驤首奮鬣❶，若有所望，頓足而長鳴。其一欲涉，尻❷高首下，擇所由濟，跼蹐❸而未成。其二在水，前者反顧，若以鼻語，後者不應，欲飲而留行。

【章旨】本段讚韓幹的畫馬，生動形象，宛然在目。

【注釋】❶驤首奮鬣　驤首，昂首。馬抬起頭。奮鬣，震動鬃毛。鬣，馬頸領上的毛。❷尻　臀部。馬的後部。❸跼蹐　曲身小步行走。形容行動小心戒懼之貌。

【語譯】韓幹畫的馬有四匹，有一匹在陸地，昂起馬頭，顫動鬃毛，好像在觀望什麼，頓著足在長聲嘶鳴。有一匹想要渡過水去，臀部高翹，頭低向下，正在選擇渡過的地方，小心翼翼地曲身小步，還未正式啟程。有兩匹站在水裡，前面的回頭望著，好像在用鼻子說什麼，後面的並不回答，想要喝水，站著還未前行。

以為廄馬❶也，則前無羈絡❷，後無箠策❸；以為野馬也，則隅目❹聳耳，豐臆❺細尾，皆中度程❻。蕭然❼如賢大夫、貴公子相與解帶脫帽，臨水而濯纓❽。遂欲高舉遠引❾，友麋鹿而終天年，則不可得矣。蓋優哉游哉，聊以卒歲❿而無營⓫。

【章　旨】本段讚美那種瀟灑脫俗的自由自在的生活方式。

【注　釋】❶廄馬　餵養在馬棚裡的馬。廄，馬棚。❷羈絡　馬籠頭。❸箠策　馬鞭。❹隅目　眼有棱角，為勇猛良馬的特徵。杜甫〈驄馬行〉：「隅目青熒夾懸鏡。」❺豐臆　豐滿的胸脯。❻中度程　合乎標準。❼蕭然　灑脫貌。❽濯纓　洗滌繫冠的帶子。《楚辭・漁父》：「滄浪之水清兮，可以濯我纓。滄浪之水濁兮，可以濯我足。」濯纓，表示行為高潔。纓，冠之繫帶。❾高舉遠引　高高地昂起頭，注視遠方。表示清高孤傲，脫離塵俗。❿優哉游哉二句　見《左傳・襄公二十一年》。表示從容不迫，閒適自得地度過時光。⓫營　營求。此處指對功名富貴的追求。

【語　譯】你以為是馬棚裡飼養的馬吧，牠們卻前面沒有馬絡頭羈絆，後面沒有馬鞭子驅趕；你以為是無人飼養的野馬吧，卻又眼有棱角，兩耳高聳，胸脯豐滿，尾巴細長，完全符合良馬的準繩。瀟灑脫俗如賢士大夫、貴介公子一道解開衣帶，脫去帽子，靠近水流在洗滌他們的冠纓。於是我也想舉頭遠望，脫離塵俗，與麋鹿為友來享受完自然的壽命，卻是難以做到了。大概就這樣悠閒自得地度過時日而不去求利求名。

【研　析】本篇不僅寄寓深刻，表現了蘇軾超脫塵俗的品性，而且富有抒情詩的意味，在寫法上也別具一格。它不似傳統的贊一樣採用四言，也不似韓柳的贊一樣採用散文的行文，而是用寫文賦的筆法來寫贊。全篇有韻，屬韻文；但用韻卻稀疏錯落，似韻似散，無規律可尋。全篇不敘不議，純用賦的鋪陳手法，描繪出畫馬的自然形態和賢大夫、貴公子的瀟灑性格。試一讀他的前後〈赤壁賦〉，其行文何其相似乃爾。王文濡曰：「文亦高舉遠引，灑脫可喜。」這就說明蘇軾完全擺脫了前人的窠臼，而別出心裁地自創一格。文貴獨創，本篇即是如此。

文與可飛白贊

蘇子瞻

【題解】文與可，名同，字與可，梓州梓潼（今四川梓潼）人。初舉進士，官至知湖州。善詩、文、篆、隸、行、草、飛白。尤擅長畫墨竹。飛白，漢字書體之一，筆畫露白，似枯筆所寫。相傳為東漢末蔡邕所創。本篇作於宋神宗元豐三年（西元一〇八〇年）正月。文同與蘇軾相友善。元豐二年，文同沒於陳州，蘇軾作此贊時，文同去世尚未滿一年。故贊中不僅對文與可的飛白書作了熱烈的讚頌，尤其對文與可的病逝表示了沉痛的哀悼。它是贊辭，也是挽辭，表現了蘇軾和文與可的深厚友誼以及蘇軾篤於友情的深厚情懷。

嗚呼哀哉，與可！豈其多好，好奇也與？抑其不試故藝❶也？始予見其詩與文，又得見其行草篆隸❷也，以為止此矣。既沒一年，而復見其飛白。

【章旨】本段從文與可的詩文書法中特別提出飛白。

【注釋】❶不試故藝 《論語・子罕》：「子云：『吾不試，故藝。』」試，謂施行於政事。藝，多才多藝，謂才能很多。
❷行草篆隸 行書、草書、篆書、隸書，皆漢字書體。

【語譯】啊呀，可傷痛呀！與可！難道是你的愛好多，愛好奇特呢？還是你官運不好，所以多才多藝呢？開始我看到你的詩歌與文章，後來又看到你的行書、草書、篆書、隸書，認為你的才能到此為止了。你死了一年之後，卻又看到你的飛白。

美哉多乎，其盡萬物之態也。霏霏❶乎其若輕雲之蔽月，翻翻❷乎其若長風之卷旆❸也。猗猗❹乎其若遊絲之縈柳絮，褭褭❺乎其若流水之舞荇❻帶也。離離❼乎其遠而相屬❽，縮縮❾乎其近而不隘❿也。

【章　旨】本段用博喻的鋪陳手法描繪文與可飛白的藝術特色。

【注　釋】❶霏霏　紛飛貌。❷翻翻　飛動貌。❸旆　旗幟的通稱。❹猗猗　美盛貌。❺褭褭　搖曳貌。褭，「裊」的異體字。❻荇　荇菜，水生植物，嫩時可食，多長於湖塘中。❼離離　分披貌。❽屬　連接；連綴。❾縮縮　收斂貌。❿隘　狹窄。此指緊挨在一起。

【語　譯】美啊多呢，它描繪出各種事物的形態。紛紜飛揚啊如同浮雲遮蔽明月，飄動翻飛啊如同大風吹拂旌旆。美妙輕盈啊如同搖曳蛛絲纏繞住飄飛的柳絮，隨波搖曳啊如同流水飄動荇菜的葉帶。分散披拂啊遠隔而又相連綴，緊挨聚攏啊靠近而又不擁擠狹隘。

其工至於如此，而余乃今知之，則余之知與可者固無幾，而其所不知者，蓋不可勝❶計也。嗚呼哀哉！

【章　旨】本段對文與可的藝術才能及其去世深表讚嘆與哀悼。

【注　釋】❶勝　盡。

【語　譯】它的精美到了如此程度，可是我到現在才知道，那麼我了解與可的東西本來不多，而我不了解的東西，大概是數也數不盡的了。啊哎，可傷痛啊！

【研　析】本篇在藝術上更像抒情詩，更像抒情的文賦。全篇以唱嘆出之，好像在怨恨自己對文與可的藝術天才了解不深，卻更突出了蘇軾對文與可友情的深厚。尤其中間一段，採用博喻的修辭手法，連用多個比喻來鋪敘文與可飛白書的藝術特色，生動形象，意態盡出，更與詩賦相近。用韻亦更自然，隨文點綴，不仔細體味，還會以為它是無韻的散文呢！大匠雕琢，難以揣摩，信哉！

辭賦類

文體介紹

辭賦是我國古代兩種性質相近而又不完全相同的文體。它們既有聯繫，又有區別。研究辭賦首先要弄清它們的含義及二者的關係。

辭是我國古代一種文體的名稱。它產生於戰國中期的楚國，是偉大愛國詩人屈原在楚地民歌的基礎上加工改造而成的。因它具有鮮明的楚地特色，故又名之曰「楚辭」。又因〈離騷〉是其代表作，最能體現這種文體的特色，故又名之曰「騷」。又因屈原作品與後來的賦有淵源關係，同時又是賦之一體，故又稱之為賦，屈原作品亦稱「屈賦」。

這種文體何以名之曰辭？其實，辭為詞的假借字。《說文》云：「詞，意內而言外也，從司言。」段玉裁注云：「此謂描摹物狀及發聲語助之文字也。」據此知辭是一種描摹物狀以表達情意的文體，它是由意主於內而言發於外而得名的。這種文體自先秦產生之後，歷代都有人用以寫作，如本書中姚鼐就選有漢武帝〈秋風辭〉、〈瓠子歌〉，晉陶淵明〈歸去來辭〉。這種文體在先秦即已定型，後來最多也只是偶爾省去「兮」字，而其基本句式、基本風格是沒有多大變化的。

賦也是我國古代一種文體。其基本特徵是有韻，屬於韻文一類。這種文體之所以名之曰賦，它概括了這種文體的兩個基本特點。其一為「不歌而誦謂之賦」（班固《漢書・藝文志》）。賦這個詞本有誦的意義。賦即由春秋時期外交場合賦詩言志的活動演變而來。據《左傳》記載，賦詩言志，所賦之詩多為古詩，也有自作詩。這種詩不入樂，只能誦而不能歌，與可以弦、歌、誦、舞的古詩不同，故不名之曰詩而名之曰賦。賦就由一種表演詩的形式演變為一種文體的名稱。賦的這個界定，後來隨著不入樂的徒詩的出現而日益隱晦，但在命名之初，含義是非常明確的。其一為「賦者鋪也，鋪采摛文，體物寫志也」（《文心雕龍・詮賦》）。賦這個詞本有鋪陳、鋪佈之義。賦這種文體就以鋪陳描寫為其基本特徵。與詩相較，詩尚含蓄精煉，賦尚鋪排宏麗。「賦」正概括了這種文體在寫作方面的特點。概括起來說，賦是一種不入樂歌唱而以吟誦為表達形式，並用鋪陳手法極力鋪張描寫的文體。劉熙載《藝概》說：「賦別於詩者，詩辭情少而聲情多，賦聲情少而辭情多。」又說：「樂章無非詩，詩不皆樂；賦無非詩，詩不皆賦。故樂章，詩之宮商者也；賦，詩之鋪張者也。」這就準確地指出了賦這種文體的特點。

賦是這種文體的一個總的類概念。它的基本形有三大類，每一類又各有自己發展演變的歷史。

㈠詩體賦。這種賦是由「詩」三百篇演變而來，句式與《詩經》一樣為四言，最初帶有「兮」字，如屈原〈橘頌〉。後來大都不用「兮」字，如揚雄〈酒賦〉（姚鼐據《漢書》題作〈酒箴〉而收入「箴銘」類）。隨著五、七言詩的出現，賦也出現過五、七言賦。此非詩體賦之正格，故姚鼐不選。但詩體賦的基本句式是四言，變化是不大的。

㈡騷體賦。這種賦是由楚歌演變而來，即前所述之「辭」或「騷」。騷體賦為辭賦中最有影響的部分。本書所錄除屈原〈離騷〉、〈九章〉、〈遠遊〉，宋玉〈九辯〉外，如賈誼〈惜誓〉、〈鵩鳥賦〉，淮南小山〈招隱士〉，司馬相如〈哀二世賦〉、〈大人賦〉、〈長門賦〉，揚雄〈反離騷〉，張衡〈思玄賦〉等皆為騷體賦。

㈢散體賦。這種賦是由諸子問答體和游士說辭演變而來，而上古書如《周易》、《尚書》中的偶詞韻語即其濫觴。這種賦在結構上的特點是「述客主以首引，極聲貌以窮文」（《文心雕龍・詮賦》），即用客主問答的虛構故事以引入描寫。描寫則極聲極貌，鋪張揚厲，極盡其誇飾之能事。敘述故事則用散文，描寫則用韻文。

句式不定，少則一、二言，長則八、九言，而以三言、四言、六言為常見。這種賦產生於先秦時期。屈原的〈卜居〉、〈漁父〉即其濫觴，而宋玉的〈風賦〉、〈高唐賦〉、〈神女賦〉、〈登徒子好色賦〉等則已粗具規模。這種賦到漢代得到了極大的發展而出現漢大賦或叫散體大賦、騁辭大賦，而成為漢代文學的代表。如本書選入的司馬相如〈子虛賦〉、〈上林賦〉，揚雄〈甘泉賦〉、〈河東賦〉、〈羽獵賦〉、〈長楊賦〉，班固〈兩都賦〉，張衡〈二京賦〉，皆篇幅巨大，辭彩華麗，氣勢磅礴，最能代表漢代文學的特色。姚鼐突破方苞強調的古文語言必須摒棄「漢賦中板重字法」的門户之見，而將這些賦選入書中，是頗有見地的。隨著語言的駢偶化而於東漢末年出現駢賦。這種駢賦成為魏晉六朝辭賦的主要形式。這種賦雖語言駢偶，但有些賦仍保留著重氣勢重辭彩的特點。如鮑照〈蕪城賦〉，先從盛時極力說入，然後以「出入三代，五百餘載，竟瓜剖而豆分」一句兜轉，又極言今日之衰，兩兩對比，何等奇峭，何等遒勁。收局感慨淋漓，每讀一過，令人蕩氣迴腸，何等有勢。姚鼐突破古文家不喜「魏、晉、六朝藻麗俳語」的偏見，云：「古文不取六朝人，惡其靡也。獨辭賦則晉宋人猶有古人韻格存焉。」故於書中選入張華、潘岳、鮑照等人的作品。這更表現出姚鼐不受古文家偏見的限制而具有的獨特的藝術眼光。到齊梁時期，隨著音韻學的發展，辭賦也受這股風氣的影響，而朝著講求聲律和駢四儷六，隔句作對的方向發展，而出詞彩華美，音韻鏗鏘的駢賦，並出現一些傑出的辭賦作家和作品，如庾信和他的〈哀江南賦〉、〈小園賦〉、〈枯樹賦〉就反映了梁朝興亡的重大歷史事變和庾信羈留北國的鄉關之思，杜甫也稱讚他「暮年詩賦動江關」。姚鼐不選這個時期的作品，還說：「惟齊梁以下，則辭益俳而氣益卑，故不錄耳。」這時期的賦，「辭益俳」則然，「氣益卑」則否。姚鼐如此評價，只不過是古文家的偏見罷了。賦至唐代又在齊梁駢賦的基礎上，發展為要求對偶精切，音韻諧協並且限韻的律賦，並且成為唐宋時期科舉考試的重要科目。這種律賦是文人學士登入仕途的敲門磚，自然難以產生反映重大的社會歷史事件或抒寫個人憤懣情懷的好作品。隨著古文運動的興起，辭賦又重新趨向散文化而出現唐宋文賦。這種賦其體制特點是，語言風格與唐宋古文相似，只是大體有韻，成為所謂「一片之文押幾個韻者」，是賦體的一種帶有進步意義的新發展。如杜牧〈阿房宮賦〉，歐陽修〈秋聲賦〉，蘇軾〈赤壁賦〉等，皆唐宋文賦著名的傑出代表作，姚鼐選入蘇軾的前、後〈赤壁賦〉，表明他對這種賦體的肯定。

㈣不以賦名篇的賦。這類賦包括以下幾種：⑴辭或騷。如屈原的作品叫屈賦。這種賦前已論及。⑵七。「七」在結構上的特點是，用七段文字鋪陳七件事，開始加序曲以敘述緣起，句式韻散結合而以韻文為主。一首七體賦共有八段，借客主問答將各段連綴起來。這種七體創始於枚乘〈七發〉，模仿者紛起，至清代尚未衰歇。因此，「七」成為辭賦的一體。姚鼐即選有此體開創之作，即枚乘〈七發〉，作為嚐一臠而知全味。⑶對問論設。所謂對問，就是採用作者回答客人問難的方式展開描寫議論，構成篇幅。通常是假設客人向作者提出質難，然後作者針對客人的質難進行辯駁或說明。其一難一答者，結構上就構成兩部分；其兩難兩答者就構成四部分。行文全似散文，只是大體有韻而表明它是韻文。這種對問體賦創自屈原〈卜居〉、〈漁父〉。自茲厥後，作者紛起。「自對問以後，東方朔效而廣之，名為〈客難〉，托古慰志，疏而有辨。揚雄〈解嘲〉，雜以諧謔，回環自釋，頗亦為工。班固〈賓戲〉，含懿彩之華；崔駰〈達旨〉，吐典言之裁；張衡〈應間〉，密而兼雅；崔寔〈客譏〉，整而微質；蔡邕〈釋誨〉，體奧而文炳；景純〈客傲〉，情見而采蔚」（《文心雕龍．雜文》）。這種體裁，仿作者至清代不衰，可見其影響之大。本書中，姚鼐選有屈原〈卜居〉、〈漁父〉，宋玉〈對楚王問〉，東方朔〈客難〉、〈非有先生論〉，司馬相如〈難蜀父老〉，揚雄〈解嘲〉、〈解難〉，可見姚鼐對這種體裁的重視。⑷賦體文。有些文雖以檄、移、論、說、頌、弔文等名目名篇，但它們卻不同於一般的文。其一，它們雖形似文，卻有韻，屬於韻文一類。其二，它們的寫作目的在抒情，在諷諭，或純為遊戲文字，而不在聲討曉諭，議論說理，讚揚追弔。故元祝堯《古賦辨體》特設「文」一類，並〈序說〉云：「昔漢賈生投文而後代以為賦，蓋名則文而義則賦也。是以楚辭載韓柳諸文以為楚聲之續，豈非以諸文並古賦之流歟！」姚鼐於本書「辭賦類」特選入司馬相如〈封禪文〉、劉伶〈酒德頌〉、韓愈〈訟風伯〉、〈進學解〉、〈送窮文〉、〈釋言〉等文，說明他也是把這類文視之為賦的。這是一種很通達的見解。本類的選目唯一值得非議的是，姚鼐將《戰國策》

中的〈淳于髡諷齊威王〉、〈楚人以弋說頃襄王〉、〈莊辛說襄王〉三篇歷史散文選入，並還振振有詞地說：「余嘗謂〈漁父〉及〈楚人以弋說頃襄王〉、宋玉〈對楚王問〉，皆設辭，無事實，皆辭賦類耳。太史公、劉子政不辨而以事載之，蓋非是。辭賦固當有韻，然古人亦有無韻者，以義在託諷，亦謂之賦耳。」賦是韻文，是詩、詞、曲、賦四大韻文類別之一，無韻的文難得謂之賦，如果不管體制如何，凡「有託諷」而「無事實」者皆謂之賦，則有諷諭意義的雜文和故事何以不皆謂之賦？賦的概念豈不太泛了嗎？姚鼐持此見解，故於本類中，除選入上述三篇歷史散文外，還選入了雜文，如韓愈〈釋言〉。這只是姚鼐的一家之言，並非通論，讀者自當辨之。

辭與賦既是兩種不同的文體，那麼辭賦是否可以作為一個大類而連稱呢？

辭與賦的關係歷來有兩種對立的看法。有的學者強調它們的差別而視為截然不同的兩種文體。此說始於南北朝時期。《文心雕龍》於〈辨騷〉外另立〈詮賦〉，《文選》將賦、騷、辭分為三類。後世總集多於賦外另立騷一類。清程廷祚專著〈騷賦論〉以辨詩、騷、賦之不同。有些文體專家亦主分為兩類，如徐師曾《文體明辨序說》就分立「楚辭」與「賦」。有的學者則辭賦連稱，視為一個大類。此說始於漢人。司馬遷稱屈宋之作為辭或楚辭或賦，有時辭賦連稱。班固亦稱屈原作品為賦、為辭或楚辭，有時亦辭賦連稱。後世辭賦連稱者亦大有人在。

探究其分歧之根源乃是對辭與賦界限劃分得不甚分明，含義闡述得不夠明晰所致。我們知道，賦與辭當然不盡相同。就風格而言，辭主抒情，賦主體物；就形式而言，辭為騷體，賦為文體；就表現手法而言，辭乃依詩取興，引類譬喻，多幽怨哀傷，以「發憤以抒情」為其特點；賦則直陳其事，浮言誇飾，多侈麗宏衍，以鋪張揚厲為其旨歸；辭婉轉曲折，兼長風雅，多具抒情詩特色；賦則雕飾浮詞，堆砌名物，有似裝飾圖案畫風貌。正因辭與賦有如此差別，抹煞它們的不同就是錯誤的了。當然，將辭與賦絕對對立起來，也是錯的。其實，如前所述，賦是一種文體的一個大類別，至少包括了三種基本形式，即詩體賦，騷體賦與文體賦。辭即屬於騷體賦，故稱賦可以包括辭，而辭則只是賦之一體。就騷體賦而言，辭與賦是一體而二名。就賦的整體而言，辭與賦的關係是部分與整體，分概念與類概念的關係。故將它們視為一個大類而辭賦連稱，應該是一個接近科學的概念。姚鼐根據《漢書・藝文志》，而將辭賦視為文體的一個大類別，而於書中闢「辭賦類」以兼容賦之各體，並云：「昭明太子《文選》分體碎雜，其立名多可笑者。後之編集者或不知其陋而仍之。余今編辭賦，一以漢略為法。」這是完全正確的。

卷六十二 辭賦類 一

淳于髡諷齊威王

戰國策

【題解】淳于髡，戰國時齊國人。齊威王時，任大夫，曾用隱語諷齊威王親理政事，振作圖強，又與鄒忌論政，支持其改革。諷，諷諫，託辭婉言勸說。齊威王，戰國時齊國國君。田氏，名因齊，在位三十七年。繼位後，勤於修政整軍，任用鄒忌、田忌、孫臏等，國勢日臻強盛，開始稱雄諸侯。本篇寫淳于髡用託辭勸諫齊威王。一是勸諫他的吝嗇，一是勸諫他的長夜之飲。這兩條意見都被採納，增加聘禮，請來了救兵；又罷長夜之飲，還請淳于髡監督執行。這說明作為國君，既不可吝嗇，也不可荒樂無度。還說明國君只有虛心納諫，才能治好國家。齊威王能稱雄諸侯，就是他任用賢能與虛心納諫的結果。

威王八年❶，楚大發兵加齊。齊王使淳于髡之趙請救兵，齎❷金百斤，車馬十駟❸。淳于髡仰天大笑，冠纓索❹絕。王曰：「先生少之乎？」髡曰：「何敢！」王曰：「笑豈有說乎？」髡曰：「今者臣從東方來，見道旁有禳田❺者，操一豚蹄，酒一盂，祝曰：甌窶❻滿篝❼，汙邪❽滿車。五穀❾蕃熟，穰穰❿滿家。臣見其所持者狹，而所欲者奢，故笑之。」於是齊威王乃益齎黃金千鎰⓫，白璧十雙，車馬百駟。髡辭而行，至趙，趙王與之精兵十萬，革車⓬千乘。楚聞之，夜引⓭兵而去。

【章旨】本段寫淳于髡諫諷齊威王的吝嗇，並使之認識與改正。

【注釋】❶威王八年　西元前三七一年。❷齎　付與；給與。❸車馬十駟　謂車十乘，馬四十匹。古代一車套四馬，因以稱四馬之車或車之四馬。❹索　盡。❺禳田　為田求福。禳，祭名。❻甌窶　高而狹小的地方。❼篝　竹籠。❽汙邪　低窪的下等田。❾五穀　指黍、稷、菽、麥、稻。後統稱穀物為五穀。❿穰穰　豐盛；眾多。⓫鎰　二十兩為一鎰。⓬革車　兵車；戰車。⓭引　率領。

【語譯】齊威王八年，楚國大規模出兵侵犯齊國。齊威王派遣淳于髡去趙國請救兵，給了他黃金一百斤，十輛車，四十匹馬做聘禮。淳于髡仰面朝天大笑，繫冠的帶子全都斷了。齊威王說：「先生以為它少了嗎？」淳于髡說：「哪裡敢！」齊威王說：「你笑有什麼解釋嗎？」淳于髡說：「今天我從東方來，看見路旁有一個為田求福的人，拿了一隻豬蹄，一杯酒，禱告說：高地產糧滿竹籠，低地柴火滿大車，各種穀物多又熟，豐盛眾多堆滿家。我看他拿的東西那麼少，而希望的東西那麼多，所以就笑他。」於是齊威王就增加給了他黃金二萬兩，白璧玉十雙，車百乘，馬四百匹。淳于髡辭別齊威王出發，到趙國。趙王給了他精兵十萬，戰車千輛。楚國聽到這個消息，夜晚撤兵走了。

威王大說，置酒後宮，召髡賜之酒。問曰：「先生能飲幾何而醉？」髡對曰：「臣飲一斗❶亦醉，一石❷亦醉。」威王曰：「先生飲一斗而醉，惡能飲一石哉？

其說可得聞乎？」髡曰：「賜酒大王之前，執法❸在旁，御史❹在後，髡恐懼俯伏而飲，不過一斗，徑❺醉矣。若親有嚴客❻，髡帣韝鞠𦝫❼，侍酒於前，時賜餘瀝❽，奉❾觴上壽❿，數起⓫，飲不過二斗，徑醉矣。若朋友交遊，久不相見，卒然⓬相覩，歡然道故，私情相語，飲可五六斗，徑醉矣。若乃州閭⓭之會，男女雜坐，行酒⓮稽留⓯，六博投壺⓰，相引為曹⓱，握手無罰，目眙⓲不禁，前有墮珥，後有遺簪⓳，髡竊樂此，飲可八斗，而醉二參⓴。日莫㉑酒闌㉒，合尊㉓促坐㉔，男女同席，履舄㉕交錯，杯盤狼籍㉖，堂上燭滅，主人留髡而送客，羅襦㉗襟解，微聞薌澤㉘，當此之時，髡心最歡，能飲一石。故曰酒極則亂，樂極則悲，萬事盡然，言不可極，極之而衰。」以諷諫焉。

【章旨】本段寫淳于髡諷諫齊威王的長夜之飲。

【注釋】❶斗　古代酒器，羹斗。❷石　十斗為一石。❸執法　《詩・小雅・賓之初筵》：「或立之監，或佐之史。」毛傳云：「立酒之監，佐酒之使。」案：此云執法與御史，蓋即《詩》之監、史，謂執行酒令、糾察失儀的人。❹御史　戰國時掌文書記事的官，秦以後為監察行政的官。案：此當指飲酒時監察失儀的人。❺徑　即；就。❻嚴客　尊客。嚴，猶「尊」。❼帣韝鞠𦝫　謂卷袖屈身小跪。帣，卷袖，挽起衣袖。韝，革製的袖套，用以束衣袖、射箭或操作時用之。鞠，曲身。𦝫，與「跽」同。小跪。❽瀝　指酒。清酒曰瀝。❾奉　恭敬地捧著、拿著。❿上壽　敬酒祝壽。⓫數起　古人席地而坐，敬酒則起立。數，屢次。⓬卒然　忽然；突然。卒，同「猝」。⓭州閭　二千五百家為州，二十五家為閭。此泛指鄉里之間。⓮行酒　依次敬酒。⓯稽留　耽誤時間。稽，停。⓰六博投壺　指宴飲時的博戲。六博，古代一種博戲。共十二棋，六黑六白，兩人相博，每人六棋，故名。投壺，古人宴會的遊戲。設特製之壺，賓主依次投矢其中，中多者為勝，負者飲。⑰相引為曹　謂博戲時相互牽拉以組成相對抗的對手。曹，偶；對。⑱眙　瞪目直視。⑲前有二句　此描寫酒宴間的顛倒失儀。珥，耳飾，以玉充耳。簪，插定髮髻或冠的長針。墮、遺，皆謂墜落。⑳二參　十分之二、三。參，同「三」。㉑莫　同「暮」。㉒闌　殘盡。㉓尊　同「樽」。盛酒器。㉔促坐　促膝而坐，緊挨著坐著。㉕履舄　指鞋。單底的叫履，複底的叫舄。㉖狼籍　散亂不整貌。字亦作「狼藉」。㉗羅襦　綾羅縫製的短襖。羅，質地輕軟的一種絲織品。襦，短衣；短襖。㉘薌澤　即香澤。香氣。薌，通「香」。

【語譯】齊威王非常高興，在後宮裡擺下酒宴，召喚淳于髡而賜給他酒。問道：「先生能喝多少酒就醉了呢？」淳于髡回答說：「我喝一斗也醉，喝一石也醉。」齊威王說：「先生喝一斗就醉了，怎麼能喝一石呢？你的解釋可以讓我聽聽嗎？」淳于髡說：「在大王的跟前賜給我酒喝，有執法的人在身旁，有監察的人在身後，我擔驚受怕低頭伏在地上喝，不超過一斗，就醉了。如果父母親有尊貴的客人，我捲起衣袖，躬著腰小跪著，在跟前陪酒，時時賜給我一點餘酒，捧著酒杯敬酒祝壽，多次站起身來，喝不超過兩斗，就醉了。假如朋友熟人，很久不見面，突然見面了，高高興興地談起往事，講一些彼此的個人情感，大概喝五、六斗，就醉了。至於鄉里之間的宴會，男男女女相混雜坐在一起，互相敬酒耽擱時間，進行六博投壺的博戲，互相拉扯組成相抗的對手，握著手也不懲罰，瞪眼直視也不禁止，前面有掉下的耳飾，後面有跌落的髮簪，我心裡很喜歡這個樣子，大概喝八斗還只醉到二、三分。太陽落山了，酒宴快完了，大家共喝一樽酒，促膝而坐，男女同坐一個坐席，鞋子交雜放在一塊，酒杯肴盤亂七八糟，堂上的燭熄滅了，主人留我送客，綾羅短襖衣襟解開，聞到一縷縷的香氣撲來，在這種時候，我心裡最高興，就能喝一石了。所以說：酒喝到極限就會失態，歡樂到了極限就會出現悲傷。各種事物都是如此，這是說事物不可到極限，到了極限就會衰敗。」淳于髡就是拿這個來婉言勸告齊威王。

齊王曰：「善。」乃罷長夜之飲，以髡為諸侯主客❶，宗室❷置酒，髡嘗在側。

【章　旨】本段寫齊威王接受諷諫而罷長夜之飲。

【注　釋】❶諸侯主客　主管接待諸侯賓客的官。❷宗室　王族。此指齊王的田氏家族。

【語　譯】齊威王說：「說得好！」就停止了整夜的喝酒，任用淳于髡做諸侯主客的官，田氏家族置酒宴會，淳于髡經常在旁進行監督。

【研　析】本篇突出地描寫了淳于髡的滑稽多智的性格特點。他勸諫齊王，都不是正面爭執，而是通過講故事來旁敲側擊，使齊王在歡笑聲中認識錯誤。這種諷諫比諍諫更有效，故他幾次都微談言中，這都與他的滑稽多智分不開。不過，這純粹是一篇歷史散文，與作為韻文的賦在體裁上是有所不同的。當然，賦中的散體賦是由戰國游士說辭發展演變而來，與賦有點淵源關係，但游士說辭本身不是賦，二者不可等同。姚鼐在〈序目〉中說：「辭賦固當有韻，然古人亦有無韻者，以義在諷託，亦謂之賦耳。」本書卷二十五至二十七中所入選的《戰國策》諸篇大都具有「義在諷諫」的內容，何以那些列入「書說」類，而此篇卻列入「辭賦」類，這實在令人費解。可見姚氏是自亂其例。

離騷

屈原

【題　解】關於〈離騷〉的題意，司馬遷《史記・屈原賈生列傳》云：「離騷者，猶離憂也。」班固〈離騷贊序〉云：「離，猶遭也；騷，憂也，明己遭憂作辭也。」則「離騷」為遭憂之義。王逸《楚辭章句》則云：

「離，別也；騷，愁也。」「言己放逐離別，中心愁思。」則「離騷」為別愁之義。王應麟《困學紀聞》卷六云：「離騷，騷離，皆牢騷之義，聲之轉也。」則離騷即今語牢騷。又游國恩《楚辭論文集》說：「『離騷』與〈大招〉所說『勞商』為雙聲字，同實而異名。」則離騷為樂曲名。眾說紛紜，當以遭憂——言己遭放逐而憂愁為近是。至於〈離騷〉的寫作時間，一說為被楚懷王疏遠之後，一說為被楚頃襄王流放江南時期。由此派生出的具體時間的推測，說法更多，學術界目前亦無定論。但以〈離騷〉中「老冉冉其將至」與〈涉江〉中「年既老」相較，亦當以作於楚懷王疏遠屈原時期為可靠。

〈離騷〉是屈原的代表作，也是我國文學史上最傑出的長篇抒情詩賦。全詩圍繞著詩人與黑暗現實的衝突展開描寫，是詩人大半生鬥爭經歷的藝術概括，突出表現了詩人的崇高思想與偉大人格。第一，表現了詩人進步的政治理想。他的政治理想就是「舉賢而授能兮，循繩墨而不頗」，也就是「亂曰」中所說的「美政」，即任用賢能，修明法度，反對舊貴族的世卿世祿和特權。這是完全符合當時歷史發展的要求的。他在楚國「滋蘭」、「樹蕙」、「上下而求索」，就是為了實現他的「美政」理想。第二，表現了詩人對黑暗現實與黨人的批判精神。詩人無情地揭露「世溷濁而嫉賢」，「世幽昧以眩曜」；他指責黨人是「競進以貪婪」，「各興心而嫉妒」，他斥責變質的小人是「蘭芷變而不芳兮，荃蕙化而為茅」。他甚至「怨靈修之浩蕩」，「哲王又不寤」，「荃不察余之中情」，將矛頭直指楚懷王。這種對統治集團的批判精神是古今罕見的。第三，表現了詩人堅持真理，決不妥協的鬥爭精神。他在現實鬥爭中是失敗了，但他決不退讓。他一再表示：「余獨好修以為常」，「寧溘死以流亡」，「雖九死其猶未悔」，「雖體解吾猶未變」，「路漫漫其修遠兮，吾將上下而求索」，這種堅持真理的不妥協的鬥爭精神，正是他偉大人格的體現。第四，表現了詩人振興楚國，睠顧楚國的愛國精神。他年輕時就立下了「來吾導夫先路」的志向，他不顧自身安危，只「恐皇輿之敗績」，一心要楚懷王「及前王之踵武」，使楚國振興起來。後來，他對楚國完全絕望了，準備出國尋求出路，已經「陟升皇之赫戲」，但「忽臨睨夫舊鄉」，於是「僕夫悲余馬懷兮，蜷局顧而不行」，他不忍心離開生他養他的楚國而停了下來。這種眷戀鄉土的愛國感情更是感人至深。因此，〈離騷〉是屈原崇高思想的頌詩，是屈原偉大人格的讚歌，是一篇激蕩人心的傑作。

【作　者】屈原（約西元前三四三—前二九〇年以後），名平，字原，戰國時楚國人。出身楚國貴族，與楚王同姓（楚武王子瑕食采於屈，因以為氏）。博聞強識，明於治亂。早年曾得楚懷王信任，任為左徒，並受命「造為憲令」。後為同寮上官大夫所讒，被懷王疏遠，黜為三閭大夫。頃襄王時，更因令尹子蘭之忌，被流放江南。九年之後，屈原眼見國事日非，悲憤憂鬱，不久即自投汨羅江而死。屈原是我國第一個偉大詩人，辭賦家。他的作品內容和形式都帶有戰國時楚國的地方特色，故漢人稱為楚辭。又因其作品除〈九歌〉外，大都是「不歌而誦」的，故漢人又稱為賦。又因〈離騷〉是其代表作，故又稱之為騷或騷賦。他的作品《漢書．藝文志》著錄為二十五篇。王逸《楚辭章句》標明為屈原所作的篇目是〈離騷〉、〈九歌〉（十一篇）、〈天問〉、〈九章〉（九篇）、〈遠遊〉、〈卜居〉、〈漁父〉恰合二十五篇之數。

帝高陽❶之苗裔❷兮，朕皇考❸曰伯庸❹。攝提貞於孟陬兮，惟庚寅吾以降❺。皇覽揆❻余於初度❼兮，肇❽錫❾余以嘉名❿。名余曰正則⓫兮，字余曰靈均⓬。紛⓭吾既有此內美⓮兮，又重之以修能⓯。扈江蘺與辟芷兮，紉秋蘭以為佩⓰。汩⓱余若將不及兮，恐年歲之不吾與⓲。朝搴阰之木蘭兮，夕攬洲之宿莽⓳。日月忽⓴其不淹㉑兮，春與秋其代序㉒。惟㉓草木之零落㉔兮，恐美人㉕之遲暮㉖。不撫壯㉗而棄穢㉘兮，何不改乎此度㉙也？乘騏驥㉚以馳騁兮，來㉛吾導夫先路㉜。

【章　旨】本段寫自己的出身、品德、才能和理想：出身高貴，品德美好，才能傑出，願為國效力。

【注　釋】❶高陽　傳說中古代部族首領顓頊，號高陽氏。〈帝繫〉曰：「顓頊娶於騰隍氏女而生老僮，是為楚先。」❷苗

裔　遠末子孫。苗者草木之莖葉，裔者衣裾之末端，故以為子孫之稱。❸朕皇考　我父親。朕，我。秦以前貴賤通用，至秦始皇始定為皇帝的專稱。皇，美；大。考，父死曰考。❹伯庸　屈原父字。古時諱名不諱字。❺攝提二句　屈原自述出生在寅年寅月寅日。攝提，即攝提格，古代紀年術語。古人將天宮分為子、丑、寅、卯、辰、巳、午、未、申、酉、戌、亥十二等分，稱十二宮。以太歲在天宮運轉的方向紀年。太歲指向寅宮之年稱攝提格。貞，正當。孟陬，夏曆正月，即寅月。孟，開始。正月為陬。正月為一年之始，故稱孟陬。庚寅，庚寅日。降，降生。❻皇覽揆　皇考觀察揣度。皇，即皇考之省。覽，觀察；看。揆，測度；打量。❼初度　猶言初生的時節。一說謂初生的氣度。❽肇　開始。❾錫　賜與。❿嘉名　美名。王逸說：「言父伯庸觀我始生年時，度其日月，皆合天地之正中，故賜我美善之名也。」⓫正則　公正而有法則，含有「平」字之意。⓬靈均　地之善而平均者，一說神靈而能均養萬物，含有「原」字之意。⓭紛　眾盛貌。⓮內美　內在的美好品質，指身世與出生年月日。⓯修能　美好的才能。修，美。一說「修」，長。修能，即富有才幹。一說「能」，通「態」。修能，即美好的容態。⓰扈江離二句　比喻自己博采眾善。扈，披在身上。江離，香草名，又名蘼蕪。辟芷，生在幽僻之處的白芷。辟，通「僻」。芷，香草名。紉，連綴。秋蘭，秋天開花的蘭，即澤蘭。佩，佩飾，帶在身上的飾物。⓱汩　水急流貌。這裡形容時光如急流般逝去。⓲與　等待。⓳朝搴二句　以採集芳香頑強之物，比喻精勤修養，砥礪優秀品質與頑強意志。搴，拔取。阰，王逸注：「山名」。戴震《屈原賦注》：「楚南語，大阜（土山）曰阰。」木蘭，香木名，皮似桂，狀如楠，高數仞，去皮不死。攬，採。宿莽，草名，冬生不死。⓴忽　迅疾貌。㉑淹　停留；久留。㉒代序　依次輪替，遞相更代。序，次序。一說「代序」即代謝。古序，謝同聲相通。㉓惟　思。㉔零落　飄零；凋落。㉕美人　比喻君主。一說自喻。㉖遲暮　晚暮，指年老。㉗不撫壯　何不趁著壯年。不，即「何不」，與下句「何不」為互文。撫，握持；把握。壯，壯盛之年。㉘穢　汙穢，指穢惡的行為。㉙度　法度。一說指態度。㉚騏驥　駿馬，比喻賢智之臣。㉛來　召喚之詞，呼王跟從自己的話。㉜先路　前路，引導先行。

【語　譯】古帝高陽氏的後代子孫啊，伯庸是我先父的大名。正當夏曆寅年的正月啊，庚寅的那一天我便降生。先父在我初生時便觀察打量啊，一開始就賜給我美好的命名。給我取名叫正則啊，給我表字叫靈均。多多地我既有這樣內在的美質啊，加上我又有美好的才能。披上蘼蕪與幽僻的白芷啊，連綴著秋蘭作為佩飾彩帶。時光匆匆流逝我好像追趕不上啊，擔心歲月流失而不把我等待。早晨我登上阰山採集木蘭花啊，傍晚我下到水洲採集宿莽草。歲月匆匆而去從不停留啊，春去秋來依次輪替環繞。想起草木都會飄零凋落啊，擔心美人把青春貽誤。何不趁著壯年去掉汙穢啊，何不改變現今的法度？你跨上駿馬揚鞭奔馳啊，來，讓我在前面給你帶路。

昔三后❶之純粹❷兮，固眾芳之所在❸。雜申椒❹與菌桂❺兮，豈惟紉夫蕙茝❻？彼堯舜之耿介❼兮，既遵道❽而得路❾。何桀紂之昌披❿兮，夫惟捷徑⓫以窘步⓬。惟黨人⓭之偷樂⓮兮，路幽昧以險隘⓯。豈余身之憚殃兮，恐皇輿⓰之敗績⓱。忽奔走以先後兮⓲，及前王之踵武⓳。荃⓴不察余之中情兮，反信讒而齌㉑怒。余固知謇謇㉒之為患兮，忍而不能舍也。指九天㉓以為正㉔兮，夫惟靈修㉕之故也。初既與余成言㉖兮，後悔遯㉗而有他㉘。余既不難夫離別㉙兮，傷靈修之數化㉚。

【章旨】本段寫理想與現實的矛盾：自己的理想是輔佐楚王「及前王之踵武」，而楚王卻聽信讒言，不信任自己。

【注釋】❶三后　指夏禹王、商湯王、周文王。一說指楚國三位先君。如戴震《屈原賦注》云：「三后，謂楚之先君賢而昭著者，故徑省其辭，以國人共知之也。今未聞。在楚言楚，其熊繹、若敖、蚡冒三君乎？」后，君主。❷純粹　指德行純正精粹而無瑕疵。❸固眾芳句　比喻賢臣眾多。眾芳，即下句的申椒、菌桂之類。在，猶萃集。❹申椒　申地出產之椒。椒，木名，其實稱花椒。❺菌桂　香木名，巖桂的一種，即箘桂，又名肉桂。❻蕙茝　皆香草名。蕙，生下濕地，葉如麻，莖方，花赤，黑實。茝，即白芷。❼耿介　光明正直。❽遵道　遵循治國的正道。❾得路　謂得到治理國家的康莊大道。❿昌披　衣不束帶貌，引申為放縱而無拘束。⓫捷徑　邪曲的小路。⓬窘步　使步履窘困。比喻為政不由正道而行不通。⓭黨人　結黨營私的小人。⑭偷樂　苟且偷安而貪圖享樂。⑮路幽昧句　謂國家前途危險。路，指國家的前途。幽昧，昏暗不明。險隘，危險狹隘。⑯皇輿　君主乘坐的車乘。這裡比喻國家。⑰敗績　車子傾覆，比喻國家敗亡。⑱忽奔走句　比喻盡力輔佐國家。忽，迅疾。先後，指皇輿之前後。⑲及前王句　謂協助君主繼承前王事業。及，趕上。前王，指上文的「三后」及「堯舜」。踵武，足跡；腳步。武，步。⑳荃　香草名，比喻君主。㉑齊　《爾雅・釋詁》：「齊，疾也。」齊，一本作齌，《說文》：「齌，炊餔疾也。」字異而義則同。㉒謇謇　忠言直諫貌。㉓九天　古人以為天有九重，故曰「九天」。一說指中央與四方四隅。㉔正　通「證」。指天為證，言天知我心。㉕靈修　指楚王。王逸注：「靈，神也。修，遠也。能神明遠見者，君德也。故以喻君。」《楚辭章句》㉖成言　彼此已經約定的話。按：此句前一本有「曰黃昏以為期兮，羌中道而改路」二句。洪興祖《楚辭補注》云：「王逸無注，至下文『羌內恕己以量人』，始釋羌義，疑此二句後人所增耳。」案：洪說是。㉗悔遯　後悔而迴避。遯，「遁」的本字，逃避。㉘有佗　有其他打算。佗，通「他」。㉙難夫離別　以離別為難。難，形容詞用作意動詞，以為難，引申有畏懼之意。㉚數化　屢次變化。指主意搖擺不定。

【語　譯】過去的三位賢君純正精粹啊，本來是眾多芳草的聚集之地。夾雜有申地的花椒與菌桂啊，難道只是連綴著蕙草與白芷？那唐堯虞舜的光明正直啊，他們遵循正路而得到了治國的康莊大道。為什麼夏桀商紂的放縱而不檢點啊，只走邪門歪道而使步履窘困顛簸。想起結黨營私的小人苟且享樂啊，前途是黑暗而危險狹隘。難道是我自身懼怕災禍啊，我擔心的是君主的車子顛覆敗壞。匆忙地在它前後奔走效力啊，想讓君主趕上前代賢君的足跡。君主不仔細了解我的內心想法啊，反而聽信讒言而對我大發脾氣。我本就知道忠言直諫會招來禍患啊，想忍住不言而又不能捨棄。指著老天為我作證啊，我都是為了君主的緣故。起初既已與我約定好了啊，又後悔逃避而有其他打算。我既不以離別犯難啊，傷心的是君王主意的多次改變。

余既滋蘭之九畹兮，又樹蕙之百畝。畦留夷與揭車兮，雜杜衡與芳芷❶。冀❷枝葉之峻茂❸兮，願竢❹時乎吾將刈❺。雖萎絕其亦何傷兮，哀眾芳之蕪穢❻。眾皆競進以貪婪兮，憑不厭乎求索[7]。羌內恕己以量人兮，各興心而嫉妒[8]。忽馳騖[9]以追逐[10]兮，非余心之所急[11]。老冉冉[12]其將至兮，恐修名[13]之不立。朝飲木蘭之墜露兮，夕餐[14]秋菊之落英[15]。苟余情其信姱以練要兮，長顑頷亦何傷[16]。擥木根以結茝兮，貫薜荔之落蕊。矯菌桂以紉蕙兮，索胡繩之纚纚[17]。謇[18]吾法夫前修[19]兮，非時俗之所服[20]。雖不周[21]於今之人兮，願依彭咸[22]之遺則[23]。長太息[24]以掩涕[25]兮，哀人生之多艱[26]。余雖[27]好修姱[28]以鞿羈[29]兮，謇朝誶[30]而夕替[31]。既替余以蕙纕[32]兮，又申[33]之以擥茝。亦余心之所善[34]兮，雖九死其猶未悔。怨靈修之浩蕩[35]兮，終不察夫人心。眾女[36]嫉余之蛾眉[37]兮，謠諑[38]謂余以善淫。固時俗之工巧[39]兮，偭規矩[40]而改錯[41]。背繩墨[42]以追曲兮，競周容[43]以為度[44]。忳鬱邑[45]余侘傺[46]兮，吾獨窮困乎此時也。寧溘死[47]以流亡[48]兮，余不忍為此態也。鷙鳥[49]之不群[50]兮，自前代而固然。何方圓之能周兮？夫孰異道而相安？屈心而抑志兮，忍尤[51]而攘詬[52]。伏[53]清白以死直[54]兮，固前聖之所厚[55]。

【章　旨】本段寫自己與現實的矛盾產生的原因是自己的個人品德與政治主張不同，並表示自己堅決奮鬥到底的決心。

【注　釋】❶余既四句　以栽種花草比喻培育各種人才。滋，栽種。畹，三十畝，一說十二畝，一說二十畝。樹，栽培。畦，田壟。此用作動詞，分壟種植。留夷，香草名，或謂即芍藥。揭車，香草名，味辛，花白，一名乞輿。雜，參雜栽種。杜蘅，香草名，似葵而香，俗名馬蹄香。❷冀　希望。❸峻茂　高大茂盛。❹竢　同「俟」。等待。❺刈　收割。引申為收穫之意，比喻待賢才成長後將加以任用。❻雖萎絕二句　比喻辛勤培植的賢才亦變節與墮落。萎絕，枯萎凋落。蕪穢，荒蕪汙穢，指變質。李光地《離騷經注》云：「言我昔者有志於為國培植，冀其及時收用。今則不傷其萎絕，而哀其蕪穢。雖萎絕，芳性猶在也。蕪穢則化為蕭艾，是乃重可哀已。」❼眾皆二句　言黨人皆貪得無厭。眾，指群小黨人。競進，爭相鑽營，爭相追逐私利。貪婪，王逸注：「愛財曰貪，愛食曰婪。」憑，滿。王逸注：「楚人名滿曰憑。」❽羌內二句　言黨人互相鉤心鬥角。羌，楚方言，發語詞，無義。恕，寬容。量，稱輕重度長短皆稱量。此指黨人專忖度別人。興心，生心，產生壞念頭。❾馳騖　亂馳，到處奔走。❿追逐　追名逐利；追求私利。⓫急　形容詞用作動詞，以為急。⓬冉冉　漸漸。⓭修名　美好的名聲。⓮餐　用作動詞，吃。⓯落英　落花。英，花。一說「落」，始。落英，初開的花。⓰苟余情二句　游國恩《離騷纂義》云：「言但求中情美善，而合於要道，雖飲露餐英，面有饑色，亦自無害。」苟，只要。信姱，確實美好。信，真實。姱，美好。練要，精練要約；精誠專一。顑頷，食不飽而面黃之貌。⓱擥木根四句　皆以採集香草比喻加強自身的修養。擥，同「攬」，持。木根，木蘭之根鬚。一說謂泛指植物的根本，以喻人之立身的根本。結，編結。貫，貫串。薜荔，香草名，緣木而生。蘂，同「蕊」。花心。矯，舉起。索，用作動詞，編成繩索。胡繩，香草名，蔓生。纚纚，長而下垂之貌。⓲謇　楚地方言，發語詞，無義。⓳前修　前代的賢人。⓴所服　所採用；採用的東西。㉑周　合。㉒彭咸　人名。相傳為殷時賢大夫，諫其君不聽，投水而死。㉓遺則　遺留的法則。㉔太息　即歎息。㉕掩涕　擦拭眼淚。涕，眼淚水。㉖多艱　此下姚氏原注云：「二句疑誤倒，蓋涕與替為韻，《齊東野語》已有此說。」案：可備一說。㉗雖　同「唯」。只因為。㉘修姱　美好。㉙鞿羈　本指馬韁繩與馬絡頭，引申為受人牽制，被人束縛。一說為束身自好之意。㉚誶　進諫。㉛替　廢棄。㉜纕　佩帶。㉝申　重；加上。㉞善　形容詞用作意動詞，以為善。㉟浩蕩　無思慮貌。一說為放肆縱恣貌。㊱眾女　一般女子，比喻群小黨人。㊲蛾眉　眉如蠶蛾，形容美貌。此以比喻己之賢才。㊳謠諑　毀謗誣陷，造謠中傷。㊴工巧　善於取巧作偽。工，善於；長於。㊵偭規矩　違背法度。偭，背棄。規矩，引申為規則、法則。規，畫圓的工具。矩，畫方的工具。㊶錯　同「措」。舉措；措施。㊷繩墨　取直的工具，引申為正直之道。㊸周容　苟合取容。㊹度　法則；方法。㊺忳鬱邑　苦悶煩愁。忳，憂貌。鬱邑，壓抑不申。㊻侘傺　失意而不得志貌。㊼溘死　忽然死去。溘，疾促；忽然。㊽以流亡　或者飄泊異鄉。㊾鷙鳥　鷹隼類的猛禽。㊿不群　不與凡鳥合群。(51)尤　過錯；指責。(52)攘詬　容忍詬罵。攘，取；容忍。詬，罵；侮辱。(53)伏同「服」。保持；懷抱。54死直　為正直而死。55厚　嘉許、重視之意。

【語譯】我既已種植了三十畝蘭花啊，又栽種了蕙草一百畝。一壠一壠地栽培了留夷與揭車啊，夾雜著還種了杜衡與芳香的白芷。希望它們枝高葉茂啊，等待時機我就將要收割。即使枯萎凋零又有何妨礙啊，可哀歎的是這些芳草都汙穢墮落。群小黨人都爭相鑽營而貪得無厭啊，填滿了腰包還不知飽足地追逐。他們寬容自己而專一揣度他人啊，各自生出邪念而互相嫉妒。匆忙地奔走而追名逐利啊，這卻不是我的當急之務。暮年漸漸地將要來臨啊，我擔心的是美名不能建樹。早晨我喝著木蘭上的露水啊，傍晚我吃著秋菊的落花。只要我的內情真實美好而精誠專一啊，就是長期飢餓憔悴又何必咨嗟。我拿起木根繫上白芷啊，貫串上薜荔的花芽。舉起菌桂連綴著蕙草啊，把胡繩搓成繩索美麗如霞。我要仿效前代的賢人啊，這不是世俗之人所採擇。即使跟現在的人不相合啊，我願意依從彭咸留下的法則。長聲歎息而擦乾淚水啊，哀歎人生的艱難不易。我只因為愛好美好而被束縛啊，早晨進了忠言晚上即被廢棄。既因我有蕙草的佩帶而斥廢了我啊，又加上我持有白芷的花卉。只要我心裡認為美好啊，即使九死一生我也不後悔。怨恨君主真是荒唐放肆啊，始終都不了解我的心意。眾多的女子嫉妒我的美貌啊，造謠毀謗說我善於淫穢。本來是時世的習俗善於取巧啊，背棄規矩而改變舉措。違背正道而追求邪曲啊，競相苟合取容作為處世的法度。苦悶煩愁而不得意啊，我偏在這時遇到窮愁困苦。我寧可忽然死去或者流亡在外啊，也不忍心走上那條道路。猛禽不能與燕雀合群啊，自從前世就本來如此。哪裡有方與圓能相吻合啊？哪裡有道路不同而能相安無事？委屈思緒壓抑著心意啊，忍耐著指責而蒙受著侮辱。抱著清白之身為正直而死啊，本來就是前代的聖賢所稱許。

　　悔相❶道之不察兮，延佇❷乎吾將反❸。回朕車以復路❹兮，及行迷❺之未遠。

步❻余馬於蘭皋❼兮，馳椒丘❽且焉❾止息。進不入以離❿尤兮，退將復修吾初服⓫。

製芰荷⑫以為衣兮，集芙蓉⑬以為裳⑭。不吾知其亦已兮，苟余情其信芳。高余冠之岌岌⑮兮，長余佩之陸離⑯。芳與澤⑰其雜糅⑱兮，唯昭質⑲其猶未虧。忽反顧以游目⑳兮，將往觀乎四荒㉑。佩繽紛㉒其繁飾兮，芳菲菲㉓其彌章㉔。人生各有所樂兮，余獨好修以為常。雖體解㉕吾猶未變兮，豈余心之可懲㉖。

【章　旨】本段寫退隱自全思想的產生和克服。〈離騷〉分兩大部分。此段以上寫理想與現實的矛盾，分析這種矛盾產生的原因以及為堅持理想而奮鬥的決心，是屈原為忠君愛國而奮鬥的歷史的縮影。此以下即寫他在遭遇打擊之後的種種內心矛盾的產生及其克服的過程。退隱自全即是這種內心矛盾之一。姚鼐曰：「以上言欲退隱不涉世患而不能也。此段即〈漁父〉篇之義。」他說的正是這種內心矛盾。

【注　釋】❶相　視，觀察。❷延佇　久立。❸反　同「返」。返回。❹復路　回復原來走過的道路。❺行迷　走入迷途。❻步　徐行，慢慢地走。❼皋　水邊的高地。❽椒邱　長滿椒的山丘。❾焉　於是；在那裡。❿離　同「罹」。遭遇。⓫初服　比喻原來的志趣。⓬芰荷　菱角和荷葉。⓭芙蓉　荷花的別稱。⓮裳　古稱裙為裳，男女皆服。《詩・邶風・綠衣》毛傳曰：「上曰衣，下曰裳。」⓯岌岌　高貌。⓰陸離　長貌。一說眾多貌。⓱澤　通「襗」。貼身的衣褲，引申為汙垢。一說，芳指芳草的芬芳，澤指玉佩的潤澤。⓲雜糅　混雜在一起。糅也是雜的意思。⓳昭質　光明潔白的質地。⓴游目　縱目遠眺。㉑四荒　四方荒遠之地。㉒繽紛　盛多貌。㉓菲菲　香氣勃勃貌。㉔章　同「彰」。顯明。㉕體解　肢解；分屍。古代一種酷刑。㉖懲　戒懼。

【語　譯】後悔我看路沒有仔細看清啊，站立了許久我就將回轉。掉轉我的車頭返回原路啊，趁著我走入迷途還不太遠。在長滿蘭草的岸邊讓馬慢慢走啊，奔上生長椒樹的山丘暫且在那裡停下休息。力求進用不成而遭遇罪過啊，退隱下來又修整我原來的衣飾。縫製菱角和荷葉而製成上衣啊，採集芙蓉花製成我的裙裳。不了解我也就算了啊，只要我的內情確實芳香。加高我的帽子高而又高啊，加長我的佩劍長而又長。芳香與汙垢混雜在一起啊，只有這光潔的本質仍未損傷。忽然回頭縱目遠望啊，我將去察看四面那荒涼的地方。佩飾五彩斑斕有這麼多裝飾啊，芳香撲鼻更加張揚。人們各自有各自的喜好啊，我偏偏喜好美好並習以為常。即使將我肢解我也不改變啊，難道我的愛美之心可以懲懼而損傷。

女嬃[1]之嬋媛[2]兮，申申[3]其詈[4]予。曰：「鮌婞直以亡身兮，終然殀乎羽之野[5]。汝何博謇[6]而好修兮，紛獨有此姱節[7]。薋菉葹[8]以盈室兮，判[9]獨離而不服？眾不可戶說[10]兮，孰云察余之中情？世並舉[11]而好朋[12]兮，夫何煢獨[13]而不予聽[14]？」依前聖以節中[15]兮，喟憑心[16]而歷茲[17]。濟沅湘[18]以南征[19]兮，就重華[20]而陳辭。啟〈九辯〉與〈九歌〉兮，夏康娛以自縱。不顧難以圖後兮，五子用失乎家巷[21]。羿淫遊以佚田兮，又好射夫封狐。固亂流其鮮終兮，浞又貪夫厥家[22]。澆身被服彊圉兮，縱欲而不忍。日康娛而自忘兮，厥首用夫顛隕[23]。夏桀之常違[24]兮，乃遂焉[25]而逢殃。后辛[26]之菹醢[27]兮，殷宗[28]用而不長。湯禹[29]儼而祇敬[30]兮，周[31]論道[32]而莫差。舉賢而授能兮，循繩墨而不頗[33]。皇天無私阿[34]兮，覽民德焉錯輔[35]。夫維[36]聖哲以茂行兮，苟得[37]用此下土[38]。瞻前而顧後兮，相觀民之計極[39]。夫孰非義而可用兮，孰非善而可服？阽[40]余身而危死[41]兮，覽余初其猶未悔。不量鑿㊷而正枘㊸兮，固前修以菹醢。曾歔欷㊹余鬱悒㊺兮，哀朕時之不當㊻。攬茹㊼蕙以掩涕兮，霑余襟之浪浪㊽。

【章　旨】本段寫隨波逐流思想的產生與克服。先通過女嬃的勸諫，提出內心矛盾的一個對立面：舉世皆濁，不可獨清，只有隨波逐流方可免禍。又通過向重華陳詞，提出「非義」、「非善」之不可為，以說明「余初」之未可悔，隨波逐流思想得到克服。

【注　釋】❶女嬃　王逸云：「屈原姊也。」案：《說文》引賈逵曰：「楚人謂姊為嬃。」而汪瑗《楚辭集解》則云：「嬃者，賤妾之稱。」而游國恩則曰：「此處必以女嬃為言者，因屈子常託美人以自喻，故假設有人責勸之，亦當託為女性，此亦猶上文嫉余蛾眉者必為眾女也。」案：游說最為通妥。此本為假設人物，不必坐實。❷嬋媛　眷戀牽掛之意。一說為「嘽咺」之借字，揚雄《方言》曰：「凡恐而噎噫，南楚江湘之間謂之嘽咺。」即呼吸急促之意。❸申申　猶言重重，反覆地。❹詈　責罵。❺鮌婞直二句　用鮌被殺於羽山事。鮌，同「鯀」。堯臣，夏禹之父。婞直，剛直。婞，狠。亡身，忘卻自身，即不顧自身安危。亡，通「忘」。夭，夭折；早死。羽，羽山，在今江蘇贛榆境。《史記・夏本紀》載，堯使鮌治水，九年而水患不息，舜乃殛鮌於羽山。❻博謇　學識廣博而志行忠直。❼姱節　美好的節操。❽薋菉葹　積滿惡草，比喻讒佞小人之多。薋，多草貌。菉，王芻，即今之淡竹葉，可做藥材。葹，蒼耳。二者皆惡草。❾判　分別；區別。❿戶說　一家一戶地去說明。戶，用做狀語。⓫並舉　互相抬舉；互相吹捧。⓬朋　朋黨，結黨營私。⓭煢獨　孤獨貌。⓮不予聽　即不聽予。此下姚鼐云：「以上設為女嬃辭，所謂慎無為善也。」案：姚說是。⓯節中　猶言「折中」，調節二者，取其中正。節，調節；節制。中，中正之道。⓰喟憑心　歎息憤懣。喟，歎息；慨歎。憑心，憤懣之心。⓱歷茲　猶言「至此」。歷，經歷。⓲沅湘　沅水、湘水，皆在今湖南省境內，流入洞庭湖。⓳征　行。⓴重華　虞舜之名。相傳舜死葬於湖南寧遠之九疑山。在沅湘之南。蔣驥云：「因女嬃之言而自疑，故就前聖以正之。又以鮌為舜所殛，而九疑於楚為近，故正之於舜也。」《山帶閣註楚辭》㉑啟九辯四句　用夏啟王貪圖享樂而招致禍亂事。啟，夏啟王，夏禹王之子，繼禹為王。〈九辯〉、〈九歌〉，皆天帝樂名。《山海經・大荒西經》云：「開上三嬪于天，得〈九辯〉與〈九歌〉以下。」郭璞注：「皆天帝樂名也，開登天而竊以下用之也。」夏，大。《詩‧權輿》毛傳：「夏，大也。」一說「夏」與「啟」為互文，即指夏啟。康娛，耽於安逸，貪圖享樂。自縱，放縱自己。五子，即五觀，夏啟王之幼子。相傳五子因啟之耽於淫樂，曾據河西之地發動叛亂。失，據王引之《讀書雜志餘編》考證，是衍文，當刪。家巷，發生內亂。巷，借作「鬨」，鬥；爭。《墨子‧非樂》：「啟乃淫溢康樂，野于飲食，將將鍠鍠，筦磬以方，湛濁于酒，渝食于野，萬舞翼翼，章樂于天，天用弗式。」《逸周書‧嘗麥》篇：「五子忘伯禹之命，假國無正，用胥興作亂，遂凶厥國。」又《竹書紀年》：「帝啟十年巡狩，舞〈九招〉於大穆之野，十一年放王季子武觀於西河，十五年武觀以西河叛。」以上記載，皆與此所言相合。㉒羿淫游四句　用后羿淫佚亡國事。羿，后羿，相傳為夏時有窮國君長。淫，過度。佚，放縱；放肆。田，田獵；打獵。封狐，大狐，泛指大的野獸。亂流，好亂之徒；歹徒。鮮終，少有好的結局。浞，寒浞，人名，后羿的相。厥，其；他的。家，家室；妻室。《左傳‧襄四年》載，后羿奪取夏朝政權後，荒淫佚樂，不理政事，寒浞命其家臣射死后羿，並強占了后羿的妻子。㉓澆身四句　用澆縱慾亡國事。澆，相傳為寒浞強占羿妻所生之子。被服，本指穿戴，引申為依仗，負恃之意。彊圉，強暴有力。一說「彊圉」為堅甲。被服彊圉，即披戴著堅甲。不忍，不能克制。用，因。顛隕，掉落。《左傳‧襄四年》載，浞使澆用師，滅斟灌及斟尋氏，處澆於過。後夏之賢臣靡殺滅浞而立夏少康，少康即滅澆於過，有窮由是遂亡。㉔常違　猶言「違常」，違背常道。㉕遂焉　終然；最終。一說「遂」，聆遂，地名，此句言桀在遂地遇到災禍。㉖后辛　即商紂王。后，君主，辛，商紂王名。㉗菹醢　剁成肉醬。傳說商紂王曾把大臣梅伯剁成肉醬。㉘宗　宗廟，宗祀，祭祝祖先，代指國家政權。㉙湯禹　商湯王、夏禹王。㉚嚴而祗敬　莊重而恭敬。祗，與「敬」同義。㉛周　指周文王、周武王等開國君主。㉜論道　講論治國之道。㉝頗　偏邪；偏私。姚鼐云：「啟九辯下十六句皆言失道君之致禍，湯禹四句皆言得道君之致福。啟之失道載逸書武觀篇，墨子所引是也。屈子以與澆並斥為康娛。」案：姚說是。此舉出正面反面例證，以得出「非義」、「非善」之不可為。㉞私阿　私心偏袒。阿，偏袒；迴護。㉟錯輔　置輔，給予輔助。錯，同「措」。置；實施。㊱維　通「唯」。只。㊲苟得　才得；才能。㊳用此下土　享有天下。用，享用。下土，下域的土地，即指天下。㊴計極　考慮事情的準則。計，計慮。極，最高準則。㊵阽　臨近危險。㊶危死　幾近於死。㊷鑿　木工所鑿的孔。㊸正枘　削正榫頭。枘，木工削木的一端以入鑿孔者。㊹曾歔欷　不停地歎泣。曾，通「層」。屢次。歔欷，哀歎抽泣之聲。㊺鬱悒　同「鬱邑」。憂悶貌。㊻不當　不得當。謂生不逢時。㊼茹　柔軟。㊽浪浪　淚流貌。

【語　譯】女嬃牽腸掛肚啊，她反覆地將我罵責。說：「鮌剛強正直而忘了自身啊，終於被殺死在羽山之側。

你為什麼學識淵博稟性忠直啊，偏偏你有這麼多高風亮節。王芻蒼耳等惡草堆滿了房間啊，偏偏你要分別離開而不佩戴？眾人不可挨家挨戶去解說啊，誰能了解我們內情的曲折？世人都互相吹捧而結黨營私啊，為什麼你要孤獨無援而不聽我的勸說？」我依照前代聖人以求合中道啊，可我喟歎憤懣直至而今。渡過沅水、湘水而向南行進啊，就近重華而把言辭訴陳。夏啟王從天上得到〈九辯〉與〈九歌〉啊，大大地貪圖享樂而恣意放縱。不顧念危難而圖謀後果啊，兒子武觀因此就發動了內訌。后羿過度遊樂而縱情打獵啊，又喜好射殺那大的狐狸。本來好亂之徒就無好結局啊，寒浞又霸占了他的愛妻。澆自己憑仗著強暴有力啊，放縱慾望而不能忍耐克制。天天尋歡作樂忘乎所以啊，他的腦袋因此就掉落在地。夏桀王違背常道啊，就終於遭遇禍殃。商紂王把忠良剁成肉醬啊，殷商的宗廟因此不得久長。商湯王、夏禹王嚴肅而敬慎啊，周文王、周武王講求治道而沒有差錯。選拔賢才委用能人啊，遵循法度而沒有偏頗。老天爺不會私心偏袒啊，看誰有德行就給予輔佐。只有聖明而德行美好啊，才能享有這天下的寶座。看看前世又看看未來啊，觀察著民眾考慮事情的準則。哪裡有不合正義的事情可以實行啊，哪裡有不善良的行為可以採擇？我臨近危險而幾乎死去啊，看看我的當初我並不後悔。不估量鑿孔的大小方圓就去削正榫頭啊，本就是前代賢臣慘死的所在。不停地哀泣我苦悶煩愁啊，哀歎我沒碰上好的時代。拿起柔軟的蕙草擦乾淚水啊，打濕了衣襟還在不停地流淚。

跪敷衽以陳辭兮，耿吾既得此中正❶。駟玉虬以乘鷖兮，溘埃風余上征❷。

朝發軔❸於蒼梧❹兮，夕余至乎縣圃❺。欲少留此靈瑣❻兮，日忽忽❼其將暮。吾令羲和❽弭節❾兮，望崦嵫❿而勿迫。路漫漫⓫其修遠兮，吾將上下而求索。飲⓬余馬於咸池⓭兮，總余轡乎扶桑⓮。折若木⓯以拂日⓰兮，聊須臾以相羊⓱。前望舒[18]使先驅[19]兮，後蜚廉[20]使奔屬[21]。鸞皇[22]為余先戒[23]兮，雷師[24]告余以未具[25]。吾令鳳鳥飛騰兮，又繼之以日夜。飄風[26]屯[27]其相離兮，帥雲霓而來御[28]。紛總總[29]其離合兮，班陸離[30]其上下。吾令帝閽開關兮，倚閶闔而望予[31]。時曖曖[32]其將罷[33]兮，結幽蘭而延佇。世溷濁[34]而不分[35]兮，好蔽美而嫉妒。朝吾將濟於白水[36]兮，登閬風[37]而緤[38]馬。忽反顧以流涕兮，哀高邱[39]之無女[40]。溘吾遊此春宮[41]兮，折瓊枝以繼佩。及榮華[42]之未落兮，相下女[43]之可貽[44]。吾令豐隆[45]乘雲兮，求虙妃[46]之所在。解佩纕[47]以結言[48]兮，吾令蹇修[49]以為理[50]。紛總總其離合兮，忽緯繣[51]其難遷[52]。夕歸次[53]於窮石[54]兮，朝濯髮乎洧槃[55]。保[56]厥美以驕傲兮，日康娛以淫遊。雖信美而無禮兮，來[57]違棄而改求[58]。覽相觀[59]於四極[60]兮，周流[61]乎天余乃下。望瑤臺[62]之偃蹇[63]兮，見有娀[64]之佚女[65]。吾令鴆[66]為媒兮，鴆告余以不好。雄鳩[67]之鳴逝兮，余猶惡其佻巧[68]。心猶豫而狐疑兮，欲自適[69]而不可。鳳鳥既受詒[70]兮，恐高辛[71]之先我。欲遠集[72]而無所止兮，聊浮遊以逍遙。及少康[73]之未家兮，留有虞[74]之二姚[75]。理弱而媒拙兮，恐導言[76]之不固。時溷濁而嫉賢兮，好蔽美而稱惡。閨[77]中既以邃遠兮，哲王又不寤。懷朕情而不發兮，余焉能忍與此終古[78]。

【章　旨】本段寫克服退隱自全與隨波逐流思想之後，於幻想中在楚國的追求與努力。他上下求索，但帝閽不開關，見君無指望，四方忙奔走，求女亦無成，一切均歸失敗。

【注　釋】❶跪敷衽二句　朱熹《楚辭集注》云：「此言跪而敷衽，以陳如上之詞於舜，而耿然自覺吾心已得此中正之道。」敷，即「鋪」。展開。衽，衣的前襟。耿，光明；明確。中正，中正之道，即「非義」、「非善」之事不可為，隨波逐流是不行的。❷駟玉虬二句　此下即展開幻想的描寫。駟，原指駕車的四匹馬。用作動詞，駕駛。玉虬，無角的白龍。鷖，鳳凰一類的鳥。溘，掩取；乘著。一說奄忽，疾貌。埃風，夾雜塵土的大風。❸發軔　拿去軔木，即啟程，出發之意。軔，抵塞車輪不使轉動的木塞。❹蒼梧　即九疑山，舜葬處。❺縣圃　神話中山名，在崑崙山上，是神人所居之地。縣，同「懸」。❻靈璅　神人所居的宮門。璅，同「瑣」。宮門上雕鏤的花紋，代指宮門。❼忽忽　倏忽，形容時光過得快。❽羲和　神話中給太陽神駕車的御者，相傳他以六龍為太陽神駕車。❾弭節　放下鞭子使車停止前行。弭，止。節，同「策」。趕馬的鞭子。❿崦嵫　神話中山名，相傳為日落之處。⓫漫漫　長貌。⓬飲　以飲料給人或畜喝。⓭咸池　神話中水名，相傳為太陽洗浴之處。⓮總余轡句　把馬繫在扶桑樹上。總，繫結。轡，馬韁繩。扶桑，神話中木名，傳說日出其下。《淮南子‧天文》：「日出於暘谷，浴於咸池，拂於扶桑，是謂晨明。登於扶桑，爰始將行，是謂朏明。」⓯若木　神話中木名，相傳在崑崙西極，日所入處。一說即扶桑。⓰拂日　謂擋住太陽，使不墜落。拂，障蔽。一說「拭日使其放光」。⓱須臾以相羊　皆徘徊、逗留之意。須臾，從容；苟延。相羊，即「徜徉」。⓲望舒　神話中人名，相傳是月神的駕車人。⓳先驅　在前面開路。⓴蜚廉　即風伯，風神之名。㉑奔屬　奔跑跟隨。屬，連綴；跟隨。㉒鸞皇　即鳳凰，傳說中鳥名。雄曰鳳，雌曰凰。鸞，鳳一類的鳥。皇，同「凰」。㉓先戒　先行戒備。㉔雷師　即雷神，名豐隆。㉕未具　指出行的準備尚未全具。㉖飄風　旋風；回風。㉗屯　結集；聚合。㉘御　迎接。㉙紛總總　很多地叢簇聚集之貌。紛，眾多貌。總總，叢簇聚集，指雲霓之多。㉚班陸離　亂紛紛地參差錯落貌。班，同「斑」。亂貌，形容五光十色。陸離，參差錯落，形容雲霓變化多端。㉛吾令二句　言求見天帝而不可得。帝閽，天帝守門的神。開關，即開門。關，門栓，代指門。閶闔，天門。帝閽倚門而望，即當門不開而不讓其入。㉜曖曖　昏暗不明貌。指天色將晚。㉝罷　同「疲」。疲乏。言日已晚而人亦已疲乏。一說「罷」，盡；極。言時光將盡。㉞溷濁　即「混濁」。㉟不分　指是非顛倒不分。㊱白水　神話中水名，出崑崙山。㊲閬風　神話中山名，在崑崙山上。㊳緤　繫，拴上。㊴高邱　楚山名。一說泛指天門外的高山。㊵女　神女，比喻與己志同道合之人。㊶春宮　東方青帝所居住的宮殿。

㊷榮華　草本植物之花叫榮，木本植物之花叫華。此泛指瓊枝的花。㊸下女　下界的女子，即下文之虙妃、簡狄及有虞二姚。對帝宮高邱之神女而言，故稱人間的女子為下女。㊹貽　贈送。㊺豐隆　雷神。一說雲神。㊻虙妃　相傳為伏羲氏之女，溺死於洛水，遂為洛水女神。虙，同「伏」。一作「宓」。㊼佩纕　佩帶。㊽結言　口頭訂結盟約。㊾蹇修　相傳為伏羲氏之臣。一說《釋樂》云：「徒鼓鐘謂之修，徒鼓磬謂之蹇。」此謂以聲樂為使，言用鐘磬之音樂為媒介以通情愫。可備一說。㊿理　媒人；使者。51緯繣　乖戾；固執。52難遷　指虙妃乖戾變化而難以轉移。53次　住宿；止宿。54窮石　山名，在今甘肅張掖。郭沫若《屈原賦今譯》認為即《左傳．襄四年》所說之后羿「次於窮石」之窮石。此言虙妃與后羿通淫。55洧槃　神話中水名，出崦嵫山。56保　恃，憑仗。57來　猶「乃」。就。58改求　謂改求他女。此下姚氏注云：「虙妃者，蓋后羿之妻，〈天問〉所謂「妻彼洛濱」者是也。言方令蹇修為理，而彼乃難於遷而歸我，而反適無道之羿，相從於驕傲無禮，何足顧耶？羿自鉏遷於窮石，窮石是羿國。凡《淮南子》、《山海經》之類，多依楚辭，妄為附會，皆不足據。」59覽相觀　三字同義，皆為觀看之意。60四極　四方極遠之地。61周流　遍行。62瑤臺　用美玉所建造的臺。瑤，玉之美者。63偃蹇　高聳貌。64有娀　相傳為古代部落名或國名。傳說有娀氏有美女名簡狄，居於瑤臺，後出嫁帝嚳為妻，生契，為商朝的始祖。65佚女　美女。66鴆　鳥名，其羽有毒。王逸云：「使鴆鳥為媒，以求簡狄，其性讒賊，不可信用，還詐告我言不好也。」67鳩　鳥名，似山鵲而小，青黑色，善鳴。68佻巧　輕佻巧利。69自適　自往，親自前去。70受詒　接受贈與；接受委託。詒，贈與，此當指聘禮。謂鳳鳥已接受屈原之聘禮而前去為媒。一說謂接受高辛氏之聘禮。71高辛　即帝嚳，古代五帝之一。72集　鳥棲息在樹上。73少康　夏朝的中興君主。夏后相之子。寒浞使澆殺夏后相，少康逃至有虞，有虞氏娶以二女。後少康滅澆，恢復夏朝政權。74有虞　國名，姚姓，虞舜的後代。75二姚　指有虞國的兩個姚姓的姑娘。76導言　傳遞言詞，指媒人溝通雙方的言詞。77閨　宮中小門。78終古　猶言永久。以上借多次求女不成，比喻自己一再努力，均未找到志同道合之人，表達了詩人不為君用，不被世容，沒有知音的悲憤，反映了詩人在幻想中的追求、鬥爭與失敗。

【語　譯】跪在鋪開的衣襟上我陳述了以上的言辭啊，明確地我得到了不偏不倚的真理。駕著四匹無角的白龍而以鳳鳥為車啊，乘著夾雜塵埃的大風我向上飛行遷徙。早晨從蒼梧之野啟程啊，傍晚我就抵到崑崙山上的懸圃。想稍稍在神靈的門前停留啊，太陽匆匆西沉又將日暮。我叫羲和放下馬鞭啊，望著崦嵫山不要靠近。路途漫長而又遙遠啊，我將上天下地而追求奮進。讓我的馬在咸池喝水啊，把我的馬繮繩繫在扶桑樹上。折下若木來阻擋太陽啊，姑且自由自在而徘徊閒蕩。前面使望舒為我開路啊，後面叫蜚廉奔跑追隨。鳳凰為我先行警戒啊，雷師告訴我一切都尚未準備。我命令鳳鳥起飛升起啊，夜以繼日又日以繼夜。旋風緊緊地聚集攏來啊，率領著雲霞彩虹前來迎迓。紛紛地叢簇聚集而時離時合啊，五光十色地參差錯落而忽上忽下。我叫天帝的守門神打開天門啊，他倚門站立望著我而不答理。時光昏暗而人亦疲乏啊，我連結幽蘭長久地站立。世道混濁而是非不分啊，喜歡抹煞別人的美德而互相妒嫉。早晨我渡過白水啊，登上閬風山而拴住我的馬駒。忽然回頭一看而流下了眼淚啊，哀嘆高邱沒有理想的美女。匆匆地我遊歷了東方青帝的宮殿啊，折下瓊枝來把佩帶加長。趁著瓊枝的花尚未凋落啊，看看下界可以贈送的姑娘。我叫豐隆駕起彩雲啊，前去尋找虙妃居住的地方。解下佩帶而溝通情愫啊，我叫蹇修為我為媒納彩。她思緒紛亂而似離似合啊，突然乖戾固執而難以更改。晚上她回到窮石去住宿啊，早晨又在洧槃梳洗。仗著她美貌而驕橫傲慢啊，整天縱情享樂而過度遊佚。雖確實美麗而舉止無禮啊，就拋開她而另外尋覓。我向四方極遠之地仔細觀望啊，周遊天上一遍就來到下地。遠望美玉的樓臺高高聳立啊，看到了有娀氏的美女簡狄。我叫鴆鳥為我做媒啊，鴆鳥告訴我她並不美麗。雄鳩鳴叫著飛去了啊，我又討厭牠輕佻巧利。心裡正疑惑不定而猶豫不決啊，想親自去求又覺得不合儀禮。鳳鳥既然已經接受了聘禮啊，恐怕高辛氏先我而至。想遠遠飛走而無處棲止啊，姑且四處閒遊而逍遙自在。趁著夏少康尚未娶妻成家啊，留下了有虞國的兩個姚姓閨女還未出嫁。使者無能媒人拙笨啊，擔心傳達言詞卻難以說合。世道混濁而嫉妒賢能啊，喜歡隱人之美而揚人之惡。宮中又是那樣深遠啊，聖明的君主又不覺寤。我滿懷深情而無處訴說啊，我怎麼能一輩子忍受這種痛苦！

索瓊茅以筳篿兮，命靈氛為余占之❶。曰❷：「兩美其必合兮❸，孰信修而慕之？思九州之博大兮，豈唯是其有女？」曰❹：「勉遠逝而無狐疑兮，孰求美而釋汝?何所獨無芳草[5]兮,爾何懷乎故宇[6]?世幽昧以眩曜[7]兮,孰云察余[8]之美惡?人好惡其不同兮,惟此黨人其獨異。戶服艾[9]以盈要[10]兮,謂幽蘭其不可佩。覽察草木其猶未得兮,豈珵[11]美之能當[12]?蘇糞壤[13]以充幃[14]兮,謂申椒其不芳。」欲從靈氛之吉占兮,心猶豫而狐疑。巫咸[15]將夕降兮,懷椒糈[16]而要[17]之。百神翳其備降兮[18],九疑繽其並迎[19]。皇剡剡其揚靈[20]兮,告余以吉故[21]。曰[22]:「勉升降以上下兮[23],求矩矱之所同[24]。湯、禹儼而求合兮,摯、咎繇而能調[25]。苟中情其好修兮,何必用夫行媒[26]?說操築於傅巖兮,武丁用而不疑[27]。呂望之鼓刀兮,遭周文而得舉[28]。甯戚之謳歌兮,齊桓聞以該輔[29]。及年歲之未晏兮,時亦猶其未央。恐鵜鴂之先鳴兮,使百草為之不芳[30]。」何瓊佩[31]之偃蹇[32]兮,眾薆然[33]而蔽之?惟此黨人之不亮[34]兮,恐嫉妒而折之。時繽紛[35]其變易兮,又何可以淹留?蘭芷變而不芳兮,荃蕙化而為茅。何昔日之芳草兮,今直[36]為此蕭艾[37]也?豈其有他故兮,莫好修之害也。余以蘭為可恃兮,羌無實而容長[38]。委厥美以從俗兮,苟[39]得列乎眾芳。椒專佞以慢慆兮,榝又欲充其佩幃[40]。既干進而務入[41]兮,又何芳之能祗[42]?固時俗之從流[43]兮,又孰能無變化?覽椒蘭其若茲兮,又況揭車與江離?惟茲佩[44]之可貴兮,委厥美而歷茲。芳菲菲[45]而難虧兮,芬至今猶未沫[46]。

和調度㊼以自娛兮，聊浮游而求女。及余飾之方壯兮，周流觀乎上下㊽。

【章　旨】本段寫出國求合思想的形成。離開楚國，對深愛故國的屈原來說，是非常重大的事件。故先借靈氛、巫咸的勸說，然後分析楚國的現實已無可為，才下定去國的決心。所以反覆言之者，慎重之也。

【注　釋】❶索瓊茅二句　謂請靈氛占卜前途。索，取。瓊茅，一種用來占卜的靈草。或謂即今之旋覆花。以，與。筳，占卜用的小竹枝。篿，楚人用靈草編結在斷竹枝上來占卜。靈氛，古代善於占卜的人。❷曰　此下四句為靈氛占卜的卦辭。❸兩美句　以男女結合比喻君臣遇合，謂良臣必遇明君。❹曰　此下十四句為靈氛對占卜的卦辭的解釋。❺芳草　比喻賢君，亦即比喻所求之美女。❻故宇　故居，指楚國。❼眩曜　惑亂貌。❽余　猶言「我們」，靈氛表示親近之詞，猶上文女嬃所說「孰云察予之中情」。❾艾　白蒿，古人視為惡草。❿要　古「腰」字。⓫珵　美玉。⓬當　恰當；適宜。⓭蘇糞壤　取糞土。蘇，取。壤，土。⓮幃　香囊。⓯巫咸　古代神巫，名咸。巫，古代能以舞降神的人，在男曰覡，在女曰巫。⓰椒糈　敬神的貢品。椒，即花椒，用以降神的香物。糈，精米，用以享神的祭品。⓱要　通「邀」。邀請；迎接。⓲百神句　謂所有神靈蔽空而降。百神，言神之多。翳，遮蔽，指遮天蔽地，極言其多。備，全備；全部。⓳九疑句　謂九疑山上諸神紛紛前來迎接。九疑，山名，在今湖南寧遠南。此指九疑山諸神。繽，眾盛貌。⓴皇剡剡句　描寫神靈降臨時的威嚴。皇，指百神。剡剡，閃光貌。揚靈，顯揚神的光靈。㉑吉故　吉祥的往事，即下文所說的傳說、呂望等前代君臣遇合的故事。㉒曰　此下十六句皆巫咸轉述百神的話。按：姚鼐以為此下直至本段末均為巫咸的話。他於「周流觀乎上下」句下注云：「以上皆巫咸之詞。」錄以備一說。㉓勉升降句　王逸《楚辭章句》云：「上謂君，下謂臣。」「言當自勉強上求明君，下索賢臣。」洪興祖《楚辭補注》云：「升降上下，猶所謂經營四荒，周流六漠耳，不必指君臣。」按：洪說是。升降、上下，義同，謂升天入地以求索耳。㉔求矩矱句　指尋找志同道合之人。矩矱，猶言「法度」。矩為求方的工具，矱為度量長短的工具，引申指法度。㉕湯禹二句　指商湯、夏禹任用伊尹、皐陶事。儼，敬。指律己嚴正。求合，訪求與己志趣相合之臣。摯，商湯時賢臣伊尹名。皐繇，即皐陶，夏禹時賢臣。調，協調，指君臣和衷共濟以安定天下。㉖行媒　王逸注：「喻左右之臣也。言誠能中心常好善，則精感神明，賢君自舉用之，不必須左右薦達也。」㉗說操築二句　用武丁用傅說事。說，傅說，殷高宗時賢相。築，築牆用的杵。傅巖，地名，在今山西平陸東。相傳傅說懷道德而遭刑罰，在傅巖操杵築牆。武丁夢得聖人，訪於天下，於傅巖得傅說，舉以為相，殷大治。武丁，殷高宗名。㉘呂望二句　用周文王遇姜太公事。呂望，本姜姓，即姜尚。因先代封於呂，因以為氏。鼓刀，鳴刀。屠宰時碰擊其刀有聲，故稱屠宰為鼓刀。相傳呂望曾困於殷都朝歌，一度為屠夫。後釣於渭濱，遇周文王，舉以為師。㉙甯戚二句　用齊桓公任甯戚事。甯戚，春秋時齊國人。齊桓，齊桓公，春秋時五霸之首。該輔，備於輔佐之列。相傳甯戚曾為商賈，宿於齊東門之外，桓公夜出，甯戚正在餵牛，便用手叩牛角而歌。齊桓公聞之，知其賢，遂舉以為卿。㉚及年歲四句　謂趁年歲未老而及時努力，如果時機一過，年壽已老，便一切都來不及了。晏，晚。央，盡。鷤鴂，鳥名，即杜鵑鳥，常在初夏時鳴，鳴時百花皆謝。㉛瓊佩　玉佩，比喻自己的美德。瓊，美玉。㉜偃蹇　眾盛貌。㉝薆然　遮蔽貌。㉞亮　誠信。㉟繽紛　紛亂貌。㊱直　徑直；直接。㊲蕭艾　皆惡草名，比喻不肖之人。蕭，蒿類植物，即艾蒿。艾，草名，又名艾蒿，莖葉有香氣，乾後可作灸用。㊳容長　外表好看，言虛有其表而內無實德。㊴苟　苟且地。㊵椒專佞二句　比喻小人諂媚鑽營以竊取權勢。專，專擅權勢。佞，奸巧諂諛。慢諂，傲慢而諂媚。榝，惡草名，似茱萸而小，今名吳茱萸。㊶干進而務入　指鑽營求進。干，求。進，向上爬。務，全力追求。入，入仕。㊷祗　敬，尊重。㊸從流　隨大流；隨波逐流。㊹茲佩　此佩，指自己的佩飾，比喻自己的美德。㊺菲菲　香氣盛貌。㊻沬　通「末」。終止；消散。㊼和調度　使行走時瓊佩發出的聲響的節奏和諧，比喻自己修潔如故，心情恬適，步履從容。㊽周流句　王逸云：「言我願及年德方壯盛之時，周流四方，觀君臣之賢，欲往就之也。」朱熹云：「周流上下，即靈氛所謂遠逝，巫咸所謂升降上下也。」按：王、朱說是。言己通過對楚國現實之觀察，知楚國已無可為，就定下了出國求合的決心。

【語　譯】拿來幾根靈草與幾塊占卜的竹片啊，叫靈氛為我的前途占卜。卦辭說：「兩個美人必定結合啊，誰相信美好而將你愛慕？想想天下是多麼廣大遼闊啊，難道只有這裡才有美女？」靈氛說：「努力遠遠離去而不要疑慮啊，誰真心求美而會把你拋卻？哪裡沒有芳草啊，你為什麼要留戀這故鄉故土？世道昏暗而紛亂迷惑啊，誰能了解我們的美好與醜惡？人的喜好厭惡本有不同啊，只有這些結黨營私的人特別奇異。家家都佩帶艾蒿而掛滿腰間啊，還說幽蘭不可佩繫。觀察草木還不能辨別香臭啊，衡量美玉哪裡能夠恰當？拿來糞土裝滿香囊啊，還說申椒並不芳香。」想要聽從靈氛吉祥的占卜啊，我心裡卻猶豫而疑惑。巫咸將在傍晚降神啊，我帶著花椒精米去迎接。百神遮天蔽地全都降臨啊，九疑山的神靈也紛紛迎侍。百神靈光閃閃而顯示威靈啊，告訴我吉祥的往事。說：「勉力上天下地去追求啊，尋找志同道合的賢人。商湯、夏禹律己嚴正而尋求同志啊，伊尹、皋陶就成為同心協力的賢臣。只要內情是愛好美好啊，又何必委託媒人去引線穿針？傳說在傅巖操杵築牆啊，武丁舉他為相全無疑慮之心。呂望在朝歌揮刀屠宰啊，遇到周文王就舉為師賓。甯戚餵牛時唱歌言志啊，齊桓公聽了就任為卿相。趁著年歲還不算老啊，時機也還未全都消亡。恐怕杜鵑鳥搶先啼叫啊，使百花凋謝不再芳香。」為甚麼瓊佩是如此高潔繁盛啊，眾群小卻要蔽遮它使它暗淡？只有這些結黨營私的人不誠實啊，擔心嫉妒而把它折斷。時局紛亂而容易變化啊，又怎麼可以在此久留？蘭芷變化而不芳香啊，荃蕙改變成了草茅。為什麼過去的芳草啊，而今徑直變成了蕭艾？難道有其他原故啊，都是不愛好美好的危害，我以為蘭花可以信賴啊，它卻並無實際而虛有其表。拋棄它的美質而隨波逐流啊，苟且列入到眾多的芳草。花椒專橫乖巧而傲慢諂媚啊，樧草又想裝滿佩飾香囊。既一心想著鑽營勢位啊，又怎麼能敬重芳香？本來是時俗都隨大流啊，又怎能不使它變化更張？看椒蘭都變成這個樣子啊，又何況是揭車與江蘺這些香草？只有我這瓊佩真正可貴啊，它的美質卻被人拋棄直至今朝。它芳香濃郁而難以虧損啊，香氣至今尚未散消。從容不迫而使自己娛悅啊，姑且四處遊歷把美女選挑。趁著我的佩飾正當壯盛啊，周遊升降來看遍地府天曹。

靈氛既告余以吉占❶兮，歷❷吉日乎吾將行。折瓊枝以為羞❸兮，精瓊爢❹以為粻❺。為余駕飛龍❻兮，雜瑤象❼以為車。何離心❽之可同兮，吾將遠逝以自疏。邅❾吾道夫崑崙兮，路修遠以周流。揚雲霓❿之晻藹⓫兮，鳴玉鸞⓬之啾啾⓭。朝發軔於天津⓮兮，夕余至乎西極。鳳皇翼⓯其承旂⓰兮，高翱翔⓱之翼翼⓲。忽吾行此流沙⓳兮，遵赤水⓴而容與㉑。麾㉒蛟龍使梁津㉓兮，詔西皇㉔使涉予。路修遠以多艱兮，騰㉕眾車使徑待㉖。路不周㉗以左轉兮，指西海㉘以為期㉙。屯余車其千乘兮，齊玉軑㉚而並馳。駕八龍之婉婉㉛兮，載雲旗之委移㉜。抑志㉝而弭節兮，神高馳之邈邈㉞。奏〈九歌〉而舞〈韶〉㉟兮，聊假日㊱以媮樂㊲。陟升皇之赫戲兮㊳，忽臨睨㊴夫舊鄉。僕夫㊵悲余馬懷㊶兮，蜷局㊷顧而不行。

【章旨】本段寫出國求合思想的破滅。屈原正駕龍飛升，準備離開楚國，但「忽臨睨夫舊鄉」，就不忍離去而停止下來，深刻表現了屈原的愛國感情。

【注釋】❶吉占　指兩美必合的吉祥占卜。蔣驥《山帶閣註楚辭》曰：「吉占，指兩美必合言，舉靈氛以概巫咸也。」❷歷　選擇；挑選。❸羞　菜肴，有滋味的食物。❹精瓊爢　精細加工玉屑。精，本指精細加工的米。用作使動詞，使精，即精細加工之意。爢，細屑。❺粻　糧食。❻駕飛龍　以飛龍駕車。❼瑤象　美玉和象牙。❽離心　心相離，意見不合。❾邅　轉。❿雲霓　畫有雲霓的旗幟。一說，以雲霓為旗。⓫晻藹　翳蔽貌，形容旌旗遮天蔽日。⓬鳴玉鸞　使玉鸞鳴響。玉鸞，玉製作的鸞鳥形的車鈴。⓭啾啾　象聲詞，形容鈴聲。⓮天津　天河，在天空的東極箕斗二星之間。⓯翼　敬，恭敬地。⓰承旂　舉著旗幟。旂，畫著交叉的龍形的旗幟。⓱翱翔　鳥翼一上一下地飛曰翱，鳥翼直刺不動地飛曰翔。渾言之，即飛翔之意。⓲翼翼　和貌。此指鳥有節奏地飛。⓳流沙　指我國西北沙漠地帶。因沙隨風流動，故曰流沙。⓴遵赤水　沿著赤水。赤水，神話中水名，源出崑崙山。㉑容與　從容遊戲貌。㉒麾　通「揮」。指揮。㉓梁津　在渡口上架橋。梁，橋。用作使動詞，使架橋。津，渡口。㉔西皇　西方的神，即古帝少皞氏。㉕騰　《說文》：「傳也。」騰本為驛站，引申為傳告、呼告之意。㉖徑待　在路上等待。徑，路。㉗路不周　取道不周山。路，用作動詞，取道、經過。不周，神話中山名，在崑崙西北。《山海經‧大荒西經》：「西北海之外，大荒之隅，有山而不合，名曰不周。」㉘西海　神話中西方的海。㉙期　期會，目的地。㉚齊玉軑　使玉軑齊，並駕而行之意。軑，車輪。《方言》：「輪，韓、楚之間謂之軑。」㉛婉婉　同「蜿蜿」。龍體擺動蜿蜒曲折之貌。㉜委移　旗隨風飄展之貌。疊韻聯綿詞，字或作逶迤、委迤、逶迆、委蛇。㉝抑志　謂抑遏西行之志。一說，志借作「幟」。抑志，即放下旗幟。張渡《然疑待徵錄》云：「志，當作幟。《漢書・高帝紀》：『旗幟皆赤』，師古曰：『史家或作識，或作志，音義皆同』，是其聲通之證。『抑幟』承『雲旗』句，『弭節』承『八龍』句。」案：張說是。㉞邈邈　遠貌。㉟舞韶　韶，舜樂名，可歌可舞，故曰舞韶。㊱假日　假借時日。假，借。㊲媮樂　即愉樂、娛樂。媮，通「愉」。一說，媮樂猶「偷樂」，安逸享樂。㊳陟升句　謂升入光明的天空。陟升，皆上升之意。皇，皇天，廣大的天空。赫戲，光明貌。㊴臨睨　向下觀看。臨，居高面下。睨，本指旁視，此即看之意。㊵僕夫　指御者、駕車的人。㊶懷　《詩・邶・終風》毛傳云：「懷，傷也。」一說，懷，思戀；懷念。這句以「僕夫悲余馬懷」襯托自己的眷戀之情。㊷蜷局　曲屈不行之貌。

【語譯】靈氛已經告訴我吉祥的占卜啊，選擇個好日子我就遠走他鄉。折下瓊枝當作菜肴啊，搗碎美玉當作乾糧。為我駕上飛龍啊，雜用美玉象牙把我的車裝潢。哪裡心不同而能同道啊，我將遠遠走開而自動疏遠楚王。我的行程轉向崑崙山啊，路途遙遠而周遍遊蕩。舉起雲霓的旗幟而遮天蔽日啊，車上的鸞鈴叮噹地鳴響。早晨從天河的渡口啟程啊，晚上我就到了極遠的西方。鳳凰恭敬地舉著旗幟啊，鼓動翅膀有節奏地飛翔。忽然我來到了沙漠啊，沿著赤水我走得不慌不忙。指揮蛟龍為我在渡口架橋啊，命令西皇使他渡我過江。路途遙遠而又非常艱險啊，傳令眾車等待在路旁。途經不周山而向左轉啊，指向西海作為要去的地方。集合我的車有上千輛啊，並駕齊驅一道奔忙。駕著八條龍蜿蜒曲折啊，載著的雲旗也迎風飄揚。按下旗幟停下馬鞭啊，思緒飛向遠遠的高空。唱著〈九歌〉跳著〈韶〉舞啊，暫借時日愉樂我的心胸。我升上光明燦爛的高空啊，忽然低頭看到了我故鄉的家園。駕車夫悲愁我的馬也傷心啊，蜷縮著回顧而不肯向前。

亂❶曰：已矣哉❷！國無人莫我知兮❸，又何懷乎故都❹？既莫足與為美政兮，吾將從彭咸之所居❺。

【章旨】本段寫表明以死殉國的決心。屈原在受打擊之後，曾產生過潔身自好、隨波逐流和出國求合等想法，但都被他強烈的政治責任感和愛國心所克服，最後只好表示以死殉國。

【注　釋】❶亂　一說為總結全文的話。如王逸說：「亂，理也，所以發理辭旨，總撮其要也。」一說為樂曲的尾聲。如蔣驥說：「亂，樂之卒章也。」❷已矣哉　猶言「算了吧」。王逸說：「已矣，絕望之詞。」❸國無人句　謂國家沒有賢人沒有人了解我。國無人，王逸注：「謂無賢人也。」莫我知，即「莫知我」的倒置。王逸說：「自傷之詞。」❹故都　猶言「故國」。❺既莫足二句　王逸曰：「言時世之君無道，不足與共行美德，施美政者，故我將自沉汨淵，從彭咸而居處也。」案：屈原自分必死，「從彭咸之所居」，僅言死的方式，至於死的處所，此時恐尚未慮及。王逸言「我將自沉汨淵」，想像之詞耳，恐不確。

【語　譯】尾聲說：算了吧！國無賢人沒有人了解我啊，我又何必懷念這故國故土？既然不值得與他們施行美政啊，我將跟從彭咸一道居處。

【研　析】〈離騷〉是屈原最傑出的代表作。它既是我國賦史上騷體賦的奠基之作，又是詩歌史中罕見的長篇抒情詩，對我國文學的發展產生過深遠的影響，在藝術上極其富有獨創性。第一，它繼承與發展了《詩經》的比興手法。《詩經》的比興大都比較單純，用以起興和比喻的事物還是獨立存在的客體，而且往往只是詩中的片斷。〈離騷〉的比興則與所表現的內容合而為一，而且以一系列比興來表現它的內容。正如王逸所說：「〈離騷〉之文，依《詩》取興，引類譬喻。故善鳥香草，以配忠貞；惡禽臭物，以比讒佞；靈修美人，以媲於君；宓妃佚女，以譬賢臣；虯龍鸞鳳，以託君子；飄風雲霓，以為小人。」這在文學史上是罕見的。第二，大量運用神話故事。在詩人筆下，羲和、望舒、蜚廉、豐隆、以至鳳鳥、飛龍，供他驅使；縣圃、崦嵫、咸池、扶桑、天津、不周山，他可到達。而且這些神話都是作為活生生的形象參與著詩人神遊天國的活動，成為表達詩人感情的藝術構思的有機部分，而並非作為一個典故來運用而已。第三，通過假設人物來展開內心矛盾的描寫。詩人被疏遠之後，有過許多內心矛盾。但詩人不是直接地將這些內心矛盾揭示出來，而是通過女嬃、靈氛、巫咸等假設人物，提出內心矛盾的一個對立面，又通過向重華陳詞等提出內心矛盾的另一對立面。這樣就將抽象的思想活動具體化、情節化了。第四，詩人在楚地民歌的基礎上，吸收了散文的章法和句法，打破了《詩經》四言的傳統形式，創造了一種新的詩體和賦體——騷體。它兩句一組，每句基本六字，大量使用「兮」字與楚地方言，從而構成了錯落中見整齊，整齊中又富有變化的特點，更有利於表現奔騰澎湃的感情。全篇就通過多種藝術手法，構思了一個個迷離仿佛的情節，描繪了一個個宏偉壯麗的場面，構成了一個瑰麗神奇的藝術境界，塑造了一個充滿激情的抒情主人公的自我形象，構建了一個龐大的藝術結構，開創了我國詩歌發展的新紀元，也為賦的形成和發展開拓了道路。魯迅云：「逸響偉辭，卓絕一世。後人驚其文采，率相仿效，以原楚產，故稱楚辭。較之於《詩》，則其言甚長，其思甚幻，其文甚麗，其旨甚明，憑心而言，不遵矩度。故後儒之膺服《詩》教者，或訾而絀之，然其影響於後來之文章，乃甚或在三百篇以上。」（《漢文學史綱要》）這正道出了〈離騷〉的特點及其影響之深遠。

九章・惜誦

屈原

【題解】〈九章〉是屈原九篇作品的總題。這些作品並非一時一地之作。朱熹《楚辭集注》說：「後人輯之，得其九章，合為一卷，非必出於一時之言也。」因其內容都屬於政治抒情詩，後人輯為組詩，貫以〈九章〉之名。這九篇作品，除〈橘頌〉之外，均為屈原被楚懷王疏遠之後至頃襄王時期放逐江南而自沉汨羅江之前所作，多為紀實之詞，真實地記述了屈原的生活經歷和思想感情，較之〈離騷〉是更現實的描寫，更直接地抒寫了他的悲憤之情。

「惜誦」有不同解釋。王逸說：「惜，貪也。誦，論也。」則惜誦為貪忠之道，論之於心，誦之於口之意。朱熹說：「惜，愛而不忍之意。誦，言也。」則惜誦為愛惜其言忍而不發之意。王夫之《楚辭通釋》說：「惜，愛也。誦，誦讀古訓以致諫也。」則惜誦為愛君而述古訓以致諫之意。蔣驥說：「惜，痛也。誦，增韻，公言之也，通作訟。」則惜誦為痛惜訴訟之意。案：諸說不同，當以蔣說為近是，謂痛惜與楚懷王爭訟也。本篇抒寫作者被楚懷王疏遠之後陳訴無門的悲憤。屈原對楚懷王一片忠心，卻橫遭疏遠，內心痛苦，故「發憤以抒情」，表現了屈原對楚懷王的忠貞和被疏遠後進退無據的處境。姚鼐說：「疑此篇與〈離騷〉同時作，故有『重著』之語。」案：姚說是。

惜誦以致愍❶兮，發憤以抒情。所❷非忠而言之兮，指蒼天以為正❸。令五帝❹以折中❺兮，戒六神❻與嚮服❼。俾山川❽以備御❾兮，命咎繇❿使聽直⓫。竭忠誠以事君兮，反離群而贅肬⓬。忘儇媚⓭以背眾兮，待明君其知之。言與行其可迹⓮兮，情⓯與貌其不變。故相臣莫若君兮，所以證之不遠。吾誼⓰先君而後身兮，羌⓱眾人之所仇也。專惟君而無他兮，又眾兆⓲之所讎也。壹心而不豫⓳兮，羌不可保⓴也。疾親君㉑而無他兮，有招禍之道也。

【章旨】本段寫訴說忠而獲罪的冤屈。他指天發誓，以明忠貞，求君明察，以明無罪。

【注釋】❶致愍　招至憂困。愍，憂傷；痛苦。❷所　假設連詞，用於誓詞中，「如果」之意。❸正　平。即判定之意。蔣驥說：「謂平其是非也。」❹五帝　據《史記・五帝本紀》為黃帝、顓頊、帝嚳、帝堯、帝舜。一說指天上五方之帝，即東方青帝、南方赤帝、西方白帝、北方黑帝、中央黃帝。或以太昊、炎帝、黃帝、少昊、顓頊為五天帝。❺折中　調和二者，取其中正，無所偏頗，即公平合理地判斷之意。❻六神　王逸說「謂六宗之神」，洪興祖謂指四時、寒暑、日、月、星、水旱為六宗。王夫之謂為上下四方之神。❼嚮服　對質其事。嚮，對。服，事。❽俾山川　使山川之神。山川，指山川之神。❾備御　猶言「陪審」。備，備位。御，侍，侍從。一說猶言「供辦事」。備，具；供。御，御事；辦事。❿咎繇　即「皋陶」。傳說為舜之賢臣，掌刑獄之事。⓫聽直　聽其說之曲直，即「審判」、「斷案」之意。⓬竭忠誠二句　朱熹說：「言盡忠以事君，反為不盡忠者所擯棄，視之如肉外之餘肉。」離群，離開大家，即為眾所不容。贅肬，肉瘤，指被人憎恨。⓭儇媚　輕滑諂媚；滑頭討好。⓮迹　考核；印證。⓯情　實；實情。⓰誼　同「義」。合宜的道理、行為。⓱羌　楚方言，語首助詞，無義。⓲眾兆　猶言「眾人」。王逸注：「兆，眾也，百萬為兆。」⓳豫　猶豫。⓴不可保　不可恃。㉑疾親君　努力親近君主。疾，猶「力」，盡。一說，疾，急，言急於親君。

【語　譯】痛惜爭訟而招來憂患啊，我就發洩憤懣而抒發衷情。如果不是竭盡忠貞而說這些啊，指著蒼天可做判評。叫五帝來判斷是非啊，告誡六神將事實對證。使山川之神來陪審啊，叫皋陶使他審定。竭盡忠誠來侍奉君主啊，反為眾所不容而如肉瘤般被人憎恨。忘了圓滑討好而違背眾小人啊，等待明君來了解我的窘困。言語和行為都可印證啊，實際與外表都不會改變。所以了解臣沒有誰能如君主啊，因為驗證的方法並不遙遠。我的原則是先君主而後自身啊，這就遭到眾小人的仇怨。專一想著君主而無其他考慮啊，又是眾小人所要讎視責難。一心思君而不猶豫啊，這全都不可依憑。努力親近君主而無其他打算啊，這就有了招來禍患的原因。

思君其莫我忠兮，忽忘身之賤貧❶。事君而不貳❷兮，迷不知寵之門❸。忠何辜❹以遇罰兮，亦非余之所志❺也。行不群❻以顛越❼兮，又眾兆之所咍❽也。紛逢尤❾以離謗❿兮，謇⓫不可釋也。情沉抑而不達兮⓬，又蔽而莫之白也。心鬱邑⓭余侘傺⓮兮，又莫察余之中情。固煩言⓯不可結而詒⓰兮，願陳志而無路⓱。退靜默而莫余知兮，進號呼又莫吾聞。申⓲侘傺之煩惑⓳兮，中悶瞀⓴之忳忳㉑。

【章　旨】本段分析忠而被謗的原因和陳志無路的悲憤。

【注　釋】❶賤貧　蔣驥說：「指前已被疏而失祿位言。」即被讒疏遠後的困境。❷貳　貳心；不專一。❸寵之門　邀寵的門徑。寵，寵愛；愛幸。❹辜　罪。❺志　識；知。❻行不群　行為不合群，即不遷就流俗。❼顛越　顛隕；隕墜。指被疏遠。❽咍　嗤笑。❾尤　過錯；指責。❿離謗　遭遇毀謗。離，同「罹」。遭。⓫謇　楚方言，發語詞，無義。⓬情沉抑句　言己懷忠貞之情，沉沒胸臆，不得上達。沉，沉沒。抑，壓抑。達，通達。一說，沉抑，猶「沉鬱」。達，通暢。言己心情沉鬱而無法舒暢。⓭鬱邑　憂愁貌。⓮侘傺　失志貌。⓯煩言　煩雜之言。煩，雜亂。⓰詒　通「貽」。給與；贈與。⓱願陳志句　案：此句「路」字與上下文不協韻，疑有脫誤。⓲申　重，一再。⓳煩惑　煩悶疑惑。⓴中悶瞀　心中煩亂。中，心中。悶，煩憂；憤懣。瞀，錯亂。㉑忳忳　憂傷貌。

【語譯】思念君主沒有誰比我忠心啊，忽然忘卻了自身的卑賤與困窮。事奉君主而無貳心啊，迷罔而不知邀寵的門徑。忠貞有何罪過卻遭到懲罰啊，也不是我能知曉的隱情。行為與群小不合而被顛隕啊，又遭到眾小人的嘲笑譏評。如此多地遇到指責和遭受毀謗啊，想解說又解說不清。冤情沉沒壓抑而無由上達啊，又被遮蔽而無人可以表白忠貞。心情憂悶我有志難伸啊，又無人了解我的內情。本來煩雜之言不可連結贈與啊，希望當面陳述又無路徑。退而靜默無人了解我啊，進而呼號又沒人聽我的心聲。一再失意而心煩意亂啊，心中煩亂而憂傷不寧。

昔余夢登天兮，魂中道而無杭❶。吾使厲神❷占之兮，曰：「有志極而無旁❸。」「終危獨以離異兮❹？」曰❺：「君可思而不可恃。故眾口其鑠金❻兮，初若是❼而逢殆❽。懲熱羹而吹齏兮❾，何不變此志❿也？欲釋階⓫而登天兮，猶有曩⓬之態也？眾駭遽⓭以離心兮，又何以為此伴也？同極而異路兮⓮，又何以為此援也？晉申生⓯之孝子兮，父⓰信讒而不好。行婞直而不豫兮，鮌⓱功用⓲而不就⓳。」

【章　旨】本段寫厲神的占夢與告誡。厲神告誡屈原如不改變初衷，就難免遭禍，與〈離騷〉中女嬃的勸戒意同。

【注　釋】❶杭　同「航」。渡。❷厲神　主殺伐之神。高步瀛《古文辭類纂箋》云：「殤鬼、泰厲皆不應使之占，此厲神疑謂炎帝也。」「神農重卦，故此云使占。」❸有志極句　言志向遠大卻無輔佐。極，至；頂點。指夢中登天是志極高。旁，輔，指中道無杭是無輔佐。這是占卜的卦辭。❹終危獨句　這是屈原的疑問之詞。危獨，危險孤獨。❺曰　此以下是厲神的答辭。❻眾口其鑠金　言讒言之可畏。鑠，熔化。❼是　此，指遭遇讒言。❽殆　危險。❾懲熱羹句　比喻因畏禍就吸取教訓而改變習慣。懲，警戒。熱羹，熱湯。齏，切成細末的涼菜。❿此志　指「專惟君而無他」的忠貞之志。⓫釋階　放棄階梯。釋，放棄。階，階梯。⓬曩　往昔；從前。⓭駭遽　驚懼。⓮同極句　謂同至一處而走的道路卻不同。同極，謂同事一君。極，終極。⓯晉申生　指晉獻公太子申生。申生，春秋時晉獻公太子，體性仁孝。晉獻公後娶驪姬，生奚齊。驪姬有寵，欲廢太子申生而立奚齊為太子，乃向晉獻公讒毀申生。後申生被迫自殺而死。⓰父　指晉獻公。⓱鮌　相傳為夏禹之父，治水無功，被舜殛之於羽山。⓲用　因。⓳就　成就；成功。

【語　譯】昨晚我夢見登天啊，夢魂在半路就沒了航渡。我叫厲神為我占卜啊，卦辭說：「志向遠大卻無人輔助。」「我終究要危險孤獨而被遺棄啊？」厲神說：「君主可思而不可倚恃。本來眾口就可以熔化金子啊，你起初如此就遭了災禍。被熱湯燙過對涼菜也要吹吹啊，為什麼不改變你的意志？放棄階梯而想登天啊，你還是從前的姿態？眾小人驚恐不安而與你離心啊，又怎麼可以結伴？雖同事一君而道路不同啊，又怎麼可以作為支援？晉國的太子申生是孝子啊，他父親聽信讒言卻認為他不好。行為剛直而不猶豫啊，鮌治水之功因而不能成就。」

吾聞作忠❶以造怨❷兮，忽謂之過言❸。九折臂而成醫兮，吾至今乃知其信然❹。矰弋機❺而在上兮，罻羅❻張而在下。設張辟以娛君兮，願側身而無所❼。

欲儃佪❽以干傺❾兮，恐重患而離尤。欲高飛而遠集❿兮，君罔謂女何之⓫。欲橫奔而失路兮⓬，蓋堅志而不忍。背膺牉⓭以交痛⓮兮，心鬱結⓯而紆軫⓰。擣木蘭以矯⓱蕙兮，糳⓲申椒以為糧。播江蘺與滋⓳菊兮，願春日以為糗芳⓴。恐情質㉑之不信㉒兮，故重著㉓以自明。矯㉔茲媚㉕以私處㉖兮，願曾思㉗而遠身㉘。

【章旨】本段寫自己進退維谷的處境，作忠造怨，陷阱四伏，欲進無門，欲橫奔失路而又不忍，唯求守高潔以避禍。

【注釋】❶作忠　為忠，做忠臣。❷造怨　成怨，造成怨恨。❸忽謂句　輕視認為是錯話。忽，疏忽；輕視。過言，過頭的話；錯誤的話。❹信然　的確這樣。❺矰弋機　繫有生絲的短箭張掛著。矰弋，繫有絲繩專用於射鳥的箭。機，用作動詞。張機；張掛；發射。❻罻羅　捕鳥的網。❼設張辟二句　王逸說：「辟，法也。娛，樂也。言君法繁多，讒人復更設張峻法，以娛樂君，己欲側身竄首，無所藏匿也。」而高步瀛《古文辭類纂箋》引王念孫曰：「此以張辟連讀。張讀弧張之張，《周官・冥氏》：『掌設弧張。』鄭注曰：『弧張，罿罦之屬，所以扃緝禽獸。』辟讀機辟之辟。《莊子・逍遙遊》篇曰：『中於機辟，死於罔罟。』司馬彪曰：『辟，罔也。』〈山木〉篇曰：『然且不免於罔羅機辟之患。』此承上文『矰弋』、『罻羅』二句言，則辟非法也。」娛，通「虞」。窺視；忖度。案：二說皆可通。側身，置身。❽儃佪　徘徊不進貌。❾干傺　求住。干，求。傺，住，停止。❿遠集　遠遠棲息，謂遠遠逃遁。集，鳥棲止在木上。⓫君罔謂句　言君能不說汝將去何方。罔謂，無謂；不能不說。罔，無。女，借作「汝」，你。⓬欲橫奔句　比喻妄行違道。橫奔，率意而行，不遵正道而行。失路，失去正道；不遵正道。⓭背膺牉　背和胸分開成兩半。膺，胸。牉，半分，分成兩半。⓮交痛　並痛；交互為痛楚。⓯鬱結　煩積，煩悶積結。⓰紆軫　盤曲。⓱矯　揉；揉雜。⓲糳　舂；把米舂成精米。⓳滋　種植；栽培。⓴糗芳　芳香的乾糧。糗，乾糧。朱熹說：「春日新蔬未可食，即以此為糗，而不忘其芳香，言不變其素守也。」㉑情質　內情實質，指自己忠貞的本性。㉒信　通「伸」。舒展；伸張。㉓重著　復著此篇。蔣驥曰：「重著，承誦辭言。恐君終不信我之忠，故前誦言雖不見察，而復著此篇，以自抒其情也。」一說為鄭重申說之意。王逸說：「言我修善不懈，恐君不深照己之情，故復重深陳飲食清潔，以自著明也。」洪興祖《補註》：「重讀直用切。」㉔擠　舉。㉕茲媚　這些美好的德行。媚，美好，指所愛之道、所守之節。㉖私處　即「獨處」。朱熹說：「猶曰自娛也。」㉗曾思　再三思考。曾，通「增」。增加；重新。㉘遠身　使身遠，謂遠身隱居以避禍。

【語　譯】我聽說做忠臣會招致怨恨啊，還很不在意以為是錯誤的言詞。九次折斷臂膀就成了良醫啊，到而今我才知道的確如此。捕殺的短箭已安置在上面啊，捕獲的網羅已張掛在下頭。設置機關來窺測君主啊，我想置身其間也無處可留。我徘徊觀望想停止下來啊，只怕再有憂患而遭到謗毀。想遠走高飛到別處棲身啊，君主能不說你要去哪裡。想要率意奔走而不遵正道啊，卻意志堅定而不忍心如此。背胸如撕裂般交相疼痛啊，心裡煩悶積結而盤曲不已。擣碎木蘭揉雜著蕙草啊，舂精申椒作為食糧。種下江蘺又栽植菊花啊，到春天用做乾糧都很芳香。只怕內情實質不得伸展啊，所以再著此詩以自明衷腸。高揚這美好的品德而獨自居處啊，要再三思考而遠身以避禍殃。

【研　析】本篇全是直抒胸臆。除中間「昔余夢登天」一段是虛構的情節之外（也許是實有其事的記錄，因古人是占夢的），全篇既無〈離騷〉上下求索的幻想情節，也無美人香草的比興手法，全是直接把內心感情抒發出來，卻同樣把他遭讒被疏遠的內心憤懣和忠於楚王的赤誠之心抒發得淋漓盡致。這足見抒情的手法是多種多樣的，屈原作品的風格也是千變萬化的。朱熹說：「此篇全用賦體，無他寄託，其言明切，最為易曉。而其作忠造怨、遭讒畏罪之意，曲盡彼此之情狀。」的確道出了本篇的特點。

九章・涉江

【題　解】涉江，渡過長江，篇中所云「旦余濟乎江湘」者是。蓋從安徽陵陽至湖南洞庭，必須渡過長江。本篇在〈九章〉中列於〈哀郢〉之前，但從篇中地名考之，則實作於〈哀郢〉之後。蔣驥曰：「〈涉江〉、〈哀郢〉皆頃襄時流放於江南所作。然〈哀郢〉發郢而至陵陽，皆自西徂東。〈涉江〉從鄂渚入溆浦，乃自東北往西南。當在既放陵陽之後。舊解合之，誤矣。」（《山帶閣註楚辭》卷四）案：蔣說極確，今人多從之。本篇為屈原於流放途中所作，記述了他渡江南下的歷程和當時的心情。詩人渡長江，經鄂渚，至洞庭，上沅水，經枉渚，至辰陽，入溆浦，地處荒涼，處境淒苦，而詩人奮鬥的決心和好修的意志，卻始終堅定不移，是考證屈原晚年流放生活的重要資料。

余幼好此奇服❶兮，年既老而不衰。帶長鋏❷之陸離❸兮，冠切雲❹之崔嵬❺。被明月❻兮佩寶璐❼，世溷濁❽而莫余知兮，吾方高馳而不顧❾。駕青虬❿兮驂白螭⓫，吾與重華⓬遊兮瑤之圃⓭。登崑崙兮食玉英⓮，與天地兮比壽，與日月兮齊光。哀南夷⓯之莫吾知兮，旦余濟乎江湘⓰。

【章旨】本段寫詩人志向品行的高潔和不與群小為伍的節操。

【注釋】❶奇服 奇異的服飾，比喻志行高潔，與眾不同。❷長鋏 猶言「長劍」。其所握長劍，楚人名曰長鋏。❸陸離 長貌。一說，參差貌，形容劍的高低擺動。❹冠切雲 戴著切雲冠。冠，用作動詞，戴。切雲，冠名。言高若與雲齊，故名。❺崔嵬 高貌。❻被明月 披掛著明月珠。被，同「披」。明月，夜光珠。❼璐 美玉。❽溷濁 猶「混濁」。❾顧 眷戀；顧念。❿青虬 神話中一種青色無角的龍。⓫驂白螭 以白螭為驂馬。古代駕在車前轅馬兩側的馬。這裡用作動詞，以為驂馬。白螭，傳說中白色無角的龍。⓬重華 舜名。⓭瑤之圃 美玉的花園。瑤，美玉。圃，園圃。朱熹說：「乘靈物，從聖帝，遊寶所，皆見其志行之高遠。」⓮登崑崙句 朱熹說：「登崑崙，言所至之高。食玉英，言所養之潔。」玉英，玉樹的花。⓯南夷　舊說斥指楚人。王夫之說：「南夷，武陵西南蠻夷，今辰、沅苗種也。」⓰江湘　蔣驥說：「原自陵陽至辰、漵，必濟大江而歷洞庭也。按：湘水為洞庭正流，故《水經》以洞庭為湘水。濟洞庭即濟湘水也。」江，長江。

【語　譯】我從小就喜好奇異的服飾啊，年歲已老而不衰消。帶著長劍長又長啊，戴著切雲冠高又高。披掛著夜光珠，佩帶著寶玉，世道混濁而無人了解我啊，我正要遠走高飛而不念顧。駕著青色的無角龍啊，以白色的無角龍為驂馬。我跟重華一道啊，遊歷那美玉的花圃。登上崑崙啊吃玉樹的花蕊，壽與天地共長久，名與日月同光輝。哀歎南夷無人了解我啊，早晨我就渡過長江與湘水。

乘鄂渚❶而反顧兮，欸秋冬之緒風❷。步余馬兮山皋❸，邸❹余車兮方林❺。乘舲船❻余上沅❼兮，齊吳榜❽以擊汰❾。船容與❿而不進兮，淹回水而疑滯⓫。朝發枉渚⓬兮，夕宿辰陽⓭。苟余心其端直⓮兮，雖僻遠⓯其何傷。入漵浦⓰余儃佪⓱兮，迷不知吾所如⓲。深林杳⓳以冥冥⓴兮，乃猨狖㉑之所居。山峻高而蔽日兮，下幽晦以多雨。霰雪㉒紛其無垠兮，雲霏霏㉓而承宇㉔。哀吾生之無樂兮，幽獨處乎山中。吾不能變心而從俗兮，固將愁苦而終窮㉕。

【章　旨】本段寫自己流放的歷程：乘鄂渚，經洞庭，上沅水，經枉渚，宿辰陽，入漵浦以及流放生活的孤獨寂寞。

【注　釋】❶乘鄂渚　登上鄂渚。乘，登。鄂渚，地名，在今湖北武昌黃鶴山上游三百步長江中。❷欸秋冬句　指早春時的西北風。欸，歎聲。秋冬之緒風，即秋冬的餘風，早春時的西北風。緒，餘；殘。❸山皋　依山傍水的高地。❹邸　同「抵」。

至；抵達。❺方林　地名。❻舲船　有窗的小船。❼上沅　溯沅水而上。沅，水名，源出貴州都勻縣雲霧山，流至湖南漢壽入洞庭湖。蔣驥說：「沅水東入洞庭，而原西向，故溯而上之。」❽齊吳榜　一齊划動吳榜。齊，同時並舉。吳榜，大槳。吳，大。榜，槳。一說，吳榜，吳地製造的船槳。朱熹說：「吳，謂吳國。榜，櫂也。蓋效吳人所為之櫂，如云越舲、蜀艇也。」❾汰　水波。❿容與　緩慢前進貌。⓫淹回水句　謂船滯留於回水之間而停滯不前。淹，停留。回水，回旋的水流。疑滯，猶凝滯，滯留不進。疑、凝古書多通用。⓬枉渚　地名，在今湖南常德南。⓭辰陽　地名，在今湖南辰溪西。以其在辰水之陽，故名。⓮端直　正直。⓯僻遠　偏僻而邊遠的地方。⓰漵浦　漵水之濱。漵，水名，古名序水，亦名序溪、雙龍江。源出湖南漵浦東南，西北流經辰溪南，入沅水。⓱儃佪　無所適從而徘徊之貌。⓲所如　所往之處。如，往。⓳杳　昏暗。⓴冥冥　幽深昏暗貌。㉑猨狖　即猿猴。猨，同「猿」。狖，長尾猿。㉒霰雪　雪珠，雨點下降遇冷凝結而成的微小冰粒，俗稱米雪或雪籽。㉓霏霏　紛飛貌；盛多貌。㉔承宇　與屋簷相承接。宇，屋簷。㉕終窮　窮困到底；始終窮困。

【語　譯】登上鄂渚而回首看望啊，哀歎秋冬的餘風陣陣。讓我的馬兒啊在水邊高地慢慢走，讓我的車兒啊在方林停頓。乘坐有窗的小船我溯沅水而上啊，一齊划動大槳拍打水波粼粼。船悠悠徘徊而不肯前進啊，停止在回旋的水流裡滯留不前。早晨從枉渚出發啊，晚上住宿在辰陽。只要我的心思端方正直啊，即使來到偏僻邊遠之地又有何妨！進入漵浦我便猶豫徘徊啊，迷迷糊糊我不知道該去何方。幽深的樹林昏暗而深邃啊，是猿猴居住的樂土仙鄉。山高大險峻而遮住了太陽啊，下面幽深昏暗而陰雨迷茫。小雪粒紛紛降落而無邊無際啊，雲霧紛飛承接著簷廊。哀歎我一生沒有歡樂啊，孤零零獨處在這大山之中。我不能改變主意而跟從流俗啊，當然要憂愁苦悶而終身困窮。

接輿髡首❶兮，桑扈臝行❷。忠不必用兮，賢不必以。伍子❸逢殃兮，比干❹菹醢。與❺前世而皆然兮，吾又何怨乎今之人。余將董道❻而不豫兮，固將重昏❼而終身。

【章　旨】本段列舉歷史上賢良方正之士的不幸遭遇說明他的被流放是必然的結果。

【注　釋】❶接輿髡首　相傳接輿曾自髡其首，避世不仕。接輿，春秋時楚國狂士，即《論語・微子》所說的「歌而過孔子」的楚狂接輿。髡首，剃去頭髮，古代的一種刑罰。❷桑扈臝行　桑扈，古代隱士。舊說即《莊子・大宗師》所說的子桑扈。而朱熹說：「或疑《論語》所謂子桑伯子，亦是此人，蓋夫子稱其簡。《家語》又云：『伯子不衣冠而處。』夫子譏其『欲同人道於牛馬』，即此裸行之證也。」臝，同「裸」。案：此處「行」字不入韻，疑有脫誤。聞一多說：「依例，『接輿髡首』上當缺二句。此處文多偶行，所缺二句意蓋與『忠不必用』二句相偶，猶下『接輿髡首』二句亦與『伍子逢殃』二句相偶也。」錄以備考。❸伍子　即伍子胥，名員，春秋時楚國人。事吳王夫差。夫差敗越，越請和，子胥諫不從，被迫自殺。❹比干　殷末商紂王叔父（一說，紂庶兄）。傳說紂淫亂，比干犯顏強諫，被剖心而死。❺與　通作「舉」。整個；全。❻董道　正道，謂遵循正道。❼重昏　猶言處於層層黑暗之中。重，重疊。一說，謂一再陷於黑暗環境之中。重，一再。

【語　譯】接輿剃去頭髮裝瘋避世啊，桑扈藐視世俗裸體而行。忠良不一定被任用啊，賢能不一定做相做卿。伍子胥遭遇被迫自殺的災禍啊，比干被處以剖心的酷刑。整個前代都是如此啊，我又何必怨恨現代的人！我堅守正道而不猶豫啊，必將陷入重重黑暗而了結自身。

亂曰：鸞鳥鳳皇❶，日以遠兮。燕雀烏鵲❷，巢堂壇❸兮。露申辛夷❹，死林薄❺兮。腥臊並御❻，芳不得薄❼兮。陰陽易位❽，時不當兮。懷信侘傺❾，忽❿乎吾將行兮。

【章　旨】本段指出美好與醜惡絕不相容，抒發自己生不逢時的悲哀。

【注　釋】❶鸞鳥鳳皇　皆祥瑞之鳥，比喻賢能之人。❷燕雀烏鵲　皆凡鳥，比喻讒佞小人。❸堂壇　比喻朝廷。堂，殿堂。壇，祭壇；祭臺。❹露申辛夷　皆香花香木，比喻賢者。露申，蔣驥云：「即瑞香花，亦名露甲。」辛夷，香木名，樹高數丈，花似蓮而小如盞，香氣馥鬱。❺林薄 即叢林。王逸云：「叢木曰林，草木交錯曰薄。」❻御 進用。❼薄 逼近；靠近。❽陰陽易位 比喻違反常態。陰，夜晚，比喻小人。陽，白晝，比喻君子。蔣驥說：「陰陽易位，喻小人在朝，君子在野也。」❾侘傺 惆悵失意貌。❿忽 飄忽；迅疾。

【語 譯】尾聲說：高潔的鸞鳥、鳳皇，一天天地遠逃啊。普通的燕、雀、烏、鵲，在殿堂祭臺上築巢啊。芳香的露申、辛夷，枯死在樹林草叢啊。腥臊惡臭一道進用，芳香就不能靠近溝通啊。黑夜和白晝顛倒了位置，時間也一反常情啊。懷抱忠信而惆悵失意，很快我就將動身遠行啊。

【研 析】本篇在寫法上與〈惜誦〉迥然不同，採用多種藝術手法來抒情。如中間以描寫漵浦深林中蕭瑟淒清的初春景色，來襯托他進入偏遠山區的惆悵寂寞的心情，採取的是情景交融的表現手法。又列舉歷史上賢良方正之士的不幸遭遇，從而歸納出「忠不必用兮，賢不必以」的結論，用以證明他的悲慘遭遇不是偶然事件，而是歷史的必然結果。此賦前段是寫他的高潔品行與寂寞處境之間的不相協調，此則用議論來分析這種矛盾現象產生的歷史原因。這是議論與抒情相結合的藝術手法的具體運用，使全詩主題進一步深化。此外，比喻象徵手法和神話題材的運用，也與〈離騷〉一脈相承，並通過這些比喻象徵和神話傳說，具體寫出他的「奇」和「獨」，只是比〈離騷〉具體而微而已。全篇就通過這些藝術手法，把他流放途中的孤獨寂寞與悲憤惆悵的心情表達得淋漓盡致。

九章・哀郢

【題 解】郢，春秋時楚國國都，故址在今湖北江陵西北。關於本篇的寫作時間，王夫之認為作於楚頃襄王二十一年（西元前二七八年），郢都被秦將白起攻破而東遷於陳（今河南淮陽）之時。他說：「〈哀郢〉，哀郢都之棄捐，宗社之丘墟，人民之離散，頃襄之不能效死以拒秦，而亡可待也。」而蔣驥則以為作於頃襄王遷屈原於陵陽九年之後。他說：「舊說頃襄遷原於江南而不著其地。今按發郢之後，便至陵陽。考前、後《漢志》及《水經注》，其在今寧、池之間明甚。以地處楚東極邊，而奉命安置於此，故以九年不復為傷也。」今案二說，當以蔣說為近是，故從之。本篇是屈原被流放江南九年之後，仍不能返回，因回憶流放之初，被迫離開郢都，順江東下的情景而作。它的突出價值，首先是它真實記錄了屈原這次流放離郢都的時間——仲春；這次流放所走的路線：乘船沿江東下，發郢都，過夏首，上（右）洞庭，背夏浦而至陵陽；這次放逐離郢和九年之後的心情：軫懷，傷懷，心絓結，思蹇產，慘鬱鬱而不通，蹇侘傺而含戚。它對屈原的生活經歷比〈離騷〉寫得更具體，更現實，是研究屈原生平事跡的可靠資料。其次是它突出地抒發了屈原對故鄉故國的思念之情，從而表現了屈原對楚國和楚國人民的深厚感情；同時也深刻地揭露了楚國群小「承歡」誤國，楚王不辨賢愚，以致壞人當道，忠良逐棄的黑暗現實。作品通過對郢都的思念，把屈原個人在流放中的痛苦心情和對楚國命運的關懷緊緊結合在一起，在深沉的抒情意境中飽含著政治內容，表達了屈原強烈的政治責任感和深切的愛國之情。司馬遷把〈哀郢〉與〈離騷〉、〈天問〉、〈招魂〉並提，並「悲其志」。這就說明了它的重要價值和它對後世志士仁人的巨大影響。

皇天①之不純命②兮，何百姓③之震愆④？民⑤離散而相失⑥兮，方仲春⑦而東遷⑧。去故鄉而就遠⑨兮，遵江夏⑩以流亡。出國門⑪而軫懷⑫兮，甲之鼂⑬吾以行。發郢而去閭⑭兮，怊荒忽⑮其焉極⑯？楫齊揚⑰以容與⑱兮，哀見君而不再得。望長楸⑲而太息⑳兮，涕淫淫㉑其若霰㉒。過夏首㉓而西浮㉔兮，顧龍門㉕而不見。心嬋媛㉖而傷懷兮，眇㉗不知余所蹠㉘。順風波而流從㉙兮，焉洋洋㉚而為客。凌陽侯㉛之氾濫㉜兮，忽翺翔㉝之焉薄㉞。心絓結㉟而不解兮，思蹇產㊱而不釋。

【章旨】本段寫作者回憶九年前被迫離開郢都時的情景和心情。

【注釋】❶皇天　偉大的天。皇，大。❷不純命　猶言天命無常。純，不雜而有常。❸百姓　古代指受姓稱名的宗親貴戚，此屈原自指。蔣驥說：「百姓與民，皆呼天自指之辭。原以忠獲罪於君，而歸其咎於天，又若泛言百姓者，遜辭也。」❹震愆　恐懼獲罪。震，恐懼。愆，罪過。蔣驥說：「此以下皆追敘初放之時。」❺民　即指上文的百姓。❻離散而相失　案：屈原這次被放逐，可能同時被牽連的還有其他反對派人物，故云。❼方仲春　正當仲春時節。方，正當。仲春，陰曆的二月。❽東遷　屈原這次流放的地點，據蔣驥說即下文之陵陽，在郢東，故曰東遷。遷，此指貶謫、流放。❾就遠　走向遠方。就，靠近；挨近。❿遵江夏　沿著長江夏水。遵，遵循；沿著。江，長江。夏，夏水。據《水經注》，夏水故道從湖北沙市東南分長江水東出，流經今監利北，折東北至沔陽入漢水。⓫國門　指郢都的城門。國，國都。⓬軫懷　痛心。軫，痛。⓭甲之鼂　甲日的早晨。鼂，同「朝」。⓮去閭　離開故里。閭，里門。⓯怊荒忽　惆悵恍惚。怊，惆悵。荒忽，同「恍惚」。心神不定之貌。⓰焉極　哪裡是盡頭。極，終極；盡頭。⓱楫齊揚　船槳一齊划動。楫，槳。⓲容與　欲進不進而徘徊不前之貌。⓳長楸　高大的梓木。古人以喬木為古老國家的象徵。同時於所居之處多植桑梓，故稱故鄉為「梓里」或「桑梓」。⓴太息　歎息；長歎。當離開故鄉，故望長楸而興歎。㉑涕淫淫　眼淚汪汪。淫淫，淚流不止貌。㉒霰　小冰粒。㉓夏首　指夏水與長江分流之處，在郢都偏東南方向。㉔西浮　姜亮夫說：「西浮者，謂自西而浮，非浮向西也。蓋夏首在夏水出江處，夏水出江而北流於漢。故過夏首，亦可沿夏水入漢。此不北行入漢，而順江東下，故曰自西浮。」㉕龍門　郢都的城東門。㉖嬋媛　委屈不得舒展之貌。㉗眇　同「渺」。渺茫；渺遠。㉘所蹠　所至之處。蹠，踐。㉙流從　隨水流向前。㉚焉洋洋　於是漂泊無定。焉，乃；於是。洋洋，漂泊無定之貌。㉛淩陽侯　乘著大波。淩，乘。陽侯，相傳為伏羲氏時的諸侯。國近江，溺死，遂為波神，能興波作浪。後代指大波。㉜氾濫　波濤起伏貌。㉝忽翺翔　恍惚地隨波上下。忽，恍惚。翺翔，本指鳥飛翔，這裡形容船隨波上下。㉞焉薄　止於何處。薄，通「迫」。靠近。㉟絓結　鬱積不散之貌。㊱蹇產　思慮糾纏不得舒展之貌。疊韻聯綿詞。

【語譯】皇天的天命無有常規啊，為什麼讓百姓震恐遭殃？熟人都離別而互相失散啊，正當陰曆二月我就流放到東方。離開故鄉而奔向遠方啊，我就沿著長江、夏水向東流亡。走出首都城門而心中疼痛啊，甲日的早晨我就走向他鄉。從郢都出發而離開故里啊，心神惆悵恍惚哪裡是終極？船槳一齊划動而船卻欲前不進啊，哀歎想見君而不可再得。遠望著高大的梓樹而長歎啊，眼淚雙流若冰粒四濺。過了夏首船自西向東啊，回望龍門卻不再看見。心緒鬱結而悲傷啊，渺渺茫茫不知要去的地點。順著風波隨著水流前進啊，就隨流漂蕩而成了流浪漢。乘著大波的起伏不定啊，恍惚地隨波上下而不知要靠近何處。心緒鬱積而不可化解啊，思慮糾纏而不能捨去。

將運舟❶而下浮❷兮，上洞庭而下江❸。去終古❹之所居兮，今逍遙❺而來東。羌靈魂之欲歸兮，何須臾❻而忘反。背夏浦❼而西思❽兮，哀故都之日遠。登大墳❾以遠望兮，聊以舒吾憂心。哀州土之平樂兮，悲江介之遺風❿。當陵陽⓫之焉至兮，淼⓬南度之焉如？曾⓭不知夏⓮之為丘⓯兮，孰兩東門⓰之可蕪？心不怡⓱之長久兮，憂與憂其相接。惟郢路之遼遠兮，江與夏之不可涉。忽⓲若去⓳不信兮，至今九年而不復⓴！慘鬱鬱㉑而不通兮，蹇㉒侘傺而含慼㉓。

【章　旨】本段寫在流放途中對故國故土的懷念。「至今九年而不復」，知此賦當作於流放至陵陽九年之後。

【注　釋】❶運舟　猶言「駕舟」。❷下浮　順流而下。❸上洞庭句　蔣驥說：「洞庭入江之口，在今岳州巴陵縣。上洞庭而下江。上下，謂左右。《禮》：東向西向之席，俱以南方為上。今自荊達岳，東向而行，洞庭在其南，故以洞庭為上而江為下也。」洞庭，洞庭湖，在今湖南。江，長江。❹終古　猶言「永世」。世世代代。❺逍遙　猶言「飄蕩」。❻須臾　片刻；俄頃。案：姜亮夫說：「須臾今作俄頃者，漢以後之說也。按《儀禮》『寡人有不腆之酒，請君子與寡人須臾焉』，則須臾猶言逍遙矣。」「須臾、逍遙蓋一聲之轉也。」❼背夏浦　背對著夏浦，謂已過夏浦。背，背向著，即已離開之意。夏浦，即夏口。夏水東經沔陽入漢，合流至武昌會於江，謂之夏口。浦，水涯。❽西思　指思念郢都。郢在夏浦之西，故曰西思。❾大墳　江邊高堤。墳，大堤。❿哀州土二句　蔣驥說：「州土平樂，江介遺風，皆先世所養育教誨以貽後人者，故對之而愀然增悲焉。」州土，指屈原流放時所經過的鄉邑，即江漢平原。平樂，言土地平曠，可以安居樂業。江介，長江邊。介，側；畔。遺風，前代遺留下來的風俗。⓫陵陽　地名，前人謂即今安徽青陽之陵陽鎮。它可能是屈原這次流放的終點。案：此句下姚鼐注曰：「鼐疑懷王時放屈子於江南，在今江西饒、信，地處郢之東，蓋作〈哀郢〉時也。頃襄再遷之，乃在辰、湘之間，處郢之南，作〈涉江〉時也。」錄以備考。⓬淼　大水迷茫而無邊際之貌。⓭曾　副詞，表示事出意外。竟；竟然。⓮夏　通「廈」。大廈；宮殿。⓯丘　荒丘；廢墟。⓰兩東門　指郢都東關之二門。此二句蔣驥則說：「言己擯逐陵陽，不得越江而北，雖夏水化為丘陵，且不能知，何有於郢之城闕，或者蕩為蕪穢乎！甚言己居陵陽，年深地僻，與郢隔絕也。」可備一說，錄以備考。⓱怡　歡樂；愉快。⓲忽　迅速。一說，猶「恍惚」。⓳去　案：「若」下之「去」字，鼐以為是衍文，故以□框去。⓴復　返回。㉑慘鬱鬱　言心情愁慘，鬱悶不樂。㉒蹇　困阨；窮困。㉓慼　憂。

【語　譯】駕著小舟隨流而下啊，南靠洞庭湖而東下長江。離開世代居住的地方啊，今天飄飄蕩蕩來到東方。我的靈魂隨時都想歸去啊，何曾片刻忘記回返！離開夏浦而向西思念啊，哀歎故都一天天遙遠。登上大堤而向遠處瞭望啊，姑且以此來舒散我的憂悶愁苦。哀歎平原土地平曠而人民安樂啊，悲痛江邊從古遺留至今的美好風俗。面對陵陽我將去何處啊，大水茫茫我如南渡又以何處為歸宿？竟然不知宮殿已成廢墟啊，怎能知兩座東門也荒蕪傾覆？心中悶悶不樂已很久很久啊，憂愁與憂愁互相接續。郢都的路程多麼遙遠啊，長江、夏水又不可涉水而渡。時光迅速令人難以置信啊，至今九年也不能返回故土。愁悶鬱結而不得舒展啊，窮困失意而憂愁淒楚。

外承歡之汋約兮，諶荏弱而難持❶。忠湛湛❷而願進❸兮，妒披離❹而鄣❺之。彼堯舜之抗行❻兮，瞭杳杳❼其薄天。眾讒人之嫉妒兮，被❽以不慈❾之偽名。憎慍惀❿之脩美兮，好夫人⓫之忼慨⓬。眾踥蹀⓭而日進兮，美超遠⓮而踰邁⓯。

【章旨】本段指責群小「承歡」誤國的罪行和楚王不辨賢奸的昏聵，抒發自己懷才被屈的滿腔悲憤。

【注釋】❶外承歡二句　言眾小人表面上討人喜歡，實不可靠。外，外表。承歡，承君之歡心，討得君主的喜歡。汋約，柔媚貌。諶，與「外」相對，實質、實際之意。荏弱，柔弱；軟弱。難持，難恃，不可依靠。❷湛湛　厚重貌。❸願進　願進仕，願為國效力。❹披離　眾盛貌。❺鄣　同「障」。障蔽；遮蔽。❻抗行　高尚的品行。❼瞭杳杳　光明遼遠。瞭，光明。杳杳，遠貌。❽被　覆蓋；加上。❾不慈　不慈愛。洪興祖說：「堯舜與賢而不與子，故有不慈之名。《莊子》曰：『堯不慈，舜不孝。』言此者，以明堯舜大聖，猶不免讒謗，況餘人乎！」❿慍惀　指心有所積而口不能言的忠貞之士。王夫之說：「慍惀，誠積而不能言也。」⓫夫人　那些人，指小人。夫，彼。⓬忼慨　意氣憤激不平之貌。⓭眾踥蹀　謂眾小人相踵而進。眾，眾人，指小人。踥蹀，行走貌，引申為奔走鑽營。⓮美超遠　指君子遠去。美，指修美的君子。超遠，即「遠」。超，與「遠」同義。⓯踰邁　越來越遠。踰，同「愈」。邁，遠。

【語譯】小人外表柔媚而討人喜歡啊，實質卻柔弱而難以依恃。君子忠心厚重而願意進用啊，小人卻紛紛嫉妒而加以遮蔽。帝堯與帝舜的品行高尚啊，明亮得遠與天一樣光明。眾多讒諂小人卻嫉妒啊，加給他們不慈愛的虛偽之名。君主憎惡口不能言的忠貞之士的美好啊，喜歡那些小人口頭上的忼慨激昂。眾小人奔走鑽營而日益進用啊，賢人卻遠走高飛而愈益遠走他鄉。

亂曰：曼❶余目以流觀❷兮，冀壹反❸之何時。鳥飛反故鄉兮，狐死必首丘❹。

信非吾罪而棄逐兮，何日夜而忘之！

【章旨】本段寫對故國故鄉的深厚感情和返回故國故鄉的強烈願望。

【注釋】❶曼 引，伸展。❷流觀 周流觀看。❸壹反 即「一返」。壹，「一」的大寫。❹鳥飛二句 此以禽獸不忘出生之地比喻人對故鄉的戀念。首邱，頭枕著山丘。

【語譯】尾聲說：我放開眼睛向四周觀望啊，希望什麼時候能回一次故鄉。鳥遠飛卻要返回故鄉啊，狐死了頭必定枕著山崗。的確不是我的罪過而遭棄逐啊，每日每夜我何時把它遺忘！

【研析】本篇在內容上更多的是屈原的實際生活和感情的記錄，跟〈離騷〉相比，有更多的紀實成分。在抒情的開展方面，全篇以一個「哀」字為中心，隨著離開郢都的愈來愈遠，時間的愈來愈長，而對郢都的哀戀之情，對楚王與群小的哀憤之情，對自己懷才遭逐的哀怨之情也表達得愈來愈充分。為表現這種哀戀、哀憤與哀怨之情，在句式上較多地使用反詰句。以反詰開始，篇中又一再反詰，最後還以反詰收束，明快而激越，使「哀」的主題更得到層層深入的表現，成為遷客騷人思鄉抒憤的千古絕唱，給後世如王粲〈登樓賦〉、庾信〈哀江南賦〉以深遠的影響。

九章·抽思

【題解】〈抽思〉，篇名出自篇中「少歌」首句的「抽思」二字。抽，抽繹，引出。思，思緒，情思。抽思即謂將遭懷王疏遠來到漢北的委屈憂傷的情思抽繹抒發出來。關於本篇的寫作時間，自王逸以來均認為是頃襄王放屈原於江南時所作，然顯然與篇中「來集漢北」諸語不符。故林雲銘、蔣驥都考訂為懷王斥逐屈原於漢北時所作。林雲銘曰：「今讀是篇，明明道出漢北不能南歸一大段，則當年懷王之遷原於遠，疑在此地，比前尤加疏耳。但未嘗羈其身，如頃襄之放於江南也。故在江南時不陳詞，在漢北時陳詞；〈哀郢〉篇言棄逐，是篇不言棄逐，蓋可知矣。」案：林說極確，今從之。本篇寫屈原雖已離開楚都，屈居漢北，但他時刻不忘重回郢都，參與國政，希望懷王能夠醒悟，王業能夠光大。這種深情鬱結於心，愁苦難言。因此寫此賦以抒忠憤。賦中表現了屈原對懷王的忠心耿耿、循循勸導和戀戀不忘，以及希望通過懷王來實現其政治理想的強烈願望。蔣驥說：「原於懷王，受知有素，其來漢北，或亦謫宦於斯，非頃襄棄逐江南比。故前欲陳辭以遺美人，終以無媒而憂誰告，蓋君恩未遠，猶有奉之自媚之意；而於所陳耿著之詞，不憚亹亹述之，則猶幸其念舊而一悟也。視〈涉江〉、〈哀郢〉、〈昔往日〉、〈悲回風〉諸篇，立言大有逕庭矣。」這道出了本篇抒情達意的特點。

心鬱鬱❶之憂思兮，獨永歎乎增傷。思蹇產❷之不釋兮，曼❸遭夜之方長。悲秋風之動容❹兮，何回極之浮浮❺。數惟蓀之多怒兮❻，傷余心之懮懮❼。願遙赴而橫奔❽兮，覽民尤❾以自鎮❿。結微情⓫以陳辭兮，矯⓬以遺夫美人⓭。

【章　旨】本段說明作賦的原因：秋風動容，愁思鬱結，故作此賦以向懷王陳辭。

【注　釋】❶鬱鬱　憂思鬱結貌。❷蹇產　屈曲糾結貌。❸曼　朱駿聲《說文通訓定聲》曰：「曼，發聲之詞。」一說，長。❹秋風之動容　朱熹曰：「謂秋風起而草木變色也。」朱駿聲曰：「動容，猶動搈也，猶言動搖。」王念孫曰：「溶、搈、容并通。」《廣雅・釋詁》：「搈，動也。」據此，動容即動搖之意。❺回極之浮浮　朱熹說：「回極浮浮，未詳所謂。或疑回極指天極回旋之樞軸。浮浮，言其運轉之速而不可當。」蔣驥曰：「回極，天極回旋之樞軸。浮浮，動貌。言秋風之狂，使天之樞極，亦為浮動也。」而王夫之曰：「回極，風之往來，回旋而至也。浮浮，不定也。」❻數惟蓀句　言計思其君多妄怒，無罪而受罰。數，屢次。惟，思。蓀，香草，比喻懷王。❼懮懮　傷痛貌。一說，愁苦貌。❽遙赴而橫奔　謂不俟君命而趨君所。遙赴，疾赴。橫奔，率意而奔。❾民尤　謂民動而見尤。民猶言「人」。尤，罪過；指責。❿鎮　止。此二句言己雖身繫漢北，而心不忘君，欲違君命至郢以陳其志，又見民之罹罪者多，而知危自止。一說，言看到人民的苦難，又強自鎮定下來。⓫微情　微妙之情，指深情。⓬矯　舉；拿。⓭遺夫美人　贈與那美人。遺，贈人。美人，喻楚懷王。蔣驥曰：「結情於辭，舉以告君，則此篇之所為作也。」

【語　譯】心緒鬱結而懷抱憂思啊，獨自長嘆而倍增悲傷。憂思糾結而不可解開啊，碰上夜晚又長而又長。悲歎秋風吹得草木變色啊，為何天極的樞軸亦動盪不寧。每每想到君主無端生怒啊，我的心就傷痛而愁苦頓生。真想急赴君所而不顧一切啊，看到人一動就被指責而只好暫停。把深情連結而把言辭陳訴啊，拿著它好向君主進呈。

昔君與我成言❶兮，曰「黃昏以為期」。❷羌中道而回畔❸兮，反既有此他志❹。憍❺吾以其美好兮，覽❻余以其脩姱❼。與余言而不信兮，蓋為余而造怒❽。願承間❾而自察❿兮，心震悼⓫而不敢。悲夷猶⓬而冀進⓭兮，心怛傷⓮之憺憺⓯。歷⓰茲情以陳辭兮，蓀詳聾⓱而不聞。固切人⓲之不媚兮，眾果以我為患。初吾所陳之耿著⓳兮，豈至今其庸亡⓴。何獨樂斯之謇謇㉑兮，願蓀美之可完㉒。望三五㉓以為像㉔兮，指彭咸以為儀㉕。夫何極㉖而不至兮，故遠聞而難虧。善不由外來兮，名不可以虛作。孰無施而有報兮，孰不實㉗而有穫。

【章　旨】本段自述初被信任後遭讒被疏的經過和由此引起的內心矛盾與憂傷，並堅信自己陳辭的正確。

【注　釋】❶成言　約定的話。❷曰黃昏句　古代結婚迎親在黃昏舉行，此以男女婚事比喻君臣同心謀政，故曰以黃昏為期。黃昏，天將黑時。❸回畔　猶言「背叛」。回，背。畔，借作「叛」。❹他志　其他的想法，另外的打算。❺憍　驕傲；驕矜。❻覽　示，以事告人。❼脩姱　美好。案：以上二句，洪興祖曰：「此言懷王自矜伐也。」而姜亮夫曰：「諸家皆以指懷王自矜，其實未允。此指懷王信上官、子蘭之為美好修姱，正與己之見放為對照也。臣子無斥君自矜之義。」可備一說，錄以備考。❽造怒　生怒，發脾氣。❾承間　尋找空隙，尋找機會。❿自察　自明，自我表白。⓫震悼　震驚恐懼。《說文》：「悼，懼也，陳、楚謂懼曰悼。」⓬夷猶　遲疑不決。⓭冀進　希望進見君主。⓮怛傷　慘痛悲傷，感傷。⓯憺憺　安靜；靜默。朱熹說：「心復悲慘，遂靜默而不敢言也。」⓰歷　列，列舉。⓱蓀詳聾　君主假裝耳聾。蓀，香草，比喻君主。詳，通「佯」。假裝。⓲切人　懇切之人。⓳耿著　明白顯著。⓴庸亡　就忘記。庸，副詞，乃；就。亡，同「忘」。㉑謇謇　忠直貌。㉒完　完整；完美。完，一作「光」。案：與「亡」為韻，當以作「光」為是。光，光大。㉓三五　指三王五霸。三王：夏禹王、商湯王、周文王。五霸：齊桓公、晉文公、秦穆公、宋襄公、楚莊王。一說，指三皇五帝。三皇：伏羲、女媧、神農。五帝：黃帝、顓頊、帝嚳、帝堯、帝舜。㉔像　楷模；榜樣。㉕儀　標準；法則。㉖極　極限，最高地位。㉗實　謂盡力耕作。

【語　譯】過去君主已與我約定好啊，說「以黃昏為期限舉行婚禮」。在半路上你就背叛啊，違反約言卻另有主意。向我誇耀你的美好啊，炫示你的美麗。跟我講的話全不可信啊，還對我大發脾氣。想找個機會自我表白啊，心裡驚慌恐懼而不敢找你。悲傷遲疑而希望進見啊，心裡悲傷慘痛而不能平息。列舉這些實情向君主陳訴啊，君主又假裝耳聾而不聞不理。本來懇切之人就不會諂媚啊，眾小人果然把我當做累贅。當初我的陳辭是明白顯著啊，難道到現在就全都忘記！為什麼我偏喜好這忠直啊，希望君主的美德更加完美。願你將三皇五帝作為楷模啊，我指定彭咸作為榜樣學習。有何最高境界不能達到啊，所以名聲越是遠揚就越是虧損不易。善良不是由外面附加啊，名聲不可以偽裝竊奪。哪裡有不施與而有回報啊，哪裡有不用力耕作而卻有收穫。

少歌❶曰：與美人抽怨❷兮，并日夜而無正❸。憍吾以其美好兮，敖❹朕辭而不聽。

【章旨】本段小結上文，寫對懷王不聽陳辭的無可奈何和幽怨哀傷。

【注釋】❶少歌　蔣驥說：「樂章音節之名。《荀子・佹詩》亦有小歌，蓋總前意而申明之也。」少，小。❷抽怨　朱熹《楚辭集注》作「抽思」。姜亮夫曰：「〈九章〉命篇，多取之文中，此篇題曰『抽思』，當即取此二字為名，則朱本為允當。」❸無正　蔣驥說：「無與平其是非也。」即無法訂正之意。❹敖　通「傲」。驕傲；傲慢；傲視。

【語譯】小結說：向美人抒發我的情思啊，連日連夜卻無法評定。向我炫耀他的美好啊，傲慢地對待我的言辭而不肯聽信。

倡❶曰：有鳥❷自南兮，來集❸漢北❹。好姱❺佳麗兮，牉❻獨處此異域❼。既惸獨❽而不群兮，又無良媒❾在其側❿。道逴⓫遠而日忘⓬兮，願自申⓭而不得。望南山而流涕兮，臨流水而太息。望孟夏⓮之短夜兮，何晦明⓯之若歲⓰？惟⓱郢路之遼遠兮，魂一夕而九逝。曾⓲不知路之曲直兮，南指月與列星。願徑逝⓳而不得兮，魂識路之營營⓴。何靈魂之信直㉑兮，人之心不與吾心同。理弱而媒不通兮㉒，尚不知余之從容㉓。

【章旨】本段寫被逐漢北時的孤獨苦悶和思見君主思歸郢都而不可得的痛苦心情。

【注釋】❶倡 同「唱」。即起唱發聲，重造新曲，亦歌之音節。蔣驥曰：「倡，亦歌之音節，所謂發歌句者也。」❷鳥 屈原比喻自己。❸集 鳥棲息在樹上。❹漢北 漢水以北。蔣驥曰：「今鄭、襄之地，原自郢都而遷於此，猶鳥自南而集北也。」❺姱 亦「美、好」之意。❻牉 別；離。❼異域 指漢北。❽惸獨 孤獨，孤苦伶仃。❾良媒 比喻君主左右之賢臣。❿其側 指君主之側。⓫逴 亦「遠」之意。⓬日忘 指君主一天天忘了自己。⓭申 申訴；申辯。⓮孟夏 初夏，指陰曆四月。⓯晦明 指晝夜。晦，晚上。明，白天。⓰若歲 謂己度夜如年。案：此二句，洪興祖曰：「上云『曼遭夜之方長』，此云『望孟夏之短夜』者，秋夜方長，而夏夜最短，憂不能寐，冀夜短而易曉也。」據此，此賦乃作於屈原被逐之當年秋天，此「孟夏之短夜」乃希冀之辭。一說，「曼遭夜之方長」乃追述之詞，此「孟夏之短夜」乃當前之景，此賦則作於屈原被逐之次年孟夏。二說不同，當以洪說為近是。⓱惟 《詞詮》卷八云：「推拓連詞，用與『雖』同。」⓲曾 竟，竟然。⓳徑逝 直往。徑，直。⓴營營 往來貌。㉑信直 信實正直。信，誠實。㉒理弱 言理、媒能力薄弱而不能溝通雙方。理，媒人；使者。參見〈離騷〉注。㉓從容 安逸舒緩而不慌不忙之貌。言從容遵道，不變故常。

【語譯】繼續唱道：有隻鳥兒從南方啊，飛來棲息在漢水之北。牠美好而又佳麗啊，卻分離而獨自處在這異鄉異域。既孤獨而不合群啊，又沒有良媒在君主之側。道路遙遠而一天天忘記了我啊，想要親自去申訴而不可得。望著南山而眼淚雙流啊，面對流水而長聲歎息。盼望孟夏短短的夜晚啊，為什麼從黑到明卻如同一年半載？即使到郢都的道路遙遠啊，我的夢魂一個夜晚也要九次去到那裡。竟不知道路的曲直啊，向南指著明月與眾星。想要徑直前去而不可得啊，只有夢魂認識道路而往來頻頻。為什麼靈魂如此誠實正直啊，人之心不與我之心同樣忠誠。使者媒人不力而不能溝通情愫啊，竟不知曉我的安詳而不亂不驚。

亂曰：長瀨湍流❶，泝江潭❷兮。狂顧❸南行，聊以娛心兮。軫石❹崴嵬❺，蹇❻吾願兮。超回志度，行隱進兮❼。低佪❽夷猶❾，宿北姑❿兮。煩冤⓫瞀容⓬，實⓭沛徂⓮兮。愁歎苦神⓯，靈⓰遙思兮。路遠處幽，又無行媒兮。道思⓱作頌⓲，聊自救⑲兮。憂心不遂⑳，斯言誰告兮。

【章　旨】本段寫南行被阻的幽怨無法排遣，只好作賦聊以自慰。

【注　釋】❶長瀨湍流　蔣驥曰：「指由漢達江之水而言。」瀨，水淺處。湍，急流。❷泝江潭　言溯江水而上。泝，同「溯」。逆流而上。潭，深淵。楚人名淵曰潭。❸狂顧　左右疾視，四面亂看。❹軫石　方石。軫，方。❺崴嵬　高貌，錯落不平貌。❻蹇　凝滯；阻礙。❼超回二句　此二句不易知曉。據高步瀛曰：「《文選·風賦》李善注曰：『凡事不定者曰回穴。』此回猶言回穴，不定。超越回穴，謂計定也。《爾雅·釋詁》曰：『度，謀也。』戴謂『度，謂所擬行』是也。志在所擬行，則志決也。皆承上志堅不可轉之意。然志必見之行。戴曰：『隱，據也。』隱進言據之以進。」一說，此兩句承上受阻而言，謂繞過亂石，尋路通過，悄悄前去。所以下文又承此作一轉折。未知孰是，茲據高說以釋之。❽低佪　猶「徘徊」。往返回旋貌。❾夷猶　遲疑不進貌。❿北姑　地名，未詳其處。蔣驥謂「蓋地之近漢北者。」⓫煩冤　愁悶委屈。《說文》：「冤，屈也。」⓬瞀容　謂瞀亂之意見於容貌。一說，瞀容猶「蒙茸」，亂走貌。一說，瞀，亂。容，通「傛」。《說文》：「傛，不安也。」⓭實　通「寔」。實在；是。⓮沛徂　快往。沛，迅疾。徂，逝；往。⓯苦神　勞苦神思。⓰靈　指靈魂。⓱道思　朱熹說：「且行且思也。」一說，猶「導思」，謂通情思於美人之意。⓲頌　通「誦」。《周禮·大司樂》注：「以聲節之曰誦。」即指此篇。⓳自救　自我解脫。救，解。⓴不遂　不能通達於君。遂，達。

【語　譯】尾聲說：長長的淺水灘急急的水流，溯江水的深淵而上啊。四面張望著向南走，姑且使心胸娛悅爽朗啊。大石塊高高聳立，阻礙著我的願望啊。計已定而志已決，行動就據以前往啊。徘徊不進而遲疑不決，就住宿在北姑啊。煩悶委屈而容顏不整，就急速奔向前途啊。愁悶歎息而勞苦神思，靈魂遠遠地思念故都啊。路途遙遠而居住幽僻，又無媒人來溝通情愫啊。邊走邊想而作此頌，姑且用來自我解脫啊。憂心不能通向君主，這些話兒我向誰說訴啊。

【研　析】本篇在藝術構思上的一個重要特點是，以男女愛情比喻君臣的遇合，以婦女的被遺棄來比喻自己的被楚懷王疏遠。賦從「矯以遺夫美人」開始，經「曰『黃昏以為期』」，到「與美人之抽怨」，到「理弱而媒不通」，到「又無行媒」結束，這種與愛情相結合的願望與被遺棄的怨憤，成為全篇抒情的主要線索，構成中國文學中的一個重要主題——政治性愛情詩，在純政治性的君臣關係中注入了人類感情生活中最真摯、最熱烈的感情——愛情。而且用作者，即被遺棄者的口吻直接抒發出來，就更加顯得親切、自然。棄婦詩在《詩經》中就已有了。但將棄婦與政治生活相聯繫，則始於屈原，是屈原的獨創。同時，結構上本篇有「少歌」、「倡」、「亂」。洪興祖說：「此章有少歌，有倡，有亂。少歌之不足，則發其意而為倡，獨倡而無與和也，則總理一賦之終，以為亂辭云爾。」這樣通過反覆詠嘆，一層深似一層地抒發出內心的憂思。正如司馬遷所說：「睠顧楚國，繫心懷王，不忘欲反，冀幸君之一悟，俗之一改也。其存君興國而欲反覆之，一篇之中三致意焉。」（〈屈原賈生列傳〉）這就構成屈原作品的一個重要藝術特色。

九章・懷沙

【題　解】〈懷沙〉的篇名，在很長的時間裡學者據東方朔〈七諫〉「懷沙礫而自沉」和司馬遷〈屈原賈生列傳〉「懷石遂自沉汨羅以死」的話，理解為「懷抱沙石以自沉也」（朱熹語）。而明人汪瑗則云：「此云懷沙者，蓋原遷至長沙，因土地之沮洳，草木之幽蔽，有感於懷而作此篇，故題之曰〈懷沙〉。懷者感也，沙指長沙。題云〈懷沙〉者，猶〈哀郢〉之類也。」（《楚辭集解》）而蔣驥更證成之曰：「〈懷沙〉之名，與〈哀郢〉、〈涉江〉同義。沙本地名，……即今長沙之地，汨羅所在也。曰〈懷沙〉者，蓋寓懷其地，欲往而就死焉耳。……然則奚不死於辰溆？曰原將下著其志而上悟其君，死而無聞，非其所也。長沙為楚東南之會，去郢未遠，固與荒徼絕異。且熊繹始封，實在於此。原既放逐，不敢北越大江，而歸死先王故居，則亦首邱之意，所以惓惓有懷也。」（《山帶閣註楚辭》）案：此說最為通達，今人多從之。關於本篇的寫作時間，學者多據司馬遷「乃作〈懷沙〉之賦，於是懷石遂自沉汨羅以死」之語，以為是屈原的絕筆之作。而蔣驥云：「《史記》於漁父問答之後，即繼之曰：『乃作〈懷沙〉之賦』。今考漁父滄浪，在今常德府龍陽縣，則知此篇當作於龍陽啟行時也。……且辭氣視〈涉江〉、〈哀郢〉，雖為近死之音，然紆而未鬱，直而未激，猶當在〈悲回風〉、〈惜往日〉之前，豈可遽以為絕筆歟！」今人亦多從蔣說。本篇雖非屈原絕筆，但離他自沉汨羅江為時已不太遠（此篇云「孟夏」，而屈原死於陰曆五月初五日。則此篇約作於死前一個月）。此時自沉之志已決，故篇中表現的感情，既很激憤，又很沉靜，而堅持正義，決不妥協的精神則一如既往，表現仁人志士為正義而不惜自我犧牲的偉大人格。其精神感人至深，故司馬遷特載之於〈屈原賈生列傳〉。

滔滔孟夏兮，草木莽莽❶。傷懷永❷哀兮，汨❸徂南土❹。眴兮杳杳，孔靜幽默❺。鬱結紆軫兮，離慜而長鞠❻。撫情效志❼兮，冤屈而自抑❽。

【章旨】本段寫自己孟夏時「汨徂南土」的憂悶苦痛的心情。

【注釋】❶滔滔二句　王逸說：「言孟夏四月，純陽用事，煦成萬物，草木之類，莫不莽莽茂盛。自傷不蒙君惠，而獨放棄，曾不若草木也。」滔滔，陽氣隆盛貌。孟夏，陰曆四月。莽莽，茂盛貌。❷永　長。❸汨　疾行貌。❹南土　指楚國南方。蔣驥說：「指所懷之沙言。今長沙府湘陰縣，汨羅江在焉。其地在湖之南也。」❺眴兮二句　王逸說：「言江南山高澤深，視之冥冥，野甚清淨，寂無人聲。」眴，視貌。洪興祖曰：「眴，與『瞬』同，《說文》云：開闔目數搖也。」杳杳，深暗貌。孔，甚；很。幽默，幽靜寂寞，寂靜無聲。❻鬱結二句　言己遭遇憂患而長期窮困。鬱結，煩惱積結。紆軫，盤曲。紆，屈曲；回旋。軫，轉。離慜，遭遇憂傷。離，通「罹」。遭遇。鞠，窮。❼撫情效志　猶言「捫心自問，自我檢驗」。撫，循。效，驗。❽抑　壓抑；抑制。

【語譯】暖融融的陰曆四月啊，草木長得郁郁蔥蔥。心裡悲傷而長久哀痛啊，匆匆地我走在南國的山中。舉目四顧啊幽深昏暗看不清，非常寂靜而無影無聲。煩悶積結而盤曲不散啊，遭遇憂傷而長期窮困。捫心自問而自我反省啊，雖遭冤屈而自我抑制滿胸悲憤。

刓❶方以為圜❷兮，常度❸未替❹。易初本迪❺兮，君子所鄙❻。章畫志墨兮，前圖未改❼。內直質重❽兮，大人所晠❾。巧倕不斲兮，孰察其揆正❿。玄文⓫處幽⓬兮，矇⓭謂之不章。離婁⓮微睇⓯兮，瞽⓰以為無明。變白以為黑兮，倒上以為下。鳳皇在笯⓱兮，雞鶩⓲翔舞。同糅⓳玉石兮，一槩⓴而相量。夫惟黨人之鄙固㉑兮，羌不知余之所臧㉒。任重載盛兮，陷滯而不濟㉓。懷瑾握瑜㉔兮，窮㉕不知所示㉖。邑犬群吠兮，吠所怪也㉗。非㉘俊疑桀㉙兮，固庸態㉚也。文質疏內㉛兮，眾不知余之異采㉜。材樸委積㉝兮，莫知余之所有。

【章旨】本段寫自己操守純正，指責當時社會顛倒黑白而無人了解自己的高潔情懷。

【注釋】❶刓　削。❷圜　同「圓」。❸常度　永恆不變的法則。度，法度；原則。❹替　廢棄。❺易初本迪　謂變易其初時本然之道。迪，道。一說，易初，變易初心。本迪，即變更常道。本，疑當作卞，卞、變古相通。❻鄙　鄙視；瞧不起。❼章畫二句　言己明記規矩，不改前人法度。章，明。畫，規劃。志，記。墨，繩墨。規劃繩墨，指規矩法則。前圖，即「前度」，從前的法度。❽內直質重　內心正直，本質厚重。❾大人所晠　大人所讚美的。大人，猶言「君子」，指道德品質高尚純正的人。晠，通「盛」。形容詞用作意動詞，以為盛，讚美之意。❿巧倕二句　言巧匠倕不斲砍，誰知其揆度之正確。倕，人名，相傳為堯時的巧匠。斲，用刀、斧砍削。察，知。揆，度，測度。⓫玄文　黑文，黑色的文彩。⓬幽　幽暗；黑暗。⓭矇　瞎子。有瞳孔看不見叫矇。⓮離婁　人名，相傳為黃帝時人，視力最好，能於百步之外，察秋毫之末。⓯微睇　略加審視。微，稍微。睇，視。⓰瞽　瞎子。⓱笯　鳥籠。⓲鶩　鴨子。⓳糅　混雜。⓴槩　刮平斗斛的小木棒。㉑鄙固　鄙陋固執，指見識短淺，心胸狹窄。㉒臧　善。用作意動詞，以為善，稱讚之意。㉓任重二句　以車載重為喻，言車載過重，陷泥濘而不得過。言己雖才可任重，但陷沒沉滯，而不能有濟。濟，度。㉔懷瑾握瑜　言懷揣美玉。懷，藏。瑾、瑜，皆美玉。

㉕窮　窮困；困阨。㉖示　給人看。㉗邑犬二句　謂小地方的犬，少見多怪，常群起對所怪之人狂吠。比喻小人群聚讒毀賢良。吠，狗叫。㉘非　指責；誹謗。㉙桀　通「傑」。突出、傑出的人。㉚庸態　常態，經常的態度。㉛文質疏內　言文彩樸質，迂闊木訥。文質，文彩樸質而不華豔。疏，迂闊。內，木訥而不善言辭。㉜異采　特異的文彩。㉝材樸委積　言才能樸質，委積而不用。樸，未加工的木材。此指樸素而不炫耀。委積，委棄堆積。

【語　譯】別人削方以為圓啊，我不變的法度卻沒有廢棄。丟棄初時本有的正道啊，那是君子之所鄙視。明確畫線記住繩墨啊，從前的法度沒有改易。心地正直本質厚重啊，那是品德高尚的人所稱說。巧匠倕不動斧砍斲啊，誰知道他測度的正確。黑色花紋置於幽暗之處啊，瞎子說它並無彩色文章。離婁微微一瞥啊，瞎子說他視力不強。把白的變成黑的啊，在上的倒放在下邊。鳳凰鳥關在籠子裡啊，雞和鴨卻展翅起舞翩翩。美玉和石子混雜一起啊，一概而把一切等量齊觀。只有黨人鄙陋固執啊，不了解我善美的內涵。我挑得重來載得多啊，卻陷沒沉滯而不能度險。我懷藏瑾來手握瑜啊，卻窮困而不知向誰展現。小邑的犬成群狂吠啊，吠牠們認為的怪誕。誹謗豪俊而懷疑英傑啊，本來是這些人的常態。文采樸素而迂闊木訥啊，一般人不了解我特異的文采。材質樸實而被委棄堆積啊，無人知曉我特有的所在。

重❶仁襲❷義兮，謹厚以為豐❸。重華❹不可遻❺兮，孰知余之從容❻。古固有不並❼兮，豈知其故❽也？湯禹❾久遠兮，邈❿不可慕也。懲違改忿⓫兮，抑心⓬而自彊⓭。離慜⓮而不遷⓯兮，願志之有像⓰。進路北次⓱兮，日昧昧⓲其將莫⓳。舒憂娛哀兮，限⓴之以大故㉑。

【章　旨】本段寫「重華不可遻」，「湯禹久遠」，一切均無希望，唯有一死以保持清白。

【注　釋】❶重　積。❷襲　重疊，亦積累之意。❸豊　大，富足。❹重華　帝舜之名。❺遻　逢；遇。❻從容　舉動自得之意。❼不並　謂聖主賢臣不並世而生。❽故　謂聖賢不同時生之緣故。❾湯禹　商湯王、夏禹王。❿邈　遠。⓫懲違改忿　謂不敢悖理，不敢疾人。懲，止。違，違理之事。忿，恨。一說，違，通「愇」。恨。「懲違」與「改忿」對文同義，即丟開憤恨。⓬抑心　按抑心情；控制感情。⓭自彊　自己堅強。⓮離慜　遭遇憂傷。離，通「罹」。遭遇。⓯不遷　不改其為善之節。⓰願志句　謂願自己的志行能為後人的榜樣。像，法；榜樣。一說，謂欲法彭咸之死。⓱北次　謂向郢都進發。次，舍止。郢都在沅湘之北，故曰北次。⓲昧昧　昏暗貌。⓳莫　同「暮」。⓴限　期；決定。㉑大故　指死亡。

【語　譯】積累仁德積累道義啊，以謹慎厚道作為富足。舜帝重華不可遇見啊，誰知我的舉止從容不迫。古代本就有聖賢不同時並生啊，哪能知道是何緣故？商湯、夏禹已經久遠啊，邈遠渺茫不可思慕。不敢違理不敢疾人啊，抑制感情而自我堅強穩固。遭遇悲傷而堅定不移啊，願志行成為後人的榜樣楷模。順路前進向北止宿啊，日色昏暗即將日暮。舒散憂心娛樂哀思啊，期待著走向大故。

亂曰：浩浩沅湘，分流汩兮❶。修❷路幽拂❸，道遠忽❹兮。曾吟❺恆悲，永歎喟❻兮。世既莫吾知，人心不可謂兮。懷情抱質，獨無匹兮❼。伯樂既沒，驥將焉程兮❽？民生稟命❾，各有所錯❿兮。定心廣志，余何畏懼兮⓫。知死不可讓⓬，願勿愛⓭兮。明告君子，吾將以為類⓮兮。

【章　旨】本段總申前意，表明自己為堅持正道而死的決心。

【注　釋】❶浩浩二句　言沅湘之水，分流入湖，其行迅疾。浩浩，大水貌。沅湘，沅水、湘水，皆在今湖南境內，流入洞庭湖。屈原方自沅入湘，故兼沅湘而言。汩，疾流貌。❷修　長，形容路途遙遠。❸幽拂　猶言「幽蔽」，幽深阻塞。拂，茀之借字，蔽。❹忽　恍惚；渺茫。❺曾吟　不停地呻吟。曾，通「層」。重疊。❻永歎喟　長聲歎息。永，長。喟，歎息；歎聲。❼懷情二句　言己懷忠信之情，抱敦厚之質，卻孤獨而無偶。匹，配對；成雙。❽伯樂二句　言良馬不遇伯樂，則無法驗其才力。伯樂，春秋時秦國人，以善相馬著稱。沒，死。驥，良馬；千里馬。程，檢驗；衡量。❾稟命　稟賦天命。❿錯　同「措」。置；安排。⓫定心二句　朱熹說：「君子之處患難，必定其心而不使為外物所動搖，必廣其志而不使為細故所狹隘，則無所畏懼而能安於所遇矣。」定心，安心。廣志，猶「寬懷」，舒展胸懷。⓬讓　辭。⓭愛　吝惜，指貪生。⓮類　同類；法式。

【語　譯】尾聲說：浩浩奔流的沅水湘水，分流入洞庭湖而急速匆忙。漫長的道路幽深阻塞，前程遙遠而又渺茫。不停地呻吟長久地悲哀，長聲地歎息憂傷啊。世上既然無人了解我，人心不可以訴說磋商。懷忠貞之情而抱純樸之質，卻又孤獨而無與匹配成雙。伯樂既已死去，千里馬哪裡去識別衡量？人生稟賦著天命，各人都已安排停當。安定心志和舒展胸懷，我有何畏懼驚慌。知道死已不可辭讓，希望不再吝惜徬徨。明白地告訴大人君子，我將以他們作為榜樣。

【研　析】本篇是屈原臨死之前不久的作品。雖非絕筆，此時卻死志已定。因為屈原自己認為「內直質重」，「懷瑾握瑜」，卻被排斥而不容於世，無處發揮其作用，顯示其價值，而屈原又不能「易初本迪」以變心從俗。於是經反覆思考，「知死不可讓」，就決心以一死了之。因而他雖對黑暗的社會現實充滿憤恨，而心情卻反倒平靜了下來。這是暴風雨來臨之前短暫的沉寂。賦中理智的分析多於激烈的怨憤，直接的指斥多於纏綿的幽怨。在遣詞造句上，與這種感情色彩相一致，亦句式明快簡短，節奏緊迫急促，語言古奧樸實，大不類於〈離騷〉、〈抽思〉諸篇。王夫之說：「原不忍與世同汙而立視宗國之亡，決意於死，故明其志以告君子。司馬遷云：『乃作〈懷沙〉之賦，遂自投汨羅。』蓋絕命永訣之言也。故其詞迫而不舒，其思幽而不著，繁音促節，特異於他篇云。」這正道出了本篇在抒情遣詞上的特點。

九章・橘頌

【題解】〈橘頌〉就是頌揚橘樹。王逸說：「美橘之有是德，故曰頌。」即其意。關於本篇的寫作時間，一說是屈原早年的作品，一說是屈原晚年所作。然從賦的形式看，基本四言，「兮」字在句末，近於《詩經》，是由《詩經》的四言體向騷體過渡的一種形式，說明屈原創造的騷體尚處在探索演變之中。從內容看，全賦一片熱烈的頌揚之聲，全無屈原其他作品之憂怨哀傷情調，且賦中有「嗟爾幼志」、「年歲雖少」諸語，亦屬屈原年輕時口吻。吳汝綸曰：「此篇疑屈子少作，故有『幼志』及『年歲雖少』之語，未必已被讒也。」案：吳說極是，今從之。這是一篇詠物賦，它以擬人的手法，對橘樹斑斕奪目的外表美及堅定不移、「深固難徙」的內質美作了熱情的歌頌，認為它可以作為自己的師表，實際上是屈原對高尚人格的肯定與歌頌，是屈原對理想人格的熱烈追求。

后皇嘉樹，橘徠服兮❶。受命❷不遷❸，生南國❹兮。深固難徙❺，更壹志❻兮。

綠葉素榮❼，紛❽其可喜兮。曾枝❾剡棘❿，圜實⓫摶⓬兮。青黃雜糅，文章爛兮⓭。

精色⓮內白⓯，類任道⓰兮。紛縕⓱宜修⓲，姱⓳而不醜兮。

【章旨】本段讚揚橘樹「深固難徙」的美德和文章燦爛的外表美，寄託詩人眷戀故國鄉土的情懷。

【注釋】❶后皇二句　言天地生植嘉樹，惟橘服習楚國的水土。后，后土，指地。皇，皇天，指天。嘉樹，美好的樹，指橘樹。徠，與「來」同。服，習慣。❷受命　猶言「稟性」，謂稟受於天地的本性。❸不遷　謂不能遷徙，遷徙則變性。《晏子春秋・內篇・雜下》云：「橘生淮南則為橘，生於淮北則為枳。」即其證。❹南國　指楚國。《漢書・食貨志》有「江陵千樹橘」之語，是楚地產橘之證。❺深固難徙　言根本深而堅固，即一處亦難移種。❻壹志　意志專一。❼素榮　白花。❽紛茂盛貌。❾曾枝　重疊的枝條。曾，通「層」。重疊。❿剡棘　尖銳的刺。剡，銳利。棘，刺。⓫圜實　圓圓的果實。圜，同「圓」。實，果實。⓬摶　圓。⓭青黃二句　言未成的果實和已成熟的果實混雜在一起，色彩斑斕。青，指未成熟的青果。黃，指已成熟的黃色果實。文章，錯雜的色彩或花紋。古以青與赤相雜為文，赤與白相雜為章。爛，燦爛；鮮豔。⓮精色　精純之色。一說，明亮的顏色。精，明。⓯內白　指果內的瓤與核色白。⓰類任道　指類似可任以道而用事之人。⓱紛緼　盛貌。一說，義同「氤氳」，指濃郁的香氣。⓲宜修　宜於修飾，修飾得合宜。⓳姱　美。

【語　譯】天地間最美好的樹種，橘樹生來就習慣當地的風俗啊。稟受天命不能隨便移栽，生長在這南國的沃土啊。紮根深遠牢固而不可遷徙，更加意志專一誠篤啊。綠色的葉片白色的瓤，繁茂旺盛叫人喜歡啊。層層的枝條尖尖的棘刺，大大的果實圓又圓啊。青果黃果交糅混雜，色彩鮮艷而斑斕啊。精純的顏色而果肉潔白，類似君子可將道義擔負在肩啊。枝葉茂盛而修飾合宜，美好而不醜陋難看啊。

嗟爾幼志❶，有以異兮。獨立❷不遷，豈不可喜兮。深固難徙，廓❸其無求兮。

蘇世❹獨立，橫而不流❺兮。閉心❻自慎，終不過失兮。秉德❼無私，參天地❽兮。

【章　旨】本段歌頌橘樹「獨立不遷」、「橫而不流」的內在美德。

【注　釋】❶幼志　朱熹說：「言自幼而已有此志，蓋其本性然也。」❷獨立　謂卓然特立。❸廓　大，廣闊。此形容志氣宏偉。❹蘇世　言與世俗相對立。蘇，寤，借作「啎」，即「忤」。牴觸；不順從。一說，蘇，借為疏，謂無合於世，與世自疏。❺橫而不流　謂雖遭橫逆而不隨波。橫，橫逆，強暴不順理。❻閉心　謂緊閉其心，不為外物所動搖。❼秉德　謂秉持其獨立之德。秉，持。❽參天地　可與天地並列為三，引申為謂其德可與天地相比並。

【語　譯】啊！你的小小年紀的志趣，有與樹不同品行啊。特立於世而不可動搖，難道不可喜可敬啊。根深蒂固而難以移徙，胸懷寬廣而不將私利追求啊。與世俗對立而挺立於世，雖遭橫逆而不隨波逐流啊。緊閉其心而謹慎自守，始終沒有失誤過錯啊。保持高尚品德而無私心，可與天比高與地比厚啊。

願歲并謝，與長友兮❶。淑離❷不淫❸，梗❹其有理❺兮。年歲雖少，可師長❻兮。行比伯夷❼，置以為像❽兮。

【章　旨】本段表明屈原要以橘樹為學習的榜樣。

【注　釋】❶願歲二句　洪興祖說：「言己年雖與歲月俱逝，願長與橘為友也。」謝，辭去。❷淑離　美好。淑，善。離，通「麗」。美麗。❸淫　過分；過度。❹梗　梗直，指橘樹的枝幹。❺理　紋理，指橘樹的紋路。❻師長　謂可作為老師和長者來效法。❼伯夷　殷末孤竹君之長子，與其弟叔齊互相讓國，先後都逃至周國。周武王伐紂，二人叩馬諫阻，不聽。武王滅商，他們恥食周粟，逃到首陽山，餓死在山裡。《孟子・萬章》讚揚伯夷是「聖之清者」。❽像　榜樣。

【語　譯】希望隨歲月流逝而一道凋謝，與你長久地結為好友啊。你善良美麗而不過度，梗直而又紋理清秀啊。你年紀雖然幼小，卻可以作為師長啊。你品行可與伯夷媲美，我要放置身旁作為榜樣啊。

【研　析】本篇全用象徵比興的手法。它抓住橘樹的某些特性與人的某些品德的相似之處，進行藝術的概括。賦讚美的是橘樹，實際上是象徵著人的品德，寄託著屈原的人格理想。橘是人格化的橘，是理想化的橘，完全符合詠物作品的「不即不離」的要求。所謂「不即」，就是不局限於物，只是從物的某些特性生發開去，借物抒懷，別有寄託。所謂「不離」，就是不離開物，而是抓住物的某些特性深入開掘，一切均符合物的特性。本篇就是這種「不即不離」的典範。林雲銘說：「句句是頌橘，句句不是頌橘，但見屈原與橘分不得是一是二，彼此互映，有鏡花水月之妙。」這正道出它的「不即不離」的特點。它是我國第一篇詠物賦，對後世詠物詩賦的發展產生過深遠影響。同時，全篇情調開朗，奮發向上，全無遭讒失意的悲憤之情，在〈九章〉中是風格很特殊的一篇。

九章・悲回風

【題解】〈悲回風〉是以篇首頭三字為篇名的。回風，旋風，回旋之風。悲回風即悲歎回旋之風。關於本篇的寫作時間，朱熹說是「臨絕之音」，王夫之亦認為是「自沉時永訣之辭」，而蔣驥則說：「原死以五月五日，茲其隔年之秋也歟！」說法不一。但大體作於臨死不太久之前，則是無疑的。本篇不同於〈涉江〉、〈哀郢〉諸篇之較多紀實之辭，而純粹是抒情之作。它集中抒發屈原因讒言而被放逐的冤屈、不平與孤獨、悲憤，反覆抒寫其胸中百無聊賴的痛苦，一再表白只有以一死來表明自己的清白無辜與忠貞不二，寫得極其沉痛。林紓說：「此章極寫小人壅蔽天日，使忠奸顛倒無別，諫之不能，救之無術，則寓情高遠，翱翔於天地之間，脫去小人之檻陷，以泄其憂憤之懷。」這就正指出了本篇在內容上的重要所在。

悲回風之搖蕙❶兮，心冤結❷而內傷❸。物有微而隕性兮，聲有隱而先倡❹。夫何彭咸之造思❺兮？暨❻志介❼而不忘。萬變其情豈可蓋❽兮，孰虛偽之可長？鳥獸鳴以號群❾兮，草苴比❿而不芳。魚葺⓫鱗以自別兮，蛟龍隱其文章⓬。故荼薺⓭不同畝⓮兮，蘭茝幽⓯而獨芳。惟佳人⓰之永都⓱兮，更統世⓲以自況⓳。眇遠志⓴之所及兮，憐浮雲之相羊㉑。介眇志㉒之所惑㉓兮，竊賦詩之所明㉔。

【章旨】本段以回風搖蕙起興，說明寫作此賦的目的是要將內心的孤獨與憤慨告白於世。

【注釋】❶蕙　香草名。❷冤結　冤屈鬱結。❸內傷　內心悲傷。❹物有微二句　這是在前二句的基礎上的哲理性的概括。微，微小；微弱。性，性命；生命。隱，隱晦；細微。倡，發起；倡導。❺造思　追思；思慕。❻暨　與；及。❼介　節，節操。❽蓋　掩蓋；掩飾。❾號群　呼叫同伴。號，叫。❿草苴比　言活草與枯草並列在一起。草，指活的草。苴，指枯草。比，並列；緊靠。⓫葺　覆蓋；重疊。⓬隱其文章　謂隱藏其文彩。文章，指文彩。⓭荼薺　苦菜和甜菜。⓮不同畝　王逸注：「言枯草荼薺不同畝而俱生，以言忠佞亦不同朝而俱用也。」⓯幽　謂處於幽僻之處。⓰佳人　美好的人，猶言「君子」。⓱永都　永久美好。永，長。都，美。⓲更統世　謂經歷世代相繼的時代。更，經歷。統，世代相繼的系統。⓳自況　自我比擬。謂擇善而從。況，比。⓴眇遠志　高遠的志向。眇，遠；高。㉑相羊　猶「徜徉」。疊韻聯綿詞，徘徊而無所依傍之貌。㉒介眇志　耿介高遠的志向。介，耿直。㉓惑　謂被人猜疑。惑，疑。㉔賦詩之所明　謂寫作此詩以自明其志趣。

【語譯】悲歎旋風搖撼著蕙草啊，心中冤屈鬱結而獨自憂傷。事物有微小就失掉本性啊，聲音有隱晦而卻已先唱。為什麼我要追求思慕彭咸啊？與他的志趣節操我不能遺忘。千變萬化那真情豈可掩蓋啊，哪裡有弄虛作假可以久長？鳥獸鳴叫以呼喚同伴啊，鮮草枯草並列一起就不再芳香。魚依靠覆蓋的魚鱗以自我辨別啊，蛟龍深藏以隱藏牠的文采輝煌。所以苦菜與甜菜不能同畝種植啊，蘭花與白芷處於幽僻仍獨自芬芳。想來賢人君子可永保美好啊，經歷世世代代仍能自比善良。高遠的志向所到達之處啊，可憐它如浮雲之徘徊而無所依傍。耿直高遠的志趣被人猜疑啊，就只好寫作此詩賦來表明自己的向往。

惟佳人之獨懷❶兮，折芳椒❷以自處❸。曾歔欷❹之嗟嗟❺兮，獨隱伏❻而思慮。涕泣交而淒淒❼兮，思不眠以至曙。終❽長夜之曼曼❾兮，掩❿此哀而不去⓫。寤從容以周流⓬兮，聊逍遙⓭以自恃⓮。傷太息之愍憐⓯兮，氣於邑⓰而不可止。糾⓱思心以為纕⓲兮，編愁苦以為膺⓳。折若木⓴以蔽光兮，隨飄風㉑之所仍㉒。存髣髴㉓而不見兮，心踊躍㉔其若湯㉕。撫佩衽㉖以案志㉗兮，超惘惘㉘而遂行。歲曶曶㉙其若頹㉚兮，時亦冉冉㉛而將至。薠蘅㉜槁而節離㉝兮，芳已歇而不比㉞。憐思心之不可懲㉟兮，證此言之不可聊㊱。寧溘死㊲而流亡兮，不忍此心之常愁。孤子唫㊳而抆㊴淚兮，放子㊵出而不還。孰能思而不隱㊶兮，昭㊷彭咸之所聞㊸。

【章旨】本段反覆抒寫胸中百無聊賴的痛苦和必死的決心。

【注釋】❶獨懷　指佳人特有的懷抱。❷椒　辛辣之物，比喻耿直的節操。❸自處　謂自處於芳香辛辣。❹曾歔欷　重疊歎息，不斷歎息。曾，通「層」。重疊。歔欷，哀歎抽泣聲。❺嗟嗟　歎息聲不已。❻獨隱伏　指獨自處於荒僻之地。❼淒淒　悲傷；悽愴。一說，涕淚交流貌。❽終　竟；整。❾曼曼　同「漫漫」。長貌。❿掩　抑止；抑制。⓫不去　謂不能排去。⓬寤從容句　謂醒而徘徊步行。寤，睡醒起來。從容，安逸舒緩而不慌不忙。周流，四周漫步。⓭逍遙　安閒自得貌。⓮自恃　自我寄託，自我寬慰。恃，寄託之意。⓯愍憐　憐憫；痛惜。⓰於邑　哽咽，憂悒鬱結。⓱糾　集結；收集。⓲纕　佩帶。⓳膺　胸。此指絡胸的網絡。⓴若木　神話中謂長在日入處的一種樹木。㉑飄風　旋風。㉒仍　因，跟隨。謂隨風所因，吹往哪裡算哪裡。㉓存髣髴　周圍的存在仿佛不清。存，指周圍存在的事物。髣髴，同「仿佛」。見不真切貌。㉔踊躍　跳動；蹦跳。㉕若湯　如同沸水。湯，沸水；開水。㉖佩衽　佩帶和衣襟。衽，衣襟。㉗案志　猶「抑志」。控制住感情。㉘超惘惘　悵然迷茫。超，惆悵貌。惘惘，失意；迷惘。㉙曶曶　同「忽忽」。匆匆。㉚頹　衰敗；完結。㉛冉冉　漸漸。㉜薠蘅　並香草名。薠，似莎而大。蘅，杜蘅，似葵而香。㉝節離　言草枯萎則枝節脫離。㉞不比　不聚合；不比並。㉟不可懲　不可抑止。㊱聊　賴，依靠。㊲溘死　很快死去。溘，疾促；忽然。㊳唫　同「吟」。呻吟。㊴抆　擦拭。㊵放子　放逐之子，屈原自指。㊶隱　痛苦。㊷昭　明，光大。㊸所聞　所聽聞；所知曉。即所作所為。郭沫若《屈原賦今譯》說：「聞字與上還字失韻，當是閒字之誤。閒與閑通。」閑，熟知。可備一說。

【語譯】只有佳人獨有的懷抱啊，折下芳香的花椒而以芬芳自居。不停地歎息而歎聲不止啊，獨處荒僻而思慮不舒。眼淚交流而內心悽愴啊，想來想去不能入睡以至天明。熬過整整一個漫長的夜晚啊，抑制住這種哀傷而不能捨棄變更。醒來我不慌不忙地四處走走啊，姑且安閒自我寬慰愁情。悲傷歎息而又痛惜啊，氣息哽咽而不能息平。集結思念之心作為佩帶啊，編織憂愁痛苦而做成絡胸的絡纓。折下若木而遮擋住日光啊，聽憑著旋風裹脅而行。周圍存在仿仿佛佛而看不清楚啊，內心蹦蹦直跳好似開水沸騰。撫摸著佩帶衣襟而抑止激動的感情啊，我恍惚迷茫就要遠行。歲月匆匆逝去好像年歲將盡啊，時光漸漸流逝而將過完此生。蘋草杜蘅枯槁而枝節脫落啊，香花就已停歇而不再繁榮。可憐我思念之心不可抑制啊，證明以上這些話全不可依憑。寧可忽然死去而隨流水亡逝啊，不忍心就這樣愁苦不寧。孤兒呻吟而擦拭淚水啊，流犯放逐出去就不再回京。誰能夠想起這些遭遇而不痛苦啊，只有發揚光大彭咸留下的德行。

登石巒❶以遠望兮，路眇眇❷之默默❸。入景響之無應❹兮，聞省想❺而不可得❻。愁鬱鬱❼之無快兮，居戚戚❽而不可解。心鞿羈❾而不開兮，氣繚轉❿而自締⓫。穆眇眇⓬之無垠兮，莽芒芒⓭之無儀⓮。聲有隱而相感兮，物有純⓯而不可為⓰。藐蔓蔓⓱之不可量兮，縹綿綿⓲之不可紆⓳。愁悄悄⓴之常悲兮，翩冥冥㉑之不可娛。陵㉒大波而流風㉓兮，託彭咸之所居。

【章　旨】本段寫借登巒遠望，抒寫楚國現實的沉悶與自己難以舒展的悲愁。

【注　釋】❶石巒　石山。巒，小而銳峭的山。❷眇眇　遼遠。❸默默　空蕩寂靜。❹景響之無應　謂形不見影，響無回聲，極言其幽寂昏暗。景，同「影」。應，回應。❺聞省想　謂耳聞、目視、心想。省，察看。❻不可得　謂一無所獲。❼鬱鬱　憂悶鬱結不解貌。❽居戚戚　坐下來則憂愁恐懼。居，坐。戚戚，憂懼。❾鞿羈　被束縛。鞿羈，馬韁繩。韁在口曰鞿，革絡頭曰羈，喻人被牽制束縛。❿繚轉　纏繞。⓫自締　自締結而不可解。結而不可解曰締。⓬穆眇眇　寂靜高遠。穆，肅靜。⓭莽芒芒　空曠無際。莽，猶「莽莽」，長遠無際貌。芒芒，猶「茫茫」，曠遠貌。⓮無儀　無匹，謂無可比擬。⓯純　純一；純粹。⓰不可為　不可改變。言己雖孤獨窮苦，而純一之質不可改變。⓱藐蔓蔓　《楚辭集注》作「邈漫漫」，曠遠而無邊際貌。⓲縹綿綿　縹渺無際。縹，高遠隱約。綿綿，連續不斷貌。⓳紆　屈曲。⓴悄悄　憂愁貌。㉑翩冥冥　遠走高飛。翩，疾飛。冥冥，昏暗。此形容高遠。㉒陵　乘，登上。㉓流風　謂隨風飄流。

【語　譯】登上石山我向遠處瞭望啊，道路遙遠而空曠寂靜。進入陰影回聲皆無反應之地啊，是耳聞、目睹和心想都無所得的環境。煩愁鬱結而無歡快啊，憂愁恐懼而不可舒散。心思被束縛而不可解開啊，怨氣纏繞而互相紐綰。宇宙靜寂高遠而無邊無際啊，空曠無垠而無匹伴。聲音有隱微卻互相感發啊，事物有純一而不可改變。曠遠遼闊而不可測量啊，縹渺迷茫而不可折斷。憂愁苦悶和經常悲痛啊，魂飛冥冥之境而無娛悅。乘著大波我隨風而去啊，託身在彭咸居住的樂國。

上高巖之峭岸兮，處雌蜺❶之標顛❷。據青冥❸而攄虹❹兮，遂儵忽❺而捫❻天。吸湛露❼之浮涼❽兮，漱凝霜之雰雰❾。依風穴❿以自息兮，忽傾寤⓫以嬋媛⓬。馮昆侖⓭以瞰霧⓮兮，隱岷山⓯之清江⓰。憚涌湍⓱之礚礚⓲兮，聽波聲之洶洶⓳。紛容容⓴之無經㉑兮，罔芒芒㉒之無紀㉓。軋洋洋㉔之無從㉕兮，馳委移㉖之焉止。飄幡幡㉗其上下兮，翼遙遙㉘其左右。氾潏潏㉙其前後兮，伴張弛㉚之信期㉛。觀炎氣之相仍㉜兮，窺煙液㉝之所積。悲霜雪之俱下兮，聽潮水之相擊。借光景㉞以往來兮，施黃棘㉟之枉策㊱。求介子㊲之所存㊳兮，見伯夷之放迹㊴。心調度㊵而不去兮，刻著㊶志之無適㊷。

【章　旨】本段借神遊幻境，幻想超脫現實，排除內心痛苦。但天地間也是一派紛亂，仍無出路，只有追隨介子伯夷而死。

【注　釋】❶雌蜺　字亦作「雌霓」，副虹。相傳彩虹色鮮盛者為雄，稱虹；色暗者為雌，稱霓。❷標顛　頂點。標，梢。顛，頂。❸據青冥　靠著青天。據，依；靠。青冥，指天。❹攄虹　向虹吹氣。攄，舒，舒氣。❺儵忽　迅疾。一說，電光。❻捫　摸。❼湛露　濃重的露。❽浮涼　涼，《楚辭補注》作「源」。姜亮夫說：「源一作涼，皆不可通；涼源又一字之誤。疑本作浮浮，與下句『霜之雰雰』對文。」浮浮，盛貌。❾雰雰　霜雪紛降貌。❿風穴　風口，在崑崙之顛。《淮南子・冥覽》：「鳳皇羽翼弱水，暮宿風穴。」注云：「風穴，北方寒氣從地出也。」風穴為鳳皇所宿處，故屈原要依以自息。⓫傾寤　猶言「側身醒來」。傾，側。寤，醒。⓬嬋媛　猶「嘽咺」，驚駭之意。案：此上八句寫神遊太空，引出下文俯瞰人間的活動。⓭馮昆侖　倚靠著崑崙山。馮，同「憑」。依據。昆侖，同「崑崙」。神話中山名。⓮瞰霧　望霧。瞰，看；望。朱熹《楚辭集注》作「激霧」，注云：「去其昏亂之氣也。」⓯隱岐山　憑靠著岐山。隱，據，憑靠。岐山，即「岷山」，在四川潘松北，岷江發源地。⓰之清江　《補注》、《集注》本均作「以清江」。朱熹注：「清江，去其穢濁之流也。」⓱涌湍　洶涌的急流。湍，急流的水。⓲磕磕　水石相撞擊之聲。⓳洶洶　波濤聲。⓴紛容容　紛紛變動。紛，紛亂。容容，變動之貌。㉑無經　猶言「無常」。經，常道。㉒罔芒芒　迷惘渺茫。罔，通「惘」。迷惘。芒芒，同「茫茫」。浩淼貌。㉓紀　法度準則。㉔軋洋洋　傾軋洶涌。軋，傾軋。洋洋，水勢盛大貌。㉕無從　謂不知從何而來。㉖委移　同「逶迤」。雙聲聯綿詞，曲折宛轉貌。㉗飄幡幡　輕快地飄飛。幡幡，輕快貌。㉘遙遙　通「搖搖」。搖動貌。㉙氾潏潏　氾濫湧出。氾，氾濫，水漲溢延漫。潏潏，水湧出貌。㉚張弛　指水的漲落。㉛信期　謂潮漲潮落的一定期限。㉜相仍　相因襲；相重複。㉝煙液　指雲氣凝結成的雨滴。煙，雲煙，指雲氣。液，雨滴。㉞光景　日月的光輝。景，同「影」。㉟黃棘　神話中木名。蔣驥說：「考〈中山經〉云：『苦山有木名黃棘，黃花而員葉，其實如蘭，服之不字。』豈亦芳香貞烈而有棘刺之物，故借以寓意歟！」㊱枉策　彎曲的馬鞭。蔣驥注：「枉，曲也。以棘刺為策而又不直，則馬傷深而行速。」㊲介子　指介之推，春秋時晉國人。他隨從晉公子重耳出亡在外十九年。重耳回國為晉國國君後，賞從亡者，忘了介之推。介之推奉母逃隱於綿山。後晉文公使人找他，他不肯出見，晉文公只好以綿上之田封賞他。㊳所存　所在，存在的地方。㊴放迹　隱逸之跡，即隱居之地。放，逸。㊵調度　猶言「忖度」、「思量」。㊶刻著　鐫刻上，牢牢地記住。㊷無適　無他適，謂別無所從。

【語　譯】登上高聳著巖石的陡峭的崖岸啊，坐在雌霓的頂端。靠著青天而吹著彩虹啊，就忽然摸著了藍天。吸飲著濃濃的露水啊，含漱著紛紛降下的濃霜。背靠風穴我自行休息啊，忽然側身而醒我震駭驚惶。倚著崑崙山觀看茫茫雲霧啊，靠著岷山我要澄清長江。害怕那洶湧的急流礚礚的碰擊之聲啊，聽著那波濤的聲音洶洶作響。亂紛紛變動而無經常啊，迷惘渺茫而無紀綱。浪頭傾軋洶湧不知從何而來啊，水流曲折前進不知到何處逗留。如鳥兒輕快地翻飛而忽上忽下啊，像鳥翼搖動而忽左忽右，氾濫湧出而或前或後啊，伴隨著一漲一落而信守固定的時候。觀看夏日炎熱之氣相因不已啊，窺視那雲氣匯積成雨滴落墜。悲歎冬日霜雪一齊降下啊，聽著那潮水互相碰擊。憑藉著日月的光輝我來往奔馳啊，施用黃棘製作的彎馬鞭將馬鞭策。去尋找介之推殉身的處所啊，去瞻仰伯夷隱逸的遺跡。心裡總是想著他們而不能丟開啊，牢牢地記住我別無其他的選擇。

曰❶：吾怨往昔之所冀❷兮，悼來者之悐悐❸。浮江淮❹而入海兮，從子胥❺而自適❻。望大河之洲渚❼兮，悲申徒❽之抗迹❾。驟❿諫君而不聽兮，任重石⓫之何益。心絓結而不解兮，思蹇產而不釋⓬。

【章　旨】本段寫屈原自己陷入生與死的重重矛盾之中，愁思縈繞，痛苦萬分。

【注　釋】❶曰　郭沫若《屈原賦今譯》注云：「原文只存一『曰』字，當是『亂曰』之殘，故譯為尾聲。」案：郭說是，今從之。❷所冀　所希望的，謂希望落空，故怨。❸悐悐　憂懼貌。❹江淮　長江、淮河。❺子胥　人名，即伍子胥。《越絕書》曰：「子胥死，王使捐於大江，乃發憤馳騰，氣若奔馬，乃歸神大海。」❻自適　謂順適己志，滿足自己的心意。❼洲渚　河中沙洲。❽申徒　申徒狄，殷末人，不忍見紂亂，自擁石赴河而死。❾抗迹　猶言「高行」。抗，通「亢」。高。❿驟屢次。⓫任重石　謂負重石自沉。⓬心絓結二句　注見〈哀郢〉。

【語譯】尾聲說：我怨恨往昔的希望落空啊，悲悼未來的日子而憂懼驚悸。浮游經長江、淮河而歸入大海啊，追隨伍子胥以順適我的心意。望著黃河中的一片沙洲啊，悲歎申徒狄高尚的事跡。屢次進諫君主而不聽信啊，負重石自沉又有何補益。我心緒鬱結而不可化解啊，思慮糾纏而不能捨棄。

【研析】本篇從回風搖蕙入手托物起興，由自身的感受擴展到宇宙的無窮。全篇不似〈涉江〉、〈哀郢〉之有較多的現實生活的紀錄，而是純粹的抒情，加上幻想的馳騁，情辭淒惋悲涼，充分表達出屈原絕望的心情。但在抒情中包含有對事物的深層探究，對現實的理性思考，對宇宙的哲理思索，將形象思維與抽象思維有機地結合起來，將感情昇華到哲理的更高境界，正如姜亮夫所說「此文有點像《莊子・齊物論》一樣屬於較高水平」（《楚辭今繹講錄》）。遣詞造句又多用雙聲、疊韻聯綿詞和疊詞。這些富有音樂美的詞語的大量使用，使抒情更加低回往復，造成一種非常高妙的格調。在〈九章〉裡又是另一番景象，另一種風格。

九章・思美人

【題解】〈思美人〉取篇首三字為篇名。所思之美人則依對此篇寫作時間和地點的不同確定而有不同理解。關於本篇的寫作時間和地點，多有爭議。自王逸以來，認為是楚頃襄王時屈原放逐江南時所作，則美人即指頃襄王。而林雲銘、蔣驥則又提出是楚懷王時屈原斥居漢北時所作。如蔣驥說：「此亦懷王時斥居漢北之辭，蓋繼〈抽思〉而作者也。」今人仍二說並存。然就全篇詞旨而言，與〈離騷〉、〈抽思〉更相近，今從蔣說，則美人即指楚懷王。本篇乃繼〈抽思〉而作，文義亦是〈抽思〉結尾「憂心不遂，斯言誰告」的發展，主要表白屈原對楚懷王的忠貞；雖不為懷王所理解，但他絕不變節，雖為「媒絕路阻」所愁苦，但並不求媒疏通，而是表示要追隨彭咸，誓以死諫。感情比〈抽思〉更深沉，更冷靜。蓋〈抽思〉乃屈原被疏之初，情緒激動；此篇作於其後，情緒已冷靜下來，更冷靜的思考多於狂熱的呼號。蔣驥說：「此篇大旨承〈抽思〉立說。然〈抽思〉始欲陳詞美人，終曰斯言誰告。此篇始欲舒情莫達，終欲以死諫君。夫乍困者氣雄而漸沮，久淹者心鬱而逾激，勢固然也。」這是本篇與〈抽思〉相近而又不同之處。

思美人兮，攬涕❶而竚眙❷。媒絕路阻兮，言不可結而詒❸。蹇蹇❹之煩冤❺兮，陷滯❻而不發❼。申旦❽以舒中情兮，志沉菀❾而莫達。願寄言於浮雲兮，遇豐隆❿而不將⓫。因⓬歸鳥而致辭兮，羌迅高而難當⓭。

【章旨】本段抒發思念懷王的深情與情意不能溝通的苦悶與哀愁。

【注釋】❶攬涕　收住眼淚。攬，收。涕，淚。❷竚眙　站立呆望。竚，同「佇」。久站。眙，直視。❸詒　通「貽」。給與；贈與。❹蹇蹇　通「謇謇」。忠直之言。❺煩冤　煩悶委屈。❻陷滯　沉陷停滯。❼不發　不能起行。朱熹注：「承上路阻而言，陷滯不發，亦以陷濘為喻也。」❽申旦　通宵達旦。❾沉菀　沉悶積鬱。❿豐隆　傳說中的雲師。⓫將　攜帶；遞送。⓬因　依靠；憑藉。⓭當　值；遇到。

【語譯】思念美人啊，我收住眼淚而久立呆望。媒人斷絕道路阻塞啊，千言萬語不可連結而獻上。忠直之言招來的煩悶委屈啊，如同陷入泥濘而不能自拔。通宵達旦抒發我的內情啊，心意沉悶鬱積而無法向美人表達。想把言詞寄託給浮雲啊，遇上雲師豐隆不肯攜帶。想憑藉歸鳥把言詞遞去啊，歸鳥飛得又快又高而難以相會。

高辛之靈晟兮，遭玄鳥而致詒❶。欲變節以從俗兮，媿易初❷而屈志。獨歷年❸而離愍❹兮，羌馮心❺猶未化❻。寧隱閔❼而壽考❽兮，何變易之可為。知前轍❾之不遂❿兮，未改此度。車既覆而馬顛⓫兮，蹇獨懷此異路。勒騏驥⓬而更駕⓭兮，造父⓮為我操之⓯。遷逡次⓰而勿驅兮，聊假日以須時⓱。指嶓冢⓲之西隈⓳兮，與纁黃⓴以為期。

【章　旨】本段抒發對懷王的忠貞之情，表示決不「變節以從俗」，明知前轍危險，仍堅持更駕以須時日。

【注　釋】❶高辛二句　傳說帝嚳高辛氏聞簡狄賢且美，遣玄鳥為媒，聘以為妃。高辛，即帝嚳，古代五帝之一。靈晟，猶言「神明」。靈，神。晟，光明。玄鳥，燕子。因其羽毛黑，故名。詒，通「貽」。贈與。此指聘禮。❷媿易初　以改變初衷為羞愧。媿，同「愧」。羞愧。❸獨歷年　只有我經歷多年。獨，僅；只。歷，經歷；經過。❹離愍　遭遇憂傷。離，通「罹」。遭遇。❺馮心　滿心。謂充滿憤懣之心。馮，同「憑」。王逸〈離騷〉注：「楚人名滿曰憑。」❻未化　沒有變化。❼隱閔　猶「隱忍」。謂隱忍憂患。❽壽考　年高；長壽。此指「老死」。❾轍　車輪痕跡。❿不遂　不順；不如意；不成功。⓫顛　仆，倒下。⓬勒騏驥　勒住千里馬。勒，拉韁止馬。騏驥，良馬；千里馬。⓭更駕　重新駕車。一說更換車駕。⓮造父　西周時人，以善駕車著稱。相傳他獻八匹駿馬給周穆王，御而西行，至崑崙，見西王母。⓯操之　指執轡駕車。⓰遷逡次　謂遷延逡巡而止。⓱須時　等待時機。須，待。⓲嶓冢　山名。在陝西寧強北，東漢水發源於此。蔣驥曰：「原居漢北，嶓冢水所出以立言也。」⓳隈　山邊；角落。⓴纁黃　黃昏之時。纁，淺紅色。其色黃而兼紅，為日入時餘光。因以指黃昏。

【語　譯】帝嚳高辛神靈英明啊，遭遇燕子而向簡狄送去聘禮。我想改變節操而隨從世俗啊，為改變初衷委屈心意而感到羞愧。只有我經歷多年而遭遇憂傷啊，充滿憤懣的心還未變易。寧願忍受憂患而直至老死啊，哪裡有隨便變易初衷的可作可為。知道前面的車子不順利啊，我也不會改變我的態度。車子既已翻掉而馬也跌倒啊，我偏偏還掛念著這條與眾不同的道路。勒住駿馬而重新駕車啊，叫造父為我執轡駕馭。遷延逡巡止住而不再驅趕啊，姑且假借時日以等待時機。指向嶓冢山的西邊山阿啊，約定黃昏作為休止的日期。

開春發歲❶兮，白日出之悠悠❷。吾將蕩志❸而愉樂兮，遵江夏❹以娛憂。攬大薄❺之芳茝兮，搴❻長洲之宿莽❼。惜吾不及古人兮，吾誰與❽玩此芳草。解萹薄❾與雜菜❿兮，備⓫以為交佩⓬。佩繽紛⓭以繚轉⓮兮，遂萎絕而離異⓯。吾且儃佪⓰以娛憂兮，觀南人⓱之變態。竊快在中心兮，揚厥馮⓲而不竢。芳與澤其雜糅兮，羌芳華自中出。紛郁郁⓳其遠烝⓴兮，滿內而外揚。情與質信可保兮，羌居蔽㉑而聞章㉒。

【章旨】本段寫被疏遠後的自處——娛憂。雖芳潔無人理解卻仍要堅持下去。

【注釋】❶開春發歲　指新的一年開始。❷白日句　白日悠悠，猶言「春日遲遲」。指春天日子長。悠悠，舒緩貌。❸蕩志　滌蕩胸懷，排遣憂思。❹江夏　長江、夏水。夏水，據《水經注》，夏水故道從湖北沙市東南分長江水東出，流經今監利縣北，折東北至沔陽入漢水。自此以下的漢水也稱夏水。蔣驥說：「江夏，在漢北之南，去郢為近，遵以娛憂，須時之意也。」❺薄　草木叢生處。❻搴　拔取。❼宿莽　王逸〈離騷〉注：「草冬生不死者，楚人名曰宿。」案：此二句以廣採香草以喻己堅持美德。❽誰與　即「與誰」。古漢語中，疑問代詞作介詞賓語，前置。❾解萹薄　謂採摘叢生的萹蓄。解，猶「採」。萹，萹蓄，亦名萹竹，似山梨，赤莖有節。❿雜菜　雜香之菜，猶言「各種香菜」。⓫備　用。⓬交佩　謂合而佩之。交，合。一說，指左右佩飾。案：萹蓄、雜菜，皆芳香之物，合而佩之，言修飾彌盛。⓭繽紛　繁盛貌。⓮繚轉　繚繞旋轉，即互相糾纏之意。⓯離異　猶言「脫落」。⓰儃佪　徘徊貌。⓱南人　泛指楚人。蔣驥說：「指郢中之人。」聞一多說：「人當為夷。金文夷作几，與人同字，故古書人夷每相亂。〈涉江〉曰『哀南夷之莫吾知兮』，此亦當是南夷。」⑱揚厥馮　舒發其盛滿。揚，舒發。厥，其，它的，指佩。馮，同「憑」。滿。⑲紛郁郁　形容香氣勃勃。紛，盛。郁郁，濃烈。⑳遠烝　向遠處擴散。㉑居蔽　處於幽蔽之處，指流放於僻遠之地。㉒聞章　名聲遠揚。章，同「彰」。昭著。

【語　譯】春天開始一年發端啊，太陽升起而春日悠長。我將排遣憂思而盡情愉樂啊，沿著長江夏水以娛我憂傷。採集大的草木叢生之地的芳香的白芷啊，拔取長長的沙洲的宿莽。可惜我沒能趕上古代的賢人啊，我與誰欣賞這草的芳香。摘取叢生的萹蓄與各種香菜啊，用來做成合併的雜佩。佩飾繁盛多彩而互相糾纏啊，於是就枯萎脫落而凋謝。我暫且來回走走以娛樂憂思啊，看看南人那變化不定的情態。內心裡暗暗高興啊，抒發它的盛滿的美質而不等待。芬芳與香澤混雜在一起啊，那芳香美麗從其中散發。香氣勃勃向四處擴散啊，內部充實而又向外飛揚。外表和本質的確可以信賴啊，居處幽蔽卻美譽昭彰。

令薜荔①以為理兮，憚舉趾②而緣木③。因芙蓉④以為媒兮，憚褰裳⑤而濡足⑥。登高⑦吾不說兮，入下⑧吾不能。固朕形之不服兮⑨，然容與⑩而狐疑⑪。廣遂前畫⑫兮，未改此度也。命則處幽⑬吾將罷⑭兮，願及白日之未莫⑮也。獨煢煢⑯而南行⑰兮，思彭咸⑱之故⑲也。

【章　旨】本段寫自己既不願請託，又不願奔波，只有堅持前畫，以死諫君。

【注　釋】①薜荔　木本植物，莖蔓生，實形似蓮房，小花，可入藥。②憚舉趾　害怕舉步。憚，懼。舉趾，猶言「舉步」。③緣木　爬樹，攀緣樹木。④因芙蓉　依靠荷花。因，依靠；憑藉。芙蓉，荷花的別名。⑤褰裳　提起下裙。褰，撩起，用手提起。裳，古稱裙為裳，男女皆服。⑥濡足　沾濕腳。濡，浸漬；潤濕。此四句朱熹曰：「內美既足，恥因介紹以為先容，而託以有憚也。」❼登高　指緣木。❽入下　指濡足。❾固朕形句　蔣驥說：「內美既充，誠足自快。若欲因人求合，則必不肯為。蓋疏傲之形，固未嘗習慣也。」形，指疏傲之形。服，習慣。❿容與　同「猶豫」。遲疑不定貌。⓫狐疑　俗傳狐性多疑，因以指多疑而無決斷。⓬廣遂前畫　謂廣求成就當初之計畫。遂，成。前畫，當指當初制定的基本國策。⓭處幽　猶「居蔽」。居處幽蔽。⓮罷　止；完。洪興祖說：「罷，讀若疲。」則罷為疲弊之意。⓯莫　同「暮」。⓰煢煢　孤獨貌。⓱南行　蔣驥說：「指遵江夏言。」言遵江夏而向南行進。⓲思彭咸　蔣驥說：「欲以死諫君也。」「蓋變節固有所不為，而須時又不能復待，則惟效彭咸之死諫，猶幸君之一悟而已。」⓳故　故跡。

【語　譯】叫薜荔去做提親人啊，害怕舉足去攀緣樹木。憑藉芙蓉去做媒人啊，害怕提起裙子沾濕雙足。登上樹木我不喜歡啊，提裙入水我不能夠。本來我的疏傲之形就不習慣這樣做啊，我就猶豫遲疑而瞻前顧後。廣泛尋求完成我當初的計劃啊，沒有改變我原來的態度。命運該居處幽蔽我將要完了啊，希望趁著白天尚未日暮。我孤單單向南行進啊，追思彭咸已走過的道路。

【研　析】本篇除「遵江夏以娛憂」一句可能是表明此時屈原正斥居漢北之外，全篇都是用比興手法寫成。它以男女愛情比喻君臣際遇，以「媒絕路阻」比喻君臣之間的矛盾隔閡，以「豐隆不將」、「歸鳥迅高」比喻請不到在懷王面前傳情達意的人，以「車覆馬顛」比喻仕途的坎坷，以「勒騏驥而更駕」比喻不畏艱險而堅持奮鬥的決心，以「誰與玩此芳草」比喻無人賞識自己，以「憚舉趾」、「憚褰裳」比喻不願請託說情，以「思彭咸之故」比喻要以死諫君。全篇就是用這種比興手法構成了整體的形象和深遠的意境。這是屈賦的主要表現手法之一，也是構成屈賦雄奇瑰麗的藝術特色的重要因素之一。而本篇尤為突出。只要了解了屈原運用的這種比興手法就掌握了理解全篇的金鑰匙，一切障礙就迎刃而解了。

九章・惜往日

【題　解】〈惜往日〉取篇首三字以為篇名。本篇除了有人懷疑為弔屈之作，不是屈原所作之外，因篇中明言

「恬死亡而不聊」、「不畢辭而赴淵」，學術界多認為是屈原的絕筆之作。篇中追憶往昔「受命詔以昭時」和被讒疏遠的經過，斥責讒人蔽君嫉賢的罪惡，痛惜楚懷王的昏聵，直斥楚頃襄王為「壅君」，是「背法度而心治」，表明他追求的政治理想是「國富強而法立」，說明他自沉的原因是要以死悟君。死仍不忘楚國與楚王的忠貞之情，溢於言表。全篇措辭最為激烈，態度最為鮮明，是研究屈原思想的最珍貴的資料。蔣驥說：「〈惜往日〉，其靈均絕筆歟！夫欲生悟其君不得，卒以死悟之，此世所謂孤注也。默默而死，不如其已，故大聲疾呼，直指讒臣蔽君之罪，深著背法敗亡之禍，危辭以撼之，庶幾無弗悟也。茍可以悟其主者，死輕於鴻毛，故略子推之死而詳文君之悟，不勝死后餘望焉。」這正深刻地揭示了本篇的內涵。

惜往日之曾信兮❶，受命詔❷以昭時❸。奉先功❹以照下❺兮，明法度之嫌疑❻。國富強而法立兮，屬貞臣❼而日娭❽。祕密事❾之載心❿兮，雖過失猶弗治。心純厖⓫而不泄兮，遭讒人⓬而嫉之。君含怒以待臣兮，不清澂⓭其然否⓮。蔽晦⓯君之聰明⓰兮，虛惑誤又以欺⓱。弗參驗⓲以考實⓳兮，遠遷⓴臣而弗思。信讒諛㉑之溷濁兮，盛氣志㉒而過之。

【章　旨】本段追憶往日曾受楚懷王的信任重用和遭讒毀而被疏遠的經過。

【注　釋】❶惜往日句　《史記·屈原賈生列傳》說：「為楚懷王左徒，博聞彊志，明於治亂，嫻於辭令，入則與王圖議國事，以出號令；出則接遇賓客，應對諸侯，王甚任之。」惜，哀痛。一說追憶。曾信，曾被信任。❷命詔　指君主頒發的命令告諭。詔，告。❸昭時　謂使時政昭明。昭，彰明。時，時政，當時的朝政。一說，時，是也，即下所云明法度也。時，一作詩。王夫之《楚辭通釋》說：「昭詩，一作昭時。舊說謂教王以詩，以耀明其志。按：原未嘗為王傅，自當作『時』。」

❹奉先功　繼承先人的功業。❺照下　昭示下民。❻明法度句　使法制中含糊的條文明晰。一說，事有可疑者，則依據法度使之明晰。❼屬貞臣　交付忠貞之臣。屬，付。貞臣，屈原自謂。貞，正。❽日娭　謂懷王委政忠良，而自己則天天輕鬆愉快。娭，同「嬉」。嬉戲；戲樂。❾祕密事　指國家的機密大事。❿載心　放在心裡。⓫純厖　純正敦厚。厖，厚。⓬讒人　指上官大夫。《史記·屈原賈生列傳》曰：「上官大夫與之同列，爭寵而心害其能。懷王使屈原造為憲令，屈平屬草稾未定，上官大夫見而欲奪之，屈平不與，因讒之曰：『王使屈平為令，眾莫不知，每一令出，平伐其功，以為「非我莫能」也。』王怒而疏屈平。」⓭清澂　即「澄清」。使混濁變為清明。澂，「澄」的本字。」⓮然否　對與不對，是和非。⓯蔽晦　蒙蔽而使昏暗。⓰聰明　聽覺和視覺。⓱虛惑誤句　朱熹曰：「虛，空言也。惑誤，疑而誤之也。然猶畏之也。至於欺，則公肆誣罔，而無所憚矣。」虛，以無為有。惑誤，使疑惑而犯錯誤。⓲參驗　參考檢驗。參，考核。⓳考實　考查證實。⓴遷　貶謫；放逐。㉑讒諛　說別人壞話和諂媚的人。㉒晠氣志　指大發脾氣。晠，同「盛」。

【語　譯】痛惜我往日曾得信任啊，接受命令告諭以修明當時的朝政。繼承祖先的功業以昭示下民啊，將法制的含糊不清說明訂正。國家富強而法制建立啊，託付我忠貞之臣而日日嬉戲高興。國家機密之事放在心中啊，即使有點差錯也不加責問。我心地純樸敦厚而不洩露啊，卻遭到說壞話的人的嫉恨。君主含著憤怒而對待我啊，不去澄清事實的是非真相。讒言蒙蔽了君主的視聽啊，虛妄之言疑惑君主誤信而又欺騙君主上當。君主不考核檢驗而核對證實啊，遠遠地將我遷謫而不思忖。聽信讒諛之人混淆是非啊，大發脾氣而將我責問。

何貞臣之無辜❶兮，被讒謗❷而見尤❸。慙光景之誠信兮，身幽隱而備之❹。

臨江湘之玄淵❺兮，遂自忍而沉流。卒沒身而絕名兮，惜廱❻君之不昭❼。君無度❽而弗察兮，使芳草為藪幽❾。焉舒情而抽信❿兮，恬⓫死亡而不聊⓬。獨鄣廱而蔽隱兮，使貞臣而無由⓭。

【章　旨】本段傾訴自己無罪而被放逐的冤屈，並指斥楚頃襄王是「壅君」，是他使自己無由表白。

【注　釋】❶辠　古「罪」字。秦以辠似皇字，改為罪。❷被讒謗　遭遇誹謗。被，遭。讒，誹謗。❸見尤　被指責；獲罪。❹慙光景二句　蔣驥說：「光景誠信，謂日往月來，信實有常也。備，防也。無辜蒙垢，已自慚見光景，而君怒未怠，雖竄斥幽隱，猶日防患之至，故自忍而沉淵也。觀此則原之死，蓋亦有大不得已者矣。」慙，即「慚」字。光景，猶言「日光月影」，即指日月。誠信，謂誠實有常。備，防備。一說，讀作「避」。聞一多《補校》云：「案備字無義，疑當為避，聲之誤也。」❺玄淵　深淵。水深則黑，故稱玄淵。玄，黑。❻廱　通「壅」。阻塞。❼不昭　王逸說：「不覺悟也。」蔣驥說：「昭，察也。言沉流之後，己之身名，俱不足惜，獨惜吾君不能昭察蔽廱之人，此篇之所為作也。」❽無度　沒有標準。度，計量長短的標準。❾使芳草句　比喻賢良被埋沒。藪幽，大澤的幽深處。藪，大澤。❿抽信　說出心裡話。抽，拔出。信，實，即真話。⓫恬　安，安於。⓬不聊　謂不苟且偷生。⓭無由　無路可走。

【語　譯】為什麼忠貞之臣沒有罪啊，卻遭遇誹謗而獲罪尤。看到誠實有常的日月而感到慚愧啊，身處幽蔽還須防備陰謀。面對長江、湘水的深淵啊，就忍住悲傷而自沉急流。終於身死而名聲絕滅啊，只可惜被蒙蔽的君主不會明察深求。君主心中沒有標準而不察是非啊，使芳草埋沒在幽深的大澤荒邱。何處可抒發真情而說出真話啊，只好安於死亡而不苟且偷生。只是被阻塞而處於幽蔽啊，使忠貞之臣而無路可由。

聞百里之為虜兮❶，伊尹烹於庖廚❷。呂望屠於朝歌兮，甯戚歌而飯牛。不逢湯武❸與桓繆❹兮，世孰云而知之。吳❺信讒❻而弗味❼兮，子胥死而後憂❽。介子忠而立枯兮，文君寤而追求。封介山而為之禁兮，報大德之優游。思久故之親身兮，因縞素而哭之❾。或忠信而死節❿兮，或訑謾⓫而不疑⓬。弗省察⓭而按實⓮兮，聽讒人之虛辭。芳與澤其雜糅兮，孰申旦⓯而別之。何芳草之早夭兮，微霜降而下戒⑯。諒⑰聰不明而蔽壅兮，使讒諛而日得⑱。

【章旨】本段援古以自慨，說明賢臣只有遇明君才能被信用，遇昏君必遭禍害，希望楚王能如晉文公一樣，在他死後能了解他的忠心。

【注釋】❶聞百里句　用百里奚事。百里奚，春秋時虞國大夫。晉滅虞，百里奚被俘，晉獻公將其作為女兒的陪嫁奴隸送給秦國。後百里奚逃至楚境宛地，被楚捕獲。秦穆公知其賢，以五張羊皮贖回，加以重用。百里，即百里奚。虜，奴隸。❷伊尹句　相傳伊尹曾做廚師以割肉做菜以便向商湯王有干求。伊尹，商湯王賢臣。烹，烹調；做菜。庖廚，廚房。❸湯武　商湯王、周武王。❹桓繆　齊桓公、秦穆公。繆，通「穆」。❺吳　指吳王夫差。❻信讒　謂聽信太宰嚭的讒言。❼弗味　洪興祖《補注》曰：「《淮南》云：『古人味而不貪，今人貪而不味。』此言貪嗜讒諛，不知忠直之味也。」味，體味；玩味。❽子胥句　指吳國終被越國所滅亡事。子胥，即伍子胥。事詳〈涉江〉「伍子逢殃兮」句注。❾介子六句　用介之推與晉文公事。晉公子重耳遭驪姬之禍，出奔在外十九年。介之推曾割股肉以食之。後重耳為君，即晉文公。賞從行者而不及之推，推乃隱入綿上。文公因燒其山，介之推被焚死。文公遂封綿上之山曰介山，使奉祭祀。文公又變服而哭之。介子，即介子推。立枯，指在綿上被焚死。文君，指晉文公。寤，覺悟；發現。追求，指追蹤尋找介之推。禁，指禁止人們上山採伐。優游，形容其恩德之大。久故，猶言「故舊」，老熟人、老部下，指介之推。親身，洪興祖曰：「言不離左右也。」一說，親自割其身，指割股肉以食文公事。縞素，白色的喪服。言介之推死後，晉文公穿喪服去哭祭他。蔣驥說：「若介子死而文君寤，又其不幸中之幸者。故於文之加禮子推，亹亹述之，蓋忍死而惓惓有望也。」❿死節　為氣節而死，死於氣節。⓫訑謾　欺詐。⓬不疑　指欺君罔上者反用之而不疑。⓭省察　察看清楚。⓮按實　查核實際。⓯申旦　通宵達旦，猶言「夜以繼日」。⓰下戒　戒備；警惕。一說，下，一作不。不戒，即不曾戒備。⓱諒　誠，確實。⓲日得　日益得行其志，日益得逞。

【語譯】聽說百里奚被俘做過奴隸啊，伊尹在廚房做過烹調的工作。呂望在朝歌屠宰豬牛啊，甯戚一邊歌唱一邊餵牛。若不遇上商湯王、周武王與齊桓公、秦穆公啊，世上誰知道他們是一代風流！吳王夫差聽信讒言而不加玩味啊，伍子胥一死就遭到亡國之憂。介之推忠心而被燒死啊，晉文公一醒寤就四處尋求。封綿上為介山而為他禁止採伐啊，報答他恩德的浩大無侔。思念老部下常不離左右啊，於是穿著喪服為他哭得涕淚交流。有的人盡忠守信為氣節而死啊，有的人欺罔詐騙卻不為人疑。楚王不察看清楚而查核事實啊，只聽信別人的虛妄之辭。芳香與汙穢混雜在一起啊，誰肯夜以繼日地將它辨識。為什麼芳草會早早摧折啊，微霜降下就應早有警惕。確實耳目不明而被蒙蔽啊，使讒諛之人日益洋洋得意。

自前世之嫉賢兮，謂蕙若❶其不可佩。妒佳冶❷之芬芳兮，嫫母❸姣❹而自好❺。雖有西施❻之美容兮，讒妒入以自代❼。願陳情以白行❽兮，得罪過之不意❾。情冤見❿之日明兮，如列宿⓫之錯置⓬。乘騏驥而馳騁兮，無轡銜⓭而自載⓮。乘汜泭⓯以下流⓰兮，無舟檝⓱而自備⓲。背法度而心治⓳兮，辟⓴與此㉑其無異。寧溘死而流亡兮，恐禍殃之有再㉒。不畢辭而赴淵兮，惜廱君之不識㉓。

【章　旨】本段再次斥責奸人，指斥壅君，痛惜自己懷才不遇，不願再看到楚國的殃禍，決心一死了之。

【注　釋】❶蕙若　蕙草、杜若，都是芳草名，喻賢者。❷佳冶　美人。❸嫫母　古之醜女。相傳為黃帝妃。❹姣　美麗。❺自好　自以為美。馬其昶說：「好，當為媚。《廣雅》：『媚，好也。』疑校者旁注其訓，因訛為正文，遂至失韻，不可讀矣。」❻西施　古代的美女，春秋時越國人。傳說越敗於會稽，命范蠡求得美女西施，進於吳王夫差，吳王許和。後越滅吳，西施歸范蠡，從遊五湖而去。❼自代　謂醜女進而取代美女。❽白行　表白自己的行為。❾不意　出乎意料之外。❿情冤見　實情與冤枉顯現出來。情冤，情實與冤枉，猶曲直。見，同「現」。顯現。⓫列宿　眾星宿。列，眾多。宿，列星。⓬錯置　陳列；放置。錯，同「措」。亦「置」之意。⓭轡銜　馬韁繩和馬嚼子。銜，馬嚼子，在馬口中，用以制馭馬之行止。⓮載　乘。⓯汜泭　渡水的竹或木編成的筏。泭，同「桴」。木筏。⓰下流　順流而下。⓱舟檝　划船的槳。⓲自備　自為備禦。

此二句蔣驥說：「騏驥之行本疾，而無以制之，則其顛蹶倍速矣；氾泭之質本輕，而無以御之，則其沉溺尤易矣。」⑲心治　憑主觀治理政事。⑳辟　同「譬」。比喻。㉑此　指「無轡銜」而「乘騏驥」，「無舟楫」而「乘氾泭」。㉒恐禍殃句　朱熹曰：「不死，則恐邦其淪喪，而辱為臣僕，故曰禍殃有再，箕子之憂，蓋如此也。」㉓不畢辭二句　朱熹曰：「識，記也。設若不盡其辭，而閔默以死，則上官靳尚之徒壅君之罪，誰當記之耶？其為後世君臣之戒，可謂深切著明矣。」而蔣驥則曰：「識，知也。君信讒人而背法度，皆由不知之故，故臨死昌言其惡，以動君聽焉。」二說不同，當以蔣說為近是。

【語　譯】自從前代就嫉妒賢能啊，說蕙草杜若不可佩帶。嫉妒美女的芬芳啊，嫫母妖媚而自認為美好少艾。即使有西施的美麗容貌啊，讒言嫉妒一來就會自行取代。想要陳述衷情來表白行為啊，反招來罪過真出乎意外。真情和冤屈顯現得日益分明啊，如同眾星星在天上羅列。乘著千里馬而縱轡馳騁啊，卻沒有轡繩嚼子而自己乘載。乘著竹木編的筏子順流而下啊，卻沒有船槳以自己防備。背棄法度而憑主觀治國啊，跟這種情況就沒有差別。寧願忽然死去而隨流逝去啊，我怕再一次遭到災殃禍害。不把話說完就自投深淵啊，只怕被蒙蔽的君主不能識別。

【研　析】本篇在藝術上的一個重要特點是，直抒胸臆，明白曉暢，少用比興，文字樸質。篇首惜懷王初寵遇而終遠遷，以垂成之功毀於一旦；次轉入頃襄王無罪見放，尤見出於無名，總為聽讒不察所致；中間以古來人君能明察則貞臣可用，不能明察則貞臣不得用，以及貞臣所以喪其身，讒諛所以固其寵，皆最易察見者；最後以治國無法度則必至覆亡結束。全篇脈絡清晰，而又說得極直率、沉痛，而聳人視聽，全不同於屈原的其他作品。蔣驥說：「〈九章〉惟此篇詞最淺易。非徒垂死之言，不暇修飾，亦欲庸君入目而易曉也。嗚呼，又孰知佯聾而不聞也哉！」這正道出了本篇的風格特點以及形成這種風格特點的原因。

卷六十三 辭賦類 二

遠遊

屈原

【題解】「遠遊」，即遠出遊仙之意。關於本篇的作者，自王逸以來認為是屈原。至近代，廖平始提出懷疑。後又有學者認為〈遠遊〉即是司馬相如〈大人賦〉的初稿。有的學者則加以反駁。聚訟紛紜，迄無定論。今按本篇與屈原其他作品內容多不合，未可確定為屈原作。然〈大人賦〉有模擬本篇之處，亦甚顯然，不容倒置。本篇描寫的是輕身飛舉、神仙隱遁的內容，抒發的是憤世嫉俗、鬱悶激憤的思想。「悲時俗之迫阨兮，願輕舉而遠遊」，作品一開始就揭示了時俗與遠遊的關係。正因為作者深感時代的黑暗，他「遭沉濁之汙穢」，以致國君不可保，治道不能明，悲憤至極，才產生這外生死的想法。蔣驥說：「以悲慼無聊，故發憤欲遠遊以自廣」，「蓋皆有激之言而非本意也」。這就準確地指出了作品的創作意圖。但本篇所宣揚的飛升成仙之說與長生久視之術卻與屈原一貫思想極不相類。本篇還明顯地接受了老莊一派的思想，並且大量地使用老莊的詞彙。這是屈原其他作品中所無的。文中還引用了一些燕齊方士的方術和神仙的傳說，這亦不見於屈原的其他作品。這些都說明本篇作者的思想和所承受的文化傳統與屈原不同，且其生活時代亦當後於屈原。

悲時俗之迫阨❶兮，願輕舉❷而遠遊。質菲薄❸而無因❹兮，焉託乘而上浮❺？

遭沉濁❻之汙穢❼兮，獨菀結❽其誰語？夜耿耿❾而不寐❿兮，魂營營⓫而至曙。惟天地之無窮兮，哀人生之長勤⓬。往者余弗及兮，來者吾不聞⓭。步徙倚⓮而遙思兮，怊惝怳⓯而永懷⓰。意荒忽⓱而流蕩⓲兮，心愁悽⓳而增悲。神儵忽⓴而不反兮，形枯槁而獨留。內惟省㉑以端操㉒兮，求正氣㉓之所由㉔。漠虛靜㉕以恬愉㉖兮，澹無為㉗而自得㉘。聞赤松㉙之清塵㉚兮，願承風㉛乎遺則。貴至人㉜之休德㉝兮，美往世之登仙。與化去㉞而不見兮，名聲著而日延。奇傅說之託辰星㉟兮，羨韓眾之得一㊱。形穆穆㊲以寖遠㊳兮，離人群而遁逸㊴。因氣變㊵而遂曾舉㊶兮，忽神奔而鬼怪㊷。時髣髴以遙見兮，精皎皎㊸以往來。絕氛埃㊹而淑郵㊺兮，終不反其故都。免眾患而不懼兮，世莫知其所如。恐天時㊻之代序㊼兮，曜靈曄㊽而西征。微霜降而下淪㊾兮，悼芳草之先零㊿。聊仿佯(51)而逍遙(52)兮，永歷年(53)而無成。誰可與玩斯遺芳(54)兮，長鄉(55)風而舒情。高陽邈(56)以遠兮，余將焉所程(57)？

【章旨】本段寫人生迫阨之苦和神仙輕舉之樂，因決計求仙以引起下文。

【注釋】❶迫阨　迫促困阨。這句王逸注：「哀眾嫉妒，迫脅賢也。」❷輕舉　輕身高翔。❸菲薄　鄙陋之意。❹無因　無緣；無所憑藉。❺上浮　指上升遠遊。蔣驥說：「章首四語，乃作文之旨也。原自以悲蹙無聊，故發憤欲遠遊以自廣，然非輕舉，不能遠遊，而質非仙聖，不能輕舉，故慨然有志於延年度世之事，蓋皆有激之言而非本意也。」❻沉濁　混濁不清。指在上者不明。❼汙穢　不乾淨。此指被讒毀如蒙受汙穢。❽菀結　煩悶積結。❾耿耿　王逸謂：「猶儆儆，不寐貌也。」

蓋耿借作儆。《說文》：「儆，誡也。」心有所憂懼，故其寐則儆儆戒備，不安之象，故云不寐貌。⑩寐　入睡。⑪營營　往來不定貌。《楚辭補注》作「煢煢」，孤獨貌。⑫勤　勞苦；憂思。⑬往者二句　王逸注：「三皇五帝，不可逮也；後雖有聖，我身不見也。」往者，指前聖。來者，指後聖。弗及、不聞，皆言己生命短暫，非己之所得見。⑭徙倚　猶言「徬徨」，步行舒徐之貌。⑮怊惝怳　悵恨失意。怊，惆悵。惝怳，失意貌。⑯永懷　長懷。永，長。⑰荒忽　猶言「恍惚」，神志不清，精神不定之貌。雙聲聯綿詞。⑱流蕩　無所依託貌。⑲悽　痛；悲傷。⑳儵忽　同「倏忽」。疾速貌。㉑惟省　思考反省。㉒端操　整飭其情操。端，正，用作使動詞，整飭，使端正。㉓正氣　剛正之氣。㉔所由　其所由來；來的處所。㉕漠虛靜　空虛寂靜，指一種心境恬淡，不妄思，不妄為的精神境界。《老子》：「致虛極，守靜篤，萬物並作，吾以觀其復。夫物芸芸，各復歸其根。歸根曰靜，靜曰復命，復命曰常，知常曰明。」漠，漠然，寂靜貌。㉖恬愉　安逸，快樂。林雲銘《楚辭燈》曰：「不妄思，則虛靜；不妄為，則恬愉。」㉗澹無為　恬靜而順應自然。澹，猶「澹澹」。恬靜貌。無為，指順應自然，不求有所作為。《老子》：「是以聖人處無為之事，行不言之教。」㉘自得　足乎己無待於外叫「自得」，即自己感到滿意。㉙赤松　赤松子，傳說中的仙人。《列仙傳》：「赤松子，神農時為雨師，服水玉，教神農，能入火自燒。至崑山上，常止西王母石室，隨風雨上下。炎帝少女追之，亦得仙去。」㉚清塵　猶言「芳躅」。清，言其高潔。塵，謂腳下的塵土。意即高潔的蹤跡和軌範。後因用作對人的敬稱。㉛承風　猶言「承接下風」，即追隨之意。㉜至人　指道德修養達到最高境界的人。《莊子・逍遙遊》：「至人無己，神人無功，聖人無名。」至人，《補注》、《集注》均作「真人」，即道家所稱之存養本性的得道的人。《莊子・大宗師》：「古之真人，不知悅生，不知惡死，其出不訢，其入不距，翛然而往，翛然而來而已矣。不忘其所始，不求其所終，受而喜之，忘而復之，是之謂不以心捐道，不以人助天，是之謂真人。」㉝休德　美德。休，美。㉞與化去　謂蛻形而去。化，指自然界變化的功能和規律。《荀子・天論》：「四時代御，陰陽大化。」這裡指仙人蟬蛻形體的變化。㉟奇傳說句　以傳說託辰星為奇。奇，用作意動詞，以之為奇。傳說，殷高宗武丁時賢相。託辰星，言死後精靈依託辰星。辰星，即大辰，指東方蒼龍七宿的房、心、尾三宿。《莊子・大宗師》：「傳說得之，以相武丁，奄有天下，乘東維，騎箕尾，而比於列星。」成玄英疏：「傳說一星在箕尾上。然箕尾則是二十八宿之數，維持東方。故言乘東維，騎箕尾。而與角，亢等星比並行列，故言比於列星也。」㊱羨韓眾句　羨慕韓眾得到了一。羨，羨慕。韓眾，古仙人名。眾，一作終。洪興祖《補注》引《列仙傳》：「齊人韓終，為王採藥，王不肯服，終自服之，遂得仙也。」按《史記・秦始皇本紀》：「今聞韓眾去不報，徐市等費以巨萬計，終不得藥，徒奸利日聞。」知秦時方士有名韓眾者。有人據此，因謂本篇當為秦始皇以後的作品。㊲穆

穆　寂靜貌。㊳寖遠　漸遠，指遠離人世。寖，漸。㊴遁逸　隱遁；逃隱。指超然物外。㊵氣變　精氣的變化。古人認為人受精氣而生，死後復化為氣。這裡的氣變，即所謂屍解。道家認為修道者死後，魂魄散去成仙，叫做屍解。㊶曾舉　高舉，指升仙。曾，高。㊷忽神奔句　形容人升仙後行蹤莫測，其往來奔馳和奇異變化如鬼神一樣。㊸皎皎　光明貌。㊹氛埃　濁氣塵埃。氛，昏濁之氣。㊺而淑郵　與是非善惡。而，猶與。淑，善。郵，《補注》作「尤」，郵、尤古通用，過錯。㊻天時　指一年春夏秋冬四季。㊼代序　依次序更替。㊽曜靈曄　陽光照耀。曜靈，指太陽。曄，光明貌。㊾淪　沉；降。㊿零　凋零；凋落。(51)仿佯　同「徬徨」。徘徊不前貌，疊韻聯綿詞。(52)逍遙　安閒自得貌。(53)永歷年　長久地經歷多年。永，久。歷，經過。(54)玩斯遺芳　欣賞這被人遺棄的芬芳。玩，欣賞；品味。斯，此；這。遺芳，遺棄的芬芳。作者自指。(55)鄉　借作嚮。面對。(56)高陽邈　高陽氏久遠。高陽，古帝顓頊高陽氏，楚國和屈原的先祖。按：此篇作者蓋亦是楚人，故有此語。又東漢馮衍〈顯志賦〉云：「高陽藐其超遠兮，世孰可與論茲。」注：「《史記》曰：『高陽氏沉深而有謀，疏通而知事』。以其有謀而疏通，故欲與之論事。」邈，久遠；渺茫。(57)焉所程　以甚麼為法則。程，程式；法則。

【語　譯】悲歎時代習俗的迫促困阨啊，希望輕身高舉而去遠處遨遊。只是質地鄙陋而無所憑依啊，我依託什麼而向上漂浮？遭遇混濁不清的君上而蒙受汙穢啊，我獨自煩悶積結而向誰傾訴？長夜輾轉不安而不能入睡啊，夢魂往來不定而直至明曙。想到高天厚地的無窮無盡啊，哀歎人生長久地憂愁苦惱。已經過去的我已追趕不上啊，將要來臨的我也難以聽到。漫步徘徊不前而想得很遠啊，惆悵失意而長長地懷想。神志彷彿而無所依託啊，心裡愁悶痛苦而更增悲傷。神魂迅疾離去而流蕩不返啊，形體枯槁而獨自留在人世。內心思考反省而端正情操啊，探求剛正之氣由來的真諦。空虛寂靜而安逸快樂啊，恬澹無為自足而無所等待。聽到赤松子高潔的行蹤啊，希望追隨他遺留的法則。尊敬道德最高之人的美好德行啊，讚美前代的成仙的真人。蟬蛻形體仙去而不見其行蹤啊，名聲昭著而日益延伸。驚歎傳說的靈魂依託辰星啊，羨慕韓眾得到了大道。形體寂靜而漸漸遠離人世啊，離開人群而超然物表。隨著精氣的變化而高舉成仙啊，忽然如神靈奔馳如鬼怪變化莫測。這時彷彿遠遠地看到了啊，神光閃閃而往來不息。超脫濁氣塵垢與是非善惡啊，始終都不返回他的故鄉。免除了一切禍患而無所畏懼啊，人世誰也不知道他來的地方。只怕春夏秋冬依次更替啊，陽光普照而匆匆西行。薄薄的寒霜已開始降下啊，可惜的是芳草先要凋零。姑且徘徊不前而安閒自得啊，長長地經歷多年而一事無成。可與誰來欣賞這被人遺棄的芬芳啊，早晨我向著清風而舒敘衷情。高陽氏已經遠遠地離開了我們啊，我將拿什麼作為行動的準繩？

重❶曰：春秋忽其不淹兮，奚久留此故居？軒轅❷不可攀援❸兮，吾將從王喬❹而娛戲。餐六氣❺而飲沆瀣❻兮，漱正陽❼而含朝霞❽。保神明❾之清澂❿兮，精氣⓫入而麤穢⓬除。順凱風⓭以從遊兮，至南巢⓮而壹息⓯。見王子⓰而宿⓱之兮，審壹氣⓲之和德⓳。曰⓴：「道可受兮而不可傳㉑。其小無內㉒兮，其大無垠㉓。無淈而魂㉔兮，彼㉕將自然。壹氣孔神㉖兮，於中夜存㉗。虛以待之㉘兮，無為之先㉙。庶類以成㉚兮，此德之門㉛。」聞至貴㉜而遂徂㉝兮，忽㉞乎吾將行。仍羽人於丹邱兮㉟，留不死之舊鄉㊱。朝濯髮於湯谷㊲兮，夕晞㊳余身兮九陽㊴。吸飛泉㊵之微液兮，懷琬琰之華英㊶。玉色頩㊷以脕㊸顏兮，精醇粹㊹而始壯。質銷鑠㊺以汋約㊻兮，神要眇㊼以淫放㊽。

【章旨】本段寫遠遊求仙的準備。遠遊必先輕質，輕質則必先求諸內。內心寂靜無為，虛以待之，才能「精氣入而麤穢除」。然後益取天地萬物之精以充其氣而厚其養，則質輕氣充而可以飛升了。

【注釋】❶重　洪興祖說：「重者情志未申，更作賦也。」蔣驥說：「重，樂節之名。」❷軒轅　黃帝軒轅氏，傳說中古代五帝之一。❸不可攀援　《史記．封禪書》：「黃帝采首山銅，鑄鼎於荊山下。鼎既成，有龍垂胡髯，下迎黃帝。黃帝上騎，群臣後宮從上者七十餘人。龍乃上去，餘小臣不得上，乃悉持龍髯，龍髯拔，墮，墮黃帝之弓。」故云「不可攀援」。❹王喬　傳說中的古仙人。《列仙傳》：「王子喬，周靈王太子晉也。好吹笙作鳳鳴，遊伊、洛間，道士浮丘公接上嵩高山。三十餘年後，來於山上，見桓良曰：『告我家，七月七日，待我緱氏山頭。』果乘白鶴往山巔，望之不得到，舉手謝時人，數日去。」❺六氣　宇宙間的六種氣。《莊子．逍遙遊》有「御六氣之辯」的話，各家解釋不同。有陰、陽、風、雨、晦、明和天地四時之氣等說。王逸注引《陵陽子明經》曰：「春食朝霞。朝霞者，日始欲出時赤黃氣也。秋食淪陰。淪陰者，日沒以後赤黃氣也。冬飲沆瀣。沆瀣者，北方夜半氣也。夏食正陽。正陽者，南方日中氣也。並天地玄黃之氣，是為六氣也。」按：淪陰也有稱為「飛泉」的。姜亮夫說：「屈文六氣與沆瀣、正陽、朝霞等分列，則六氣非沆瀣、正陽等矣。……正不必以漢以後之說塗附之，存參可也。」❻沆瀣　北方夜半氣。❼正陽　南方日中氣。❽朝霞　日欲出時赤黃氣。❾神明　指人的精神。❿清澂　清明澄澈。澂，澄的本字。⓫精氣　精粹之氣，即「正氣之所由」的正氣。⓬麤穢　氛埃穢濁之氣。蔣驥曰：「人之神明，本自清澄，而不能不淆於後天昏濁之氣。故必取天地之精氣以自益，而粗穢自消，神明所以能保。此求正氣之始事也。」麤，通「粗」。⓭凱風　南風。⓮南巢　一說，南方遠國名。一說，為南方朱雀之所巢。朱雀乃南方七宿（井鬼柳星張翼軫）之總名。王逸注：「觀視朱雀之所居也。」一說，為今安徽巢縣。其境有金庭山王喬洞，蓋王子升仙之所。⓯壹息　休息一下。壹，同「一」。⓰王子　即王喬。⓱宿　王逸注：「屯車留止，遇子喬也。」宿為留止之意。朱熹注：「宿，與肅通。」則肅為揖拜之意。⓲審壹氣　察問混一之氣。審，訊問；察問。壹氣，混一之氣，即專氣。《老子》：「專氣致柔，能嬰兒乎！」《管子．內業》：「專氣如神，萬物備存。」專氣，謂結聚精氣，指一種混同萬物的精神境界。⓳和德　柔和之德。《莊子．德充符》：「且不知耳目之所宜，而遊心於德之和。」成玄英疏：「既而混同萬物，不知耳目之宜，故能遊道德之鄉，放任乎至道之境者也。」⓴曰　指王子喬授道之言。㉑道可受句　言道只可心受而不可言傳。道，即養氣之道。《老子》：「道可道，非常道。」《莊子．大宗師》：「夫道，有情有信，無為無形，可傳而不可受，可得而不可見。」故曰「道可受而不可傳」。㉒其小無內　此言道體混成而不可分割。小是就其無內而言，非真小。無內，即不可分割。㉓其大無垠　此言道大無所不包，不可範圍。垠，界限。《莊子．天下》篇引惠施語云：「至大無外，謂之大一；至小無內，謂之小一。」《淮南子．俶真》：「閎深廣大，不可為外；析豪剖芒，不可為內。」㉔無淈而魂　謂不要攪亂你的神魂。淈，亂。而，同「爾」。對稱代詞，你。㉕彼　指魂。蔣驥曰：「但能無以私意滑亂其神魂，則所養漸近自然。」㉖壹氣孔神　謂專一之氣非常神妙。孔，甚。神，神妙。《列子‧仲尼》篇：「心合於氣，氣合於神。」㉗於中夜存　謂在壹氣之中夜氣就存在。中，指壹氣之中。夜，指夜氣，比喻清明純淨的心理狀態。《孟子‧告子》：「夜氣不足以存，則其違禽獸不遠矣。」㉘虛以待之　謂虛其心去對待它。《莊子‧大宗師》：「氣者，虛而待物者也。唯道集虛。」㉙無為之先　不要做它的先導。洪興祖《補注》曰：「此所謂感而後應，迫而後動，不得已而後起。」即《老子》所謂「柔弱處下」之義。㉚庶類以成　謂眾物因此而得到成長。庶類，眾物。㉛此德之門　這就是和德的門戶。《老子》：「玄之又玄，眾妙之門。」門，門戶；要訣。㉜至貴　至貴之言，指上述王子喬的話。㉝徂　往。蔣驥曰：「既得要道，故能直往仙鄉。」㉞忽　迅疾。㉟仍羽人句　謂到丹邱去尋找仙人。仍，因；就。羽人，飛仙。《御覽》六六二引《天仙品》云：「飛行雲中，神化輕舉，以為天仙，亦云飛仙。」王逸曰：「《山海經》有羽人之國，不死之民。或曰：人得道，身生毛羽也。」王充《論衡‧無形》篇：「圖仙人之形，體生毛，臂變為翼，行於雲。」即可見古有仙人生羽翼能飛行之說。丹邱，神話中神仙所居之地，晝夜常明之處。王嘉《拾遺記》：「有丹邱之國，獻瑪瑙甕，以盛甘露。」㊱不死之舊鄉　指仙鄉。案：《山海經‧海外南經》：「不死民在其東。其為人黑色，壽，不死。」又《呂氏春秋‧求人》篇有「不死之鄉」，《淮南子‧時則》有「不死之野」，均以不死為說，可見「不死之鄉」確為古人所嚮往。㊲湯谷　即暘谷，古代神話中日出之處。〈天問〉：「出自湯谷，次於蒙汜。自明及晦，所行幾里?」《淮南子‧天文》：「日出於湯谷，浴於咸池。」㊳晞　乾。用作使動詞，曬乾，吹乾。㊴九陽　九日所居之處。洪興祖曰：「仲長統云：沆瀣當餐，九陽代燭。注云：九陽，日也。暘谷上有扶木，九日居下枝，一日居上枝。」㊵飛泉　舊說為「六氣」之一。《莊子‧逍遙遊》成玄英疏引李頤曰：「日入為飛泉。」一說，山谷名。《史記‧司馬相如列傳》正義引張揖云：「飛泉，飛谷也，在崑崙西南。」㊶懷琬琰句　謂懷藏琬琰之花。懷，懷抱；懷藏。琬琰，美玉名。華英，即花。㊷頩　美貌。戴震《屈原賦注》：「氣上充於色曰頩。」㊸脕　光澤；美豔。洪興祖《補注》引《黃庭》曰：「顏色生金光玉澤。」㊹醇粹　醇厚，精粹。洪興祖《補注》引班固曰：「不變曰純，不雜曰粹。」㊺質銷鑠　凡質銷去而癯瘦。質，指凡質。銷鑠，本指金屬熔化。這裡指凡質銷毀。司馬相如〈大人賦〉云：「列仙之儒，形容甚臞。」㊻汋約　柔弱貌。《莊子‧逍遙遊》：「藐姑射之山，有神人居焉，肌膚若冰雪，汋約若處子。」㊼要眇　精微貌。疊韻聯綿詞。㊽淫放　放縱；無拘束。

【語　譯】再唱道：一年四季匆匆過去而不停留啊，我為什麼要長久地留在這故居?黃帝軒轅已不可攀援仙去啊，我將跟從王子喬去娛戲。吃著六氣又喝著北方夜半之氣啊，用南方日中之氣漱口而含著日始欲出時赤黃之氣。保持精神的清明澄澈啊，吸入精粹之氣而除去粗俗汙穢。順著南風而跟從著嬉遊啊，走到南巢我就停下來休息。見到王子喬我深深揖拜啊，察問混一之氣調和的品位。王子說：「道可以心領神會啊，而不可以口授言傳。它小到不可分割啊，它又大到無際無邊。不要攪亂了你的神魂啊，它將調養而漸近自然。專一之氣非常神妙啊，在一氣之中夜氣就能保存。虛其心去對待它啊，不要做它的嚮導先奔。眾多物類就因此而成長啊，這就是通往『德』的大門。」聽到這至貴之言我就直往仙鄉啊，迅疾地我將出發前往。到丹邱去投靠仙人啊，逗留在那不死的仙鄉。早晨在湯谷洗髮啊，傍晚曬身我到了九陽。吸著飛泉谷的微微的液汁啊，懷藏著琬琰的鮮花。美玉般溫潤的色澤上充而容顏光澤美豔啊，精神醇厚精粹而開始壯盛繁華。凡質銷盡而柔弱輕盈啊，神氣精微而充溢無涯。

嘉南州[1]之炎德[2]兮，麗桂樹之冬榮[3]。山蕭條[4]而無獸兮，野寂漠[5]其無人。

載營魄[6]而登霞[7]兮，掩[8]浮雲而上征[9]。命天閽[10]其開關[11]兮，排閶闔[12]而望予[13]。召豐隆[14]使先導[15]兮，問太微[16]之所居。集重陽[17]入帝宮兮，造旬始[18]而觀清都[19]。朝發軔[20]於太儀[21]兮，夕始臨[22]乎於微閭[23]。屯余車之萬乘兮，紛容與[24]而並馳。駕八龍之婉婉[25]兮，載雲旗[26]之逶蛇[27]。建雄虹[28]之采旄[29]兮，五色雜而炫燿[30]。服偃蹇[31]以低昂[32]兮，驂連蜷[33]以驕驁[34]。騎膠葛[35]以雜亂兮，班曼衍[36]而方行[37]。撰[38]余轡而正策[39]兮，吾將過[40]乎句芒[41]。歷太皓[42]以右轉[43]兮，前飛廉[44]以啟路[45]。陽杲杲[46]其未光[47]兮，陵天地[48]以徑度[49]。風伯[50]為余先驅兮，氛埃辟[51]而清涼。鳳皇翼其承旂[52]兮，遇蓐收[53]乎西皇[54]。擥彗星[55]以為旍[56]兮，舉斗柄[57]以為麾[58]。叛陸離[59]其上下兮，游驚霧[60]之流波[61]。時曖曃其曭莽[62]兮，召玄武[63]而奔屬[64]。後文昌[65]使掌行[66]兮，選署[67]眾神以並轂[68]。路曼曼[69]其修遠[70]兮，徐弭節[71]而高厲[72]。左雨師[73]使徑侍[74]兮，右雷公[75]以為衛。欲度世[76]以忘歸兮，意恣睢[77]以揭撟[78]。內欣欣而自美兮，聊媮娛以淫樂[79]。涉青雲以汎濫[80]兮，忽臨睨[81]夫舊鄉。僕夫懷[82]余心悲兮，邊馬[83]顧而不行。思舊故以想像[84]兮，長太息而掩涕[85]。氾容與[86]而遐舉[87]兮，聊抑志[88]而自弭[89]。指炎帝[90]而直馳兮，吾將往乎南疑[91]。覽方外[92]之荒忽[93]兮，沛罔瀁而自浮[94]。祝融[95]戒而蹕御[96]兮，騰告[97]鸞鳥迎宓妃[98]。張〈咸池〉[99]奏〈承雲〉[100]兮，二女御[101]〈九韶〉[102]歌。使湘靈[103]鼓瑟兮，令海若[104]舞馮夷[105]。列螭象[106]而並進兮，形蟉虯[107]而逶蛇[108]。雌蜺便娟以曾撓兮[109]，鸞鳥軒翥[110]而翔飛。音樂博衍[111]無終極兮，焉乃[112]逝以裴回[113]。舒并節以馳騖兮，逴絕垠乎寒門[114]。軼迅風於清源兮[115]，從顓頊[116]乎增冰[117]。歷玄冥[118]以邪徑[119]兮，乘間維[120]以反顧。召黔嬴[121]而見之兮，為余先乎平路。經營四荒[122]兮，周流六漠[123]。上至列缺[124]兮，降望大壑[125]。下崢嶸[126]而無地兮，上寥廓[127]而無天。視儵忽[128]而無見兮，聽惝怳[129]而無聞[130]。超無為以至清[131]兮，與太初[132]而為鄰。

【章旨】本段歷敘遠遊所至之境，由天闕、臨東、轉西、往南、逝北，走遍上下四方，無處不到，最後歸入「無見」、「無聞」的「至清」之境。

【注釋】❶嘉南州　讚美南土。嘉，善。用作意動詞，以為嘉，讚美之意。南州，猶言「南土」，泛指南方。❷炎德　南方於陰陽五行屬火，故稱南方之德為炎德。❸麗桂樹句　稱頌桂樹冬天開花。麗，美。用作意動詞，以為麗，稱頌之意。桂樹冬榮，桂樹冬天尚開花。王逸注：「元氣溫暖，不殞零也。」蔣驥說：「與芳草之先零者異，亦即景以寓意也。」《山海經・海內南經》：「桂林八樹，在番隅東。」❹蕭條　空曠寂寥之貌。疊韻聯綿詞。❺寂漠　靜寂無人聲之貌。❻營魄　魂魄。《老子》：「載營魄抱一。」河上公注：「營魄，魂魄也。」而朱熹則說：「營，猶熒熒也。此言營魄者，陰靈之聚，若有光景也。蓋魄不受魂，魂不載魄，則魂遊魄降，而人死矣。故修煉之士，必使魂常附魄，如日光之載日質；魄常檢魂，如月質之受日光；則神不馳而魄不死，遂能登仙遠去而上征也。」❼登霞　猶言「適遠」。霞，借作「遐」，遠。❽掩　蓋過；超越。❾征　行。此言仙質既成，乃能輕舉而上行，為遠遊之始。❿天閽　猶言「帝閽」，天帝的守門人。⓫開關　打開天門。關，本指門栓，這裡泛指門。⓬排閶闔　推開天門。⓭望予　蔣驥注：「須我之來也，與〈離騷〉『倚閶闔而望予』不同矣。」⓮豐隆　神話中的雷神。一說，雲神。⓯先導　前導；在前路引導。⓰太微　即太微垣，星官名，即三垣（太微垣、紫微垣、天市垣）的上垣，在北斗之南，軫翼兩宿之北，有星十顆，以五帝座為中樞，成屏藩之狀。東藩四星，由南起叫東上相，東次相，東次將，東上將。西藩四星，由南起叫西上將，西次將，西次相，西上相，南藩二星，東稱左執法，西稱右執法。此指天帝所居之處。⓱重陽　洪興祖說：「積陽為天，天有九重，故曰重陽。」陽，指陽氣。⓲造旬始　至旬始。造，至。旬始，星名。《史記・天官書》：「旬始，出於北斗旁，狀如雄雞。其怒，青黑，象伏鼈。」⓳清都　古時謂天帝所居的宮闕。《列子・周穆王》：「王實以為清都紫微，鈞天廣樂，帝之所居。」⓴發軔　動身；啟程。軔，止車木。㉑太儀　天帝的宮庭。以其為習儀之處，故稱太儀。㉒臨　居上視下。林雲銘《楚辭燈》曰：「仍在天上，故曰臨。」㉓於微閭　神話傳說中的山名，一名微毋閭，醫無閭。《周禮・夏官・職方氏》：「東北曰幽州，其山鎮曰醫無閭。」以下歷言遠遊之境。此先言遊於天闕。㉔紛容與　眾多而安閒。紛，盛多貌。容與，安閒自得之貌。雙聲聯綿詞。㉕婉婉　同「蜿蜿」。龍體擺動蜿蜒曲折之貌。㉖雲旗　以雲為文飾的旗。㉗逶蛇　同「婀娜」。旗隨風飄展之貌。疊韻聯綿詞。這二句亦見〈離騷〉。㉘雄虹　即指虹。《爾雅・釋天》：「螮蝀，虹也。」疏引《音義》曰：「虹雙出，色鮮盛者為雄，雄曰虹；闇者為雌，雌曰蜺。」此指旗上的文飾。㉙旄　竿頂用旄牛尾為飾的旗。㉚炫燿　光彩照耀。㉛服偃蹇　服馬屈伸自如。服，車衡下夾轅的兩馬。偃蹇，猶「夭矯」，馬屈伸自如貌，疊韻聯綿詞。㉜低昂　高低起伏；一低一昂。㉝驂連蜷　驂馬卷曲。驂，衡外挽引的兩馬。連蜷，卷曲貌。㉞驕驁　即「驕傲」，馬行恣意奔馳貌。㉟膠葛　猶交加，車馬喧雜之貌。雙聲聯綿詞。㊱班曼衍　隨從眾多。班，車馬之班，指隨從的車馬行列。《補注》、《集注》均作斑。斑，駮文；雜色花紋。曼衍，無極貌，形容隨從車馬之多。疊韻聯綿詞。㊲方行　並行。《說文》：「方，併船也。」引申為凡並之義。㊳撰　持。㊴正策　拿正馬鞭。正，用作使動詞，拿正。策，馬鞭。㊵過　訪問。㊶句芒　東方木神。《左傳・昭公二十九年》：「木正曰句芒。」《山海經・海外東經》：「東方句芒，鳥身人面，乘兩龍。」郭璞注：「木神也。」此寫遊於東方。㊷太皓　即太皞，東方之帝。王逸注：「東方甲乙，其帝太皓，其神句芒。」㊸右轉　蔣驥說：「自東向西，故曰右轉。」㊹飛廉　神話中的風神。㊺啟路　開路。㊻陽杲杲　陽光明亮。陽，太陽。杲杲，日出明亮貌。㊼未光　猶言尚未大亮。㊽陵天地　超越天地。陵，借作「淩」，凌駕；超越。天地，俞樾說：「天地疑為天池之誤。〈九歌〉『與女沐兮咸池』，注云：咸池，星名，蓋天池也。〈九思・疾世〉『沐盥浴兮天池』。」案：俞說頗有理。然不必以天池為咸池。天池蓋指大海。《莊子・逍遙遊》：「南冥者，天池也。」㊾徑度　直渡過去。徑，直。度，通「渡」。過。㊿風伯　神話中的風神。(51)氛埃辟　掃除霧氣塵埃。氛，霧氣。辟，掃除。(52)翼其承旂　恭敬地舉著旗。翼，恭敬地；整齊地。承，舉。旂，畫著交叉的龍形的旗。此句亦見〈離騷〉。(53)蓐收　西方之神。《禮記・月令》：秋，「其帝少皞，其神蓐收。」《國語・晉語》二：「虢公夢在廟，有神，人面白毛虎爪，執鉞立于西阿。……覺，召史嚚占之。對曰：『如君之言，則蓐收也，天之刑神也。』」注：「蓐收，西方白虎金正之官也。」(54)西皇　即西方之帝少皞。(55)擥彗星　摘取彗星。擥，摘；持。彗星，星名，亦名孛星，俗名掃帚星。(56)旍　同「旌」。旗幟的通稱。(57)斗柄　北斗之柄，北斗七星柄部的三顆星，又稱杓柄。(58)麾　旗幟之屬，用於指揮。(59)叛陸離　分散參差。叛，分散貌。陸離，參差錯綜貌。雙聲聯綿詞。(60)驚霧　使煙霧驚散。蔣驥說：「波能驚霧，水之大者。」(61)流波　流動之波，指大水。此寫遊於西方。(62)曖曃其曭莽　昏暗不明而日月無光。曖曃，昏暗貌，疊韻聯綿詞。曭莽，日月無光而晦暗之貌。疊韻聯綿詞。(63)召玄武　召喚玄武。召，召喚。蔣驥注：「時方自西之南，而玄武在北，故曰召。」玄武，北方七宿的總稱，包括斗、牛、女、虛、危、壁、室，形似龜，位於北方，故曰玄。身有鱗甲，故曰武。(64)屬　相連綴。(65)文昌　斗魁上六星的總稱。《史記・天官書》：「斗魁戴匡曰文昌宮。其中六星司錄，此天官之六府，計集之會也。」(66)掌行　掌領從行者。(67)選署　選拔和部署。(68)並轂　使與車並行，即夾侍之意。轂，本指車輪中間車軸貫入處的圓木。這裡即指車。(69)曼曼　遠貌。(70)脩遠　長遠。此句亦見〈離騷〉。(71)弭節 止節；停下馬鞭。(72)厲 渡。(73)雨師 神話中的雨神。(74)徑侍 謂使之徑直來侍衛。(75)雷公 神話中的雷神。(76)度世 超越塵世而仙去。(77)恣睢 自在而無拘束之貌。(78)揭撟 縱心肆志，所願高遠之貌。一說，猶「高舉」。雙聲聯綿詞。《文選》潘岳〈射雉賦〉李善注引作「拮撟」，字亦作「擔撟」、「指撟」，當皆為「揭撟」之訛。(79)淫樂 朱熹注：「樂之深也。」即盡情歡樂。(80)汎濫 猶言「浮遊」，「漫遊」。(81)臨睨 向下看到。此句亦見〈離騷〉。(82)懷 懷念；想念。(83)邊馬 傍馬，指驂馬。此以部分代全體，當包括兩服馬。(84)想像 猶想見。(85)掩涕 掩面而泣。以上六句言雖有遊仙之樂，然下視故鄉，想念舊日的親朋，則悲傷而不能前進。(86)氾容與 漂浮徘徊。氾，漂浮貌。容與，徘徊不前貌。(87)遐舉 遠舉；遠走高飛。王逸注：「進退俯仰，復欲去也。」(88)抑志 指壓抑念舊之心。(89)自弭 謂自止其悲。此句王逸注：「且自按壓，而踟躕也。」(90)炎帝 南方之帝。《禮記・月令》：夏，「其日丙丁，其帝炎帝，其神祝融。」(91)南疑 即九疑，山名，在今湖南寧遠。(92)方外 猶「世外」，寰宇之外，隱者神仙之所居。《莊子・大宗師》：「彼，遊方之外者也。」成玄英疏：「方，區域也。彼之二人，齊一死生，不為教迹所拘，故遊心寰宇之外。」(93)荒忽 猶「恍惚」，荒遠飄忽而不分明貌。形容空曠。(94)沛罔瀁句 水浩瀚汪洋而澂清。沛，水流盛大貌。罔瀁，猶「汪洋」，水寬廣無際貌。疊韻聯綿詞。浮，澂清。(95)祝融 南方火神。《山海經・海外南經》：「南方祝融，獸身人面，乘兩龍。」郭璞注：「火神也。」(96)蹕御 警蹕而抵禦不測。蹕，警蹕，禁止行人以清道。御，防備，抵禦不測事件。(97)騰告 傳告。騰，傳遞。(98)虙妃 即「宓妃」，洛水女神。(99)張咸池 演奏咸池。張，張樂；奏樂。〈咸池〉，相傳為帝堯的樂章。(100)承雲 即〈雲門〉，相傳為黃帝的樂章。(101)二女御 二女侍立。二女，指帝堯之女娥皇、女英。御，侍。(102)九韶 亦作「九招」，虞舜的樂章。《史記・五帝本紀》：「咸戴帝舜之功，於是禹乃興〈九招〉之樂。」《索隱》：「招，音韶，即舜樂簫韶。九成，故曰九招。」(103)湘靈 湘水之神，即湘君，湘夫人，或謂即堯之二女，或以為非是，迄今尚無定論。靈，神靈。(104)海若 即《莊子・秋水》篇所說的北海若，北海之神。(105)馮夷 水神，或謂即河伯。《莊子・大宗師》：「馮夷得之，以游大川。」《釋文》引司馬彪曰：「《清泠傳》曰：馮夷，華陰潼鄉提首人也。服八石，得水仙，是為河伯。」(106)螭象 螭龍罔象。螭，龍類。象，罔象，傳說中水裡的怪物。《國語・晉語》：「水之怪曰龍、罔象。」(107)蟉虯 盤曲貌。(108)逶蛇 綿延曲折貌。(109)雌蜺句 言雌蜺輕麗而高聳。雌蜺，副虹，詳前「雄虹」注。便娟，輕麗貌。曾撓，高聳而彎曲。(110)軒翥 鳥高飛貌。(111)博衍 廣博繁盛貌，形容音樂響亮而熱烈。(112)焉乃 於是就。蔣驥說：「言南遊之樂至矣，於是遂逝而徘徊，以擇所往也。」以上寫遊於南方。(113)舒并節句 言放鬆馬轡繩讓馬奔馳。舒，縱舍；放鬆。并節，即總轡，并轡。馳騖，馬奔跑貌。(114)逴絕垠句 言遠至天邊而止於寒門。逴，遠。絕垠，指天的邊際。

寒門，北極之山。《淮南子・地形》：「北方，北極之山曰寒門。」(115)軼迅風句　謂在北海超越迅風。軼，從後出前，即超越之意。迅風，疾風。清源，清涼的水源，蔣驥謂指北海。一說，指風的源頭。(116)顓頊　指北方之帝。《禮記・月令》：冬，「其帝顓頊，其神玄冥。」以上寫遊於北方。(117)增冰　層累的冰；厚積的冰層。(118)玄冥　北方之神。《左傳・昭公二十八年》：「禳火於玄冥、回祿。」注：「玄冥，水神。」(119)邪徑　邪曲其徑，意即邪度、邪行。(120)乘間維　登上間維。乘，登。間維，古人指用以維繫天穹的繩子。洪興祖說：「《孝經緯》云：天有七衡而六間，相去十一萬九千里。《淮南》云：兩維之間，九十一度。法云：自東北至東南，為兩維，帀四維，三百六十五度，一度二千九百三十二里。」(121)黔贏　天上造化神名，或曰水神。司馬相如〈大人賦〉云：「左玄冥而右含雷。」《集解》引《漢書音義》曰：「含雷，黔贏也。天上造化神名，或曰水神。」(122)四荒　四方極遠的荒涼之地。(123)六漠　指四方上下，即六合。洪興祖說：「漢〈樂歌〉作六幕，謂六合也。」(124)列缺　天門。司馬相如〈大人賦〉云：「貫列缺之倒影。」《集解》引《漢書音義》曰：「列缺，天門也。」(125)大壑　大海。《莊子・天地》：「夫大壑之為物也，注焉而不滿，酌焉而不竭。」注：「大壑，東海也。」(126)崢嶸　深遠貌。疊韻聯綿詞。(127)寥廓　空曠廣遠之貌。(128)儵忽　猶言「閃爍」，光不定貌。(129)惝怳　聽不清晰貌。(130)無聞　《莊子・在宥》說：「目無所見，耳無所聞，心無所知，女神將守形，形乃長生。」成玄英疏：「任視聽而無所見聞，根塵既空，心亦安靜，照無知慮，玄機常寂，神淡守形，可長生久視也。」此二句總前上下四方，言視無所見，聽無所聞，皆幽冥寂靜之境。(131)至清　極端的清虛，指神人的一種精神境界。(132)太初　指天地未分之前的元氣。《莊子・天地》：「泰初無有，無有無名。」成玄英疏：「泰，太；初，始也。元氣始萌，謂之太初，言其氣廣大，能為萬物之始本，故名太初。」《列子・天地》：「太初者，氣之始也。」以上寫縱遊於四方之極際。

【語　譯】讚美南方土地暖和的德性啊，稱頌桂樹在冬天裡鮮花怒放。山谷寂寥而沒有野獸啊，原野寂靜而無有行人來往。載著魂魄我奔向遠方啊，超越浮雲我升騰向上。命令天帝的守門人打開天門啊，他打開天門而向我觀望。召喚雷神豐隆在前引導啊，朝著太微垣所在的方向。棲遲在九重天上而進入天帝的宮殿啊，到旬始星座去看天帝宮闕的模樣。早晨從太儀宮廷出發啊，傍晚就趕到了於微閭。聚集車馬有萬乘之多啊，既眾多又安閒自在而並駕齊驅。駕著八條龍蜿蜒曲折啊，載著以雲為飾的旗幟而迎風招展。樹起彩虹般鮮豔的彩旗啊，五彩繽紛而光輝耀眼。兩匹服馬伸展自如地一低一昂啊，兩匹驂馬卷曲著肆意奔騰。車馬喧嘩而嘈雜擁擠啊，行列無頭無尾而並駕馳行。握住我的馬韁繩而拿正馬鞭啊，我將去訪問句芒那位東方的神靈。經過東帝太皞而向右折轉啊，前面命風神飛廉開路導航。陽光明亮而天尚未大亮啊，超越天池我徑直度過這海洋。風伯為我在前面引路啊，掃除霧氣塵埃而頓覺清涼。鳳凰鳥整齊地舉起大旗啊，遭遇到西方之神蓐收在西皇太皞住的地方。摘取彗星以為旗幟啊，舉起北斗星的斗柄以為指揮的大旗。分散參差而忽上忽下啊，遨遊在煙霧翻滾的大水之湄。天時昏暗而日月無光啊，召喚北方之神玄武奔跑著緊緊跟隨。後面叫文昌星掌管隨從啊，選拔部署眾神使與我並駕徐行。前路遙遙而非常長遠啊，慢慢地停下馬鞭而高高飛騰。左側叫雨師徑直來侍衛啊，右側叫雷公擔任警衛。想要超越塵埃而忘卻返回啊，心裡無拘無束而稱心如意。內心欣喜而自以為美啊，姑且高高興興而盡情歡樂遊蕩。度過青雲而四處漫遊啊，忽然向下看到了我的故鄉。僕夫懷念我也內心悲傷啊，兩邊的驂馬也回頭觀望而不願前進。思念親朋老友而想見見啊，長聲歎息而掩面垂涕。漂浮徘徊而遠走高飛啊，姑且壓抑念舊之心而自止悲泣。指向炎帝而直往前奔啊，我將要去那九疑山側。看到那世俗之外的空曠無垠啊，大水浩瀚汪洋而自然澄澈。祝融神警戒而禁止行人以禦不測啊，傳告鸞鳥去迎接洛水之神虙妃。張設〈咸池〉演奏〈承雲〉之曲啊，娥皇女英陪侍而唱起了〈九韶〉的歌詩。叫湘水之神鼓瑟伴奏啊，命令海神海若叫水神馮夷翩翩起舞。排列螭龍罔象而一道前進啊，形體盤曲而宛轉自如。雌蜺輕麗而彎曲高聳啊，鸞鳥高翔而翱翔飛翻。音樂響亮熱烈而無窮無盡啊，於是就離去而又徘徊不前。放鬆馬韁繩讓馬奔馳啊，遠至天邊而到了北極的寒門。在清涼的北海超過了疾風啊，跟隨北帝顓頊在厚積的冰層。經過北方之神玄冥而邪向穿過啊，登上維繫天穹的繩子而回頭觀望。召喚造化之神黔嬴而接見了他啊，叫他為我在前面把道路鋪成康莊。往來於四方極遠的荒涼之地啊，周回遊覽於上下四方。向上到了天門列缺啊，向下望見了大海汪洋。下面深遠而無大地啊，上面空曠而無穹蒼。看去閃爍不定而什麼也看不到啊，聽來模糊不清而什麼也聽不見。超越寂寞無為的至清之境啊，跟天地未分之時元氣為鄰作伴。

【研析】本篇是我國文學史上第一篇以遊仙為題材的作品。這類遊仙的作品明顯地有兩種傾向。一種是所謂正格的遊仙之作，它們「滓穢塵網，錙銖纓紱，餐霞倒景，餌玉玄都」（《文選》郭璞〈遊仙詩〉李善注）。這是一種真正幻想長生久視、羽化登仙的逃避現實的消極傾向。一種是借遊仙以表示對現實的不滿與反抗。這篇賦即屬於後者。作者是「悲時俗之迫阨」、「遭沉濁之汙穢」，才幻想脫離現實社會而去遊仙的。蔣驥說：「幽憂之極，思欲飛舉以舒其鬱，故為此篇。」這正指出了這篇賦的這一特點。既為遊仙之作，自然少不了遊仙的內容。本篇從虛靜無為以養氣輕身的遊仙準備寫到上下四方以及到「無見」、「無聞」的「至清」的「太初」之境的遊仙活動，其想像之豐富，描寫之生動，雖不及屈原〈離騷〉、〈天問〉、〈九歌〉等作品之絢麗多彩，但亦時有警策。它所描寫的這種輕舉遊仙的內容，是後世遊仙詩賦的鼻祖，開啟了我國詩賦中遊仙的一派，並為這一派詩賦樹立了良好的榜樣。作為文學發展史上的這樣一個重要現象，特別值得重視。

卜居

屈原

【題解】卜居，王逸釋為「卜己居世何所宜」，李周翰說是「卜己宜何所居」。李說較切。卜居，即卜問自己對現實應抱甚麼態度之意。關於本篇的作者，自王逸以來，一直認為乃「屈原之所作也」。但至清代即有人懷疑這一說法。崔述在《考古續說》中說：「是知假託為文，乃詞人之常事。然則〈卜居〉、〈漁父〉亦必非原自作。」今按：〈卜居〉、〈漁父〉皆以第三人稱口吻敘述，與屈原其他作品之用第一人稱者不類，當非屈原所作。然究竟為誰所作已不可知。賦中以問答的形式，用很短的篇幅，表達了屈原在〈離騷〉等篇中所抒發的憤世嫉俗的思想感情，故郭沫若推測「可能是深知屈原生活和思想的楚人的作品」（《屈原賦今譯》）。這篇賦以設問的形式，表現了屈原堅貞的個人節操，決不與群小同流合汙的高尚品德和頑強的鬥爭精神，表達了屈原對群小的汋約承歡、貪婪競進的極端鄙視，與屈原其他作品所表現的屈原的偉大是完全一致的。它雖不是屈原本人的作品，但作者必定深知屈原的生活和思想，則是無疑的。

屈原既放，三年❶，不得復見。竭智盡忠，蔽鄣於讒❷，心煩意亂，不知所從。乃往見太卜❸鄭詹尹❹曰：「余有所疑，願因先生決之。」詹尹乃端策拂龜❺，曰：「君將何以教之？」

【章　旨】本段寫屈原去向太卜鄭詹尹卜問吉凶。

【注　釋】❶屈原二句　洪興祖說：「屈平在懷王之世，被絀復用，至頃襄即位，遂放於江南耳。其云『既放三年』，謂被放之初。」（見〈哀郢〉注）王夫之以為「此蓋懷王時原去位居漢北時事」。按：《史記・屈原賈生列傳》，屈原在懷王時只被屈，至頃襄王時始放江南，似以洪說為近是。放，放逐；流放。❷蔽鄣於讒　指被讒人所阻礙遮蔽。❸太卜　掌管占卜的官。❹鄭詹尹　太卜的姓名。❺端策拂龜　放正蓍草，揩拭龜甲。端，正，用作使動詞，放正；擺正。策，舊說指占卦用的蓍草。按：策疑為占卜用的小竹片，當即〈離騷〉「索瓊茅與筳篿」之筳篿。拂，拂拭；揩抹。龜，龜甲，卜卦的用具。

【語　譯】屈原既已被放逐，過了三年，不能再見到楚王。他竭盡智慧和忠心，卻被讒言阻蔽，心煩意亂，不知道該怎麼辦。就去見太卜鄭詹尹，說：「我有些疑慮的事，希望借助先生來決斷它。」鄭詹尹就放正蓍草、拂拭龜甲，說：「先生將拿什麼來指教我？」

屈原曰：「吾寧❶悃悃款款❷朴❸以忠乎？將❹送往勞來❺斯無窮❻乎？寧誅鋤❼草茅以力耕乎？將遊大人❽以成名❾乎？寧正言不諱❿以危身⓫乎？將從俗富貴⓬以媮生⓭乎？寧超然高舉⓮以保真⓯乎？將哫訾慄斯⓰，喔咿嚅唲⓱，以事婦人⓲乎？寧廉潔正直以自清⓳乎？將突梯滑稽⓴，如脂如韋㉑，以絜楹㉒乎？寧昂昂㉓若千里之駒㉔乎？將氾氾㉕若水中之鳧㉖，與波上下，偷以全㉗吾軀乎？寧與騏驥抗軛㉘乎？將隨駑馬之迹乎？寧與黃鵠比翼㉙乎？將與雞鶩㉚爭食乎？此孰吉孰凶？何去何從？世溷濁而不清，蟬翼㉛為重，千鈞㉜為輕；黃鐘㉝毀棄，瓦釜㉞雷鳴；讒人高張㉟，賢士無名㊱。吁嗟默默兮，誰知吾之廉貞㊲！」

【章旨】本段寫屈原向鄭詹尹訴說心中的委屈與疑慮。

【注釋】❶寧　寧肯；寧可。選擇連詞。❷悃悃款款　誠實忠純之貌。❸朴　本指原木，引伸為樸質。❹將　同「抑」。或；還是，選擇連詞，與「寧」配合，表選擇復句。❺送往勞來　送走往者，慰勞來者。勞，慰勞。❻斯無窮　而環轉不止。斯，承接連詞，猶「而」。無窮，環轉而不窮塞，意即應付裕如。窮，窮塞；窮困。一說，無窮，不已，即為之不已。❼誅鋤　鋤除。比喻同壞人作鬥爭。❽遊大人　拜見大人。遊，朱熹注：「徧謁也。」即多方拜見。一說，遊，遊說。大人，有權有勢的人。❾成名　指取得個人的榮譽。❿正言不諱　直言而無所忌諱。王逸注：「諫君惡也。」⓫危身　使自身危險。王逸注：「被刑戮也。」⓬從俗富貴　跟從世俗以追求富貴。⓭媮生　苟且偷生。媮，通「偷」。苟且；顧眼前。一說，通「愉」。快樂；安樂。⓮超然高舉　脫離世俗而高飛遠去。超然，脫離世俗貌。即隱退以潔身自好。⓯真　純樸的本性。《莊子．秋水》：「謹守而勿失，是謂反其真。」郭注：「真在性分之內。」一說，同「貞」。王夫之注：「真，與『貞』同，正也。」⓰哫訾慄斯　說話行事小心謹慎。哫訾，形容說話小心。雙聲聯綿詞。慄斯，形容做事小心。一說，哫訾，以言求媚，指阿諛逢迎。慄斯，惶恐貌。⓱喔咿嚅唲　強顏歡笑，委曲順從。皆雙聲聯綿詞。⓲婦人　王夫之謂指「邪佞之人，無遠慮而喜人媚己者」。一說，指懷王寵姬鄭袖。⓳自清　使自己保持清潔。⓴突梯滑稽　圓轉隨俗之貌。均為雙聲聯綿詞。㉑如脂如韋　如油脂般滑潤，如牛皮般柔韌。韋，熟牛皮。㉒絜楹　王夫之說：「毀方為圓，如匠者絜度楹柱，必欲其圓也。」絜，測量圓柱體。楹，屋柱子。而王逸注云：「順滑澤也。」五臣云：「同諂諛。」林雲銘云：「曲順人情。」案：諸說不同，當以王說為近是。㉓昂昂　氣宇軒昂貌。㉔千里之駒　日行千里的駿馬。駒，少壯的馬。㉕氾氾　飄浮貌。㉖鳧　野鴨。㉗全　用作使動詞，保全。㉘騏驥抗軛　駿馬並駕。騏驥，駿馬。亢，與「伉」同。相並。軛，駕車時套馬的橫木。㉙與黃鵠比翼　與天鵝並飛。黃鵠，天鵝。比，並。㉚鶩　野鴨。㉛蟬翼　蟬翅，代指最輕的東西。㉜鈞　古制三十斤為一鈞。㉝黃鐘　古樂十二律之一，音調最宏亮。㉞瓦釜　用瓦做的鍋，代指最粗鄙的聲音。釜，古代一種鍋。㉟高張　侈大，指在朝廷居要職。㊱無名　指不被任用。㊲廉貞　廉正忠貞。廉，棱角，比喻人的行為品性的端方不苟。

【語　譯】屈原說：「我寧肯誠實忠純樸質而盡忠呢？還是天天送走往者慰勞來者而應付無窮呢？寧肯鏟除茅草而努力耕耘呢？還是天天去拜見大人物以求取榮名呢？寧肯毫無顧忌地正言直諫而不顧危害自身呢？還是跟隨世俗追逐富貴而苟且偷生呢？寧肯脫離世俗而高飛遠去以保持純真呢？還是說話做事小心謹慎，強顏歡笑，委曲順從而去奉事女人呢？寧肯廉潔正直以保全自己的清名呢？還是圓轉隨俗，如油脂般光滑，如牛皮般柔韌而繞著楹柱旋轉不停呢？寧肯氣宇軒昂如同日行千里的馬駒呢？還是飄浮不定，如同水中的野鴨，隨波上下以保全我的身軀呢？寧肯與駿馬並駕齊驅呢？還是跟隨劣馬的足跡趦趄？寧肯與天鵝齊飛比翼呢？還是和雞鴨去爭食呢？這一切哪些是吉？哪些是凶？哪些應該捨棄？哪些應該聽從？世道混濁而是非不清！薄薄的蟬翅認為最重，千鈞之重卻認為最輕；宏亮的黃鐘被毀壞拋棄，瓦鍋子卻敲得如雷一般轟鳴；讒佞小人高高在上，賢能之士榜上無名。哎呀！還有什麼話可說呀！誰知道我的端正堅貞！」

詹尹乃釋❶策而謝❷曰：「夫尺有所短，寸有所長❸；物有所不足❹，智有所不明❺；數有所不逮❻，神有所不通❼。用君之心，行君之意，龜策誠不能知此事❽。」

【章　旨】本段寫鄭詹尹的回答：他不能決斷屈原卜問的疑慮。

【注 釋】❶釋 放。❷謝 辭謝。❸尺有二句 此指尺雖比寸長，但在某種情況下，反不如寸之起作用；寸雖比尺短，但有時比尺更有用。比喻事物各有長處和短處。❹物有句 任何事物都有缺陷，如天傾西北，地不滿東南之類。❺智有句 指人的智慧也總有一定局限。❻數有句 術數也有不能及之處。意謂賢士失志，是非顛倒，乃是反常的現象，無從預測。數，術數，此指占卜。逮，及。❼神有句 言神明也有不通曉之事。❽用君三句 借卜者之口表明只好按照個人意志去做，不用占卜，占卜也決定不了。此亦激憤之言。

【語 譯】鄭詹尹就放下蓍草道歉說：「尺也有欠缺，寸也有長處；事物總有缺陷，智慧對有的事也弄不清楚；占卜也有達不到去處，神明也有不通曉的時候。運用你的心思，去做你心意中想做的事，這種事蓍草龜甲真的都不能知曉。」

【研 析】本篇在形式上有兩點值得特別注意：第一是採用主客問答的形式，作品是通過屈原與太卜鄭詹尹的問答來展開情節，表現主題的；第二是敘述部分用散文，描寫部分用韻文，句式也參差錯落，靈活自由，近似於一種散文詩。這種形式與〈離騷〉、〈九歌〉、〈天問〉、〈九章〉、〈遠遊〉等作品均不同，而與宋玉的〈高唐〉、〈神女〉諸賦則十分相似。它反映了楚辭文體由騷體向散體的流變。它的形成顯然受到了問答體的諸子散文和游士說辭的影響，然其韻語中的比喻和描寫亦有借鑑屈賦的地方。這種假擬客主問答以開展情節和描寫的創作形式，被後世作家積極仿效，而在文學史上成為一種創格。後來的漢代散體大賦即是在此基礎上發展起來的。

漁 父

屈 原

【題 解】漁父，捕魚的老者。父，老年男子的敬稱。《方言》：「凡尊老，楚南謂之父。」朱熹注：「漁父蓋亦當時隱遁之士。」後世多以代指隱士。關於這篇賦的作者問題，已見〈卜居〉題解。這個故事因《史記》採入〈屈原賈生列傳〉，故有人以為「則當時必有其人，有其事，無可疑」（姜亮夫《屈原賦校注》）。但也有人以為「亦原之設詞耳」（朱熹《楚辭集注》），即是一個寓言性質的故事。按《漢書‧地理志》：「楚有江漢川澤山林之饒，食物常足，故呰窳偷生而亡積聚，飲食還給，不憂凍餓。」故楚多隱遁之士。屈原憔悴江邊，與之相為問答，有所譏彈，如孔子之遇長沮、桀溺、接輿、荷篠丈人，也許是可能的。但既無佐證，不妨視為傳說或設詞。賦中寫了屈原的潔身自好和漁父的隨波逐流兩種思想的對比以及屈原「安能以皓皓之白，蒙世之塵埃乎」的高潔品質。在〈離騷〉中，女嬃也曾勸屈原隨波逐流。但屈原通過「就重華而陳辭」，認識到「孰非義而可用兮，孰非善而可服」，因此表示：「阽余身而危死兮，覽予初其猶未悔。」這篇賦與〈離騷〉一樣，同樣表現了屈原人格的崇高偉大，與屈賦的精神是完全一致的。

屈原既放，遊於江潭❶，行吟❷澤畔，顏色憔悴，形容❸枯槁❹。漁父見而問之，曰：「子非三閭大夫與❺？何故至於斯？」屈原曰：「世人皆濁❻我獨清，眾人皆醉我獨醒❼，是以見放。」

【章　旨】本段寫漁父詢問屈原憔悴的原因和屈原對被放原因的分析。

【注　釋】❶江潭　王夫之說：「南人通謂大水曰江。潭者，水之深處。」而蔣驥說：「江，沅江。潭，深淵也。今常德府沅水旁有九潭。」❷行吟　且行且吟（吟其所作）。❸形容　形體容貌。❹枯槁　謂乾枯瘦瘠。❺子非句　您不是三閭大夫嗎。子，古代對男子的尊稱。三閭大夫，王逸〈離騷敘〉說：屈原「仕於懷王，為三閭大夫。三閭之職，掌王族三姓，曰昭、屈、景。屈原序其譜屬，率其賢良，以厲國士。」則三閭大夫為掌管王族三姓之官。與，同「歟」。疑問語氣詞。❻濁　與下「清」，是就品格行為而言。❼醒　與上「醉」，是就對時勢的認識而言。

【語　譯】屈原既已被放逐，在江河的深潭邊遊走，在藪澤邊邊走邊唱，臉色憔悴委靡，容貌乾枯瘦瘠。漁翁見到就問他說：「您不是三閭大夫嗎？什麼原故到了這個樣子？」屈原說：「世人都混濁而我獨澄清，世人皆喝醉而我獨清醒，因此被放逐。」

漁父曰：「聖人不凝滯於物❶，而能與世推移❷。世人皆濁，何不淈❸其泥而揚其波❹？眾人皆醉，何不餔其糟❺而歠其釃❻？何故深思❼高舉❽，自令放為？」

屈原曰：「吾聞之，新沐❾者必彈冠❿，新浴⓫者必振衣⓬。安能以身之察察⓭，受物之汶汶⓮者乎？寧赴湘流，葬於江魚之腹中，安能以皓皓⓯之白，蒙世之塵埃乎？」

【章旨】本段寫漁父勸屈原隨波逐流與屈原潔身自好的堅定回答。

【注釋】❶凝滯於物　被外物所拘束。凝滯，凝止不流。此指固執，拘束。物上原文有「萬」字，姚鼐以為是衍文，故刪去。❷與世推移　隨世俗轉移。推移，猶言「變動」。❸淈　攪亂；攪渾。❹揚其波　掀揚其波；助長其波。❺餔其糟　吃其酒糟。餔，食。糟，酒滓。❻歠其釃　喝其水酒。歠，同「啜」。飲。釃，摻入酒糟的水。按：餔糟歠釃，即與世人同醉之意。❼深思　李周翰說：「謂憂君與民也。」❽高舉　指行為超出眾人。蔣驥說：「高舉，則超於利祿，所以獨清。」❾沐　洗髮。❿彈冠　彈去冠上的灰塵。⓫浴　洗身；洗澡。⓬振衣　抖掉衣上的灰塵。⓭察察　清潔；高潔。⓮汶汶　汙濁；玷汙。⓯皓皓　潔白貌。

【語譯】漁翁說：「聖明的人不受外物所拘束，而能夠隨世俗轉移。世人都汙濁，你何不也去攪動它的汙泥而把它的波瀾掀起？眾人都喝醉，你何不也去吃些酒糟喝些酒水？為什麼要憂國憂民，超出眾人，而使自己遭到放逐呢？」屈原說：「我聽說，剛剛洗過髮的人一定要彈去冠上的灰塵，剛剛洗過澡的人一定要抖掉衣上的塵土。怎麼能用我清潔的身體，去蒙受髒物的玷汙？我寧肯跳進湘水的急流，葬身在魚的腹中，怎麼能以我晶瑩的潔白，去蒙受世俗的汙垢呢？」

漁父莞爾❶而笑，鼓枻❷而去，乃歌曰：「滄浪之水❸清兮，可以濯我纓❹；滄浪之水濁兮，可以濯我足。」遂去，不復與言。

【章　旨】本段寫漁父對屈原的執著追求的不以為然。

【注　釋】❶莞爾　微笑貌。❷鼓枻　划著船槳。枻，划船的槳。❸滄浪之水　舊說以為水名，其所在各家說法不一。蔣驥認為在今常德府龍陽縣，洪興祖、朱熹均以為在漢水下游，而盧文弨則以為乃青色之水的通稱。❹濯我纓　洗我的冠纓。濯，洗滌。纓，繫冠的帶子。按：此〈滄浪歌〉亦見《孟子・離婁上》，為當時廣為流傳的歌謠。這裡漁父借用以比喻行為要適應時勢，即應採取圓通的處世態度。

【語　譯】漁翁微微一笑，划動船槳就走了，還唱道：「滄浪之水清又清啊，可以洗滌我繫帽子的繩；滄浪之水多混濁啊，可以洗洗我的腳。」就走了，不再跟屈原說話。

【研　析】本篇在形式上與〈卜居〉一樣，採用客主問答的形式以展情節，行文散文化的傾向亦非常明顯，記述對話多用鋪陳排比。這些都是漢代散體大賦的先導。語言簡潔明快，兩種觀點的對立非常鮮明，如水火之不可相容。孫鑛說：「撰語俱奇峭直切，在楚騷中最為明快。」這正道出了本篇在藝術風格方面的特點。

卷六十四 辭賦類 三

九辯

宋玉

【題解】〈九辯〉，本為古樂曲名。王夫之注：「九者，樂章之數。凡樂之數，至九而盈。」「辯，猶遍也，一闋謂之一遍。」然據〈離騷〉，夏朝時已有〈九辯〉，其樂曲當極簡單。而宋玉此篇結構宏偉，句式較屈賦的變化還多。蓋僅擬其題，而非依聲作辭。這篇賦的創作意圖，王逸以為是宋玉「閔惜其師，忠而放逐，故作〈九辯〉以述其志」，後世學者多承襲此說。然從內容看，〈九辯〉乃宋玉自悲其身世與遭遇的自敘性作品。分章各本亦不盡同。〈九辯〉是屈賦之後又一首長篇政治抒情辭賦的傑出作品。它強烈地抒發了宋玉這個失職的貧士的不滿和牢騷以及不「貪餧而求食」的清高自許。作品反覆強調，作者忠而有才，卻不被楚王了解，更受奸邪排擠，以至失職貧困，進退失據。但他表示，「處濁世而顯榮兮，非余心之所樂；與其無義而有名兮，寧窮處而守高」，表現了他不同流合汙的品德。篇中對楚王的指責和對讒人的揭露也比較鮮明而尖銳。他指責群小胡作非為，「何時俗之工巧兮，背繩墨而改錯」；阻塞賢路，「猛犬狺狺而迎吠兮，關梁閉而不通」。他擔心這樣下去，楚國會弄得一敗塗地，「事緜緜而多私兮，竊悼後之危敗」，在抒寫個人失意和悲愁的同時，也交織著對楚國命運的關心和焦慮。這些都是與屈賦的內容相一致的。但面對楚國危亡的局勢，作品表現得更多的是作者對個人命運的哀歎和悲愁，只「願賜不肖之軀而別離」，沒有表現更多的抗爭，缺乏屈原那種「豈余身之憚殃兮，恐皇輿之敗績」的強烈的政治責任感和「雖九死其猶未悔」的頑強的鬥爭精神。司馬遷批評其「終莫敢直諫」，是有根據的。

【作者】宋玉，楚國人，生卒年不詳，生平事跡所知亦少。《史記．屈原賈生列傳》說：「屈原既死之後，楚有宋玉、唐勒、景差之徒者，皆好辭而以賦見稱。然皆祖屈原之從容辭令，終莫敢直諫。」《漢書．藝文志》說：宋玉，「楚人，與唐勒並時，在屈原後也。」劉向《新序》也說他「事楚襄王而不見察，意氣不得，形於顏色」。據此，則知其時代稍後於屈原，曾事楚襄王，做過大夫，意氣不得，被貶去職。因其作品受屈原影響深，故王逸說「宋玉者，屈原弟子也」。據游國恩考證：「至楚幽王時，年逾六十，因秋感觸，追憶往事，作〈九辯〉以寄意。」（《楚辭概論》）宋玉的作品，《漢書．藝文志》著錄為十六篇。流傳至今者十四篇。宋玉是屈原之後重要的辭賦作家。他不僅繼承了屈原的優良傳統，而且在藝術上有獨到創新。又從屈原創造的騷體變化出賦這種體裁，特別是〈風賦〉等幾篇作品，完成了散體賦這種賦體的創造，對漢代散體大賦產生過較大影響。

悲哉秋之為氣❶也！蕭瑟❷兮草木搖落而變衰，憭慄兮若在遠行，登山臨水兮送將歸❸。泬寥❹兮天高而氣清，宋漻❺兮收潦❻而水清。憯悽增欷❼兮薄寒❽之中❾人，愴怳懭悢❿兮去故⓫而就新⓬。坎廩⓭兮貧士⓮失職而志不平，廓落⓯兮羇旅⓰而無友生⓱，惆悵⓲兮而私自憐。燕翩翩⓳其辭歸兮，蟬寂寞⓴而無聲。雁嗈嗈㉑而南遊兮，鵾雞㉒啁哳㉓而悲鳴。獨申旦㉔而不寐兮，哀蟋蟀之宵征㉕。時亹亹㉖而過中㉗兮，蹇淹留㉘而無成。

【章旨】本段因秋發興，借淒涼索寞的秋景，抒發失職貧士羈旅中的孤獨哀愁。

【注　釋】❶氣　古人認為充塞於天地之間的東西。秋天為肅殺之氣，故作者悲之。❷蕭瑟　蕭條寂寞之貌。一說，指秋風吹動草木的聲音。雙聲聯綿詞。❸憭慄二句　此借遠遊、送別寫秋日的情懷，意謂面對如此秋景，內心的悲涼淒苦如遠行他鄉或登臨送別一樣難受。憭慄，心境悲涼之貌，雙聲聯綿詞。❹泬寥　曠蕩空虛貌。❺宋漻　空虛寂靜貌，疊韻聯綿詞。宋，「寂」本字，《說文》曰：「宋，無人聲。」❻收潦　積水退盡。潦，大雨後的積水。❼憯悽增欷　悲痛地歎息不已。憯悽，同「慘悽」。悲痛貌，雙音聯綿詞。增欷，加重歎息。欷，歎息聲。❽薄寒　輕寒；微寒。❾中　侵襲。❿愴怳懭悢　聲近義似之疊韻聯綿詞，失意悲愁貌。⓫去故　離開舊居。⓬就新　來到新地方。⓭坎壈　猶「坎坷」，路道不平坦、遭遇不順利之意。⓮貧士　作者自指。⓯廓落　空寂貌，疊韻聯綿詞。⓰羈旅　羈留旅居在外。⓱友生　即朋友。《詩經・小雅・伐木》：「矧伊人矣，不求友生。」⓲惆悵　悵然失意貌，雙聲聯綿詞。⓳翩翩　飛行輕快之貌。⓴寂寞　寂靜無聲貌。㉑嗈嗈　通作「噰噰」。鳥和鳴聲。《爾雅・釋詁》：「關關噰噰，聲音和也。」㉒鶤雞　鳥名，似鶴。㉓啁哳　聲音繁細貌，雙聲聯綿詞。㉔申旦　通宵達旦。㉕哀蟋蟀句　意謂蟋蟀夜鳴更使人悲哀。宵征，夜行，指蟋蟀夜間振翅發聲。㉖亹亹　勤勉貌，引申為行進不止之貌。㉗過中　過了中年。㉘淹留　久留，指長時間羈留在外。

【語　譯】悲傷啊秋天的氣象。蕭條寂寞啊草木動搖脫落而變成衰敗景象。心境悲涼啊如同遠行在外，登上高山面對流水而送別將歸去的行人一樣。曠蕩空虛啊天空高爽而氣象淒清。空虛寂靜啊渾濁的積水退盡而水也顯得清澄。悲痛地不斷歎息啊，輕微的寒氣侵襲著人的身軀。失意悲愁啊離開舊址而走向新居。遭遇不順利啊貧士失去職守而心意不能平靜。孤獨空寂啊我羈留旅行在外而無有友朋。惆悵失意啊私下裡自己憐惜同情。燕子輕快地飛翔辭別巢窠而歸去啊，寒蟬寂靜而無鳴叫之聲。大雁噰噰鳴叫而向南飛去啊，鶤雞啁哳地悲鳴。我獨自通宵達旦而不能入睡啊，蟋蟀的夜鳴更觸動我的哀情。時間行進不止我已過了中年啊，長時間地滯留他鄉而一事無成。

悲憂窮慼❶兮獨處廓❷，有美一人❸兮心不繹❹。去鄉離家兮來遠客，超逍遙❺

兮今焉薄❻？專思君❼兮不可化❽，君不知兮可奈何？蓄怨❾兮積思，心煩憺❿兮忘食事⓫。願一見兮道⓬余意，君之心兮與余異。車駕兮朅⓭而歸，不得見兮心悲。倚結軨⓮兮太息，涕潺湲⓯兮霑軾⓰。忼慨絕⓱兮不得⓲，中瞀亂⓳兮迷惑。私自憐兮何極，心怦怦⓴兮諒直㉑。

【章旨】本段寫羈旅中思君不能見，絕君又不忍的痛苦心情。

【注釋】❶窮蹙　窮困迫促。蹙，迫促；困阨。❷廓　空虛之處。❸有美一人　作者自比。王逸說：「謂懷王也。」朱熹說：「謂屈原也。」皆不確。❹繹　借作「懌」。喜悅。一說，繹，解，謂心中鬱結不解。❺超逍遙　遠遠地飄泊不定。超，遠。逍遙，此指遊蕩無依之貌。❻焉薄　止於何處。薄，近；止。❼君　指楚王。❽化　改變，言己忠貞不渝。❾蓄怨　蓄積怨恨。❿煩憺　煩悶憂傷。憺，憂。⓫食事　食與事。一說，猶言飲食之事。⓬道　訴說。⓭朅　去；離開。⓮結軨　古代車箱軾下和左右用木條縱橫交錯，形似方格，以作遮攔，叫結軨。軨，車箱欄木。⓯涕潺湲　眼淚雙流。涕，眼淚。潺湲，流貌。⓰軾　車箱前面扶手的橫木。⓱忼慨絕　憤激不平到了極點。忼慨，意氣憤激不平之貌。絕，極。一說，斷絕，謂想和楚王斷絕。⓲不得　謂不得見君，不能見到楚王。一說，不得，不能，謂想和楚王斷絕而又做不到。⓳中瞀亂　心中昏亂。瞀，昏迷。⓴怦怦　心急貌。一說，忠謹貌。㉑諒直　誠實而正直。

【語譯】悲傷憂愁窮困促阨啊獨自處在空曠之地，有一個美人啊內心不喜。離開故鄉離開老家啊來到遠方作客，遠遠地飄泊不定啊現在迫近哪裡？專一思念君主啊不能改變，君主不了解我啊我又怎麼辦？蓄積怨恨啊積累思念，心中煩悶憂傷啊忘了吃飯。希望見君一面啊訴說我的心意，君主的想法啊與我有差異。車已駕好啊離開它來歸，不能見到君主啊我心內傷悲。倚靠著車箱木欄啊我長聲歎息，眼淚雙流啊把車軾打濕。憤激不平到了極點啊不能見到君主，心中昏亂啊我迷惑痛苦。私下裡自我憐惜啊何時終止，心裡怦怦直跳啊我誠實正直。

皇天平分四時❶兮，竊獨悲此凜秋❷。白露既下降百草兮，奄離披❸此梧楸❹。去白日之昭昭❺兮，襲❻長夜之悠悠。離芳藹❼之方壯❽兮，余委約❾而悲愁。秋既先戒❿以白露兮，冬又申⓫之以嚴霜。收恢台⓬之孟夏⓭兮，然欿傺⓮而沉⓯藏。葉菸邑⓰而無色兮，枝煩挐⓱而交橫⓲。顏淫溢⓳而將罷⓴兮，柯彷彿㉑而萎㉒黃。萷櫹槮㉓之可哀兮，形銷鑠㉔而瘀傷㉕。惟其紛糅㉖而將落兮，恨其失時而無當㉗。擥騑轡㉘而下節㉙兮，聊逍遙㉚以相羊㉛。歲忽忽㉜而遒㉝盡兮，恐余壽之弗將㉞。悼余生之不時兮，逢此世之俇攘㉟。澹容與㊱而獨倚㊲兮，蟋蟀鳴此西堂。心怵惕㊳而震盪兮，何所憂之多方㊴？仰明月而太息兮，步列星㊵而極明㊶。

【章　旨】本段寫作者看到秋天草木的凋零，進而抒發其生不逢時的憂傷。

【注　釋】❶平分四時　指一年十二個月，春夏秋冬四季各占三個月。四時，春夏秋冬四季。❷凜秋　凜冽的秋天。凜，凜冽；寒涼。❸奄離披　忽然凋落。奄，奄忽；忽然。離披，同「披離」。分散貌，此指樹木枝疏葉落，疊韻聯綿詞。❹梧楸　木名，梧桐和梓樹，皆早凋之木。❺昭昭　光明貌。❻襲　重襲；繼續。❼芳藹　芳香繁茂，形容美好年華。❽方壯　正當壯年。方，正當。壯，古以三十歲為壯，稱三四十歲壯盛時期為壯年。❾委約　貧病。委，借作「萎」。枯萎；衰病。約，窮約；貧困。❿戒　警戒；警告。⓫申　重；加上。⓬恢台　盛大而繁茂之貌，疊韻聯綿詞。字亦作「恢胎」、「恢炱」。⓭孟夏　《藝文類聚》三引作「盛夏」。聞一多說：「疑孟當為盛，字之誤也。」（《楚辭校補》）按：聞說是。⓮然欿傺　於是陷止。然，猶「乃」。於是。下文「然中路而迷惑兮」，「然惆悵而自悲」，「然潢洋而不可帶」、「然潢洋而不遇」之「然」皆同。坎，陷落。傺，停。⑮沉 深；潛伏。⑯菸邑 猶「鬱悒」。愁貌，這裡形容樹葉枯萎，雙聲聯綿詞。⑰煩挐 參差紛亂貌，雙聲聯綿詞。⑱交橫 交錯縱橫。⑲淫溢 浸漸；逐漸。⑳罷 同「疲」。衰落；衰敗。㉑柯彷彿 枝條暗淡。柯，樹枝。彷彿，此為色澤暗淡之意。㉒委 借作「萎」。枯萎。㉓萷櫹槮 樹梢光禿。萷，洪興祖說：「木無枝柯，長而殺者。」即光禿的樹幹。王夫之說：「萷，與『梢』同，樹杪也。」即樹梢。櫹槮，無葉孤存而劃空貌。一說，光禿貌，雙聲聯綿詞。㉔銷鑠 銷熔，此指枝葉凋殘。㉕瘀傷 病傷。一說，氣血受傷，指秋天的肅殺之氣使植物內部受到損傷。㉖紛糅 眾多雜亂之貌。㉗無當 不遇，指不遇明君。當，值；遇。㉘擥騑轡 拿住驂馬的韁繩。擥，同「攬」。總纜；把持。騑，古時四馬駕車，中間兩匹夾轅者稱服馬，兩旁之馬稱騑馬，亦稱驂馬。轡，馬韁繩。㉙下節 垂下馬鞭，與「弭節」同意，即停車。㉚逍遙 優遊自得之貌。㉛相羊 同「相佯」、「徜徉」。徘徊不進之貌，疊韻聯綿詞。㉜歲忽忽 年歲匆匆。忽忽，快貌。㉝遒 迫近。㉞將 長。㉟恇攘 急遽不寧之貌，疊韻聯綿詞。㊱澹容與 心情恬靜閒適。澹，安靜，此指心情淡漠。容與，閒適貌。㊲倚 立。㊳怵惕 驚懼。㊴多方 多端；多種多樣。㊵步列星 謂在星星下漫步。列星，眾多的星。㊶極明 到天明。極，至。

【語譯】天老爺把一年平均分配為春夏秋冬四季啊，我偏偏對這寒涼的秋天感到悲哀。白露既已下降到各種野草啊，這梧桐和梓樹也忽然葉落枝衰。離開這白日的光明啊，接續著黑夜的漫長。離棄美好年華的正當壯盛啊，我貧病交加而悲苦憂傷。秋天既已先用白露加以警告啊，冬天又加上嚴酷的濃霜。收拾起盛大而繁茂的盛夏啊，於是陷落停滯而又深藏。樹葉枯萎而沒有綠色啊，樹枝紛亂而交錯高揚。色彩逐漸地將要衰敗啊，枝條暗淡而枯槁變黃。光禿禿的樹枝凌空聳立而真可哀痛啊，形狀凋落殘敗而衰病損傷。想到它的雜亂無章而將凋落啊，憤恨它的失去時機而沒有碰上好的時光。拿住驂馬的韁繩而放下馬鞭啊，姑且優遊瀟灑而徘徊觀望。年歲匆匆已迫近完結啊，恐怕我的壽命不會太長。哀悼我生不逢時啊，碰上這個時代急遽震盪而不安詳。心情恬靜安閒而獨自站立啊，蟋蟀鳴叫在西面的廳堂。心裡驚恐而震蕩不安啊，為什麼我的憂慮是這樣地多種多樣？仰望明月而長聲歎息啊，在眾星下漫步直至天亮。

竊悲夫蕙華❶之曾敷❷兮，紛旖旎❸乎都房❹。何曾華❺之無實❻兮，從風雨而飛颺❼。以為君獨服❽此蕙兮，嗟❾無以異於眾芳。閔❿奇思⓫之不通⓬兮，將去君而高翔。心閔憐之慘悽兮，願一見而有明⓭。重無怨⓮而生離兮，中結軫⓯而增傷⓰。豈不鬱陶⓱而思君兮，君之門以九重⓲。猛犬⓳狺狺⓴而迎吠兮，關梁㉑閉而不通。皇天淫溢㉒而秋霖㉓兮，后土㉔何時而得乾。塊㉕獨守此無澤㉖兮，仰浮雲而永歎。

【章　旨】本段以蕙草的遭遇自比，悲歎自己事君不合而又無法表明心跡，只好對秋霖而永歎。

【注　釋】❶蕙華　蕙草的花。華，古「花」字。❷曾敷　層層開放。曾，同「層」。敷，布，指花開放。❸旖旎　草木茂盛貌，疊韻聯綿詞。❹都房　猶言「華屋」。都，美。五臣注：「都，大也。房，花房也。」花房即花萼。朱熹說：「都，大也。房，北堂也，《詩》所謂背，蓋古人植花草之處也。」❺曾華　累累花朵。❻無實　不結果實，比喻自己不見任用，無所成就，與〈離騷〉「羌無實而容長」，詞同而義異。❼颺　同「揚」。❽服　用；佩。❾嗟　感歎詞。這兩句以蕙草自比，怨君主不重視自己。❿閔　同「憫」。哀憐；憐惜。⓫奇思　出眾的思慮，指治國的謀議。⓬不通　不能通達於君。⓭有明　有以自明，有表明自己心跡的機會。⓮重無怨　深念無怨咎於君。重，念；深念。無怨，指自己無取怨於君之道。一說，指自己無可責怨，即無罪。⓯中結軫　心中鬱結悲痛。中，心中；內心。軫，痛。⓰增傷　倍增悲傷。⓱鬱陶　憂思鬱結貌。⓲九重　言君門深邃，不易進入。九，表示多數。朱熹說：「天子有九門，謂關門，遠郊門，近郊門，城門，皐門，庫門，應門，雉門，路門也。」可備一說。⓳猛犬　比喻小人。⓴狺狺　狗叫聲。㉑關梁　關塞橋樑。㉒淫溢　指雨水過多。㉓霖　雨久下不停。《說文》：「凡雨三日以往為霖。」㉔后土　與「皇天」對稱，指大地。㉕塊　塊然；孤獨貌。㉖無澤　王夫之謂「無」、「蕪」通。聞一多《楚辭校補》說：「《風俗通義．山澤》篇：『水草交錯，名之為澤。』久雨則百草怒生，潢潦渟滀而成斥鹵。蕪澤，正言其多水也。」而朱熹說：「眾人皆蒙君澤，而我獨不霑，故仰望而長歎也。」則「無澤」為不蒙君之恩澤之意。

【語譯】我私自悲歎那蕙草的層層開放啊，眾多而茂盛在那花萼之上。為什麼累累的花朵卻不結果實啊，跟隨著淒風苦雨而四處飛揚。我以為君主只佩帶這蕙草啊，可嘆的是它比一般的芳草沒有兩樣。哀憐我奇特的思慮不能通達於君啊，我將離開君主而高高飛翔。心中哀憫憐惜而悲慘淒切啊，希望見君主一面而說明情況。深念與君主沒有怨恨而要活生生離別啊，心內鬱結悲痛而加倍悲傷。難道不憂思鬱結而思念君主啊，可是君主的關門疊疊重重。還有猛犬汪汪地迎人狂叫啊，關門橋樑閉塞而不暢通。老天爺秋雨幾天幾夜地下個不停啊，大地何時可以得乾。孤獨地獨自守著這荒蕪的大澤啊，抬頭望著浮雲而長聲哀歎。

何時俗之工巧❶兮，背繩墨❷而改錯❸。卻騏驥❹而不乘兮，策駑駘❺而取路❻。當世豈無騏驥兮，誠莫之能善御❼。見執轡者❽非其人兮，故駶跳❾而遠去。鳧鴈皆唼夫粱藻❿兮，鳳愈飄翔而高舉。圜鑿⓫而方枘⓬兮，吾固知其鉏鋙⓭而難入。眾鳥⓮皆有所登棲兮，鳳獨遑遑而無所集⓯。願銜枚⓰而無言兮，嘗被⓱君之渥洽⓲。太公⓳九十乃顯榮⓴兮，誠未遇其匹合㉑。謂騏驥兮安歸？謂鳳凰兮安棲？變古易俗兮世衰，今之相者㉒兮舉肥㉓。騏驥伏匿㉔而不見兮，鳳凰高飛而不下。鳥獸猶知懷德兮，何云㉕賢士之不處㉖？驥不驟㉗進而求服㉘兮，鳳亦不貪餧㉙而妄㉚食。君棄遠而不察兮，雖願忠其焉得？欲寂寞而絕端㉛兮，竊不敢忘初之厚德。獨悲愁其傷人兮，馮鬱鬱㉜其何極㉝？

【章　旨】本段悲歎楚國時俗工巧，小人在位，賢士欲進身而無路；自己雖不忍背君遠去，卻又無可奈何。

【注　釋】❶工巧　善於取巧。工，善；精通。❷繩墨　本木匠引繩彈墨以取直的工具，即墨斗繩，比喻法度。❸錯　同「措」。措施。❹卻騏驥　拒絕良馬。卻，退。用作使動詞，拒絕。騏驥，良馬。比喻賢才。❺策駑駘　趕著劣馬。策，馬鞭。用作動詞，以鞭趕馬。駑駘，劣馬，比喻平庸的人。❻取路　趕路。❼御　駕馭，比喻使用人才。❽執轡者　拿馬韁繩的人，指駕車者，比喻執政者。❾騙跳　跳躍。騙，馬立不定。跳，躍。比喻賢才逃離。❿鳧鴈句　這句比喻小人食祿在位。鳧，野鴨。鴈，同「雁」。唼，水鳥或魚吃食物。粱，粟米。藻，水藻。⓫鑿　木工所鑿的孔。⓬枘　榫頭，木工削木的一端以入孔的部分。⓭鉏鋙　抵觸相拒之貌，疊韻聯綿詞。⓮眾鳥　比喻庸人。⓯鳳獨句　這句比喻賢才無職位。遑遑，迫促不安貌。集，棲息。《說文》：「集，群鳥在木上也。」⓰銜枚　猶言「鉗口」。枚，形狀略似筷子，古時行軍，銜枚於口以防止喧嘩。⓱被　蒙受；受到。⓲渥洽　厚澤；厚恩。⓳太公　姜太公姜尚，西周初年人，曾輔佐周武王伐紂。⓴乃顯榮　才顯赫榮耀。指周文王師事姜尚，輔武王滅紂後，分封於齊。㉑匹合　相匹配投合之人。㉒相者　相馬的人，比喻執政者。㉓舉肥　挑選肥馬。朱熹說：「古語云：相馬失之瘦，相士失之貧，即舉肥之意也。」㉔伏匿　潛伏隱藏。㉕云　說。此含有「責怪」之意。㉖不處　不肯居留，謂賢士不願居留於昏亂的朝廷。㉗驟　急迫；急速。㉘服　用，指駕車。㉙餧　同「喂」。飼養。㉚妄　胡亂；不遵軌度。㉛絕端　斷絕思緒，指斷絕仕進之念。㉜馮鬱鬱　充滿著愁悶。馮，同「憑」。王逸〈離騷〉注：「憑，滿也，楚人名滿為憑。」鬱鬱，憂悶貌。㉝極　終極；極限。

【語　譯】為什麼時代習俗是這樣善於投機取巧啊，改變措施而又背棄法度。拒絕千里馬不肯乘騎啊，驅趕著劣馬去向前趕路。當代難道沒有千里馬啊，的確是不能把它好好地駕御。見到駕車的人不是能手啊，就跳躍著遠遠地逃去。野鴨大雁都吃著粟米和水藻啊，鳳鳥就更加飄飄翱翔而高高飛去。圓的鑿孔卻用方的榫頭啊，我本來就知道一定抵觸而難以進入。一般的鳥都有個地方登上棲息啊，鳳鳥就偏偏迫促不安而無處棲息。想要閉口而不說話啊，曾經受到過君主深厚的恩澤。姜太公九十歲才顯赫尊榮啊，的確是沒有遇到相投合的配匹。說千里馬啊去向何方？說鳳凰鳥啊棲息哪裡？改變古風更換習俗啊世道衰微。現在相馬的人啊只選擇肉嫩膘肥。千里馬潛伏隱藏而不出現啊，鳳凰鳥高高飛翔而不下落棲息。鳥獸還知懷念恩德啊，怎麼能責怪賢士不肯居留停止？千里馬不急切進取而尋求駕車啊，鳳凰鳥也不貪圖飼養而胡亂吃食。君主遠遠地拋棄我而不考察啊，即使願意盡忠又怎能取得？想要默默無聲而斷絕仕進之念啊，我又不敢忘卻君主起初深厚的恩德。獨自悲愁而令人傷神啊，充滿著愁悶哪裡是終極？

霜露❶慘悽而交下兮，心尚幸❷其弗濟❸。霰雪雰糅❹其增加兮，乃知遭命❺之將至。願徼幸❻而有待❼兮，泊莽莽❽與壄草❾同死。願自直❿而徑往⓫兮，路壅絕⓬而不通。欲循道⓭而平驅⓮兮，又未知其所從。然中路而迷惑兮，自厭按⓯而學誦⓰。性愚陋以褊淺⓱兮，信未達乎從容⓲。竊美申包胥⓳之氣晟⓴兮，恐時世㉑之不固㉒。何時俗之工巧兮，滅規矩㉓而改鑿㉔。獨耿介㉕而不隨㉖兮，願慕先聖之遺教。處濁世而顯榮兮，非余心之所樂。與其㉗無義而有名兮，寧窮處而守高㉘。食不媮㉙而為飽兮，衣不苟而為溫。竊慕詩人㉚之遺風兮，願託志乎素餐㉛。蹇充倔㉜而無端㉝兮，泊㉞莽莽而無垠。無衣裘以御㉟冬兮，恐溘死㊱而不得見乎陽春㊲。

【章　旨】本段寫自己因遭受打擊而陷入困境，但決心堅持操守，而絕不隨俗求榮。

【注　釋】❶霜露　比喻小人加給自己的種種誣陷迫害。❷幸　希望。❸濟　成功。❹雰糅　霰雪混雜。雰，大雪貌。糅，混雜。❺遭命　遭遇的惡運。《孟子・盡心》趙岐注：「行善得惡曰遭命。」❻徼幸　逢凶化吉之意。徼，義同「幸」。幸，《說文》：「吉而免凶也。」❼有待　謂等待楚王的醒悟。一說，即下句所言讓自己與草木同腐。❽泊莽莽　置身於荒野。

汩，擾亂，弄亂，引申為雜亂。莽莽，草盛貌。❾壄草　即野草。壄，古「野」字。❿自直　自明曲直。⓫徑往　走小路去見楚王。⓬壅絕　梗塞斷絕。⓭循道　遵循正道。⓮平驅　平穩驅馳。⓯厭按　壓抑；克制。厭，通「壓」。⓰學誦　王逸注：「弭情定志，吟詩禮也。」誦，吟詩禮。學誦，即學詩。按：劉永濟《屈賦通箋・敘論》：「考故書凡稱誦者，以有節之聲調，歌配樂之詩章，蓋異於聲比琴瑟之歌也。所歌之詩章，即名曰誦，亦猶吟、咏、歌、謠，同為詩體之別稱也。」據此，則誦是一種不合樂而誦的詩體，漢以後稱之為賦。⓱褊淺　急躁淺陋。褊，急躁狹隘。⓲從容　優遊閒暇貌，疊韻聯綿詞。⓳申包胥　春秋時楚國大夫。吳伐楚，入郢，楚昭王逃至隨國。申包胥至秦國求救，在秦廷痛哭七晝夜，秦伯哀之，為發兵救楚，昭王復國。⓴氣晟　即指那種必死的壯氣。晟，同「盛」。㉑時世　王夫之說：「當時之國勢也。」㉒不固　不穩固。王逸注：「時人執誓，多不堅也。」㉓規矩　木工取圓取方的工具，即圓規和曲尺。比喻法度。㉔鑿　聞一多《校補》云：「案鑿當為錯，聲之誤也。（鑿、錯二音，古書往往相亂。《史記・晉世家》出公名鑿，〈六國年表〉作錯，是其比。）古韻錯在魚部，鑿在宵部。此本以鑿與上文固相叶，後人誤改作鑿，以與下文教、樂、高相叶，則固字孤立無韻矣。〈離騷〉曰：『固時俗之工巧兮，偭規矩而改錯。』本篇上文曰：『何時俗之工巧兮，背繩墨而改錯。』語意俱與此同，而皆作錯。《文選・思玄賦》注引此文作錯，尤其確證。」按：聞說是。㉕耿介　光明正大。㉖不隨　不隨從世俗；不隨波逐流。㉗與其　與下句的「寧」字相配合，是表示讓步複句的關聯詞。㉘守高　堅持高尚的節操。㉙媮　同「偷」。義同「苟」，苟且。㉚詩人　專指《詩經》中詩歌的作者。此指〈魏風・伐檀〉的作者，名氏已佚。㉛素餐　聞一多說：「餐當作飱。《說文》餐重文作湌，與飱聲形俱近，故相涉而誤。古韻餐飱異部。此與溫、垠、春為韻，是字當作飱。」《詩經・魏風・伐檀》：「彼君子兮，不素飱兮。」毛傳：「素，空也。」素飱，即白吃飯。這裡的「素飱」當為「不素飱」之省略。一說，素，即樸素。原詩乃諷刺貴族統治者的奢侈生活，不吃樸素的飯食。此乃反其意而用之，謂願託志乎樸素的飯食，而不願過貴族生活。可備一說。㉜蹇充倔　短布單衣。充倔，當為裗褔之借字。《方言》四謂「襜褕……其短者……以布而緣，敝而紩之謂之襤褸，自關而西謂之裗褔」。則裗褔為無緣飾的短布單衣。《廣韻》：「裗，襌衣也。」《玉篇》：「褔，短衣也。」所釋與《方言》合。《禮記・儒行》：「不充詘於富貴。」鄭注：「歡喜失志貌。」此充詘亦裗褔之借，用作動詞，言於富貴時不穿短布單衣。《史記》載武安侯恬「坐衣襜褕入宮，不敬」，免。則著單衣即已不敬，何況其短而無緣者？故鄭玄以「失志」釋之。一說，自滿而失節制貌。㉝無端　即無緣，衣邊不加緣飾。一說，猶無極，無盡頭。一說，沒有因緣。㉞汩　沉淪；埋沒。㉟御　同「禦」。抵擋。㊱溘死　忽然而死。㊲陽春　和暖的春天。

【語　譯】霜露酷烈悽涼地交相降下啊，心裡還希望它不會成功。霜珠霜片紛紛混雜而不斷增多加大啊，才知道遇到的惡運正在來勢洶洶。希望逢凶化吉而等待楚王的醒悟啊，卻置身於亂糟糟的荒野而與野草一道枯死其中。希望能自明曲直而從小路前往啊，道路阻塞斷絕而不暢通。想要遵循大道而平穩地驅馳啊，又不知道我該何所適從。就在半路上迷失惑亂啊，就自我壓抑而將詩賦吟誦一通。本性愚昧淺陋而急躁狹隘啊，確實不能做到閒暇從容。我讚美申包胥那必死的壯氣啊，恐怕這時代並不穩固。為什麼時代習俗如此善於投機取巧啊，改變措施而又破壞法度。獨自光明正大而不隨波逐流啊，希望仰慕先聖遺留的教導。處在混濁的時代而顯赫尊榮啊，不是我心中認為的快樂。與其不合道義而有名望啊，寧肯久處困窮而堅持高尚的節操。吃東西不隨便地貪圖飽腹啊，穿衣服不苟且地求得溫暖舒適。我仰慕《詩經》的作者遺留的高風亮節啊，希望我的志趣寄託在樸素的生活。穿著無緣飾的短布單衣啊，淪落在這無邊無際的荒郊野外。沒有綿衣皮裘來抵擋寒冬啊，恐怕再也見不到和暖的春天的存在。

　　靚杪秋❶之遙夜兮，心繚悷❷而有哀。春秋逴逴❸而日高❹兮，然惆悵而自悲。四時遞來而卒歲兮，陰陽❺不可與儷偕❻。白日晼晚❼其將入兮，明月銷鑠❽而減毀❾。歲忽忽而遒盡❿兮，老冉冉而愈弛⓫。心搖悅⓬而日幸⓭兮，然怊悵⓮而無冀。中憯惻之悽愴⓯兮，長太息而增欷。年洋洋⓰以日往兮，老嵺廓⓱而無處。事亹亹⓲而覬⓳進兮，蹇淹留而躊躇。

【章　旨】本段寫在深秋長夜，感歎自己年華流逝，而事業一無所成。

【注　釋】❶靚杪秋　寂靜的暮秋。靚，與「靜」通。寂靜。杪秋，末秋。杪，末。❷繚悷　猶「悽愴」。鬱結悲愁之貌。

❸春秋逴逴　年歲遠去。春秋，指人的年歲。逴逴，王夫之說：「行愈遠也。」❹日高　王夫之說：「春秋日高，老也。」言年歲一天天增高而至老。❺陰陽　古人認為陰陽二氣交替消長而成四時，春夏為陽，秋冬為陰。❻與儷偕　相比並，互相消長。言四季交替變換而年年如故，而人則在變換中由年青而變老，故云「不可與儷偕」。儷，偶。偕，同。❼晼晚　日落昏暗貌。❽銷鑠　此指月亮虧缺。❾減毀　也是月亮虧缺之意。❿遒盡　迫近完結。⓫弛　鬆懈，指心志懈怠。⓬搖悅　王逸釋為「私心自喜」。朱季海謂「搖」為「嗂」之借，《說文》：「嗂，喜也。」按：朱說是。搖悅為雙聲聯綿詞，均有美好義。自好則喜，故義得相通。（詳《方言箋疏》十三）⓭日幸　天天有所希冀，謂望其進用。⓮怊悵　即「惆悵」。悵然失志貌。⓯憯惻之悽愴　悲愁。憯惻、悽愴，皆雙聲聯綿詞，音近義近，皆悲愁之意。⓰洋洋　大水奔流貌。⓱寥廓　空曠無邊之貌。⓲亹亹　這裡為勤勉之貌。《詩・大雅・文王》：「亹亹文王」，毛傳：「亹亹，勉也。」⓳覬　希望。

【語譯】寂靜暮秋的漫漫長夜啊，心裡愁悶鬱結而有哀傷。年歲匆匆逝去而一天天衰老啊，就悵然失意而獨自悽愴。一年四季交替到來而又過去啊，這陰陽的交替變換而我的青春卻不能跟它一樣。太陽昏暗而將要落山啊，明月也隨著時間而虧盈消長。年歲匆匆逝去而迫近完結啊，衰老漸漸到來而心理也更加懈怠迭宕。我私心喜悅而天天有所希冀啊，卻皆悵然失意而沒有希望。心中悲愁啊，長聲歎息而更加低聲抽泣。年壽如大水般一天天流逝啊，老來卻空蕩蕩地沒有棲身之地。我事事勤勉努力而希望進用啊，故久久淹留而猶豫狐疑。

何氾濫❶之浮雲兮，猋廱蔽❷此明月。忠昭昭❸而願見兮，然霠曀❹而莫達。願皓日之顯行❺兮，雲蒙蒙❻而蔽之。竊不自料而願忠兮，或黕點❼而汙之。堯舜之抗行❽兮，瞭冥冥❾而薄天❿。何險巇⓫之嫉妒兮，被⓬以不慈⓭之偽名。彼日月之照明兮，尚黯黮⓮而有瑕⓯。何況一國之事兮，亦多端而膠加⓰。被荷裯⓱之晏晏⓲兮，然潢洋⓳而不可帶⓴。既驕美㉑而伐武㉒兮，負左右㉓之耿介㉔。憎慍惀㉕

之修美兮，好夫人之慷慨㉖。眾踥蹀㉗而日進兮，美㉘超遠而逾邁㉙。農夫輟耕而容與㉚兮，恐田野之蕪穢㉛。事緜緜㉜而多私㉝兮，竊悼後之危敗。世雷同㉞而炫曜㉟兮，何毀譽之昧昧㊱。今修飾而窺鏡兮，後尚可以竄藏㊲。願寄言㊳夫流星㊴兮，羌倏忽㊵而難當。卒㊶廱蔽此浮雲兮，下暗漠而無光。

【章旨】本段悲歎小人竊權柄而疾賢，國君受蒙蔽而昏聵，以至國事日非，而自己欲效忠而無機會。

【注釋】❶氾濫　本指水勢浩瀚，這裡形容浮雲如同大水翻騰。氾，同「泛」。❷猋廱蔽　迅速壅蔽。猋，《說文》：「犬走貌。」引申為迅疾貌。廱，同「壅」。朱熹說此二句「言浮雲之蔽月，以比讒賊之害賢也。」❸昭昭　明顯貌。❹霒曀　暗昧貌，雙聲聯綿詞。❺顯行　顯赫地運行。皓日顯行，比喻聖君明察。❻蒙蒙　昏暗貌。此比喻群小掩蔽君明。❼或黕點　有人玷汙。或，有人，無指代詞。黕，《說文》：「滓垢也。」❽抗行　高尚的行為。❾瞭冥冥　光明高遠。冥冥，高遠貌。❿薄天　迫近天。王逸注：「茂德煥炳，配乾坤也。」⓫險巇　本指山路險阻崎嶇，此指險惡的小人。⓬被　加上。⓭不慈　指堯不傳位於其子丹朱事。此四句亦見〈哀郢〉。⓮黯黮　昏暗不明貌，疊韻聯綿詞。⓯瑕　本指白玉上的斑點，比喻缺點。⓰膠加　糾纏不清。⓱荷裯　荷葉剪製的短衣。裯，衹裯；短衣。⓲晏晏　鮮明貌。《詩・衛風・氓》：「言笑晏晏。」毛傳：「柔和也。」亦可通。⓳潢洋　水深廣無際貌。此指衣披散不著體貌。⓴帶　束；結上帶子。王夫之說：「以荷為衣而服之，非不晏晏，而侈張脆薄，束之則裂。辯言亂政，亦足誘人，而責之以實，則滅裂而有似於此。」㉑驕美　以其美為驕傲，自矜其美。驕，用作意動詞，自我誇耀之意。㉒伐武　誇耀其勇武。伐，自誇。㉓負左右　憑仗侍從之臣。負，恃；憑仗。左右，指左右侍從之臣。㉔耿介　朱熹說：「亦剛勇之意也。」㉕慍惀　指忠貞之士。㉖慷慨　此指口頭上說得慷慨激昂。此二句指楚王不辨君子小人。㉗踥蹀　行走貌。㉘美　指修美之士；賢士。㉙逾邁　更加遠去。逾，同「愈」。此上四句亦見〈哀郢〉。㉚容與　閒散貌。王逸注：「愁苦賦斂之重數也。」㉛蕪穢　王逸〈招魂〉注：「不治曰蕪，多草曰穢。」㉜緜緜　相繼不斷貌。㉝多私　多有營私舞弊。㉞雷同　雷之發聲，無物不應，比喻群小唱和，眾口一詞。㉟炫曜　本指日光強烈，引申為令人眼花撩亂。㊱昧昧　昏暗貌。㊲今修飾二句　朱熹說：「修飾、窺鏡，謂修行德而聽人言，考往事以自鑑也。尚可竄藏，言尚可以潛伏而不至於滅亡也。」修飾、窺鏡，借以比喻修德自新，有自知之明。竄藏，猶言「潛藏」，指免禍自保。㊳寄言　朱熹注：「欲附此言以諫誨其君也。」㊴流星　比喻可以信託的人。㊵羌儵忽　迅速流失。羌，楚方言，語首助詞。儵忽，迅疾貌。㊶卒　終於。朱熹說：「流星既不可值，則卒為黶蔽，而不可解矣。」

【語　譯】為什麼大水般翻騰的浮雲啊，迅速地阻擋遮蔽了這明月。我忠心明著而希望顯赫啊，卻陰沉昏暗而不能抵達君主的宮闕。希望光明的太陽顯赫地運行啊，浮雲卻昏暗地將它遮蔽。我沒有估量自己而願意盡忠啊，有人卻玷汙我而使我渾身汙穢。唐堯虞舜的高尚行為啊，光明是如此高遠而迫近青天。為什麼陰險的小人要嫉妒啊，加給他們不慈愛的虛偽的罪愆。那太陽月亮是如此照耀光明啊，尚且陰暗而有缺陷。何況是一個國家的事情啊，也就頭緒紛繁而相互糾纏。穿上荷葉縫製的短衣是多麼鮮明啊，然而衣不著體而不可以束帶。君主既炫耀美德和誇耀勇武啊，還倚仗左右侍從之臣的剛勇耿介。憎惡忠貞之士的美好啊，喜好那些小人的激昂慷慨。群小奔走著日益進用啊，修美的賢士卻遠走高飛而更加遠去。農夫停止耕種而閒散嬉遊啊，恐怕田野都會穢蕪荒廢。國事接連不斷地多營私舞弊啊，我暗自傷悼以後的危亡衰敗。舉世都眾口一詞而令人眼花撩亂啊，為什麼毀謗讚揚是如此地昏暗混亂。現在就修整容貌而照照鏡子啊，後來的事還可以深藏而免除禍患。我希望把這些良言寄託給流星啊，流星卻迅速地流失而難以碰上。終於被這浮雲阻擋遮蔽啊，天下就黑暗不明而沒有光亮。

堯舜皆有所舉任❶兮，故高枕而自適❷。諒❸無怨於天下兮，心焉取此怵惕❹？

乘騏驥之瀏瀏❺兮，馭❻安用夫強策❼？諒城郭之不足恃兮，雖重介❽之何益？邅翼翼❾而無終兮，忳惛惛❿而愁約⓫。生天地之若過⓬兮，功不成而無效⓭。願沉滯⑭而不見兮，尚欲布名乎天下。然潢洋而不遇兮，直怐愗⑮而自苦。莽洋洋⑯而無極兮，忽翱翔之焉薄。國有驥而不知乘兮，焉皇皇⑰而更索⑱。甯戚⑲謳於車下兮，桓公⑳聞而知之。無伯樂㉑之善相兮，今誰使乎訾㉒之？罔㉓流涕以聊慮㉔兮，惟著意㉕而得之。紛忳忳㉖之願忠兮，妒被離㉗而鄣之。願賜不肖之軀而別離兮，放遊志乎㉘雲中。乘精氣㉙之摶摶㉚兮，鶩㉛諸神之湛湛㉜。驂㉝白霓之習習㉞兮，歷群靈㉟之豐豐㊱。左朱雀㊲之茇茇㊳兮，右蒼龍㊴之躣躣㊵。屬雷師㊶之闐闐㊷兮，道飛廉㊸之衙衙㊹。前輕輬㊺之鏘鏘㊻兮，後輜乘㊼之從從㊽。載雲旗㊾之委蛇㊿兮，扈(51)屯騎之容容(52)。計專專(53)之不可化兮，願遂推(54)而為臧(55)。賴皇天之厚德兮，還及君之無恙(56)。

【章　旨】本段「首言前聖之可法，次言己志之不伸，次願己身以遠去，而終不忘於籲天以正其君」（朱熹語）。

【注　釋】❶舉任　舉賢任能。《史記・五帝本紀》：「舜得舉，用事二十年，而堯使攝政，攝政八年而堯崩。三年喪畢，讓丹朱，天下歸舜。而禹、皋陶、契、后稷、伯夷、夔、龍、倕、益、彭祖自堯時而皆舉用，未有分職。於是舜乃至於文祖，謀於四岳，辟四門，明通四方耳目，命十二牧論帝德，行厚德，遠佞人，則蠻夷率服。」❷自適　自身安適。❸諒　信；確實。副詞。❹怵惕　驚恐。❺瀏瀏　順行無阻貌。❻馭　同「御」。駕御。❼強策　強硬的馬鞭。❽重介　層層鎧甲。介，甲。此二句王夫之說：「賢不用而失保國之圖，城廓之固，兵甲之堅，奚足恃耶？」❾邅翼翼　謹慎地迴旋不前。邅，行不進貌。翼翼，謹慎貌。⑩忳惛惛　憂鬱煩悶之貌。⑪愁約　愁苦窮困。約，窮約；窮困。⑫若過　如同過客一般。形容人生短暫。⑬效　驗證。⑭沉滯　沉淪埋沒。⑮直怐愗　只是愚笨地。直，只；徒。怐愗，愚昧貌，疊韻聯綿詞。⑯莽洋洋　荒野空曠遼闊之貌。⑰焉皇皇　卻匆匆忙忙。焉，乃；卻。皇皇，同「遑遑」。匆遽貌。⑱索　求；尋找。⑲甯戚　春秋時衛國人，經商至齊，夜間餵牛，歌於車下。齊桓公聞之，知其賢，舉以為大夫。⑳桓公　齊桓公，名小白，春秋時五霸之一。㉑伯樂　春秋時秦國人，以善相馬著稱。㉒訾　計量；度量；考慮。㉓罔　同「惘」。迷惘；惆悵。㉔聊慮　深思；思慮。朱季海《楚辭解故》說：「聊猶慮也，重言則曰聊慮。」㉕著意　專意，指人主專心於求賢。㉖紛忳忳　非常專一。紛，盛。忳忳，專一貌。㉗妒被離　嫉妒的人紛亂地。被離，紛亂貌。㉘志乎　意在；留意於。㉙精氣　精微之氣，指充塞於天地之間的元氣。㉚摶摶　團聚貌。㉛騖　馳逐；追隨。㉜湛湛　厚集貌。形容諸神之多。㉝驂　用作動詞，做驂馬。㉞習習　飛動貌。㉟歷群靈　列次群神。歷，依次排列。靈，神。㊱豐豐　眾多貌。㊲朱雀　一名朱鳥，星座名，南方七宿（井、鬼、柳、星、張、翼、軫）的總稱。㊳茇茇　飛揚之貌。㊴蒼龍　星座名，東方七宿（角、亢、氐、房、心、尾、箕）的總稱。㊵躍躍　行走貌。㊶屬雷師　跟隨著雷神。屬，連綴；跟隨。雷師，雷神。㊷闐闐　鼓聲，這裡指雷聲。㊸道飛廉　引導風神。道，引導。飛廉，神話中的風神。㊹衙衙　行進貌。㊺輕輬　輕便的臥車。㊻鏘鏘　車鈴聲。㊼輜棄　輜重車。《釋名・釋車》：「輜車，載輜重臥息其中之車也。」棄，乘的異體字。㊽從從　王夫之說：「相隨以行也。」一說，車聲。㊾雲旗　畫有雲霓的旗。一說以雲為旗。㊿委蛇　同「婀娜」。隨風飄揚之貌。(51)扈　扈從；侍從。(52)容容　《漢書・禮樂志》注：「飛揚之貌。」一說，盛貌。(53)計專專　思考專一。計，計數；思量。專專，專一執著之貌。(54)摧　退。摧，《補注》、《集注》均作推。朱熹說：「言我但能專一於君，而不可化，故今只願推此而為善，明本性固然，非擇而為之也。」(55)臧　隱藏。一說，臧，善。(56)恙　《說文》：「憂也。」此二句王夫之說：「國勢垂危，恐不及待，故仰祝皇天，使楚祚得延。」

【語　譯】唐堯虞舜都有選拔任用的賢臣啊，所以能高枕而臥使自己安閒舒適。確實我沒有在天下招來怨恨啊，心裡怎麼會有這些驚懼警惕？騎著千里馬順行無阻啊，駕御牠哪裡用得著強硬的鞭策？確實城廓也不值得倚仗啊，雖然鎧甲重重有什麼補益？謹慎地迴旋不進而沒有結果啊，只好憂鬱煩悶而愁苦窮約。人生天地之間就如同過客啊，功業不成而沒有驗證。希望沉淪埋沒而不出現啊，還想要在天下滿布名聲。就這樣廣大無邊而不相遇啊，只是愚笨地自我痛苦。荒野空曠遼闊而沒有終極啊，急匆匆飛來飛去到哪裡止宿。國家有千里馬不知道乘騎啊，卻匆匆忙忙到四處去求索。甯戚在車下唱歌啊，齊桓公聽了就知道他的賢能。沒有伯樂的善於相馬啊，現在叫誰來將他度量品評？迷惘地流著眼淚我深加思考啊，只有專心求賢才可以將他找到。我非常專一地願意盡忠啊，嫉妒的人卻紛紛地將我遮蔽。希望賜給我這不才的身軀而離開啊，放肆地遨遊而思寄託於浮雲之中。乘坐團團聚攏的精微之氣啊，叫眾多的神靈追隨聚攏。用白色雌虹做驂馬而輕輕飛動啊，排列眾神而熱鬧哄哄。左邊有南方朱雀七宿而飛揚前進啊，右邊是東方蒼龍七宿行色匆匆。叫雷神緊緊追隨而轟隆作響啊，叫風神飛廉引路而緊緊隨從。前面輕便的臥車鈴聲叮噹啊，後面輜重車也車聲隆隆。載著畫有雲霓的旗幟迎風招展啊，扈從著屯聚的車騎也急往前衝。我思慮專一執著而不可變化啊，希望就這樣退卻下來而深深隱藏。仰仗著老天爺深厚的恩德啊，保佑我的君主無害無殃。

【研　析】本篇在藝術上有其獨創性。首先，它在抒情的藝術手法上有新的開拓。它的抒情沒有採用直抒胸臆的手法，除繼承屈賦的比興手法之外，更多的是通過自然景物的描寫，以秋色、秋聲、秋容為襯托，全賦把蒼涼的秋景和作者失意的悲涼心境交相融合在一起，從而大大增強了藝術感染力，提高了抒情的效果。而且作品所描寫的那一片衰敗蕭條的深秋景象，與作品所描寫的日益凋零的楚國的衰敗景象協調一致。正如朱熹所說：「秋者，一歲之運，盛極而衰，肅殺寒涼，陰氣用事，草木凋落，百物凋悴之時，有似叔世危邦，主昏政亂，賢智屏絀，奸兇得志，民貧財匱，不復振興之象。」因此，全賦秋景的淒涼，時代的感受，個人的哀怨，交織起來，和諧統一，構成一個獨特的完美的藝術結構，成為「悲秋」的千古絕唱。其次，在語言方面，它繼承了屈賦的藝術特色，文采絢爛，詞藻華美，句式多變，更趨向散文化，又大量使用雙聲，疊韻聯綿詞和疊詞，節奏鏗鏘，氣勢充沛，有迴腸盪氣之妙。這些都顯然是對屈賦的發展。因此，文學史上屈宋並稱，絕不是偶然的。

風賦

宋玉

【題解】本篇見於《文選》，題宋玉作。因王逸《楚辭章句》不收此賦，又相傳宋玉為楚襄王時人，而本篇逕言其諡號，且今存漢人著作中未有言及此賦者，故或疑為偽作。然《章句》之例，只收屈賦及弔屈擬屈之作，且以所謂代屈立言者為主，故賈誼〈弔屈原賦〉亦擯而不錄。本篇及〈高唐〉等賦自亦不能例外。楚王稱諡，猶如《孟子》之有齊宣王、梁惠王，《荀子》之有趙孝成王，或為後人所加，或為作者追題，難以確定。這是先秦遺籍中的常見現象，未可據此一端以定作者。至於漢人未加引用，尤不足怪。此篇及〈高唐〉等賦，用韻與先秦及漢初古韻相合，故不宜否定為宋玉之作。本篇作者針對楚襄王的淫樂生活，抓住他遊於蘭臺之宮，盛誇「快哉此風」之際，異想天開地將風分為大王之雄風與庶民之雌風，認為雄風是專供楚王那些統治者享受的，只有雌風才屬於一般平民。由於人們所處的社會地位和生活條件不同，對某些自然現象會產生完全不同的感受，這就巧妙地揭示了當時社會生活的不平等，間接表現了統治者和人民在生活上的差異，隱寓諷諫之意。呂向說：「時襄王驕奢，故宋玉作此賦以諷之。」（《文選》五臣注）這就是本賦的寫作目的。同時作者還形象地描述了風怎樣「起於青蘋之末」，怎樣逐漸發展為「蹶石伐木，梢殺林莽」的大風，又怎樣削弱消失下去。這種善於觀察和把握事物的發生發展過程的方法，對我們認識其他自然現象和社會生活，掌握事物的發展趨勢，也有啟發作用。

楚襄王❶遊於蘭臺❷之宮，宋玉、景差❸侍。有風颯❹然而至。王乃披襟❺而當❻之，曰：「快哉此風！寡人所與庶人共者邪？」宋玉對曰：「此獨大王之風耳，庶人安得而共之？」王曰：「夫風者天墜❼之氣，溥暢❽而至，不擇貴賤高下而加❾焉。今子獨以為寡人之風，豈有說乎？」宋玉對曰：「臣聞於師，枳句來巢❿，空穴⓫來風。其所託者然，則風氣殊焉。」

【章旨】本段述客主以首引，敘述作賦的緣起。

【注釋】❶楚襄王　即楚頃襄王，楚懷王之子，名橫，西元前二九八年至前二六三年在位。❷蘭臺　楚臺名，舊址在今湖北鍾祥。❸景差　楚大夫，與宋玉同以辭賦著稱。❹颯　風聲。❺披襟　敞開衣襟。❻當　對著；迎著。❼墜　古「地」字。❽溥暢　普遍通暢。溥，同「普」。❾加　猶言「施」，指風吹至其處。❿枳句來巢　枳句招致鳥來築巢。枳句，即枳椇，木名，即今之白石李，高三、四丈。李善說：「枳，木名。枳句，枳樹多句也。」讀句為勾。按：枳木多刺而矮，非棲鳥之所。枳椇高大，故鳥來巢。李說恐非。⓫空穴　空虛的洞穴。

【語譯】楚襄王在蘭臺的宮殿裡遊玩，宋玉、景差隨從在左右。有風習習地吹來。襄王就敞開衣襟迎著它，說：「痛快啊這風！這是我與平民百姓共有的嗎？」宋玉回答說：「這只是大王獨有的風罷了，平民百姓怎麼能與您共有呢？」襄王說：「風嘛，是天地之間的一種氣，普遍通暢地吹來，不選貴賤高下而吹過去。現在你偏偏認為是我的風，難道有什麼解釋嗎？」宋玉回答說：「我從老師那裡聽說，高大的枳椇招致鳥來築巢，空洞的洞穴招致風吹進來。這是它們依託的條件是這樣，那麼風氣就不同了。」

王曰：「夫風始安生哉？」宋玉對曰：「夫風生於地，起於青蘋之末❶。侵淫❷谿谷❸，盛怒於土囊❹之口。緣太山之阿❺，舞於松柏之下。飄忽淜滂❻，激揚[7]熛怒[8]。耾耾[9]雷聲[10]，迴穴[11]錯迕[12]。蹷[13]石伐木，梢殺[14]林莽[15]。至其將衰也，被麗披離[16]，衝孔動楗[17]，眴渙粲爛[18]，離散轉移。故其清涼雄風，則飄舉[19]升降，椉陵[20]高城，入於深宮。邸華葉[21]而振氣[22]，徘徊[23]於桂椒之間，翱翔[24]於激水[25]之上，將擊芙蓉之精[26]，獵[27]蕙草，離秦蘅[28]，槩新夷[29]，被荑楊[30]。迴穴衝陵[31]，蕭條眾芳[32]。然後倘佯[33]中庭，北上玉堂[34]。躋[35]於羅幃[36]，經於洞房[37]。迺得為大王之風也。故其風中[38]人狀，直憯悽惏慄[39]，清涼增欷[40]。清清泠泠[41]，愈病析酲[42]。發明耳目[43]，寧體便人[44]。此所謂大王之雄風也。」

【章旨】本段描寫大王之雄風的特點。

【注釋】[1]青蘋之末　青蘋的末梢。蘋，浮萍之大者。《爾雅・釋草》：「萍，蓱，其大者蘋。」[2]侵淫　逐漸而進。[3]谿谷　山谷。谿，同「溪」。山間的河溝。[4]土囊　大穴；山洞。[5]阿　山曲；山凹。[6]飄忽淜滂　指大風吹得乒乓作響。飄忽，風疾貌。淜滂，象聲詞，形容風擊物聲。[7]激揚　疾飛貌，形容風勢迅猛。[8]熛怒　形容風的震撼之聲，如火花怒濺。熛，火焰飛濺。[9]耾耾　風聲。[10]雷聲　風聲如雷聲般震響。[11]迴穴　邪曲貌，此形容風不定貌。雙聲聯綿詞。[12]錯迕　交錯相雜；錯雜交迕。[13]蹷　撼動。[14]梢殺　擊毀。梢，擊；衝擊。[15]莽　草叢。[16]被麗披離　四散貌。被麗、披離，皆疊韻聯綿詞，音近義同。[17]楗　門栓。[18]眴渙粲爛　鮮明貌。此形容風停後，空中灰塵減少，草木又鮮豔美麗。眴渙、粲爛，皆疊韻聯綿詞。[19]飄舉　飄動飛揚。[20]椉陵　騰越；凌駕。椉，古「乘」字。[21]邸華葉　觸動花和葉。邸，通作「抵」。觸。華，即「花」字。[22]振氣　發散香氣。振，震盪；發散。[23]徘徊　不進貌，此形容風徐徐吹拂。[24]翱翔　悠閒遊樂貌，此亦形容風緩緩吹拂。[25]激水　被激蕩的水，猶言「急水」。[26]芙蓉之精　芙蓉花，即荷花。精，通「菁」。花。[27]獵　通「躐」。踐；掠過。[28]離秦蘅　經過產於秦地的杜蘅。離，歷；經過。蘅，杜蘅，香草名。[29]槩新夷　掃過辛夷花。槩，本指平斗斛的工具。用作動詞，劃過，掃過之意。新夷，即辛夷，香木名。㉚被荑楊　加於初生的楊木。草木初生曰荑。㉛衝陵　突擊侵陵。衝，突。陵，《說文》：「大阜也。」段注：「引申之為乘也，上也，躐也，侵陵也。」㉜蕭條眾芳　使百花凋零。蕭條，寂寞。這裡用作動詞，使寂寞，即凋零之意。㉝倘佯　猶「徘徊」。不進貌，疊韻聯綿詞。㉞玉堂　對宮殿的美稱。㉟躋　升。㊱羅幬　絲織的帳幔。㊲洞房　深邃之室，指宮中內室。㊳中　指吹拂到人身上。㊴直憯悽惏慄　只使人悲涼寒冷。直，特；只。憯悽，悲涼貌。惏慄，寒冷貌。皆形容人對風的感受。㊵增欷　倍增歎息。㊶清清泠泠　清涼之貌。㊷析酲　解除酒醉。析，解。酲，酒病。㊸發明耳目　使人耳目聰明。㊹寧體便人　使人身體安寧舒適。便，利；舒適。

【語　譯】襄王說：「風開始是從哪裡產生的呢？」宋玉回答說：「風從地上產生，從青色浮蘋的末端開始起步。漸漸推進到山谷，在山洞的口子猛烈吹拂。緣著泰山的山凹，在松柏樹下飛舞。大風吹得乒乓作響，迅猛激烈如火花飛濺到四處。轟隆隆如雷霆震怒。迴旋不定，錯雜交迕。撼動石頭，吹倒樹木，擊毀樹林草莽。到它將要衰落之時，四散分披。衝擊孔穴，搖動門栓，草木鮮豔，離開分散而向四處轉移。所以那種清涼的雄風，飄動飛揚而升降從容。超越高城，而進入深宮。觸動草木的花和葉而發散香氣，在桂樹花椒之間徘徊不進，在激蕩奔流的水上吹拂雍雍。將抨擊芙蓉的花英，掠過蕙草，經過秦地的杜蘅。掃過辛夷花，吹到初生的綠楊，使各種花草凋零。然後徘徊於庭院之中，向北來到華麗的廳堂。升上絲織的幃帳，經過深邃的閨房。這才算得是大王的雄風。所以這種風吹到人身上的狀況，只使人覺得寒冷悲傷。倍增歎息，而感到清涼。治好病痛，清醒酒醉，使人耳目聰明，身體舒適安寧。這就是所說的大王的雄風。」

王曰：「善哉論事！夫庶人之風，豈可聞乎？」宋玉對曰：「夫庶人之風，塕然❶起於窮巷之間，堀堁❷揚塵，勃鬱煩冤❸，衝孔襲門。動沙堁，吹死灰，駭溷濁❹，揚腐餘❺。邪薄❻入甕牖❼，至於室廬❽。故其風中人狀，直憞溷鬱邑❾，毆溫致濕⑩。中心慘怛⑪，生病造熱⑫。中脣為胗⑬，得目為䁾⑭。啗齰嗽嚄⑮，死生不卒⑯。此所謂庶人之雌風也。」

【章　旨】本段描寫庶人之雌風的特點。

【注　釋】❶塕然　風忽起貌。❷堀堁　刮起塵土。堀，突起；衝起。堁，塵土。❸勃鬱煩冤　憤怒不平之貌，這裡形容風的激盪迴旋，有若憤怒不平之意。勃鬱、煩冤，皆疊韻聯綿詞。❹駭溷濁　攪起汙穢之物。駭，驚懼，用作使動詞，攪起、刮起之意。❺腐餘　腐敗的殘餘物。❻邪薄　偏斜著迫近。薄，迫近。❼甕牖　以破甕之口為窗，指房屋簡陋。甕，一種陶器。牖，窗。❽室廬　庶人的住宅。廬，草屋。❾憞溷鬱邑　煩惱苦悶。憞溷，惡亂煩濁之貌。鬱邑，苦悶不伸之貌。❿毆溫致濕　李善注：「言此風毆溫濕氣來，令致濕病也。」毆溫，趕來溫濕之氣。毆，通「驅」。驅趕。致濕，招來濕病。致，招致。⓫慘怛　憂勞悲苦。⓬造熱　導致熱病。⓭胗　脣上的瘡。⓮䁾　眼病，目傷而赤。⓯啗齰嗽嚄　人中風口動之貌。啗，吃。齰，嚼。嗽，吮。嚄，大聲呼喚。⓰死生不卒　言人患風疾後，既不會很快死去，也不會很快痊癒，弄得不死不活。不卒，不終；不完結。李善注：「風疾既甚，言死而未即死，言生而又有病也，故云不卒。」一說，卒，同「猝」。猝然。呂延濟說：「言差（病癒）與死皆不可卒然而至也。」

【語　譯】襄王說：「好啊，你論說事物！那庶人之風，可以說來聽聽嗎？」宋玉回答說：「那庶人之風，在偏僻簡陋的小巷裡突然產生，刮起塵土，揚起灰塵，激盪迴旋，好似憤怒不平，衝擊孔穴，侵入門庭。揚起砂礫塵土，吹動熄滅的灰燼飛升，攪起汙穢，揚起腐敗的殘餘。偏斜著侵入破甕做的窗戶，一直吹進陋室草廬。所以這種風吹到人身上的狀況，只是使人覺得苦惱煩悶，驅趕來溫濕之氣而招致濕病。心中憂悶愁苦，產生病痛而導致熱症。吹到嘴脣就生惡瘡，吹到眼睛就患眼痛。一旦中風，就不能說話而只是嘴脣顫動，那就求死不得，求生沒用。這就是所說的庶人的雌風。」

【研　析】這篇賦同〈卜居〉、〈漁父〉的體制相同，也是採用韻散結合、客主問答的形式展開描寫。但它以「體物」為主，以「鋪采摛文」的手法，對風作了細膩的描寫，文采絢麗，託意委婉，標誌著散體賦的日趨成熟，對漢賦影響較大。同時，作者對楚王的勸諫，不是採用直接陳述的方式，而是通過對兩種風的不同狀況的描寫來進行諷諫，所以引起了楚王濃厚的興趣。梅曾亮說：「居深宮之中，有池沼之觀，花木之娛，玉堂羅帷之適，豈知庶民之所居者，乃窮巷甕牖沙堁之中，穢濁腐餘之側乎？莊言之，殊索然無味，借風之所經歷言之，而君民苦樂之懸絕自見，是為神妙而不可測也。」這種欲擒先縱的諷諫方式對漢賦也有很大的啟發作用。

高唐賦

宋　玉

【題　解】高唐，楚臺觀名，《漢書・司馬相如傳》注引孟康曰：「雲夢中高唐之臺。」本篇最早見於《文選》，題宋玉作。有人疑為偽作，不確。案：〈高唐〉、〈神女〉是互相銜接的姊妹篇，兩賦當合看，方能窺見其全貌。關於這兩篇賦的主題，有人以為是諷諫楚襄王的。楚襄王也確是一位荒淫之主，莊辛就曾指出他「左州侯，右夏侯，輦從鄢陵君與壽陵君，飯封祿之粟，而載方府之金，與之馳騁乎雲夢之中，而不以天下國家為事」（《戰國策・楚策》）。對他的荒淫，宋玉提出諷諫，是有歷史根據的。但作品的主要意義似不在此。有人以為是「為屈子作」，是「冀襄王復用」屈原，則與作品的實際很不相合。作品所描寫的是一個優美的神人相戀的故事。它描寫了一位豔麗多情的神女的形象，描寫了她與人之間的因「交希恩疏」，神人路隔而若即若離的戀情，而且寫得十分動人，以至今日尚流傳著優美的巫山神女的故事。這種描寫本身就是有較高的藝術價值的。但作品上篇（即這篇〈高唐賦〉）所描寫的神女對先王的態度，同下篇（即〈神女賦〉）所描寫的對襄王的態度確有某些區別。而且在本篇中，作者著重描寫的並不是神女本身，而是高唐雲雨對萬物的滋潤和高唐附近物產的富庶以及「珍怪奇偉」的壯觀，也寫到莊嚴的祭祀場面和宏偉的田獵，還正面提出了「思萬方，憂國害」的箴規。這些，當然也是為了給神女創造一個神奇壯偉的環境，襯托她的莊嚴和高潔，然亦具有一定的諷諭的意義。

昔者楚襄王與宋玉遊於雲夢❶之臺，望高唐之觀❷，其上獨有雲氣，崪❸兮直上，忽兮改容；須臾之間，變化無窮。王問玉曰：「此何氣也？」玉對曰：「所謂朝雲者也。」王曰：「何謂朝雲？」玉曰：「昔者先王❹嘗遊高唐，怠❺而晝寢，夢見一婦人，曰：『妾巫山之女❻也，為高唐之客；聞君遊高唐，願薦枕席❼。』王因幸❽之。去而辭曰：『妾在巫山之陽，高邱之岨❾。旦為朝雲，莫為行雨。朝朝莫莫，陽臺❿之下。』旦朝視之，如言，故為立觀，號曰朝雲。」王曰：「朝雲始出，狀若何也？」玉對曰：「其始出也，㬁⓫兮若松榯⓬；其少⓭進也，晰⓮兮若姣姬⓯，揚袂⓰鄣⓱日而望所思。忽兮改容，偈⓲兮若駕駟馬，建羽旗⓳。湫⓴兮如風，淒㉑兮如雨。風止雨霽㉒，雲無處所。」王曰：「寡人方今可以遊乎？」玉曰：「可。」王曰：「其何如矣？」玉曰：「高矣顯矣，臨望遠矣；廣矣普矣，萬物祖矣。上屬㉓於天，下見於淵；珍怪奇偉㉔，不可稱論。」王曰：「試為寡人賦之。」玉曰：「唯唯㉕。」

【章　旨】本段述客主以首引，敘述宋玉與楚襄王遊雲夢之臺，望高唐之觀，並略述楚先王與神女相戀的故事。

【注　釋】❶雲夢　古楚國大澤名，在今湖北、湖南兩省境內，橫跨大江。❷觀　宮觀；臺觀。❸崪　本指山勢險峻，此形容雲氣直上，如山峰矗立。❹先王　《襄陽耆舊記》說指楚懷王，楚頃襄王之父。案：此賦所述先王遇神女的故事是神話傳說。近人郭沫若、聞一多謂高唐即高媒，為楚祭女姓始祖及男女會合之處。神女為楚女姓始祖的蛻變。其說雖不一定可靠，然此賦寫到楚王禱祀高唐之後方出獵，則高唐神女的故事為楚國固有的神話則無可疑。故此先王當指楚古先之王，非指懷王。❺怠　疲倦。❻巫山之女　李善注引《襄陽耆舊記》說：「赤帝女姚姬，未行而卒，葬於巫山之陽，故曰巫山之女。」案：《渚宮舊事》引此文，首句作「我夏帝之季女也」。又「姚姬」作「瑤姬」。巫山，山名，在四川巫山縣東，有十二峰。❼願薦枕席　願進於枕席，即求相親昵之意。薦，進。❽幸　古代稱被帝王寵愛叫幸。❾岨　戴土的石山。一說，岨，同「阻」。險要。《文選》正作「阻」。❿陽臺　傳說中的臺名，司馬相如〈子虛賦〉稱為「陽雲之臺」。《文選》劉良注：「陽臺，神自言之，實無有也。」一說，山名，在湖北漢川南。《寰宇記》：「陽臺山，在漢水之陽，山形如臺。」⓫嚉　茂盛貌。⓬榯　樹木直立貌。⓭少　同「稍」。稍微。⓮晰　光明貌。⓯姣姬　美女。姣，美。姬，古代婦女的美稱。⓰袂　衣袖。⓱鄣　同「障」。遮蔽。⓲偈　疾馳貌。⓳羽旗　用五色鳥羽作的旗。⓴湫　涼貌。㉑淒　《說文》：「雲雨起也。」一說，寒貌。㉒霽　雨止。㉓屬　連綴。㉔珍怪奇偉　指怪異珍奇的景色。㉕唯唯　恭敬而順從的答應之聲。

【語譯】從前楚襄王跟宋玉在雲夢澤中的臺上遊玩，遠望高唐觀，只有它的上面有雲氣，如山峰矗立筆直往上，忽然又改變了形狀。轉瞬之間，變化多樣。襄王問宋玉說：「這是什麼雲氣呢？」宋玉回答說：「這就是所說的朝雲。」襄王說：「什麼叫朝雲？」宋玉說：「從前先王曾經遊覽高唐觀，疲倦了就在大白天睡了一會，夢見一個婦女，說：『我是巫山的神女，來高唐觀做客；聽說您遊覽高唐觀，希望與您親昵親昵。』先王就寵幸了她。臨走就告辭說：『我在巫山的南面，高山的石頭覆蓋著土。早晨我變為朝雲，傍晚我變為行雨。早晨傍晚，我總在陽臺下飄舞。』早晨一看，果然如她說的，所以為她蓋了一座宮觀，就取名叫朝雲。」襄王說：「朝雲開始出現，它的形狀怎樣？」宋玉回答說：「它開始出現的時候，茂盛如同直立的松樹。它稍微發展呀，鮮豔如同美女，揚起衣袖，遮蔽太陽，而盼望她思念的情侶。忽然改變樣子，往前疾馳，如同駕著四匹馬，車上插著五色鳥羽的旗幟迎風飄舞。清涼如同風吹，烏雲滾滾如同降雨。風止了，雨停了，杳然又不知它歸向何處。」襄王說：「我現在可以去遊覽嗎？」宋玉說：「可以。」襄王說：「它怎麼樣了呢？」

宋玉說：「高大啊，敞顯啊，可以登高望遠了啊！廣大啊，普遍啊，它是萬物的祖先啊！上連著天，下面出現在深淵，怪異珍奇，不可以言傳。」襄王說：「你試著為我鋪陳描寫它。」宋玉回答說：「好的，好的。」

惟高唐之大體❶兮，殊❷無物類之可儀比❸。巫山赫❹其無疇❺兮，道互折❻而曾累❼。登巉巖❽而下望兮，臨大阺❾之稸❿水。遇天雨之新霽兮，觀百谷⓫之俱集。濞洶洶⓬其無聲兮，潰淡淡⓭而並入⓮。滂洋洋⓯而四施⓰兮，蓊湛湛⓱而不止。長風至而波起兮，若麗山⓲之孤畝⓳。勢薄⓴岸而相擊兮，隘㉑交引而卻會㉒。崪㉓中怒而特高㉔兮，若浮海而望碣石㉕。礫磥磥㉖而相摩㉗兮，巆㉘震天之磕磕㉙。巨石溺溺㉚之瀺灂㉛兮，沫潼潼㉜而高厲㉝。水澹澹㉞而盤紆㉟兮，洪波淫淫㊱之溶裔㊲。奔揚踊㊳而相擊兮，雲興聲之霈霈㊴。猛獸驚而跳駭兮，妄奔走㊵而馳邁㊶。虎豹豺兕㊷，失氣㊸恐喙㊹。鵰鶚鷹鷂，飛揚伏竄。股戰㊺脅息㊻，安敢妄摯㊼？於是水蟲盡暴㊽，乘㊾渚之陽㊿。黿鼉鱣鮪(51)，交積縱橫。振鱗奮翼(52)，蜲蜲蜿蜿(53)。

【章　旨】本段寫巫山的高峻無比和「登巉巖而下望」所見水勢的洶湧澎湃。

【注　釋】❶大體　全貌；整體。❷殊　殊異；出眾；特出。❸儀比　匹配並列。儀，匹。比，並。❹赫　顯赫盛大貌。❺疇　同「儔」。比匹。❻互折　交互曲折。❼曾累　重重累疊。曾，通「層」。重。❽巉巖　山勢險峻貌，此指險峻之處。疊韻聯綿詞。❾臨大阺　下視大的山坡。臨，居上視下。阺，陵坂；山坡。❿稸　同「蓄」。蓄積。⓫百谷　百言其多。谷，指山間之水。⑫濞洶洶　澎湃騰湧。濞，大水暴至之聲。洶洶，大水騰湧貌。⑬潰淡淡　漫流而平滿。潰，決，水破堤而出。此指水相漫而過。淡淡，水平滿貌。⑭並入　指匯入蓄水處。⑮滂洋洋　指水四處湧流而浩浩湯湯。滂，水流湧出貌。洋洋，水盛大貌。⑯四施　指水四散橫流。⑰蓊湛湛　指水聚積而變深。蓊，聚積貌。湛湛，水深貌。⑱麗山　附著山。麗，附麗；附著。⑲孤畝　畝丘有壟相隔，各自孤立，故曰孤畝。畝，畝丘；有壟界的山丘。《爾雅・釋丘》：「如畝，畝丘。」郭璞注：「丘有壟界如田畝。」⑳薄　迫近。㉑隘　狹隘，此指狹隘之處。㉒卻會　後退而與後面的水波會合。卻，退；倒流。㉓崪通「萃」。聚積，此指波浪相聚。㉔中怒而特高　言波浪相聚，中間忽然怒起而形成特高的波峰。㉕碣石　山名，在河北昌黎西北，古時矗立海畔。㉖礫磥磥　石子眾多。礫，小石。磥磥，石眾多貌。㉗相摩　言水急石流，自相摩礪。㉘巆　同「轟」。象聲詞，形容水石相擊的聲音。㉙礚礚　象聲詞，石相碰擊的聲音。㉚溺溺　沉沒貌。㉛瀺灂　石在水中出沒之貌。古雙聲聯綿詞。㉜沬潼潼　泡沫高浮。沬，水上的泡沫。潼潼，高貌。㉝厲　突起。㉞澹澹　水動搖貌。㉟盤紆　盤曲紆迴。㊱淫淫　遠去貌。㊲溶裔　水波震盪貌。雙聲聯綿詞。㊳踊　騰踊；踊起。㊴雲興句　雲興起則雨聲霈霈然。雲興則雨作（《孟子・梁惠王上》：「天油然作雲，霈然下雨。」）故這裡由雲興而寫到雨聲。李善注謂「其狀若雲，又興聲霈霈然」。分作兩截釋之，恐欠妥。霈霈，大雨貌，這裡形容大雨聲。㊵妄奔走　謂不分東西南北地亂跑。妄，狂亂；胡亂。㊶馳邁　奔馳前進。㊷虎豹豺兕　皆猛獸名。豺，豺狼。兕，野牛。㊸失氣　奪氣；喪失勇氣。㊹恐喙　因恐懼而喘息。喙，喘氣。㊺股戰　因恐懼而兩腿戰慄。㊻脅息　因恐懼而屏縮氣息。㊼摯　攫取，指逞兇攫取食物。㊽暴　曬，指暴曬於陽光之下。㊾乘　逐；趁。一說，升；登。㊿渚之陽　小洲上的陽光。一說，北水曰陽。渚之陽即渚之北。51黿鼉鱣鮪　皆水中動物。黿，即鱉。鼉，鼉龍，鱷魚的一種。鱣，鱘魚的一種。鮪，鱘魚。52翼　指魚腮邊的兩鰭。53蜲蜲蜿蜿　曲折地行進貌。

【語　譯】這高唐觀的總體面貌啊，特出而沒有事物可以與之匹配比擬。巫山顯赫高大而無與倫比啊，道路交互曲折而重重累疊。登上險峻之處而向下瞭望啊，看到大山坡下積蓄的大水。遇到下大雨剛剛雨停啊，觀看眾多山谷間的流水都來此匯集。澎湃騰踊而無聲無息啊，漫流平滿而一起流入。大水洶湧浩瀚而四處橫流啊，逐漸聚積變深而仍不停止。遠處的風吹來而掀起波濤啊，如同附著山的一個個孤立的小土丘突起。水勢迫近崖岸而互相撞擊啊，在狹窄處交相牽引倒退回來而與後面的波濤相會。波濤相聚中間怒起而形成特高的波峰啊，如同漂浮海中而遠望碣石。小石子眾多而互相摩擊啊，轟隆震天而響聲礚礚。大石沉沒水中而時現時隱啊，泡沫成堆漂浮而高高突起。大水震盪而紆迴曲折地前進啊，大波遠去而動搖不止。奔騰飛揚騰踴而互相碰擊啊，如雲興起緊接著就雨聲霈霈。猛獸受驚而蹦跳驚駭啊，不擇方向地胡亂奔跑而向前奔竄。虎、豹、豺、兕，喪失了勇氣而恐懼喘息。鵰、鶚、鷹、鷂，有的飛逃有的潛伏藏匿。大腿戰慄而喘著粗氣，怎麼還敢去攫取吃食？於是水中的動物全都暴曬在陽光之下，登上了小洲的北岸。黿，鼉，鱣，鮪，交織堆積而縱橫不斷。掀動著鱗甲，振動著胸鰭，慢慢蠕動而曲折盤旋。

中阪[1]遙望，玄木[2]冬榮。煌煌熒熒[3]，奪人目精[4]。爛兮若列星，曾不可殫形。榛林[5]鬱盛，葩葉覆蓋[6]。雙椅[7]垂房[8]，糾枝還會[9]。徙靡[10]澹淡[11]，隨波闇藹[12]。東西施翼[13]，猗狔豐沛[14]。綠葉紫裹[15]，朱莖白蔕[16]。纖條悲鳴，聲似竽籟[17]。清濁[18]相和[19]，五變[20]四會[21]。感心動耳，迴腸傷氣[22]。孤子寡婦，寒心酸鼻[23]。長吏隳官[24]，賢士失志[25]。愁思無已，歎息垂淚。登高遠望，使人心瘁[26]。盤岸[27]巑岏[28]，裖陳磑磑[29]。盤石[30]險峻，傾崎[31]崕隤[32]。巖嶇參差[33]，縱橫相追。陬互[34]橫啎[35]，背穴[36]偃蹠[37]。交加累積，重疊增益。狀似砥柱[38]，在巫山之下。仰視山巔，肅[39]何芊芊[40]，炫燿虹蜺。俯視崝嶸[41]，窐寥[42]窈冥[43]，不見其底，虛聞松聲。傾岸洋洋[44]，立而熊經[45]。久而不去，足盡汗出[46]。悠悠忽忽[47]，怊悵自失。使人心動，無故自恐。賁育[48]之斷，不能為勇。卒愕[49]異物，不知所出。縰縰莘莘[50]，若生於鬼，若出於神。狀似走獸，或象飛禽。譎詭(51)奇偉，不可究陳(52)。

【章旨】本段寫「中阪遙望」所見樹木蔥蘢的美景和仰視、俯視所見崖岸的險峻與異物的奇偉。

【注釋】❶中阪　半山坡。此句李善注未說連上或連下。五臣注《文選》始以之屬上讀。張銑說：「皆水蟲失勢去水，相望於中阪之上。」案：水蟲失勢去水，亦不可能在半山坡上，張說非。此句當連下讀，謂從中阪之上遠望「玄木冬榮」等景。❷玄木　幽深蒼翠的樹木。❸煌煌熒熒　光豔貌，此形容花色彩鮮豔。❹目精　眼珠。精，《淮南子・主術》高注：「精，目瞳子也。」《說文》無睛字，古只用精字。❺榛林　叢生的樹木。榛又木名，果實叫榛子，似栗，故李善釋為栗林。❻覆蓋　言花與葉間生，自相覆蓋。❼雙椅　李善注：「椅相屬也。」即兩椅相連。椅，木名，又稱山桐子，水冬瓜。❽房　指果實。❾糾枝還會　勾曲下垂之枝環繞相交。糾，《爾雅・釋木》：「下勾曰朻。」朻糾音義同。李善引正作糾。還，環繞。會，相交會。❿徙靡　樹枝搖動貌。疊韻聯綿詞。⓫澹淡　水波震盪貌。⓬闇藹　蔭蔽貌。李善注：「言木蔭水波闇藹然也。」雙聲聯綿詞。⓭東西施翼　李善注：「謂樹枝四向施布，如鳥翼然。言東西，則南北可知，其林木多也。」案：李說似曲。施翼，雙聲聯綿詞。施有蔓延義，翼有掩蔽義。施翼蓋即掩蔽、翼蔽之義。東西施翼，猶言左右掩蔭。⓮猗狔豐沛　柔弱而眾多。猗狔，柔弱下垂貌。疊韻聯綿詞。豐沛，多貌。雙聲聯綿詞。⓯裛　猶「房」。指果實。⓰蔕　同「蒂」。花蒂，花與枝莖相連的部分。⓱竽籟　皆樂器名。竽，笙一類的樂器。籟，管樂器，《說文》謂為三孔龠，或謂即簫。⓲清濁　皆指聲音。清指聲音清亮。濁，指聲音重濁。⓳相和　互相應和。⓴五變　謂聲音相和而產生宮、商、角、徵、羽五種音調的變化。㉑四會　謂四方之樂相會。一說，謂四懸相會。懸，指懸樂，指鐘磬之類。四面有懸樂，是古代帝王宮廷特有的設施。㉒迴腸傷氣　李善注：「言上諸聲，能迴轉人腸，傷斷人氣。」極言其感人至深。㉓寒心酸鼻　使心寒而戰慄，使鼻酸而流涕。㉔長吏隳官　長官廢棄官事。長吏，泛指官吏。隳，廢。㉕失志　喪失原來的志氣、操守。㉖瘁　病。㉗盤岸　曲折的崖岸。盤，盤曲。㉘巑岏　峻峭的山峰。㉙裖陳磑磑　重疊地陳列而高高聳立。裖，重疊貌。磑磑，高貌。㉚盤石　大石。㉛傾崎　傾側貌。崎，不平。㉜崕隤　向崖岸邊倒塌。崕，崖岸。隤，倒塌。㉝巖嶇參差　險峻不平而參差不齊。巖，險峻貌。嶇，崎嶇；不平貌。參差，不齊貌。雙聲聯綿詞。㉞陬互　山腳交錯。陬，山腳。互，交互。㉟橫牾　指擋住去路。牾，逆。㊱背穴　背對深淵。穴，洞穴，此指岸下之水。㊲偃蹠　匐伏而行。偃，倒伏。蹠，本指腳掌，此指走路。㊳砥柱　山名，亦名三門山，在今河南三門峽東北黃河之中。㊴肅　指山勢莊重。㊵芊芊　草木茂盛得呈深綠色。㊶崝嶸　同「崢嶸」。深險幽暗之貌。疊韻聯綿詞。㊷窐寥　空深貌。㊸窈冥　深邃幽靜貌。㊹傾岸洋洋　言似欲傾倒的崖岸聳立於滔滔江流。洋洋，水流盛大貌。㊺熊經　如熊攀樹而懸，狀似自我吊頸。經，上吊。熊經本為古導引養生之法，此言攀崖而立，狀如熊經。此二句李善說：「言岸既將傾，水流又迅，故立者恐懼而似熊經。」㊻足盡汗出　言因恐懼戰慄而足皆流汗。一說謂因恐懼而流汗至足。㊼悠悠忽忽　言神志遠馳而迷惑。悠悠，遠貌，指喪魂落魄。忽忽，迷惑貌。李善說：「言人神悠悠然遠，迷惑而不知所斷。」㊽賁育　孟賁、夏育，皆古代勇士。㊾卒愕　倉猝驚愕之貌。卒，同「猝」。㊿縱縱莘莘　眾多貌。(51)譎詭　怪誕；變化莫測。(52)究陳　盡陳；完全陳述。究，窮盡。

【語譯】站在半山坡遠遠一望，蒼翠的樹木冬天鮮花怒綻。花朵色澤鮮豔，使人眼花撩亂。燦爛啊如同群星璀燦，竟然不可全部形容表現。叢生的樹林非常繁茂，花葉相間而互相覆蓋，兩椅相連垂下豐碩的果實，勾曲下垂的枝條環繞相會。樹枝搖動，水波蕩漾，隨著水波而掩映蔭蔽。東西掩蔭，柔弱下垂而眾多豐沛。綠色的葉片和紫色的果實，紅色的莖杆和白色的花蒂。細小的枝條發出清脆的響聲，聲音如同竽籟。清音濁音互相唱和，如五音變化又如四方之樂相會。撼動人心又激盪人耳，迴轉人腸又損傷人的氣概。孤兒寡婦，心寒戰慄又鼻酸流涕。官吏廢棄職事，賢士失去志氣。愁悶思念永不停止，使人歎息而流下眼淚。登上高處向遠處一望，使人心裡難以忍耐。曲折的崖岸和峻峭的山峰，重疊地陳列而高高聳矗。大石險峻，傾側的崖岸似要傾覆。險峻不平而參差不齊，縱橫交錯而互相追逐。山腳交錯而擋住去路，只可貼著深淵爬行匐伏。山石交錯而累積堆垛，重重疊疊更增加山勢的突兀。形狀好像黃河中的砥柱，在巫山之下高高峙矗。抬頭看看山頂，山勢莊重而草木濃綠，如同霓虹般炫耀閃爍。俯視深邃幽暗的山谷，空蕩幽靜，看不到谷底，只聽到松濤之聲。傾斜的崖岸，洶湧的大水，站立在此如同熊攀樹而自經。久立而不離去，會嚇得汗流至足。神志不清而迷惘不解，心中惆悵而喪魂落魄。使人膽戰心驚，無緣無故而自我恐懼。孟賁、夏育這樣的果決之士，也會失去勇氣。有猝然驚愕的異物，不知出自何處。結隊成群，好像來自鬼怪，好像出自山神。形狀像走獸，有的像飛禽，變幻莫測而奇特偉大，不可全都詳細敘陳。

上至觀❶側，地蓋底平❷。箕踵❸漫衍❹，芳草羅生❺。秋蘭芷蕙，江蘺載菁❻。青荃夜干，揭車苞并❼。薄草靡靡❽，聯延夭夭❾。越香掩掩❿，眾雀嗷嗷⓫。雌雄相失，哀鳴相號。王雎鸝黃，正冥楚鳩。姊歸思婦，垂雞高巢⓬。其鳴喈喈⓭，當羊⓮遨遊。更唱迭和，赴曲隨流⓯。有方⓰之士，羨門高谿。上成鬱林，公樂聚穀⓱。進純犧⓲，禱琁室⓳；醮⓴諸神，禮太一㉑；傳祝㉒已具，言辭已畢。王㉓乃乘玉輿㉔，駟蒼螭；垂旒旌㉕，旆合諧㉖。紬㉗大弦而雅聲流㉘，冽風㉙過而增悲哀。於是調謳㉚，令人惏悷憯悽㉛，脅息增欷。於是乃縱獵者，基址如星㉜，傳言羽獵㉝，銜枚㉞無聲。弓弩不發，罘罕㉟不傾。涉漭漭㊱，馳苹苹㊲，飛鳥未及起，走獸未及發。弭節奄忽㊳，蹄足灑血。舉功先得㊴，獲車㊵已實。

【章旨】本段寫「上至觀側」所見的美景及楚王的禱祀與田獵。

【注釋】❶觀　指巫山頂上的朝雲觀。❷底平　平坦。底亦「平」之意。❸箕踵　未得其解。李善說：「前闊後狹，似箕，言山勢如簸箕之踵也。」姑從之。❹漫衍　聯延平坦之貌，疊韻聯綿詞。❺羅生　羅列而生。❻秋蘭二句　言各種香草開花。秋蘭、芷、蕙、江蘺，皆香草名。載，則。菁，花，用作動詞，開花。❼青荃二句　言各種香草叢生。青荃、夜干、揭車，皆香草名。夜干，即射干，根可入藥。苞并，叢生。❽薄草靡靡　草叢相依。薄草，叢生的草。木草叢生曰薄。靡靡，相依倚貌。❾聯延夭夭　蔓延而柔嫩。聯延，連接蔓延。夭夭，柔嫩美好貌。❿越香掩掩　發散的香氣很濃。越，播越；發散。掩掩，香氣濃郁貌。⓫嗷嗷　眾聲嘈雜貌。⓬王雎四句　指各種鳥高高地築巢。王雎，雎鳩。鸝黃，黃鶯。正冥，未詳，當亦是鳥名。楚鳩，斑鳩。姊歸，子規。⓭喈喈　鳥鳴聲。⓮當羊　即尚羊，疊韻聯綿詞，字或作「常羊」，「徜徉」，並字異而義同，遊戲貌，徘徊不定貌。〈校勘記〉云：「羊，原作年，依王校改。」王引之曰：「年，當為羊，草書之誤也。當羊即尚羊（自注曰尚讀如常），古字假借年。」案：王說是。⑮赴曲隨流　言鳥隨其同類而在一起鳴叫。赴曲，李善說：「鳥之哀鳴，有同歌曲，故曰赴曲。」隨流，李善釋流為流品、類別，謂「隨鳥類而成曲」。而呂向說：「言鳥之唱和，與流水合度。」⑯方方術；道術。⑰羨門高谿三句　皆古時方術之士。而李善說：「又鬱然仙人盛多如林木。公，共也，人在山上作巢。穀，食也，聚食於山阿。」可備一說。⑱純犧　純一色的犧牲。犧，犧牲；供祭祀用的牲畜。⑲禱琁室　在琁室禱告。禱，祈神求福。琁室，用玉裝飾的屋子。此當指朝雲觀。⑳醮　設壇祭祀。㉑太一　天神之最尊貴者，即上帝的別稱。《史記・封禪書》：「天神貴者太一。」㉒傳祝　傳述的祝辭，即向神禱告的言辭。㉓王　指楚之先王。㉔玉輿　用玉裝飾的車。㉕旒旌　有下垂飾物的旗。旒，古代旗幟下緣懸的飾物。旌，旗。㉖旆合諧　旗幟整齊和諧。旆，本指有鑲邊飾物的旗，這裡即指旗。㉗紬抽引，這裡指彈奏。㉘雅聲流　正聲流播。雅聲，正聲，對「淫聲」而言，指純正的音樂。㉙洌風　寒冷的風。㉚調謳　和以歌唱。調，和。謳，歌唱。㉛惏悷憯悽　皆悲傷貌，皆雙聲聯綿詞。憯，同「慘」。㉜基址如星　言其獵者的足跡多如列星。基，未詳其義，疑是「其」字之訛。址，足趾，此指足跡。如星，言士卒眾多，如星布列。㉝傳言羽獵　傳令出獵。傳言，傳話；傳達命令。羽獵，負羽箭隨從出獵。㉞銜枚　枚，狀如筷子，古代行軍，橫銜口中以止喧嘩。㉟罘罕　捕鳥獸的網。㊱漭漭　水廣遠貌。㊲苹苹　草叢生貌。㊳弭節奄忽　言停車一剎那間。弭節，放下馬鞭，即停車。奄忽，猶「倏忽」。迅疾。㊴舉功先得　言先得獵物者稱舉而紀其功。功，用作動詞，紀功。㊵獲車　載獵物的車。獲，指獵獲之物。

【語　譯】往上直至朝雲觀側，地就變得坦平。如簸箕底部聯延平坦，芳草羅列而生。秋蘭、白芷、蕙草、江蘺都鮮花怒放，青荃，射干，揭車四處叢生。叢生的野草互相依倚，蔓延而柔嫩美好。發散的香氣非常濃郁，眾多野雀嘈雜喧鬧。雌鳥雄鳥互相散失，悲傷地啾鳴而互相呼叫。睢鳩、黃鸝、正冥、斑鳩、子規、思婦、垂雞高高地築巢，那鳴叫聲和諧美好。徘徊遊戲，唱和聲此起彼伏，隨其同類而一起鳴叫。有方術的人士，羨門、高谿、上成、鬱林、公樂、聚穀等人，進獻純一色祭品犧牲，在玉飾的屋子裡禱告。設壇祭祀各位神靈，敬禮天神太一。禱告的言辭已經寫好，祝辭已唸唱完畢。先王乘坐著玉飾的車子，用青色的螭龍做驂馬拉車。垂著有下垂飾物的彩旗，旗幟整齊而又和諧。彈奏大弦而正聲流播，寒風吹過而增加悲哀。於是和以歌唱，令人悲傷不已，呼吸喘急而倍增歎息。於是擺開打獵的人，他們的足跡羅布如星。傳令負羽箭打獵，大家口銜枚而寂靜無聲。弓箭沒來得及放射，捕網沒來得及斜傾。踹過大水，馳過草坪。飛鳥沒來得及起飛，走獸沒來得及出發。停車的一剎那，蹄足灑著鮮血。先得獵物者稱舉紀功，載獵物的車子已裝得滿滿實實。

王❶將欲往見之，必先齋戒❷，差❸時擇日，簡輿❹玄服❺；建雲旆，蜺為旌，翠❻為蓋❼。風起雨止，千里而逝。蓋發蒙❽，往自會❾。思萬方，憂國害，開賢聖，輔不逮❿。九竅⓫通鬱⓬精神察，延年益壽千萬歲。

【章旨】本段寫楚王欲見神女的條件，隱寓諷諫之意。

【注釋】❶王　此指楚襄王。❷齋戒　古人在祭祀前沐浴更衣，不飲酒，不吃葷，不與妻妾同寢，整潔身心，以示虔誠。❸差　擇；選擇。❹簡輿　無彩飾的車子。簡，簡略；簡省，指去其彩飾。❺玄服　黑服。李善說：「冬王水，水黑色，故衣玄服。」❻翠　指翡翠鳥羽。❼蓋　車蓋，車上遮陽遮雨的傘。❽發蒙　啟發蒙蔽，即解除蒙蔽。❾往自會　言前往朝雲觀，自可與神女相會。❿逮　及。這四句李周翰注：「思萬方之事，憂國之利害，開賢聖之路，以補思慮之不及。」（《文選》五臣注）孫鑛說：「思憂四語為一篇歸宿，此風人之遺旨，頌中有規。孟堅云『賦者古詩之流』，信哉！」⓫九竅　古人謂人身上有九個孔竅。《周禮・天官・疾醫》：「兩之以九竅之變。」注：「陽七竅，陰二竅。」陽七竅，指耳、目、口、鼻。陰二竅，指大、小便處。《文子・十守》：「夫孔竅者，精神之戶牖；血氣者，五藏之使候。」⓬通鬱　使鬱滯通暢。鬱，鬱滯；鬱塞。

【語譯】大王您想要去見她，一定先要沐浴齋戒，選擇良時，挑選吉日；簡化車子，穿著黑服。建立起畫有雲的大旗，霓虹做旌旗，翠鳥羽做車蓋。如風之起，如雨之止，千里之遙轉瞬即逝。大概解除蒙蔽，一往自可相會。憂慮萬方之事，思念國家的禍害，開啟賢聖進用的道路，輔佐您想不到的所在。九竅的鬱塞使通暢，精神非常明察，延年益壽千萬歲。

【研　析】單從賦的角度看，這篇賦描寫細膩生動而不板滯，既保留有騷體的本色，又增加了四言句式，文采絢麗，散韻夾雜而流轉自如，融會了散文和詩的特點，取得了很好的成就，是由騷體賦向散體賦轉化的標誌，也是這兩種賦體互相滲透的表現。同時，〈高唐〉、〈神女〉兩篇賦前後相承，共同表達一個主題，為漢代司馬相如的〈子虛〉、〈上林〉、班固的〈西都〉、〈東都〉、張衡的〈西京〉、〈東京〉以及晉代左思的〈蜀都〉、〈吳都〉、〈魏都〉諸賦所祖。還有，賦先以鋪張揚厲的手法進行描寫，以引起聽者的注意和興趣，最後才曲終奏雅，歸於諷諫。本篇即先極力描寫巫山的險峻與美景，以引起楚王對巫山神女的嚮往，然後提出會見神女的條件：「思萬方，憂國害，開賢聖，輔不逮」，對楚王進行諷諫。這種欲抑先揚的寫法，亦為漢代散體大賦作家所遵循。於此可見，本篇在賦的發展史上具有多麼重要的地位。

神女賦

宋　玉

【題　解】神女，即巫山神女。〈神女賦〉是〈高唐賦〉的姊妹篇。本篇賦側重描寫了神女姿態容貌的豔麗動人及其情態動作的安閒淑靜，描寫了神女的對人的若即若離，滿懷戀情而又不可犯干的神情意態。巫山神女峰，矗立於長江三峽的巫峽之中，早晚雲霧繚繞，若隱若現，令人遐想。因此早就有巫山神女的神話傳說。宋玉根據這個神話，依據巫山的實況，塑造出這位美麗多情而又端莊貞潔的神女形象。高唐神女，據聞一多考證，她是楚國的先妣，後來成為楚民族的高媒神，即愛神。她是母系氏族社會的母親。所以關於她的神話還殘留有群婚的痕跡。故她可以與楚先王戀愛，又可與楚襄王戀愛。但這時在道德輿論上已不允許。故神女也若即若離，最後還「薄怒以自持」「曾不可乎犯干」。但愛情始終是忠誠的。本篇賦的基調就是歌頌這種忠貞的愛情。也許宋玉的創作意圖是在「風諫婬惑」，但作品的客觀效果是在歌頌愛情則是無疑的。

楚襄王與宋玉游於雲夢之浦❶，使玉賦高唐之事❷。其夜玉❸寢，夢與神女遇，其狀甚麗。玉異之，明日以白❹王❺。王曰：「其夢若何？」玉對曰：「晡夕❻之後，精神怳忽❼，若有所喜，紛紛擾擾❽，未知何意？目色髣髴，乍若有記。見一婦人，狀甚奇異。寐❾而夢之，寤❿不自識。罔⓫兮不樂，悵爾⓬失志。於是撫心定氣⓭，復見所夢。」王曰：「狀何如也？」玉曰：「茂⓮矣美矣，諸好⓯備矣；盛⓰矣麗矣，難測究矣。上古既無，世所未見。瓌姿瑋態，不可勝贊。其始來也，耀乎若白日初出照屋梁⓱；其少進也，皎若明月舒其光⓲。須臾之間，美貌橫生。曄⓳兮如花，溫乎如瑩⓴。五色並馳㉑，不可殫形。詳而視之，奪人目精。其盛飾也，則羅紈綺繢㉒盛文章㉓，極服㉔妙采照萬方。振㉕繡衣，被袿㉖裳；穠㉗不短，纖㉘不長。步裔裔㉙兮曜殿堂。忽兮改容，婉㉚若游龍乘雲翔。嫷㉛被服㉜，侻㉝薄裝。沐蘭澤㉞，含若㉟芳。性和適㊱，宜侍旁。順序卑㊲，調㊳心腸。」王曰：「若此盛矣，試為寡人賦之。」玉曰：「唯唯。」

【章旨】本段述客主以首引，通過楚王與宋玉的答問，引出神女，以便下文展開描寫。

【注釋】❶浦　水濱。❷賦高唐之事　即寫作〈高唐賦〉。❸玉　《文選》原作「王」，此據沈括《補筆談》校改。下除「玉曰唯唯」的玉字外並同。案：這一校改，於文義似乎通順了，但與神女遇者就是宋玉而不是楚襄王了。楚襄王亂倫的荒淫行為也就開脫了，且與〈高唐賦〉也不一致了。❹白　稟告；告知。❺王　《文選》原作玉，此亦據沈括《補筆談》校改。下文除「王曰若此盛矣」的王字外並同。❻晡夕　傍晚。❼怳忽　心神不定之貌，雙聲聯綿詞。❽紛紛擾擾　神志淩亂不清醒貌。❾寐　入睡；睡著。❿寤　睡醒；覺。⓫罔　通「惘」。迷惘失意貌。⓬悵爾　猶「悵然」。失意不快貌。⓭撫心定氣　按抑其心，鎮定其氣，意即收斂思想和鎮定精神。⓮茂　美好。⓯諸好　多種美好。⓰盛　亦美好之意。⓱耀乎句　比喻容光煥發。⓲皎若句　比喻柔美潔白。⓳曄　光豔貌。⓴瑩　玉色光潔。㉑馳　此指光彩閃爍。㉒羅紈綺繢　皆高級絲織品。羅，質地輕軟，經緯組織顯椒眼紋的絲織品。紈，白色細絹。綺，素地織紋起花的絲織物。繢，有彩色的織物。㉓文章　錯雜的色彩。古以青與赤相配合為文，赤與白相配合為章。㉔極服　最美的服飾。㉕振　抖動。㉖袿　婦女上衣。㉗穠　本指衣厚貌，此引申為豐腴貌。㉘纖　細長。此二句形容其身裁長短合度。㉙裔裔　步履輕盈貌。㉚婉　柔順；柔美。㉛嫷　美好。㉜被服　罩衣；厚的衣服。㉝侻　適合。一說，通「娧」。《說文》：「娧，好也。」按：二說音義均得相通。㉞沐蘭澤　李善說：「沐，洗也。以蘭浸油澤以塗頭。」㉟若　杜若，香草名。㊱和適　猶「和順」。溫和柔順。㊲順序卑　此言神女合乎卑柔的次第。順序，猶言次第。卑，柔弱。《易・恆卦》：「剛上而柔下。」孔穎達疏：「震則剛尊在上，巽則柔卑在下，得其順序，所以為恆也。」㊳調　調順；調和。這二句言神女善於居卑處柔，能使人心腸調順舒暢。

【語　譯】楚襄王與宋玉在雲夢澤的水濱遊玩，叫宋玉寫了〈高唐賦〉。當天晚上宋玉就寢，夢見與神女相遇，她的樣子非常美麗。宋玉感到奇怪，第二天就稟告楚襄王。襄王說：「那夢怎麼樣？」宋玉回答說：「傍晚之後，心神不定；好像有點歡喜，神志淩亂不清，不知是何意思？眼睛髣髣髴髴，突然好像有了記憶。見到一個婦人，樣子非常奇異。睡著了夢見她，醒來卻都記憶不起。迷惘啊不快樂，惆悵啊很失意。於是安定心神，鎮定神氣，又見到我夢中所見。」襄王說：「她的樣子怎麼樣呢？」宋玉說：「美妙啊美豔呢，多種美好具備了；很妙啊美麗呢，難以探測研究了。上古既沒有，世上也未見。瑰麗的姿容和奇偉的形態，不可全都形容表現。她剛來啊，容光煥發如白日剛出來照耀著屋梁；她稍微前進啊，柔美潔白如明月舒展它的清光。轉瞬之間，美貌橫逸而生。光豔如花之怒放，溫潤如玉之晶瑩。五種色彩一齊閃爍，不可全部說清。仔細看她，光彩照花了眼睛。她濃妝打扮啊，就絲羅綢緞文采飛揚。最美的衣服最妙的神彩照耀萬方。抖動刺繡的衣，穿上上衣和下裳；豐滿而不矮，纖細而不長。步履輕盈照耀殿堂。忽然改變姿容，柔順如遊龍乘著彩雲飛翔。美好啊穿著厚衣，適合啊穿著薄裝。用蘭花浸的油澤洗髮，含著杜若的芳香。性情和順，適宜侍立在旁。柔順合乎次第，調和人的心腸。」襄王說：「像這樣的美好啊，試著為我鋪陳描寫她。」宋玉說：「好的！好的！」

夫何神女之姣❶麗兮，含陰陽之渥飾❷。被華藻❸之可好❹兮，若翡翠❺之奮翼。其象無雙，其美無極。毛嬙❻鄣袂❼，不足程式❽；西施❾掩面❿，比之無色。近之既妖⓫，遠之有望⓬。骨法⓭多奇，應君之相⓮。視之盈目⓯，孰者克尚⓰。私心獨悅，樂之無量。交希⓱恩疎，不可盡暢⓲。他人莫睹，玉覽其狀。其狀峩峩⓳，何可極言。貌豐盈⓴以莊姝㉑兮，苞㉒溫潤之玉顏㉓。眸子炯㉔其精朗㉕兮，瞭㉖多美而可觀。眉聯娟㉗以蛾揚㉘兮，朱脣的㉙其若丹㉚。素質幹㉛之醲實㉜兮，志解泰㉝而體閒㉞。既姽嫿㉟於幽靜兮，又婆娑㊱乎人間。宜高殿以廣意兮，翼放縱而綽寬㊲。

【章旨】本段描寫神女姣麗的體態和華麗的服飾，極力地表現她的美。

【注釋】❶姣　美。❷渥飾　優厚的裝飾。古人謂人為陰陽之氣和合而生。受到陰陽之氣的厚飾，即得天獨厚之意。渥，厚。❸華藻　華麗的文彩。藻，文彩；修飾。❹可好　可愛。❺翡翠　鳥名。羽有藍、綠、赤、棕等色，可為飾品。雄赤曰翡，雌青曰翠。❻毛嬙　古美女名，相傳為越王嬖妾。❼鄣袂　以袖障面。鄣，同「障」。袂，衣袖。❽程式　法式；標準。❾西施　古美女名，初為越國浣紗，後為吳王夫差美姬。❿掩面　以袖掩面。案：鄣袖、掩面，都是嬌羞、矜持之貌。作者認為神女之美「無極」，不必故作嬌羞，方為嫵媚，故說毛嬙不足為法，西施與神女相比也失去光彩。⑪妖　豔麗；嫵媚。⑫有望　言離開了她還要觀望不止。有，同「又」。⑬骨法　人的骨相，指人的形體相貌。⑭相　形貌，謂與君之容貌相應。⑮盈目　滿目，指滿目的眾多美女。⑯克尚　能超過。克，能。尚，在上；超過。⑰希　同「稀」。少。⑱暢　伸展，言未可完全伸展自己的愛慕之情。⑲峩峩　指儀容端莊美好。⑳豐盈　豐滿。㉑莊姝　莊重美好。姝，美。㉒苞　也是豐容之意。㉓玉顏　如玉一般溫潤的容顏。㉔眸子炯　目光明亮。眸子，瞳子；眼珠子。炯，明亮。㉕精朗　眼睛明亮。精，同「睛」。㉖瞭　眼珠明亮。㉗聯娟　眉微曲貌，疊韻聯綿詞。㉘蛾揚　言其眉似蠶蛾觸鬚一樣微曲地揚起。蛾，蠶蛾，其觸鬚彎曲而細長，如人之眉，故以喻女子之眉之長而美。㉙的　鮮明；鮮豔。㉚丹　丹砂；硃砂。㉛素質幹　潔白的身軀。素，本指白色的絲，這裡形容潔白。質幹，指身體。㉜醲實　豐滿壯實。醲，本指味厚的酒，這裡形容女子膚脂豐厚。㉝解泰　解散奢泰，意即不驕傲自大。㉞閒　安閒；閒暇。㉟婉嫿　靜好貌。㊱婆娑　盤旋往來貌。一說，放逸貌，疊韻聯綿詞。㊲綽寬　寬緩。綽，亦寬之意。

【語　譯】神女是多麼美麗啊，包含著陰陽二氣豐厚的修飾。穿上華麗的衣服很可愛啊，如翡翠鳥的飛翔振翼。那形象沒有第二，那美麗沒有邊際。毛嬙以袖障面，不足作為法式；西施以袖掩面，跟她比沒有光澤。靠近她既覺嫵媚，遠離她還想觀望。形體相貌多有奇特，適應君主的骨相。看著滿目的美女，誰能夠比得上。我心裡獨自喜悅，高興得無法度量。交往少恩情薄，不可全部表達我的想望。別人沒能見到，我宋玉就看到了她的形狀。她的形狀端莊美好，哪裡可以全都說完。容貌豐滿而端莊美好啊，有溫潤如玉一般的容顏。瞳子明亮而目光爽朗啊，眼睛閃亮而十分可觀。眉毛微曲像蠶蛾的觸鬚揚起啊，紅色的嘴脣如丹砂般鮮豔朱殷。潔白的身軀豐腴壯實啊，神志謙遜而體態安閒。在幽靜之處既很閒靜啊，又往來徘徊於人間。適宜在高殿之上舒展其心意啊，如鳥翅般隨意舒展而又寬緩安閒。

動霧縠❶以徐步兮，拂墀❷聲之珊珊❸。望余帷而延視❹兮，若流波之將瀾❺。

奮長袖以正衽❻兮，立躑躅❼而不安。澹❽清靜其愔嫕❾兮，性沉詳❿而不煩⓫。時容與⓬以微動兮，志未可乎得原⓭。意似近而既遠兮，若將來而復旋⓮。褰余幬⓯而請御⓰兮，願盡心之惓惓⓱。懷貞亮⓲之絜清兮，卒與我乎相難⓳。陳嘉辭而云對兮，吐芬芳其若蘭。精⓴交結以來往兮，心凱康㉑以樂歡。神獨亨㉒而未結㉓兮，魂煢煢㉔以無端㉕。含然諾㉖其不分㉗兮，喟揚音而哀歎。頩薄怒㉘以自持㉙兮，曾不可乎犯干㉚。

【章　旨】本段寫神女與宋玉（或楚王）的若即若離，最後「曾不可乎犯干」的神態。

【注　釋】❶霧縠　縐紗薄如煙霧，故稱霧縠。縠，即今之縐紗。❷拂墀　掠過丹墀。墀，丹墀，階臺前的空地。❸珊珊　猶「沙沙」，象聲詞，形容輕細的聲響。❹延視　伸展其視線，即舉目遠望之意。❺流波之將瀾　比喻目光嫵媚。《文選》李善注：「言舉目延視，精若水波將成瀾也。」呂向注：「言如流水欲為波瀾。」❻正衽　整理衣襟，表示莊重矜持。衽，衣襟。❼躑躅　踏步不前，反側不安之貌，雙聲聯綿詞。❽澹　靜貌。❾愔嫕　安靜貌，雙聲聯綿詞。❿沉詳　沉靜安詳。⓫不煩　不急躁。⓬容與　緩緩移動貌。⓭原　探求；追究。⓮旋　回；轉。⓯褰余幬　撩起我的帷帳。褰，撩起；用手提起。幬，床帳；帷帳。⓰御　侍奉。⓱惓惓　猶「拳拳」。懇切貌。⓲貞亮　堅貞誠信。⓳相難　謂拒其褻狎。難，拒。李周翰注：「終與我相難而不相近也。」⓴精　精神。㉑凱康　同「愷康」。《爾雅・釋詁》：「愷康，樂也。」㉒亨　通。㉓未結　未得結合。㉔煢煢　孤零貌。㉕無端　無頭緒，形容心神不寧。㉖含然諾　言含有答應之意，即心許。然諾，許諾；答應。㉗不分　同「不忿」。不怨恨，意指不怨忿宋玉之求。㉘頩薄怒　斂容微怒。頩，斂容貌。薄，微。㉙持　矜持；莊重。㉚干　亦「犯」之意。一說，求，言不可犯而求，亦通。

【語　譯】移動煙霧般的縐紗而慢慢起步啊，掠過丹墀發出聲響珊珊。望著我的帷帳而舉目觀看啊，好像流水將掀起波瀾。揮動長袖而整頓衣襟啊，站立著徘徊不前而不自安。沉詳清靜而又安閒啊，性格安詳而不急躁心煩。有時緩緩前進而微微走動啊，她的情志不可以探究推原。意思好像要靠近而又遠離啊，好像將要過來卻又回轉歸還。撩起我的帷帳請求侍奉啊，希望竭盡心中的懇切以承歡。懷抱著堅貞誠信的潔淨清白啊，終於與我相拒而不可褻玩。陳述了美好的言辭而回答我啊，吐出的氣息芳香得如蘭花一般。精神有交接和往來啊，心裡喜悅而樂歡。精神雖通而未能結合啊，神魂孤獨而頭緒紛繁。心已許諾而不怨忿我的無禮啊，喟然發出聲音而哀傷悲歎。斂容微怒而自我矜持啊，竟然不可以侵犯她的尊嚴。

於是搖珮飾，鳴玉鸞❶，整衣服，斂容顏，顧女師❷，命太傅❸，歡情未接，將辭而去。遷延❹引❺身，不可親附。似逝未行，中若相首❻。目略微眄，精彩相授❼。志態橫出❽，不可勝記。意離未絕，神心怖覆❾。禮不遑訖❿，辭不及究⓫。願假須臾，神女稱遽⓬。徊腸傷氣，顛倒失據。闇然⓭而冥，忽不知處。情獨私懷，誰者可語。惆悵垂涕，求之至曙。

【章旨】本段寫神女毅然離去和神女離去後宋玉（楚王）的惆悵惓戀之情。

【注釋】❶鸞　鸞鈴。〈離騷〉有「鳴玉鸞之啾啾」指車鈴。此當指佩飾。❷女師　女教師。《詩・周南・葛覃》：「言告師氏」，毛傳：「師，女師也。古者女師教以婦德、婦言、婦容、婦功。」孔穎達疏：「女師者，教女之師，以婦人為之。」❸太傅　此亦指女師之類的師傅。這幾句是寫神女將離去的動態，顧視女師，傳命太傅，也是表現其莊嚴而不可干犯。❹遷延　卻退貌，疊韻聯綿詞。❺引　退。❻首　向，言神女將去未行又回首相向。❼精彩相授　言以神情光彩傳授情意。❽橫出　充溢而出。❾怖覆　惶恐而顛倒。❿遑訖　來得及盡禮。遑，暇。訖，盡。⓫究　亦「盡」之意。⓬稱遽　告稱立刻要離去。遽，急。⓭闇然 暗貌。

【語 譯】於是搖動玉珮裝飾，玉鈴聲叮噹不住，整理她的衣服，收斂她的容貌，回顧她的女師，傳命她的太傅，歡愛之情未及交接，將要告辭離去。向後退卻而回轉身子，不可以親近依附。像要走了還未動身，中間好像回首相顧。眼睛略微斜視，眼神光彩表達了她的情愫。心意神情橫溢而出，不可全部記錄。情意已離而又斷絕，神情心意惶恐反覆。禮節沒來得及盡施，言辭沒來得及盡訴。希望再給一點點時間，神女說她要立即離去。回轉人腸，損傷人氣，顛三倒四失去依據。眼前一片寂黑，忽然不知神女的去處。獨自懷著私情，誰人可以告訴。悵然失意流下了眼淚，尋找她直至天曙。

【研 析】散體賦的濫觴可能是〈卜居〉、〈漁父〉。本篇則顯然有了新的發展。第一、問答的變化多了。散體賦的特點之一是「述客主以首引」（《文心雕龍・詮賦》）。而〈卜居〉、〈漁父〉是一問一答，本篇的問答則是逐步展開的，是敘述與描寫、韻文與散文的結合。第二、描寫更細膩。散體賦的又一特點是「極聲貌以窮文」。本篇對神女的描寫就比〈招魂〉更具體，更細緻。第三、比的運用也有新發展。屈賦中的比多具有象徵的意義，未脫離「比德」的範疇。而本賦則是用比來突出形象的生動與鮮明。如「白日初出照屋梁」、「皎若明月舒其光」，「曄兮如花，溫乎如瑩」，就不是「比德」，而純粹是描繪形象。但它的描寫還未達到漢大賦的登峰造極。它是由〈卜居〉、〈漁父〉到漢大賦的中介，是詞人之賦的開端。程廷祚〈騷賦論〉曰：「賦何始乎？曰：宋玉。」這就正確地指出了宋玉是賦體發展的關鍵人物。同時，這個故事的優美生動和充滿浪漫主義的瑰麗色彩，遠非〈詩經〉中那些短小的愛情詩所可比擬，也比屈原〈九歌〉中那些神與神、神與人的愛情故事更加細膩，後來曹丕的〈洛神賦〉就是本篇演化出來的。《文選》將本篇與〈高唐賦〉列為情賦之首，可見它對辭賦中情賦的發展也有重大影響。

登徒子好色賦

宋玉

【題解】登徒，複姓。子，男子的通稱。好色，喜好女色。本篇提出了人類社會的一個重大問題，即應如何對待女色。《孟子‧告子上》說：「食色，性也。」好美色是人的本性。人應該如何對待這種本性？本篇提出有三種態度。第一種是登徒子式的。他妻子醜陋不堪，登徒子卻使她有五子。登徒子不嫌其妻醜陋，對她感情誠篤。在今天看來，是值得讚揚的。但作者論述的角度不同。他是說登徒子這種人只要是女人就愛，而不管其如何醜陋。這種人不只是好色，而且是淫亂。第二種是宋玉自己。他見到最美的美女也毫不動情，「闚臣三年，至今未許」。這是不近人情的矯情者。第三種是章華大夫式的。他見到美女也動情，但他能「目欲其顏，心顧其義，揚詩守禮，終不過差」。這可謂「發乎情，止乎禮義」，是好色而守德的人。作者雖以第二種人自居，那是為了反擊登徒子，他將章華大夫殿後，說明他是肯定第三種態度的。這當然只是一個假託的故事。他寫作的目的可能是為了諷諫楚襄王。《文心雕龍‧諧隱》說：「宋玉賦〈好色〉，意在微諷，有足觀者。」這就指出了這種諷諫的意圖。但宋玉這種將好色與好淫區別開來的思想，儘管距離人類關於愛情的道德、美學標準還很遠，但在當時，是有針砭庸俗的作用的。

大夫登徒子侍於楚襄王，短❶宋玉曰：「玉為人體貌閑麗❷，口多微辭❸，又性好色。願王勿與出入後宮❹。」王以登徒子之言問於宋玉。玉曰：「體貌閑麗，所受於天也；口多微辭，所學於師也；至於好色，臣無有也。」

【章　旨】本段寫登徒子在楚襄王面前毀謗宋玉好色以開啟下文。

【注　釋】❶短　毀謗；說壞話。❷閒麗　文雅俊美。❸微辭　巧妙的言辭。微，李善注：「妙也。」❹後宮　宮中妃嬪所居之處。

【語　譯】大夫登徒先生侍立在楚襄王跟前，毀謗宋玉說：「宋玉為人，身材容貌文雅俊美，口多微妙的言辭，又本性喜好女色。希望大王不要讓他在後宮出入。」楚襄王拿登徒先生的話向宋玉詢問。宋玉說：「我身材容貌文雅俊美，是從天那裡稟受來的；口多微妙的言辭，是從老師那裡學習來的。至於喜好女色，我是沒有的。」

王曰：「子不好色，亦有說乎？有說則止，無說則退。」玉曰：「天下之佳人，莫若楚國；楚國之麗者，莫若臣里❶；臣里之美者，莫若臣東家之子❷。臣東家之子，增之一分則太長，減之一分則太短；著粉則太白，施朱則太赤。眉如翠羽❸，肌如白雪；腰如束素❹，齒如含貝❺。嫣然❻一笑，惑陽城，迷下蔡❼。然此女登牆闚臣三年，至今未許也。登徒子則不然。其妻蓬頭❽攣耳❾，齞脣❿歷齒⓫，旁行⓬踽僂⓭，又疥且痔。登徒子悅之，使有五子。王孰察之，誰為好色者矣。」

【章　旨】本段寫宋玉用美女「登牆闚臣三年，至今未許」的事實和登徒子使其醜陋之妻有五子的事實對比，反擊登徒子的毀謗。

【注　釋】❶里　民戶居處，古代二十五家為里。❷東家之子　東側鄰家的女子。古代女子亦稱子。❸翠羽　翠鳥之羽，形容眉之濃而黑。❹束素　一束白色絲絹，形容腰身的柔細。❺貝　貝殼，其色白而整齊，形容牙齒的整齊潔白。❻嫣然　美好貌。❼惑陽城二句　言使陽城，下蔡的貴介公子迷惑。陽城，戰國時楚地，故城在今河南登封東南。下蔡，戰國時楚邑，故城在今安徽壽縣之北。李善注：「陽城、下蔡，二縣名，蓋楚之貴介公子所封，故取以喻焉。」❽蓬頭　猶言「蓬首」。言髮亂如蓬。蓬，蓬蒿，草名。秋枯根拔，風捲而飛，故又名飛蓬。❾攣耳　耳朵卷曲。攣，卷曲而不能伸。❿齞脣　嘴脣缺損。齞，張口見齒。⓫歷齒　牙齒稀疏。歷，疏。⓬旁行　行走歪斜。⓭踽僂　猶「傴僂」。駝背。

【語　譯】楚襄王說：「你不喜好女色，有解釋嗎？有解說就留下來，沒有解說就退出去。」宋玉說：「天下的美好，沒有什麼地方如同楚國；楚國的最漂亮的沒有什麼地方比得上我的故里；我故里中最美麗的沒有誰比得上我東鄰家的女子。我東鄰家的女子，增加一分就太高，減少一分就太矮；敷上白粉就太白，搽上朱砂就太赤。眉毛如翠鳥羽毛般濃黑，肌膚如白雪般雪白；腰身如一束白絹般柔細，牙齒如貝殼般整齊潔白。美美地向人一笑，使陽城、下蔡的貴族公子喪魂落魄。然而這個女子登上牆垣偷看我多年了，我至今還沒有許諾。登徒先生就不是這樣。他的妻子髮亂如蓬蒿，兩耳卷曲，嘴脣缺損，牙齒稀疏，行走歪斜，腰彎背駝，又有瘡疥，又有痔漏。登徒先生卻喜歡她，使她生有五個孩子。大王仔細地考察一下，便知道誰是最好女色的人了。」

是時秦章華大夫❶在側，因進而稱曰：「今夫宋玉盛稱鄰之女，以為美色愚亂之邪？臣自以為守德，謂不如彼矣❷。且夫南楚❸窮巷之妾❹，焉足為大王言乎？若臣之陋，目所曾睹者，未敢云也。」王曰：「試為寡人說之。」大夫曰：「唯唯。臣少曾遠遊，周覽九土❺，足歷五都❻。出咸陽❼，熙邯鄲❽，從容❾鄭衛❿溱洧⓫之間。是時向⓬春之末，迎夏之陽⓭，鶬鶊⓮喈喈⓯，群女出桑。此郊之姝⓰，華色⓱含光⓲，體美容冶⓳，不待飾裝。臣觀其麗者，因稱詩⓴曰：『遵大路兮攬子袪㉑。』贈以芳華㉒辭甚妙。於是處子怳若㉓有望而不來，忽若㉔有來而不見。意密體疏，俯仰異觀㉕，含喜微笑，竊視流眄㉖。復稱詩㉗曰：『寤春風兮發鮮榮㉘，潔齋俟㉙兮惠音聲㉚，贈我如此㉛兮不如無生㉜。』因遷延而辭避㉝。蓋徒以微辭相感動㉞，精神相依憑㉟；目欲其顏，心顧其義，揚《詩》㊱守禮，終不過差，故足稱也。」於是楚王稱善。宋玉遂不退。

【章旨】本段寫章華大夫用他「揚詩守禮」的事實，說明應如何正確對待美色，因此諷諫。

【注釋】❶秦章華大夫　楚國章華人在秦國做大夫的人。章華，楚地名，故址在今湖北監利西北。❷以為三句　此三句姚鼐自注曰：「言玉之意以為美色必能愚亂人邪？臣之守德尚不至如彼所慮也。」邪，同「耶」。疑問語氣詞。臣，章華大夫自稱。守德，遵守道德規範。此三句《文選》李善注於「臣」字下句讀，注云：「愚，鈍也。亂，昏也。邪，僻也。言昏鈍邪僻之臣，章華大夫自謙。不如彼之登徒所說也，言宋玉之所說鄰女美色，愚臣守德，猶不如登徒之說，況宋玉乎！臣，章華大夫自謂。」案：此說亦通。❸南楚　楚國對中原各國而言，地處南方，故稱南楚。❹妾　對女子的賤稱，此指宋玉所說的東鄰之女。❺九土　猶言「九州」。泛指全國各地。❻足歷五都　足跡經歷過五大都會。五都，五大都會，此泛指全國各大繁華都市。❼咸陽　戰國時秦國都城，故址在今陝西咸陽東北。❽熙邯鄲　遊玩邯鄲。邯鄲，戰國時趙國都城，在今河北邯鄲。❾從容　舉止安閒舒緩貌，此指漫遊、逗留。❿鄭衛　鄭國、衛國，是古代出美女的地方，也是男女戀愛比較自由的地方。鄭，在今河南中部。衛，在今河南北部。⓫溱洧　鄭國境內的兩條河，古代溱洧水邊為男女青年歡會的地方。⓬向　近；接近。⓭迎夏之陽　將到夏天。陽，日。⓮鶬鶊　鳥名，即黃鶯。⓯喈喈　鳥鳴叫聲。⓰姝　美女。⓱華色　美麗的姿色。⓲含

光　形容膚色有光澤。⑲容冶　容貌美麗。冶，豔麗。⑳稱詩　引詩；誦詩。㉑遵大路句　《詩・鄭風・遵大路》：「遵大路兮，摻執子之袪兮。」此句即此詩的緊縮。袪，衣袖。㉒芳華　芳香的花。華，同「花」。㉓怳若　同「怳然」。即恍忽，心神不定貌。若，詞尾，無義。㉔忽若　義同「怳若」。㉕俯仰異觀　言或俯或仰，神態各異。㉖流眄　目光流動。眄，斜視。㉗復稱詩　此指女子的答詩。㉘寤春風句　言草木在春風中蘇醒而開出鮮花。寤，蘇醒；醒寤。榮，花。此句比喻人美好的青春。㉙潔齋俟　言純潔莊重地等待著。潔，指修飾整潔。齋，指心情莊重。㉚惠音聲　美好的音訊。惠，《禮記・表記》鄭玄注：「惠，猶善也。」㉛如此　指贈花與〈遵大路〉的詩句。㉜無生　指死去，表示對無禮舉動的憎惡。㉝遷延而辭避　退卻辭別而迴避。遷延，退卻貌。㉞相感動　互相挑逗。㉟依憑　依託；慰藉。㊱揚詩　稱詩，指發揚《詩經・國風》中「好色而不淫」的精神。

【語　譯】這時候，楚國章華人秦國的大夫正在楚王跟前，於是上前說道：「現在宋玉非常稱讚他鄰家之女子，他認為美色能使人愚笨昏亂嗎？我自己認為遵守道德規範，就不會出現如其所謂的情況。並且楚國南方偏僻小巷裡的女子，哪裡值得對大王談及呢？像我這種見識淺陋的人，親眼所見到的女子，是不敢隨便說的。」楚襄王說：「你試著跟我說說。」章華大夫說：「好！好！我年輕時曾出外遠遊，遊覽遍九州的土地，足跡經歷全國繁華的都市。經過咸陽，遊覽邯鄲，逗留在鄭國、衛國、溱水、洧水之間。這時正是接近春末，將到夏天，鶬鶊鳥喳喳直叫，一群婦女出來採桑來到桑園。這些郊外的美女，美麗的姿色含著亮光，體態美好容貌豔麗，不必等待修飾梳裝。我看到其中一個最美麗的，於是稱誦詩歌說：『沿著大路啊拉著你的衣袖。』還贈給她美麗的鮮花，言辭也很美妙。於是那姑娘心神不定地有所期望而不走來，心神不定地走了過來而不肯相見。情意密切而身體疏遠，或俯或仰而情態盡變。含著喜悅而微笑著，偷偷地看看我而目光骨碌碌地在轉。也稱誦詩歌說：『在春風中蘇醒啊開放鮮花，潔淨莊重地等待啊音訊的傳達，用這樣的東西贈送我啊，不如死去不成家。』於是退卻而告辭迴避。大概我只能用微妙的言辭互相挑動，在精神上互相依存；我眼睛看著容顏，心裡想著禮義，哼著《詩經》的〈國風〉裡好色而不淫的詩篇，遵守著禮制的規範，始終沒有過失差錯，所以才值得稱道呢。」於是楚襄王稱讚說很好，宋玉就沒有被辭退。

【研　析】本篇在寫法上有兩點值得注意。一是，它不像〈高唐賦〉、〈神女賦〉只以答問開端以引起下文的描寫，而是通篇都是通過幾個人物的辯論來開展情節，最後才點出作者諷諫的寫作意圖。本篇就是通過登徒子、宋玉、章華大夫在楚襄王跟前就好色展開辯論來開展故事的。首先是登徒子向楚襄王短毀宋玉好色，接著寫宋玉陳述自己見美色亦無動於衷來反駁登徒子的誣陷，最後寫章華大夫批評宋玉不近人情的矯情之舉，而提出對待男女關係的正確原則：「目欲其顏，心顧其義，揚詩守禮，終不過差」；以對楚襄王進行諷諫。一是一浪高過一浪的誇張描寫。本篇先寫宋玉極力誇讚「東家之子」的美貌，以壓倒登徒子之妻；接著寫章華大夫說那不過是「南楚窮巷之妾，焉足為大王言」，於是他提出鄭衛溱洧之間的採桑女，不但容貌美豔，具有天生麗質，而且舉止端莊幽閒，明詩識禮，具有大家閨秀的風範，以壓倒「東家之子」。這種構篇方式就為漢以後的大賦作家所取法。司馬相如的〈子虛〉、〈上林〉、班固的〈西都〉、〈東都〉、張衡的〈西京〉、〈東京〉、左思的〈蜀都〉、〈吳都〉、〈魏都〉都是這樣來構成篇幅的。可見本篇在構思上對後世辭賦的重大影響。

對楚王問

宋　玉

【題　解】本篇最早見於劉向《新序》，惟楚襄王作楚威王，未說明其作者與出處。載入《文選》時，蕭統題為宋玉作。後有人以為與〈卜居〉、〈漁父〉是記載屈原事跡而非屈原所作一樣，本篇亦為記載宋玉的遺聞軼事而非宋玉作。本篇著重表現的是宋玉孤傲高潔的胸懷。他認為自己是歌曲中的〈陽春〉、〈白雪〉，所以曲高和寡；是鳥中之鳳與魚中之鯨，藩籬之鷃和尺澤之鯢是無法了解他的高遠抱負的。這種孤傲高潔的胸懷，間接地表現了他在政治上不得意的悲憤，客觀上反映了賢能之士總有些奇言異行，不容易被一般人所了解，因而必然遭遇到別人的排擠和毀謗，非英明之主亦難以識別與重用。這正反映了賢能之士在那個時代的不幸遭遇。

楚襄王問於宋玉曰：「先生其有遺行❶與❷？何士民眾庶❸不譽之甚也？」宋玉對曰：「唯，然❹，有之。願大王寬其罪，使得畢其辭。」

【章旨】本段寫楚襄王與宋玉關於遺行的問答以引起下文。

【注釋】❶遺行　指不好的行為，可遺棄的行為。一說，遺，失。遺行，不對的行為。❷與　同「歟」。疑問語氣詞。❸士民眾庶　泛指社會上各類人。❹然　是這樣。《文選》五臣注劉良以「然」字屬下讀，以「然有之」三字為句，釋云：「然亦有其所以。」即「這也有原因的」。可備一說。

【語譯】楚襄王問宋玉說：「先生大概有不檢點的行為吧？為什麼士民眾人是如此極度地不稱譽你呢？」宋玉回答說：「對，是的，有這種情況。希望大王寬恕我的罪過，使我能夠把話說完。」

「客有歌於郢❶中者，其始曰〈下里〉、〈巴人〉❷，國中❸屬而和者數千人。其為〈陽阿〉、〈薤露〉❹，國中屬而和者數百人。其為〈陽春〉、〈白雪〉❺，國中屬而和者不過數十人。引商❻刻羽❼，雜以流徵❽，國中屬而和者，不過數人而已。是其曲彌❾高，其和彌寡。

【章旨】本段寫宋玉以歌唱為比，曲高則和寡，說明自己的奇言異行，不易被人了解。

【注釋】❶郢　楚國都城，在今湖北江陵西北。❷下里巴人　楚國比較低級的樂曲名。❸國中　都城中。❹陽阿薤露　楚國難度較適中的樂曲。❺陽春白雪　楚國比較高雅的樂曲名。❻引商　引長其聲，使勁疾高亢而為商音。商，我國古代五音

（宮、商、角、徵、羽）中商音。❼刻羽　減低其聲而為羽音。刻，削；減。羽，古代五音之一，其聲低平細膩。❽流徵　流利的徵音。流，流利。徵，古代五音之一，其聲抑揚遞續。❾彌　更；越。

【語譯】「有一個在楚國郢都唱歌的外地人，他開始唱的曲子叫〈下里〉、〈巴人〉，國都裡跟著他唱的有數千人。當他唱〈陽阿〉、〈薤露〉的時候，國都裡跟著他唱的還有數百人。當他唱〈陽春〉、〈白雪〉的時候，國都裡跟著他唱的就只有數十人。他高歌高亢激越的商音，細吟低沉細膩的羽音，又把流利的徵音配合進去，國都裡跟著他唱的就只有幾個人了。這就是樂曲越高雅，那跟著唱的人就越少。

「故鳥有鳳❶而魚有鯤❷。鳳凰上擊❸九千里，絕❹雲霓，負❺蒼天，足亂❻浮雲，翱翔乎杳冥❼之上。夫藩籬之鷃❽，豈能與之料天地之高哉？鯤魚朝發崑崙之墟❾，暴鬐❿於碣石⓫，暮宿於孟諸⓬。夫尺澤⓭之鯢⓮，豈能與之量江海之大哉？故非獨鳥有鳳，而魚有鯤也，士亦有之。夫聖人瑰意⓯琦行⓰，超⓱然獨處⓲，世俗之民，又安知臣之所為哉？」

【章旨】本段寫宋玉以鳳、鯤為比，說明自己「瑰意琦行」更非平庸之輩所能認識。

【注釋】❶鳳　傳說中的瑞鳥。《禮・禮運》：「麟、鳳、龜、龍，謂之四靈。」❷鯤　傳說中的大魚名。《莊子・逍遙遊》：「北冥有魚，其名為鯤。鯤之大，不知其幾千里也。」❸上擊　翅膀拍擊上飛。❹絕　超越。❺負　背挨著；背靠著。❻亂　橫渡。《爾雅》：「正絕流曰亂。」郭璞注：「直橫渡也。」案：《文選》無此句。❼杳冥　同「窈冥」。深遠幽暗。這裡指高空。❽鷃　小鳥。❾崑崙之墟　崑崙山麓。崑崙，山名，在今新疆西藏之間。墟，山腳；山麓。❿暴鬐　露出魚脊。暴，露。鬐，通「鰭」。魚脊。⓫碣石　海畔山名，在今河北昌黎。⓬孟諸　古大澤名，在今河南商邱東北。⓭尺澤　一尺來長的小水溝。⑭鯢　小魚。⑮瑰意　卓異的思想。瑰，奇特；瑰異。⑯琦行　修美的行為。琦，美。⑰超　高遠。⑱獨處　指不隨俗浮沉地獨立居處。

【語　譯】「所以鳥中有鳳鳥，魚中有鯤魚。鳳鳥振翅飛上九千里的高空，穿過浮雲和霓虹，背挨著蒼天，足橫渡過浮雲，在深遠幽暗的天空上下飛翔。那籬笆間的小鳥哪裡能夠跟牠去測量天地的高度呢？鯤魚早晨從崑崙山麓出發，在碣石山的海面露出牠的背脊，晚上到孟諸澤中休息。那小水溝裡的小魚，哪裡能夠跟牠去衡量江海的廣大呢？所以不只是鳥中有鳳鳥，魚中有鯤魚，士人中也有這種情況。聖人有瑰異的思想，修美的行為，高遠地脫離世俗而獨處世間，世俗之人又哪裡能夠認識我的所作所為呢？」

【研　析】本篇是記載宋玉回答楚襄王關於他有遺行的辯駁，運用故事來說明事理，說得縱橫開闔，極富雄辯的力量，口吻頗似戰國時策士的言論。所以王文濡說：「自張其詞，極似當時游士口吻。入諸《國策》中，當不知為騷人吐屬也。」戰國策士的這種問答體言論，本身就是散體賦形成的淵源之一，尤其對設論體賦更有直接影響。邵長蘅說：「假問答成文，亦本〈卜居〉、〈漁父〉之格，其後轉相仿效，至昌黎〈進學解〉而大變矣。古人文體，各有源流，要以變化為貴。」這就指出了這種賦體的源流。不過，本篇通篇全不用韻，純是一篇戰國策士言論式的記事散文。它雖對散體賦的形成有重大影響，但它本身很難說是賦。因為此時之賦多為韻文，但本篇文多鋪排，「設辭無事實」（姚鼐〈序目〉），故姚鼐與〈楚人以弋說頃襄王〉同歸入辭賦類。

楚人以弋說頃襄王

戰國策

【題　解】弋，以絲繩繫箭射鳥。頃襄王，即楚襄王，名橫，楚懷王之子。本篇亦見《史記・楚世家》，文字略有差異。司馬遷將此事繫於楚頃襄王十八年（西元前二八一年）。前此，楚國不斷遭秦國侵侮。楚懷王二十八年（西元前三〇一年），秦攻楚，殺楚將唐昧，取重丘；二十九年復攻楚，殺將軍景缺，楚軍死者二萬；三十年，楚懷王入武關被秦拘留。楚頃襄王元年，秦攻楚，斬首五萬，取析十五城；三年，楚懷王客死於秦。後屈於秦的壓力，不得不求和。楚國這一連串的失敗，激起了楚國人民的憤怒。這位以弋說頃襄王的楚人，就鼓勵楚王要奮發圖強，報仇強秦，表現了楚國人民強烈的愛國情懷和奮發圖強的強烈願望。同時，這位楚人雖史佚其名，但他對當時各國的地理、政治、軍事形勢瞭如指掌，規劃的進軍路線亦清楚明白。這說明他是一位頗具戰略眼光和愛國思想的策士。這也說明楚國能人之多。楚國之所以在七國爭雄中衰落敗亡，完全是當權者昏庸無能所致。

楚人有好以弱弓微繳❶加❷歸鴈之上者。頃襄王聞，召而問之。對曰：「小臣之好射鶀鴈羅鸗❸，小矢之發也，何足為大王道也？且稱❹楚之大，因大王之賢，所弋非直❺此也。昔者三王❻以弋道德❼，五霸❽以弋戰國❾。故秦、魏、燕、趙者，鶀鴈也；齊、魯、韓、衛者，青首❿也；鄒、費、郯、邳⓫者，羅鸗也；外其餘則不足射者。見鳥六雙⓬，以王何取？王何不以聖人為弓，以勇士為繳，時⓭張而射之？此六雙者，可得而囊載⓮也。其樂非特朝夕之樂也，其獲非特鳧鴈之實也。

【章　旨】本段寫楚人以弋為喻，向頃襄王提出攻取十二國的總的作戰方略。

【注　釋】❶微繳　指小矢。繳，射鳥時繫在箭上的生絲繩。這裡代指箭。❷加　射中。❸鶀鴈羅鸗　小雁小鳥。鶀，小雁。

鴈，雁之異體字。鶩，小鳥。❹稱　本指衡量輕重的衡器。這裡用作動詞，衡量。❺直　只；僅。❻三王　夏禹王、商湯王、周文王。❼以弋道德　以道德為弋，比喻施行德以取天下。❽五霸　春秋時的五霸指齊桓公、晉文公、秦穆公、宋襄公、楚莊王。❾以弋戰國　比喻用武力兼併。❿青首　小鳧；小野鴨。⓫鄒費郯邳　皆古小國名。鄒，春秋時為邾國，戰國時為鄒國，今山東鄒縣。費，古費國，春秋時為魯邑，今山東費縣。郯，古國名，少昊之後，在今山東郯城境。邳，湯左相奚仲封國，故地在今江蘇邳縣境。⓬六雙　指上舉秦、魏等十二國。⓭時　乘時。⓮囊載　以囊裝載。比喻兼併諸國，統一天下。

【語譯】有一個喜好用不硬的弓細小的箭射中回歸的大雁的楚國人。楚頃襄王一聽說，就召喚他來問問。那楚國人回答說：「我喜好射小雁小鳥，是小小的箭的發射，哪裡值得向大王說呢？並且衡量楚國的廣大，憑藉大王的賢能，所射的東西就不只是這些了。從前三位賢王以道德去射，五位霸主用武力去射。所以秦國、魏國、燕國、趙國，是小雁；齊國、魯國、韓國、衛國，是小野鴨；鄒國、費邑、郯國、邳國，是小鳥；除此之外，其他的就不值得去射了。看到的鳥有六雙，憑大王取什麼？大王為什麼不用聖人做弓，用勇士做箭，趁著好時機張開弓去射牠們呢？這六雙鳥，就可以得到而用袋子把牠們裝起來。那種快樂就不僅是一朝一夕的快樂，那獵獲就不僅是野鴨大雁之類的獵物了。

「王朝張弓而射魏之大梁❶之南，加其右臂，而徑屬❷之於韓，則中國❸之路絕，而上蔡❹之郡壞矣。還❺射圉❻之東，解❼魏左肘，而外擊定陶❽，則魏之東外棄，而大宋❾、方與❿二郡者舉矣。且魏斷二臂，顛越⓫矣，膺擊⓬郯國，大梁可得而有也。王綪繳⓭蘭臺⓮，飲馬西河⓯，定魏大梁，此一發之樂也。若王之於弋，誠好而不厭，則出寶弓，碆⓰新繳，射噣鳥⓱於東海，還蓋⓲長城⓳以為防，朝射東莒⑳，夕發浿邱㉑，夜加即墨㉒，顧據午道㉓，則長城之東收，而太山㉔之北舉矣。西結境於趙，而北達於燕，三國㉕布翄㉖，則從㉗不待約而可成也。北遊目㉘於燕之遼東㉙，而南登望於越㉚之會稽㉛，此再發之樂也。若夫泗上十二諸侯㉜，左縈㉝而右拂㉞之，可一日而盡也。

【章旨】本段寫楚人向頃襄王提出併魏取齊、合從燕趙的戰略方針。

【注釋】❶大梁　魏都，今河南開封。❷徑屬　徑直連接。❸中國　中原地區。❹上蔡　周為蔡國，戰國時屬魏，後屬楚，今河南上蔡。❺還　繞。一說，當讀為旋，旋轉。❻圉　魏地，在今河南杞縣。❼解　剖開；分割。❽定陶　齊地，今山東定陶。❾大宋　當即指宋，周諸侯國名，轄地在今河南、山東、江蘇、安徽之間，都城即今河南商丘。❿方與　宋邑，故城在今山東魚臺。⓫顛越　隕墜；衰落。⓬膺擊　當胸而擊。膺，胸。⓭綪繳　卷收弋射的繩子。綪，卷曲。⓮蘭臺　《史記正義》曰：「桓山之別名也。」高步瀛《古文辭類纂箋》云：「〈魏策〉曰『前夾林而後蘭臺』。蘭臺當在魏都。《正義》以為『桓山之別稱』，恐非。」⓯西河　原校云：「西，當作南。」南河，黃河。《史記・五帝本紀・正義》說河在堯都城南面，所以叫南河。西河，古稱黃河上游由北向南流經山西與陝西之間的一段，離魏都大梁較遠，當以作南河為是。⓰碆　以石箭頭著於絲繩上射鳥。⓱噣鳥　嘴如鉤狀的大鳥，此喻齊國。⓲還蓋　環繞覆蓋，使無飛走之路。⓳長城　此指齊長城。《史記》索隱引《齊記》云：「齊宣王乘山嶺之上築長城，東至海，西至濟州千餘里，以備楚。」⓴東莒　今山東莒縣。㉑浿邱　在今山東淄博北。㉒即墨　今山東即墨。㉓午道　《史記》索隱云：「午道當在齊西界。一從一橫為午道，亦未詳其處。」㉔太山　即泰山。㉕三國　指楚國、趙國、燕國。㉖布翄　展開翅膀。翄，同「翅」。㉗從　同「縱」。合縱，指山東六國聯合抗秦的策略。㉘游目　流覽顧盼；遍觀。㉙遼東　地區名，戰國燕地，指今遼寧東南部遼河以東地。㉚越　古國名，春秋末越王句踐曾滅吳稱霸，戰國時為楚所滅。㉛會稽　山名，在今浙江紹興東南。㉜泗上十二諸侯　謂泗水之濱的十二個諸侯國。《史記・張儀列傳・索隱》曰：「邊近泗水之側，當戰國之時，有十二諸侯，宋、魯、邾、莒之比也。」泗，泗河，也叫泗水，發源於山東泗水陪尾山，經山東曲阜、江蘇徐州，至洪澤湖附近入淮水。㉝縈　拘牽。㉞拂　擊。

【語　譯】「大王早晨張開箭弓射擊魏國都城大梁的南面，射中它的右臂膀，而徑直連接它到韓國，那麼中原地區交往的道路就斷絕了，而上蔡的郡縣也破壞了。回轉身射擊圉以東的地區，肢解魏國的左手肘，而向外進擊定陶，那麼魏國的東部地區只好向外拋棄，而宋地、方與兩個郡就攻克了。並且魏國折斷了左右兩個臂膀，就衰落了，當胸打擊郯國，魏都大梁就可能被占有了。大王在蘭臺卷收弋射的絲繩，讓馬在黃河飲水，撫定魏都大梁，這是第一次發射的快樂。假如大王對於弋射，的確愛好而不厭倦，就拿出寶玉裝飾的弓，安上石頭做箭頭的新的繫有絲繩的箭，在東海之濱射擊鉤嘴的大鳥，回轉身遮蔽齊國的長城作為防線，早晨射擊東莒，傍晚發射浿邱，夜晚射中即墨，回轉頭占據午道，那麼齊國長城以東的地區可以收取，而泰山以北的地區就攻占了。西面跟趙國連接邊境，向北達到了燕國，三個國家張開翅膀，那麼合縱就不必等待締結和約就可以成功了。然後向燕國的遼東地區放目遍觀，而向南登上越國的會稽山瞭望，這就是第二次發射的快樂。至於泗水之濱的十二個諸侯國，左手牽制它，右手打擊它，可以一個早晨把它們全部占領。

「今秦破韓❶以為長憂，得列城而不敢守也，伐魏❷而無功，擊趙❸顧病❹，則秦魏❺之勇力屈矣，楚之故地漢中、析、酈❻，可得而復有也。王出寶弓，碆新繳，涉鄳塞❼，而待秦之倦也，山東❽、河內❾，可得而一也。勞民休眾，南面❿稱王矣。故曰秦為大鳥，負海內⓫而處，東面而立，左臂據⓬趙之西南，右臂傅⓭楚鄢、郢⓮，膺擊⓯韓、魏，垂頭⓰中國，處既形便⓱，勢有地利⓲，奮翼鼓翄，方三千里，則秦未可得獨招⓳而夜⓴射也。」欲以激怒襄王㉑，故對以此言。

【章　旨】本段寫楚人向頃襄王提出的制秦方略：秦未可獨招夜射，只能與諸國合縱以謀之。

【注　釋】❶破韓　《史記・楚世家》：頃襄王六年，「秦使白起伐韓於伊闕，大勝，斬首二十四萬。」❷伐魏　《史記・秦本紀》：秦昭王二十四年，「秦取魏安城，至大梁，燕、趙救之，秦軍去。」❸擊趙　《史記・趙世家》：趙惠文王十七年，「秦怨趙不與己擊齊，伐趙，拔我兩城。十八年，秦拔我石城。」❹顧病　反病；反而成為禍害。案：高步瀛說：「韓、魏、趙三者皆秦勝。此言失利在秦者，蓋激勵頃襄之詞耳。」❺秦魏　按此單言秦，「魏」字疑涉上文誤衍。❻漢中析酈　皆楚地為秦所攻占者。漢中，秦惠文王後十三年，攻楚漢中，取地六百里，置漢中郡。其地約相當今陝西旬陽至湖北房縣一帶，故治在今陝西南鄭。析，頃襄王元年，秦出武關攻楚，大敗楚軍，取析十五城而去。故城在今河南內鄉西北。酈，《史記・楚世家・集解》引徐廣曰：「既取析，又并取左右十五城也。」酈，當為秦所取十五城之一。故城在今河南內鄉東北。❼鄳塞　古關隘名，又稱冥阸，即今河南信陽西南之平靖關。❽山東　戰國秦漢時稱崤山或華山以東為山東，即關東。❾河內　今河南黃河以北地區，舊時通稱曰河內。❿南面　古代以坐北朝南為尊位，故天子諸侯見臣下，皆南面而坐。⓫負海內　依憑海內。負，憑仗。海內，古人認為我國疆土四面環海，故稱國境以內為海內，猶言天下。⓬據　占有。⓭傅　靠近；接觸。⓮鄢郢　皆楚地。鄢，在今湖北宜城。郢，楚都，故址在今湖北江陵西北。⓯膺擊　韓、魏當秦東向之前，故曰膺擊。⓰垂頭　猶伸頭，言欲吞併山東。⓱形便　形勢便利。《戰國策・秦策一》韋昭注：「攻之不可得，守之不可壞，故曰形便也。」⓲地利　地理上的有利條件。《孟子・公孫丑下》注：「地利，險阻城池之固也。」⓳招　《國語・周語》韋昭注：「招，舉也。」攻取之意。⓴夜　謂暗中。㉑襄王　即楚頃襄王。

【語　譯】「現在秦國攻破韓而成為長期的憂患，得到的那些城而不敢據守；進攻魏國又沒有戰功，進攻趙國反而招來禍害，那麼秦國，魏國的勇力就衰竭了，楚國原有的領地漢中、析、酈，就可能恢復據有。大王拿出寶玉裝飾的弓，安裝石鏃的新的繫有絲繩的箭，渡過鄳塞，而等待秦國的疲弊，山東、河內地區就可能統一了。撫慰人民，休息士眾，可以面向南而坐，稱王稱霸了。所以說秦國是一隻大鳥，憑恃著天下的險要而居處著，面向東方站立著，左臂據有趙國的西南，右臂靠近楚國的鄢、郢，當胸進擊韓國、魏國，把頭伸向中原地區，居處既有便利的形勢，地勢又占有有利的地形，振起兩翼，鼓動雙翅，有三千里見方的國土，那麼秦國不可能獨自去攻取而在暗中去射擊。」楚人想要激勵楚頃襄王，所以用這些話去回答。

襄王因召與語，遂言曰：「夫先王❶為秦所欺，而客死於外❷，怨莫大焉。今以匹夫有怨，尚有報萬乘❸，白公❹、子胥❺是也。今楚之地方五千里，帶甲❻百萬，猶足以踊躍❼中野❽也。而坐❾受困，臣竊為大王弗取也。」於是頃襄王遣使於諸侯，復為從，欲以伐秦。

【章旨】本段寫楚人再次激勵楚頃襄王要奮發圖強，誓報父仇。

【注釋】❶先王　指楚懷王。❷客死於外　楚懷王三十年，秦昭王約與會於武關，被秦拘留，三年後死在秦國，歸其喪於楚。楚人皆憐之，如悲親戚。❸萬乘　周制，天子地方千里，出兵車萬乘，故以萬乘稱天子。❹白公　春秋時楚平王太子建之子，名勝，封於白，因以為氏。太子建以讒亡奔宋，後奔鄭，為鄭人所殺。勝奔吳。平王死，昭王立，勝歸楚為巢大夫，亟欲報仇。惠王十年，襲殺令尹子西，司馬子期，劫惠王，自立為王。後失敗自縊死。❺子胥　伍子胥，名員，春秋時楚國人。父奢兄尚為楚平王殺害。子胥奔吳，與孫武共佐吳王闔閭伐楚，五戰入郢，掘平王墓，鞭屍三百。❻帶甲　披甲的戰士。❼踊躍　奮起。❽中野　原野之中。❾坐　徒然；空。

【語譯】楚頃襄王於是召見他與他交談。於是他說道：「先王被秦國所欺侮，在國外客居而死，怨恨沒有什麼比這個還大的呢。現在一個普通百姓有仇怨，還要找天子去報仇，白公勝、伍子胥就是如此。現今楚國的土地有五千里見方，披甲的戰士有百萬，還足夠在原野之中奮發而起，卻白白地受到困阨，我私心認為大王不應該這樣。」於是頃襄王派遣使者到各諸侯國，重新建立合縱，想要進攻秦國。

【研析】這是一篇很典型的游士說辭。第一，善於小題大作。弋射鳥本是生活中一件小事，楚人卻從此生發開去，說出如何奮發圖強，重新振興楚國的一番大道理來。他既是談政治軍事，又處處不離開弋射，所以說來娓娓動聽，很有吸引人的力量。第二，很有說服力。楚人是個平民，但他對當時各國的政治軍事形勢很熟悉，說來如數家珍。策士們在游說之前都是下過一番苦工夫的。正因如此，所以游說就能打動人主。頃襄王就被楚人說服了。他的計畫能否付諸實踐，還受各種條件的約制，這只是一廂情願。但富有說服力卻是事實。本篇就正體現了這些特點。但這只是一篇說辭，與收入本書卷二十五至卷二十七〈書說類〉有關摘自《戰國策》諸篇並無太大區別。戰國游士之辭雖與散體賦有淵源關係，但本身尚不足稱之為賦。

莊辛說襄王

戰國策

【題解】本篇出自《戰國策・楚策四》。莊辛，戰國時楚國大臣。因是楚莊王之後，因以莊為氏。任上執珪，封陽陵君。襄王，即楚頃襄王。楚國從懷王開始，國勢由盛轉衰。頃襄王即位後，更寵信倖臣，擯斥賢良，終於在頃襄王二十一年被秦將白起攻破郢都，兵散遂不復戰，而東北保於陳城。這時，頃襄王想起了曾經勸諫他的莊辛，就召他回國，問以國計，莊辛就進了這篇說辭。楚國遭到如此慘敗，如何做好善後工作呢？莊辛沒有從政治軍事形勢去立論。楚的慘敗，關鍵在頃襄王專淫逸侈靡，「不以天下國家為事」。他的說辭，雖兜了個大圈子，中心在勸導頃襄王不要寵信嬖臣，貪圖享樂，而要居安思危，勵精圖治。林雲銘說：「繹四個『因是』及五個『不知』，字面分明是『生於憂患，死於安樂』的注腳，其意直欲襄自怨自艾，從今日始，以前車之鑑，庶可失之東隅，收之桑榆。所謂知有病即為藥也。善後之策，莫過於此。」本篇說明國家的興衰，關鍵在當權者。當權者要治理好國家，切不可貪圖享樂，日與倖臣為伍，而必須居安思危，精心圖治，聽從賢能之士的勸諫。這就是本篇所昭示的歷史教訓。

莊辛謂楚襄王曰：「君王左州侯，右夏侯❶，輦從❷鄢陵君與壽陵君❸，專淫泆侈靡❹，不顧國政，郢都❺必危矣！」襄王曰：「先生老悖❻乎？將以為楚國妖祥❼乎？」莊辛曰：「臣誠見其必然者也，非敢以為國妖祥也。君王卒幸四子者不衰，楚國必亡矣。臣請避於趙，淹留以觀之。」莊辛去之趙，留五月，秦果舉鄢❽、郢、巫❾、上蔡、陳❿之地，襄王流揜⓫於城陽⓬。於是使人發騶⓭，徵⓮莊辛於趙。莊辛曰：「諾⓯。」

【章　旨】本段寫楚頃襄王寵信倖臣，專淫泆侈靡，不聽莊辛勸諫的嚴重後果。

【注　釋】❶州侯夏侯　皆楚襄王的寵臣。❷輦從　跟隨在楚王車乘之後。輦，人君的車乘。❸鄢陵君與壽陵君　亦皆楚襄王寵臣。❹淫泆侈靡　指生活縱欲放蕩，奢侈糜爛。❺郢都　楚國的國都，在今湖北江陵西北。❻老悖　年老糊塗。悖，昏亂。❼妖祥　猶「妖孽」。災禍的預兆。❽鄢　楚故都，在今湖北宜城。❾巫　楚之巫郡，今湖北宜昌以西沿江地區。❿上蔡陳　此當指楚所遷蔡人陳人的新封地，其地無考，當在郢都附近。案：此為頃襄王二十一年拔郢前後的事。⓫流揜　流亡困迫。揜，《禮記・表記》注：「猶困迫也。」⓬城陽　即成陽，今河南息縣西北。⓭發騶　派遣車馬。騶，主駕車之吏。⓮徵　召。⓯諾　答應之辭。疾應曰「唯」，緩應曰「諾」。

【語　譯】莊辛告訴楚襄王說：「君王左邊有州侯，右邊有夏侯，車駕後邊跟隨著鄢陵君和壽陵君，專一縱欲放蕩，侈奢糜爛，不顧念國家政事，郢都一定會危險了。」楚襄王說：「先生是老糊塗了呢？還是將要成為楚國的妖孽呢？」莊辛說：「我的確看到了它必定會這樣，不是膽敢成為楚的妖孽。君王你始終要寵幸這四個人不減退，楚國一定會滅亡了。我請求退避到趙國，停留一段時間來觀察它。」莊辛就離去到了趙國。停留了五個月。秦國果然攻克了鄢、郢、巫、上蔡、陳這些地方，楚襄王也流亡困迫到了城陽。於是派遣人發出車馬，到趙國去召回莊辛。莊辛說：「好的。」

莊辛至。襄王曰：「寡人不能用先生之言，今事至於此，為之奈何？」莊辛對曰：「臣聞鄙語曰：『見兔而顧犬，未為晚也；亡羊而補牢❶，未為遲也。』臣聞昔湯武以百里昌，桀紂以天下亡。今楚國雖小，絕長續短❷，猶以❸數千里，豈特百里哉？

【章旨】本段寫莊辛向楚襄王說明，只要及時認識並改正錯誤，亡羊補牢，猶未為晚。

【注釋】❶牢　養牲畜的圈。❷絕長續短　猶截長補短，把土地拼湊在一起進行計算。❸以　猶「有」。

【語譯】莊辛回到楚國。楚襄王說：「我不能聽用先生的話，現在事情到了這樣，把它怎麼辦呢？」莊辛回答說：「我聽俗語說：『看到兔子才回頭呼犬去捕，還不算太晚；丟失了羊才去修補羊圈，還不算太遲。』我聽說商湯王、周武王憑著百里大的國土興盛了，夏桀王、商紂王憑著據有天下而滅亡了。現在楚國雖然狹小，截長補短，還有幾千里地，難道只是一百里地嗎？

「王獨不見夫蜻蛉❶乎？六足四翼，飛翔乎天地之間，俛啄蚉虻❷而食之，仰承甘露而飲之，自以為無患，與人無爭也。不知夫五尺童子❸，方將調飴膠絲❹，加己乎四仞❺之上，而下為螻蟻❻食也。夫蜻蛉其小者也，黃雀因是以。俯噣❼白粒❽，仰棲茂樹，鼓翅奮翼，自以為無患，與人無爭也。不知夫公子王孫，左挾彈❾，右攝丸，將加己乎十仞之上，以其類為招❿。晝游乎茂樹，夕調乎酸鹹⓫，倏忽之間，墜於公子之手⓬。夫黃雀其小者也，黃鵠⓭因是以。游乎江海，淹乎大沼⓮，俯噣鱔鯉，仰嚙⓯蔆衡⓰，奮其六翮⓱而凌清風，飄颻乎高翔，自以為無患，與人無爭也。不知夫射者，方將修其碆盧⓲，治其矰繳⓳，將加己乎百仞之上，被礛磻⓴，引微繳㉑，折清風而抎㉒矣。故晝游乎江湖，夕調乎鼎鼐㉓。

【章　旨】本段寫莊辛以蟲鳥為喻，說明麻痺大意，不顧後患的嚴重後果。

【注　釋】❶蜻蛉　蜻蜓的別名，蟲名，細腰四翅，喜集水上，捕食蚊蠅。❷蚉蝱　同「蚊虻」。皆蟲名。❸五尺童子　指尚未成年的兒童。古尺短，故稱五尺童子。❹調飴膠絲　調好粘汁，塗在絲上，用以捕捉蜻蛉。飴，糖漿，此指糖漿一類的粘汁。❺仞　長度單位，七尺或八尺為一仞。❻螻蟻　螻蛄與蟻，皆昆蟲名。❼噣　通「啄」。鳥用嘴取食。❽白粒　米。❾彈　彈弓。❿以其類為招　以牠們的同類作引誘。王念孫《讀書雜志》說，「類」當為「頸」。招，箭靶，意謂以黃雀的頸作為彈射的箭靶。可備一說。⓫調乎酸鹹　指被人烹食。⓬倏忽二句　王念孫以為此二句「後人妄加」。⓭黃鵠　鳥名，天鵝。⓮大沼　大水池。⓯嚙　咬；食。⓰蔆衡　同「菱荇」。菱角和荇菜。⓱六翮　指鳥的羽翼。翮，羽莖。⓲碆盧　石箭鏃和黑弓。盧，黑色的弓。⓳矰繳　絹絲作成的弓弦。⓴礛磻　石箭頭。㉑繳　箭上的絲繩。㉒抎　通「隕」。從上落下叫隕。㉓鼎鼐　古代烹煮的器皿。鼐，鼎之大者。

【語　譯】「大王你偏獨沒有見過那蜻蛉嗎？牠六隻足，四隻翅膀，飛翔在天地之間，低下頭啄食蚊虻而吃掉牠們，抬起頭承接甘露而喝著它，自己認為沒有災患，與人沒有爭執。不知道那五尺高的兒童，正在調製粘汁塗在絲網之上，在四仞以上高的地方把自己粘住，而丟在地上被螻蟻吃掉。蜻蛉還是小昆蟲，黃雀也是這樣。牠低頭啄食米粒，向上棲息在密茂的樹林，鼓動翅膀，奮起雙翼，自己認為沒有災患，與人沒有爭執。不知道那些公子王孫，左手持著彈弓，右手拿著彈丸，將在十仞以上高的地方射中自己，用牠們的同類為引誘。早晨還在密茂的樹林裡飛遊，傍晚就被加上酸鹹烹調，轉瞬之間就落入了公子的手中。那黃雀還是小鳥，黃鵠也是這樣。牠早晨在江湖大海飛遊，在大水池停留，低頭啄食鱔魚鯉魚，抬頭咬食菱角荇菜，鼓起牠的大羽翼而凌駕在清風之上，自由自在地高高飛翔，自己認為沒有災患，與人沒有爭執。不知道那些射手，正在修理他們的石箭鏃和黑箭弓，治理他們絹絲的弓弦，將在百仞以上高的地方射中自己，帶著石箭鏃，拖著細小的絲繩，從清風中掉下來掉到地上。所以早晨在江河裡飛遊，傍晚就在鼎鍋裡被烹調。

「夫黃鵠其小者也，蔡靈侯❶之事因是以。南游乎高陂❷，北游乎巫山❸，飲茹溪❹之流，食湘波❺之魚，左抱幼妾，右擁嬖女❻，與之馳騁乎高蔡❼之中，而不以國家為事。不知夫子發❽方受命乎靈王，繫己以朱絲而見之也。蔡靈侯之事其小者也，君王之事因是以。左州侯，右夏侯，輦從鄢陵君與壽陵君，飯封祿之粟❾，而載❿方府之金⓫，與之馳騁乎雲夢⓬之中，而不以天下國家為事。而不知夫穰侯⓭方受命乎秦王⓮，填⓯黽塞⓰之內，而投⓱己乎黽塞之外。」

【章旨】本段寫莊辛直入本題，以蔡靈侯與楚襄王之事，說明治國者貪圖享樂，不顧後患的嚴重後果。

【注釋】❶蔡靈侯　春秋時蔡國國君，名般，弒其父自立。十二年，楚靈王誘殺之，令公子棄疾圍蔡，滅之。三年後，楚平王才恢復蔡國。❷高陂　高丘，在巫山南。❸巫山　山名，在四川巫山縣東。❹茹溪　水名，在今四川巫山縣北。❺湘波即湘水，在今湖南，流注洞庭湖。❻嬖女　寵女。❼高蔡　即上蔡。❽子發　楚大夫。案：據《史記・管蔡世家》，楚靈王令公子棄疾圍蔡，滅之，使棄疾為蔡公。據此，滅蔡者為公子棄疾，非子發。❾封祿之粟　封地俸祿中的糧食。❿載　指楚襄王出遊的車中裝載著。⓫方府之金　四方納入國庫的金。⓬雲夢　楚大澤名，在今湖北中部，跨長江兩岸。⓭穰侯　秦相魏冉，秦昭王之母宣太后之弟，封於穰（今河南鄧縣東南）。⓮秦王　指秦昭王。⓯填　充實。《戰國策》鮑本：「填，兵滿也。」⓰黽塞　古隘道名，即今河南信陽西南平靖關。⓱投　掩捕。

【語　譯】「那黃鵠還是小的，蔡靈侯的事也是這樣。蔡靈侯向南在高陂遊覽，向北在巫山遊覽，喝著茹溪的水，吃著湘水的魚，左手抱著年幼的姬妾，右手摟著寵愛的婦女，跟她們在高蔡之中放馬馳騁，而不把國家當做一回事。不知道那子發（按當作公子棄疾）正從楚靈王那裡接受命令，用紅色的絲繩縛住自己去見楚靈王。蔡靈侯的事還是小的，君王的事也是這樣。君王左邊是州侯，右邊是夏侯，車子後邊跟隨著鄢陵君與壽陵君，吃著封地俸祿裡的糧食，車子裡裝載著各地納入國庫的金子，跟他們在雲夢澤中放馬馳騁，而不把天下國家當一回事。不知道穰侯正從秦昭王那裡接受命令，在黽塞之內陳設重兵，而在黽塞之外來掩捕自己。」

襄王聞之，顏色變作❶，身體戰慄❷。於是乃以執珪❸而授之為陽陵君❹，與淮北之地❺。

【章　旨】本段寫楚襄王聽了莊辛之言以後的驚懼及其所採取的補救措施。

【注　釋】❶作　慚愧。❷戰慄　同「戰栗」。恐懼；發抖。❸執珪　楚國的最高爵位。《淮南子・道應》：「執珪，楚爵。功臣賜以圭，謂之執圭，比附庸之君也。」圭即珪，瑞玉。❹陽陵君　莊辛的封號。❺與淮北之地　言楚襄王聽從莊辛的勸諫，終於收取淮北的失地。按：此時秦未占領楚淮北地。楚淮水以北地區廣大，或者魏趁楚王的逃亡侵占了一部分。吳師道補曰：「『與淮北』云云句上有缺文。《新序》曰：『身體悼栗，曰「謹受令」。乃封莊辛為陽陵君而用計焉。與舉淮北之地十

二諸侯。』《後語》云：『而與謀秦，復取淮北之地。』」（見《戰國策》鮑注吳校本）

【語　譯】楚襄王聽了，臉色變得慚愧，身體發抖，於是就以執珪的爵位授與他，封他為陽陵君，攻克了淮北的失地。

【研　析】本篇記載的又是一篇游士說辭。其特點是由小及大，層層設喻，然後才入本題。說辭抓住楚襄王因「淫泆侈靡」，「不以天下國家為事」而導致慘敗後恐懼的特殊心理，通過蜻蛉、黃雀、黃鵠、蔡靈侯，直到本篇游說的對象楚頃襄王，層層推進，用五個「不知」和四個「因是以」將它們貫穿起來，既各自獨立而又互相聯繫，說得入情入理而又十分聳人聽聞，以至使楚襄王「顏色變作，身體戰慄」，充分體現了游士說辭善於設喻的特點。王文濡說：「本篇由小及大，層層設喻，跌入正意，愈覺緊切。」這一點不假。不過，本篇也是一篇游士說辭，不宜歸入辭賦一類。而且，姚鼐還說：「按〈以弋說襄王〉及莊辛篇，此與〈漁父〉、宋玉〈對楚王〉、東方朔〈客難〉同類，並是設辭。乃太史公、褚先生、劉子政悉載敘之，以為事實，為失其旨已。」這種說法亦欠妥當。

◎新譯明散文選

周明初／注譯
黃志民／校閱

明代散文的特色，一是流派紛呈，名家輩出；二是小品文大放異彩，給明代文學抹上穠麗的一筆。本書所選明代散文計五十家、一百多篇，選錄時力求兼顧各時期、各種文體、各種流派的散文，而尤其以篇幅簡短、清新雋永的小品散文為主，反映了二百七十多年間明代散文發展的概貌。除注譯詳確外，篇篇皆有深入的題解與賞析。明代中後期的小品散文，文字輕鬆雋永、情感真摯深刻，其形式呈現出多元而自由的傾向，具有鮮明的審美特性，是明代散文中的精典之作，值得讀者細細品味。